Là mirada de los ángeles

Camilla Läckberg (1974) nació en Fjällbacka, un pueblo de la costa oeste de Suecia, donde ambienta su popular serie de la que se han vendido más de veinte millones de ejemplares en todo el mundo. Tras la espectacular acogida del primer título, Camilla Läckberg se confirma como la reina del suspense europeo con todos sus libros: *La princesa de hielo, Los gritos del pasado, Las hijas del frío, Crimen en directo, Las huellas imborrables, La sombra de la sirena, Los vigilantes del faro, La mirada de los ángeles* y *El domador de leones*. Recientemente se ha publicado la adaptación gráfica de *La princesa de hielo* y *Los gritos del pasado*. Es coguionista de la serie de televisión *Los crímenes de Fjällbacka*, inspirada en sus personajes. Además, ha escrito los álbumes ilustrados protagonizados por Super Charlie.

Si tienes un club de lectura o quieres organizar uno, en nuestra web encontrarás guías de lectura de algunos de nuestros libros. **www.maeva.es/guias-lectura**

EMBOLSILLO desea contribuir al esfuerzo colectivo y permanente de proteger y preservar el medio ambiente y nuestros bosques con el compromiso de producir nuestros libros con materiales responsables.

Los crímenes de Fjällbacka

Camilla Läckberg

La mirada de los ángeles

Traducción:
CARMEN MONTES CANO

EMBOLSILLO

Título original:
ÄNGLAMAKERSKAN

Imagen y adaptación de cubierta:
ALEJANDRO COLUCCI

Fotografía de la autora:
MAGNUS RAGNVID

Diseño de colección:
TONI INGLÈS

Adaptación de cubierta:
ROMI SANMARTÍ

1.ª edición: mayo de 2015   5.ª edición: diciembre de 2015
2.ª edición: junio de 2015   6.ª edición: abril de 2016
3.ª edición: julio de 2015   7.ª edición: julio de 2016
4.ª edición: septiembre de 2015

© CAMILLA LÄCKBERG, 2011
    Publicado originalmente por Bokförlaget Forum, Suecia
    con el acuerdo de Nordin Agency, Suecia
© de la traducción: CARMEN MONTES CANO, 2014
© de esta edición: EMBOLSILLO, 2015
    Benito Castro, 6
    28028 MADRID
    emaeva@maeva.es
    www.maeva.es

ISBN: 978-84-16087-17-4
Depósito legal: M-10.251-2015

Fotomecánica: Gráficas 4, S.A.
Impreso y encuadernado por Novoprint
Impreso en España / Printed in Spain

«Si un solo hombre puede demostrar
tanto odio, imagínate cuánto amor podemos
demostrar todos juntos.»

Habían pensado aliviar el dolor reformando la casa. Ninguno de ellos estaba seguro de que fuese un buen plan, pero era el único que tenían. La otra opción era dejarse consumir.

Ebba pasaba la rasqueta por las paredes de la casa. La pintura se desprendía fácilmente. Ya había empezado a descascarillarse por sí sola, ella únicamente tenía que contribuir un poco. El sol de julio calentaba de lo lindo, el flequillo se le pegaba a la frente y le dolían los brazos, porque llevaba tres días efectuando el mismo movimiento cansino, de arriba abajo. Pero agradecía el dolor físico. Cada vez que se acentuaba, al mismo tiempo y por un instante, se atenuaba el del corazón.

Se dio la vuelta y observó a Mårten, que serraba listones en el césped de delante de la casa. Al parecer, notó que ella lo estaba mirando, porque levantó la vista y la saludó con el brazo, como si Ebba fuera un conocido al que viera por la calle. Ella notó que correspondía mecánicamente con el mismo gesto extraño.

Pese a que habían transcurrido más de seis meses desde que se les arruinó la vida, seguían sin saber cómo actuar el uno con el otro. Cada noche se acostaban en la cama de matrimonio dándose la espalda, aterrados ante la idea de que un movimiento involuntario desencadenara algo que luego no supieran controlar. Era como si el dolor los colmase hasta el punto de incapacitarlos para abrigar ningún otro sentimiento. Ni amor, ni calidez, ni compasión.

La culpa se interponía entre ellos como un peso del que no hablaban. Habría sido más fácil si hubieran podido analizarla y decidir cuál era su sitio. Sin embargo, se movía libremente de un lado a otro, cambiaba de potencia y de forma y atacaba cada vez desde una nueva posición.

Ebba se volvió de nuevo hacia la pared y continuó raspando. La pintura blanca caía a sus pies en grandes capas gruesas, dejando visible la madera. Acarició los listones con la mano. Nunca antes se había percatado de que la casa tenía alma. Aquella casa adosada de Gotemburgo que ella y Mårten habían comprado cuando aún era prácticamente nueva. Entonces le encantaba que todo estuviera limpio y reluciente, que estuviera impecable. Ahora, en cambio, lo nuevo no era más que un recuerdo de lo que hubo, y esta otra casa, con sus desperfectos, encajaba mejor con su estado de ánimo. Se reconocía en aquel tejado con goteras, en la caldera, que a veces no arrancaba sino a golpes, y en el aislamiento defectuoso de las ventanas, donde no podían dejar una vela encendida sin que la corriente apagase la llama al cabo de un rato. También en su ánimo llovía y soplaba el viento. Y las llamas que ella trataba de encender se extinguían implacablemente con un soplo frío.

Quizá las heridas del alma sanaran allí, en Valö. No tenía recuerdos de aquel lugar, pero era como si la isla y ella se reconocieran. Se encontraba enfrente de Fjällbacka y, desde el muelle, distinguía perfectamente al otro lado el centro de la población costera. Al pie del escarpado macizo rocoso se sucedían, como un collar de perlas, las casas blancas y las cabañas rojas de los pescadores. Era tan hermoso que se estremecía al verlo.

El sudor le rodaba por la frente y le escocía en los ojos. Se limpió con la camiseta y los entornó al sol. Las gaviotas volaban en círculos allá arriba. Chillaban y se llamaban unas a otras, y sus graznidos se mezclaban con el ruido de los botes que navegaban el estrecho. Ebba cerró los ojos y se dejó transportar por los sonidos. Lejos de sí misma, lejos de...

—¿Qué te parece si nos tomamos un descanso y nos damos un baño?

La voz de Mårten atravesó el decorado sonoro que le proporcionaban las gaviotas y Ebba se sobresaltó. Negó desconcertada, pero luego dijo que sí.

—Sí, venga —dijo, y se bajó de la escalera.

Habían puesto a secar los bañadores en la parte posterior de la casa. Ebba se quitó la ropa empapada de sudor y se puso el biquini.

Mårten se había cambiado más rápido y la esperaba impaciente.

—Bueno, ¿nos vamos o qué? —dijo, y se adelantó hacia el sendero que conducía a la playa. Era una isla bastante grande, y no tan árida como muchas de las islas más pequeñas del archipiélago de Bohuslän. El sendero estaba flanqueado de árboles frondosos y de altos matorrales, y Ebba caminaba pisando fuerte la tierra. Tenía muy arraigado el miedo a las serpientes, que se había intensificado días atrás, cuando vieron una víbora que se calentaba al sol.

El terreno ya empezaba a descender hacia la playa y Ebba no pudo por menos de pensar en cuántos pies infantiles habrían transitado por aquel sendero a lo largo de los años. Aquella zona aún se conocía con el nombre de colonia infantil, a pesar de que no había allí colonias desde los años treinta.

—Ten cuidado —dijo Mårten señalando unas raíces de árboles que sobresalían del suelo.

Esa actitud solícita, que debería conmoverla, la asfixiaba; y para demostrárselo, pisó con descaro las raíces. Unos metros más allá, notó la aspereza de la arena en las plantas de los pies. Las olas azotaban la orilla. Ebba dejó la toalla en la arena y se zambulló en el agua salada. Notó el roce de las algas y el frío repentino le cortó la respiración, pero enseguida se alegró de poder refrescarse. Oyó a su espalda que Mårten la llamaba, fingió que no lo oía y continuó adentrándose en el mar. Cuando dejó de hacer pie, empezó a nadar y de tan solo unas brazadas alcanzó la pequeña plataforma de baño que había anclada al fondo a un trecho de la orilla.

—¡Ebba! —Mårten la llamaba desde la playa, pero ella siguió haciendo caso omiso y se agarró a la escalera de la plataforma. Necesitaba estar sola unos minutos. Si se tumbaba un rato y cerraba los ojos, podría creer que era un náufrago de un buque hundido en alta mar. Sola. Sin necesidad de pensar en nadie más.

Oyó las brazadas que se acercaban en el agua. La plataforma se balanceó cuando Mårten se aferró al borde para subirse y ella cerró los ojos con fuerza para aislarse unos segundos más. Quería estar a solas. No compartir la soledad con Mårten, que es lo que hacían últimamente. Muy a disgusto, abrió los ojos.

Erica estaba sentada a la mesa del salón. Se diría que hubiesen tirado allí una bomba de juguetes. Coches, muñecas, peluches y disfraces, todo mezclado y manga por hombro. Tres niños, los tres menores de cuatro años, conseguían que la casa se encontrara casi siempre en ese estado. Pero, como de costumbre, dio prioridad a su trabajo en lugar de ponerse a recoger ahora que tenía un rato libre.

Oyó que abrían la puerta y, al levantar la vista del ordenador, vio que era su marido.

—¡Hola! ¿Qué haces aquí? ¿No ibas a ver a Kristina?

—Mi madre no está en casa. Típico. Aunque la verdad, debería haber llamado primero —dijo Patrik quitándose los zuecos de goma.

—¿De verdad tienes que usar esos zapatos? Y, encima, para conducir. —Señaló aquel calzado abominable que, para colmo de males, era de color verde chillón. Su hermana Anna se los había regalado a Patrik en broma, y él se negaba a ponerse otros.

Patrik se le acercó y le dio un beso.

—Es que son tan cómodos... —dijo, y se encaminó a la cocina—. Por cierto, ¿han conseguido localizarte de la editorial? Debía de ser muy importante, cuando me han llamado a mí.

—Quieren saber si podré ir a la feria del libro de este año, tal y como les prometí. Pero es que no termino de decidirme.

—Pues claro que tienes que ir. Yo me quedo con los niños ese fin de semana, ya lo he arreglado para no ir al trabajo.

—Gracias —dijo Erica, aunque en el fondo se irritó consigo misma por sentir gratitud hacia su marido. ¿Cuántas veces no se quedaba ella cuando su puesto en la Policía lo reclamaba con unos minutos de margen, o cuando tenía que irse ya fuera fiesta o fin de semana, o por la noche, porque el trabajo no podía esperar? Quería a Patrik más que a nadie en el mundo, pero a veces tenía la sensación de que apenas se paraba a pensar en que ella era la principal responsable de la casa y los niños. Ella también tenía una carrera profesional que atender; y una carrera de éxito, por si fuera poco.

La gente le decía que debía de ser fantástico ganarse la vida como escritora. Poder decidir cómo organizar el tiempo y ser tu propio jefe. Erica siempre se enfadaba porque, aunque le gustaba muchísimo su trabajo y era

11

consciente de la suerte que tenía, la realidad era muy distinta a como ellos la imaginaban. Ella no asociaba la libertad a la profesión de escritor. Al contrario, cada libro podía engullir todo su tiempo y sus pensamientos, las veinticuatro horas del día, siete días a la semana. A veces envidiaba a aquellos que iban al trabajo, hacían lo que tenían que hacer durante la jornada y, a la hora de irse a casa, habían terminado. Ella nunca desconectaba del trabajo, y el éxito conllevaba unas exigencias y expectativas que debía conjugar con su condición de madre de familia.

Además, resultaba difícil argumentar que su trabajo era más importante que el de Patrik. Él protegía a las personas, resolvía asesinatos y contribuía a que la sociedad funcionara mejor. Ella, en cambio, escribía libros que la gente leía para entretenerse. Comprendía y aceptaba que ella salía ganando, aunque a veces le entraran ganas de dar un zapatazo y ponerse a gritar con todas sus fuerzas.

Se levantó suspirando y fue a la cocina con su marido.

—¿Están dormidos? —preguntó Patrik mientras reunía los ingredientes de su bocadillo favorito: galleta de pan, mantequilla, caviar y queso. A Erica se le ponían los pelos de punta solo de pensar que luego iba a mojarlo en la taza de chocolate caliente.

—Sí, para variar. He conseguido meterlos en la cama a los tres al mismo tiempo. Se han pasado la mañana jugando de lo lindo, así que estaban agotados.

—Qué bien —dijo Patrik, y se sentó a comer.

Erica volvió al salón para ver si le daba tiempo a escribir un poco más antes de que se despertaran los niños. Siempre robando minutos. Por ahora, solo podía contar con eso.

En el sueño todo estaba ardiendo. Con el horror en los ojos y la nariz pegada a la ventana, Vincent contemplaba el espectáculo. Ella veía las llamas alzarse más y más a su espalda. Cada vez las tenía más cerca, le chamuscaban los rizos rubios, y lo veía gritar, aunque no lo oía. Ella quería precipitarse hacia la ventana, romperla y salvar a Vincent de las llamas que amenazaban con consumirlo. Pero por más que lo intentaba, el cuerpo no obedecía sus órdenes.

Y oía la voz de Mårten. Terriblemente acusadora. La odiaba por no haber sido capaz de salvar a Vincent, por haberse quedado allí viendo cómo se quemaba vivo ante sus ojos.

—¡Ebba! ¡Ebba!

Oír su voz la impulsó a intentarlo una vez más. Tenía que salir corriendo y romper la ventana. Tenía que...

—¡Ebba, despierta!

Alguien la zarandeó por los hombros y la obligó a incorporarse. Poco a poco, el sueño se esfumó. Ella quería retenerlo, arrojarse a las llamas y quién sabe si sentir, por un instante, el cuerpecito de Vincent en sus brazos antes de morir con él.

—Tienes que despertarte, ¡hay un incendio!

Enseguida se despabiló por completo. El olor a humo le picaba en la nariz y la garganta empezó a escocerle de tanto toser. Cuando levantó la cabeza, vio las vaharadas de humo que salían por la puerta.

—¡Tenemos que salir! —gritaba Mårten—. Arrástrate por debajo de la nube de humo, yo voy a ver si se puede apagar el fuego.

Ebba salió de la cama tambaleándose y se desplomó en el suelo. Sintió en la mejilla el calor de los listones de madera. Le ardían los pulmones y experimentó un cansancio inexplicable. ¿De dónde sacaría las fuerzas para ir a ninguna parte? Lo que quería era rendirse y dormir. Cerró los ojos, notó un pesado sopor que se le extendía por todo el cuerpo. Podría descansar. Simplemente dormir un rato.

—¡Arriba! Tienes que levantarte. —La voz de Mårten resonaba chillona y la sacó del adormecimiento. Él, que no solía asustarse de nada. Empezó a tirar de ella y le ayudó a ponerse de rodillas.

Muy a su pesar, Ebba comenzó a andar a cuatro patas. El miedo había empezado a arraigar también en ella. Notaba cómo el humo le colmaba los pulmones al respirar, como un veneno que actuaba lentamente. Pero prefería morir por el humo que pasto de las llamas. La idea de que le ardiera la piel le bastó para ponerse en marcha y salir a rastras de la habitación.

De pronto, se sintió desconcertada. Debería saber hacia qué lado quedaba la escalera, pero era como si no le funcionara el cerebro. Solo veía ante sí una niebla negruzca y compacta. Presa del pánico, empezó a moverse hacia delante para no quedar atrapada en medio del humo.

En el preciso momento en que alcanzó la escalera, Mårten apareció delante de ella, extintor en mano. Bajó la escalera de tres zancadas y Ebba se lo quedó mirando. Exactamente igual que en el sueño, tenía la sensación de que el cuerpo había dejado de obedecer. Las articulaciones se negaban a moverse, se quedó inerme, a cuatro patas, mientras el humo se volvía más denso a su alrededor. Volvió a toser, y cada golpe de tos desencadenaba el siguiente. Le lloraban los ojos y pensó en Mårten, pero no tenía fuerzas para preocuparse por él.

Una vez más, tomó conciencia de lo atractiva que era la idea de rendirse. De desaparecer, desprenderse del dolor que le destrozaba cuerpo y alma. Empezó a nublársele la vista y se tumbó despacio, apoyó la cabeza en los brazos y cerró los ojos. Todo a su alrededor era blando y suave. El sopor la colmó otra vez y la acogió dulcemente. No quería hacerle ningún mal, solo abrazarla para que se recuperase.

—¡Ebba! —Mårten empezó a tirarle del brazo y ella se resistió. Quería continuar la travesía rumbo a aquel lugar hermoso y apacible. Entonces notó el golpe en la cara, una

14

bofetada que le escoció en la mejilla. Aturdida, se incorporó y miró a Mårten directamente a los ojos. Y en ellos vio preocupación y rabia.

—¡He conseguido apagar el fuego! —exclamó—. ¡Pero no podemos quedarnos aquí!

Hizo amago de querer llevarla en brazos, pero ella se negó. Él le había arrebatado la única posibilidad de reposo que se le había presentado en mucho tiempo, y empezó a golpearle el pecho enfurecida, con los puños cerrados. Sintió alivio al dar rienda suelta a la rabia y la desesperación, y lo golpeó tan fuerte como pudo hasta que Mårten logró agarrarle las muñecas. Sujetándola fuerte, la obligó a acercarse y, con la cabeza contra su pecho, oyó los latidos de su corazón. Aquel sonido la hizo llorar. Finalmente, dejó de oponer resistencia mientras él le ayudaba a ponerse de pie. La llevó fuera y, cuando se le llenaron los pulmones del aire fresco de la noche, Ebba se rindió y cayó en el sopor.

Fjällbacka, 1908

Llegaron por la mañana temprano. La madre ya estaba en pie con los pequeños, mientras Dagmar seguía remoloneando en la cama, tan calentita. Aquella era la diferencia entre la verdadera hija de mamá y cualquiera de los hijos bastardos a los que cuidaba. Dagmar era especial.

—Pero ¿qué está pasando? —gritó el padre desde el dormitorio. Tanto él como Dagmar se habían despertado al oír cómo aporreaban la puerta insistentemente.

—¡Abrid! ¡Somos de la Policía!

Al parecer, se les terminó la paciencia, porque la puerta se abrió de golpe y un hombre uniformado entró en la casa como una tromba.

Dagmar se sentó aterrada en la cama, tratando de protegerse con el edredón.

—¿La Policía? —El padre fue a la cocina, abrochándose como podía el cinturón del pantalón. Tenía el pecho hundido y cubierto de niditos despoblados de vello gris—. En cuanto me ponga la camisa aclaramos el asunto. Aquí solo vive gente honrada.

—¿Y no vive aquí Helga Svensson? —dijo el policía. Detrás de él esperaban otros dos hombres, muy pegados el uno al otro, porque la cocina era pequeña y estaba llena de camas. En aquellos momentos tenían allí cinco niños.

—Soy Albert Svensson, Helga es mi mujer —dijo el padre, que ya se había puesto la camisa y les hablaba con los brazos cruzados.

16

—¿Dónde está su mujer? —le preguntó el policía con tono imperioso.

Dagmar vio la cara de preocupación de su padre, el ceño fruncido. Se preocupaba por cualquier cosa, decía su madre. Tenía poco temple.

—Mamá está en el jardín, en la parte de atrás. Con los pequeños —respondió Dagmar, de cuya presencia los policías no se habían percatado hasta el momento.

—Gracias —dijo el agente que parecía llevar la voz cantante, antes de darse media vuelta.

El padre fue detrás de los policías, pisándoles los talones.

—No pueden irrumpir así en casa de gente decente. Nos han dado un susto de muerte. Tienen que explicarnos qué es lo que pasa.

Dagmar apartó a un lado el edredón, plantó los pies en el suelo frío de la cocina y echó a correr tras ellos en camisón. Al doblar la esquina, se paró en seco. Dos de los policías sujetaban a su madre muy fuerte, cada uno por un brazo. Ella trataba de liberarse y los hombres jadeaban por el esfuerzo que suponía retenerla. Los niños chillaban, y la ropa que la madre estaba tendiendo cayó al suelo en medio del jaleo y la confusión.

—¡Mamá! —gritó Dagmar, y echó a correr hacia ella.

Se abalanzó a la pierna de uno de los policías y le mordió el muslo con todas sus fuerzas. El hombre soltó a la madre con un grito, se dio la vuelta y le estampó a Dagmar una bofetada que la tumbó. Se quedó sentada en la hierba, pasándose perpleja la mano por la mejilla dolorida. En sus ocho años de vida, nadie le había puesto una mano encima. Claro que había visto a su madre dar azotes a los niños, pero jamás se le ocurriría levantarle la mano a ella. Y por eso su padre tampoco se había atrevido.

—¿Pero qué hace? ¿Pegarle a mi hija? —La madre, fuera de sí, empezó a dar patadas a los hombres.

—Eso no es nada en comparación con lo que ha hecho usted. —El policía volvió a agarrarla fuerte del brazo—. Es sospechosa de infanticidio, y tenemos permiso para registrar su casa. Y créame que lo haremos a conciencia.

17

Dagmar vio que su madre se venía abajo. Aún le ardía la mejilla como si tuviera fuego en la cara y el corazón le martilleaba en el pecho. Los niños lloraban a su alrededor como si hubiera llegado el día del Juicio Final. Y tal vez fuera verdad. Porque, aunque Dagmar no comprendía lo que estaba sucediendo, la expresión de su madre no dejaba lugar a dudas: su mundo acababa de desmoronarse.

P̶atrik, ¿podrías ir a Valö? Nos ha llegado una emergencia, parece que se ha producido un incendio y hay indicios de que sea provocado.

—¿Cómo? Perdona, ¿qué decías?

Patrik ya estaba levantándose de la cama. Se encajó el teléfono entre la oreja y el hombro mientras se ponía los vaqueros. Aún adormilado, miró el reloj. Las siete y cuarto. Se preguntó qué haría Annika en la comisaría a aquellas horas.

—Sí, que se ha declarado un incendio en Valö —repitió Annika impaciente—. Los bomberos acudieron de madrugada, pero sospechan que se trate de un incendio provocado.

—¿Dónde exactamente?

Erica se volvió en la cama.

—¿Qué pasa? —preguntó con un murmullo.

—Trabajo. Tengo que irme a Valö —le susurró Patrik. Para una vez que los gemelos seguían durmiendo después de la seis y media, no había por qué despertarlos.

—En la colonia infantil —dijo Annika al teléfono.

—De acuerdo. Saldré en barco enseguida. Y llamo a Martin, porque me figuro que hoy estamos los dos de servicio, ¿no?

—Sí. Vale, pues nos vemos luego en la comisaría.

19

Patrik colgó y se puso una camiseta.

—¿Qué ha pasado? —dijo Erica, y se incorporó en la cama.

—Los bomberos sospechan que alguien ha provocado un incendio en la antigua colonia infantil.

—¿En la colonia? ¿Han intentado quemarla? —Erica se sentó en el borde de la cama.

—Te prometo que te lo contaré todo —dijo Patrik sonriendo—. Ya sé que para ti es un proyecto importante.

—Pues no deja de ser una extraña coincidencia. Que alguien trate de incendiar la casa precisamente cuando Ebba acaba de volver.

Patrik meneó la cabeza. Sabía de sobra que su mujer se inmiscuía en cosas que no eran de su incumbencia, que se disparaba y sacaba conclusiones demasiado rebuscadas. Claro que muchas veces tenía razón, no podía por menos de reconocerlo, pero otras, armaba unos líos fenomenales.

—Annika dice que sospechan que haya sido provocado. Es lo único que sabemos, y no tiene por qué significar que lo sea.

—No, ya, pero así y todo... —objetó Erica—. Es raro que pase precisamente en estos momentos. ¿Por qué no voy contigo? Había pensado ir a hablar con Ebba de todos modos.

—¿Y quién tenías pensado que se quedara con los niños, eh? Yo creo que Maja todavía es muy pequeña para preparar la papilla de los chicos.

Le dio un beso a Erica en la mejilla antes de bajar la escalera a toda prisa. A su espalda oyó que los gemelos empezaban a llorar al unísono, como por encargo.

Patrik y Martin no hablaron gran cosa durante la travesía a Valö. La sola idea de un posible incendio provocado se les antojaba aterradora e incomprensible y, al acercarse a la isla y contemplar aquella visión idílica, les resultó todavía más irreal.

—Esto es precioso —dijo Martin, mientras subían por el sendero desde el muelle en el que Patrik había amarrado el bote.

—Tú habías estado aquí antes, ¿no? —dijo Patrik sin volverse hacia él—. Por lo menos, aquella Navidad.

Martin murmuró una respuesta inaudible. Como si se resistiera a recordar aquella Navidad funesta en que se vio involucrado en un drama familiar allí, en la isla.

Una extensa porción de césped apareció ante su vista, y los dos hombres se detuvieron y miraron a su alrededor.

—Yo tengo muy buenos recuerdos de este lugar —dijo Patrik—. Todos los años veníamos con el colegio, un verano estuve de campamento en un curso de vela. Y en ese campo de césped he dado muchas patadas a la pelota. Aquí he jugado a todo lo habido y por haber.

—Sí, ¿quién no ha estado aquí de campamento? En realidad, es raro que siempre se llamara colonia infantil, ¿no?

Patrik se encogió de hombros, y ambos reanudaron la marcha a buen paso en dirección a la casa.

—Por costumbre, supongo. En realidad, solo se usó como internado durante un breve periodo, y nadie quería llamarla por el nombre del tal Von Schlesinger, el que vivía aquí antes.

—Sí, yo también he oído hablar de ese viejo chiflado —dijo Martin, y soltó un taco al notar en la cara el latigazo de una rama—. ¿Quién es el propietario ahora?

—Supongo que la pareja que vive en la isla. A raíz de lo sucedido en 1974, y desde entonces, lo administraba el ayuntamiento, que yo sepa. Es una pena que la casa se haya deteriorado de ese modo, pero ahora parece que están restaurándola.

Martin se quedó observando los andamios que cubrían la fachada delantera.

—Desde luego, quedará preciosa. Espero que el fuego no haya hecho demasiado daño.

Continuaron hasta la escalinata de piedra que desembocaba en la puerta de entrada. Se respiraba un ambiente tranquilo, y vieron a unos hombres del cuerpo de bomberos voluntarios de Fjällbacka que ya recogían sus cosas. Debían de sudar litros y litros con aquellos trajes tan gruesos, pensó Patrik. A pesar de lo temprano que era, ya empezaba a hacer un calor insoportable.

—¡Hombre, hola! —El jefe de los bomberos, Östen Ronander, se acercaba a ellos saludando con las manos ennegrecidas de hollín.

—Hola, Östen. ¿Qué ha pasado? Annika me ha dicho que sospecháis que se trate de un incendio provocado.

—Pues sí, eso es lo que parece, desde luego. Claro que nosotros no tenemos competencia para valorarlo desde un punto de vista puramente técnico, así que espero que Torbjörn esté en camino.

—Sí, lo llamé mientras veníamos hacia aquí, y calculan que llegarán... —Patrik miró el reloj— ...dentro de media hora, más o menos.

—Estupendo. ¿Quieres que echemos un vistazo mientras tanto? Hemos hecho lo posible por no contaminar nada. El propietario ya había apagado el fuego con el extintor cuando llegamos, así que nos hemos limitado a comprobar que no quedaba ningún rescoldo. Por lo demás, no podíamos hacer gran cosa. Mirad, venid por aquí.

Östen señaló la entrada. Al otro lado de la puerta se veían en el suelo unas quemaduras extrañas, irregulares.

—Habrán utilizado algún tipo de líquido inflamable, ¿no? —Martin miró a Östen, y este asintió.

—Me da la impresión de que alguien vertió el líquido por la rendija de la puerta y le prendió fuego. A juzgar por el olor, diría que era gasolina, pero eso podrán confirmarlo Torbjörn y sus muchachos.

—¿Dónde están los habitantes de la casa?

—En la parte de atrás, esperando al personal sanitario que, por desgracia, se está retrasando a causa de un accidente de tráfico. Parecen conmocionados, la verdad, y he pensado que les vendría bien estar tranquilos. Además, me dije que más valía que no hubiera tanta gente pisoteando el lugar de los hechos antes de que pudierais obtener pruebas.

—Estás en todo, Östen —dijo Patrik, y le dio una palmadita en el hombro, antes de volverse hacia Martin—. ¿Qué te parece si vamos a hablar con ellos?

Sin esperar respuesta, se dirigió a la parte posterior de la casa. Al doblar la esquina, vieron unos muebles de jardín un poco más allá. Estaban muy estropeados y parecían haber pasado muchos años a la intemperie. Ante la mesa había una pareja de unos treinta y cinco años. Los dos parecían desorientados. El hombre se levantó al verlos y se encaminó hacia ellos. Les dio la mano. Una mano fuerte y callosa, como si llevara mucho tiempo dedicada al trabajo duro.

—Mårten Stark.

Patrik y Martin se presentaron.

—No entendemos nada. Los bomberos han mencionado algo de un incendio provocado. —La mujer de Mårten se les acercó también. Era bajita y menuda y, aunque Patrik era de estatura media, solo le llegaba al hombro. Se la veía frágil y endeble, y tiritaba pese al calor.

—Bueno, no tiene por qué ser así. Todavía no sabemos nada seguro —dijo Patrik para tranquilizarlos.

—Esta es Ebba, mi mujer —aclaró Mårten, que se pasó la mano por la cara con un gesto de agotamiento.

—¿Os parece bien que nos sentemos? —preguntó Martin—. Nos gustaría que nos contarais algún detalle sobre lo ocurrido.

—Sí, claro, podemos sentarnos ahí —dijo Mårten señalando los muebles de jardín.

23

–¿Quién se dio cuenta de que la casa estaba en llamas? –Patrik miró a Mårten, que tenía una mancha de hollín en la frente y, al igual que Östen, las manos totalmente tiznadas. Mårten se miró las manos como si acabara de descubrir que las tenía sucias. Muy despacio, empezó a limpiárselas en los vaqueros antes de responder.

–Yo. Me desperté y noté un olor extraño. Me di cuenta enseguida de que debía de haber fuego en la planta baja, y fui a despertar a Ebba. Me llevó un rato, porque estaba profundamente dormida, pero al final conseguí sacarla de la cama. Eché a correr en busca del extintor, con una sola idea en la cabeza: tenía que apagar el fuego. –Mårten hablaba tan deprisa que se quedó sin resuello, y esperó unos segundos para recobrar el aliento.

–Creía que iba a morir. Estaba completamente segura. –Ebba se tocaba las uñas nerviosa, y Patrik la miró compasivo.

–Yo empecé a rociar las llamas con el extintor de la entrada como un loco –continuó Mårten–. Al principio no parecía surtir ningún efecto, pero continué rociándolo todo y, al cabo de un rato, el fuego se apagó. Pero el humo no se iba, había humo por todas partes. –Otra vez respiraba con dificultad.

–¿Por qué querría nadie...? No lo comprendo...

Ebba parecía ausente y Patrik sospechaba que Östen tenía razón: se encontraban en estado de *shock*. Eso explicaría también por qué temblaba como si estuviera tiritando. Cuando llegara la ambulancia, el personal sanitario tendría que examinarla con mucha atención y cerciorarse de que ni ella ni Mårten habían sufrido lesiones a causa del humo. Mucha gente ignoraba que el humo podía resultar más letal que el propio fuego. Las consecuencias de haber inhalado el humo de un incendio no se notaban hasta bastante después.

—¿Por qué creéis que el incendio ha sido provocado? —dijo Mårten, y volvió a frotarse la cara. No debía de haber dormido muchas horas, pensó Patrik.

—Como decía, todavía no lo sabemos con certeza —respondió evasivo—. Hay indicios, pero no quisiera pronunciarme antes de que los técnicos hayan podido confirmarlo. ¿No habéis oído ningún ruido durante la noche?

—No, ya digo, yo me desperté cuando todo ya estaba en llamas.

Patrik señaló la casa que había un trecho más allá.

—¿Los vecinos están en casa? Quizá ellos hayan visto a algún desconocido merodeando por aquí, ¿no?

—Están de vacaciones, en esta parte de la isla solo estamos nosotros.

—¿Hay alguien que quisiera haceros daño? —intervino Martin. Solía dejar que Patrik dirigiese los interrogatorios, pero siempre estaba atento y observaba las reacciones de las personas con las que hablaban. Y eso era tan importante como formular las preguntas adecuadas.

—No, nadie, que yo sepa. —Ebba negó despacio con la cabeza.

—No llevamos tanto tiempo viviendo aquí. Solo dos meses —dijo Mårten—. Es la casa de los padres de Ebba, pero llevaba años alquilada y ella no había vuelto por aquí hasta ahora. Habíamos decidido restaurarla y hacer algo con ella.

Patrik y Martin intercambiaron una mirada fugaz. La historia de la casa y, por extensión, la de Ebba, era bien conocida en la zona, pero aquel no era el momento idóneo para sacar a relucir ese tema. Patrik se alegró de que Erica no estuviera con ellos, porque sabía que no habría podido contenerse.

—¿Dónde vivíais antes de trasladaros aquí? —preguntó Patrik, aunque podía adivinar la respuesta por el marcado acento de Mårten.

—¡En Gotemburgo, hombre! —dijo Mårten sin un amago de sonrisa.

—¿Ningún asunto pendiente con nadie de allí?

—No tenemos ningún asunto pendiente con nadie, ni en Gotemburgo ni en ningún otro lugar —respondió tajante.

—¿Y cómo se os ocurrió mudaros aquí? —dijo Patrik.

Ebba clavó la vista en la mesa y empezó a toquetearse la cadena que llevaba en el cuello. Era de plata, con un colgante muy bonito en forma de ángel.

—Se nos murió nuestro hijo —respondió, y tiró tan fuerte de la cadena que se le clavó en el cuello.

—Necesitábamos un cambio de escenario —dijo Mårten—. Esta casa estaba abandonada, se deterioraba sin que nadie se preocupara por ella, y vimos una oportunidad de empezar de nuevo. Mi familia siempre ha estado en el sector de la hostelería y me parecía lógico poner en marcha mi propio negocio. Habíamos pensado empezar con un *bed and breakfast,* y luego, con el tiempo, tratar de atraer congresos y cosas así.

—Parece que tenéis mucho trabajo. —Patrik miró el gran edificio, de cuya fachada blanca se desprendía la pintura. Se había hecho el propósito de no seguir indagando sobre el hijo muerto. El semblante de los padres reflejaba un dolor inconmensurable.

—No nos da miedo el trabajo. Y continuaremos mientras podamos. Si se nos agota la energía, tendremos que contratar a alguien, pero preferimos ahorrarnos el dinero. Y aun así, nos costará bastante trabajo que nos salgan las cuentas.

—Ya. Entonces, no se os ocurre nadie que pudiera tener interés en perjudicaros a vosotros o vuestro negocio, ¿verdad? —insistió Martin.

—¿Negocio? ¿Qué negocio? —dijo Mårten con una risotada irónica—. No, no se nos ocurre una sola persona capaz de hacernos algo así. Hemos llevado una vida como la de cualquiera. Somos personas normales y corrientes.

Patrik pensó un instante en el pasado de Ebba. Él no conocía a muchas personas con un misterio tan fatídico en su pasado. En Fjällbacka y sus alrededores, las historias y especulaciones sobre lo que les sucedió a Ebba y a su familia eran tan numerosas como descabelladas.

—A menos que... —Mårten miró inquisitivo a Ebba, que no parecía comprender a qué se refería. Siguió mirándola sin apartar la vista—: Lo único que se me ocurre son las felicitaciones de cumpleaños.

—¿Qué felicitaciones? —preguntó Martin.

—Ebba lleva toda la vida recibiendo una felicitación anual de alguien que solo firma con una «G». Sus padres adoptivos nunca averiguaron quién las enviaba. Y Ebba siguió recibiéndolas aun después de haberse emancipado.

—¿Y Ebba tampoco tiene la menor idea de quién puede ser el remitente? —dijo Patrik. Enseguida cayó en la cuenta de que estaba hablando de ella como si no estuviera presente. Se volvió hacia la mujer y repitió la pregunta:

—¿No tienes la menor idea de quién te envía esas tarjetas?

—No.

—¿Y tus padres adoptivos? ¿Estás segura de que no saben nada?

—No tienen ni idea.

—Y el tal G, ¿se ha puesto en contacto contigo de alguna otra forma? ¿Con amenazas, quizá?

—No, nunca. ¿A que no, Ebba? —Mårten alargó la mano hacia Ebba, como si quisiera acariciarla, pero la dejó caer de nuevo en la rodilla.

Ella negó con un gesto.

—Mira, ya ha llegado Torbjörn —dijo Martin señalando el sendero.

—Estupendo, pues vamos a dejarlo aquí, así podréis descansar un poco. El personal sanitario está en camino, si os sugieren que vayáis con ellos al hospital, yo en vuestro lugar les haría caso. Estas cosas hay que tomárselas en serio.

—Gracias —dijo Mårten al tiempo que se levantaba—. Y avisadnos si averiguáis algo.

—Cuenta con ello. —Patrik lanzó una última mirada de preocupación hacia Ebba, que aún seguía como encerrada en una burbuja. Se preguntó cómo habría afectado a su personalidad la tragedia de la infancia, pero se obligó a abandonar esos pensamientos. En aquellos momentos debía concentrarse en el trabajo que tenían por delante. Atrapar a un posible pirómano.

Fjällbacka, 1912

Dagmar seguía sin comprender cómo había podido ocurrir aquello. Se lo habían arrebatado todo y se veía completamente sola. Por donde quiera que fuese, la gente murmuraba y decía cosas horribles a su espalda. Odiaban a su madre por lo que había hecho.

A veces, por las noches, echaba tanto de menos a su madre y a su padre que tenía que morder el almohadón para que no la oyeran llorar. Si lo hacía, la bruja con la que vivía le daría tal paliza que le dejaría la piel llena de moretones. Pero no siempre lograba contener el llanto, cuando las pesadillas la visitaban por las noches y se despertaba empapada de sudor. En los sueños veía las cabezas cortadas de sus padres. Porque, en efecto, al final los decapitaron. Dagmar no estuvo presente y no lo vio, pero tenía la imagen impresa a fuego en la retina.

A veces, también la perseguían en sueños las figuras de los niños. Hasta ocho recién nacidos había encontrado la Policía cuando empezó a cavar el suelo de tierra del sótano. Eso dijo la bruja: «Ocho criaturitas, pobrecillos». Eso decía lamentándose y meneando la cabeza en cuanto venía alguna visita. Las amigas clavaban en Dagmar sus ojos afilados. «Pues está claro que la niña tenía que saberlo», decían. «A pesar de lo pequeña que era entonces, seguro que sabía lo que estaba pasando, ¿no?».

Dagmar se negaba a permitir que la humillaran. No importaba que fuera verdad o no. Su madre y su padre la querían, y a aquellos niños llorones y sucios no los quería nadie, de todos modos.

Precisamente por eso acabaron con su madre. Ella los cuidó y trabajó por los pequeños durante años, y como agradecimiento por haberse ocupado de aquellos a quienes nadie quería, sufrió humillaciones, burlas y, al fin, la muerte. Lo mismo sucedió con su padre. Le había ayudado a su madre a enterrar a los niños y, según ellos, también merecía morir.

A ella la colocaron con la bruja después de que la Policía se llevase a sus padres. Nadie más estaba dispuesto a quedarse con ella, ni familia ni amigos. Nadie quería tener nada que ver con ellos. La partera de ángeles de Fjällbacka, así habían empezado a llamarla desde el día que encontraron todos esos esqueletos diminutos. A aquellas alturas, hasta cantaban canciones sobre ella. De la asesina de niños, que los ahogaba en un barreño, y de su marido, que los enterraba en el sótano. Dagmar se sabía las canciones de memoria, los mocosos de la madre de acogida se las cantaban siempre que podían.

Todo aquello era soportable. Ella era la princesa de su padre y de su madre, y sabía que había sido una hija deseada y querida. Tan solo temblaba de pavor cada vez que oía el ruido de los pasos del padre de acogida acercándose por el pasillo. En momentos como esos, Dagmar deseaba haber podido seguir a sus padres a la muerte.

Josef pasaba el dedo nerviosamente por la piedra que tenía en la mano. Aquella reunión era importante y Sebastian no podía estropearla.

—Aquí está. —Sebastian señalaba los planos, que había dejado sobre la mesa de la sala de conferencias—. Aquí está nuestra visión: Un proyecto por la paz en nuestro tiempo. *A project for peace in our time.*

Josef suspiró para sus adentros. No estaba seguro de que los empleados del ayuntamiento se dejaran impresionar por una frasecita en inglés.

—Lo que mi socio trata de decir es que el municipio de Tanum tiene aquí una posibilidad estupenda de hacer algo por la paz. Una iniciativa que le dará buena imagen.

—Ya, claro, la paz en la tierra está muy bien. Desde el punto de vista económico no es ninguna tontería. A la larga, favorecería el turismo y daría trabajo a los habitantes, y ya sabéis lo que eso significa. —Sebastian se frotó los dedos con la mano en alto—: Más dinero en las arcas municipales.

—Bueno, sí, pero sobre todo es un proyecto de paz muy importante —dijo Josef, conteniéndose para no darle a Sebastian una patada en la espinilla. Tuvo claro que las cosas serían así desde que aceptó el dinero de Sebastian, pero no tenía otra opción.

Erling W. Larson asintió. Después del escándalo con la restauración del balneario de Fjällbacka, se mantuvo un tiempo en la sombra, pero había vuelto a la política local. Un proyecto como aquel podría demostrar que él aún contaba, y Josef esperaba que se diera cuenta.

—Bueno, nos parece interesante —dijo Erling—. ¿Nos podéis hablar un poco más de vuestro planteamiento?

Sebastian tomó aire para empezar, pero Josef se le adelantó.

—Es un trozo de historia —dijo mostrándoles la piedra—. Albert Speer compró granito de las canteras de Bohuslän por cuenta del imperio alemán. Junto con Hitler, había trazado un plan grandioso para convertir Berlín en la capital universal de Germania, y el granito debía transportarse a Alemania, donde se utilizaría como material de construcción.

Josef se levantó y empezó a caminar de un lado a otro mientras hablaba. Tenía en la cabeza el resonar de las botas de los soldados alemanes. El mismo del que sus padres tantas veces le habían hablado muertos de miedo.

—Pero la guerra dio un giro —continuó—. Germania no pasó nunca de ser una maqueta con la que Hitler se dedicó a fantasear los últimos días de su vida. Un sueño no cumplido, una visión de monumentos imponentes y edificios cuya construcción habría costado la vida de millones de judíos.

—Uf, terrible —dijo Erling sin mucho sentimiento.

Josef lo miró resignado. Ellos no lo entendían. Nadie lo entendía. Pero él no pensaba permitir que olvidaran.

—Nunca llegaron a enviar grandes partidas del granito de esta zona...

—Y ahí entramos nosotros —lo interrumpió Sebastian—. Habíamos pensado que, con esta partida dc granito podrían fabricarse símbolos de paz para venderlos. Si se hace bien, el negocio puede dar un montón de dinero.

—Y con ese dinero, construiríamos un museo sobre la historia de los judíos y la relación de Suecia con el judaísmo. Por ejemplo, nuestra supuesta neutralidad durante la guerra —añadió Josef.

Volvió a sentarse. Sebastian le rodeó los hombros con el brazo y apretó fuerte. Josef tuvo que contenerse para no apartarlo de un empujón. Lo que sí hizo fue sonreír sin ganas. Se sentía tan falso como durante el tiempo que vivió en Valö. Entonces tenía tan poco en común con Sebastian y los demás supuestos amigos como ahora. Por mucho que se esforzara, nunca formaría parte de ese mundo elegante al que pertenecían John, Leon y Percy, y tampoco lo deseaba.

Pero, en aquellos momentos, necesitaba a Sebastian. Era su única oportunidad de hacer realidad el sueño que tantos años llevaba alimentando: honrar su ascendencia judía y difundir el conocimiento sobre los abusos que se habían cometido y aún se cometían contra su pueblo. Si se viera obligado a alcanzar un pacto con el diablo, lo haría. Y esperaba poder deshacerse de él llegado el momento.

—Exacto, tal y como dice mi socio —intervino Sebastian—, será un museo fantástico al que peregrinarán turistas de todo el mundo. Es un proyecto con el que ganaréis mucho prestigio.

—No es ninguna tontería —dijo Erling—. ¿A ti qué te parece? —Se dirigió a su segundo en el ayuntamiento, Uno Brorsson, que, a pesar del calor, llevaba una camisa de franela con estampado de cuadros.

—Podría merecer la pena considerarlo —murmuró Uno—. Pero dependerá de cuánto tenga que poner el ayuntamiento. Son tiempos difíciles.

Sebastian le dedicó una amplia sonrisa.

—Estoy seguro de que podremos llegar a un acuerdo. Lo más importante es que haya interés y voluntad. Yo mismo invertiré una suma sustanciosa.

Ya, pero no les vas a contar tus condiciones, pensó Josef. Se mordió los labios. No podía hacer otra cosa, aceptar lo que se le ofrecía y concentrarse en el objetivo. Se adelantó para estrechar la mano que le ofrecía Erling. Ya no había vuelta atrás.

Una cicatriz minúscula en la frente, varias cicatrices en el cuerpo y una leve cojera eran las únicas señales del accidente sufrido unos meses atrás. El accidente en el que perdió el hijo que Dan y ella esperaban, y en el que ella misma estuvo a punto de morir.

Pero por dentro, las cosas eran diferentes. Anna aún se sentía rota.

Vaciló un segundo ante la puerta. A veces le costaba ver a Erica, comprobar lo bien que le iba todo. A su hermana no le habían quedado secuelas de lo ocurrido, ella no había perdido nada. Al mismo tiempo, estar con ella le procuraba un efecto benéfico. Las heridas que Anna tenía en el alma escocían y dolían, pero los ratos que pasaba con Erica las iban sanando poco a poco.

Anna nunca imaginó que el proceso de curación sería tan lento, y mejor así, desde luego. Si hubiera intuido lo mucho que tardaría en recuperarse, tal vez no se habría atrevido a despertar del estado de apatía en el que cayó después de que su vida se rompiera en mil pedazos. Hacía poco, le dijo a Erica medio en broma que se sentía como uno de los jarrones antiguos que veía cuando trabajaba en la agencia de subastas. Un jarrón que se había estrellado contra el suelo y se había hecho añicos, y que alguien había recompuesto luego pegándolo pieza a pieza. Aunque de lejos se la veía entera, los fragmentos dolorosos se apreciaban al acercarse. Pero, en realidad, no era ninguna broma, se decía Anna mientras llamaba a la puerta de Erica. Era así, tal cual. Era un jarrón roto.

—¡Adelante! —gritó Erica desde dentro.

Anna entró y se quitó los zapatos.

—Ya mismo bajo, estoy cambiando a los gemelos.

Anna fue a la cocina, que tan familiar le resultaba. Aquella era la casa de sus padres, el hogar de su infancia, y conocía todos los rincones. Años atrás, fue la causa de una disputa que casi arruina la relación de las dos hermanas, pero ocurrió en otro tiempo, en otro mundo. A aquellas alturas, podían incluso bromear sobre la ECL y la EDL, es decir, la Época con Lucas y la Época después de Lucas. Anna se estremeció. Se había prometido a sí misma por lo más sagrado que solo pensaría el mínimo indispensable en su anterior marido y en todo lo que hizo. Él ya no estaba. Y lo único que le quedaba de su relación era también lo único bueno que supo darle: Emma y Adrian.

—¿Quieres tomar algo? —preguntó Erica cuando entró en la cocina, con un gemelo en cada cadera. A los niños se les iluminó la cara al ver a su tía, y Erica los sentó en el suelo. Los dos salieron como un rayo hacia Anna y empezaron a trepar para sentársele encima.

—Tranquilos, chicos, hay sitio para los dos. —Anna los levantó en brazos. Luego miró a Erica—. Depende de lo que me ofrezcas —dijo, y estiró el cuello para ver qué había.

—¿Qué me dices del pastel de ruibarbo con mazapán que hacía la abuela? —Erica le mostró una bolsa de plástico con el pastel.

—Estás de broma, ¿no? Imposible negarse.

Erica cortó un par de trozos bien hermosos del pastel y los puso en una bandeja que dejó en la mesa. Noel se abalanzó enseguida a echar mano al dulce, pero Anna se le adelantó y apartó la bandeja en el último instante. Partió un bocado de uno de los trozos para Noel y Anton. Noel se lo zampó entero con cara de felicidad, mientras que Anton iba dando mordisquitos al suyo, sonriendo la mar de satisfecho.

—Es increíble lo distintos que son —dijo Anna, y les alborotó la pelusilla rubia.

—¿Tú crees? —preguntó Erica con ironía, meneando la cabeza.

Había servido dos tazas de café y, precavida, colocó la de Anna fuera del alcance de los gemelos.

—¿Te arreglas bien o quieres que me encargue de uno de los dos? —le preguntó a Anna, que, con cierta dificultad, trataba de conjugar niños, café y pastel al mismo tiempo.

—No, no pasa nada, me gusta tanto tenerlos así de cerca... —Anna acercó la nariz a la cabecilla de Noel—. Por cierto, ¿dónde está Maja?

—Pegada al sillón, delante de la tele. Su gran amor actual es Mojje. Ahora está viendo *Mojje en el Caribe,* y creo que sería capaz de vomitar si tengo que oír una vez más lo de «En una playa soleada del Caribe...».

—Pues Adrian está obsesionado con los Pokémon y a mí también me desespera. —Anna tomó un sorbo de café, temerosa de volcarlo encima de los gemelos de año y medio, que no paraban de moverse—. ¿Y Patrik?

—Trabajo. Sospecha de incendio provocado en Valö.

—¿En Valö? ¿Dónde?

Erica tardó un instante en responder.

—La colonia infantil —dijo sin poder ocultar el nerviosismo.

—Uf, qué horror. A mí ese lugar siempre me ha dado escalofríos. Que desaparecieran así, sin más...

—Ya lo sé. De hecho, he estado investigando un poco sobre aquel asunto y he pensado que, si encontrara algo, podría convertir el material en un libro. Pero la verdad, no he dado con nada que me fuera útil. Hasta ahora.

—¿Qué quieres decir? —Anna pegó un buen mordisco al pastel de ruibarbo. Ella también tenía la receta de la abuela, pero la usaba tan a menudo como planchaba las sábanas, o sea, nunca.

—Ha vuelto.

—¿Quién?

—Ebba Elvander. Ahora se llama Ebba Stark.

—¿La niña? —Anna miraba a Erica con los ojos como platos.

—La misma. Se ha mudado a Valö con su marido, y parece que van a restaurar la casa. Y ahora, alguien ha tratado de prenderle fuego. Son cosas que a mí me dan que pensar... —A aquellas alturas, Erica ni siquiera trataba de disimular el entusiasmo.

—¿Y no será casualidad?

—Pues claro que sí. Pero no deja de ser extraño. Que Ebba vuelva y empiecen a pasar cosas de repente.

—Bueno, ha pasado una cosa —observó Anna, consciente de la facilidad con que Erica pergeñaba todo tipo de teorías. El hecho de que su hermana hubiese escrito una serie de libros partiendo de una investigación minuciosa y con una base documental sólida le parecía un milagro y una ecuación que no lograba explicarse.

—Ya, bueno, una cosa —reconoció Erica, pero restándole importancia—. No sé cómo voy a aguantar la curiosidad hasta que llegue Patrik. En realidad, me habría gustado ir con él, pero no tenía quien se quedara con los niños.

—¿Y no crees que habría sido un poco extraño si hubieras ido con Patrik?

Anton y Noel se cansaron, se bajaron del regazo de Anna y salieron corriendo hacia el salón.

—Bueno, de todos modos, pienso ir a hablar con Ebba un día de estos. —Erica sirvió más café en las tazas.

—Ya. La verdad, yo también me pregunto qué le pasó a aquella familia exactamente —dijo Anna pensativa.

—¡Mamáaaaa! ¡Llévatelos de aquí! —Maja gritaba desesperada en el salón, y Erica se levantó dando un suspiro.

—Ya sabía yo que llevaban demasiado tiempo sentados. Así estamos a todas horas. Los peques sacan a Maja de quicio. He perdido la cuenta de las intervenciones de emergencia que tengo que hacer a diario.

—Ya... —dijo Anna, mientras Erica salía de la cocina a toda prisa. Sintió una punzada en el corazón: a ella también le gustaría tener de quién ocuparse.

Fjällbacka mostraba su mejor cara. Desde el muelle, delante de la cabaña de pescadores donde se encontraba con su mujer y sus suegros, John tenía vistas a toda la bocana del puerto. Hacía un tiempo radiante que había atraído más barcos y turistas que de costumbre, y los veleros se alineaban en apretadas hileras a lo largo de los pontones. En el interior se oía música y risas, y John contemplaba tan animado espectáculo con los ojos entornados.

—Es un fastidio la intolerancia que reina hoy en Suecia. —John se llevó la copa a los labios y tomó un trago del vino rosado que habían enfriado en la cubitera—. Todo el mundo habla de democracia y de que todos tienen derecho a hacer oír su voz, pero nosotros no podemos expresarnos. Apenas podemos existir. Lo que todos parecen olvidar es que nos ha elegido el pueblo. Un número suficiente de suecos ha dejado bien claro que ven con desconfianza cómo se están haciendo las cosas. Quieren un cambio, precisamente, el cambio que les hemos prometido nosotros.

Dejó la copa en la mesa y siguió pelando gambas. En el plato tenía ya una montaña de restos.

—Desde luego, es terrible —dijo su suegro; alargó el brazo hacia la fuente de las gambas y se sirvió un buen puñado—. Si es verdad que tenemos una democracia, hay que escuchar al pueblo.

—Y todo el mundo sabe que muchos inmigrantes vienen a este país por las subvenciones —intervino la suegra—.

Si aquí solo vinieran los extranjeros que están dispuestos a trabajar y a contribuir al sustento de la sociedad, todavía. Pero a mí, por lo menos, no me apetece nada que el dinero de mis impuestos se invierta en mantener a esos gorrones. —Ya empezaban a notársele los efectos del vino. John dejó escapar un suspiro. Imbéciles. No tenían la menor idea de lo que decían. Exactamente igual que la mayoría del rebaño de electores, simplificaban el problema. No veían la totalidad. Sus suegros personificaban esa clase de ignorancia que él tanto detestaba, y allí estaba ahora, obligado a pasar con ellos una semana entera.

Liv le acarició el pelo para tranquilizarlo. Sabía lo que pensaba de ellos y, a grandes rasgos, estaba de acuerdo con él. Pero Barbro y Kent eran sus padres, eso no podía cambiarlo.

—Lo peor es que ahora todo el mundo se mezcla con todo el mundo —continuó Barbro—. A nuestro barrio, por ejemplo, acaba de mudarse una familia, la madre es sueca y el padre, árabe. Te puedes imaginar la situación tan espantosa que tendrá la pobre tal y como los árabes tratan a sus mujeres. Y seguro que en el colegio se meterán con sus hijos. Luego acabarán siendo delincuentes y claro, entonces vendrán las lamentaciones y se arrepentirá de no haberse buscado un marido sueco.

—Es la pura verdad —reconoció Kent, tratando de dar un mordisco a la rebanada de pan con una montaña de gambas.

—¿No podéis dejar que John descanse un poco de la política? —dijo Liv con cierto tono de reprobación—. Ya tiene bastante con pasarse los días enteros hablando de cuestiones de inmigración en Estocolmo. Se merece un descanso, digo yo.

John la miró agradecido y aprovechó para admirar a su mujer. Era tan perfecta... El pelo rubio, suave como la seda, apartado de una cara de facciones puras y ojos de un azul limpio.

—Perdona, cariño. Hablamos sin pensar. Es que estamos tan orgullosos de lo que está consiguiendo John y de la posición que ha alcanzado... Anda, vamos a cambiar de tema. Por ejemplo, ¿cómo te va a ti el negocio?

Liv empezó a contarles entusiasmada sus penurias a la hora de conseguir que el servicio de aduanas no le complicara las cosas. Las entregas de los artículos de decoración que importaba de Francia para venderlos luego en Internet se retrasaban constantemente. Pero John sabía que su interés por el negocio se había enfriado. Liv se dedicaba cada vez más a la actividad del partido. Comparado con eso, todo lo demás se le antojaba insignificante.

Las gaviotas se acercaban al muelle sobrevolándolo en círculos, y John se puso de pie.

—Sugiero que retiremos la mesa. Las gaviotas se están poniendo muy pesadas y empiezan a irritarme. —Con el plato en la mano, se dirigió al borde del muelle y arrojó los restos al mar. Las gaviotas se precipitaron para pescar todo lo posible. Los cangrejos se encargarían del resto.

John se quedó un instante allí, respiró hondo, contemplando el horizonte. Como siempre, se le quedó la mirada prendida en Valö y, como siempre, la ira empezó a arderle por dentro. Afortunadamente, un zumbido en el bolsillo derecho vino a interrumpir sus pensamientos. Sacó el teléfono ágilmente y, antes de responder, echó un vistazo a la pantalla. Era el primer ministro.

—¿A ti qué te parece lo de las tarjetas? —Patrik le sostenía la puerta a Martin. Pesaba tanto que tenía que sujetarla con el hombro. La comisaría de Tanum era de los años sesenta. La primera vez que Patrik entró en aquel edificio semejante a un búnker, lo invadió una tristeza inmensa. Ahora ya estaba tan acostumbrado al color beis y al sucio amarillento de la decoración que no reparaba en lo absolutamente anodino que era aquello.

—Es extraño. ¿Qué clase de persona envía anualmente felicitaciones de cumpleaños anónimas?

—Bueno, no son del todo anónimas. Las firma «G».

—Ya, claro, y eso lo simplifica todo una barbaridad —dijo Martin, y Patrik se echó a reír.

—¿De qué os reís tanto? —preguntó Annika, que levantó la vista al oírlos desde detrás de la ventanilla de recepción.

—Nada de particular —dijo Martin.

Annika dio la vuelta a la silla giratoria y se plantó en la puerta de su pequeño despacho.

—¿Qué tal os ha ido en la isla?

—Pues tendremos que esperar a ver qué conclusiones saca Torbjörn, pero, desde luego, parece que alguien ha intentado quemar la casa.

—Voy a poner café, así podemos hablar un rato más. —Annika echó a andar, empujando por detrás a Martin y a Patrik.

—¿Has informado a Mellberg? —preguntó Martin cuando llegaron a la cocina.

—No, no me ha parecido necesario informar a Bertil todavía. Después de todo, este fin de semana libra. Y no vamos a molestar al jefe cuando tiene libre.

—En eso tienes razón —dijo Patrik, y se sentó en una de las sillas más próximas a la ventana.

—Vaya, así que aquí estáis, tomando café y disfrutando sin avisarme. —Gösta apareció en el umbral, disgustado y con la boca torcida.

—Anda, ¿tú por aquí? Si libras, ¿cómo es que no estás en el campo de golf? —Patrik sacó la silla que había a su lado para que Gösta se sentara.

—Con este calor, he pensado que podía venir a redactar algunos informes, así podré irme un par de horas otro día

41

que no se puedan freír huevos en el asfalto. Y vosotros, ¿dónde habéis estado? Annika me ha dicho no sé qué de un incendio provocado.

—Pues sí, podría decirse que es eso. Se ve que han vertido gasolina o algo parecido por debajo de la puerta, y luego le han prendido fuego.

—Joder. —Gösta echó mano de una galleta Ballerina y separó cuidadosamente las dos capas—. ¿Y dónde ha sido?

—En Valö. En la antigua colonia infantil —dijo Martin.

Gösta se quedó de piedra en plena operación de llevarse la galleta a la boca.

—¿En la colonia?

—Sí. Desde luego, es un tanto extraño. No sé si has oído lo de la hija pequeña, a la que dejaron aquí cuando la familia desapareció. Resulta que ha vuelto y se ha hecho cargo de la casa.

—Pues sí, ya se ha difundido el rumor, como es natural —dijo Gösta, con la mirada clavada en la mesa.

Patrik lo miró con curiosidad.

—Ah, claro, tú trabajarías en ese caso por aquel entonces, ¿verdad?

—Así de viejo soy —constató Gösta—. Pues qué raro que haya querido volver, ¿no?

—Mencionó algo de que había perdido a un hijo —dijo Martin.

—¿Que Ebba ha perdido a un hijo? ¿Cuándo? ¿Y cómo?

—No han dado más explicaciones. —Martin se levantó y sacó un cartón de leche del frigorífico.

Patrik frunció el ceño. No era propio de Gösta implicarse tanto, pero la verdad era que ya lo había visto así en otras ocasiones. Todos los policías de edad tenían un caso que para ellos era El caso. Un caso sobre el que se pasaba la vida pensando y sobre el que siempre volvía para encontrarle una solución o una respuesta, antes de que fuera demasiado tarde, a ser posible.

—Ese no fue para ti un caso cualquiera, ¿verdad?

—Pues no. Daría lo que fuera por saber qué ocurrió aquel sábado de Pascua.

—Seguro que no eres el único —intervino Annika.

—Así que Ebba ha vuelto. —Gösta se acariciaba la barbilla—. Y alguien ha intentado quemar la casa.

—No solo la casa —dijo Patrik—. El que prendió el fuego debió de conocer y, seguramente, debió de contar con el hecho de que Ebba y su marido estarían durmiendo dentro. Fue una suerte que Mårten se despertara y pudiera apagar el fuego.

—Desde luego, es una extraña coincidencia, de eso no hay duda —dijo Martin, que saltó en la silla cuando Gösta dio un puñetazo en la mesa.

—¡Es que está claro que no fue una coincidencia!

Sus colegas se lo quedaron mirando asombrados y, por un instante, se hizo el silencio en la cocina.

—Quién sabe si no deberíamos echarle un vistazo a la antigua investigación —dijo Patrik al fin—. Por si acaso.

—Puedo traeros lo que haya —dijo Gösta. La cara flaca, como de galgo, se le animó de nuevo—. Yo he ido sacando el material para examinarlo de vez en cuando, así que sé dónde está la mayor parte.

—De acuerdo. Luego lo revisamos entre todos. Puede que encontremos algo nuevo al leerlo otra vez. Y tú, Annika, ¿podrías comprobar qué hay sobre Ebba en los registros?

—Ahora mismo —dijo, y empezó a quitar la mesa.

—Yo creo que deberíamos comprobar también la economía de los Stark. Y si tienen asegurada la casa de Valö —dijo Martin mirando discretamente a Gösta.

—¿Estás insinuando que lo han hecho ellos? En mi vida he oído nada más absurdo. ¡Si estaban en la casa cuando empezó a arder, y fue el marido el que apagó el fuego!

—Bueno, pero vale la pena investigarlo. Quién sabe, puede que le prendiera fuego y que luego se arrepintiera.

Gösta abrió la boca como para decir algo, pero la cerró otra vez y salió dando zancadas de la cocina.

Patrik se levantó.

—Yo creo que Erica también tiene algo de información.

—¿Erica? ¿Y eso por qué? —Martin se paró a medio camino.

—Lleva tiempo interesada en el caso. Es una historia que conoce toda la gente de Fjällbacka, y teniendo en cuenta a qué se dedica ella, no es raro que le haya interesado más de la cuenta.

—Pues habla con ella. Todo lo que podamos averiguar sirve.

Patrik asintió, aunque no estaba muy seguro. Se imaginaba cómo podrían ir las cosas si permitía que Erica se involucrara en la investigación.

—Claro, hablaré con ella —dijo, con la esperanza de no tener que lamentarlo.

A Percy le temblaba la mano ligeramente mientras servía dos copas de su mejor coñac. Le ofreció una a su mujer.

—No comprendo tu forma de razonar. —Pyttan bebía a sorbos rápidos.

—El abuelo se revolvería en la tumba si lo supiera.

—Tienes que resolverlo de algún modo, Percy. —Pyttan le alargó la copa y él dudó si servirle más. Cierto que solo era primera hora de la tarde, pero en algún lugar del mundo, serían bastante más de las cinco. Y un día como aquel exigía una bebida potente.

—¿Yo? ¿Y qué quieres que haga yo? —subió el tono de voz, que sonó chillona, y le temblaba tanto la mano que la mitad del coñac se derramó fuera de la copa de Pyttan.

Ella apartó la mano.

—¿Pero qué haces, imbécil?

—Perdona, perdona. —Percy se desplomó en uno de los amplios sillones desgastados de la biblioteca. Se oyó un crujido y comprendió que la tapicería acababa de rasgarse—. ¡Joder!

Se levantó de un salto y, enloquecido, empezó a darle patadas al sillón. El palacio entero se desmoronaba, se había gastado la herencia hacía ya mucho tiempo y las autoridades tributarias le salían con que debía pagar una cantidad de dinero enorme que no tenía.

—Tranquilo. —Pyttan se limpió las manos con una servilleta—. De alguna forma podremos arreglarlo. Pero lo que no me explico es que ya no nos quede dinero.

Percy le clavó la mirada. Sabía lo mucho que a Pyttan le aterraba la idea, pero su mujer no le inspiraba otra cosa que desprecio.

—¿Que no comprendes cómo no nos queda dinero? —gritó—. ¿Tienes idea de cuánto gastas todos los meses? ¿No te das cuenta de lo que cuesta todo: los viajes, las cenas, la ropa, los bolsos, los zapatos, las joyas y toda esa mierda que compras?

No era propio de él gritar de ese modo, y Pyttan se encogió en el sillón. Se lo quedó mirando perpleja. Él la conocía demasiado bien para saber que, en esos momentos, estaba sopesando las alternativas: plantarle cara o seguirle la corriente. Al ver que se le suavizaba la expresión, comprendió que se había decidido por lo segundo.

—Cariño, no vamos a empezar a discutir ahora por algo tan insignificante como el dinero, ¿verdad? —Le colocó la corbata y le metió el bajo de la camisa, que se le había salido del pantalón—. Ya está. Así sí pareces otra vez mi señor de este palacio.

Lo abrazó y Percy notó que se ablandaba. Pyttan llevaba el vestido de Gucci y, como solía sucederle, le costaba más de lo habitual resistirse.

—Vamos a hacer lo siguiente: llamas al asesor y revisas otra vez la contabilidad. No puede ser tan grave. Seguro que después de hablar con él te tranquilizas.

—Tengo que hablar con Sebastian —murmuró Percy.

—¿Con Sebastian? —dijo Pyttan con cara de desagrado, como si tuviera en la boca algo asqueroso. Miró a Percy—. Ya sabes que no me gusta que te relaciones con él, porque entonces, yo tengo que relacionarme con la insulsa de su mujer. Sencillamente, no tienen clase. Él tendrá todo el dinero que tú quieras, pero es un paleto. Y he oído rumores de que los de Delitos Económicos le siguen la pista desde hace mucho, aunque no han encontrado pruebas. Pero claro, es solo cuestión de tiempo, así que mejor si no tenemos nada que ver con él.

—El dinero no tiene olor —dijo Percy.

Sabía muy bien lo que diría el asesor. Que no quedaba un céntimo. Todo se había esfumado y, para salir de aquel atolladero y salvar el palacete de Fygelsta, necesitaba capital. Su única esperanza era Sebastian.

Los llevaron al hospital de Uddevalla, pero todo estaba en orden, no había ni rastro de humo en los pulmones. Se les habían pasado los nervios iniciales y Ebba se sentía como si se hubiera despertado en medio de un sueño extraño.

Se sorprendió a sí misma sentada con los ojos entornados en la penumbra, y encendió la lámpara del escritorio. En verano, la noche llegaba disimuladamente a hurtadillas, y siempre le ocurría lo mismo, se pasaba un buen rato esforzando la vista hasta que comprendía que necesitaba más luz.

El ángel que estaba haciendo se le resistía, y allí estaba, trasteando para poner el eslabón en su sitio. Mårten no se explicaba por qué hacía los colgantes a mano, en lugar de encargarlos en Tailandia o en China, sobre todo ahora que empezaban a llegarle bastantes pedidos a través de la página web. Pero claro, entonces el trabajo no tendría tanto sentido. Ella quería hacer a mano cada colgante, poner el mismo cariño en todas las gargantillas que enviaba. Entretejer su dolor y sus recuerdos en los ángeles que hacía. Además, era muy relajante sentarse a labrar la plata por las tardes, después de todo el día pintando y trabajando con el martillo y la sierra. Por las mañanas, cuando se levantaba, le dolían todos los músculos del cuerpo, pero mientras montaba las gargantillas, se relajaba por completo.

—Bueno, ya he echado todas las llaves —dijo Mårten.

Ebba dio un salto en la silla. No lo había oído llegar.

—Vaya mierda —soltó al ver que la pieza, que estaba a punto de entrar en su sitio, volvía a salirse.

—¿No será mejor que te tomes un descanso esta noche? —dijo Mårten, procurando parecer discreto, y se plantó justo detrás de ella.

Ebba se dio cuenta de que estaba dudando si ponerle o no las manos en los hombros. Antes de que ocurriera lo que ocurrió con Vincent, él solía darle masajes en la espalda, y a ella le encantaba sentir aquellas manos firmes y, al mismo tiempo, suaves. Ahora apenas soportaba que la tocara, y existía el riesgo de que, si lo hacía, tratara de apartarlo y lo ofendiera, y así solo conseguiría que creciera la distancia entre los dos.

Ebba volvió al eslabón de la cadena y pudo ponerlo en su sitio por fin.

—¿Es que importa que cerremos con llave? —dijo sin volverse a mirarlo—. Tener las puertas cerradas no le ha impedido entrar a quien trató de quemarnos vivos anoche aquí dentro.

—¿Y qué otra cosa podemos hacer? —dijo Mårten—. Además, por lo menos podrías mirarme cuando me hablas.

Esto es importante. Alguien ha querido quemar esta casa y no sabemos por qué. ¿No te parece preocupante? ¿No tienes miedo?

Ebba se volvió hacia él muy despacio.

—¿De qué podría tener miedo? Ya me ha pasado lo peor que podría pasarme. Cerrar con llave o sin llave. A mí me da igual.

—Así no podemos seguir, Ebba.

—¿Por qué no? Ya he hecho lo que sugerías. Hemos vuelto, he aceptado tu grandioso plan de renovar este caserón ruinoso y luego vivir feliz el resto de mis días en nuestro paraíso particular mientras los huéspedes vienen y van. Lo he aceptado. ¿Qué más quieres? —Ebba se dio cuenta de lo fría e intransigente que sonaba su voz.

—Nada, Ebba. No quiero nada. —La voz de Mårten resonó igual de fría. Se dio media vuelta y salió de la habitación.

Fjällbacka, 1915

Por fin era libre. Le habían dado un puesto de criada en una finca de Hamburgsund y no tendría que aguantar ni a su madre de acogida ni a los odiosos de sus hijos. Y mucho menos al padre. Sus visitas nocturnas eran cada vez más frecuentes a medida que ella crecía y se desarrollaba físicamente. Desde que empezó a tener la menstruación, vivía presa del terror ante la posibilidad de concebir un hijo. Un niño era lo último que deseaba. No tenía la menor intención de acabar como esas muchachas timoratas y llorosas que llamaban a la puerta de su madre con un bulto sollozando en el regazo. Ya de niña aprendió a despreciarlas, a despreciar su debilidad y su resignación.

Dagmar recogió sus pertenencias. No le quedaba nada de la casa de sus padres, y en la casa de acogida no le habían dado nada de valor que llevar consigo. Pero no pensaba irse con las manos vacías. Entró a hurtadillas en el dormitorio de los padres de acogida. En una lata, debajo de la cama, muy pegada a la pared del fondo, guardaba la madre unas joyas que había heredado de su madre. Dagmar se tumbó en el suelo y sacó la caja. La madre de acogida había ido a Fjällbacka y los niños estaban jugando en el jardín, así que nadie la molestaría.

Abrió la tapa y sonrió satisfecha. Allí había una cantidad suficiente de objetos valiosos para proporcionarle seguridad durante un tiempo, y se alegraba de pensar que la bruja sufriría con la pérdida de sus joyas.

—¿Pero qué haces? —La voz del padre en el umbral la sobresaltó. Dagmar creía que estaba en el cobertizo. El corazón se le encogió en el pecho un instante, pero luego sintió que la invadía la calma. Nada iba a estropear sus planes.

—¿A ti qué te parece? —dijo, sacó las joyas de la caja y se las guardó en la faltriquera.

—¿Estás loca, muchacha? ¡Estás robando las joyas! —Dio un paso al frente, pero ella levantó la mano.

—Exacto. Y te aconsejo que no trates de impedírmelo. Porque entonces me iré derecha al jefe de Policía, y le contaré lo que me has hecho.

—¡No te atreverás! —Cerró los puños, y se le iluminó el semblante—. Además, ¿quién iba a creer a la hija de la partera de ángeles?

—Puedo ser muy convincente. Y empezarán las habladurías en la comarca más rápido de lo que tú crees.

Al hombre se le ensombreció de nuevo el semblante, parecía dudar y ella decidió darle un empujoncito.

—Tengo una propuesta. Cuando mi querida madrastra descubra que las joyas han desaparecido, tú harás lo posible por tranquilizarla y hacerle comprender que debería dejarlo correr. Si me lo prometes, te daré un premio antes de irme.

Dagmar se acercó a él. Le tocó el sexo y empezó a acariciarlo. Al granjero se le iluminaron los ojos, y ella supo que lo tenía en sus manos.

—¿Estamos de acuerdo? —preguntó Dagmar, y empezó a desabrocharle el pantalón.

—Estamos de acuerdo —dijo el padrastro, le puso la mano en la cabeza y la empujó hacia abajo.

El trampolín de Badholmen se alzaba hacia el cielo tan mayestático como siempre. Erica ahuyentó con resolución la imagen de un hombre que se balanceaba colgado de una cuerda en la torre. Ni con el pensamiento quería volver a aquel suceso espantoso y Badholmen también hacía lo posible por que ella pensara en otra cosa. La pequeña isla, tan próxima a Fjällbacka, yacía sobre las aguas como una joya. El albergue tenía mucha fama y solía estar al completo los veranos, y Erica comprendía muy bien por qué. La situación y el encanto del edificio de antaño constituían una combinación irresistible. Pero ahora no era capaz de disfrutar de las vistas plenamente.

—¿Estamos todos? —Miró estresada a su alrededor y contó a los niños.

Tres figuras asilvestradas, con chalecos naranja chillón, corrían por el muelle en todas direcciones.

—¡Patrik! ¿No podrías echarme una mano? —dijo, y agarró a Maja del cuello abultado del chaleco cuando la pequeña pasó corriendo a una distancia peligrosamente cercana al borde.

—¿Y quién va a poner en marcha el barco, eh? —Patrik hizo un gesto de impotencia, con la cara colorada por el esfuerzo.

—Si primero los metemos en el barco, antes de que se caigan al agua, lo pones en marcha después.

Maja se retorcía como una lombriz para liberarse, pero Erica la tenía bien agarrada del cuello del chaleco. Con la mano libre, atrapó a Noel, que perseguía a Anton corriendo con sus piernas rechonchas. Ahora, al menos, solo quedaba un niño suelto.

—Toma, aquí tienes. —Arrastró a los niños, que no paraban de manotear, hasta el barco amarrado al muelle, y Patrik trepó irritado a la cubierta para ayudar a Maja y Noel. Luego, Erica se volvió rauda para atrapar a Anton, que se había alejado un trecho hacia el puentecillo de piedra que unía Badholmen con tierra firme.

—¡Anton! ¡Para! —gritaba, sin conseguir la menor reacción. Y, aunque el niño corría que se las pelaba, logró alcanzarlo. El pequeño se resistía y empezó a llorar a gritos, pero Erica se lo llevó en brazos de allí.

—¡Por Dios! ¿Cómo se me habrá ocurrido pensar que era una buena idea? —dijo cuando por fin dejó a Anton en brazos de Patrik. Con la frente empapada de sudor, soltó el cabo y bajó al barco de un salto.

—Todo irá mejor cuando salgamos a alta mar. —Patrik giró la llave para poner en marcha el motor, que, por suerte, funcionó a la primera. Se inclinó y soltó el otro cabo mientras, con la otra mano, mantenía separado el barco que había al lado. No era tan fácil salir de allí. Había muy poco espacio entre las embarcaciones y, si no fuera porque lo tenían protegido con defensas, ni la suya ni las demás se habrían librado de sufrir daños.

—Perdona que haya estado tan desagradable. —Erica se sentó en uno de los bancos de cubierta, después de haber obligado a los niños a meterse en la cabina.

—Ya se me ha olvidado —le aseguró Patrik en voz alta, mientras empujaba con el mango del remo hasta que el barco viró con la popa hacia el puerto y la proa apuntando a Fjällbacka.

Hacía una mañana de domingo esplendorosa, con un cielo azul clarísimo y las aguas como un espejo. Las gaviotas graznaban sobrevolándolos en círculos. Cuando Erica miró a su alrededor, se dio cuenta de que había gente desayunando en varios de los barcos del puerto. Seguramente, muchos estarían durmiendo la mona a bordo. Los jóvenes turistas solían acabar mojados los sábados por la noche. Suerte que ella ya había dejado atrás esa época, se dijo, y miró ya más amorosamente a los niños, que ahora estaban tranquilos.

Se acercó a Patrik y apoyó la cabeza en su hombro. Él la rodeó con el brazo y le dio un beso en la mejilla.

—Oye —dijo de pronto—. Cuando hayamos atracado, recuérdame que te haga unas preguntas sobre Valö y la colonia infantil.

—¿Qué quieres saber? —preguntó Erica con curiosidad.

—Luego hablamos tranquilamente —dijo Patrik, y le dio otro beso.

Erica sabía que lo hacía solo para provocarla. El deseo de saber más se manifestaba como un picor que se le extendía por todo el cuerpo, pero se contuvo. En silencio, se hizo sombra con la mano y oteó el horizonte en busca de Valö. Poco a poco fueron bordeando la costa con el soniquete del motor de fondo hasta que avistó el gran edificio blanco. ¿Averiguarían alguna vez lo que ocurrió allí hacía tantos años? Ella detestaba las películas y los libros que no resolvían todos los interrogantes al final, ni siquiera le gustaba leer en el periódico artículos sobre crímenes no resueltos. Y cuando estuvo indagando sobre el caso de Valö, no consiguió averiguar mucho, por más que buscó una explicación. La verdad se hallaba tan oculta en la penumbra como la casa tras los árboles.

Martin se quedó un rato con la mano suspendida en el aire antes de tocar el timbre. No tardó en oír pasos al otro lado de la puerta y tuvo que refrenar el impulso de dar media vuelta y salir corriendo. La puerta se abrió, y allí estaba Annika, mirándolo sorprendida.

—¡Hombre! ¿Tú por aquí? ¿Ha pasado algo?

Martin se esforzó por sonreír, pero Annika no era persona que se dejase engañar; en cierto modo, esa era la razón por la que había ido a su casa. Desde que empezó a trabajar en la comisaría, ella se había comportado con él como una madre, y era la persona a la que buscaba para hablar cuando lo necesitaba.

—Es que... —atinó a responder.

—Anda, pasa —lo interrumpió Annika—. Vamos a la cocina a tomarnos un café y me cuentas lo que ocurre.

Martin entró, se quitó los zapatos y la siguió hasta la cocina.

—Siéntate —dijo, mientras echaba las cucharillas de café en el filtro—. ¿Dónde te has dejado a Pia y a Tuva?

—Están en casa. Les he dicho que iba a dar un paseo, así que no puedo tardar mucho. Pensábamos ir a la playa.

—Ajá. Qué bien, a Leia también le gusta mucho bañarse. Estuvimos en la playa ayer y nos costó un mundo que saliera del agua cuando llegó la hora de volver a casa. Está hecha un pececillo. Lennart acaba de irse con ella para que yo pudiera ordenar un poco la casa.

A Annika se le iluminaba la cara cuando hablaba de su Leia. Pronto haría un año desde que, después de muchos desvelos y penalidades, ella y su marido pudieron traer de China a su hija adoptiva. Ahora, la existencia de ambos giraba en torno a la niña.

Martin no podía imaginar una madre mejor que Annika. Era todo calidez y cariño, y le infundía seguridad. En aquellos momentos le gustaría poder llorarle en el hombro las lágrimas que le quemaban los párpados, pero se contuvo. Si empezaba a llorar, no sería capaz de parar nunca.

—Mira, creo que voy a poner unos bollos. —Sacó un paquete del congelador y lo puso en el microondas—. Los hice ayer, y pensaba llevarme algunos a la comisaría.

—Sabrás que, entre tus cometidos profesionales, no se cuenta el de proveernos de bollería, ¿verdad? —dijo Martin.

—Bueno, no sé si Mellberg estaría de acuerdo con eso. Si leo el contrato laboral con atención, seguro que, en la letra pequeña, puede leerse: «Deberá proveer a la comisaría de Tanum de bollería casera».

—Sí, desde luego, sin ti y sin el horno, Bertil no sobreviviría ni una jornada laboral.

—No, sobre todo desde que Rita lo puso a dieta. Según Paula, lo único que comen ahora en casa de Bertil y Rita es pan integral y verdura.

—¡No sabes cómo me gustaría verlo! —Martin se echó a reír. Le produjo una sensación agradable en el estómago y notó cómo desaparecía parte de la tensión acumulada.

Sonó el pip del micro y Annika puso los bollos calientes en una bandeja, junto con dos tazas de café.

—Ya está. Venga, cuéntame lo que te tiene apesadumbrado. Ya me di cuenta el otro día de que algo te pasaba, pero pensé que me lo contarías cuando quisieras.

—Puede que no sea nada, tampoco quiero abrumarte con mis problemas, pero... —Martin notó que se le agolpaba el llanto en la garganta.

—Tonterías. Para eso estoy aquí. Venga, cuéntamelo.

Martin respiró hondo unos segundos.

—Pia está enferma —dijo al fin, y oyó el eco de sus palabras retumbar entre las paredes de la cocina.

Vio que Annika palidecía. Aquello no era, desde luego, lo que esperaba oír. Martin daba vueltas a la taza sobre la mesa y tomó impulso de nuevo. De repente, vino todo de golpe:

—Lleva mucho tiempo muy cansada. A decir verdad, desde que nació Tuva, pero pensábamos que no era nada extraño, que era el cansancio propio posterior al parto. Pero Tuva va a cumplir dos años dentro de poco y no se le pasa, sino que ha ido empeorando. Luego, un día, empezó a notar unos bultos en el cuello...

Annika se llevó la mano a la boca, como si acabara de comprender adónde conduciría aquella conversación.

—Hace unas semanas, la acompañé a un reconocimiento. Le noté al médico en la cara cuáles eran sus sospechas. Le dieron un volante urgente para el hospital de Uddevalla, fuimos y le hicieron unas pruebas. Tiene cita con el oncólogo mañana a mediodía, para recoger los resultados, pero ya sabemos lo que le van a decir. —Martin no pudo contener las lágrimas, y se las secó, irritado.

Annika le dio una servilleta.

—Llora, suele aliviar bastante.

—Es tan injusto... Pia solo tiene treinta años y Tuva es tan pequeña... He buscado las estadísticas en Google y, si es lo que creemos, el pronóstico es bastante negro. Pia es muy valiente, pero yo soy un cobarde de mierda, incapaz de hablar con ella del tema. Apenas soy capaz de verla con Tuva, ni de sostenerle la mirada. ¡Me siento tan inútil! —Ya no pudo contener el llanto, apoyó la cabeza en los brazos, sobre la mesa, y lloró convulsamente.

Notó el brazo de Annika en el hombro, y su mejilla en la cara. No dijo nada, simplemente, se quedó allí acariciándole la espalda. Al cabo de un rato, Martin se irguió, se volvió hacia ella y la abrazó, y Annika lo consoló, seguramente como solía consolar a Leia cuando se caía y se hacía daño.

Tuvieron suerte de encontrar sitio en el Café Bryggan. La terraza estaba llena y Leon veía salir una tras otra las rebanadas de pan con gambas. La situación, en plena plaza de Ingrid Bergman, era perfecta, con mesas a lo largo de todo el muelle, hasta el agua.

—Yo soy partidaria de comprar la casa —dijo Ia.

Él se volvió hacia su mujer.

—Oye, que diez millones no son calderilla.

—¿He dicho yo eso? —Se inclinó y le alisó la manta que le cubría las rodillas.

—¡Deja ya la maldita manta! ¡Me voy a derretir!

—No debes enfriarte, ya lo sabes.

Una camarera se acercó a su mesa, Ia pidió vino y, para Leon, agua mineral. Él miró a la joven y dijo:

—Una cerveza.

Ia lo miró con reprobación, pero Leon le confirmó el pedido a la camarera con un gesto. La joven se comportaba como todo el mundo, esforzándose por no quedarse mirando las quemaduras. Cuando se marchó, él giró la cabeza y contempló el mar.

—Huele exactamente como lo recordaba —dijo. Tenía sobre las rodillas las manos cubiertas de rugosas cicatrices.

—Pues a mí sigue sin gustarme esto. Pero me conformaré si compramos la casa. No pienso vivir en un cuchitril y no pienso pasarme aquí los veranos enteros. Unas cuantas semanas al año serán más que suficiente.

—¿Y no te parece ilógico que compremos una casa que vale diez millones, cuando solo pensamos pasar aquí unas semanas al año?

—Esas son mis condiciones —dijo—. De lo contrario, tendrás que vivir aquí tú solo. Y ya sabes que no funciona.

—No, ya sé que no puedo arreglármelas solo. Y si, por casualidad, se me olvidara, estás tú para recordármelo siempre que puedes.

—¿Tú te has parado a pensar en cuántos sacrificios he tenido que hacer por ti? He tenido que aguantar todas tus ocurrencias, sin que se te haya pasado por la cabeza considerar por un instante cómo me sentía yo. Y ahora quieres mudarte aquí. ¿No estás ya quemado como para jugar con fuego?

La camarera llegó con el vino y la cerveza y colocó las copas sobre el mantel de cuadros blancos y azules. Leon bebió unos tragos y pasó el pulgar por el cristal helado.

—De acuerdo, haremos lo que tú quieras. Llama al agente inmobiliario y dile que nos quedamos con la casa. Pero nos mudamos cuanto antes. Detesto vivir en un hotel.

—Vale —dijo Ia sin alegría en la voz—. En esa casa creo que podré aguantar unas semanas al año.

—Pero qué valiente eres, cariño.

Ella lo miró con rencor.

—Esperemos que no tengas que arrepentirte de esta decisión.

—Ya ha corrido mucha agua bajo el puente —dijo él con calma.

En ese mismo instante, oyó a alguien contener la respiración a su espalda.

—¿Leon?

Se estremeció. No tenía que girar la cabeza para saber quién era por la voz. Josef. Después de todos aquellos años, allí estaba Josef.

Paula contemplaba el resplandor de la bahía y disfrutaba del calor. Se puso la mano en la barriga y sonrió al notar las pataditas.

—Bueno, pues yo creo que ha llegado la hora de tomarse un helado —dijo Mellberg levantándose. Lanzó una mirada a Paula y, señalándola con el dedo con un gesto de advertencia, le dijo—: Sabes que no es bueno exponer la barriga a la luz del sol, ¿verdad?

Ella se lo quedó mirando perpleja mientras se alejaba camino del quiosco.

—Estará de broma, ¿no? —Paula se volvió hacia su madre. Rita se echó a reír.

—Lo dice con buena intención, mujer.

Paula refunfuñó por lo bajo, pero se cubrió la barriga con un pañuelo. Leo pasó desnudo como un rayo y Johanna lo atrapó en plena carrera.

—Bertil tiene razón —dijo—. Se te puede alterar la pigmentación con los rayos UVA, así que ponte crema en la cara también.

—¿Que se altera la pigmentación? —dijo Paula—. Si ya soy morena.

Rita le dio un bote de crema con factor de protección treinta.

—Pues a mí me salieron en la cara montones de manchas oscuras cuando estaba embarazada de ti, así que no protestes.

Paula obedeció, y Johanna, que tenía la piel muy clara, también se puso crema.

—Y tú tienes suerte —dijo—. No tienes que esforzarte para ponerte morena.

—Ya, pero me gustaría que Bertil se lo tomara con un poco de calma —dijo Paula, y se echó un buen pegote de crema en la palma de la mano—. El otro día lo sorprendí leyendo mis revistas del embarazo. Y anteayer se presentó con un tarro de omega 3 del herbolario. Se ve que, en alguna de las revistas, decía que era bueno para el desarrollo cerebral del niño.

—Está tan contento... Déjalo, mujer —dijo Rita y, por segunda vez aquella mañana, empezó a untar a Leo de crema de la cabeza a los pies. Había heredado la piel rosácea y pecosa de Johanna y se quemaba con facilidad. Paula se preguntó de pronto si el niño heredaría su color o el del donante desconocido. A ella le era indiferente. Leo era hijo suyo y de Johanna y, a aquellas alturas, apenas se paraba a pensar en que había un tercero implicado. Lo mismo ocurriría con el segundo hijo.

La voz entusiasta de Mellberg interrumpió sus pensamientos.

—¡Aquí viene el helado!

Rita lo atravesó con la mirada.

—No te habrás comprado uno tú también, ¿verdad?

—Solo un Magnum pequeñito. Como me he portado tan bien toda la semana... —dijo sonriendo con un guiño, por ver si aplacaba a su pareja.

—Pues de eso nada —dijo Rita tranquilamente, le quitó el helado y lo tiró a una papelera.

Mellberg refunfuñó un poco.

—¿Qué has dicho?

—No, nada. Nada de nada —respondió tragando saliva.

—Ya sabes lo que ha dicho el médico. Perteneces al grupo de riesgo de infarto y de diabetes.

—Un Magnum no me habría hecho ningún daño. Uno tiene que poder disfrutar un poco de la vida, digo yo —se lamentó Mellberg antes de empezar a repartir los helados.

—Una semana más y se acaban las vacaciones —dijo Paula, y le dio un lametón al Cornetto, con los ojos cerrados al sol.

—La verdad, yo creo que no deberías volver al trabajo —dijo Johanna—. Ya no falta mucho; si hablaras con la matrona, seguro que te darían la baja. Tienes que descansar.

—Eh —dijo Mellberg—. Te he oído. No olvides que yo soy el jefe de Paula —Se rascó pensativo el poco pelo que le quedaba—. Pero estoy de acuerdo. Yo también creo que no deberías trabajar.

—Ya hemos hablado antes de este tema. Si me limito a quedarme en casa esperando, me volveré loca. Además, ahora está muy tranquila la cosa en la comisaría.

—¿Cómo que tranquila? —Johanna la miraba con los ojos como platos—. Si es la época más estresante del año, borracheras y de todo a todas horas.

—Bueno, me refiero a que no tenemos abierta ninguna investigación de envergadura. El trabajo habitual del verano, robos y demás, lo hago yo con los ojos cerrados. Y no tengo por qué hacer salidas, puedo quedarme en la comisaría y encargarme del papeleo. Así que dejad de darme la lata, que estoy embarazada, no enferma.

—En fin, ya veremos lo que pasa —dijo Mellberg—. Pero en eso tienes razón: la cosa está muy tranquila en estos momentos.

Era el aniversario de su boda y, como todos los años, Gösta fue a la tumba de Maj-Britt con un ramo de flores. A excepción de ese día, los cuidados de la tumba no eran su fuerte, pero eso no tenía nada que ver con sus sentimientos por Maj-Britt. Habían pasado juntos muchos años maravillosos y aún la echaba de menos cuando se levantaba por las mañanas. Y claro que se había acostumbrado a la viudedad, y que tenía un horario tan estricto y regular que, a veces, se le antojaba un sueño lejano haber vivido con otra persona en aquella casa. Pero el hecho de que se hubiera acostumbrado no significaba que se sintiera a gusto con la situación.

Se sentó en cuclillas y pasó el dedo por el surco que describía el nombre de su hijo recién nacido. Ni siquiera tenía una fotografía suya. Cuando nació, pensaron que tendrían todo el tiempo del mundo para hacerle fotos, y no se les ocurrió fotografiarlo nada más nacer. Y cuando murió, tampoco lo hicieron. En aquella época no se hacían esas cosas. En la actualidad la gente tenía otra visión de la muerte, pero entonces lo fundamental era olvidar y seguir adelante.

«Tened otro hijo en cuanto podáis», ese era el consejo que les dieron cuando se fueron del hospital, aún conmocionados. Pero no fue así. El único hijo que tuvieron fue la pequeña. La niña, como ellos la llamaban. Tal vez deberían haberse esforzado más por conservarla, pero la muerte del hijo aún les dolía demasiado, y no se creían en condiciones de darle a la niña lo que necesitaba más que por un breve periodo de tiempo.

Al final, fue Maj-Britt quien tomó la decisión. Él insistió discretamente en que quizá deberían hacerse cargo de la niña, dejar que se quedara con ellos. Pero Maj-Britt le contestó con el dolor en el semblante y la derrota grabada en el alma: «Necesitará hermanos». De modo que la pequeña no se quedó. Después de aquello, jamás hablaron de ella, pero Gösta nunca pudo olvidarla. Si le hubieran dado una corona cada vez que había pensado en ella desde aquel día, sería un hombre rico.

Gösta se levantó. Había arrancado las malas hierbas que habían brotado junto a la tumba, y el ramo quedaba precioso en el jarrón. La voz de Maj-Britt le resonaba con claridad en la cabeza: «Pero hombre, Gösta, no enredes tanto. Mira que malgastar en mí esas flores tan bonitas...». Ella siempre pensó que no se merecía nada más que lo cotidiano y lo corriente, y Gösta deseaba no haberle hecho tanto caso, tendría que haberla mimado más. Haberle regalado flores cuando podía disfrutarlas. Ahora solo le cabía la esperanza de que ella, en algún lugar allá arriba, pudiera alegrarse al contemplar la hermosura de aquellas flores.

Fjällbacka, 1919

En casa de los Sjölin estaban de fiesta otra vez. Dagmar se alegraba cada vez que organizaban un convite. El dinero extra le venía de perlas y era maravilloso contemplar a todas aquellas personas ricas y elegantes. Llevaban una vida tan perfecta y libre de preocupaciones... Comían y bebían bien y en abundancia, bailaban, cantaban y reían hasta el amanecer. Y ella deseaba que su vida fuera igual, pero por el momento, debía conformarse con servir a los afortunados y, durante unos minutos, estar cerca de ellos.

La fiesta de aquel día tenía visos de ser algo muy especial. A Dagmar y al resto del personal los habían trasladado muy temprano a la isla próxima a Fjällbacka, y el barco no había parado de ir y venir con comida, vino e invitados.

−¡Dagmar! ¡Tienes que traer más vino de la bodega! −le gritaba la mujer del doctor Sjölin, y Dagmar se apresuraba a obedecer.

Le interesaba estar a bien con ella. Lo último que habría querido era que la señora Sjölin empezara a vigilarla, porque se daría cuenta de las miradas y los pellizcos cariñosos que su marido le daba durante las fiestas. A veces el médico le sacaba algo más que pellizcos, si su mujer se disculpaba y se retiraba a su habitación, y los demás invitados estaban demasiado borrachos u ocupados con sus propias distracciones como para interesarse por lo que ocurría a su alrededor. Cuando eso sucedía, el doctor solía darle a hurtadillas unas monedas de más cuando repartía el salario entre los empleados.

Sacó diligente cuatro botellas de vino de una caja y subió a toda prisa de la bodega. Las llevaba muy pegadas al pecho, pero de pronto chocó con alguien y se le cayeron. Dos de ellas se rompieron, y Dagmar pensó desesperada que, seguramente, se las restarían del sueldo. Empezó a llorar, y miró al hombre que tenía delante.

—Perdón —le dijo en un danés que sonó raro en sus labios.

Su turbación y angustia se transformaron en ira.

—Pero ¿qué hace? No puede plantarse ahí, en mitad de la puerta, ¿no lo comprende?

—Perdón —repitió el hombre—. Ich verstehe nicht.

De pronto, Dagmar cayó en la cuenta de quién era. Había chocado con el invitado de honor de aquella noche: el héroe de guerra alemán, el aviador que había combatido valerosamente en la guerra, pero que, después de la vertiginosa derrota de Alemania, se ganaba la vida haciendo vuelos acrobáticos. Había sido el tema de conversación del día. Al parecer, vivía en Copenhague, pero corría el rumor de que un escándalo lo había obligado a trasladarse a Suecia.

Dagmar se lo quedó mirando. Era el hombre más guapo que había visto en su vida. No parecía tan borracho como la mayoría de los demás invitados, y tenía la mirada firme. Se quedaron allí un buen rato, observándose. Dagmar se irguió. Sabía que era guapa. Se lo habían confirmado en numerosas ocasiones los hombres que le recorrían el cuerpo con las manos y le susurraban palabras al oído. Pero nunca antes se había alegrado tanto de su belleza.

Sin apartar la vista de ella, el aviador se agachó y empezó a recoger los cristales de las botellas rotas. Con mucho cuidado, se dirigió a un bosquecillo donde se deshizo de ellos. Luego se llevó el dedo a los labios y bajó a la bodega en busca de otras dos botellas. Dagmar sonrió agradecida y se le acercó para que se las diera. Al verle las manos, se dio cuenta de que le sangraba una herida en el índice izquierdo.

Le indicó con un gesto que quería ver la herida más de cerca, y él dejó las botellas en el suelo. No era muy profunda, pero sangraba mucho. Sin apartar la vista de sus ojos, se llevó el dedo a la boca y chupó suavemente la sangre. A él se le dilataron las pupilas, y ella advirtió en sus ojos ese brillo que tan bien conocía. Se apartó y recogió las botellas. Mientras volvía al salón de la fiesta, notaba en la espalda la mirada del aviador.

Patrik había reunido a los colegas para repasar el caso. Ante todo, había que informar a Mellberg de la situación. Carraspeó antes de hablar.

–Tú no estabas el fin de semana, Bertil, pero quizá te hayas enterado de lo ocurrido.

–No, ¿el qué? –Mellberg apremiaba a Patrik con la mirada.

–Un incendio en la colonia infantil de Valö, el sábado. Y la cosa apunta a que ha sido provocado.

–¿Un incendio provocado?

–Bueno, todavía no tenemos la confirmación. Estamos esperando el informe de Torbjörn –dijo Patrik. Y dudó un instante, antes de continuar–; pero hay indicios suficientes como para que sigamos trabajando en esa línea.

Patrik señaló a Gösta, que estaba junto a la pizarra, rotulador en mano.

–Gösta está recopilando el material de la familia que desapareció en Valö. Él... –comenzó Patrik, pero Mellberg lo interrumpió.

–Ah, sí, sé perfectamente a qué te refieres. Esa vieja historia se la sabe todo el mundo. Pero ¿qué tiene eso que ver con el incendio? –dijo Mellberg. Se inclinó para acariciar a su perro, *Ernst,* que se había tumbado debajo de la silla.

—No lo sabemos. —Patrik ya empezaba a notarse cansado. Que siempre tuviera que andar discutiendo con Mellberg, que era el jefe, en teoría, pero que, en la práctica, dejaba más que gustoso la responsabilidad a Patrik... Siempre y cuando él pudiera llevarse los honores al final—. Estamos investigando el asunto sin ideas preconcebidas, para empezar. Después de todo, es muy extraño que ocurra algo así cuando la hija a la que abandonaron acaba de volver después de treinta y cinco años.

—Lo más probable es que hayan sido ellos los que han provocado el fuego en la casa. Para quedarse con el dinero del seguro —dijo Mellberg.

—Yo estoy estudiando su situación económica. —Martin estaba al lado de Annika, y parecía más apagado de lo normal—. Creo que tendré datos que aportar mañana por la mañana.

—Bien. Ya veréis, eso resolverá el misterio. Se habrán dado cuenta de que era demasiado caro reformar esas ruinas, y habrán pensado que quemar la casa sería mejor negocio. Yo vi más de un caso así cuando trabajaba en Gotemburgo.

—Bueno, como decía, no vamos a limitar las pesquisas a una única explicación del problema —dijo Patrik—. Y creo que ha llegado el momento de que Gösta nos cuente lo que recuerda.

Dicho esto, se sentó y le indicó a Gösta que podía empezar. Lo que Erica le había referido el día anterior durante la travesía por el archipiélago lo dejó fascinado, y quería saber qué tendría que decir Gösta de la antigua investigación.

—A ver, vosotros ya conocéis parte de la historia, pero empezaré por el principio, si no os importa. —Gösta miró a su alrededor, y todos asintieron.

—El 13 de abril de 1974, el sábado de Pascua, una persona llamó a la comisaría de Tanum y dijo que debíamos acudir enseguida al internado de Valö. La persona en cuestión no aclaró lo que sucedía, simplemente dijo aquello y colgó. Fue el jefe de Policía, un hombre mayor, quien atendió la llamada y, según él, era imposible decir si quien había llamado era hombre o mujer. –Gösta guardó silencio un instante, como si estuviera viajando en el tiempo con la imaginación–. A mi colega Henry Ljung y a mí nos ordenaron que acudiéramos para comprobar qué estaba pasando. Media hora después, llegamos al lugar de los hechos y nos encontramos con un espectáculo de lo más extraño. La mesa del comedor estaba puesta para el almuerzo del sábado de Pascua, aún había comida en los platos, pero ni rastro de la familia que vivía allí. Solo estaba la niña, Ebba, que tendría un año, deambulando por la casa. Era como si el resto de la familia se hubiera esfumado. Como si se hubieran levantado en plena comida y hubieran desaparecido sin más.

–Chas –dijo Mellberg, y dirigió a Gösta una mirada matadora.

–¿Dónde estaban los alumnos? –preguntó Martin.

–Puesto que era Pascua, la mayoría estaban de vacaciones con su familia. Tan solo unos cuantos se habían quedado en Valö, y no los vimos cuando llegamos, pero al cabo de un rato aparecieron cinco muchachos en un bote. Nos dijeron que habían salido a pescar y que habían estado fuera unas horas. Los interrogamos a fondo durante varias semanas, pero no tenían ni idea de lo que le habría ocurrido a la familia. Yo mismo estuve hablando con ellos, pero todos decían lo mismo: que no los habían invitado a la cena de Pascua con la familia y que habían salido a pescar. Y que, cuando se fueron, todo estaba como siempre.

–Y el barco de la familia, ¿seguía en el muelle? –preguntó Patrik.

–Sí. Además, peinamos toda la isla, pero era como si se hubieran esfumado. –Gösta meneó la cabeza.

—¿Cuántos eran? —Mellberg empezaba a sentir cierta curiosidad, a su pesar, y se inclinó para oír mejor.

—La familia la formaban dos adultos y cuatro niños, incluida Ebba. Así que desaparecieron los dos adultos y tres de los niños. —Gösta se volvió para escribir los nombres en la pizarra—. El padre era Rune Elvander, director del internado. Había sido militar y pretendía dirigir una escuela para chicos cuyos padres tuvieran altas exigencias de formación, con unas normas de disciplina muy estrictas. Educación de primer orden, una normativa que formara el carácter y una serie de actividades físicas al aire libre para muchachos con medios económicos. En esos términos, más o menos y si no recuerdo mal, describían el internado en los folletos.

—Dios santo, parece como de los años veinte —dijo Mellberg.

—Bueno, siempre ha habido padres que añoran los viejos tiempos, y eso era precisamente lo que Rune Elvander ofrecía —dijo Gösta, antes de proseguir con el relato—. La madre de Ebba se llamaba Inez. En el momento de la desaparición tenía veintitrés años; es decir, era mucho más joven que Rune, que rondaba los cincuenta. Rune tenía tres hijos de un matrimonio anterior: Claes, de diecinueve años, Annelie, de dieciséis, y Johan, que entonces tenía nueve. Su madre, Carla, había muerto unos años antes de que Rune volviera a contraer matrimonio. A decir de los cinco internos interrogados, la familia parecía tener bastantes problemas, pero no conseguimos sonsacarles ningún detalle.

—¿Cuántos niños había en la colonia infantil en periodo lectivo? —preguntó Martin.

—El número variaba un poco, pero en torno a veinte. Aparte de Rune, había otros dos profesores, pero también estaban de vacaciones.

—Y supongo que tenían coartada para la desaparición, ¿no? —preguntó Patrik, mirando a Gösta muy atento.

—Sí. Uno había celebrado la Pascua con su familia en Estocolmo. Del otro sospechamos un poco al principio, porque dio un montón de rodeos y no quería decirnos dónde había estado. Pero luego resultó que se había ido de vacaciones a tomar el sol con su novio, de ahí que quisiera mantenerlo en secreto. No quería que se supiera que era homosexual, en el internado nadie lo sabía.

—¿Y los alumnos que se fueron a casa de vacaciones? ¿Hablasteis con ellos? —preguntó Patrik.

—Con todos y cada uno. Y todos aportaron un certificado de sus padres en el que aseguraban que habían pasado la Pascua en casa, y que no se habían acercado por la isla. Por lo demás, todos los padres parecían muy satisfechos con la educación que el internado estaba dando a sus hijos, y estaban indignados ante la idea de que no hubiera ya internado al que enviarlos después de las vacaciones. Me dio la impresión de que muchos de ellos pensaban que era una lata tenerlos en casa incluso durante las vacaciones.

—De acuerdo, entonces, no encontrasteis ninguna prueba física que indicara que a la familia le hubiese ocurrido algo, ¿no?

Gösta negó con la cabeza.

—Claro que carecíamos del instrumental y del conocimiento que hoy poseemos; la investigación técnica se hizo según los medios. Pero todos nos esforzamos al máximo, y no había nada. O, mejor dicho: no encontramos nada. A pesar de todo, yo siempre he tenido la sensación de que algo se nos escapó, aunque soy incapaz de decir qué exactamente.

—¿Qué pasó con la niña? —preguntó Annika, que sufría cuando un niño quedaba desamparado.

—No tenía parientes vivos, así que la enviaron a Gotemburgo con una familia de acogida. Por lo que sé, esa familia acabó adoptándola. —Gösta guardó silencio y se miró las manos—. Me atrevería a afirmar que hicimos un buen trabajo. Examinamos todas las pistas posibles y tratamos de encontrar un móvil. Hurgamos en el pasado de Rune, pero no hallamos ningún cadáver en el armario. Visitamos todos los hogares de Fjällbacka para comprobar si alguien había observado algo fuera de lo normal. En fin, abordamos el caso desde todos los frentes imaginables, pero sin el menor resultado. Y, sin pruebas, era imposible decidir si los habían asesinado, si los habían secuestrado o si, sencillamente, se fueron por voluntad propia.

—Desde luego, es fascinante. —Mellberg carraspeó—. Pero no acabo de comprender por qué tenemos que seguir abundando en ese caso. No hay ningún motivo para complicar las cosas sin necesidad. O son la tal Ebba y su marido quienes han provocado el incendio, o es una gamberrada de una pandilla de chavales.

—Bueno, a mí me da la impresión de que es una operación demasiado complicada para atribuírsela al aburrimiento de unos chavales —dijo Patrik—. Si quisieran prenderle fuego a algo, sería más fácil hacerlo en el pueblo que ir en barco hasta Valö. Y, como ya se ha dicho, Martin está investigando si puede tratarse de una estafa a la aseguradora. En cualquier caso, cuanto más sé acerca del caso antiguo, más me inclino a pensar que el incendio guarda relación con lo sucedido cuando la familia desapareció.

—Ya, tú y tus intuiciones —dijo Mellberg—. No hay nada concreto que indique siquiera que exista alguna conexión. Ya sé que has acertado algunas veces, pero en esta ocasión estás totalmente equivocado. —Mellberg se levantó, obviamente satisfecho con haber pronunciado lo que, en su opinión, era la única verdad posible.

Patrik se encogió de hombros y no se dio por aludido. Hacía mucho que había dejado de preocuparse por lo que

Mellberg pensara o dejara de pensar, si es que le había importado alguna vez. Distribuyó las tareas y dio por concluida la reunión.

Cuando ya salían, Martin se le acercó y le pidió que esperase un momento.

—¿Podría tomarme la tarde libre? Ya sé que es un poco precipitado, pero...

—Sí, claro que puedes, si es por algo importante. ¿Qué pasa?

Martin parecía dudar.

—Bueno, es personal, preferiría no hablar de ello ahora mismo. Espero que no te moleste...

Había algo en su tono de voz... Patrik no siguió insistiendo, aunque le dolió un poco que Martin no quisiera confiarle el asunto. Pensaba que habían ido construyendo una relación de amistad a lo largo de los años que llevaban trabajando juntos, y que Martin debería sentirse cómodo y seguro con él y, si algo no iba bien, contárselo.

—Es que no tengo fuerzas —dijo Martin, como si acabara de adivinarle el pensamiento—. Pero, entonces..., puedo irme después del almuerzo, ¿no?

—Por supuesto, sin problemas.

Martin le respondió con un amago de sonrisa, y se dio media vuelta.

—Oye —dijo Patrik—, si necesitas hablar, aquí me tienes.

—Lo sé. —Martin dudó un momento, pero se fue pasillo adelante.

Anna sabía con qué iba a encontrarse en la cocina antes de terminar de bajar las escaleras: a Dan, con la bata desgastada, concentrado en el periódico y con la taza de café en la mano.

Al verla entrar, se le iluminó la cara.

—Buenos días, cariño. —Le puso la mejilla para que le diera un beso.

—Buenos días. —Anna se apartó—. Es que tengo tan mal aliento por las mañanas... —dijo excusándose, pero el daño ya estaba hecho. Dan se levantó sin hacer el menor comentario y fue a dejar la taza en el fregadero.

Que tuviera que ser tan difícil... Siempre acababa metiendo la pata con lo que hacía o lo que decía. Y no porque no quisiera que todo volviera a funcionar bien, como antes. Claro que quería volver a la relación incuestionable que mantenían antes del accidente.

Dan empezó a lavar las tazas del desayuno, y ella se le acercó por detrás y lo abrazó, apoyando la mejilla en su espalda. Pero lo único que sintió fue la frustración que le tensaba el cuerpo. Una frustración que se le contagió y borró el deseo de acercamiento. Imposible saber si se produciría otro momento así, o cuándo.

Dejó a Dan y, con un suspiro, fue a sentarse a la mesa.

—Tengo que ponerme las pilas y volver al trabajo —dijo, y alargó la mano en busca de la mantequilla para untar en la tostada.

Dan se dio media vuelta, se apoyó en el borde de la encimera y se cruzó de brazos.

—¿Y qué quieres hacer?

Anna tardó unos instantes en responder.

—Me gustaría poner en marcha mi propio negocio —dijo al fin.

—¡Me parece una idea estupenda! ¿Qué habías pensado? ¿Una tienda? Si quieres puedo echar un vistazo a ver qué locales hay.

La sonrisa de Dan irradiaba entusiasmo y, en cierto modo, su afán apagó el de ella. La idea era suya y no quería compartirla con nadie, aunque no sabía explicar por qué.

—Quisiera hacerlo yo sola —dijo, y oyó perfectamente el tono arisco de su voz.

A Dan se le disipó la alegría en el acto.

—Pues adelante —dijo, y volvió a concentrarse en la vajilla.

Mierda, mierda, mierda. Anna maldijo para sus adentros, y cruzó las manos con fuerza.

—Había pensado en lo de la tienda, sí, pero, en ese caso, aceptaría también encargos de decoración, búsqueda de antigüedades y esas cosas. —Continuó parloteando con la esperanza de captar de nuevo la atención de Dan, pero él seguía haciendo ruido con la vajilla, y no se molestó en responder. Su espalda era firme como un muro implacable.

Anna dejó la tostada en el plato. Había perdido el apetito por completo.

—Voy a dar una vuelta —dijo, y se levantó para subir a vestirse. Dan seguía sin responder.

—Qué bien que pudieras venir a tomarte un refrigerio con nosotros —dijo Pyttan.

—Qué bien que me hayáis invitado, así puedo ver cómo le va a la otra mitad. —Sebastian se echó a reír y le dio a Percy tal palmada en la espalda que le provocó un golpe de tos.

—Bueno, bueno, lo vuestro tampoco es ninguna choza que digamos.

Percy sonrió para sus adentros. Pyttan nunca había llevado en secreto lo que opinaba sobre la ostentación de la casa de Sebastian, con sus dos piscinas y su pista de tenis. Cierto que la vivienda era inferior a Fygelsta en superficie, pero tanto más lujosa. «El buen gusto no se compra con dinero», solía decir cuando habían estado allí de visita, y hacía una mueca de disgusto ante el esplendor dorado de los marcos de los cuadros y las lámparas de araña gigantescas. Y él era de la misma opinión.

—Ven, vamos a sentarnos —dijo, y acompañó a Sebastian a la mesa que habían puesto en la terraza. En aquella época del año, Fygelsta era imbatible. El jardín, que era una preciosidad, no podía abarcarse con la vista. Lo habían cuidado con esmero durante generaciones pero, en la actualidad, era cuestión de tiempo que empezara a degenerar, igual que el palacio. Hasta que no pusiera un poco de orden en la economía, tendrían que arreglarse sin jardinero.

Sebastian se sentó y se retrepó en la silla, con las gafas encajadas en la frente.

—¿Una copita de vino? —Pyttan le mostraba una botella de un Chardonnay de primera. Aunque a ella no le gustaba la idea de pedir ayuda a Sebastian, Percy sabía que haría todo lo posible por facilitarle las cosas ahora que habían tomado la decisión. Tampoco tenían muchas más opciones. Si es que tenían alguna otra.

Se sirvió la copa y, sin esperar a que Pyttan, en calidad de anfitriona, lo invitara a empezar, Sebastian comenzó con el primer plato. Llenó el tenedor de gambas con mayonesa y se puso a masticar con la boca abierta a medias. Percy notó que Pyttan apartaba la vista.

—Así que tenéis problemillas con el fisco, ¿no?

—Qué quieres que te diga... —Percy meneó la cabeza—. Ya no se respeta nada.

—Tienes toda la razón. En este país no vale la pena trabajar.

—No, en los tiempos de nuestros padres la cosa era distinta. —Percy cortó una rebanada de pan, tras una mirada inquisitiva a Pyttan—. Parecería lógico que apreciaran que hayamos invertido tanto esfuerzo en administrar esta herencia cultural. Es un trozo de historia de Suecia, que nuestra familia ha asumido la gran responsabilidad de conservar, y lo hemos hecho más que bien.

—Ya, pero ahora soplan vientos nuevos —dijo Sebastian agitando el tenedor—. Los vientos de los socialdemócratas llevan tiempo soplando, desde luego, y no parece cambiar la cosa el hecho de que tengamos un gobierno conservador. No puedes tener más que tu vecino, o te quitan todo lo que tienes hasta el último céntimo. Yo también he tenido oportunidad de probar esa medicina. Este año me ha tocado pagar un buen pellizco, aunque, por suerte, solo de lo que tengo en Suecia. Se trata de ser espabilado y colocar el capital en el extranjero, donde la autoridad tributaria no puede echar mano de lo que uno ha ganado con el sudor de su frente.

Percy asintió.

—Sí, ya, claro, pero yo siempre he tenido gran parte de mi capital vinculado al palacio.

Percy no era ningún necio. Sabía que Sebastian lo había utilizado todos aquellos años. Las más de las veces, porque le había prestado el palacio para organizar cacerías con sus clientes, verdaderos fiestones, o para llevar a alguna de las muchas señoras con las que se veía a escondidas. Se preguntaba si la mujer de Sebastian sospecharía algo, pero eso no era asunto suyo. Pyttan lo ataba corto y él no se habría atrevido nunca a tener una aventura. Por lo demás, la gente podía hacer lo que quisiera con su matrimonio.

—Ya, pero la herencia de tu padre no era tan poca cosa, ¿no? —dijo Sebastian, y reclamó más vino, acercándole a Pyttan la copa vacía. Sin desvelar lo que pensaba, ella la llenó hasta el borde.

—Bueno, sí, pero ya sabes... —Percy se retorcía en la silla. Le resultaba de lo más desagradable hablar de dinero—. Mantener esto en funcionamiento exige unas sumas astronómicas, y el coste de la vida sube continuamente. Hoy en día todo es carísimo.

Sebastian sonrió.

—Sí, lo cotidiano tiene su precio.

Examinó con descaro a Pyttan, desde los lujosos pendientes de diamantes hasta los tacones de Louboutin. Luego se dirigió a Percy.

—¿Qué es lo que necesitas?

—Pues... —Percy no se decidía, pero, tras una mirada a su mujer, se lanzó. Tenía que resolver aquello, de lo contrario, ella podía buscarse otras salidas—. Se trata, naturalmente, de un préstamo a corto plazo.

Siguió a sus palabras un silencio de lo más incómodo, que no pareció afectar a Sebastian. Se le dibujó en la comisura de los labios una sonrisilla maliciosa.

—Te haré una propuesta —dijo despacio—. Pero prefiero hacértela a solas, una charla entre antiguos compañeros de clase.

Pyttan hizo amago de protestar, pero Percy le lanzó una mirada de una dureza inusitada en él, y guardó silencio. Luego miró a Sebastian, y su respuesta se deslizó suavemente por el aire.

—Sí, será lo mejor —dijo, y agachó la cabeza.

Sebastian le dedicó una amplia sonrisa. Y, una vez más, le tendió la copa vacía.

Con el sol en lo más alto hacía demasiado calor para andar reparando la fachada, así que a mediodía solían trabajar en el interior de la casa.

—¿Empezamos por el suelo? —preguntó Mårten, mientras inspeccionaban el comedor.

Ebba tiró un poco de un trozo de papel pintado, que se despegó entero.

—¿No será mejor empezar por las paredes?

—Es que no estoy seguro de que el suelo aguante, hay varios listones podridos. Me parece que deberíamos arreglarlo antes que todo lo demás. Pisó fuerte uno de los listones, que cedió bajo la bota.

—De acuerdo, pues empezamos por el suelo —dijo Ebba, y se puso las gafas protectoras—. ¿Cómo lo hacemos?

No tenía nada en contra de trabajar duro y con ahínco tantas horas como Mårten, pero él era el experto en aquel tipo de tareas y tenía que confiar en su pericia.

—Con el mazo y la palanca, creo que será lo mejor. ¿Me encargo yo del mazo?

—Estupendo. —Ebba alargó el brazo en busca de la herramienta que le daba Mårten. Y se pusieron manos a la obra.

Notaba la adrenalina fluyéndole por las venas, y le gustaba sentir el ardor en los brazos cada vez que clavaba la palanca en las rendijas que había entre los listones y forzaba la madera hacia arriba. Mientras estuviera realizando un esfuerzo físico extremo, no pensaría en Vincent. Cuando el sudor le corría por el cuerpo y el ácido láctico que presagiaba las agujetas le inundaba los músculos, se sentía libre, al menos un rato. Ya no era la madre de Vincent. Era Ebba, la que ponía en orden su herencia, la que derribaba y volvía a construir.

Tampoco pensaba en el incendio. Si cerraba los ojos, recordaba el pánico, el humo escociéndole en los pulmones, el calor que le permitió intuir lo que sentiría si el fuego le devorase la piel. Y recordaba lo agradable que le resultó al final la idea de rendirse.

Así que, con la mirada al frente y con más fuerza de la necesaria para soltar los clavos oxidados de la madera, trabajaba concentrada en su tarea. Sin embargo, al cabo de un rato, esos pensamientos se abrieron paso a pesar de todo. ¿Quién habría querido hacerles tanto daño? ¿Y por qué? Se lo preguntaba una y otra vez, pero tanto pensar no la conducía a ninguna respuesta. No había nadie. Los únicos que querían causarles daño eran, en todo caso, ellos mismos. En varias ocasiones se había planteado que sería mejor no seguir viva, y sabía que Mårten también había acariciado la idea. Pero en su entorno, todo el mundo les había mostrado compasión y nada más. No habían advertido ni maldad ni odio, solo comprensión ante el sufrimiento por lo que les había pasado. Al mismo tiempo, era indudable que alguien había entrado a hurtadillas durante la noche y había querido quemarlos vivos allí dentro. Los pensamientos seguían rondándole por la cabeza sin hallar dónde aferrarse, y paró para secarse el sudor de la frente.

—Aquí hace un calor insoportable —dijo Mårten, y dio tal mazazo en el suelo que saltaron los tablones. Se había quitado la camiseta y se la había colgado del cinturón.

—Ten cuidado, no te vaya a entrar una esquirla en el ojo.

Ebba observó el cuerpo de su marido a la luz del sol que entraba a raudales por las ventanas sucias. Estaba exactamente igual que cuando se conocieron. Un cuerpo enjuto que, a pesar del trabajo físico, no tenía músculos. Ella, por su parte, había perdido las formas femeninas en los últimos seis meses. No tenía apetito y habría adelgazado unos diez kilos. No lo sabía con certeza, pero tampoco se molestaba en pesarse.

Siguieron trabajando un rato en silencio. Una mosca revoloteaba zumbando rabiosa contra la ventana, Mårten fue y la abrió de par en par. Fuera no corría la menor brisa, y no sintieron ningún fresco, pero la mosca pudo salir y dejaron de oír el molesto trompeteo.

Ebba notaba la presencia de lo ocurrido mientras retiraban los tablones. La historia impregnaba las paredes de la casa. Veía ante sí a todos los niños que pasaron los veranos en la colonia para respirar aire libre y sano, según rezaba el artículo de un viejo ejemplar del *Fjällbacka-Bladet* que había encontrado. La casa había pasado por las manos de otros propietarios, incluido su padre, pero ella pensaba sobre todo en los niños. Qué aventura no debía de ser alejarse de la familia para convivir con otros niños a los que no conocían. Días de sol y baños en el mar, disciplina combinada con juegos y alboroto. Podía oír las risas, pero también los gritos. En el artículo también hablaban de una denuncia por maltrato, y quizá no fuera todo tan idílico. A veces se preguntaba si los gritos procedían únicamente de los niños de la colonia, o si lo que sentía por la casa se mezclaba con los recuerdos. Había en los sonidos algo familiar que la aterraba, pero ella era tan pequeña cuando vivía allí... Si se trataba de recuerdos, debían de ser los que encerraba la casa, no los suyos.

—¿Tú crees que lo vamos a conseguir? —dijo Mårten apoyándose en el mazo.

Ebba estaba tan absorta en sus pensamientos que dio un respingo al oír su voz. Mårten se limpió el sudor con la camiseta que tenía colgada en el cinturón y la miró. Ella no quería mirarlo a los ojos, lo miraba a hurtadillas mientras seguía tratando de soltar un tablón que se resistía. Mårten quiso que sonara como si estuviera refiriéndose a las reformas, pero ella se dio cuenta de que la pregunta iba más allá. Aunque no tenía respuesta.

Al ver que no decía nada, Mårten suspiró y volvió de nuevo al mazo. Aporreó los tablones, acompañando cada golpe con un grito. Había empezado a formarse un buen agujero a sus pies, y levantó el mazo otra vez. Luego, lo bajó despacio.

—Pero qué coño... Ebba, ¡mira esto! —dijo, y le indicó que se acercara.

Ebba seguía con el tablón difícil, pero le entró curiosidad a su pesar.

—¿El qué? —dijo, y se acercó al sitio.

Mårten señaló el agujero.

—¿Tú qué crees que es?

Ebba se acuclilló y miró al fondo del agujero. Frunció el entrecejo. Donde habían retirado el suelo se veía una gran mancha oscura. Brea, fue lo primero que se le vino a la cabeza. Luego comprendió lo que debía de ser.

—Parece sangre —dijo—. Muchísima sangre.

Fjällbacka, 1919

A Dagmar no se le escapaba que el buen servicio y la belleza no eran las únicas razones por las que la requerían para trabajar en las fiestas de los ricos. La gente nunca murmuraba con la discreción suficiente. Los anfitriones procuraban que se difundiera enseguida el rumor de su identidad, y a aquellas alturas, reconocía más que de sobra las miradas ávidas de habladurías.

—Su madre..., la partera de ángeles... La ahorcaron... —Las palabras atravesaban el aire como avispas, y la picadura dolía, pero ella había aprendido a seguir sonriendo y a fingir que no las oía.

Aquella fiesta no era distinta. Cuando pasaba delante de los invitados, juntaban las cabezas y se hacían señales elocuentes. Una de las señoras se llevó la mano a la boca, aterrorizada, y se quedó mirando con descaro a Dagmar, que servía el vino en las copas. El aviador alemán observaba desconcertado el revuelo que provocaba, Dagmar vio con el rabillo del ojo cómo se inclinaba para hablar con la dama que lo acompañaba a la mesa. La mujer le susurró algo al oído, y Dagmar aguardó expectante su reacción. La mirada del alemán se alteró, pero ella vio el brillo de un destello en sus ojos. La examinó tranquilamente un instante y luego alzó la copa como si brindara a su salud. Dagmar le sonrió y notó que el corazón le latía más rápido.

A medida que pasaban las horas, iba subiendo el volumen del ruido alrededor de la mesa. Empezaba a oscurecer y, aunque la noche estival era templada, algunos de los invitados empezaron a entrar en la casa y a acomodarse en los salones, donde continuaron brindando y bebiendo. Los Sjölin eran espléndidos, y también el aviador parecía haber bebido lo suyo. Dagmar le había llenado la copa varias veces, con la mano temblándole de nerviosismo. La reacción del alemán la sorprendió. Había conocido a muchos hombres, algunos guapos de verdad. La mayoría sabían exactamente qué tenían que decir y cómo debían tocar a una mujer, pero ninguno le había provocado aquel sentimiento ardiente en las entrañas.

Cuando fue a llenarle la copa otra vez, la rozó con la mano. Nadie pareció darse cuenta, y Dagmar puso todo su empeño en fingir indiferencia, pero sacó el pecho un poco más.

–Wie heissen Sie? –dijo el alemán mirándola a los ojos.

Dagmar no lo entendía, pues no hablaba ninguna lengua extranjera.

–¿Cómo se llama? –farfulló un hombre que estaba sentado enfrente del aviador–. Quiere saber cómo se llama. Dígaselo al aviador, y luego viene a sentarse en mis rodillas un rato. Así sabrá lo que es un hombre de verdad... –El hombre se echó a reír, mientras se daba palmadas en los rollizos muslos.

Dagmar arrugó la nariz y se volvió de nuevo al alemán.

–Dagmar –dijo–. Me llamo Dagmar.

–Dagmar –repitió el alemán. Luego se señaló la pechera de la camisa con un gesto exagerado–. Hermann –dijo–. Ich heisse Hermann.

Al cabo de unos segundos, el aviador levantó la mano y se la puso en la nuca, y Dagmar notó que se le erizaba la piel. Él volvió a decir algo en alemán y ella miró al hombre gordo.

–Dice que le gustaría saber cómo te queda el pelo suelto. –Al hombre se le escapó otra risotada, como si hubiera dicho algo graciosísimo.

Dagmar se llevó la mano al moño de forma instintiva. Tenía el pelo rubio y tan abundante que no lograba dominarlo, y le salían varios rizos que se obstinaban en quedar fuera del peinado.

—Pues ya puede sentarse a esperar. Dígaselo —respondió, y se dio media vuelta para alejarse de allí.

El gordo se rio otra vez, y dijo varias frases largas en alemán. El aviador no se rio y, mientras le daba la espalda, Dagmar volvió a sentir su mano en la nuca. El alemán le quitó la peineta que sujetaba el pelo y la melena cayó y le cubrió la espalda.

Despacio y muy rígida, Dagmar se volvió de nuevo hacia él. El aviador alemán y ella se observaron unos instantes, mientras resonaban las risotadas del hombre gordo. Y alcanzaron un acuerdo tácito, y con el pelo aún suelto, Dagmar se encaminó a la casa, donde los invitados alteraban la paz de la noche con sus risas y sus historias.

Patrik estaba en cuclillas ante el gran agujero. Los tablones eran viejos y estaban medio podridos, era obvio que aquel suelo había que quitarlo. Y lo que había debajo era inesperado por demás. Sintió un nudo muy desagradable en el estómago.

—Habéis hecho bien en llamar enseguida —dijo, sin apartar la vista del agujero.

—Es sangre, ¿verdad? —Mårten tragó saliva—. No es que yo sepa el aspecto que tiene la sangre reseca, también podría ser alquitrán o algo así. Pero teniendo en cuenta...

—Sí, desde luego, parece sangre. Gösta, ¿llamas a los técnicos? Tendrán que venir e investigarlo a fondo. —Patrik se levantó e hizo una mueca al oír cómo le crujían las articulaciones. Era un recordatorio de que no se hacía más joven, precisamente.

Gösta asintió y se alejó unos metros mientras iba marcando el número en el móvil.

—¿Habrá algo..., algo más ahí abajo? —dijo Ebba con un temblor en la voz.

Patrik comprendió enseguida a qué se refería.

—Es imposible decirlo. Tendremos que levantar el resto del suelo para comprobarlo.

—Desde luego, no es que nos venga mal una ayudita, pero no así —dijo Mårten con una risa forzada, pero nadie lo acompañó.

Gösta había concluido la conversación y se les acercó.

—Los técnicos no pueden ponerse a ello hasta mañana. Así que espero que no os importe tener esto así hasta entonces. Debéis dejarlo todo tal y como está. No podéis ni limpiar ni ordenar nada.

—No, claro, no tocaremos nada. ¿Por qué íbamos a hacerlo? —dijo Mårten.

—Claro —dijo Ebba—. Para mí es una oportunidad de saber lo que ocurrió.

—Quizá podríamos sentarnos a hablar un rato sobre ese tema, ¿no? —propuso Patrik apartándose del agujero, aunque la visión se le había quedado grabada en la retina. Por lo que a él se refería, no le cabía la menor duda de que era sangre. Una gruesa capa de sangre reseca que ya no era roja, el tiempo la había oscurecido. Y, o mucho se equivocaba, o llevaba allí más de treinta años.

—Podemos instalarnos en la cocina, está bastante acabada —dijo Mårten, y se adelantó en esa dirección, seguido de Patrik. Ebba se quedó rezagada, junto con Gösta.

—¿No vienes? —preguntó Mårten girándose hacia ella.

—Id delante, Ebba y yo nos uniremos a vosotros enseguida —dijo Gösta.

Patrik estaba a punto de decirle que era con Ebba, precisamente, con quien quería hablar. Pero al ver la palidez de la joven, comprendió que Gösta tenía razón, que debían darle algo de tiempo, y tampoco tenían tanta prisa.

Lo de que la cocina estaba bastante acabada era una exageración. Había herramientas y brochas por todas partes, la encimera estaba abarrotada de platos sucios, y aún seguían allí los restos del desayuno.

Mårten se sentó a la mesa.

—En realidad, Ebba y yo somos unos fanáticos del orden y la limpieza. O lo éramos —se corrigió—. Resulta difícil de creer al ver esto, ¿verdad?

—Es que las reformas son un infierno —dijo Patrik, y se sentó en una silla después de haber retirado unas migas de pan del asiento.

—Ya no nos parece que eso del orden sea importante. —Mårten dirigió la vista a la ventana. Los cristales estaban cubiertos de polvo y era como si un velo les tapase el paisaje.

—¿Qué sabes tú del pasado de Ebba? —preguntó Patrik.

Oía que Gösta y Ebba estaban hablando en el comedor pero, por más que lo intentara, no se entendía lo que decían. El comportamiento de Gösta le daba que pensar. También antes, en la comisaría, cuando entró corriendo en su despacho para contarle lo ocurrido, lo vio reaccionar de un modo sorprendente. Pero luego se cerró como una concha y no dijo una palabra en todo el viaje hasta Valö.

—Mis padres y los padres adoptivos de Ebba son buenos amigos, y su pasado nunca ha sido un secreto para mí. Así que hace mucho que sé que su familia despareció sin dejar rastro. Y no creo que haya que saber mucho más.

—No, la investigación no condujo a nada, aunque se invirtieron mucho tiempo y muchos recursos en tratar de averiguar lo que había sucedido. Verdaderamente, es un misterio que desaparecieran así.

—Puede que hayan estado aquí todo el tiempo, ¿no? —Los dos saltaron de la silla al oír la voz de Ebba.

—Yo no creo que estén ahí debajo —dijo Gösta, que se había quedado en el umbral—. Si alguien hubiera manipulado el suelo, lo habríamos visto entonces. Pero estaba intacto, y tampoco había rastros de sangre. Debió de colarse por las rendijas de los tablones.

—De todos modos, yo quiero tener la certeza de que no están ahí —dijo Ebba.

—Los técnicos lo inspeccionarán todo mañana al milímetro, no te quepa duda —dijo Gösta, y le puso la mano en el hombro.

Patrik se quedó perplejo. Por lo general, cuando estaban trabajando, Gösta no era de los que se esforzaban sin necesidad. Y Patrik no era capaz de recordar haberlo visto tocar a otro ser humano.

—Yo creo que lo que necesitas es un buen café —dijo Gösta, le dio una palmadita en el hombro y se encaminó hacia la cafetera. Cuando el café empezó a caer en la jarra, fregó unas tazas de las que había en el fregadero.

—¿No podrías hablarnos de lo que ocurrió aquí? —Patrik le ofreció una silla a Ebba.

Cuando se sentó, se quedó asombrado al ver lo delgada que estaba. La camiseta le quedaba ancha y se le marcaba la clavícula bajo el tejido.

—Pues no creo que pueda deciros nada nuevo que no sepa la gente de por aquí. Yo tenía poco más de un año cuando desaparecieron, así que no recuerdo nada. Mis padres adoptivos tampoco saben mucho más: alguien llamó a la Policía y dijo que había ocurrido algo en la casa. Cuando llegó la Policía, todos habían desaparecido y solo quedaba yo. Fue la noche del sábado de Pascua cuando desaparecieron. —Ebba empezó a tironear de la cadena, la sacó de debajo de la camiseta y empezó a juguetear con el colgante, igual que Patrik la había visto hacer días atrás. Así parecía más frágil aún.

—Aquí tienes. —Gösta le puso a Ebba una taza de café y, tras servirse otra para él, se sentó a su lado. Patrik no pudo por menos de sonreír: ese era el Gösta de siempre.

—¿No podías habernos puesto uno a nosotros, hombre?

—¿Es que tengo cara de camarero?

Mårten se levantó.

—Ya lo hago yo.

—¿Es cierto que, al desaparecer tu familia, te quedaste completamente sola? ¿Que no tenías más parientes vivos? —preguntó Patrik.

Ebba asintió.

38 memb

Want about 81

(63) ✓

week 1 → 3
week 2 → 3
week 3 → 3 } 6 runners ✓
week 4/5 → runners up (?)

OR
Top of the month

18 RU
Months 1-3 → 6 Facilit...
Month 4 → Runner up
Months 5-8 → New
Month 9 → Runner up

—Así es, mi madre era hija única y mi abuela falleció antes de que yo hubiera cumplido el año. Mi padre era mucho mayor, y sus padres llevaban muertos mucho tiempo. La única familia que tengo son mis padres adoptivos. A decir verdad, tuve suerte. Berit y Sture siempre me han hecho sentir como su propia hija.

—Aquella Pascua se quedaron en el internado algunos niños. ¿Has tenido algún contacto con ellos?

—No, ¿por qué iba a tenerlo? —En la cara delgada de Ebba destacaban los ojos, abiertos de par en par.

—No habíamos tenido ninguna relación con este lugar hasta que decidimos mudarnos aquí —dijo Mårten—. Ebba heredó la casa cuando declararon muertos a sus padres biológicos, pero ha estado alquilada a veces, y durante otros períodos, la han tenido vacía. Por eso la reforma nos está dando tanto trabajo. Nadie se ha preocupado por la casa, simplemente, han ido parcheando y arreglando lo imprescindible.

—Yo creo que esto tiene sentido, que responde a un plan, que viniéramos aquí y que arregláramos esta casa —dijo Ebba—. Siempre hay un plan detrás de todo.

—¿Seguro? —preguntó Mårten—. ¿Estás segura, de verdad?

Pero Ebba no respondió, y cuando Mårten acompañó a los policías a la puerta, ella se quedó en la cocina, en silencio.

Mientras se alejaban de Valö, Patrik se quedó pensando en lo mismo. ¿Adónde los llevaría, en realidad, descubrir y confirmar que había sangre bajo el suelo? El delito había prescrito, había pasado mucho tiempo y no existían garantías de que ahora encontrasen respuestas. Así que, ¿qué sentido tenía aquel hallazgo? Con la cabeza llena de oscuros pensamientos, enfiló el bote rumbo a casa.

El médico dejó de hablar y se hizo el silencio en la consulta. El único ruido que oía Martin eran los latidos de su corazón. Miró al médico. ¿Cómo podía parecer tan impasible, después de darles semejante noticia? ¿Tendría que dar ese mismo diagnóstico más de una vez por semana? ¿Cómo lo soportaba?

Martin se obligó a respirar. Era como si se le hubiera olvidado cómo se hacía. Cada suspiro exigía una acción consciente, una orden clara al cerebro.

—¿Cuánto le queda? —logró articular.

—Existen varios tratamientos y la medicina avanza constantemente... —El médico hizo un gesto de resignación.

—¿Cuál es el pronóstico, desde un punto de vista puramente estadístico? —preguntó Martin con una calma forzada. Porque lo que de verdad había querido era saltar por encima del escritorio, abalanzarse sobre el médico y zarandearlo hasta que le diera una respuesta.

Pia estaba callada y Martin no se había atrevido aún a mirarla a la cara. Si lo hacía, el mundo se vendría abajo. Así podía concentrarse en los datos. En algo tangible, algo que manejar.

—Es imposible decirlo con seguridad, son muchos los factores que entran en juego. —La misma expresión de condolencia, el mismo gesto de resignación. Martin lo detestaba.

—¡Pero dime algo! —le gritó, y casi se sobresaltó al oír su propia voz.

—Comenzaremos con el tratamiento de inmediato, y ya veremos cómo responde Pia. Pero, teniendo en cuenta lo extendido que está el cáncer, y lo agresivo que parece..., en fin, entre seis meses y un año.

Martin se lo quedó mirando perplejo. ¿Había oído bien? Tuva no tenía ni dos años. No era posible que perdiera a su madre. Esas cosas no podían pasar. Empezó a temblar. En la consulta hacía un calor sofocante, pero él tenía tanto frío que le castañeteaban los dientes. Pia le puso la mano en el brazo.

—Tranquilízate, Martin. Tenemos que mantener la calma. Siempre existe la posibilidad de que eso no pase, y pienso hacer lo que sea... —Se volvió hacia el médico—. Póngame el tratamiento más agresivo que haya. Pienso luchar.

—Te ingresamos enseguida. Ve a casa y haz la maleta, mientras te preparamos la habitación.

Martin estaba avergonzado. Pia era fuerte, mientras que él había estado a punto de derrumbarse. No paraba de pensar en Tuva, la veía desde el momento en que nació hasta aquella misma mañana, jugando con ellos dos en la cama. El pelo oscuro revoloteando y los ojos tan risueños... ¿Se les apagaría ahora la risa? ¿Perdería su hija la alegría de vivir, la confianza en que todo estaba bien y en que el día siguiente sería aún mejor?

—Vamos a salir de esta. —Pia tenía la cara de una palidez cenicienta, pero mostraba una determinación que él sabía fruto de su tozudez. Y ahora tendría que echar mano de toda esa tozudez para pelear en la batalla más importante de su vida.

—Vamos a casa de mi madre a recoger a Tuva y nos tomamos un café —dijo, y se puso de pie—. Cuando se haya dormido, hablaremos tranquilamente. Y haré la maleta. ¿Cuánto tiempo estaré fuera?

Martin se puso de pie, aunque le temblaban las piernas. Típico de Pia, siempre con ese sentido práctico.

El médico vaciló un instante.

—Haz la maleta como para estar fuera un tiempo.

Acto seguido, se despidió y se concentró en el próximo paciente.

En el pasillo se quedaron Martin y Pia. Se dieron la mano en silencio.

—¿Les das zumo de bote? ¿No te preocupan los dientes? —Kristina miraba disgustada a Anton y a Noel, que estaban tomándose el zumo en el biberón, sentados en el sofá.

Erica respiró hondo. Su suegra no era mala persona, y había mejorado mucho en los últimos años, pero a veces se ponía pesada de verdad.

—He intentado darles agua, pero se niegan. Y algo tienen que beber, con este calor. Pero lo he mezclado con bastante agua.

—Ya, bueno, tú haz lo que quieras. Pero yo te he avisado. Yo a Patrik y a Lotta siempre les di agua, y no había ningún problema. No tuvieron una sola caries hasta que no se fueron de casa, y el dentista siempre me felicitaba por lo bien que tenían la dentadura.

Erica se mordió los nudillos mientras recogía la cocina, fuera de la vista de Kristina. En pequeñas dosis, la relación con Kristina funcionaba a las mil maravillas, y con los niños era estupenda, pero cuando, como hoy, se quedaba a pasar el día, era una prueba divina.

—Erica, creo que voy a poner una lavadora —dijo Kristina en voz alta, y siguió hablando consigo misma—. Es que es más fácil si lo vas haciendo poco a poco y lo mantienes, así no se te acumulan estas montañas de ropa. Cada cosa en su sitio, lo colocamos todo en su sitio... Maja es muy mayor, ya puede aprender a recoger sus cosas. De lo contrario, se convertirá en una adolescente consentida de las que nunca se independizan y esperan que se lo hagan todo. Mi amiga Berit, ya sabes, tiene un hijo de cerca de cuarenta años y...

Erica se tapó los oídos, apoyó la cabeza en uno de los armarios de la cocina y empezó a darse golpecitos contra la fresca superficie de madera, mientras elevaba una plegaria pidiendo paciencia. Unos toques terminantes en el hombro por poco la matan del susto.

—¿Qué estás haciendo? —Kristina estaba a su lado, con un cesto lleno de ropa sucia a sus pies—. Te estoy hablando y no me respondes.

—Ah, estaba... Estaba equilibrando la presión. —Erica se tapó la nariz y sopló fuerte—. Últimamente he tenido molestias en los oídos.

—Vaya —dijo Kristina—. Esas cosas hay que tomárselas en serio. ¿Estás segura de que no es otitis? Los niños son auténticos focos de infección cuando van a la guardería. Yo siempre he dicho que lo de las guarderías no trae nada bueno. Por eso me quedé en casa con Patrik y Lotta hasta que empezaron secundaria, sí, señor. Nunca tuvieron que ir a la guardería ni a la madre de día, ni una sola vez, y nunca se pusieron enfermos. Nuestro médico siempre me felicitaba por lo...

Erica la interrumpió con cierta brusquedad.

—Los niños llevan varias semanas sin ir a la guardería, así que dudo mucho que sea por eso.

—Ya, ya —dijo Kristina con expresión ofendida—. Pero al menos ya sabes lo que pienso. Y yo sé a quién llamáis cuando los niños se ponen malos y tenéis que trabajar. Entonces, ahí estoy yo. —Levantó la barbilla y, muy digna, se fue con la ropa sucia.

Erica contó despacio hasta diez. Desde luego que Kristina les ayudaba mucho, eso era innegable. Pero, las más de las veces, el precio era demasiado alto.

Los padres de Josef tenían más de cuarenta años cuando la madre recibió la noticia de que estaba embarazada, toda una sorpresa. Hacía ya mucho tiempo que se habían reconciliado con la idea de no tener hijos, habían planificado su vida según esa circunstancia y habían dedicado todo su tiempo a la pequeña sastrería que regentaban en Fjällbacka. El nacimiento de Josef lo cambió todo, y sintieron tanta felicidad por aquel hijo como pesadumbre ante la responsabilidad de transmitir su historia a través de él.

Josef contempló con cariño la foto de sus padres, que tenía en un recio portarretratos de plata, encima del escritorio. Detrás había fotos de Rebecka y los niños. Él siempre había sido el centro de la vida de sus padres, y ellos siempre serían el centro de la suya. Su familia tenía que aceptarlo.

—Ya mismo está lista la comida. —Rebecka se asomó discretamente al despacho.

—No tengo hambre, comed vosotros —dijo Josef sin levantar la vista siquiera. Tenía cosas mucho más importantes que hacer que sentarse a cenar.

—¿No podrías acompañarnos, ya que los niños han venido a vernos?

Josef la miró sorprendido. Rebecka no solía insistir. Sintió que lo dominaba la rabia, pero respiró hondo y se contuvo. Ella tenía razón, sus hijos ya no iban a verlos tan a menudo.

—Ya voy —dijo con un suspiro, y cerró el bloc de notas. Estaba lleno de ideas sobre cómo dar forma al proyecto, y siempre lo llevaba encima, por si se le ocurría algo nuevo.

—Gracias. —Rebecka se dio media vuelta y salió.

Luego salió Josef. Una vez en el comedor, se percató de que su mujer había puesto la mesa con la vajilla fina. Rebecka tenía cierta debilidad por lo frívolo y, en el fondo, Josef no creía que lo hiciera por los hijos, pero no hizo ningún comentario.

—Hola, papá —dijo Judith, y le dio un beso en la mejilla.

Daniel se levantó y se le acercó para abrazarlo. Por un instante, sintió el corazón henchido de orgullo, y deseó que sus padres hubieran podido ver crecer a sus nietos.

—Bueno, pues vamos a empezar, antes de que se enfríe la cena —dijo, y se sentó a la cabecera de la mesa.

Rebecka había preparado el plato favorito de Judith: pollo asado con puré de patatas. De repente, Josef se dio cuenta de lo hambriento que estaba, y recordó que no había comido en todo el día. Después de susurrar la bendición, Rebecka sirvió los platos y empezaron a comer en silencio. Una vez aplacada el hambre, Josef dejó los cubiertos.

—¿Van bien los estudios?

Daniel asintió.

—Tengo la máxima nota en todos los exámenes del curso de verano. Ahora se trata de que me den unas buenas prácticas este otoño.

—Y yo estoy encantada con el trabajo de este verano —intervino Judith. Le brillaban los ojos de entusiasmo—. Tendrías que ver lo valientes que son los niños, mamá. Sufren operaciones terribles y largos tratamientos de radioterapia y no te imaginas cuántas cosas más, pero no protestan, y no se rinden. Son increíbles.

Josef respiró hondo. Los éxitos de los hijos no le servían para aplacar el desasosiego que sentía a todas horas. Sabía que siempre podrían darles algo más, llegar un poco más lejos. Tenían tantos sueños que cumplir y tanto por lo que tomarse la revancha..., y él tenía que procurar que hicieran lo máximo posible.

—¿Y la tesis? Te dará tiempo, ¿no? —Le clavó la mirada a Judith y comprobó que se le disipaba el entusiasmo. Quería que él la apoyara y la cubriera de elogios, pero si les daba a sus hijos la impresión de que lo que hacían era lo bastante bueno, dejarían de esforzarse. Y eso no podía suceder.

Sin esperar siquiera la respuesta de Judith, se dirigió a Daniel.

—Estuve hablando con el director la semana pasada y me dijo que habías faltado dos días al último seminario. ¿Por qué?

Josef vio con el rabillo del ojo que Rebecka lo miraba decepcionada, pero no podía ser de otro modo. Cuanto más mimaba ella a los niños tanto mayor era su responsabilidad de conducirlos como debía.

—Tenía gastroenteritis —dijo Daniel—. No creo que les hubiera gustado que me hubiera pasado la clase vomitando en una bolsa.

—¿Te quieres hacer el gracioso o qué?

—No, lo digo en serio.

—Ya sabes que siempre termino enterándome de cuándo mientes —dijo Josef. Los cubiertos seguían en el plato. Había perdido el apetito. Detestaba no seguir teniendo control sobre sus hijos como cuando vivían en casa.

—Tenía gastroenteritis —repitió Daniel, y bajó la vista. También él parecía haber perdido el interés por la comida.

Josef se levantó de pronto.

—Tengo que trabajar.

Cuando fue a refugiarse en el despacho, pensó que seguramente se alegrarían de perderlo de vista. Oía a través de la puerta sus voces y el tintineo de la vajilla. Luego, la risa de Judith, clara y liberadora, sonó a través de la puerta con la misma claridad que si hubiera estado sentada a su lado. En ese instante se dio cuenta de que las risas de los niños, su alegría, se amortiguaba siempre en cuanto él entraba en la habitación. Judith volvió a reír, y sintió como si le retorcieran un cuchillo en el corazón. Su hija nunca se había reído así con él, y se preguntó si las cosas habrían podido ser de otro modo. Al mismo tiempo, no sabía cómo hacerlo. Los quería con toda el alma, pero no podía ser el padre que ellos deseaban. Solo podía ser el padre que la vida le había enseñado a ser, y quererlos a su modo, transmitiéndoles su herencia.

Gösta tenía la vista clavada en la luz parpadeante del televisor. La imagen se movía en la pantalla, la gente iba y venía y, puesto que estaban poniendo un episodio de *Los asesinatos de Midsomer,* seguramente estarían cargándose a alguien. Pero había perdido el hilo de la película hacía rato. Tenía la cabeza en otro sitio.

En la mesa, delante de él, había un plato. Dos rebanadas de pan de sirope con mantequilla y embutido. En principio, no tenía nada más en casa. Era demasiado esfuerzo y demasiado triste ponerse a cocinar para él solo.

El sofá en el que veía la tele estaba ya bastante viejo, pero no tenía fuerzas para deshacerse de él. Recordaba el orgullo de Maj-Britt cuando se lo llevaron a casa. Más de una vez la sorprendió acariciando la tapicería estampada de flores como si fuera un cachorro. Y el primer año, apenas lo dejaba sentarse en el sofá. La niña, en cambio, sí podía saltar y brincar en él. Maj-Britt le sujetaba las manos sonriendo mientras ella saltaba más y más alto sobre el asiento de muelles.

La tapicería estaba desgastada y tenía algún que otro agujero. Y concretamente en el brazo derecho sobresalía un muelle. Pero él se sentaba siempre en el lado izquierdo. Ese era su lado, mientras que el de Maj-Britt era el derecho. Aquel verano, la niña se sentaba entre los dos por las noches. Nunca había visto la tele antes, así que lanzaba grititos de entusiasmo cada vez que ocurría algo. Su programa favorito era *Cheburashka y el cocodrilo Guena.* No podía estarse quieta en el sofá y se pasaba el episodio dando saltitos de pura alegría.

Hacía mucho que nadie saltaba en el sofá. Cuando la niña se fue, se llevó consigo parte de la alegría de vivir, y los dos pasaron muchas noches en silencio. Ni él ni Maj-Britt habrían podido imaginar que el arrepentimiento doliese tanto. Pensaron que hacían lo correcto, y cuando se dieron cuenta del craso error que habían cometido, ya era demasiado tarde.

Gösta miraba sin ver al comisario Barnaby, que acababa de encontrar otro cadáver. Echó mano de una de las rebanadas de pan y le dio un mordisco. Era una noche como tantas otras, a la que sucederían muchas más.

Fjällbacka, 1919

No podían verse en el dormitorio del servicio, así que Dagmar aguardaba una señal suya para acudir a su habitación. Ella fue quien hizo la cama y ordenó su alcoba, sin saber que, más tarde, desearía intensamente deslizarse entre aquellas sábanas de algodón tan bonitas.

La fiesta aún estaba en pleno apogeo cuando recibió la señal que esperaba. Él estaba un poco ebrio, tenía el pelo rubio alborotado y los ojos brillantes por el alcohol. Pero no tan borracho como para no poder darle a hurtadillas la llave de su dormitorio. El roce fugaz de su mano le aceleró el corazón y, sin mirarlo, Dagmar se guardó la llave disimuladamente en el bolsillo del delantal. A aquellas alturas, nadie notaría su ausencia, y había personal de servicio suficiente para atender a los invitados.

Aun así, miró a su alrededor antes de abrir la puerta de la habitación de invitados más amplia de la casa y, una vez dentro, se quedó jadeando con la espalda pegada a la puerta. Ante la sola visión de la cama, con las sábanas blancas y la colcha primorosamente doblada, sintió un cosquilleo por todo el cuerpo. Él llegaría en cualquier momento, así que entró a toda prisa en el baño. Se alisó el pelo rápidamente, se quitó el uniforme de servicio y se refrescó debajo del brazo con un poco de agua. Luego se mordió los labios y se pellizcó las mejillas, para que adquirieran el color que sabía que estaba de moda entre las jóvenes de la ciudad.

Cuando oyó que trasteaban el picaporte, se apresuró a volver a la habitación y se sentó en el borde de la cama, con las enaguas por toda vestimenta. Se atusó el pelo, dejándolo caer sobre los hombros, consciente de lo esplendoroso que relucía a la luz suave de la noche estival que entraba por la ventana.

Nada de eso fue en vano. Al verla, él abrió los ojos de par en par y cerró la puerta enseguida. Se quedó unos instantes contemplándola antes de acercarse a la cama, le acarició la barbilla y la empujó hacia arriba para verle la cara. Entonces se inclinó y sus labios se unieron en un beso. Despacio, como queriendo provocarla, fue adentrando la lengua por sus labios entreabiertos.

Dagmar correspondía deseosa a los besos. Jamás le había ocurrido nada semejante, y se sentía como si algún poder divino le hubiese enviado a aquel hombre para que se uniera a ella y la completara. Se le nubló la vista un instante y se le vinieron al pensamiento imágenes del pasado. Los niños, a los que metían en un barreño con un contrapeso encima, hasta que dejaban de moverse. Los policías que llegaron y se llevaron a sus padres. Los cadáveres diminutos que exhumaron del sótano de su casa. La bruja y el padrastro. Los hombres que gemían encima de ella con aquel aliento apestando a alcohol y a tabaco. Todos aquellos que la habían utilizado y se habían burlado de ella: ahora tendrían que pedirle perdón con una reverencia. Al verla caminar al lado de aquel héroe de rubia cabellera, lamentarían cada insulto proferido entre susurros a sus espaldas.

Él fue alzando la enagua lentamente hasta la cintura, y Dagmar levantó los brazos para que pudiera quitarle la prenda. Nada deseaba más que sentir su piel. Fue desabrochando uno a uno los botones de la camisa, y él se la quitó enseguida. Tras haberse deshecho de toda la ropa, que formaba un montón en el suelo, él se tumbó encima de ella. Ya nada los separaba.

Cuando se consumó la unión, Dagmar cerró los ojos. En aquel instante, ya no era la hija de la partera de ángeles. Era una mujer por fin bendecida por el destino.

Llevaba varias semanas preparándose. No era fácil conseguir una entrevista con John Holm en Estocolmo, pero dado que iría a Fjällbacka de vacaciones, Kjell se las arregló para, tras mucho insistir, poder mantener con él una conversación y publicar un perfil en el *Bohusläningen*.

Sabía que John conocería a su padre, Frans Ringholm, uno de los fundadores de Amigos de Suecia, el partido que ahora presidía John. El que simpatizara con el nazismo era una de las muchas razones por las que Kjell se había distanciado de su padre. Solo poco antes de su muerte, intentó algo parecido a la conciliación, pero jamás llegó a reconciliarse con Amigos de Suecia ni con los éxitos recientes de la organización.

Habían quedado en la cabaña de John, y el trayecto en coche hasta Fjällbacka desde Uddevalla le llevó cerca de una hora, debido al tráfico estival. Con diez minutos de retraso, aparcó en la explanada de grava delante de la cabaña, con la esperanza de que John no le restara esos diez minutos de la entrevista.

—Puedes ir haciendo fotos mientras hablamos, por si luego no nos da tiempo —le dijo al fotógrafo al salir del coche. Sabía que no tendrían ningún problema. Stefan era el fotógrafo con más experiencia del *Bohusläningen* y, con independencia de las circunstancias, siempre hacía su trabajo.

—¡Bienvenidos! –John salió a recibirlos.

—Gracias –dijo Kjell. Le supuso un esfuerzo estrechar la mano que John le tendía. Aparte de lo repugnantes que le parecían sus ideas, Kjell lo consideraba uno de los hombres más peligrosos del país.

John se les adelantó y cruzó la cabaña hasta que salieron al embarcadero.

—Yo nunca conocí a tu padre pero, por lo que sé, era un hombre que infundía respeto.

—Claro, unos años en la cárcel pueden provocar ese efecto.

—No debió de ser fácil crecer con esas circunstancias –dijo John, y se sentó en el banco de madera, al abrigo de una empalizada.

Por un instante, Kjell sintió envidia. Le parecía tan injusto que un hombre como John Holm tuviese una casa tan bonita, con vistas al puerto y al archipiélago... A fin de ocultar su aversión, que, seguramente, se le notaría en la cara, se sentó enfrente de John y empezó a preparar la grabadora. Era consciente de que la vida era injusta y punto, y sabía por sus investigaciones que John procedía de familia con posibles.

La grabadora emitió un zumbido al ponerse en marcha. Al parecer, funcionaba como debía, así que Kjell empezó.

—¿A qué crees que se debe que hayáis conseguido llegar al congreso de los diputados?

Era conveniente empezar con suavidad. Además, sabía que había tenido suerte de verse con John a solas. En Estocolmo no se habría librado del secretario de prensa y, seguramente, algunas personas más. Así estaban solos John y él, y esperaba que el presidente del partido se sintiera más relajado al estar de vacaciones y encontrarse en su territorio.

—Yo creo que el pueblo sueco ha madurado. Somos más conscientes de nuestro entorno y de cómo nos afecta.

Llevábamos mucho tiempo siendo demasiado ingenuos, pero hemos despertado y Amigos de Suecia tiene la ventaja de ser la voz de la sensatez en ese despertar –dijo John con una sonrisa.

Kjell podía comprender que a la gente le resultara atractivo. Tenía un carisma y una seguridad en sí mismo que invitaba a creer en lo que decía. Pero Kjell estaba demasiado curtido para caer en las redes de esa clase de atractivo, y le disgustaba profundamente el modo en que John usaba la palabra «nosotros», incluyéndose a sí mismo y a todo el pueblo sueco. No podía decirse que John Holm representara a todos los suecos. Eran demasiado buenos como para que él pudiera representarlos.

Siguió haciéndole preguntas inocuas: cómo se sentía al formar parte del congreso, cómo los habían recibido, qué le parecía el trabajo político en Estocolmo... Stefan no paraba de dar vueltas a su alrededor con la cámara y Kjell casi podía imaginar las fotos. John Holm sentado en su embarcadero, con el mar rielando de fondo. Un espectáculo totalmente distinto del que ofrecían las instantáneas del político con traje y corbata que solían aparecer en la prensa.

Kjell le echó una ojeada al reloj. Habían pasado veinte minutos del tiempo pactado para la entrevista y el ambiente era agradable, aunque no cordial. Había llegado el momento de formular las preguntas interesantes. Desde que le confirmaron la entrevista, había dedicado las semanas transcurridas a leer infinidad de artículos sobre John Holm, y había visto montones de debates en televisión. Muchos periodistas hacían un trabajo mediocre. Se limitaban a rasgar la superficie y si, por casualidad, hacían una pregunta inteligente, se abstenían de seguir abundando en ella y daban por buenas las respuestas archiseguras de Holm, por lo general plagadas de estadísticas erróneas, cuando no de mentiras puras y duras. A veces se avergonzaba de ser periodista, pero, a diferencia de muchos de sus colegas, él había hecho los deberes.

—Vuestro presupuesto se basa en el gran ahorro que le reportaría a la sociedad el hecho de que se detuviera la inmigración. Un ahorro de setenta y ocho millones. ¿Cómo habéis calculado esa cifra?

John se puso rígido. La arruga que se le formó en la frente reveló una ligera irritación, pero enseguida la sustituyó con su eterna sonrisa complaciente.

—Es un cálculo sólidamente documentado.

—¿Estás seguro? Lo que yo veo más bien es que hay muchos datos que indican que vuestras estimaciones son erróneas. Te puedo dar un ejemplo: aseguráis que solo el diez por ciento de los inmigrantes que vienen a Suecia encuentran trabajo.

—Exacto, así es. Las personas que acogemos en Suecia sufren un alto índice de desempleo, lo que supone un coste enorme para la sociedad.

—Pero según las estadísticas que he manejado, el sesenta y cinco por ciento de los inmigrantes de Suecia entre veinte y sesenta y cuatro años tiene empleo.

John guardó silencio. Kjell casi podía ver cómo le trabajaba el cerebro a toda máquina.

—La cifra que yo tengo es del diez por ciento —dijo al fin.

—Pero no sabes cómo habéis llegado a esa cifra, ¿no es cierto?

—Pues no.

Kjell empezaba a disfrutar de la situación.

—Para vuestros cálculos os habéis basado, además, en el hecho de que, si se pusiera coto a la inmigración, la sociedad ahorraría grandes sumas con la reducción de subsidios. Sin embargo, un estudio de los años entre 1980 y 1990 demuestra que la contribución de los inmigrantes a través de los impuestos supera con creces el coste que la inmigración representa para el Estado.

—Eso no me parece muy probable —dijo John con una sonrisa maliciosa—. La población sueca no se cree ya esos estudios falsos. Es ampliamente conocido el hecho de que los inmigrantes utilizan el sistema de subsidios.

—Tengo aquí una copia de dicho estudio. Puedes quedártela y examinarla con detenimiento, si quieres. —Kjell sacó los documentos y los dejó delante de John.

Él ni siquiera se dignó mirarlos.

—Tengo a mi lado gente que se encarga de esas cosas.

—Ya, claro, aunque parece que no se han informado como es debido —dijo Kjell—. Bueno, quería pasar al capítulo de los gastos. ¿Cuánto costará el servicio militar indiscriminado que queréis volver a introducir? ¿Podrías pormenorizar aquí el coste de vuestras propuestas, para que lo veamos con claridad? —Acercó un bloc y un bolígrafo a John, que los miró como si fueran algo repulsivo.

—Todas las cantidades están en los presupuestos. No hay más que consultarlas.

—¿No las recuerdas de memoria? Los presupuestos son el núcleo de vuestra actuación política.

—Por supuesto, tengo control absoluto sobre todas las cifras. —John apartó el cuaderno—. Pero no pienso montar aquí ningún espectáculo.

—Bueno, en ese caso, dejamos por ahora el asunto del presupuesto. Quizá tengamos ocasión de volver sobre ello más tarde. —Kjell rebuscó en el maletín y sacó otro documento, una lista que llevaba impresa.

—Aparte de una política de inmigración más restrictiva, queréis trabajar para endurecer las penas a la delincuencia.

John se irguió.

—Pues sí, la indulgencia con la que actuamos en Suecia es un escándalo. Con nuestra política, nadie se librará ya con un tirón de orejas. También en el seno de nuestra formación política hemos puesto el listón alto en ese sentido, por más que, con anterioridad, se nos haya relacionado con..., en fin, con algunos elementos desafortunados.

Elementos desafortunados. Ya, claro, también se los puede llamar así, pensó Kjell, pero calló con toda la intención: estaba llevando a John precisamente por donde él quería.

—Hemos eliminado a todos los elementos delictivos de nuestras listas de diputados y, a ese respecto, aplicamos tolerancia cero. Por ejemplo, todos han tenido que firmar un certificado de conducta en el que debían dar cuenta de delitos y sentencias antiguos. Nadie con un pasado delictivo puede representar a Amigos de Suecia. —John se recostó en la silla y se cruzó de piernas.

Kjell dejó que se sintiera seguro unos instantes, antes de dejar la lista en la mesa.

—¿Y cómo es que no imponéis las mismas exigencias a quienes trabajan en la secretaría? Nada menos que cinco de tus colaboradores tienen antecedentes penales. Se trata de penas por agresión, amenazas, atraco y extorsión a un empleado público. Tu secretario de prensa, por ejemplo, fue condenado en 2001 por haber molido a patadas a un etíope en la plaza de Ludvika. —Kjell le acercó la lista un poco más, para ponérsela a John delante de las narices. Al presidente del partido se le puso el cuello de color rojo fuego.

—Yo no me encargo ni de las entrevistas de contratación ni de la intendencia de la secretaría, así que no puedo pronunciarme al respecto.

—Ya, pero como responsable último del personal contratado, el asunto debería llegar a tu mesa aunque no seas tú el encargado de los aspectos prácticos, ¿no?

—Todo el mundo tiene derecho a una segunda oportunidad. En todo caso, se trata en su mayoría de desliz de juventud.

—¿Una segunda oportunidad, dices? ¿Y por qué se merecen tus empleados esa segunda oportunidad, cuando los inmigrantes que cometen algún delito no la tienen? Según vuestro programa, los enviaréis a su país de origen en cuanto se los haya juzgado.

John apretó los dientes y se le endurecieron los rasgos más todavía.

—Como decía, yo no he intervenido en el proceso de contratación de personal. En todo caso, podré pronunciarme más adelante.

Kjell sopesó fugazmente si presionarlo un poco más, pero se le agotaba el tiempo y John podía hartarse en cualquier momento y poner punto final antes de la hora fijada.

—Bueno, también quería hacerte unas preguntas algo más personales —dijo, y echó un vistazo a sus notas. En realidad, lo tenía todo en la cabeza, pero sabía por experiencia que llevar las cosas sobre el papel surtía un efecto amedrentador. Infundía respeto.

—Ya has contado en alguna ocasión que tu interés por las cuestiones de inmigración se despertó cuando, a la edad de veinte años, te atacaron y agredieron dos estudiantes africanos que cursaban los mismos estudios que tú en la Universidad de Gotemburgo. Denunciaste el hecho a la Policía, pero la investigación se sobreseyó y tuviste que ver a los culpables en clase a diario. Se pasaron el resto de la carrera riéndose de ti y, por tanto, de la sociedad sueca. Esto es una cita tomada de una entrevista que apareció en el *Svenska Dagbladet* la primavera pasada. —Kjell miró a John, que asintió muy serio.

—Pues sí, es un suceso que me ha marcado profundamente y que ha conformado mi visión del mundo. Me demostró claramente cómo funcionaba la sociedad y hasta qué punto los suecos se habían visto degradados a la condición de ciudadanos de segunda mientras se trataba de maravilla a individuos a los que, con toda la ingenuidad del mundo, hemos traído aquí desde todos los rincones.

—Interesante. —Kjell ladeó la cabeza—. Pues yo he estado estudiando el incidente y hay varias cosas que son..., bueno, un tanto extrañas.

—¿A qué te refieres?

—Para empezar, no existe tal denuncia en los archivos de la Policía, y para continuar, no había estudiantes africanos en tu curso. En realidad, no había ni un solo estudiante africano en la universidad cuando tú estudiabas la carrera.

Kjell vio cómo tragaba saliva y la nuez subía y bajaba aceleradamente.

—Pues yo lo recuerdo perfectamente. Te equivocas.

—¿No es más acertado decir que esas ideas proceden de tu entorno familiar? Tengo información que indica que tu padre era nazi, o simpatizante declarado.

—No pienso pronunciarme sobre las posibles opiniones de mi padre.

Con una rápida ojeada al reloj, comprobó que solo le quedaban cinco minutos. Kjell sintió una mezcla de disgusto y satisfacción. No había conseguido ningún resultado concreto de la entrevista, pero había disfrutado poniéndolo nervioso. Y no pensaba darse por vencido. La entrevista era solo el principio. Seguiría profundizando sin parar, hasta que encontrara algo que detuviera a John Holm. Seguramente, tendría que verse con él otra vez, así que más valía terminar aquella entrevista con una pregunta que no guardase relación con la política. Le sonrió.

—Tengo entendido que fuiste alumno del internado de Valö cuando aquella familia desapareció. Desde luego, es un misterio lo que ocurrió allí.

John lo miró fugazmente y se levantó a toda prisa.

—Bueno, ya se ha terminado el tiempo y tengo mucho que hacer. Supongo que sabréis encontrar la salida.

Kjell siempre había tenido un instinto periodístico excelente, y la reacción de John le puso el cerebro en alerta máxima. En aquel asunto había algo que John no quería que él averiguase, y no veía la hora de volver a la redacción para ponerse a indagar qué podía ser.

–¿Dónde está Martin? –Patrik miraba a los demás, que estaban en la cocina de la comisaría.

–Está de baja por enfermedad –dijo Annika evasiva–. Pero tengo aquí el informe sobre las finanzas.

Patrik se la quedó mirando, pero no hizo ninguna pregunta. Si Annika no le contaba lo que sabía voluntariamente, habría que torturarla para sonsacárselo.

–Y aquí tengo todo el material del caso antiguo –dijo Gösta, y señaló unos archivadores abultados que había en la mesa.

–Vaya, qué rapidez –dijo Mellberg–. Sacar material del archivo suele llevar una eternidad.

Gösta tardó un buen rato antes de responder.

–Los tenía en casa.

–¿Estás diciendo que guardas en tu casa material de archivo? ¡Pero, hombre! ¿Has perdido el juicio? –Mellberg se levantó como un rayo de la silla, y *Ernst,* que estaba tumbado a sus pies, se sentó y puso las orejas tiesas. Soltó un par de ladridos, pero luego constató que todo parecía normal y volvió a tumbarse.

–Lo he estado revisando a ratos y me parecía absurdo andar paseándolo de aquí para allá. Y además, ha sido una suerte que lo tuviera en casa, de lo contrario, ahora no podríamos disponer de él.

–Pero ¡cómo puedes ser tan imbécil...! –continuó Mellberg, y Patrik comprendió que había llegado el momento de intervenir.

–Siéntate, Bertil. Lo más importante ahora es que tenemos acceso al material. Ya nos encargaremos luego de las cuestiones de disciplina.

Mellberg refunfuñó malhumorado y obedeció a regañadientes.

—¿Han empezado a trabajar allí los técnicos? —preguntó.

Patrik asintió.

—Están empleándose a fondo, levantando el suelo y recogiendo pruebas. Torbjörn nos ha prometido que llamará en cuanto sepan algo.

—Ya. ¿Puede explicarme alguien por qué deberíamos invertir tiempo y recursos en un posible delito que prescribió hace un siglo? —preguntó Mellberg.

Gösta lo miró furioso.

—¿Se te ha olvidado que han intentado prenderle fuego a la casa?

—No, no se me ha olvidado. Pero sigo preguntándome por qué lo uno iba a estar relacionado con lo otro. —Gesticulaba exageradamente, como para retar a Gösta.

Patrik suspiró para sus adentros. Eran como niños.

—Aquí decides tú, Bertil, pero yo creo que sería un error no investigar más a fondo el hallazgo que hicieron ayer los Stark.

—Ya, ya sé que esa es tu opinión, pero tú no tendrás que responder cuando la Jefatura me pregunte por qué malgastamos nuestros escasos recursos en un caso cuya fecha de caducidad ya pasó hace tiempo.

—Pero si, como Hedström cree, aquella desaparición está relacionada con el incendio, sí es relevante —dijo Gösta con tono insistente.

Mellberg se quedó un instante en silencio.

—Bueno, de acuerdo, le dedicaremos unas horas. Adelante.

Patrik respiró aliviado.

—Estupendo, pues empezaremos por echarle un vistazo a lo que ha encontrado Martin.

Annika se puso las gafas y leyó el informe.

–Martin no ha encontrado nada extraño. Los Stark no tienen el inmueble sobreasegurado, más bien al contrario, así que no sacarán una gran suma por el incendio del internado. En cuanto a su economía, tienen en el banco bastante dinero procedente de la venta de la casa de Gotemburgo. Supongo que piensan invertirlo en la reforma y demás gastos, hasta que puedan empezar con el negocio. Ah, sí, y Ebba tiene una empresa, registrada a su nombre. Se llama Ángel mío. Al parecer, fabrica colgantes de plata en forma de ángel y los vende por Internet; aunque no puede decirse que le reporte grandes beneficios.

–Bien, no descartamos del todo esa vía pero, por ahora, no parece que podamos hablar de fraude a la aseguradora. Tenemos, además, el descubrimiento de ayer –dijo Patrik, y se volvió hacia Gösta–. Tú podrías hablarnos de lo que encontrasteis al examinar la casa después de la desaparición de la familia, ¿verdad?

–Claro. Hasta puedo enseñaros fotos –dijo Gösta, y abrió uno de los archivadores. Sacó un puñado de fotos desvaídas y las fue pasando.

Patrik se quedó sorprendido. A pesar de ser tan antiguas, eran unas fotos excelentes del lugar de los hechos.

–En el comedor no encontramos ningún indicio de que hubiera ocurrido nada extraño –continuó Gösta–. La comida estaba a medias, pero no vimos nada que indicase que se hubiese ejercido ningún tipo de violencia. No había nada roto y el suelo estaba limpio. Si no me creéis, mirad.

Patrik siguió su consejo y examinó detenidamente las instantáneas. Gösta tenía razón. Sencillamente, parecía que la familia se hubiera levantado de la mesa en plena comida y se hubiese marchado. Se estremeció ante la idea. Aquella mesa puesta y desierta, con la cena a medio comer y las sillas ordenadas, tenía algo de fantasmagórico. En medio de la mesa había un gran jarrón con un ramo de narcisos amarillos. Lo único que faltaba eran los comensales, y lo que habían hallado bajo los listones del suelo otorgaba a las imágenes otra dimensión. Ahora comprendía que Erica hubiese dedicado tantas horas a investigar la misteriosa desaparición de la familia Elvander.

—Y si es sangre, ¿podremos determinar si pertenece a la familia? —preguntó Annika.

Patrik negó despacio con un gesto.

—No soy especialista, pero no lo creo. Diría que lleva ahí demasiado tiempo como para poder efectuar ese tipo de análisis. Lo único que podemos esperar que nos confirmen es que se trata de sangre humana. Y tampoco tenemos nada con qué compararla.

—Bueno, está Ebba —señaló Gösta—. Si la sangre es de Rune o de Inez, podrían establecer un perfil de ADN que coincida con el de Ebba.

—Ya, sí, eso es verdad. Pero yo creo que la sangre se descompone muy deprisa, y han pasado muchos años. Con independencia del resultado de los análisis de la sangre, tenemos que averiguar qué sucedió aquel sábado de Pascua. Tenemos que viajar atrás en el tiempo. —Patrik dejó las fotografías en la mesa—. Tendremos que leer todos los interrogatorios de las personas relacionadas con el internado, y luego hablar con ellos otra vez. La verdad está ahí, en algún sitio. Es imposible que desaparezca una familia entera así, sin más. Y si nos confirman que lo que hay debajo del suelo es sangre humana, podemos partir de la hipótesis de que en aquella habitación se cometió un asesinato.

Miró a Gösta, que hizo un gesto de asentimiento.

—Sí, tienes razón. Tenemos que viajar atrás en el tiempo.

Quizá fuera un tanto extraño tener tantas fotos en una habitación de hotel, pero, en cualquier caso, nadie se había atrevido a decírselo. Era la ventaja de alojarse en la suite. Todo el mundo daba por hecho que, por ser rico, había que ser también un tanto excéntrico. Por si fuera poco, su estado le daba la posibilidad de hacer lo que quisiera sin importarle lo que pensaran los demás.

Las fotografías eran importantes para él. El hecho de que las llevara siempre a todas partes era algo por lo que Ia no podía protestar. Por lo demás, él estaba en sus manos y lo sabía. Pero lo que fue un día y lo que llegó a conseguir era algo que Ia no podría arrebatarle.

Leon acercó la silla al escritorio donde estaban las fotos. Cerró los ojos y, por un instante, se permitió viajar con el pensamiento a aquellos lugares de las fotografías. Revivió el viento del desierto quemándole las mejillas, el frío extremo que le llagaba de dolor los dedos de manos y pies. *No pain, no gain,* ese fue siempre su lema. Irónicamente, ahora vivía con un dolor constante, cada segundo y cada día, sin recibir nada por ello.

El hombre que le sonreía desde las fotos era guapo, o más bien, atractivo. Decir «guapo» resultaba un tanto femenino, y nada más lejos. Irradiaba virilidad y fuerza. Una audacia valerosa, un deseo de sentir la adrenalina fluyéndole por todo el cuerpo.

Alargó la mano izquierda que, a diferencia de la derecha, estaba completa, en busca de su foto favorita. En la cima del Everest. Fue una escalada difícil y varios de los compañeros fueron abandonando en diversas etapas. Hubo incluso quienes se rindieron antes de empezar. Era un tipo de debilidad que le resultaba impensable. Para él rendirse no era una opción. Muchos no comprendieron su intento de alcanzar la cima sin oxígeno. No funcionaría, le decían los entendidos. Hasta el jefe de la expedición le suplicó que usara el oxígeno, pero Leon sabía que era factible. Reinhold Messner y Peter Habeler lo consiguieron en 1978. Ya entonces se consideraba un imposible, ni siquiera los escaladores nepaleses lo habían logrado. Pero ellos dos sí lo consiguieron, y eso implicaba que él también podría. De modo que coronó la cima del Everest al primer intento, y sin oxígeno. En la foto se lo veía sonriendo feliz, con la bandera sueca en la mano y las coloridas banderas de oración tibetanas formando ramilletes a su espalda. En aquellos momentos se encontraba más alto que nadie en el mundo. Se lo veía fuerte. Feliz.

Leon dejó la foto y pasó a la siguiente. París-Dakar. En la categoría de motocicletas, naturalmente. Todavía lo atormentaba la idea de no haber ganado aquella competición. Tuvo que conformarse con quedar entre los diez mejores. En realidad, sabía que era un resultado estupendo, pero para él solo contaba el primer puesto, así había sido siempre. El lugar más alto del podio, ese era su sitio. Acarició con el pulgar el cristal que protegía la foto y contuvo una sonrisa. Cuando sonreía, se le estiraba la piel de un lado de la cara y le molestaba muchísimo. No le gustaba nada esa sensación.

Ia pasó tanto miedo... Uno de los competidores se mató al principio de la carrera, y ella le rogó y le suplicó que lo dejara. Pero aquel accidente no había hecho más que aumentar su motivación. Lo que lo impulsaba a seguir era precisamente el peligro que sabía que entrañaba, la certeza de que podía perder la vida en cualquier momento. El peligro le ayudaba a apreciar más aún lo bueno de la vida. El champán sabía mejor, las mujeres parecían más hermosas y el tacto de las sábanas de seda más suave al rozarle la piel. Su riqueza era más valiosa si la arriesgaba continuamente. Ia, en cambio, temía perderlo todo. No soportaba que él se riera de la muerte ni que apostara de más en los casinos de Mónaco, Saint-Tropez y Cannes. No comprendía la exaltación que lo embargaba cuando lo perdía todo para, la noche siguiente, recuperarlo de nuevo. A ella todo eso le quitaba el sueño, pasaba las noches dando vueltas en la cama despierta, mientras él disfrutaba de un habano en el balcón.

En el fondo, Leon disfrutaba con su preocupación. Sabía que a Ia le encantaba la vida que él podía ofrecerle. Y no solo le encantaba, sino que la necesitaba, la exigía. Por eso añadía un poco de sal a su existencia verle la cara cuando la bola caía en el agujero equivocado, ver cómo se mordía el carrillo por dentro para no gritar con todas sus fuerzas mientras contemplaba cómo él lo apostaba todo al rojo y la bola caía en el negro.

Leon oyó el ruidito de una llave al girar en la cerradura. Muy despacio, devolvió la foto a su lugar. El hombre de la motocicleta le sonreía satisfecho.

Fjällbacka, 1919

Era un día maravilloso para despertarse y Dagmar se desperezó como una gata. A partir de ahora, todo cambiaría. Por fin había conocido a un hombre que acabaría con las habladurías, y las viejas chismosas se atragantarían con su propia risa. La hija de la partera de ángeles y el héroe de la aviación: eso sí que les daría que hablar. Pero a ella le traía sin cuidado, porque iban a irse los dos juntos. No sabía adónde, pero eso no tenía la menor importancia.

Aquella noche, él la había acariciado como nadie. Le había susurrado al oído montones de cosas, palabras que ella no entendía, pero su corazón sabía que eran promesas de su futuro común. El calor de su aliento le había llagado el cuerpo de deseo, hasta el último resquicio, y ella se lo dio todo.

Dagmar se sentó despacio en el borde de la cama, luego se acercó desnuda a la ventana y la abrió de par en par. Fuera trinaban los pajarillos y acababa de salir el sol. Se preguntó dónde estaría Hermann. ¿Habría ido en busca del desayuno?

Fue al baño y se lavó a conciencia. En realidad, no le agradaba la idea de eliminar el olor que le había dejado Hermann en todo el cuerpo, pero al mismo tiempo, quería oler como la rosa más fragante cuando él volviera. Y pronto podría sentir su olor otra vez. Podría seguir inhalando ese aroma toda la vida.

Cuando terminó, se tumbó en la cama a esperarlo, pero tardaba, y notó que la iba colmando la impaciencia. El sol estaba ya más alto al otro lado de la ventana y el canto de los pájaros empezaba a sonar chillón e irritante. ¿Dónde se habría metido Hermann? ¿No se daba cuenta de que lo estaba esperando?

Dagmar se levantó al fin, se vistió y salió de la habitación con la cabeza bien alta. ¿Por qué preocuparse de que la vieran? Muy pronto, todos sabrían cuáles eran las intenciones de Hermann.

La casa entera estaba en calma. Todos dormían la borrachera y, seguramente, seguirían durmiendo unas horas más. Hasta las once no empezarían a despertarse los invitados. Aun así, se oía ruido en la cocina. La servidumbre se levantaba temprano para preparar el desayuno. Después de la fiesta, todos se levantaban con un apetito voraz cuando por fin se despertaban, y para entonces, los huevos tenían que estar cocidos y el café, listo. Con mucho sigilo, asomó la cabeza por la puerta de la cocina. No, ni rastro de Hermann. Una de las cocineras la vio y frunció el entrecejo, pero Dagmar se irguió y cerró la puerta otra vez.

Tras recorrer toda la casa en su busca, bajó al embarcadero. ¿Se le habría ocurrido empezar el día con un baño? Hermann era de complexión atlética; seguramente, habría bajado al embarcadero para entonar el cuerpo nadando unos largos.

Apremió el paso y llegó a la playa casi corriendo. Se diría que los pies fueran flotando por encima de la hierba y, cuando llegó al embarcadero, oteó las aguas con una sonrisa en los labios. Pero se le disipó enseguida. No estaba allí. Miró bien a su alrededor una vez más, pero ni rastro de Hermann en el agua, y tampoco vio la ropa en el embarcadero. Uno de los muchachos que trabajaban para el médico y su mujer apareció caminando despacio.

—¿Puedo ayudarle, señorita? —preguntó de lejos, entornando los ojos al sol. Al acercarse y ver de quién se trataba, se echó a reír—. Pero ¡si es Dagmar! ¿Qué haces aquí a estas horas? Ya me han dicho que esta noche no has dormido con el servicio, que te has estado divirtiendo en otro sitio.

—Cierra la boca, Edvin —dijo—. Estoy buscando al aviador alemán. ¿Lo has visto?

Edvin se metió las manos en los bolsillos.

–¿El aviador? Así que has estado con él, ¿no? –Se echó a reír otra vez, con la misma risa burlona–. ¿Y sabía que se iba a la cama con la hija de una asesina? Claro que a lo mejor a estos extranjeros les parece hasta emocionante.

–¡Calla ya! Y responde a lo que acabo de preguntarte. ¿Lo has visto esta mañana?

Edvin se quedó callado un rato, observándola de pies a cabeza.

–Tú y yo deberíamos quedar alguna vez –dijo al fin, y dio un paso hacia ella–. Nunca hemos tenido la oportunidad de conocernos bien, ¿verdad?

Dagmar lo miró con desprecio. ¡Dios, cómo odiaba a aquellos hombres asquerosos, sin refinamiento ni linaje! No tenían ningún derecho a tocarla con sus sucias manos. Ella se merecía algo mejor. Era digna de una buena vida, sus padres se lo habían dicho muy claro.

–Bueno, ¿qué me respondes? –preguntó–. ¿Es que no me has oído?

Edvin echó un escupitajo y la miró a los ojos sin poder ocultar cómo disfrutaba al decirle:

–Se ha ido.

–¿Qué dices? ¿Adónde iba?

–Esta mañana, muy temprano, recibió un telegrama, tenía que salir con el avión. Se fue en el bote hace dos horas.

A Dagmar se le cortó la respiración.

–¡Estás mintiendo! –Le entraron ganas de darle un puñetazo en la cara.

–Bueno, no me creas si no quieres –dijo Edvin, y se dio la vuelta–. De todos modos, se ha ido.

Ella se quedó mirando al mar, en la dirección en que Hermann se había alejado de la isla, y juró que lo encontraría. Sería suyo, por mucho tiempo que le llevara conseguirlo. Porque así estaba escrito.

Erica se sentía un poco culpable, aunque en realidad no había mentido a Patrik, simplemente, no le había dicho la verdad. El día anterior había tratado de contarle sus planes, pero no encontró el momento adecuado y, además, vio que estaba de un humor un poco raro. Le preguntó si había ocurrido algo en el trabajo, pero Patrik respondió con evasivas y la noche transcurrió en silencio, delante del televisor. Ya se las arreglaría para explicarle más adelante lo de aquella travesía.

Erica aceleró y viró a babor con el bote. Mentalmente, le agradeció a Tore, su padre, el que hubiera insistido en enseñar a sus dos hijas a llevar la embarcación. Era un deber, decía siempre, cuando vivías en la costa, debías saber manejar un barco. Y, en honor a la verdad, a ella se le daba mejor que a Patrik atracar, aunque, en aras de la paz familiar, solía dejar que se encargara él. Los hombres tenían un ego tan frágil...

Saludó a una de las embarcaciones de Salvamento Marítimo que volvía a Fjällbacka. Al parecer, venían de Valö, y Erica se preguntó qué habrían estado haciendo allí. Pero al cabo de un rato, se olvidó del asunto, se concentró en atracar y llevó el bote suavemente hasta el embarcadero. Comprobó con asombro que estaba nerviosa. Después de haber dedicado tanto tiempo a aquella historia, le resultaba un tanto extraño ver a una de las protagonistas en carne y hueso. Se colgó al hombro el bolso y saltó a tierra.

Hacía mucho que no iba a Valö, y como tantos otros habitantes de Fjällbacka, asociaba aquel lugar con campamentos y excursiones escolares. Casi podía notar el olor a salchichas a la barbacoa y pinchitos de pan mientras caminaba por entre los árboles.

Cuando se acercaba a la casa, se detuvo asombrada. Reinaba una actividad febril y en la escalera había una figura que reconoció enseguida y que gesticulaba sin parar. Reanudó el camino y apretó el paso hasta que casi empezó a correr.

—¡Hola, Torbjörn! —dijo saludando con la mano para llamar su atención—. ¿Qué hacéis aquí?

El hombre la miró sorprendido.

—¡Erica! Pues te pregunto lo mismo. ¿Sabe Patrik que estás aquí?

—Más bien no. Pero, cuéntame, qué estáis haciendo.

Torbjörn se quedó unos instantes como pensando qué responder.

—Los propietarios encontraron una cosa ayer, mientras trabajaban con las reformas de la casa —dijo al fin.

—¿Una cosa? ¿Han encontrado a la familia que desapareció? ¿Dónde estaban?

Torbjörn meneó la cabeza.

—Lo siento, no puedo decirte más.

—¿Puedo entrar a ver? —Erica subió un peldaño de la escalera.

—Pues no, todavía no puede entrar nadie. No podemos dejar que pase gente no autorizada mientras estamos trabajando —dijo con una sonrisa—. Supongo que estás buscando a la pareja que vive aquí, ¿no? Pues están en la parte trasera de la casa.

Erica retrocedió.

—Vale —dijo sin poder ocultar su decepción.

Bordeó la casa y, al doblar la esquina, vio a un hombre y una mujer más o menos de su edad. Estaban sentados, mirando hacia la casa con cara de circunstancias, sin hablarse.

Erica dudó un instante. Movida por el entusiasmo y la curiosidad, ni se había planteado cómo iba a explicarles por qué se presentaba a molestar de aquel modo. Pero la vacilación se disipó enseguida. Después de todo, hacer preguntas indiscretas y hurgar en los secretos y tragedias de la gente formaba parte de su trabajo. Hacía mucho que había superado sus reservas y sabía que muchos de los familiares y amigos apreciaban y agradecían sus libros una vez que se publicaban. Además, siempre resultaba más fácil cuando, como ahora, el suceso había tenido lugar en un pasado remoto. En esos casos, las heridas habían cicatrizado ya, por lo general, y los dramas familiares eran historia.

—¡Hola! —saludó en voz alta, y la pareja se volvió hacia ella. La mujer le sonrió al reconocerla.

—Yo a ti te conozco. Erica Falck. He leído todos tus libros, y me encantan —dijo, y se calló de pronto horrorizada, como temerosa de su descaro.

—Hola, tú debes de ser Ebba. —Erica le estrechó la mano, que notó frágil, aunque los callos blanquecinos que tenía en la palma eran el testimonio irrefutable de lo duro que estaba trabajando con la reforma—. Gracias.

Aún con cierta timidez, Ebba le presentó a su marido, al que Erica también estrechó la mano.

—¡Qué sentido de la oportunidad tienes! —Ebba se sentó y se quedó como a la espera de que Erica hiciera lo propio.

—¿A qué te refieres?

—Bueno, supongo que quieres escribir acerca de la desaparición de la familia, ¿no? Y, en ese caso, no podrías haber venido un día más acertado.

—Ya —dijo Erica—. Me he enterado de que habéis encontrado algo en la casa...

—Pues sí, lo descubrimos al retirar los tablones del suelo del comedor —dijo Mårten—. No sabíamos exactamente qué era, pero se nos ocurrió que podía ser sangre. Vino la Policía y, tras echarle un vistazo, decidieron que había que investigarlo. Por eso tenemos esto lleno de gente.

Erica empezaba a comprender por qué Patrik estaba tan raro el día anterior cuando le preguntó si había pasado algo. Le gustaría saber qué pensaba él de todo aquello, si daba por hecho que habían asesinado a la familia allí, en el comedor, y que luego habían trasladado los cadáveres. Le entraron unas ganas terribles de preguntar si habían encontrado algo más que sangre, pero se contuvo.

—Comprendo que os parecerá muy desagradable. Y no voy a negar que el suceso me ha interesado desde siempre, pero para ti, Ebba, es un asunto personal y muy íntimo.

Ebba negó con un gesto.

—Yo era tan pequeña que no me acuerdo de mi familia. Y no puedo llorar a unas personas a las que no recuerdo. No es como...

Guardó silencio y apartó la vista.

—Me parece que mi marido, Patrik Hedström, fue uno de los policías que vino ayer, y también vino a veros el sábado. Por lo que sé, se produjo un incidente horrible.

—Sí, podríamos decir que sí. Horrible sí que fue, desde luego, y no consigo explicarme por qué querría nadie hacernos daño. —Mårten subrayó su asombro con un gesto de impotencia.

—Patrik cree que puede guardar relación con lo que sucedió aquí en 1974 —dijo Erica sin reflexionar siquiera. Soltó un taco para sus adentros. Sabía lo mucho que se enfadaría Patrik si revelaba algo que pudiera afectar a la investigación.

—¿Y cómo va a ser eso? Si de aquello hace muchísimo tiempo.

Ebba miró hacia la casa. Desde donde estaban sentados no se veía el trajinar de los agentes, pero se oía a la perfección el ruido que hacían al arrancar los tablones de madera del suelo.

—Si no tienes inconveniente, me gustaría hacerte unas preguntas sobre la desaparición —dijo Erica.

Ebba asintió.

—Claro. Como ya le dije a tu marido, no creo que tenga mucho que aportar, pero tú pregunta.

—¿Te importa que grabe la conversación? —preguntó Erica mientras sacaba la grabadora del bolso.

Mårten miró a Ebba extrañado, pero ella se encogió de hombros.

—No, no pasa nada.

Al oír el zumbido del aparato, Erica notó un cosquilleo de expectación en el estómago. Nunca se decidió a visitar a Ebba en Gotemburgo, pese a que había pensado hacerlo en más de una ocasión. Ahora la tenía allí delante y se decía que tal vez averiguase algo que le permitiera avanzar en el trabajo de documentación.

—¿Conservas algún objeto de tus padres? ¿Algo que te llevaras de la casa?

—No, nada. Mis padres adoptivos me contaron que, cuando me llevaron a su casa, no tenía más que una bolsa de ropa. Además, creo que la ropa ni siquiera era mía. Según mi madre, alguien con buen corazón me hizo la ropa y le bordó mis iniciales. Todavía la conservo. Mi madre la guardó por si yo tenía una hija.

—Así que ni cartas ni fotos, ¿no? —dijo Erica.

—No, nunca he visto ninguna.

—¿Sabes si tus padres biológicos tenían algún familiar que hubiera podido llevarse ese tipo de cosas?

—No, ninguno. También se lo dije a tu marido. Por lo que yo sé, ni mis abuelos maternos ni los paternos estaban vivos y, al parecer, mis padres tampoco tenían hermanos. Si hay algún pariente lejano, nunca se ha puesto en contacto conmigo. Y no se presentó nadie diciendo que quisiera hacerse cargo de mí.

Aquello era de lo más triste. Erica la miró con conmiseración, pero Ebba sonrió.

—No me fue nada mal. Tengo unos padres que me quieren y dos hermanos maravillosos. No me ha faltado nada en la vida.

Erica le devolvió la sonrisa.

—No hay muchas personas que puedan decir lo mismo.

Sintió que aquella mujer frágil y menuda le gustaba cada vez más.

—¿Sabes algo más de tus padres biológicos?

—No, y tampoco he tenido mucho interés en averiguarlo. Claro que me preguntaba qué fue lo que pasó, pero, en cierto modo, era como si, al mismo tiempo, me resistiera a que se interpusiera en mi vida. Seguramente me preocupaba apenar a mis padres, que pensaran que ellos no me bastaban si empezaba a indagar sobre mis padres biológicos.

—¿Crees que un hijo propio despertaría en ti el interés por buscar tus raíces? —preguntó Erica con tono discreto. No sabía demasiado acerca de Ebba y Mårten, y tal vez fuera una pregunta delicada.

—Teníamos un hijo —dijo Ebba.

Erica se sobresaltó como si le hubieran dado una bofetada. Ni por un momento se había esperado aquella respuesta. Quería seguir preguntando, pero la expresión de Ebba dejaba claro que no pensaba hablar del tema.

—Bueno, el hecho de que nos mudáramos aquí puede interpretarse, en cierto modo, como una búsqueda de sus raíces, por lo que a Ebba se refiere —dijo Mårten.

El pobre se retorcía en la silla y Erica se dio cuenta de que los dos, de forma inconsciente, se alejaban unos centímetros el uno del otro en el asiento, como si no soportaran estar demasiado cerca. El ambiente se había enrarecido y de pronto le pareció que estaba entrometiéndose más de la cuenta y presenciando algo demasiado íntimo.

—Bueno, yo he estado investigando un poco la historia de tu familia y he averiguado unas cuantas cosas. Si quieres saber qué es, no tienes más que decírmelo, lo tengo todo en casa.

—Qué amable —dijo Ebba sin entusiasmo. Parecía haber perdido toda la energía, y Erica comprendió que no tenía sentido seguir con la entrevista. Se levantó.

—Gracias por acceder a que mantuviéramos esta conversación. Ya os llamaré. O, si queréis, también podéis llamarme vosotros. —Sacó un cuaderno y anotó su número de teléfono y la dirección de correo electrónico, arrancó la hoja y se la entregó. Luego apagó la grabadora y la guardó en el bolso.

—Ya sabes dónde estamos —dijo Mårten—. No hacemos otra cosa, nos pasamos los días enteros trabajando en la casa.

—Sí, claro. ¿Y os las arregláis solos con todo?

—Bueno, ese era el plan. Por lo menos, mientras sea posible.

—Si conoces a alguien de por aquí que sea experto en decoración, te agradeceríamos que nos dieras el contacto —intervino Ebba—. Ni a Mårten ni a mí se nos da muy bien que digamos.

Erica estaba a punto de decir que, sintiéndolo mucho, no estaba muy al tanto de esas cosas, cuando se le ocurrió una idea.

—Pues sí que conozco a alguien perfecto que, seguramente, podrá ayudaros con la casa. Lo consulto y os aviso, si os parece bien.

Acto seguido, se despidió y se dirigió otra vez a la parte delantera de la casa. Torbjörn estaba dando instrucciones a dos miembros de su equipo.

—¿Qué tal va eso? —preguntó Erica en voz alta, para hacerse oír por encima del estruendo de una motosierra.

—¡Eso no es cosa tuya! —le gritó Torbjörn a su vez—. Luego llamaré para informar a tu marido, así que esta noche ya puedes interrogarlo.

Erica se echó a reír y se despidió con la mano. Pero mientras se encaminaba al embarcadero, se fue poniendo más seria. ¿Adónde habrían ido a parar las pertenencias de la familia Elvander? ¿Por qué tenían Ebba y Mårten una relación tan extraña? ¿Qué le habría ocurrido a su hijo? Y, sobre todo, ¿eran sinceros cuando decían que no sabían quién había intentado quemarlos vivos en la casa? Aunque la conversación con Ebba no le había dado tan buen resultado como ella esperaba, las ideas le daban vueltas en la cabeza cuando arrancó el motor del bote y puso rumbo a casa.

Gösta andaba murmurando solo. En realidad, no se tomaba a mal las críticas de Mellberg, pero no entendía a cuento de qué tenía que protestar porque se hubiera llevado a casa el material de la investigación. Lo que contaba era el resultado, ¿no? Todo lo que databa de antes de la informatización era difícil de localizar, y así se ahorrarían varias horas de búsqueda para dar con esos documentos en el archivo.

Puso papel y lápiz sobre la mesa y abrió la primera carpeta. ¿Cuántas horas de su vida no habría dedicado a darle vueltas a lo que sucedió en el internado? ¿Cuántas veces no había examinado las fotografías, revisado la transcripción de los interrogatorios y los informes periciales del lugar de los hechos? Si querían hacerlo bien, tenía que ser muy metódico. Patrik le había encomendado la tarea de hacer una lista de las personas implicadas en la primera investigación, por orden de prioridad. No tenían posibilidad de hablar con todas al mismo tiempo, así que era importante empezar por donde más interesaba.

Gösta se desplomó en la silla y empezó a tragarse aquellos interrogatorios, por lo demás, bastante insulsos. Dado que los había leído infinidad de veces, sabía que no contenían nada concreto de utilidad, así que se trataba de interpretar los matices y leer entre líneas. Pero le costaba concentrarse. Lo distraía continuamente la idea de aquella niña, que ahora era una mujer. Le había resultado de lo más extraño verla otra vez y disponer de una imagen real que superponer a la que él se había imaginado.

Un tanto inquieto, se revolvió en la silla. Hacía muchos años que no se tomaba el trabajo con interés y, pese a que se sentía entusiasmado con aquel cometido, era como si el cerebro no quisiera obedecer las nuevas instrucciones. Dejó a un lado los interrogatorios y empezó a ojear las fotos. Había incluso instantáneas de los chicos que se quedaron en el internado durante las vacaciones. Gösta cerró los ojos y recreó en la imaginación aquella tarde de Pascua soleada pero algo fría del año 1974. Junto con su colega Henry Ljung, ya fallecido, se encaminó al gran edificio blanco. Todo estaba sumido en una inmensa calma, una calma más bien inquietante, aunque quizá eso fuera una sensación construida a posteriori. A pesar de todo, recordaba que iba sobrecogido mientras recorrían el sendero. Henry y él ignoraban qué iban a encontrarse después de aquella llamada tan misteriosa que un desconocido hizo a la comisaría. El que fuera entonces su jefe designó a dos hombres para que se acercaran a echar un vistazo. «Seguramente, serán los chicos del internado, que han hecho de las suyas», dijo antes de mandarlos allí más que nada para cubrirse las espaldas por si, en contra de lo que él suponía, no se tratase de la típica gamberrada de unos niños ricos que se aburrían. Habían tenido algunos problemas al principio del semestre, cuando empezó el curso, pero desde que el jefe llamó por teléfono y habló con Rune Elvander, no volvieron a repetirse. Gösta no tenía la menor idea de cómo lo había conseguido el director, pero lo que quiera que hubiese hecho funcionó de verdad. Hasta aquel momento.

Una vez ante la puerta, Henry y él se detuvieron. Allí dentro no se oía ni una mosca. Hasta que el llanto de un niño quebró el silencio y los sacó de aquella parálisis momentánea. Llamaron a la puerta una vez y entraron sin esperar.

—¿Hola? —dijo Gösta.

Tantos años después, allí sentado ante el escritorio de la comisaría, se preguntaba cómo podía recordarlo todo con tanto detalle. Nadie respondió, pero el llanto infantil se oía cada vez más fuerte. Se apresuraron en esa dirección y se pararon en seco al entrar en el comedor. Una niña pequeña, totalmente sola, daba vueltas llorando desconsolada. Gösta la acunó instintivamente en los brazos.

—¿Dónde estará el resto de la familia? —preguntó Henry mirando a su alrededor—. ¿Hola? —dijo en voz alta, y volvió al vestíbulo.

Nadie respondió.

—Voy a mirar arriba —dijo, y Gösta asintió, concentrado en calmar a la pequeña.

Era la primera vez que tenía un niño en brazos y no se sentía muy seguro de cómo conseguir que dejara de llorar. La meció con torpeza, acariciándole la espalda y tarareando una melodía indefinible. Vio con asombro que funcionaba. El llanto dio paso a unos suspiros entrecortados y Gösta notó que empezaba a respirar pausadamente con la cabecita apoyada en su hombro. Continuó meciéndola y arrullándola mientras lo invadían unos sentimientos que no habría sabido formular con palabras.

Henry volvió al comedor.

—Ahí arriba tampoco hay nadie.

—¿Dónde se habrán metido? ¿Cómo pueden dejar sola a una niña tan pequeña? Podría haber ocurrido cualquier desgracia...

—Pues sí. ¿Y quién demonios ha llamado para avisar? —Henry se quitó la gorra y empezó a rascarse la cabeza.

—¿Habrán salido a dar un paseo por la isla? —Gösta miraba incrédulo la mesa, con la cena de Pascua a medio comer.

—¿En plena cena? Pues será una gente muy rara.

—Sí, desde luego, de eso no cabe duda. —Henry volvió a ponerse la gorra—. ¿Qué hace aquí una niña tan linda y tan solita? —le dijo a la niña con tono cantarín, y se acercó a Gösta, que seguía con ella en brazos.

La pequeña empezó a llorar en el acto y se apretó contra el cuello de Gösta con tal fuerza que este apenas podía respirar.

—Déjala —le dijo a Henry, y se apartó un poco.

Una agradable sensación de orgullo se le extendió por el pecho, se preguntaba si se habría sentido igual de haber sobrevivido el hijo que se les murió a él y a Maj-Britt. Enseguida desechó la idea. Había tomado la decisión de no pensar en lo que ya no tenía remedio.

—Y el bote, ¿está en el embarcadero? —preguntó al cabo de un rato, cuando la niña se calmó.

Henry frunció el entrecejo.

—Pues había un barco, pero es que tienen dos, ¿no? Creo que compraron el bote de Sten-Ivar en otoño, y el que queda ahí es el de fibra. Pero no iban a irse con el barco y a dejarse aquí a la niña, ¿verdad? Tan chiflados no pueden estar, aunque sea gente de ciudad.

—Bueno, Inez es de aquí —lo corrigió Gösta, un tanto ausente—. Su familia es de Fjällbacka y llevan aquí varias generaciones.

Henry dejó escapar un suspiro.

—Pues es muy raro, desde luego. Tendremos que llevarnos a la niña al pueblo, y ya veremos si aparece alguien. —Se dio media vuelta, con la intención de irse.

—A ver, la mesa está puesta para seis personas —dijo Gösta.

—Sí, estamos en Pascua, así que solo se quedaría aquí la familia, supongo.

—¿Tú crees que podemos dejarlo así? —La situación era, como poco, muy extraña, y la falta de directrices que seguir inquietaba a Gösta. Se quedó pensativo un momento—. Sí, vamos a hacer eso, nos llevamos a la niña. Si nadie pregunta esta noche, venimos otra vez por la mañana. Y si no han vuelto, tendremos que pensar que algo habrá pasado. En ese caso, esto es el escenario de un crimen.

Aún dudosos de estar haciendo lo correcto, salieron y cerraron la puerta. Bajaron al embarcadero y, cuando ya estaban cerca, vieron un barco que se aproximaba.

—Mira, es el antiguo bote de Sten-Ivar —dijo Henry señalando.

—Pues hay varias personas dentro. Puede que sea el resto de la familia.

—Ya, entonces les voy a decir unas palabritas. Mira que dejar a la niña así, sin más. Ganas me dan de zurrarles, vamos.

Henry echó a andar hacia el embarcadero. Gösta iba a buen paso para no quedarse atrás, pero no se atrevía a echar a correr por si tropezaba con la niña en brazos. El barco atracó y un chico de unos quince años bajó a tierra. Tenía el pelo negro como la noche y cara de pocos amigos.

—¿Qué hacéis con Ebba? —les soltó.

—¿Y tú quién eres? —dijo Henry cuando el chico se le plantó delante con los brazos en jarras.

Otros cuatro muchachos bajaron del barco y se acercaron a Henry y a Gösta, que ya los había alcanzado.

—¿Dónde están Inez y Rune? —dijo el chico del pelo negro. Los demás guardaban silencio detrás de él, como a la expectativa. Estaba claro quién era el jefe.

—Eso mismo nos preguntábamos nosotros —dijo Gösta—. Alguien ha llamado a la Policía diciendo que aquí había pasado algo, y cuando hemos llegado, nos hemos encontrado a la niña sola en la casa.

El chico lo miró asombrado.

—¿Estaba Ebba sola?

Así que la pequeña se llamaba Ebba, pensó Gösta. Aquella niña cuyo corazoncito latía aceleradamente contra su pecho.

—¿Sois los muchachos de Rune? —preguntó Henry con tono autoritario, pero el chico no estaba dispuesto a dejarse amedrentar. Miró tranquilamente al policía y respondió educadamente:

—Somos alumnos del internado. Estamos pasando aquí estas vacaciones.

—¿Dónde habéis estado? —preguntó Gösta con el ceño fruncido.

—Salimos con el barco esta mañana. La familia iba a celebrar el sábado de Pascua y no estábamos invitados. Así que nos fuimos a pescar para «forjarnos el carácter».

—¿Ha habido buena pesca? —El tono de Henry dejaba traslucir claramente que no se fiaba de las palabras del chico.

—Una banasta llena —dijo el chico señalando el barco.

Gösta miró en la dirección que señalaba y vio el cerco de redes para pescar caballa que estaba anclado a la popa del barco.

—Tendréis que venir con nosotros a la comisaría hasta que hayamos aclarado todo esto —dijo Henry, y se adelantó hacia el bote.

—¿No podemos lavarnos antes? Estamos sucios y apestamos a pescado —dijo uno de los otros muchachos, con el miedo en la cara.

—Vamos a hacer lo que dicen los agentes —le soltó el jefecillo—. Por supuesto que iremos. Perdón si hemos sido desagradables. Es que nos hemos preocupado al ver a un par de desconocidos con Ebba. Me llamo Leon Kreutz. —Le dio la mano a Gösta.

Henry ya estaba esperándolos a bordo. Gösta bajó después de los chicos, con Ebba en brazos. Echó una última ojeada a la casa. ¿Dónde demonios estaría la familia? ¿Qué habría pasado?

Gösta volvió al presente. Los recuerdos eran tan vívidos que casi creyó sentir el calor de la niña en el regazo. Se irguió en la silla y eligió una foto del montón. La habían hecho en la comisaría, aquel sábado de Pascua, y en ella se veía a los cinco muchachos: Leon Kreutz, Sebastian Månsson, John Holm, Percy von Bahrn y Josef Meyer. Tenían el pelo revuelto, la ropa sucia y la expresión huraña. Todos, excepto Leon. Él sonreía alegre a la cámara, y parecía mayor de los dieciséis años que tenía. Era un chico bien parecido, más que guapo, pensó Gösta al contemplar la vieja fotografía. Entonces no reparó en ello. Siguió hojeando el material de la investigación. Leon Kreutz. ¿Qué habría sido de él en la vida? Gösta anotó unas líneas en el cuaderno. De los cinco chicos, Leon era aquel del que guardaba un recuerdo más nítido. No sería mala idea empezar por él.

Fjällbacka, 1920

*L*a niña lloraba sin parar, día y noche, y Dagmar no podía dejar de oírla ni tapándose los oídos y gritando a voz en cuello. Oía perfectamente tanto el llanto de la criatura como el aporreo de los vecinos en la pared.

No era esa la idea. Aún podía sentir las manos del aviador en el cuerpo, ver su mirada cuando yacía en la cama desnuda con él. Estaba convencida de que sus sentimientos eran correspondidos, así que tenía que haber pasado algo. De lo contrario, no la habría abandonado en la pobreza y la humillación. ¿Habría tenido que volver a Alemania? Seguramente, allí lo necesitaban. Era un héroe que acudió a cumplir su deber cuando lo llamó la patria, por más que tener que abandonarla le hubiese roto el corazón.

Incluso antes de saber que estaba embarazada, lo buscó por todos los medios a su alcance. Le escribió varias cartas a la delegación alemana en Estocolmo y preguntó a todo el que encontraba si conocían al héroe de guerra Hermann Göring y si sabían qué había podido sucederle. Si llegara a sus oídos que había dado a luz a un hijo suyo, seguramente volvería. Por importantes que fueran los asuntos que lo retuvieran en Alemania, volvería para salvarlas a ella y a Laura. Él jamás permitiría que viviera en aquella miseria, con personas repugnantes que la miraban con desprecio y que no la creían cuando les contaba quién era el padre de Laura. Se quedarían de piedra al ver a Hermann ante la puerta, soberbio con el uniforme de aviador, con los brazos abiertos y un coche espléndido esperándola.

La niña lloraba cada vez más fuerte en la cuna y Dagmar sintió que la invadía la rabia. No la dejaba en paz ni un solo segundo. Aquella cría lo hacía adrede, se le veía en la cara. Con lo pequeña que era, mostraba por Dagmar el mismo desprecio que los demás. Dagmar los odiaba a todos. Ya podían arder en el fuego del infierno, todas las chismosas, y los cerdos asquerosos que, a pesar de los insultos, acudían a ella por las noches para metérsela por una suma miserable. Cuando los tenía encima jadeando y gimiendo, entonces sí les parecía bastante buena.

Dagmar apartó el edredón y fue al cuchitril que tenía por cocina. Todo estaba atestado de platos sucios y olía a restos de comida reseca y revenida. Abrió la puerta de la despensa. Estaba prácticamente vacía y solo había una botella de alcohol rebajado con agua con el que le había pagado el boticario. Con la botella en la mano, volvió a la cama. La niña seguía llorando, y el vecino volvió a aporrear bien fuerte la pared, pero Dagmar ni se inmutó. Quitó el corcho, limpió con la manga del camisón unas migas que se habían quedado pegadas a la boca de la botella y se la llevó a los labios. Si bebía lo suficiente, dejaría de oír el llanto.

Josef abrió esperanzado la puerta del despacho de Sebastian. En el escritorio estaban los planos del terreno donde esperaba que se construyera el museo en un futuro no muy lejano.

—¡Enhorabuena! —dijo Sebastian acercándosele—. El ayuntamiento ha dado el sí y apoyará el proyecto. —Le dio a Josef unas sonoras palmadas en la espalda.

—Bien —dijo Josef. En realidad, sabía que sería así. ¿Cómo iban a negarse a una posibilidad tan espléndida?—. ¿Cuándo podemos empezar?

—Tranquilo, tranquilo. No creo que seas consciente del trabajo que nos espera. Tenemos que empezar a fabricar los símbolos de la paz, planificar las obras, hacer cálculos y, sobre todo, recibir un montón de pasta.

—Pero... La viuda Grünewald nos ha cedido el terreno y ya hemos recibido varias donaciones. Y, dado que el constructor eres tú, tú eres también quien decide cuándo empezamos, ¿no?

Sebastian se echó a reír.

—Bueno, pero el que mi empresa sea la constructora no significa que vaya a salir gratis. Tengo que pagar los salarios y comprar los materiales. Construir este museo va a costar un buen pellizco —dijo dando un golpecito con el dedo en los planos—. Tengo que subcontratar algunos servicios, los implicados no lo harán por amor al arte. Conmigo es otra cosa.

Josef exhaló un suspiro y se sentó en una silla. Los motivos de Sebastian le inspiraban no poco escepticismo.

—Empezaremos por el granito —dijo Sebastian, y apoyó los pies encima de la mesa—. Me han enviado varios bocetos de los símbolos de la paz que están bien. Luego, solo tenemos que hacer un material de promoción que tenga buena pinta y una paquetería elegante, y ya podemos empezar a vender la basura. —Al ver la expresión de Josef, sonrió de buena gana.

—Ya, tú ríete. Para ti solo se trata de dinero. ¿No comprendes el valor simbólico de todo esto? El granito habría formado parte del Tercer Reich, pero ahora se convertirá en testimonio de la derrota nazi y de que ganaron los buenos. Este proyecto tiene posibilidades y, a la larga, nos permitirá crear algo. —Señaló los planos temblando de ira.

Sebastian sonrió aún más. Hizo un gesto condescendiente.

—Nadie te obliga a trabajar conmigo. Puedo romper el contrato ahora mismo y serás libre para acudir a quien quieras.

Era una idea tentadora. Por un instante, Josef sopesó la posibilidad de hacer lo que Sebastian acababa de sugerir. Luego se vino abajo. Tenía que llevarlo a término. Hasta ahora no había hecho otra cosa que malgastar su vida. No tenía nada que mostrarle al mundo, nada que pudiera honrar la memoria de sus padres.

—Sabes muy bien que tú eres el único a quien puedo acudir —dijo al fin.

—Y nosotros siempre nos ayudamos. —Sebastian bajó los pies del escritorio y se inclinó hacia él—. Nos conocemos desde hace mucho. Somos como hermanos, y ya sabes cómo soy. Yo siempre estoy dispuesto a ayudar a un hermano.

—Sí, siempre nos ayudamos —dijo Josef. Miró a Sebastian con curiosidad—. ¿Te has enterado de que Leon ha vuelto?

—Ya, algo he oído. Figúrate, verlo aquí otra vez. Y a Ia. Jamás lo habría imaginado.

—Parece que han comprado la casa que estaba en venta detrás del parque de bomberos.

—Dinero tienen, así que, ¿por qué no? Por cierto, quizá a Leon le interese invertir. ¿No le has preguntado?

Josef negó enérgicamente con la cabeza. Haría cualquier cosa por acelerar el proyecto del museo. Cualquier cosa, menos meterse en negocios con Leon.

—Por cierto, ayer vi a Percy —dijo Sebastian.

—¿Cómo le va? —preguntó Josef aliviado de cambiar de tema—. ¿Todavía conserva el palacio?

—Sí, es una suerte para él que Fygelsta sea un fideicomiso. Si hubiera tenido que repartir la herencia con los hermanos, se habría quedado sin blanca hace tiempo. Pero ahora parece que tiene las arcas vacías definitivamente, por eso se puso en contacto conmigo. Para que le prestara ayuda temporal, según sus palabras. —Sebastian hizo el signo de las comillas en el aire—. Parece ser que lo persigue la agencia tributaria. Y a esos no los puedes encandilar con antepasados nobles y un apellido de postín.

—¿Le vas a echar una mano a él también?

—No temas, hombre. Todavía no lo sé, pero ya te he dicho que yo siempre estoy dispuesto a ayudar a un hermano, y Percy lo es tanto como tú, ¿no?

—Ya, claro —dijo Josef, y volvió la vista al llano de las aguas que se extendía al otro lado de la ventana. Claro que serían hermanos para siempre, unidos por las tinieblas. Miró de nuevo los planos. Las tinieblas se combatían con luz. Y eso pensaba hacer, por su padre y por sí mismo.

—¿Qué le pasa a Martin? —Patrik se asomó a la puerta de la oficina de Annika. No podía aguantar más, tenía que preguntar. Algo no iba bien y estaba preocupado.

Annika apartó la mirada y se cruzó las manos en la rodilla.

—No puedo decirte nada. Cuando Martin se sienta preparado, te lo contará.

Patrik lanzó un suspiro y se sentó junto a la puerta, con la cabeza hecha un lío.

—Bueno, ¿y qué me dices de este caso?

—Pues yo creo que tienes razón. —Era obvio que Annika se alegraba de que hubiese cambiado de tema—. No sé cómo, pero el incendio y la desaparición están relacionados. Y teniendo en cuenta lo que había debajo del suelo, lo más probable es que alguien tuviera miedo de que Ebba y su marido lo encontraran si seguían adelante con las reformas.

—Mi querida esposa lleva mucho tiempo fascinada con el tema de la desaparición.

—Y temes que meta la naricilla en el ajo —remató Annika.

—Pues sí, eso es, pero puede que en esta ocasión tenga el sentido común suficiente como para no inmiscuirse.

Annika sonrió y Patrik comprendió que ni él mismo se lo creía.

—Seguro que tiene un montón de material relacionado con el caso, con lo bien que se le da recabar información. Si es capaz de limitar sus investigaciones al nivel adecuado, yo creo que te resultará muy útil —dijo Annika.

—Ya, lo que pasa es que no se le da muy bien lo del «nivel adecuado».

—Bueno, pero sí que se le da bien cuidar de sí misma. Por cierto, ¿por dónde piensas empezar?

—No estoy muy seguro. —Patrik cruzó las piernas y se puso a juguetear abstraído con el cordón del zapato—. Tenemos que interrogar a todos los que estuvieron implicados entonces. Gösta está buscando los datos de contacto de los profesores y de todos los alumnos. Por supuesto que lo más importante es hablar con los cinco chicos que estuvieron en la isla aquel sábado de Pascua. Le he pedido a Gösta que haga una lista por orden de prioridad, y que decida por quién debemos empezar. Luego había pensado que tú podrías comprobar los antecedentes de quienes figuren en la lista. No es que tenga una confianza infinita en su capacidad administrativa; en realidad, tú deberías haberte encargado también de esa tarea. Pero él es quien más sabe del caso.

—Bueno, por lo menos, parece muy interesado. Para variar —dijo Annika—. Y yo creo que sé por qué. Me he enterado de que él y su mujer tuvieron en su casa un tiempo a la pequeña de los Elvander.

—¿Que Ebba vivió en casa de Gösta?

—Eso dicen.

—Claro, eso explica por qué se comportó de un modo tan extraño cuando estuvimos en la isla. —Patrik recordó cómo miraba Gösta a Ebba. Cómo se preocupaba por ella y la animaba.

—Seguro que esa es la razón por la que no ha podido olvidarse del caso. Lo más probable es que se encariñaran con la pequeña. —Annika buscó con la mirada la gran foto de Leia que tenía enmarcada en el escritorio.

—Ya, claro —dijo Patrik. Había tantas cosas que no sabía... Tantas cosas que debía averiguar acerca de lo que ocurrió en Valö... De pronto, aquella misión se le antojó desproporcionada. ¿Sería posible resolver aquel caso después de tantos años? Y además, ¿hasta qué punto era urgente resolverlo?

—¿Tú crees que quien intentó prender fuego a la casa lo intentará otra vez? —preguntó Annika, como si le hubiera leído el pensamiento.

Patrik reflexionó sobre la pregunta, antes de responder.

—No lo sé. Puede. Pero no debemos arriesgarnos. Tenemos que trabajar con rapidez y descubrir lo que sucedió aquella noche. Tenemos que detener a quien haya intentado hacer daño a Ebba y a Mårten, antes de que vuelva a atacar.

Anna estaba desnuda delante del espejo y las lágrimas le quemaban los párpados, prestas a salir. Se llevó la mano a la cabeza y se acarició el pelo. Después del accidente, empezó a crecerle más oscuro y más fuerte que antes, y aún lo tenía mucho más corto de lo habitual. Una visita al peluquero quizá lo arreglara un poco, pero no tenía mucho sentido. El cuerpo no mejoraría solo porque se adecentara el peinado.

Con la mano temblándole fue siguiendo las cicatrices que le surcaban la piel dibujando un mapa al azar. Habían palidecido bastante, pero nunca desaparecerían del todo. Se pellizcó distraídamente el michelín de la cintura. Ella, que nunca había tenido que esforzarse por estar delgada y que podía decir con el corazón en la mano que se sentía orgullosa de su físico. Ahora contemplaba sus carnes con aversión. Se había pasado mucho tiempo sin poder moverse a causa de las lesiones, y sin preocuparse lo más mínimo de lo que comía. Levantó la vista, pero apenas era capaz de mirarse a la cara. Gracias a los niños y a Dan, sacó fuerzas para luchar y volver a la vida, para salir de las tinieblas más profundas que recordaba, peores incluso que cuando estaba con Lucas. La cuestión era si de verdad había valido la pena. Aún no estaba segura de la respuesta.

El ruido del timbre la sobresaltó. Estaba sola en casa, así que tendría que abrir ella. Tras una última ojeada a aquel cuerpo desnudo, se puso a toda prisa la ropa, que había dejado hecha un lío en el suelo, y bajó corriendo. Al abrir y ver que era Erica respiró aliviada.

—Hola, ¿qué estabas haciendo? —dijo Erica.

—Nada. Pasa. ¿Dónde te has dejado a los niños?

—En casa. Están con Kristina, yo tenía unas cosillas que hacer y he pensado que podía pasarme a verte antes de volver.

—Bien hecho —dijo Anna, y se encaminó a la cocina para preparar algo. Recordó la carne blanca que había visto en el espejo, pero apartó la imagen de su mente y sacó del congelador unos bizcochos de chocolate.

—Fo... Yo debería dejar de comer ese tipo de cosas —dijo Erica con una mueca de disgusto—. Este fin de semana tuve ocasión de verme en biquini y te aseguro que no fue una experiencia agradable.

—Bah, si estás estupenda —dijo Anna sin poder evitar un tono de amargura. Erica no tenía de qué quejarse.

Preparó una jarra de refresco y su hermana la acompañó a la terraza que tenían en la parte trasera de la casa.

—Oye, qué muebles de jardín más bonitos. ¿Son nuevos? —preguntó Erica pasando la mano por la superficie pintada de blanco.

—Sí, los vimos en la tienda de Paulsson, al lado de la tienda de comestibles Evas Livs, ya sabes.

—Jo, se te da de maravilla encontrar cosas divinas —dijo Erica, cada vez más segura de que a Anna le gustaría la idea que se le había ocurrido.

—Gracias. Bueno, ¿y dónde has estado?

—En la colonia infantil —dijo Erica. Le contó a grandes rasgos lo que había estado haciendo allí.

—Qué interesante. O sea que han encontrado sangre y no había ningún cadáver... Pero entonces, allí ha tenido que pasar algo de todos modos.

—Pues sí, tiene toda la pinta. —Erica alargó el brazo en busca de un bizcocho. Fue a cortarlo con el cuchillo para comerse solo la mitad, pero cambió de idea, dejó el cuchillo y le dio un buen mordisco al dulce.

—Sonríe —dijo Anna, y notó por dentro como un soplo cálido de infancia.

Erica sabía perfectamente en qué estaba pensando y le respondió con la sonrisa más amplia de que fue capaz, mostrando una hilera de dientes llenos de chocolate.

—Y no solo eso, espera y verás —dijo, se metió en la nariz dos pajitas que había en la bandeja y se puso bizca, sin dejar de sonreír con los dientes negros.

Anna no pudo contener una risita. Pensó en lo mucho que le gustaba cuando eran pequeñas que su hermana mayor hiciera el ganso. Erica siempre fue tan madura y tan seria, más como una madre en miniatura que como una hermana.

—Apuesto lo que quieras a que ya no eres capaz de beber por la nariz —dijo Erica.

—Pues claro que puedo —respondió Anna ofendida, y se colocó dos pajitas en la nariz. Se inclinó, metió las pajitas hasta el fondo del vaso y respiró. Cuando notó el líquido dentro de la nariz, empezó a toser y a estornudar sin control, y Erica por poco estalla de risa.

—Pero bueno, ¿se puede saber qué estáis haciendo?

Dan apareció de repente en la terraza y, al verle la cara, explotaron las dos. Empezaron a señalarse mutuamente tratando de decir algo, pero tenían tal ataque de risa que no lograron articular una sola palabra.

—En fin, ya veo que no debo presentarme en casa sin avisar. —Dan meneó la cabeza y se fue.

Al final lograron calmarse y Anna notó que el nudo del estómago empezaba a ceder un poco. Erica y ella habían tenido sus diferencias a lo largo de los años, pero nadie como su hermana para tocarle la fibra sensible. Nadie la ponía tan furiosa como Erica, pero tampoco había nadie que la pusiera tan contenta. Estaban unidas para siempre por un lazo invisible y ahora que la tenía delante, mientras lloraba de risa y se secaba las lágrimas, tomó conciencia de cuánto necesitaba a su hermana.

—Después de haberte visto así, no creo que Dan quiera nada contigo esta noche —dijo Erica.

Anna resopló con desprecio.

—No creo que lo note demasiado. Pero bueno, prefiero cambiar de tema. Me parece un tanto incestuoso hablar de mi vida sexual con mi hermana, cuando ha sido pareja de mi pareja...

—Pero por Dios, si de eso hace mil años. Si quieres que te sea sincera, ni siquiera me acuerdo de cómo era desnudo.

Anna se tapó los oídos con las manos y Erica meneó la cabeza riendo.

—Vale, de acuerdo, cambiemos de tema.

Anna bajó las manos.

—Cuéntame más cosas de Valö. ¿Cómo es la hija? ¿Cómo se llamaba? ¿Emma?

—Ebba —dijo Erica—. Ahora vive allí con Mårten, su marido. El plan es reformar el edificio y abrir un *bed and breakfast*.

—¿Tú crees que eso será rentable? La temporada no dura mucho.

—No tengo ni idea, pero me dio la sensación de que no lo hacían por el dinero. Creo que ese proyecto tiene otros fines.

—Ya, bueno, y puede que funcione. El sitio tiene mucho potencial.

—Lo sé. Y ahí es donde entras tú. —Erica la señaló con un tono ansioso en la voz.

—¿Yo? —dijo Anna—. ¿Qué tengo que ver yo?

—Nada, por ahora, pero dentro de poco, pudiera ser. ¡Se me ha ocurrido la mejor idea del mundo!

—Ya, tú tan modesta como siempre —refunfuñó Anna, aunque empezaba a sentir curiosidad.

—En realidad, fueron Ebba y Mårten quienes preguntaron. A ellos se les da bien la reforma y todo el trabajo

143

manual, pero necesitan ayuda para decorar la casa con el estilo y el ambiente adecuados. Y tú tienes exactamente lo que ellos necesitan: sabes de decoración, sabes de antigüedades y tienes buen gusto. Simplemente, ¡eres perfecta! —Erica recobró la respiración y tomó un trago de refresco.

Anna no daba crédito. Aquella sería la forma de averiguar si podía ganarse la vida como decoradora trabajando como profesional libre; podía ser su primer trabajo de asesora. Se le dibujó una sonrisa en los labios.

—¿Se lo has dicho a ellos? ¿Crees que quieren contratar a alguien? ¿Podrán pagarlo? ¿Qué estilo crees que querrán? No tienen por qué ser muebles ni objetos caros, al contrario, estaría bien ir a subastas rurales, allí encuentras cosas muy bonitas a buen precio. Yo creo que en esa casa iría bien un estilo algo antiguo, romántico, y sé dónde tienen unas telas preciosas y...

Erica levantó la mano.

—¡Eh, eh, tranquila! La respuesta es no, no les he hablado de ti. Pero sí les dije que conocía a una persona que podía echarles una mano con la decoración. No tengo la menor idea de qué presupuesto tienen, pero llámalos y, si les interesa, quedamos con ellos.

Anna se paró en seco y escrutó a Erica.

—Tú lo que quieres es tener un pretexto para ir otra vez a husmear, ¿no?

—Puede ser... Pero además pienso que sería una idea espléndida que os conocierais. Creo que harías ese trabajo a las mil maravillas.

—Ya, bueno, la verdad es que había pensado iniciar mi propio negocio.

—¡Pero, Anna! ¡Entonces no tienes más que empezar! Te doy el número y los llamas ahora mismo.

Anna sintió que algo nuevo se le despertaba por dentro. Entusiasmo. Esa era la palabra que describía lo que estaba sintiendo. Por primera vez en mucho tiempo, sentía auténtico entusiasmo.

—Venga, dámelo antes de que me arrepienta —dijo, y sacó el móvil.

La entrevista seguía atormentándolo. Era frustrante tener que contener la lengua y no poder hablar claro. El periodista con el que se había visto aquella mañana era un idiota. La gente, en general, era idiota. No veía la realidad como era, lo que incrementaba la magnitud de su responsabilidad.

—¿Tú crees que le afectará al partido? —John giraba la copa entre los dedos.

Su mujer se encogió de hombros.

—Seguro que no. Tampoco se trata de ninguno de los grandes periódicos nacionales. —Se pasó el pelo por detrás de la oreja y se puso las gafas, con la idea de empezar a leer el montón de documentos que tenía delante.

—Bueno, no hace falta mucho para que se difunda una entrevista. Nos vigilan como buitres en busca de cualquier motivo para atacarnos.

Liv lo miró por encima de las gafas.

—No me irás a decir que te sorprende, ¿verdad? Ya sabes quiénes tienen el poder entre la prensa de este país.

John asintió.

—No tienes que predicarle a un creyente.

—En las próximas elecciones, las cosas serán diferentes. La gente abrirá los ojos de una vez y verá cómo es la sociedad. —Sonrió triunfal y continuó hojeando los documentos.

—Me gustaría tener la misma fe que tú en la humanidad. A veces me pregunto si lo entenderán algún día. ¿Se habrán vuelto los suecos demasiado vagos y torpes? ¿Estarán demasiado mezclados y degenerados para comprender que esa plaga no para de extenderse? Puede que circule ya muy poca sangre pura por sus venas y que no nos quede ya nada digno por lo que trabajar.

Liv dejó de leer. Le brillaban los ojos cuando miraba a su marido.

—Hazme caso, John. Desde que nos conocimos has tenido muy claro cuál era el objetivo. Siempre has sabido lo que tenías que hacer, eres el elegido para hacerlo. Si nadie te escucha, pues tendrás que hablar más alto. Si alguien cuestiona lo que haces, tendrás que argumentarlo mejor. Por fin, estamos en el parlamento, y es la gente, esa gente de la que dudas, la que nos ha puesto ahí. Qué más da si una panda de periodistas cuestiona cómo hemos calculado el presupuesto, ¿eh? Sabemos que tenemos razón y eso es lo único que importa.

John la miraba con una sonrisa.

—Hablas exactamente igual que cuando te conocí en la asociación juvenil. Aunque debo decir que te sienta mejor el pelo largo que el rapado.

Se le acercó y le besó la cabeza.

Aparte de los cambios súbitos de humor y de la retórica de agitadora, no había nada en la frialdad de su mujer, siempre guapa y vestida con elegancia, que recordase a la cabeza rapada ataviada con ropa militar de la que se enamoró en su día. Pero, hoy por hoy, la quería más aún.

—Solo es un artículo en un periódico local. —Liv le apretó la mano que él le había puesto en el hombro.

—Sí, seguro que tienes razón —dijo John, aunque algo preocupado todavía. El tiempo apremiaba, debía llevar a cabo su propósito. Había que erradicar la basura, y era tarea suya. Solo que le habría gustado disponer de más tiempo.

Notaba en la frente el frescor agradable de los azulejos del cuarto de baño. Ebba cerró los ojos y se dejó invadir por la sensación.

—¿No vienes a acostarte?

Oyó la voz de Mårten en el dormitorio, pero no respondió. No quería irse a la cama. Cada vez que se acostaba al lado de Mårten era como si traicionara a Vincent. El primer mes no podía ni estar en la misma habitación que él. No podía ni mirarlo, y si se miraba a la cara en el espejo, tenía que apartar la vista. Lo único que había a su alrededor era la culpa.

Sus padres se habían dedicado a ella las veinticuatro horas, cuidándola como si fuera un niño recién nacido. Le decían suplicantes que Mårten y ella se necesitaban. Al final, empezó a creerlos, o quizá simplemente se rindió, porque así era más sencillo.

Muy despacio y en contra de su voluntad, se acercó a él. Volvió a casa. Las primeras semanas, vivieron en silencio, temerosos de lo que ocurriría si empezaban a hablarse y decían algo que quedaría dicho para siempre. Luego, empezaron a mantener conversaciones cotidianas. «Pásame la mantequilla.» «¿Has puesto la lavadora?»

Cosas inocuas, sin peligro, que no pudieran provocar acusaciones. Con el tiempo, las frases se fueron alargando y los temas de conversación se multiplicaron. Empezaron a hablar de Valö. Fue Mårten el que propuso que se mudaran allí. Y ella también lo vio como una posibilidad de dejar todo lo que le recordaba la otra vida. Una vida que no era perfecta, pero sí feliz.

Y ahora, con la frente apoyada en los azulejos del baño, dudaba por primera vez de que hubieran hecho lo correcto. Ya habían vendido la casa, aquella casa en la que Vincent había vivido su corta vida. Donde le habían cambiado los pañales, donde pasearon por las noches con él en brazos, donde aprendió a gatear, a andar y a hablar. Ya no les pertenecía, y se preguntaba si habían tomado una decisión o si solo había sido una huida.

Y allí estaban ahora. En una casa donde tal vez ni siquiera estuvieran seguros, con el suelo del comedor arrancado por completo, porque podía ser que a su familia la hubieran aniquilado allí mismo. Aquello le afectaba más de lo que estaba dispuesta a reconocer. Mientras se hacía mayor, no dedicó mucho tiempo a reflexionar sobre su origen. Pero ya no era posible seguir ignorando el pasado. Al ver aquella gran mancha negra y extraña bajo los tablones, comprendió en un instante de clarividencia que no era una historia misteriosa, que era de verdad. Seguramente, sus padres habrían muerto allí mismo y, en cierto modo, eso era más real que el hecho de que alguien hubiera tratado de matarlos a Mårten y a ella. No sabía cómo enfrentarse a esa realidad y a vivir inmersa en ella, pero no tenía otro sitio donde ir.

—¿Ebba?

Le oyó en la voz que, si no le contestaba, no tardaría en levantarse e ir a buscarla. Así que miró hacia la puerta y le dijo en voz alta:

—¡Ya voy!

Se cepilló los dientes a conciencia mientras se observaba en el espejo. Esa noche no le flaqueó la mirada. Clavó la vista en aquella mujer de ojos muertos, en aquella madre sin hijo. Luego escupió en el lavabo y se secó la boca con la toalla.

—¡Cómo has tardado! —Mårten tenía un libro abierto entre las manos, pero Ebba se dio cuenta de que estaba en la misma página que la noche anterior.

No respondió, retiró el edredón y se acostó. Mårten dejó el libro en la mesilla de noche y apagó la lamparita. Las cortinas que habían colgado al mudarse dejaban la habitación completamente a oscuras, a pesar de que fuera nunca llegaba a oscurecer del todo.

Ebba se quedó mirando al techo sin moverse. Sintió la mano de Mårten buscándola bajo las sábanas. Fingió que no notaba su mano vacilante, pero él no la retiró como solía, sino que siguió hacia el muslo, subiendo por debajo de la camiseta, y empezó a acariciarle el vientre. Ella notó las náuseas subiéndole por la garganta mientras la mano seguía su camino hacia el pecho. El mismo pecho que había amamantado a Vincent, los mismos pezones a los que se aferraba la boquita hambrienta de su hijo.

El sabor a bilis le llenó la boca, se levantó de un salto y fue corriendo al cuarto de baño, donde apenas logró levantar la tapa del váter antes de que se le vaciara el estómago. Cuando terminó, se desplomó agotada en el suelo. Mårten lloraba en el dormitorio.

Fjällbacka, 1925

Dagmar miró el periódico que estaba en el suelo. Laura le tiraba del brazo sin dejar de repetir su eterno «mamá, mamá», pero Dagmar no le hacía caso. Estaba tan harta de aquella voz exigente y llorica, de aquella palabra que repetía tanto que creía que la volvería loca. Muy despacio, se agachó y recogió el periódico. Era muy tarde y no veía con claridad, pero no cabía la menor duda. Allí lo decía más claro que el agua: «Göring, el héroe de la aviación alemana, vuelve a Suecia».

–Mamá, mamá –Laura tiraba con más fuerza, y ella apartó el brazo con tal violencia que la niña se cayó del banco y empezó a llorar.

–¡Calla ya! –le soltó Dagmar. No soportaba aquel lloriqueo falso. A la niña no le pasaba nada. Tenía un techo bajo el que cobijarse, ropa con que vestirse y no pasaba hambre, aunque a veces anduvieran justas.

Dagmar volvió a centrarse en el artículo y fue leyéndolo a duras penas. El corazón le martilleaba en el pecho. Él había vuelto, estaba en Suecia y ahora iría a buscarla. Hasta que su mirada se detuvo unos renglones más abajo. «Göring se traslada a nuestro país con su mujer, la ciudadana sueca Carin, ahora Göring». A Dagmar se le secó la boca. Hermann se había casado con otra. ¡La había traicionado! La furia se le encendió por dentro, agravada por el llanto de Laura, que le estallaba en la cabeza y hacía que la gente se volviera a mirarlas.

−¡A callar! −Le dio a la niña tal bofetada que le escoció la mano.

La niña dejó de llorar, con la mano en la mejilla enrojecida, y mirándola con los ojos desorbitados. Luego empezó a llorar otra vez, más alto, y Dagmar notó que la desesperación la partía en dos. Se abalanzó sobre el periódico y leyó la frase una y otra vez. Carin Göring. El nombre no dejaba de resonarle en la cabeza. No decía cuánto tiempo llevaban casados, pero dado que era sueca, debieron de conocerse en Suecia. De alguna manera, esa mujer consiguió engatusar a Hermann para que se casara con ella. Tenía que ser culpa de Carin que Hermann no hubiera ido a buscarla, que no pudiera estar con ella y con su hija, con su familia.

Fue arrugando el periódico despacio y alargó la mano en busca de la botella que tenía al lado, en el banco. Solo quedaba un trago, y se sorprendió, porque aquella misma mañana estaba llena. Pero no se paró a pensar, sino que apuró el resto y sintió con agrado cómo la bebida divina le quemaba la garganta.

La cría había dejado de lloriquear. Se había quedado sentada en el suelo, sollozando abrazándose las piernas. Estaría compadeciéndose de sí misma, como siempre, tan taimada, a pesar de que solo tenía cinco años. Pero Dagmar sabía lo que tenía que hacer. Todavía podría restablecer el orden de las cosas. En el futuro, Hermann estaría con ellas, y seguro que sabría incluso corregir a Laura. Un padre que la educase con mano dura era precisamente lo que la niña necesitaba, ya que, por mucho que Dagmar tratara de conseguir que se comportara como un ser racional, no servía de nada.

Dagmar sonreía en el banco del parque. Ya había averiguado cuál era el origen de sus males, ahora todo se arreglaría para ella y para Laura.

El coche de Gösta se paró en la puerta de la casa y Erica respiró aliviada. Existía el riesgo de que Patrik se hubiese cruzado con él de camino al trabajo.

Abrió la puerta antes de que Gösta hubiera llamado al timbre. Los niños gritaban tanto a su espalda que debía de ser como atravesar una pared de sonido.

—Perdona el jaleo. El día menos pensado, las autoridades dirán que esta casa no es un lugar de trabajo adecuado. —Se volvió con la intención de reñir a Noel, que perseguía a Anton, que lloraba desconsolado.

—No te preocupes. Estoy acostumbrado a oír vociferar a Mellberg —dijo Gösta, y se puso en cuclillas—. Hola, chicos. Se ve que sois unos diablillos de cuidado.

Anton y Noel se pararon en seco, con un ataque repentino de timidez, pero Maja se adelantó muy valiente.

—Hola, abuelete. Yo soy Maja.

—¡Pero Maja! Eso no se dice, ¿no? —la reprendió Erica mirándola muy seria.

—No pasa nada —dijo Gösta riendo de buena gana. Se puso de pie—. Los tontos y los niños dicen la verdad, y yo soy un abuelete. ¿A que sí, Maja?

Maja asintió, miró a su madre con aire triunfal y se marchó. Los gemelos, entretanto, seguían sin atreverse a dar un paso. Muy despacio, fueron retrocediendo hacia el salón, sin apartar la vista de Gösta.

—Esos dos no son tan fáciles de conquistar —dijo mientras seguía a Erica hasta la cocina.

—Anton siempre ha sido muy tímido. En cambio, Noel suele ser bastante atrevido, pero ahora parece que él también ha entrado en esa fase en la que los extraños son terribles.

—Bueno, no me parece una actitud equivocada. —Gösta se sentó en una de las sillas y miró preocupado a su alrededor—. ¿Seguro que Patrik no vendrá a casa ahora?

—No, se fue al trabajo hace media hora, así que a estas alturas, estará en la comisaría.

—No estoy seguro de que esto sea buena idea —dijo pasando el dedo distraídamente por el mantel.

—Es una idea genial, hombre —dijo Erica—. No hay ningún motivo para mezclar a Patrik en esto. No siempre sabe apreciar que le ayude.

—Bueno, no es injustificado. A veces has conseguido liarla.

—Ya, pero al final todo ha salido bien.

Erica se negaba a dejarse amedrentar. A ella le parecía una genialidad lo que se le había ocurrido aquella tarde y, sin pensárselo dos veces, fue y llamó a Gösta. Y allí estaba ahora, aunque había tardado un poco en convencerlo de que fuera sin decírselo a Patrik.

—Tú y yo tenemos algo en común —le dijo, y se sentó enfrente de él—. Los dos tenemos mucho interés en saber lo que ocurrió en Valö aquella Pascua.

—Ya, sí, pero resulta que la Policía está trabajando en ello.

—Y es estupendo. Pero ya sabes lo ineficaz que resulta a veces, con la cantidad de reglas y normas que tenéis que cumplir. Yo, en cambio, puedo trabajar con otra libertad.

Gösta seguía mostrándose escéptico.

—Puede ser, pero si Patrik se entera de esto, no nos lo perdonará. No sé si quiero...

—Pues por eso precisamente no tiene que enterarse —lo interrumpió Erica—. Tú te encargas de que yo tenga acceso en secreto a todo el material de la investigación, y yo me encargaré de que tengas acceso a todo lo que saque en claro. En cuanto encuentre algo, te lo contaré. Tú se lo transmites a Patrik y te conviertes en un héroe, y yo luego podré utilizarlo todo en mi libro. Todo el mundo gana, también Patrik. Él quiere resolver esto y atrapar al pirómano. No hará preguntas, ya verás, aceptará encantado la información que le des. Además, seguramente andáis cortos de personal ahora que Martin está enfermo y Paula de vacaciones, ¿no? No creo que sea perjudicial que haya alguien más trabajando con la investigación.

—Puede que tengas razón. —A Gösta se le iluminó un poco la cara, y Erica supuso que le atraía la idea de convertirse en héroe—. Pero ¿de verdad crees que Patrik no sospechará nada?

—Qué va. Él sabe lo mucho que te importa este caso, así que no sospechará nada.

En la sala de estar parecía que hubiera estallado la revolución, así que Erica se levantó y se dirigió allí a toda prisa. Tras un par de palabras de advertencia a Noel para que dejara en paz a Anton y, una vez en marcha una película de Pippi, volvió a reinar la calma y ella se fue de nuevo a la cocina.

—La cuestión es por dónde empezamos. ¿Sabéis ya algo de la sangre?

Gösta negó con la cabeza.

—No, todavía no. Pero Torbjörn y su equipo siguen trabajando en la isla para ver si encuentran algo más, y esperamos que, a lo largo del día, nos envíen un informe que confirme si se trata o no de sangre humana. Lo único que tenemos por el momento es el informe preliminar del incendio, que Patrik recibió antes de que yo me fuera a casa ayer.

—¿Habéis empezado ya a interrogar gente? —Erica estaba tan ansiosa que no paraba de dar saltos en la silla. No pensaba rendirse hasta haber contribuido en todo lo posible a la resolución de aquel misterio. El que, además, aquel material pudiera convertirse en un libro estupendo era un valor añadido.

—Ayer hice una lista de en qué orden creo yo que habría que hablar con las personas implicadas, y estuve tratando de conseguir los datos de contacto. Pero claro, no es fácil cuando ha pasado tanto tiempo desde el suceso. Por un lado, puede ser complicado dar con la gente, y por otro, es posible que sus recuerdos sean un tanto vagos. Así que ya veremos el resultado que da.

—¿Tú crees que aquellos chicos tuvieron algo que ver? —preguntó Erica.

Gösta comprendió enseguida a qué chicos se refería.

—Hombre, claro que se me ha pasado por la cabeza, pero no estoy seguro. Los interrogamos varias veces y sus versiones eran coherentes. Además, tampoco encontramos pruebas físicas de que...

—Ah, pero ¿encontrasteis alguna prueba física? —lo interrumpió Erica.

—Pues no, no había mucho a lo que aferrarse. Cuando Henry, mi colega, y yo encontramos a Ebba sola en la casa, bajamos al embarcadero. Y entonces vimos llegar a los chicos en el bote y, desde luego, tenían toda la pinta de haber estado pescando.

—¿Examinasteis el bote? No sería descabellado que hubiesen arrojado los cadáveres al mar.

—Lo examinamos a conciencia, pero no había rastro de sangre ni nada parecido; y, si hubieran transportado allí los cinco cadáveres, deberíamos haber encontrado algo. Además, me pregunto si habrían tenido la fuerza suficiente

155

para llevar los cadáveres hasta el barco. Los muchachos no eran muy corpulentos. Por otro lado, los cadáveres suelen flotar y aparecer en la orilla tarde o temprano. Deberíamos haber encontrado a alguno de los miembros de la familia, a menos que los muchachos les hubiesen puesto una cantidad enorme de contrapeso, menudo trabajo... Y para eso habrían necesitado muchas cuerdas y muy resistentes, que no sé si les habría sido fácil encontrar con las prisas.

—¿Hablasteis también con los demás alumnos del internado?

—Sí, pero algunos de los padres se mostraron reacios a que interrogáramos a sus hijos. Era gente demasiado fina, no querían correr el riesgo de verse implicados en ningún escándalo.

—Ya. Pero, entonces, ¿averiguasteis algo interesante?

Gösta soltó un bufido.

—No, solo retóricas de los padres, de lo horrible que les parecía todo, pero que su hijo no tenía nada que decir sobre la vida en el internado. Todo era lo más: Rune era lo más, los profesores eran lo más, y no había ni conflictos ni disputas. Y los alumnos no hicieron otra cosa que repetir lo que decían sus padres.

—¿Y los profesores?

—Pues los interrogamos también a los dos, claro. De uno, Ove Linder, sospechamos al principio. Pero luego resultó que, después de todo, tenía una coartada. —Gösta guardó silencio unos instantes—. En definitiva, no encontramos ningún sospechoso. Ni siquiera pudimos demostrar que se hubiese cometido ningún delito. Pero...

Erica apoyó las manos en la mesa y se inclinó hacia él.

—¿Pero qué?

Gösta vaciló un segundo.

—Bah, no sé. Tu marido siempre habla de su sexto sentido, y nosotros solemos reírnos de él por eso; aunque tengo que reconocer que mi sexto sentido me decía ya entonces que había algo más. Lo intentamos, de verdad, pero no conseguimos sacar nada en claro.

—Bueno, pues lo volvemos a intentar. Desde 1974 han cambiado muchas cosas.

—La experiencia me dice que otras muchas siguen igual. La gente bien siempre procura protegerse.

—Lo volvemos a intentar —dijo Erica con tono paciente—. Tú termina la lista de alumnos y profesores. Luego me la das a mí, y así podremos ponernos a trabajar desde dos frentes al mismo tiempo.

—Siempre que no...

—No..., Patrik no se va a enterar. Y te pasaré toda la información que yo averigüe. En eso habíamos quedado, ¿no?

—Ya, sí... —La cara delgada de Gösta reflejaba preocupación.

—Por cierto, ayer estuve en la isla hablando con Ebba y su marido.

Gösta se la quedó mirando.

—¿Cómo estaba Ebba? ¿Está preocupada por lo que ha pasado? ¿Cómo...?

Erica se echó a reír.

—Tranquilo, tranquilo, las preguntas de una en una. —Luego se puso seria—. Estaba apagada, pero serena, diría yo. Insisten en que no tienen ni idea de quién ha podido provocar el incendio, pero no puedo asegurar si mienten o no.

—Yo creo que deberían irse de aquí. —A Gösta se le ensombreció la mirada—. Por lo menos, hasta que hayamos aclarado este asunto. La casa no es un lugar seguro y ha sido una suerte que no les haya pasado nada.

—Pues no parecen de los que huyen así, de entrada.

—Ya, es muy testaruda —dijo Gösta con orgullo.

Erica lo miró extrañada, pero no hizo ninguna pregunta. Sabía por experiencia lo mucho que ella era capaz de implicarse en las vidas de las personas sobre las que escribía. Seguramente, a los policías les pasaba lo mismo con todas las personas en cuyo destino se involucraban a lo largo de su vida laboral.

—Una cosa en la que estuve pensando cuando vi a Ebba y que me resultó un tanto extraña...

—¿Sí? —dijo Gösta, pero un alarido hizo que Erica saliera corriendo hacia el salón para ver quién le había pegado a quién. Al cabo de unos minutos, volvió y retomaron la conversación.

—¿Por dónde íbamos? Ah, sí, me pareció bastante extraño que Ebba no tuviera ninguno de los objetos que deberían haber quedado de la familia. El edificio no era solo internado, también era su hogar, y seguro que tenían allí objetos personales. Yo había dado por hecho que se los entregaron a Ebba, pero me dijo que no tenía ni idea de adónde habían ido a parar.

—Sí, en eso tienes razón. —Gösta se rascaba la barbilla—. Tendré que mirar si está registrado en algún sitio. La verdad es que no recuerdo que figure esa información en ningún archivo.

—Se me había ocurrido que puede valer la pena revisar esos objetos con nuevos ojos.

—No es mala idea. Voy a ver qué encuentro —dijo Gösta. Miró el reloj y se levantó de la silla—. ¡Madre mía! ¡Cómo ha pasado el tiempo! Hedström se estará preguntando dónde me he metido.

Erica le puso la mano en el hombro para tranquilizarlo.

—Ya se te ocurrirá una buena excusa. Dile que te has quedado dormido, o cualquier cosa. No sospechará nada, te lo aseguro.

—Ya, claro, para ti es fácil decirlo —respondió Gösta, y fue a ponerse los zapatos.

—No te olvides de lo que hemos acordado. Necesito los datos de contacto de todos los implicados, y tienes que ver si averiguas algo de los objetos personales de los Elvander.

Erica se inclinó y le dio a Gösta un abrazo con total espontaneidad. Él se lo devolvió algo cortado.

—Bueno, bueno, pues deja que me vaya, y lo haré lo antes posible, te lo prometo.

—Eres un hacha —dijo Erica con un guiño.

—Anda ya. Vuelve con tus niños, venga. Te llamo en cuanto tenga algo.

Erica cerró la puerta e hizo exactamente lo que Gösta le había dicho. Se sentó en el sofá mientras los tres le trepaban por encima para pillar el mejor sitio junto a su madre, y se puso a ver distraídamente las aventuras de Pippi en el televisor.

Todo estaba en calma en la comisaría. Para variar, Mellberg había salido de su despacho y se había instalado en la cocina. *Ernst,* que no se alejaba nunca más de un metro de su dueño, se había tumbado debajo de la mesa con la esperanza de que, tarde o temprano, llegara la hora del café.

—¡Menudo imbécil! —protestó Mellberg señalando el periódico que tenía delante. El *Bohusläningen* había sacado a toda página la entrevista con John Holm.

—Desde luego, yo no me explico cómo la gente lleva al parlamento a tipos como ese. Supongo que es la otra cara de la democracia. —Patrik se sentó enfrente de Mellberg—. Además, tenemos que hablar con él. Al parecer, era uno de los chicos que estaban en Valö aquella semana de Pascua.

—Pues más vale que nos demos prisa. Aquí dice que solo se quedará en la zona esta semana, luego vuelve a Estocolmo.

—Ya, ya lo he visto, por eso había pensado llevarme a Gösta y hablar con él esta misma mañana. Lo que no me explico es dónde se habrá metido. ¡Annika! ¿Sabes algo de Gösta?

—Nada. Se habrá quedado dormido —respondió Annika en voz alta desde la recepción.

—Bueno, pues me voy contigo yo —dijo Mellberg, y cerró el periódico.

—Qué va, si no hace falta. Puedo esperar a Gösta. Llegará en cualquier momento. Tú tendrás cosas más importantes que hacer. —Patrik sintió que lo invadía el pánico. Ir con Mellberg a un interrogatorio solo podía terminar en catástrofe.

—¡Tonterías! Te vendrá bien contar con mi apoyo cuando tengas que vértelas con ese idiota. —Se levantó y miró a Patrik resuelto—. Bueno, ¿nos vamos?

Mellberg chasqueó los dedos un par de veces, mientras Patrik trataba febrilmente de encontrar un argumento que lo animara a abandonar sus planes.

—¿No deberíamos llamar primero y pedirle una cita?

Mellberg resopló con desprecio.

—A un tío como ese hay que pillarlo... ¿Cómo se dice...? Ah, sí, *en garde*.

—*Off-guard* —dijo Patrik—. Se dice *off-guard*.

Unos minutos después iban en el coche camino de Fjällbacka. Mellberg silbaba satisfecho. Al principio insistió en conducir él, pero por ahí no pensaba pasar Patrik.

—Esa gente tiene una mentalidad tan limitada... Son gente insignificante que no respeta otras culturas ni las diferencias entre los hombres—. Mellberg asintió, conforme con sus propias palabras.

Patrik se moría literalmente de ganas de recordarle lo limitado que era él no hacía mucho. Algunos de los comentarios que iba soltando por ahí habrían ganado el aplauso de Amigos de Suecia. En defensa de Mellberg, no obstante, había que reconocer que abandonó todos los prejuicios en cuanto conoció a Rita.

—Es esa cabaña, ¿no? —Patrik entró en la pequeña explanada de grava que había delante de una de las cabañas de pescadores de color rojo que orillaban la calle de Hamngatan. Habían acordado probar suerte y ver si John se encontraba allí, y no en la casa de Mörhult.

—Desde luego, parece que hay alguien en el embarcadero. —Mellberg estiró el cuello para ver mejor.

La grava crujía bajo las suelas de sus zapatos mientras se acercaban a la verja. Patrik pensó si no debería llamar primero, pero le pareció ridículo, así que la abrió sin más.

Enseguida reconoció a John Holm. El fotógrafo del *Bohusläningen* había captado su aspecto sueco casi tópico y, además, había conseguido que la expresión de aquel hombre, que exhibía una amplia sonrisa, resultara casi amenazadora. También ahora sonreía, aunque se les acercaba con una mirada llena de extrañeza.

—Hola, somos de la Policía de Tanum —dijo Patrik, e hizo las presentaciones.

—¿Ajá? —La extrañeza se convirtió en alerta—. ¿Ha pasado algo?

—Bueno, depende de cómo se mire. En realidad, se trata de algo que ocurrió hace mucho tiempo, pero que, por desgracia, ha vuelto a cobrar actualidad.

—Valö —dijo John. Ya no era posible interpretar lo que expresaba la mirada.

—Exacto, así es —replicó Mellberg con tono agresivo—. Se trata de Valö.

Patrik respiró hondo un par de veces para conservar la calma.

—¿Podemos sentarnos? —preguntó, y John los invitó a pasar.

—Claro, por favor. Aquí da mucho el sol. A mí me gusta, pero si os parece que hace demasiado calor, abro la sombrilla.

—Gracias, está bien. —Patrik rechazó la oferta con un gesto de la mano. Quería acabar con aquello tan pronto como fuera posible, antes de que Mellberg la liara.

–Veo que estás leyendo el *Bohusläningen*... –Mellberg señaló el periódico, que estaba abierto encima de la mesa.

John se encogió de hombros.

–El periodismo poco profesional siempre es igual de irritante. Me citan mal, me interpretan mal, y todo el artículo está lleno de insinuaciones.

Mellberg se tiró del cuello de la camisa. Ya empezaba a ponérsele la cara roja.

–Pues a mí me ha parecido que está bien escrito.

–Ya, pero es obvio que el periódico ha elegido bando y, cuando entras en el juego, tienes que aguantar ese tipo de ataques.

–Bueno, pero lo que él cuestiona son ideas que incluís en vuestro programa político. Por ejemplo, ese disparate de que hay que expulsar del país a los inmigrantes que hayan delinquido, aunque tengan permiso de residencia. ¿Eso cómo va a ser? ¿Íbamos a mandar de vuelta a su país de origen a personas que llevan en Suecia muchos años y que han echado ya raíces aquí, solo porque hayan robado una bicicleta? –Mellberg había levantado la voz y los salpicaba de saliva al hablar.

Patrik estaba como paralizado. Era como presenciar un accidente de tráfico que estuviera a punto de producirse. Por más que él estuviera de acuerdo con lo que decía Mellberg, aquel era, sin duda, el peor momento para discutir de política.

John miraba a Mellberg impertérrito.

–Esa es una cuestión que nuestros detractores han decidido interpretar de un modo totalmente erróneo. Podría explicarlo con detalle, pero doy por hecho que no habéis venido a eso.

–No, como te decía, queríamos hablar de lo que sucedió en Valö en 1974. ¿Verdad, Bertil? –se apresuró a decir Patrik. Le clavó una mirada de advertencia a Mellberg, que, tras unos segundos de silencio, asintió a disgusto.

—Sí, he oído rumores de que ha pasado algo en la isla —dijo John—. ¿Habéis encontrado los restos mortales de la familia?

—No exactamente —dijo Patrik evasivo—. Pero alguien trató de prender fuego a la casa. Si se hubieran salido con la suya, la hija y su marido habrían muerto carbonizados.

John se irguió un poco en la silla.

—¿La hija?

—Sí, Ebba Elvander —respondió Patrik—. O Ebba Stark, que es como se apellida ahora. Ella y su marido se han hecho cargo del edificio y piensan restaurarlo.

—Ya, pues seguro que le hace falta. Por lo que yo sé, está destrozado. —John buscaba con la mirada la isla de Valö, que se hallaba frente a ellos, al otro lado del espejo del agua.

—¿Hace mucho que no vas?

—Desde que se cerró el internado.

—¿Por qué?

—Pues porque no he tenido ningún motivo para ir.

—¿Tú qué crees que le pasó a la familia?

—Bueno, mis suposiciones valdrían tanto como las de cualquier otro, pero la verdad es que no tengo ni idea.

—Ya, aunque más idea que los demás sí que tienes —objetó Patrik—. Puesto que vivías con la familia y te encontrabas en la isla cuando desaparecieron.

—No exactamente. Otros cuantos alumnos y yo estábamos pescando. Nos quedamos de piedra cuando llegamos a tierra y nos encontramos con los dos policías. Leon incluso se enfadó porque creía que eran dos extraños que se estaban llevando a Ebba.

—O sea que no tienes ninguna teoría, ¿no? Habrás pensado en aquello más de una vez todos estos años, digo yo. —Mellberg rezumaba escepticismo.

John no le hizo caso y se volvió hacia Patrik.

—Bueno, habría que aclarar que no vivíamos con la familia. Íbamos a clase, pero existía un límite claro y estricto

163

entre nosotros y la familia Elvander. Por ejemplo, no nos habían invitado a la cena de Pascua. Rune se cuidaba mucho de mantenernos a distancia y llevaba el internado como un pabellón militar. Por eso nuestros padres lo adoraban tanto como nosotros lo odiábamos.

—¿Estabais unidos los alumnos o había algún conflicto entre vosotros?

—Bueno, algunas disputas hubo. Lo contrario habría sido raro en un centro solo para chicos adolescentes. Pero nunca sucedió nada grave.

—¿Y qué me dices de los profesores? ¿Qué pensaban del director?

—Ese par de cobardes le tenía tanto miedo que, seguramente, no pensaban nada. Al menos, nunca dijeron nada que llegara a nuestros oídos.

—Los hijos de Rune tenían entonces más o menos vuestra edad. ¿Os relacionabais con ellos?

John negó con vehemencia.

—Rune jamás lo habría permitido. Con su hijo el mayor sí que tuvimos alguna relación. Era una especie de ayudante en el internado. Un verdadero cerdo.

—Vaya, parece que tenías una opinión muy sólida sobre algunos de los miembros de la familia, ¿no?

—Yo los odiaba, exactamente igual que los demás chicos del internado. Pero no lo bastante como para cargármelos, si es eso lo que pensáis. Además, a esa edad, lo lógico es que uno desconfíe de la autoridad.

—¿Y los demás hijos?

—Iban más bien a lo suyo. No se atrevían a hacer otra cosa. Y lo mismo podía decirse de Inez. Ella sola se encargaba de la limpieza, la colada y la comida. Annelie, la hija de Rune, le ayudaba bastante. Pero, como decía, no nos estaba permitido relacionarnos con ellos, y puede que hubiera una razón. Muchos de los chicos eran auténticos gamberros, mimados y rodeados de privilegios desde la más tierna infancia. Supongo que por eso fueron a parar al internado. En el último momento, los padres empezaron a darse cuenta de que estaban criando a individuos perezosos e inútiles y trataron de remediarlo enviándoselos a Rune.

—Tus padres también tendrían recursos, ¿no?

—Tenían dinero, sí —respondió John, haciendo hincapié en el «tenían». Luego apretó los labios, para indicar que no era su intención seguir hablando del tema. Patrik lo dejó pasar, pero decidió que investigaría a la familia de John.

—¿Cómo le va? —dijo John de pronto.

A Patrik le llevó uno segundos comprender a quién se refería.

—¿A Ebba? Bueno, parece que le va bien. Como te decía, piensa arreglar el edificio y equiparlo.

John volvió la vista a Valö y Patrik deseó haber tenido la capacidad de leer el pensamiento. Se preguntaba qué le estaría pasando a John por la cabeza.

—Bueno, pues gracias por habernos concedido unos minutos —dijo, y se levantó. No sacarían mucho más en claro por el momento, pero la conversación le había despertado más aún la curiosidad por saber cómo había sido la vida en el internado.

—Sí, claro, gracias. Comprendo que estarás muy ocupado —dijo Mellberg—. Por cierto, un saludo de parte de mi pareja. Es chilena. Emigró a Suecia en los años setenta.

Patrik le tiró a Mellberg de la manga para apartarlo de allí. John cerró la verja con una sonrisa forzada.

Gösta trató de entrar disimuladamente en la comisaría, pero no tenía la menor posibilidad.

—¿Te has quedado dormido? Típico de ti —dijo Annika.

—Es que no ha sonado el despertador —dijo sin atreverse a mirar a Annika a la cara. Poseía la capacidad de verte por dentro, y a Gösta no le gustaba tener que mentirle—. ¿Dónde está todo el mundo?

No se oía el menor ruido en el pasillo y Annika parecía ser la única en toda la comisaría. Solo *Ernst* apareció al oír la voz de Gösta.

—Patrik y Mellberg se han ido a hablar con John Holm, pero *Ernst* y yo cuidamos del fuerte, ¿a que sí, campeón? —dijo acariciando al animal—. Por cierto, Patrik ha preguntado por ti. Así que será mejor que practiques un poco más lo de la historia del despertador.

Annika lo atravesó con la mirada.

—Dime ahora mismo qué te traes entre manos y quizá pueda ayudarte para que no te descubran.

—Pero qué puñetas... —dijo Gösta, aunque se sabía vencido—. Bueno, pero te lo cuento tomando café.

Echó a andar hacia la cocina, y Annika fue detrás.

—Venga —dijo Annika, una vez que los dos se sentaron.

Muy a su pesar, Gösta le contó el acuerdo con Erica, y Annika no pudo contener la carcajada.

—Pues sí que te has metido en un buen lío, ¿no? Ya sabes cómo es Erica. Si le das la mano, te toma el brazo. Patrik se pondrá hecho una furia si se entera.

—Ya lo sé —dijo retorciéndose. Sabía que Annika tenía razón, pero al mismo tiempo, aquello era tan importante para él... Y, desde luego, sabía por qué. Lo hacía por ella, por la niña a la que él y Maj-Britt dejaron en la estacada.

Annika había parado de reír y ahora lo miraba muy seria.

—Este caso significa mucho para ti, ¿verdad?

—Sí, mucho. Y Erica puede ayudarnos. Es buena. Sé que Patrik nunca aprobaría que la haya involucrado, pero lo cierto es que su trabajo consiste en recabar información del pasado, algo que, desde luego, necesitamos para este caso.

Annika guardó silencio un instante. Luego, dijo con un suspiro:

—De acuerdo. No le diré nada a Patrik. Con una condición.

—¿Cuál?

—Me mantendrás informada de lo que averigüéis Erica y tú y me dejaréis que os ayude en lo que pueda. A mí tampoco se me da mal recabar información.

Gösta la miró atónito. Aquello no era exactamente lo que él esperaba.

—Vale, quedamos en eso. Pero tú misma lo has dicho: cuando Patrik se entere, se nos va a caer el pelo.

—Ya veremos cuando llegue el momento. ¿Qué habéis conseguido por ahora? ¿Qué puedo hacer?

Claramente aliviado, Gösta le resumió la conversación que había mantenido con Erica aquella mañana.

—Tenemos que conseguir los datos de contacto de todos los alumnos y los profesores del internado. Yo tengo la lista antigua, pero la mayoría de las direcciones ya no son válidas. Aunque si partimos de esa lista, creo que podremos dar con casi todos. Algunos tienen un apellido poco común y quizá en la antigua dirección viva alguien que pueda indicarnos dónde se fueron.

Annika lo miró enarcando las cejas.

—¿No figura en la lista el número de identidad?

Gösta la miró con los ojos como platos. ¿Cómo podía ser tan tonto? Se sentía como un imbécil y no sabía qué decir.

—Con la cara que has puesto quieres decir que sí figura, ¿verdad? Pues entonces, ya está. Tendré una lista completa y actualizada para esta tarde o, a lo sumo, para mañana. ¿Te parece bien?

Annika sonrió y Gösta le devolvió la sonrisa de buena gana.

—Sí, me parece bien —dijo—. Entre tanto, había pensado que Patrik y yo podíamos ir a hablar con Leon Kreutz.

—¿Por qué con él precisamente?

—Por nada, en realidad, pero es el chico al que mejor recuerdo. Me dio la impresión de que era el jefe de la pandilla. Además, me he enterado de que él y su mujer han comprado la casa blanca que hay en la cima de la montaña, ya sabes. En Fjällbacka.

—¿La casa blanca de las vistas por la que pedían diez millones? —preguntó Annika.

Los precios de las casas con vistas al mar no dejaban de fascinar a la población permanente de la zona, y todos seguían con interés el precio de salida y el precio final. Pero diez millones provocaban la reacción hasta de los más curtidos.

—Por lo que tengo entendido, se lo pueden permitir. —Gösta recordaba a aquel chico guapo de ojos castaños. Ya entonces irradiaba riqueza, y algo más indefinible. Una especie de seguridad congénita en sí mismo; esa era la descripción más acertada que se le ocurría a Gösta.

—Bueno, pues manos a la obra y a trabajar —dijo Annika. Dejó la taza en el lavaplatos y, tras echarle una mirada a Gösta, este hizo lo mismo—. Por cierto, se me había olvidado recordarte que esta mañana tenías que ir al dentista.

—¿Al dentista? Yo no tenía ninguna... —Gösta se calló y sonrió—. Ah, sí, es verdad. Ayer te dije que iba a ir al dentista. Y fíjate: ni una caries. —Se señaló la boca y le lanzó un guiño.

—No estropees una buena mentira dando un montón de detalles —le advirtió Annika en broma con el dedo, y se dirigió a su puesto ante el ordenador.

Estocolmo, 1925

*P*or poco las echan del tren. El revisor le quitó la botella y se puso a desvariar diciendo que estaba demasiado borracha para viajar. Pero ella qué iba a estar borracha. Era solo que de vez en cuando necesitaba un trago para cobrar fuerzas, para poder tirar de la vida, algo que cualquiera podía comprender. Siempre tenía que andar pidiendo limosna y realizando las tareas más humillantes, que le concedían «por la niña» y, generalmente, la cosa terminaba con que no le quedaba más remedio que recibir en el dormitorio la visita de algún hipócrita putañero que llegaba jadeando a su puerta.

También el revisor se compadeció y las dejó seguir hasta Estocolmo «por la niña». Y menos mal, porque si las hubieran echado a mitad de camino, Dagmar no habría sabido cómo volver a casa después. Dos meses había tardado en ahorrar lo necesario para un billete de ida a Estocolmo, y ya no le quedaba un céntimo. Pero no pasaba nada, porque cuando llegaran y pudiera hablar con Hermann, no tendría que volver a preocuparse del dinero nunca más. Él se encargaría de todo. Cuando se vieran y él comprendiera lo mal que lo había pasado Dagmar, abandonaría enseguida a aquella mujer tan falsa con la que se había casado.

Dagmar se detuvo junto a la ventanilla y se miró en el cristal. Bueno, sí, había envejecido un poco desde la última vez que se vieron. Ya no tenía una melena tan frondosa y, ahora que lo pensaba, llevaba un tiempo sin lavarse el pelo. Y el vestido, que había robado de una cuerda de tender antes de irse, le quedaba como un saco de tan delgada como estaba. Cuando escaseaba el dinero, ella prefería el vino a la comida, pero eso también se iba a terminar. Pronto volvería a tener el mismo aspecto de antes, y Hermann se compadecería de ella cuando supiera lo duramente que la había tratado la vida desde que la abandonó.

Con Laura de la mano, echó a andar de nuevo. La niña se resistía, y Dagmar tenía poco menos que arrastrarla.

—Venga, muévete —le decía furiosa. Que aquella cría tuviera que ser siempre tan lenta...

Después de preguntar varias veces, llegaron por fin a la puerta que buscaba.

Fue fácil encontrar la dirección. Figuraba en la guía de teléfonos: Odengatan, 23. La casa era tan alta e imponente como ella la había imaginado. Dagmar tiró de la puerta. Estaba cerrada. Frunció el entrecejo contrariada. En ese preciso momento se acercó a ellas un señor, sacó una llave y abrió la puerta.

—¿Adónde van?

Ella se irguió orgullosa.

—A casa de los Göring.

—Vaya, pues sí, seguro que necesitan ayuda —dijo, y las dejó entrar.

Por un instante, Dagmar se preguntó a qué se refería, pero luego se encogió de hombros. No tenía importancia. Ya estaban cerca. Miró el tablón de la entrada, comprobó en qué piso vivían los Göring y fue tirando de Laura escaleras arriba. Le temblaba la mano cuando llamó al timbre. Muy pronto estarían los tres juntos. Hermann, ella y Laura. La hija de Hermann.

Y pensar que fuera tan sencillo..., se decía Anna mientras gobernaba el timón del barco que tenían Dan y ella. Cuando llamó a Mårten, este le propuso que se pasara por Valö en cuanto tuviera tiempo, y desde entonces, no había pensado en otra cosa. Toda la familia notó que le había cambiado el humor, y la noche anterior, la casa entera se llenó de una atmósfera de esperanza.

Pero en realidad, no era tan sencillo. Aquel era su primer paso hacia una nueva independencia. Se había pasado la vida dependiendo de otros. De pequeña, se apoyaba siempre en Erica. Luego empezó a depender de Lucas, lo que condujo a la catástrofe que aún arrastraban ella y los niños. Y luego, de Dan, que era cálido y protector y que los había acogido a ella y a sus hijos bajo sus alas. Fue perfecto poder ser pequeña otra vez y confiar en que otro arreglaría las cosas...

Pero el accidente le había enseñado que ni siquiera Dan podría arreglarlo todo. Para ser sinceros, fue eso lo que más le afectó. La pérdida del hijo que esperaban supuso un dolor inconcebible, pero la sensación de soledad y de vulnerabilidad había sido casi peor.

Para que Dan y ella pudieran seguir viviendo juntos, tenía que aprender a desenvolverse por sí misma. Aunque lo hiciera algo más tarde que la mayoría de las personas, sabía que, en el fondo, tenía la fuerza necesaria para conseguirlo. Un primer paso era aceptar aquel encargo de decoración de interiores. Ahora solo quedaba comprobar si tenía talento para ello y si sería capaz de venderse lo bastante bien.

Con el corazón bombeándole en el pecho, llamó a la puerta de la casa. Oyó pasos que se acercaban y, poco después, se abrió la puerta. Un hombre más o menos de su edad, con un mono y las gafas protectoras encajadas en la frente, la miraba extrañado. Era tan guapo que Anna por poco pierde la compostura.

—Hola —dijo al fin—. Soy Anna, hablamos por teléfono ayer.

—¡Ah, sí, Anna! Perdona, no quería ser maleducado. Estaba tan concentrado en el trabajo que se me había ido de la cabeza. Pero pasa, pasa, bienvenida al caos.

El joven se apartó y la dejó pasar. Anna miró a su alrededor. Caos era, sin duda, la palabra exacta para definir el estado de la casa. Pero al mismo tiempo, no podía por menos de apreciar el potencial que tenía. Era una habilidad que siempre había poseído, como si tuviera un par de gafas mágicas que pudiera ponerse en cualquier momento para ver a través de ellas el resultado final.

Mårten le siguió la mirada.

—Todavía nos queda alguna que otra cosa por hacer, como ves.

Estaba a punto de responder cuando una mujer rubia y delgada apareció escaleras abajo.

—Hola, yo soy Ebba —dijo mientras se limpiaba con un trapo.

Tenía las manos y la ropa manchadas de pintura blanca, y la cara y el pelo salpicados de gotitas diminutas. A Anna se le saltaron las lágrimas con el olor a disolvente.

—Perdona, tenemos una pinta... —añadió Ebba con la mano en el aire—. Más vale que nos saltemos el paso de estrecharnos la mano.

—No pasa nada, estáis en plena reforma, es normal. Es más preocupante..., bueno, todo lo demás que os está pasando.

—¿Te lo ha contado Erica? —dijo Ebba, más como una constatación que como una pregunta.

—Me he enterado del incendio y de lo demás —dijo Anna. Encontrar sangre bajo el entarimado de tu casa era algo tan disparatado que no era capaz ni de formularlo.

—Bueno, estamos intentando seguir adelante con el trabajo, en la medida de lo posible —dijo Mårten—. No podemos permitirnos el lujo de parar la obra.

Dentro se oían voces y el ruido que hacían al levantar los tablones.

—Los técnicos siguen aquí —explicó Ebba—. Están levantando todo el suelo del comedor.

—¿Estáis seguros de que no es peligroso que os quedéis aquí? —Anna se dio cuenta de que era un tanto entrometido por su parte preguntar algo así, pero había un no sé qué en aquella pareja que despertaba su instinto protector.

—Aquí estamos bien —dijo Mårten sin entusiasmo. Fue a rodear a Ebba con el brazo pero, como si lo hubiera adivinado, ella se retiró antes y el brazo cayó en el vacío.

—Bueno, buscabais ayuda con la decoración, ¿no? —dijo Anna por centrarse en otra cosa. Había tanta tensión en el ambiente que resultaba difícil respirar.

Mårten pareció alegrarse de poder cambiar de tema.

—Sí, ya te dije por teléfono lo que queremos hacer una vez que hayamos terminado el grueso de la reforma. No tenemos mucha idea de decoración.

—Desde luego, os admiro. No es poca cosa vuestro proyecto, pero quedará precioso cuando esté terminado. Yo me lo imagino con un estilo más o menos antiguo y rústico, con muebles desgastados pintados de blanco, tonos claros, un toque romántico de rosas, hermosos tejidos

173

de hilo, alpaca, algún que otro objeto poco común en el que fijarse... —Se lo iba imaginando mientras hablaba—. No estoy pensando en antigüedades caras, sino más bien una mezcla de objetos de segunda mano y muebles nuevos con estilo antiguo que podremos envejecer. Solo necesitamos estropajo de aluminio y unas cadenas y...

Mårten se echó a reír y se le iluminó la cara. Anna se sorprendió pensando que le gustaba.

—Bueno, está claro que sabes lo que quieres. Pero tú sigue hablando, por favor, creo que tanto Ebba como yo estamos de acuerdo en que suena de maravilla.

Ebba asintió.

—Sí, es precisamente lo que yo me imaginaba, solo que no tenía ni idea de cómo llevarlo a la práctica. —Frunció el ceño—. El presupuesto que tenemos es casi inexistente, y puede que tú estés acostumbrada a gastar grandes sumas de dinero y a cobrar una...

Anna la interrumpió.

—Sé cuáles son las circunstancias. Mårten me lo explicó por teléfono. Pero vosotros sois mis primeros clientes. Si os gusta el resultado, puedo mencionaros en mi currículo. Estoy segura de que nos pondremos de acuerdo en un precio asequible para vosotros. Y en cuanto a la decoración en sí, la idea es una mezcla de objetos familiares antiguos y chollos del mercado de segunda mano. Me impondré el reto de conseguirlo por el mínimo precio posible.

Anna los miró esperanzada. Tenía tantas ganas de que le hicieran aquel encargo..., y era verdad lo que acababa de decirles a Ebba y a Mårten. Tener vía libre para convertir la colonia infantil en una perla del archipiélago sería un proyecto fantástico que, además, atraería clientes a su nueva empresa.

—Yo también tengo mi propia empresa, así que sé perfectamente a qué te refieres: el boca a boca es lo más importante de todo. —Ebba la miraba casi con timidez.

—Vaya, ¿y a qué te dedicas? —preguntó Anna.

—Joyería. Hago cadenas de plata, con colgantes en forma de ángel.

—Qué bonito, ¿y cómo se te ocurrió?

Ebba se puso rígida y volvió la cara. Mårten parecía turbado, pero rompió el silencio enseguida.

—No sabemos exactamente cuándo habremos terminado con las reformas. La investigación de la Policía y los daños que ha provocado el fuego en el recibidor nos han alterado el calendario, así que es difícil decir cuándo podrás empezar a trabajar.

—No importa, me adaptaré a vosotros —dijo Anna, sin poder olvidar la reacción de Ebba—. Si queréis, podemos hablar ya de los colores para las paredes y ese tipo de cosas. Entre tanto, yo iré haciendo algún boceto, quizá incluso empiece a visitar las subastas de la zona.

—A mí me parece muy bien —dijo Mårten—. Nuestro plan era abrir para la Pascua del año que viene, más o menos, y poder explotarlo a pleno rendimiento en verano.

—Entonces tenéis tiempo de sobra. ¿Os importa que antes de irme dé una vuelta por la casa y vaya tomando notas?

—En absoluto. Haz como si estuvieras en tu casa en medio de este lío —dijo Mårten. Y añadió—: Pero tendrás que evitar el comedor.

—No pasa nada, ya vendré más adelante a echarle un vistazo.

Ebba y Mårten volvieron a lo que estaban haciendo cuando llegó Anna y la dejaron recorrer la casa a su antojo. Anna iba tomando notas con un cosquilleo de expectación en el estómago. Aquello acabaría divinamente. Acabaría siendo el principio de una nueva vida.

A Percy le temblaba la mano cuando iba a firmar los documentos. Respiró hondo para calmarse y el abogado Buhrman lo miró con preocupación:

—¿De verdad estás seguro de que quieres hacerlo, Percy? A tu padre no le gustaría.

—¡Mi padre está muerto! —le soltó, aunque casi acto seguido le susurró una disculpa, y continuó—: Puede parecer una medida drástica, pero o esto, o tengo que vender el palacio.

—¿Y por qué no pedir un préstamo al banco? —dijo el abogado. También había sido abogado de su padre, y Percy se preguntaba qué edad tendría Buhrman en realidad. Después de tantas horas como pasaba en el campo de golf de su casa de Mallorca, se lo veía, además, prácticamente momificado, y se hallaba en tal estado que podrían haberlo expuesto en un museo.

—Comprenderás que ya he hablado con el banco, ¿qué te creías? —Una vez más, levantó la voz, y tuvo que hacer un esfuerzo para bajar el tono. El abogado de la familia aún le hablaba a veces como si fuera un chiquillo, como si olvidara que, ahora, el conde era Percy—. Y me comunicaron con toda la claridad deseable que no tenían intención de seguir ayudándome.

Buhrman parecía desconcertado.

—Con la buena relación que siempre hemos tenido con el Svenska Banken. Tu padre y el antiguo director estudiaron juntos en Lundsberg. ¿Estás seguro de que has hablado con la persona adecuada? ¿Quieres que haga unas cuantas llamadas? Debería...

—Hace mucho tiempo que el antiguo director dejó el banco —lo interrumpió Percy, cuyos buenos modales estaba poniendo a prueba aquel anciano—. Por lo demás, hace tanto que dejó también esta vida terrenal que de él solo quedarán ya los huesos, seguramente. Son nuevos tiempos. En el banco no hay más que contables y mocosos de la Escuela Superior de Económicas que no saben cómo moverse en este mundo. El banco está gobernado por gente que se quita los zapatos para entrar en casa, ¿no lo entiende, señor Buhrman? —Firmó furioso el último documento y se lo dio al anciano, que estaba perplejo, junto con el resto.

—Ya, pues a mí me parece de lo más extraño —dijo meneando la cabeza—. ¿Qué pasará después? ¿Eliminarán los fideicomisos y dejarán que las antiguas casas señoriales se dividan de cualquier manera? Por cierto, ¿no sería mejor que hablaras con tus hermanos? Mary se ha casado con un hombre rico y Charles gana mucho dinero con sus restaurantes, por lo que yo sé, ¿no? Quizá ellos se presten a ayudarte. Después de todo, son tu familia.

Percy se lo quedó mirando sin dar crédito. Aquel viejo no estaba en sus cabales. ¿Había olvidado tantos años de juicios y discusiones después de la muerte de su padre, quince años atrás? Los hermanos de Percy habían sido lo bastante temerarios como para tratar de oponerse al fideicomiso, según el cual él tenía derecho a heredar el palacio íntegro por su condición de primogénito. Pero, por suerte, la ley era bien clara. Fygelsta le correspondía por derecho y él era el único propietario. Si lo compartía con sus hermanos era porque estaba bien visto y porque quería, pero después de los repetidos intentos de arrebatarle lo que era suyo por ley y derecho, no se sentía muy generoso. Así que se fueron con las manos vacías después de la lectura del testamento y, además, tuvieron que pagar las costas judiciales. Tal y como decía Buhrman, no les iba nada mal, y Percy solía consolarse pensando en eso cuando le remordía la conciencia. Pero no conseguiría nada acudiendo a ellos a pedir limosna.

—Esta es mi única posibilidad —dijo señalando los documentos—. Tengo suerte de contar con amigos dispuestos a ayudarme, y les pagaré en cuanto haya aclarado este asunto con la Agencia Tributaria.

—Bueno, tú haz lo que quieras, pero te juegas mucho.

—Confío en Sebastian —dijo Percy. Y deseó sentirse tan seguro como parecía.

Kjell colgó con tal violencia que el golpe se le propagó por el brazo. El dolor aumentó su rabia y soltó un taco mientras se frotaba.

—¡Mierda! —dijo, y tuvo que cruzar las manos para no arrojar algo duro contra la pared.

—¿Qué pasa? —Rolf, su mejor amigo y colega, asomó la cabeza por la puerta.

—¿Tú qué crees? —Kjell se pasó la mano por el pelo oscuro que, desde hacía unos años, ya tenía algunas canas plateadas.

—¿Es Beata? —Rolf entró en la habitación.

—¡Pues claro! Ya has oído que, de repente, no puedo llevarme a los niños el fin de semana, aunque me tocaba a mí. Y ahora me llama diciéndome a gritos que no pueden venirse a Mallorca. Se ve que una semana es mucho tiempo.

—Pero si ella se los llevó a Canarias dos semanas en junio, ¿no? Y, si no recuerdo mal, fue un viaje que reservó sin consultarlo contigo siquiera. ¿Por qué no iban a poder irse una semana con su padre?

—Porque son *sus* hijos. Eso es lo que dice siempre: *mis* hijos. Al parecer, yo solo puedo llevármelos prestados.

Kjell se esforzaba por respirar pausadamente. Detestaba que consiguiera alterarlo de ese modo. Que no mirase por el bien de los niños, sino que quisiera amargarle la vida a él.

–Tenéis la custodia compartida, ¿no? –dijo Rolf–. Podrías incluso conseguir que los niños se quedaran contigo más tiempo, si quisieras.

–Ya, ya lo sé. Lo que pasa es que también quiero que tengan un sitio fijo de referencia. Pero eso implica que no me boicotee cada vez que me toca tener a los niños. Una semana de vacaciones con ellos, ¿es mucho pedir? Soy su padre, tengo el mismo derecho que ella.

–Ya crecerán, Kjell. Y terminarán comprendiéndolo. Trata de ser mejor persona, mejor padre. Necesitan tranquilidad. Si se la das cuando están contigo, verás que todo se arregla. Pero desde luego, no dejes de luchar por verlos.

–Descuida, no pienso rendirme –dijo Kjell con amargura.

–Eso está bien –dijo Rolf blandiendo en el aire el periódico del día–. Qué artículo más estupendo, por cierto. Lo pones en un brete varias veces. Creo que es la primera entrevista que leo en la que alguien cuestiona de verdad su persona y su partido de esa manera –añadió, y se sentó en la silla.

–La verdad es que no entiendo qué hacen los periodistas. –Kjell meneó la cabeza–. La retórica de Amigos de Succia adolece de tales lagunas que no debería ser tan difícil.

–Esperemos que esto se difunda –dijo Rolf señalando el periódico abierto por la página del artículo–. Hace falta gente que demuestre quiénes son estas personas en realidad.

–Lo malo es que la gente se cree su propaganda barata. Se visten de traje, expulsan a algunos miembros que, claramente, se han portado como no debían y tratan de hablar de recortes presupuestarios y de racionalización. Pero detrás de todo eso, siguen escondiéndose muchos nazis de los de siempre. Si se saludan al estilo nazi y agitan la cruz gamada, lo hacen seguramente al abrigo de la oscuridad. Luego aparecen en la televisión y se quejan de que los han acosado y de que se los ataca injustamente.

—Ya, bueno, a mí no tienes que convencerme. Ya estamos del mismo lado —rio Rolf, con las manos en alto.

—Yo creo que detrás de todo esto hay algo más —dijo Kjell, frotándose la frente.

—¿Algo más? ¿A qué te refieres?

—John. Es demasiado flexible, demasiado limpio. Todo es demasiado perfecto. Ni siquiera ha tratado de ocultar su pasado en el movimiento de los cabezas rapadas, sino que renunció y se sentó a lamentarse en los programas matutinos. Así que para los votantes no es ninguna novedad. En fin, que tengo que profundizar más. No puede haberse deshecho de todo.

—Sí, creo que tienes razón. Pero no será fácil encontrar algo. John Holm se ha esforzado mucho por agenciarse esa fachada tan espléndida. —Rolf dejó el periódico en la mesa.

—Bueno, de todos modos, yo pienso... —El teléfono interrumpió a Kjell—. Como sea Beata otra vez... —Dudó un instante, y luego atendió la llamada—. ¿Sí?

—Hombre, hola, Erica... No, claro... Sí, por supuesto... Pero ¿qué dices? ¿Estás de broma?

Miró fugazmente a Rolf y le sonrió. Al cabo de unos minutos, concluyó la conversación. Había ido tomando algunas notas, y después de colgar soltó el bolígrafo, se retrepó en la silla y cruzó las manos detrás de la cabeza.

—Bueno, pues ya empiezan a pasar cosas.

—¿El qué? ¿Quién era?

—Erica Falck. Al parecer, no soy el único que se interesa por John Holm. Me ha felicitado por el artículo y quería saber si podía pasarle algo de documentación.

—¿Y por qué le interesa John Holm? —preguntó Rolf. Luego, abrió los ojos como platos—. ¿Es porque estuvo en Valö? ¿Erica va a escribir un libro sobre aquella historia?

Kjell asintió.

—Parece que sí. Pero eso no es lo mejor. Agárrate bien, no te lo vas a creer.

—Joder, Kjell, que me tienes en ascuas.

Kjell soltó una risita. Aquello le encantaba. Y sabía que a Rolf también le encantaría lo que iba a contarle.

Estocolmo, 1925

*L*a mujer que abrió la puerta no era como Dagmar se la había imaginado. No era ni guapa ni atractiva, sino que parecía ajada y muerta de cansancio. Además, daba la impresión de ser mayor que Hermann y toda ella irradiaba vulgaridad.

Dagmar se quedó allí plantada. ¿Se habría equivocado? Pero en la puerta decía «Göring», así que pensó que aquella debía de ser la criada. Apretó fuerte la mano de Laura y dijo:

—Quería ver a Hermann.

—No está en casa. —La mujer la miró de arriba abajo.

—Pues esperaré hasta que vuelva.

Laura se había escondido detrás de Dagmar y la mujer sonrió amablemente a la niña antes de decir:

—Soy la señora Göring. ¿Puedo ayudarle en algo?

Así que aquella era la mujer a la que odiaba, la que no había podido quitarse de la cabeza desde que leyó su nombre en el periódico... Dagmar observó atónita a Carin Göring: los zapatones cómodos y bastos; la falda, de buena factura y por los tobillos; la blusa, decorosamente abotonada hasta el cuello, y el pelo, recogido en un moño. Tenía arrugas en el contorno de los ojos y la piel de una palidez enfermiza. De repente, lo comprendió todo. Naturalmente, aquella era la mujer que había engañado a su Hermann. Una solterona de aquel porte no podía haber conquistado a un hombre como Hermann sino con malas artes.

—Bueno, sí, usted y yo también tenemos de qué hablar —dijo, le dio un tirón del brazo a Laura y entró en el recibidor.

Carin se apartó y no hizo nada para detenerla, sino que se quedó un tanto alerta.

—¿Me da el abrigo?

Dagmar la miró con suspicacia. Luego entró en la sala más próxima a la entrada sin esperar a que Carin la invitara. Una vez en el salón, se paró en seco. La vivienda era tan hermosa como ella había imaginado que sería la casa de Hermann: espaciosa, con ventanas muy altas, de techos también altos y suelo de parqué reluciente; pero estaba casi vacía.

—¿Por qué no tienen muebles, mamá? —preguntó Laura mirando asombrada a su alrededor.

Dagmar se dirigió a Carin.

—Pues sí, ¿por qué no hay muebles? ¿Por qué vive Hermann en estas condiciones?

Carin frunció el ceño fugazmente, como si la pregunta le pareciese una indiscreción, pero respondió con amabilidad:

—Están siendo tiempos difíciles. Pero yo creo que ya es hora de que me diga quién es usted.

Dagmar hizo como si no la hubiera oído y le lanzó a la señora Göring una mirada iracunda.

—¡Tiempos difíciles! Pero si Hermann es rico, él no puede vivir así.

—¿No me ha oído? Si no me dice quién es y a qué ha venido, tendré que llamar a la Policía. Y, pensando en la pequeña, preferiría no tener que hacerlo —dijo Carin señalando a Laura, que había vuelto a refugiarse detrás de su madre.

Dagmar le dio un tirón del brazo y la plantó delante de Carin.

—Esta niña es hija de Hermann y mía. A partir de ahora, él estará con nosotras. Usted ya lo ha tenido bastante, y él no la quiere. ¿No lo comprende?

Carin Göring se quedó traspuesta, pero conservó la calma mientras examinaba a Dagmar y a Laura en silencio.

—No sé de qué me habla. Hermann es mi marido y yo soy la señora Göring.

—Ya, pero es a mí a quien quiere. Yo soy el amor de su vida —dijo Dagmar dando un zapatazo en el suelo—. Laura es su hija, pero usted me lo arrebató antes de que pudiera contárselo. Si lo hubiera sabido, no se habría casado con usted jamás, por muchas artimañas que hubiera utilizado. —A Dagmar le zumbaba la cabeza de rabia. Laura se había refugiado tras ella de nuevo.

—Creo que debería irse, antes de que llame a la Policía. —Carin no perdía la serenidad, pero Dagmar atisbó el miedo en sus ojos.

—¿Dónde está Hermann? —insistió.

Carin señaló la puerta.

—¡Fuera de aquí! —Se dirigió con resolución al teléfono, sin dejar de señalar la salida. El eco de los tacones resonó en el apartamento vacío.

Dagmar se calmó un poco y reflexionó. Comprendió que la señora Göring no le contaría jamás dónde estaba su marido, pero por fin la había puesto al corriente de la verdad, y se sintió colmada de satisfacción. Ahora solo quedaba encontrar a Hermann. Así tuviera que dormir en el portal, esperaría hasta que él llegara. Luego volverían a estar juntos para toda la eternidad. Echó mano del cuello del abrigo de Laura y la llevó hacia la puerta. Antes de cerrar, le lanzó a Carin Göring una mirada triunfal.

—Gracias, Anna, cariño. —Erica besó a su hermana en la mejilla y corrió hacia el coche tras haberse despedido de los niños. Sentía un poco de cargo de conciencia al irse pero, a juzgar por los gritos de alegría al ver llegar a la tía Anna, no creía que fueran a sufrir mucho.

Se dirigía en coche hacia Hamburgsund dándole vueltas a la cabeza sin parar. La irritaba no haber avanzado más en su búsqueda de lo que le sucedió a la familia Elvander. Se atascaba continuamente y, como la Policía, tampoco ella sabía explicar la desaparición. Aun así, no se rendía. La historia de la familia era tan fascinante..., y cuanto más buceaba en los archivos, más interesante le parecía. Sobre las mujeres de la familia de Ebba parecía pesar una maldición.

Erica ahuyentó las imágenes del pasado. Gracias a Gösta, tenía por fin una pista que seguir. Le había dado un nombre. Y gracias a sus indagaciones, ahora iba en el coche para visitar a una de las personas implicadas que, seguramente, poseía información valiosa. Investigar casos antiguos era, por lo general, como hacer un rompecabezas gigantesco, algunas de cuyas piezas faltaban desde el principio. La experiencia le decía que, si prescindías de esas piezas y componías el rompecabezas con lo que tenías, al final se veía la imagen bastante bien. Con aquel caso no lo había conseguido todavía, pero esperaba encontrar más piezas para ver qué imagen resultaba. De lo contrario, todo su esfuerzo habría sido en vano.

Cuando llegó a la estación de servicio de Hansson, se detuvo para preguntar por la dirección. Sabía más o menos adónde iba, pero habría sido una tontería perderse sin necesidad. Detrás del mostrador estaba Magnus, el propietario de la estación de servicio, junto con su mujer, Anna. Aparte de su hermano, Frank, y la cuñada, Anette, que llevaban el quiosco de perritos de la plaza, no había nadie que supiera más de los habitantes de Hamburgsund y alrededores.

Magnus le lanzó una mirada de curiosidad, pero no dijo nada y le anotó el camino en un papel, con todo lujo de detalles. Erica continuó conduciendo con un ojo en la carretera y el otro en la nota, hasta que llegó por fin a la que debía ser la casa que buscaba. Y en ese momento se dio cuenta de que pudiera ser que no hubiera nadie en casa, con el día tan bueno que hacía. La mayoría de las personas que estaban de vacaciones lo pasarían en alguna de las islas del archipiélago o en la playa. Pero ya que se encontraba allí, bien podía llamar al timbre. Al bajar del coche oyó música y se acercó esperanzada a la puerta.

Mientras esperaba a que le abrieran, se puso a tararear la melodía: *Non, je ne regrette rien,* de Édith Piaf. Solo se sabía el estribillo y en francés de pega, pero se había dejado llevar por la música y no se dio cuenta de que la puerta acababa de abrirse.

—Vaya, aquí tenemos a una admiradora de Piaf —dijo un hombrecillo con un batín de seda de color morado, con adornos dorados. Iba muy bien maquillado.

Erica no pudo ocultar su asombro.

El hombre sonrió.

—Vamos, vamos, querida. ¿Viene a venderme algo o ha venido por otro motivo? Si es comercial, ya tengo todo lo

186

que necesito; de lo contrario, puede entrar y hacerme compañía en el porche. A Walter no le gusta el sol, así que lo disfruto allí sentado en soledad. Y no hay nada más triste que degustar totalmente solo un buen vino rosado.

—Eh... Sí, bueno, no soy comercial, venía por otro motivo —acertó a decir Erica.

—¡Pues entonces...! —El hombre dio una palmada de satisfacción y retrocedió para darle paso.

Erica contempló el recibidor. Era una invasión de oropel, lazos y terciopelo. Decir que resultaba extravagante era quedarse corto.

—Esta planta la he decorado yo, y Walter se ha encargado de la de arriba. Si quieres que el matrimonio dure tanto como está durando el nuestro, hay que ceder. Pronto hará quince años que nos casamos y antes, vivimos diez en pecado. —Se volvió hacia la escalera y dijo en voz alta—: ¡Cariño, tenemos visita! ¡Baja y tómate una copa con nosotros al sol, en lugar de quedarte arriba refunfuñando tú solo!

El hombrecillo cruzó airosamente el recibidor y señaló hacia arriba.

—Tendría que ver cómo lo tiene todo. Parece un hospital. Totalmente aséptico. Walter dice que es pureza de estilo. Le gusta tanto el llamado estilo nórdico..., pero claro, no es muy acogedor que digamos. Ni tampoco muy difícil de conseguir. Sencillamente, lo pinta uno todo de blanco, coloca unos cuantos muebles odiosos en chapa de abedul de esos que venden en Ikea y ¡zas!, ya tienes casa.

Rodeó un sillón enorme tapizado en brocado rojo y se dirigió hacia la puerta abierta que daba al porche. Sobre la mesa había una botella de vino rosado en una cubitera y, al lado, una copa medio llena.

—¿Una copita? —El hombrecillo ya iba a echar mano de la botella. La bata de seda le aleteaba alrededor de las piernas blancuzcas.

—Me apetece muchísimo, pero tengo que conducir —dijo Erica, y pensó en lo bien que le habría sentado una copa de vino en aquella espléndida terraza con vistas al estrecho y a Hamburgö.

—Pues qué triste. ¿De verdad que no puedo convencerla de que lo pruebe? —preguntó moviendo con gesto tentador la botella que había sacado de la cubitera.

Erica no pudo contener la risa.

—Mi marido es policía; lo siento, no me atrevo, aunque me gustaría.

—Vaya, seguro que es guapísimo. A mí siempre me han gustado los hombres de uniforme.

—Y a mí —dijo Erica, y se sentó en una de las sillas.

El hombre se dio la vuelta y bajó un poco el volumen del equipo de música. Le sirvió a Erica un vaso de agua y se lo dio con una sonrisa.

—Bueno, ¿y a qué debemos la visita de una mujer tan guapa?

—Pues, verá, me llamo Erica Falck y soy escritora. Estoy documentándome para mi próximo libro. Usted es Ove Linder, ¿verdad? Y era profesor en el internado para chicos que Rune Elvander tenía a principios de los setenta, ¿no?

Al hombrecillo se le murió la sonrisa en los labios.

—Ove... Vaya, hacía tanto tiempo...

—¿No es aquí? —preguntó Erica, pensando que tal vez no hubiese leído bien la detallada descripción de Magnus.

—Sí, sí, pero hace mucho que no soy Ove Linder —respondió girando la copa entre los dedos con expresión pensativa—. No me he cambiado el nombre oficialmente, o no me habrías encontrado, claro, pero hoy por hoy soy Liza. Nadie me llama Ove, salvo Walter, a veces, cuando está enfadado. Liza, por Liza Minelli, naturalmente, aunque yo no sea más que una mala copia. —Ladeó la cabeza; miraba a Erica como esperando que lo contradijera.

—Déjalo ya, Liza, no reclames más cumplidos.

Erica volvió la cabeza. Suponía que el personaje que había aparecido en el umbral era Walter, el legítimo esposo.

—Hombre, aquí estás. Ven, tengo que presentarte a Erica —dijo Liza.

Walter salió al porche, se colocó detrás de Liza y le rodeó los hombros amorosamente. Liza le acarició la mano. Erica se sorprendió pensando que ojalá ella y Patrik fueran tan cariñosos después de veinticinco años.

—¿Cuál es el motivo de su visita? —preguntó Walter al tiempo que tomaba asiento. A diferencia de su pareja, tenía un aspecto de lo más neutro: estatura media, complexión normal, calva incipiente y discreto en el vestir. En una rueda de reconocimiento, habría sido imposible de recordar, pensó Erica. Sin embargo, tenía la mirada afable e inteligente y, de alguna manera, aquella pareja tan singular encajaba a la perfección.

Carraspeó un poco, antes de responder:

—Decía que estoy tratando de recabar información sobre el internado de Valö. Tú fuiste profesor allí, ¿verdad?

—Sí, por Dios —dijo Liza con un suspiro—. Fue un tiempo espantoso. Yo todavía no había salido del armario y la sociedad no era tan tolerante con los maricas como lo es hoy. Por si fuera poco, Rune Elvander tenía unos prejuicios horribles que no dudaba en airear. Hasta que decidí vivir plenamente mi auténtico yo, tuve que esforzarme mucho por encajar en el modelo. Cierto que nunca di el tipo de leñador, pero me las arreglé para parecer heterosexual y, como dicen, normal. Tuve ocasión de practicar mucho durante la infancia y la adolescencia.

Bajó la vista y Walter le acarició el brazo, consolándolo.

—Creo que conseguí engañar a Rune. En cambio tuve que aguantar más de una pulla de los alumnos. El internado estaba lleno de gamberros que se divertían buscando los puntos débiles de los demás. Yo solo me quedé un semestre más o menos, y no creo que hubiese aguantado más. La verdad, no pensaba volver después de Pascua, pero con lo que pasó, me ahorré la molestia de tener que despedirme.

—¿Qué pensó al oír lo ocurrido? ¿Tiene alguna teoría? —preguntó Erica.

—Como comprenderá, fue espantoso, por poco que me gustara la familia. Y bueno, doy por hecho que les sucedió algo terrible.

—Pero ¿no tiene idea de qué pudo ser?

Liza negó con un gesto.

—Para mí es un misterio tan grande como para el resto del mundo.

—¿Cuál era el ambiente en el internado? ¿Había desencuentros entre unos y otros?

—Y que lo diga. Aquello era como una olla a presión.

—¿A qué se refiere? —Erica notó que se le aceleraba el pulso. Por primera vez, tenía la oportunidad de saber lo que sucedía entre bambalinas. ¿Cómo no se le había ocurrido antes hacer aquella visita?

—Según el profesor al que sustituí, los alumnos andaban siempre a la greña, desde el primer momento. Estaban acostumbrados a salirse con la suya y, al mismo tiempo, estaban sometidos a una gran presión, pues sus familias esperaban que salieran airosos. Aquello solo podía acabar como una pelea de gallos. Cuando yo empecé a trabajar allí, Rune había empezado a usar el látigo y los alumnos se amoldaron, pero se notaba la tensión bajo la superficie.

—¿Cómo se llevaban con Rune?

—Lo odiaban. Era un psicópata y un sádico —declaró Liza con frialdad.

—Vaya, no es una imagen muy grata de Rune Elvander. —Erica lamentaba no haberse llevado la grabadora.

Sencillamente, tendría que esforzarse por recordar la conversación.

Liza se estremeció, como si tuviera frío.

—Rune Elvander es, con diferencia, la persona más desagradable que he conocido jamás. Y créame —dijo mirando de reojo a su marido—, las personas como nosotros tenemos que vérnoslas con más de un tipo desagradable.

—¿Cómo se llevaba Rune con su familia?

—Pues eso depende de a qué miembro de la familia se refiera. Inez no parecía tenerlo nada fácil, y cabe preguntarse por qué se casó con Rune, puesto que era joven y guapa. Yo sospechaba que la había obligado su madre. La muy bruja murió al poco de que yo empezara a trabajar allí, y para Inez fue, seguramente, un alivio, con lo mala que era aquella arpía.

—¿Y los hijos de Rune? —continuó Erica—. ¿Cómo veían a su padre y a su madrastra? Para Inez debió de ser bastante duro aterrizar en aquella familia. Supongo que no se llevaba muchos años con el mayor de sus hijastros, ¿no?

—Era un muchacho terrible, muy parecido a su padre.

—¿Quién? ¿El mayor?

—Sí, Claes.

Se hizo un largo silencio y Erica se armó de paciencia.

—Es al que más claramente recuerdo. Solo de pensar en él, un escalofrío me recorre la espina dorsal. En realidad, no sé por qué. Conmigo siempre fue educado, pero tenía algo que me impedía darle la espalda tranquilamente cuando estaba cerca.

—¿Se llevaba bien con Rune?

—Es difícil decirlo. Pululaban el uno alrededor del otro como planetas, sin que sus órbitas se cruzaran nunca. —Liza se rio, abochornada—. Parezco una señora *new age,* o un mal poeta...

191

—Qué va, siga, por favor —dijo Erica inclinándose hacia delante—. Entiendo perfectamente lo que quiere decir. O sea, que nunca hubo ningún conflicto entre Rune y Claes, ¿no?

—Pues no, se guardaban el agua mutuamente. Claes parecía obedecer la menor señal de Rune, pero me parece que nadie sabía lo que de verdad pensaba de su padre. De todos modos, tenían una cosa en común: adoraban a Carla, la difunta esposa de Rune, madre de Claes, y daba la impresión de que los dos odiaban a Inez. En el caso de Claes quizá fuera comprensible, dado que ella había venido a ocupar el sitio de su madre, pero Rune se había casado con ella, así que...

—¿Quiere decir que Rune maltrataba a Inez?

—Bueno, por lo menos no tenían lo que se llama una relación cariñosa. Él andaba siempre dándole órdenes, como si fuera su súbdito y no su mujer. En cuanto a Claes, era cruel y maleducado con su madrastra, y tampoco es que tratara muy bien a Ebba, por cierto. Y su hermana, Annelie, tampoco lo hacía mucho mejor.

—¿Cómo reaccionaba Rune ante la conducta de sus hijos? ¿Los animaba a comportarse así? —Erica tomó un trago de agua. Incluso debajo de aquella sombrilla enorme, hacía un calor insoportable en el porche.

—Para Rune era impecable. Conservaba el tono militar también con sus hijos, eso sí, pero el único que podía reñirles era él. Si cualquier otra persona le iba con alguna queja, se armaba una buena. Sé que Inez lo intentó alguna que otra vez, pero no en primera instancia. No, el único de la familia que se portaba bien con ella era Johan, el hijo más pequeño de Rune. Era bueno y cariñoso y buscaba el afecto de Inez. —A Liza se le entristeció el semblante—. Me he preguntado tantas veces qué habrá sido de la pequeña Ebba...

—Pues ha vuelto a Valö. Ella y su marido están reformando la casa. Y anteayer...

Erica se mordió el labio. No sabía exactamente cuánto podía revelar, pero como Liza había hablado con ella tan abiertamente... Respiró hondo, antes de continuar.

—Anteayer encontraron sangre debajo del suelo del comedor.

Tanto Liza como Walter se la quedaron mirando sin dar crédito. A cierta distancia de allí se oían voces y los ruidos de los barcos, pero en el porche reinaba el silencio. Al final, fue Walter quien lo rompió:

—Tú siempre has dicho que, seguramente, estaban muertos.

Liza asintió.

—Sí, era lo más verosímil. Además...

—¿Además, qué?

—Bah, es una tontería. —Hizo un gesto con la mano y la manga de la bata de seda se agitó en el aire—. En aquel momento nunca lo mencioné.

—Bueno, no hay nada superfluo o ridículo. Cuéntemelo, por favor.

—En realidad, no es nada concreto, pero yo tenía la sensación de que algo se estaba torciendo. Y oí... —Meneó la cabeza—. No, es una bobada.

—Siga —lo animó Erica, conteniendo el impulso de zarandearlo para que hablara.

Liza tomó un buen trago de vino y la miró fijamente a los ojos.

—Se oían ruidos por las noches.

—¿Ruidos?

—Sí. Pasos, puertas que se abrían, voces lejanas. Pero cuando me levantaba a ver, no encontraba nada.

—¿Como si fueran fantasmas? —preguntó Erica.

—Yo no creo en los fantasmas —dijo Liza muy seria—. Lo único que puedo decir es que se oían ruidos, y tuve la sensación de que no tardaría en ocurrir algo terrible. Así que, cuando supe de la desaparición, no me sorprendió nada.

Walter asintió.

—Sí, tú siempre has tenido un sexto sentido.

—Pero bueno, que no paro de hablar —dijo Liza—. Esto se ha vuelto demasiado serio y triste. Erica se irá de aquí con la idea de que somos dos llorones. —De repente volvió el brillo a sus ojos y la sonrisa a sus labios.

—De ninguna manera. Muchas gracias por recibirme y por hablar conmigo. Me ha aportado mucha información valiosa, pero tengo que irme a casa —dijo, y se puso de pie.

—Saluda a la pequeña Ebba de mi parte —dijo Liza.

—Descuide.

Los dos hombres hicieron amago de ir a acompañarla, pero Erica se les adelantó.

—Gracias, no hace falta que me acompañen.

Mientras surcaba el mar de oropeles, lazos y cojines de terciopelo, oyó a Édith Piaf, que cantaba sobre los corazones rotos.

—¿Dónde narices te has metido esta mañana? —dijo Patrik al entrar en el despacho de Gösta—. Había pensado que vinieras conmigo a casa de John Holm.

Gösta levantó la vista.

—¿No te lo ha dicho Annika? He ido al dentista.

—¿Al dentista? —Patrik se sentó y lo miró extrañado—. No tendrás caries, espero.

—No, ni una.

—¿Qué tal va la lista? —preguntó Patrik mirando el montón de papeles que Gösta tenía delante.

—Pues aquí tengo la mayoría de las direcciones actuales de los alumnos.

—Qué rapidez.

—El número de identidad —dijo Gösta, y señaló la antigua relación del alumnado—. Se trata de usar el cerebro, ya sabes. —Le dio un documento a Patrik—. ¿Y cómo te ha ido con el jefe nazistón?

—Me parece que tendría alguna objeción que hacer a esa denominación. —Patrik empezó a ojear la lista.

—Ya, pero es lo que es. Ya no se rapan la cabeza, pero son los mismos. ¿Y Mellberg? ¿Se portó?

—¿Tú qué crees? —dijo Patrik, y dejó caer la lista en el regazo—. Podría decirse que la Policía de Tanum no ha mostrado su mejor cara.

—Pero ¿habéis sacado alguna novedad, por lo menos?

Patrik meneó la cabeza.

—No mucho. John Holm no sabe nada de la desaparición. Y en el internado no había ocurrido nada que pudiera explicarla. Según él, solo se apreciaban las tensiones lógicas entre un grupo de adolescentes y un director estricto. Eso es todo.

—¿Has recibido noticias de Torbjörn? —preguntó Gösta.

—No. Me prometió que se daría prisa, pero puesto que no tenemos un cadáver fresco con el que apremiarlo, no podrán darnos prioridad. Además, el caso ha prescrito, si es que al final resulta que asesinaron a toda la familia.

—Pero la respuesta del análisis de la sangre que encontramos puede darnos pistas relevantes para nuestra investigación. ¿O se te ha olvidado que la otra noche alguien intentó quemar vivos a Ebba y a Mårten? Tú eres el que más ha insistido en que la desaparición tiene que estar relacionada con el incendio. Además, ¿es que no has pensado en Ebba? ¿No crees que tiene derecho a saber qué le ocurrió a su familia?

Patrik levantó las manos para hacerlo callar.

—Lo sé, lo sé. Pero por ahora no he encontrado nada de interés en el caso antiguo, y estoy bastante desanimado.

—¿No había ninguna pista que seguir en el informe del incendio que nos envió Torbjörn?

—No. Era gasolina normal y corriente y la habían prendido con una cerilla normal y corriente. Nada más concreto.

—Pues tendremos que empezar a desenredar la madeja por otro lado. —Gösta se dio la vuelta y señaló una foto que había en la pared—. Yo creo que debemos presionar un poco a los chicos. Saben más de lo que dicen.

Patrik se levantó y se acercó a examinar la foto de los cinco muchachos.

—Creo que tienes razón. He visto por la lista que, en tu opinión, deberíamos empezar por interrogar a Leon Kreutz, ¿qué le parece si vamos a hablar con él ahora mismo?

—Pues lo siento, pero es que no sé dónde está. Tiene el móvil apagado, y en el hotel dicen que él y su mujer ya se han ido. Seguramente estarán instalándose en la nueva casa. ¿Por qué no esperamos hasta mañana, cuando ya estén allí y podamos hablar con ellos tranquilamente?

—De acuerdo, haremos eso. Entonces, ahora podríamos ir a hablar con Sebastian Månsson y Josef Meyer, ¿no? Ellos siguen viviendo aquí.

—Claro. Espera que recoja un poco todo esto.

—Ah, y no se nos puede olvidar lo del tal G.

—¿G?

—Sí, la persona que ha estado enviándole a Ebba tarjetas para su cumpleaños.

—¿Tú crees de verdad que eso será una pista? —Gösta empezó a recoger los documentos.

—Nunca se sabe. Como tú acabas de decir: por algún sitio habrá que desenredar la madeja.

—Pero si tiramos de demasiados hilos al mismo tiempo, puede que se nos enrede otra vez —murmuró Gösta—. A mí me parece un trabajo inútil.

—Qué va —dijo Patrik, y le dio una palmadita en el hombro—. Te propongo...

En ese momento le sonó el móvil, y miró la pantalla.

—Tengo que atender esta llamada —dijo, y dejó a Gösta en el despacho.

Unos minutos después volvió con una expresión triunfal en la cara.

—Bueno, pues puede que tengamos esa pista que tanta falta nos hacía. Era Torbjörn. No había más sangre debajo del suelo, pero han encontrado algo mucho mejor.

—¿El qué?

—Incrustada bajo los tablones había una bala. En otras palabras, en el comedor donde se encontraba la familia antes de desaparecer se efectuó un disparo.

Patrik y Gösta se miraron muy serios. Hacía un minuto estaban desanimados, pero aquella investigación acababa de cobrar vida, por fin.

Había pensado ir a casa directamente para relevar a Anna, pero la curiosidad pudo con ella, así que continuó y cruzó Fjällbacka hacia Mörhult. Después de dudar un instante si tomar a la izquierda, a la altura del minigolf, y bajar hasta las cabañas de pescadores, decidió probar suerte y ver si estaban en casa. Ya estaba entrada la tarde.

Habían dejado la puerta abierta y sujeta con un zueco estampado de flores, y Erica asomó la cabeza.

—¿Hola? —gritó.

Se oyó ruido dentro y al cabo de unos instantes apareció John Holm con un paño de cocina en las manos.

—Perdón, ¿he llegado en plena cena? —dijo.

Holm miró el paño de cocina.

—No, en absoluto. Es que acabo de lavarme las manos. ¿Qué querías?

—Soy Erica Falck, en estos momentos estoy trabajando con un libro...

—Ah, así que tú eres la famosa escritora de Fjällbacka, ¿no? Pasa, vamos a la cocina, te invito a un café —dijo sonriéndole afablemente—. ¿Y qué te trae por aquí?

Se sentaron a la mesa de la cocina.

—He pensado escribir un libro sobre los sucesos de Valö. —Creyó ver un destello de preocupación en los ojos azules de Holm, pero se esfumó tan rápido que pensó que se lo había imaginado.

—Vaya, de repente, todo el mundo anda interesado por Valö. Si no he interpretado mal las habladurías locales, el que vino a verme esta mañana era tu marido, ¿verdad?

—Sí, mi marido es policía, Patrik Hedström.

—Venía con otro personaje que me pareció bastante..., bueno, interesante.

No hacía falta ser una eminencia para comprender a quién se refería.

—O sea, que has tenido el honor de conocer a Bertil Mellberg, el mito, la leyenda.

John se echó a reír y Erica se dio cuenta de que su encanto personal no la dejaba indiferente. Se irritó consigo misma. Odiaba todo lo que defendían él y su partido, pero en aquella situación, parecía agradable e inofensivo. Atractivo.

—No es la primera vez que me cruzo con alguien como él. En cambio tu marido sí sabe hacer su trabajo.

—Bueno, yo no soy imparcial, pero creo que es buen policía. Profundiza hasta que averigua lo que quiere saber. Igual que yo.

—Ya, pues juntos debéis de ser peligrosísimos. —John volvió a sonreír y se le formaron dos hoyuelos perfectos.

—Sí, puede. Pero a veces nos atascamos. Yo empecé a documentarme sobre la desaparición hace años, lo tomaba y lo dejaba, y ahora lo he retomado.

–Ya, entonces, ¿piensas escribir una novela sobre esa historia? –Una vez más, asomó a la mirada de John un destello de inquietud.

–Eso tenía pensado. ¿Te importa que te haga unas preguntas? –Erica sacó papel y lápiz.

Por un instante, pareció que John dudaba.

–No, adelante –dijo luego–. Pero, tal y como le dije a tu marido y a su colega, no creo que tenga mucho que aportar.

–Tengo entendido que había ciertos conflictos en el seno de la familia Elvander.

–¿Conflictos?

–Sí, al parecer, los hijos de Rune no apreciaban a su madrastra.

–Bueno, los alumnos no nos inmiscuíamos en los asuntos de la familia.

–Ya, pero era un internado muy pequeño. Es imposible que os pasara inadvertida la situación de la familia.

–No nos interesaba. No queríamos tener nada que ver con ellos. Bastante nos molestaba tener que lidiar con Rune. –John puso cara de haberse arrepentido de acceder a la entrevista. Encogía los hombros y se retorcía en la silla, lo que aumentó la motivación de Erica. Era obvio que había algo que lo incomodaba.

–¿Y qué me dices de Annelie? Una chica de dieciséis años y una pandilla de muchachos también adolescentes... ¿Cómo encajaba eso?

John rio resoplando.

–Annelie estaba como loca por los chicos, loca de más, pero no le hacíamos caso. Hay chicas de las que es mejor mantenerse alejado, y Annelie era una de ellas. Además, Rune nos habría matado si hubiéramos rozado a su hija.

–¿Qué quieres decir con que era una de esas chicas de las que más vale mantenerse alejado?

—Iba siempre detrás de nosotros haciéndose la interesante, y creo que lo que quería era ponernos en un aprieto. Una vez se puso a tomar el sol sin la parte de arriba del biquini exactamente delante de nuestra ventana, pero el único que miró fue Leon. Siempre ha sido un temerario.

—¿Y qué pasó? ¿No la descubrió su padre? —Erica se sentía arrastrada a otro mundo.

—Claes siempre la defendía. Aquella vez la vio y se la llevó de allí con tanta brusquedad que creí que le arrancaría el brazo.

—¿Y le interesaba alguno de vosotros en particular?

—Pues claro, ya te imaginarás quién —dijo John, aunque comprendió enseguida que era imposible que Erica supiera a quién se refería—. Leon, naturalmente. Él era el chico perfecto. Tenía una familia asquerosamente rica, era escandalosamente guapo y tenía tal seguridad en sí mismo que los demás ni la soñábamos.

—Ya, pero a él no le interesaba ella, ¿no?

—Como te decía, Annelie era una chica que creaba complicaciones, y Leon era demasiado listo para liarse con ella. —Un móvil sonó en la sala de estar y John se levantó bruscamente—. ¿Me perdonas?

Sin esperar respuesta, se dirigió a donde estaba el teléfono, y Erica lo oyó hablar en voz baja. No parecía haber nadie más en la casa, y se puso a curiosear mientras esperaba. El montón de papeles que había en una silla llamó su atención, y echó una ojeada por encima del hombro antes de empezar a hojearlos. La mayoría eran actas parlamentarias e informes de reuniones, pero de pronto se quedó extrañada. Entre los documentos había uno manuscrito lleno de garabatos que no entendía. Oyó que John se despedía en la sala de estar, así que se lo guardó rápidamente en el bolso. Cuando lo vio acercarse, le sonrió con cara inocente.

—¿Algún problema?

Él negó con la cabeza y volvió a sentarse.

—Es lo malo de este trabajo: nunca estás de vacaciones, ni siquiera durante las vacaciones.

Erica asintió. No quería entrar en los detalles de la tarea política de John. No podría ocultar sus ideas y existía el riesgo de que él se enfadara, entonces no podría seguir preguntando. Volvió a sus notas.

—¿Qué me dices de Inez? ¿Cómo era con los alumnos?

—¿Inez? —John evitó la mirada de Erica—. No la veíamos mucho. Tenía trabajo de sobra con la casa y con su hija.

—Ya, pero alguna relación tendríais con ella, ¿no? Conozco bien el edificio, y no es tan grande como para que no os cruzarais con ella varias veces al día.

—Hombre, sí, claro que veíamos a Inez. Pero era taciturna y apocada. No nos prestaba mucha atención, ni nosotros a ella.

—Creo que su marido tampoco le prestaba mucha atención, ¿no?

—Pues no. Era incomprensible que un hombre como él hubiera podido tener cuatro hijos. Nosotros siempre andábamos especulando si no habrían sido embarazos virginales —dijo con una sonrisa socarrona.

—¿Y los profesores? ¿Qué te parecían?

—Eran dos piezas de lo más originales. Seguramente eran buenos profesores, pero Per-Arne había sido militar y era más rígido que Rune, si cabe.

—¿Y el otro?

—Sí, Ove... Tenía algo raro. Según la teoría general, era un marica encubierto. Me pregunto si llegó a salir del armario.

A Erica le dieron ganas de echarse a reír al recordar a Liza, con sus pestañas postizas y su bata de seda.

—Quién sabe —dijo sonriendo.

John la miró extrañado, pero ella no añadió nada más. No era cosa suya informar a John de la vida de Liza y, además, sabía muy bien cuál era la opinión que los Amigos de Suecia tenían sobre la homosexualidad.

—Bueno, ¿pero no recuerdas nada en particular de ellos?

—No, nada. Las fronteras entre los alumnos, los profesores y la familia estaban bien claras. Cada uno a lo suyo. Cada grupo con los suyos.

Más o menos lo que propone vuestro programa político, se dijo Erica, que tuvo que morderse la lengua para no hablar. Se dio cuenta de que John empezaba a impacientarse, así que le hizo una última pregunta:

—Según una de las personas con las que he hablado, en la casa se oían ruidos extraños por las noches. ¿Tú recuerdas algo?

John se sobresaltó.

—¿Quién ha dicho eso?

—Quién lo haya dicho no importa.

—Tonterías —dijo John, y se puso de pie.

—O sea que tú no tienes noticia de nada parecido, ¿no? —insistió mirándolo fijamente.

—Para nada. Y lo siento, pero tengo que hacer unas llamadas.

Erica comprendió que no conseguiría nada más, al menos por esta vez.

—Gracias por concederme unos minutos —dijo, y guardó sus cosas.

—De nada. —Otra vez volvía a irradiar amabilidad, pero prácticamente la echó de allí.

Ia le subió a Leon los calzoncillos y los pantalones y le ayudó a pasar del váter a la silla de ruedas.

—Venga, hombre, deja de refunfuñar.

—Es que no comprendo por qué no tenemos una cuidadora que haga este trabajo —dijo Leon.

—Porque quiero encargarme de ti personalmente.

—Ya, te estalla el corazón de lo buena que eres —replicó Leon irónico—. Te destrozarás la espalda si sigues así. Tendríamos que traer a alguien que te ayude.

—Eres muy amable al preocuparte de mi espalda, pero soy fuerte y no quiero que venga nadie a..., bueno, a husmear. Seremos tú y yo. Hasta que la muerte nos separe.

—Ia le acarició el lado sano de la cara, pero él la apartó y ella retiró la mano.

Leon se alejó en la silla y ella fue a sentarse en el sofá. Habían comprado la casa amueblada, y ese día habían podido entrar por fin, después de que el banco de Mónaco hubiera aprobado la transacción. La habían pagado íntegra al contado. Al otro lado de la ventana se extendía toda Fjällbacka, e Ia disfrutaba mucho más de lo que había imaginado con tan espléndidas vistas. Oyó que Leon soltaba un taco en la cocina. No había nada adaptado a minusválidos, de modo que le costaba llegar a los sitios y todo el rato se iba dando golpes con las esquinas y los muebles.

—Ya voy —dijo Ia, pero siguió sentada. A veces era bueno que tuviera que esperar un poco. Para que no diera por supuesto que le ayudaría. Igual que había dado por supuesto que lo querría siempre.

Se miró las manos. Las tenía tan llenas de cicatrices como Leon. Cuando salía, siempre llevaba guantes para ocultarlas, pero en casa le gustaba dejarlas al descubierto para que él viera cómo se las lesionó cuando lo sacó del coche en llamas. Gratitud: era lo único que le pedía. Al amor ya había renunciado. Ni siquiera sabía si Leon estaba ya en condiciones de querer a nadie. Antes, mucho tiempo atrás, creía que sí. Mucho tiempo atrás, el amor de Leon era lo único que contaba. ¿Cuándo se convirtió ese amor en odio? No lo sabía. Durante años trató de encontrar el fallo en sí misma, se esforzó por corregir lo que él criticaba, hizo todo lo posible por darle lo que parecía que él quería. Montes, mares, desiertos, mujeres. No importaba. Todos eran sus amantes. Y a ella le resultaba insufrible la espera hasta que él volvía a casa.

Se llevó la mano a la cara. La piel estaba tirante, sin expresión. De pronto recordó el dolor después de las intervenciones quirúrgicas. Él no estaba a su lado para darle la mano cuando despertó. Ni cuando llegó a casa. Y la recuperación fue tan lenta... Ahora no se reconocía cuando se miraba al espejo. Su rostro era el de una extraña. Pero ya no necesitaba esforzarse. A Leon se le habían acabado las montañas que escalar, los desiertos que atravesar en coche, las mujeres por las que abandonarla. Ahora era suyo, solo suyo.

Mårten se estiró con una mueca de dolor. Le dolía el cuerpo de tanto trabajo físico y ya casi había olvidado cómo era no sentir los agujazos en algún sitio. Sabía que a Ebba le ocurría lo mismo. Cuando ella creía que él no estaba mirando, la veía frotarse los hombros y las articulaciones, con la misma mueca.

Aunque el dolor del corazón era infinitamente peor. Vivían con él día y noche, y era tal la añoranza que sentían que resultaba imposible saber dónde empezaba y dónde acababa. Pero él no solo echaba de menos a Vincent, sino también a Ebba. Y todo lo empeoraba el hecho de que, a lo mucho que lo echaba de menos, se sumaran una rabia y un sentimiento de culpabilidad de los que no era capaz de librarse.

Se sentó en la escalera de la entrada con una taza de té en la mano y se puso a contemplar el mar, con Fjällbacka al fondo. A la luz dorada del atardecer la vista era inigualable. Sin tener muy claro por qué, siempre supo que volverían allí. Aunque se creía lo que le decía Ebba de que había llevado una vida feliz con sus padres de adopción, él intuía a veces que sentía un deseo de saber que no desaparecería hasta que no hubiera hecho algún intento serio de hallar respuestas. Si se lo hubiera dicho tiempo atrás, antes de que sucediera aquello, ella lo habría negado. Pero a Mårten no le cupo nunca la menor duda de que volverían allí donde comenzó todo.

Cuando las circunstancias terminaron por obligarlos a huir a un lugar conocido y desconocido a la vez, a refugiarse en una vida en la que Vincent no había existido, abrigó ciertas esperanzas. Confiaba en que volverían a encontrar un canal de comunicación y que la ira y la culpa quedarían atrás. Pero Ebba le hacía el vacío y rechazaba todas sus tentativas de acercamiento. Y, en realidad, ¿tenía derecho a hacer algo así? El dolor y la pena no eran solo cosa de ella, él también sufría y también merecía que ella se esforzara.

Mårten apretaba la taza más y más, mientras contemplaba el horizonte. Se imaginaba a Vincent allí mismo. El niño se le parecía muchísimo. Se dieron cuenta ya en el hospital. Recién nacido y arropadito en la cuna, Vincent parecía una copia de su padre. El parecido había ido en aumento con los años, y Vincent lo adoraba. Cuando tenía tres años, iba pisándole a Mårten los talones como un perrito faldero, y siempre lo llamaba a él en primer lugar. Ebba se lamentaba a veces, decía que, después de haberlo llevado en su seno nueve meses y después de un parto doloroso, era una ingratitud por parte de Vincent. Pero lo decía en broma. Se alegraba de la relación tan íntima que tenían Mårten y su hijo, y estaba totalmente satisfecha con tener un segundo puesto nada despreciable.

Las lágrimas le afloraban a los ojos y se las secó con el dorso de la mano. No tenía fuerzas para llorar más y tampoco servía de nada. Lo único que quería era que Ebba volviera. No se rendiría nunca. Seguiría intentándolo hasta que ella comprendiera que se necesitaban el uno al otro.

Se levantó y entró en la casa. Subió la escalera y aguzó el oído para ver dónde estaba Ebba. En realidad, ya lo sabía. Como siempre que descansaban del trabajo, ella se sentaba ante su mesa y se concentraba en el último colgante que le hubieran pedido. Entró en la habitación y se colocó detrás de ella.

—¿Te ha llegado un encargo?

Ebba se sobresaltó en la silla.

—Sí —respondió, y continuó trabajando la plata.

—¿Quién es el cliente? —Se le desató la rabia ante su indiferencia y tuvo que controlarse para no estallar.

—Se llama Linda. Su niño murió de muerte súbita a los cuatro meses de nacer. Era su primer hijo.

—Vaya —dijo Mårten, y apartó la vista. No se explicaba cómo era capaz de escuchar todas aquellas historias, el dolor de tantos padres desconocidos. ¿No tenía bastante con el suyo? Ella también llevaba una cadena con un ángel. Fue la primera que hizo, y no se la quitaba nunca. Le había grabado en el reverso el nombre de Vincent, y había ocasiones en que le entraban ganas de arrancársela, porque pensaba que no se merecía llevar al cuello el nombre de su hijo. Pero también había momentos en que no deseaba otra cosa que el que llevara a Vincent cerca del corazón. ¿Por qué tenía que ser tan difícil? ¿Qué pasaría si él se rindiera, asumiera lo ocurrido y reconociera que los dos tuvieron la culpa?

Mårten dejó la taza de té en un estante y dio un paso hacia Ebba. Al principio dudó, pero luego le puso las manos en los hombros. Ella se quedó rígida. Él empezó a darle un masaje, y notó que estaba tan tensa como él. Ebba no dijo nada, se quedó mirando al frente. Había dejado las manos sobre la mesa y lo único que se oía era su respiración. Aquello reavivó en él la esperanza. Empezó a tocarla, a sentir su cuerpo en las manos; quizá hubiera una salida.

De repente, Ebba se levantó. Sin decir nada, salió de la habitación y Mårten se quedó con las manos en el aire. Permaneció allí un rato contemplando la mesa atestada de cosas. Luego, como si sus brazos tuvieran voluntad propia, barrieron la superficie de golpe y todo cayó al suelo con un estruendo. Por el silencio que siguió, supo que solo existía un camino. Tenía que jugárselo todo.

Estocolmo, 1925

—Mamá, tengo frío. —Laura se quejaba, pero Dagmar no le hacía caso. Esperarían allí hasta que Hermann llegara a casa. Tarde o temprano tendría que volver, y se alegraría tanto de verla... Se moría de ganas de ver la luz prender en sus ojos, ver el deseo y el amor, mucho más fuerte después de tantos años de espera.

—Mamá... —A Laura le castañeteaban los dientes.

—¡Cállate! —le riñó Dagmar. Aquella cría tenía que estropearlo todo siempre. ¿Es que no quería que llegaran a ser felices? No pudo controlar la ira y levantó la mano para atizarle.

—Yo en su lugar no lo haría. —Una mano fuerte le agarró la muñeca, y Dagmar se volvió asustada. Detrás de ella había un señor con sombrero, bien vestido, con abrigo y pantalón oscuro.

Ella irguió la cabeza con altanería.

—El señor no debe meterse en cómo educo a mi hija.

—Si le pega, yo le pegaré a usted con la misma fuerza. Y así verá cómo duele —dijo el hombre tranquilamente, con un tono que no admitía objeciones.

Dagmar sopesó la posibilidad de decirle lo que pensaba de la gente que se inmiscuía en lo que no iba con ella, pero comprendió que esa actitud no le favorecería.

—Lo siento —dijo—. La niña lleva todo el día comportándose de un modo imposible. No es fácil ser madre y a veces... —Se encogió de hombros, como disculpándose, y miró al suelo para que él no advirtiera el brillo de rabia en sus ojos.

—¿Y qué hace delante de mi portal?

—Estamos esperando a mi padre —dijo Laura mirando al extraño con expresión suplicante. No estaba acostumbrada a que nadie se atreviera a oponerse a su madre.

—Ajá, ¿y tu padre vive aquí? —El hombre examinó a Dagmar.

—Estamos esperando al capitán Göring —dijo, y atrajo a Laura hacia sí.

—Ah, pues entonces, ármese de paciencia —dijo el hombre sin dejar de examinarlas con curiosidad.

A Dagmar se le aceleró el corazón en el pecho. ¿Le habría ocurrido algo a Hermann? ¿Por qué no se lo había dicho aquella arpía?

—¿Por qué?

El hombre se cruzó de brazos.

—Vino a llevárselo una ambulancia. Con la camisa de fuerza.

—No entiendo...

—Está en el manicomio de Långbro. —El hombre del abrigo elegante se adelantó hacia la puerta, como si, de repente, tuviera prisa por terminar la conversación con Dagmar. Ella lo agarró del brazo y él lo retiró asqueado.

—Por favor, señor, ¿dónde está el hospital?

Todo él expresaba aversión, abrió la puerta y entró sin responder. Cuando se cerró el pesado portón, Dagmar se vino abajo y se sentó en el suelo. ¿Qué iba a hacer ahora?

Laura lloraba inconsolable, tiraba de ella, tratando de conseguir que se pusiera de pie. Dagmar la apartó de un empujón. ¿No podía aquel demonio de cría largarse y dejarla en paz? ¿Para qué la quería, si no podía conseguir a Hermann? Laura no era hija de ella. Era hija de los dos.

Patrik entró corriendo en la comisaría, pero se detuvo ante la ventanilla de recepción. Annika estaba absorta en algo y tardó unos instantes en levantar la vista. Al ver que era Patrik, sonrió y volvió a concentrarse en lo suyo.

—¿Martin sigue de baja? —preguntó Patrik.

—Sí —dijo Annika, sin apartar la vista del ordenador.

Patrik la miró extrañado y se dio media vuelta. Ya sabía lo que tenía que hacer.

—Oye, voy a salir un momento a hacer un recado —dijo, y volvió a salir. Vio que Annika hacía amago de hablar pero, si dijo algo, no lo oyó.

Patrik miró el reloj. Eran casi las nueve de la mañana. Un poco temprano, quizá, para presentarse en una casa ajena, pero ya estaba tan preocupado que le daba igual despertarlos.

No le llevó más de unos minutos llegar en coche al apartamento donde Martin vivía con su familia. Una vez ante la puerta, dudó un segundo. ¿Y si no era nada? ¿Y si Martin estaba enfermo y en cama, y él lo despertaba sin necesidad? Puede que hasta se lo tomara a mal y pensara que había ido a controlarlo. Pero su sexto sentido le decía que no. Martin lo habría llamado, aun estando enfermo. Patrik llamó al timbre.

Aguardó un buen rato y ya estaba pensando si insistir, pero sabía que el apartamento no era muy grande y que lo habrían oído a la perfección. Por fin oyó unos pasos que se acercaban.

Patrik se llevó un susto cuando se abrió la puerta. Desde luego, Martin estaba enfermo. Iba sin afeitar, despeinado, y olía un poco a sudor, pero sobre todo, tenía la mirada muerta y estaba irreconocible.

—Ah, eres tú —dijo.

—¿Puedo pasar?

Martin se encogió de hombros, se dio la vuelta y entró en casa.

—¿Pia está trabajando? —dijo Patrik mirando a su alrededor.

—No. —Martin se había parado delante de la puerta del balcón de la sala de estar y se quedó allí mirando por los cristales.

Patrik frunció el ceño.

—¿Estás enfermo?

—Estoy de baja por enfermedad, ¿no? ¿Es que no te lo ha dicho Annika? —respondió con tono irascible, y se volvió hacia Patrik—. Pero igual quieres un certificado médico. ¿Has venido para comprobar que no estoy mintiendo y que, en realidad, me dedico a tomar el sol en la playa?

Por lo general, Martin era la persona más tranquila y bondadosa que conocía. Jamás lo había visto reaccionar de forma tan violenta, y notó que su preocupación iba en aumento. Era obvio que algo iba mal.

—Ven, vamos a sentarnos —le dijo, y señaló la cocina.

La ira de Martin se extinguió igual que había estallado y recuperó la mirada mortecina de hacía un instante. Asintió sin ganas y echó a andar detrás de Patrik. Se sentaron a la mesa. Patrik lo miró inquieto.

—¿Qué ha pasado?

Estuvieron unos minutos en silencio.

—Pia se va a morir —dijo Martin, y bajó la vista hacia la mesa.

Aquello era incomprensible y Patrik no quiso dar crédito a lo que acababa de oír.

—Pero ¿qué dices?

—Empezó el tratamiento anteayer. Al parecer, tuvo suerte de que la admitieran tan rápido.

—¿El tratamiento? ¿De qué? —Patrik no se lo podía creer, se había cruzado con Pia y Martin el fin de semana y todo parecía en orden.

—A menos que ocurra un milagro, puede que solo le queden seis meses, según los médicos.

—¿Seis meses de tratamiento?

Martin levantó la cabeza despacio y lo miró a los ojos. Patrik se estremeció al ver el dolor indecible que se reflejaba en su mirada.

—Seis meses de vida. Y luego, Tuva se quedará sin su madre.

—Pero... ¿Qué...? ¿Cómo os habéis...? —Patrik oía sus balbuceos, era incapaz de formular una pregunta sensata después de haber recibido semejante noticia.

Tampoco Martin respondió. Se derrumbó sobre la mesa y empezó a temblar y a llorar desconsolado. Patrik se levantó, se le acercó y le dio un abrazo. No sabía cuánto tiempo estuvieron así, pero al final, Martin empezó a calmarse hasta que dejó de llorar.

—¿Dónde está Tuva? —preguntó Patrik sin dejar de abrazarlo.

—Con la madre de Pia. Es que no puedo... Por ahora, no puedo. —Empezó a llorar otra vez, aunque ahora las lágrimas le rodaban despacio y en silencio por las mejillas.

Patrik le dio una palmada en la espalda.

—Venga, hombre, eso es, tienes que desahogarte.

Era un tópico y se sintió un poco ridículo, pero ¿qué podía decir uno en una situación así? ¿Había alguna frase de consuelo que fuera mejor que otra? Lo que había que preguntarse, en realidad, era si importaba cuáles fueran sus palabras y si Martin le prestaba alguna atención.

—¿Has comido algo?

Martin seguía sollozando, se secó la nariz en la manga del batín y negó en silencio.

—No tengo hambre.

—Ya, pero eso a mí me da igual. Tienes que comer algo. —Patrik se encaminó al frigorífico para ver qué había. Estaba lleno, pero se figuró que no tenía mucho sentido preparar un plato caliente, así que se limitó a sacar el queso y la mantequilla. Luego hizo un par de tostadas de pan de molde que había encontrado en el congelador. No creía que Martin comiera mucho más. Tras un momento de vacilación, se preparó también una. Siempre resultaba más fácil comer acompañado.

—Bueno, y ahora, cuéntame cuál es la situación —dijo después de que Martin, que ya empezaba a recuperar el color, se hubiese comido la primera tostada.

Martin le refirió entrecortadamente y a trompicones todo lo que sabía sobre el cáncer de su mujer y la conmoción que supuso para él creer que todo iba bien para, unos días después, de repente, enterarse de que tenían que ingresarla en el hospital para aplicarle un tratamiento de lo más agresivo que, seguramente, no le serviría de nada.

—¿Cuándo podrá volver a casa?

—Creo que la semana que viene. No lo sé con certeza, no he... —Martin se llevó la tostada a la boca temblando, y se lo veía avergonzado.

—¿No has hablado con ellos? ¿Has ido a ver a Pia después de que la ingresaran? —Patrik se esforzaba por que no pareciera que lo estaba censurando. Era lo último que necesitaba Martin en aquellos momentos y, de algún modo y por extraño que pudiera parecer, comprendía su reacción. Había visto a tanta gente conmocionada que reconocía a la perfección la mirada vacía y la rigidez de movimientos tan características.

—Voy a preparar un té —dijo antes de que Martin hubiera podido responder—. ¿O prefieres café?

—Mejor café —dijo Martin. Masticaba todo el rato y parecía que le costase tragar la comida.

Patrik llenó un vaso de agua.

—Ve tragando con esto. El café estará enseguida.

—No he ido a verla —dijo Martin.

—No es de extrañar. Estás conmocionado —dijo Patrik mientras ponía el café en el filtro.

—La estoy dejando en la estacada. Cuando más me necesita, la dejo en la estacada. Y a Tuva. No veía la hora de dejarla en casa de la madre de Pia. Como si ella no lo estuviera pasando mal, dado que se trata de su hija. —Parecía a punto de echarse a llorar otra vez, pero respiró hondo y despacio—. No comprendo de dónde saca Pia la fuerza. Me ha llamado varias veces, preocupada por mí. ¿No te parece disparatado? Le están dando quimio y radioterapia y a saber qué más. Seguro que está muerta de miedo y pasándolo fatal. ¡Y es ella la que se preocupa por mí!

—Bueno, eso tampoco es de extrañar —dijo Patrik—. Mira, vamos a hacer una cosa. Tú vas, te duchas y te afeitas y, para cuando salgas, está listo el café, ¿te parece?

—Uf, no, es que... —comenzó Martin, pero Patrik lo calló levantando la mano.

—Si no vas a ducharte ahora mismo y te arreglas tú solo, tendré que arrastrarte hasta la ducha y que restregarte a conciencia. Creo que preferiría ahorrarme la experiencia, espero que tú también.

Martin no pudo evitar echarse a reír.

—Ni se te ocurra acercarte a mí con una pastilla de jabón. Ya lo hago yo.

—Estupendo —dijo Patrik, se dio media vuelta y se puso a buscar las tazas en el mueble. Enseguida oyó que Martin se levantaba y se dirigía al cuarto de baño.

Diez minutos después, parecía otro.

—Bueno, ahora sí te reconozco —dijo Patrik, y sirvió dos tazas de café humeante.

—Sí, gracias, ahora me siento un poco mejor —dijo Martin, y se sentó a la mesa. Aún tenía los ojos llorosos, pero el verde del iris había recuperado algo de vitalidad. Tenía el pelo rojo húmedo y despeinado. Parecía el pequeño detective Kalle Blomqvist, que hubiese crecido.

—A ver, tengo una propuesta —dijo Patrik, que había estado cavilando mientras Martin estaba en el cuarto de baño—. Debes dedicar todo el tiempo que puedas a apoyar a Pia. Además, tendrás que asumir mucha más responsabilidad en los cuidados de Tuva. Considérate de vacaciones desde este momento, y ya veremos lo que pasa y cuánto tienes que prolongarlas.

—Pero si solo me quedan tres semanas de vacaciones...

—Bueno, ya lo arreglaremos —dijo Patrik—. No pienses en eso ahora.

Martin lo miró inexpresivo y asintió. A Patrik le vino a la cabeza la imagen de Erica después del accidente de tráfico. Él podía haberse visto en la misma situación que Martin. Había estado muy cerca de perderlo todo.

Se había pasado la noche dándole vueltas. Cuando Patrik se fue al trabajo, Erica se sentó en la terraza para tratar de ordenar sus pensamientos mientras los niños jugaban solos un rato. Le encantaban las vistas a Fjällbacka y se alegraba muchísimo de haber podido salvar la casa de sus padres para que los niños pudieran crecer allí. No era una casa fácil de mantener. El viento y el salitre destrozaban la madera, y siempre tenían que andar con reparaciones y mejoras.

En la actualidad, eso no suponía ningún problema desde el punto de vista económico. Le había exigido muchos años de duro trabajo, pero a aquellas alturas, ganaba bastante dinero con sus libros. No por ello había cambiado mucho sus costumbres, pero era una tranquilidad no tener que preocuparse porque el presupuesto doméstico se disparase si se estropeaba la caldera o si necesitaban arreglar la fachada.

Eran muchos los que no disfrutaban de esa tranquilidad, bien lo sabía ella, y cuando siempre faltaba dinero y, de repente, te quedabas sin trabajo, era fácil buscar a un culpable. Seguramente, ahí residía en parte la razón del éxito de Amigos de Suecia. Desde que estuvo hablando con John Holm no había podido dejar de pensar en él y en lo que defendía. Esperaba conocer a un hombre desagradable que abogase abiertamente por sus ideas. En cambio, se encontró con algo mucho más peligroso. Una persona elocuente capaz de dar respuestas sencillas de forma convincente. Un hombre que podía ayudar a los votantes a identificar al culpable, y luego prometerles que él se encargaría de eliminarlo.

Erica se estremeció ante aquel pensamiento. Estaba convencida de que John Holm ocultaba algo. Quizá guardara relación con los sucesos de Valö, quizá no. Tenía que averiguarlo, y sabía con quién tenía que hablar.

—Niños, ¡vamos a salir a dar una vuelta en coche! —dijo en voz alta mirando hacia la sala de estar. Enseguida oyó gritos de júbilo. A los tres les encantaba ir en coche.

—Solo voy a hacer una llamada, Maja. Ve poniéndote los zapatos, yo iré enseguida a ponérselos a Anton y a Noel.

—Yo puedo ayudarles —dijo Maja; le dio la mano a sus hermanos y los llevó hacia el vestíbulo. Erica sonrió. Maja se estaba convirtiendo en una verdadera madrecita.

Un cuarto de hora después, iban en el coche camino de Uddevalla. Había llamado para asegurarse de que Kjell estaba en el trabajo, para no hacer el viaje con los niños en balde. Primero pensó en contárselo todo por teléfono, pero luego comprendió que era mejor que Kjell viera el documento con sus propios ojos.

Fueron todo el camino cantando, y Erica estaba medio afónica cuando anunció su llegada en recepción. Al cabo de unos instantes, apareció Kjell.

—¡Pero bueno! ¡Si viene toda la pandilla! —dijo al ver a los tres niños, que lo miraban tímidamente.

Kjell le dio un abrazo a Erica y le raspó un poco la mejilla con la barba. Ella sonrió. Se alegraba de verlo. Se habían conocido años atrás cuando, tras una investigación de asesinato, averiguó que su madre, Elsy, y el padre de Kjell, fueron amigos durante la Segunda Guerra Mundial. Kjell les caía bien a Erica y a Patrik, y lo respetaban como periodista.

—Es que hoy no tenía canguro.

—No pasa nada. Me encanta veros —dijo Kjell mirando a los niños cariñosamente—. Me parece que tengo una cesta de juguetes, podéis jugar un rato mientras mamá y yo hablamos, ¿de acuerdo?

—¿Juguetes? —De repente, se había esfumado la timidez, y Maja se apresuró a ir tras él en busca de la cesta que le había prometido.

—Aquí está, aunque lo que más hay es papel y tizas de colores —dijo Kjell volcando la cesta en el suelo.

—Pues no te garantizo que no te manchen la alfombra —dijo Erica—. Todavía no se les da muy bien mantenerse dentro de los límites del papel.

–¿A ti te parece que unas cuantas manchas marcarían una gran diferencia? –preguntó Kjell, y se sentó ante el escritorio.

Erica contempló la alfombra desgastada y sucia, y comprendió que tenía razón.

–Ayer estuve hablando con John Holm –dijo al tiempo que se sentaba.

Kjell la miró con curiosidad.

–¿Qué te pareció?

–Encantador, pero peligrosísimo.

–Pues sí, creo que es una interpretación acertada. En su juventud, John perteneció a uno de los grupos de cabezas rapadas más violentos. Ahí fue donde conoció a su mujer.

–Pues no es fácil imaginárselo con la cabeza rapada. –Erica volvió la cara para echar un vistazo a los niños, que, hasta el momento, se estaban comportando de un modo ejemplar.

–Desde luego, puede decirse que ha mejorado mucho su imagen. Pero, a mi entender, estos tipos no cambian de ideología con la misma facilidad. Simplemente, con los años se vuelven más listos y aprenden a comportarse.

–¿Sabes si tiene antecedentes y figura en los archivos?

–No, nunca lo han detenido por ningún delito, aunque en su juventud estuvo a punto varias veces. Al mismo tiempo, no creo ni por un momento que su postura haya cambiado desde que participaba en las manifestaciones nacionalistas del aniversario de la muerte del rey Carlos XII. Sin embargo, me atrevería a decir que el partido le debe a él y solo a él haber llegado al parlamento.

–¿Y cómo lo ha conseguido?

–Su primer paso genial fue utilizar las discrepancias surgidas entre los grupos nacionalsocialistas después de los incendios del colegio de Uppsala.

—¿Cuando condenaron a tres simpatizantes nazis? —preguntó Erica, que recordaba los titulares, aunque hacía ya muchos años de aquello.

—Exacto. Aparte de las discrepancias entre los diversos grupos y en el seno de cada uno, el asunto despertó un interés mediático enorme, y la Policía no los perdía de vista. Entonces apareció John. Reunió a los cerebros de cada grupo y les propuso que colaborasen, lo que desembocó en que Amigos de Suecia se convirtiera en el partido dirigente. Luego dedicó muchos años a hacer limpieza, al menos, superficialmente, y a inculcar el mensaje de que su política era una política para las bases. Se han posicionado como un partido proletario, la voz del hombre de a pie.

—Pero, debería ser muy difícil mantener la unión en un partido de esa naturaleza; habrá un montón de extremistas, ¿no?

Kjell asintió.

—Sí, y algunos han abandonado el partido, so pretexto de que John Holm ha tenido una actitud demasiado blandengue, que ha traicionado los viejos ideales. Al parecer, existe una regla tácita: no hablar abiertamente de la política de inmigración. Hay demasiada diversidad de opiniones, lo que podría llevar a la desintegración del partido. Hay de todo, desde los que piensan que habría que meter a todos los inmigrantes en el primer avión con destino a sus países de origen, hasta los que consideran que lo ideal sería endurecer los requisitos para todos los que vengan.

—¿A qué categoría pertenece John? —preguntó Erica, y se volvió para mandar callar a los gemelos, que ya empezaban a alborotar.

—Oficialmente, a los segundos, pero de forma oficiosa... A ver, a mí no me sorprendería que tuviera un uniforme nazi en el armario de su casa.

—¿Y cómo fue a parar a esos círculos?

–He vuelto a indagar un poco más su evolución después de que me llamaras ayer. Lo que yo ya sabía era que John Holm pertenece a una familia acaudalada. Su padre fundó una empresa de exportación en los años cuarenta, y después de la guerra amplió el negocio, que subió como la espuma. Pero en 1976... –Kjell hizo una pausa de efecto y Erica se inclinó hacia él muerta de curiosidad.

–¿Qué pasó?

–Pues que estalló un escándalo en los círculos más elegantes de Estocolmo. Greta, la madre de John, dejó a Otto, su marido, por un ejecutivo libanés con el que el padre de John había hecho negocios. Además, resultó que Ibrahim Jaber, que era el nombre del libanés, había engañado a Otto y se había quedado con la mayor parte de su fortuna. Humillado y solo, Otto se pegó un tiro sentado a la mesa de su despacho a finales de julio de 1976.

–¿Qué fue de Greta y de John?

–Resulta que la muerte de Otto no fue el final de la tragedia. Al parecer, Jaber tenía mujer e hijos. Ni se le había pasado por la cabeza casarse con Greta, se llevó el dinero y la abandonó. Unos meses más tarde, el nombre de John apareció por primera vez en un contexto nacionalsocialista.

–Y ha seguido alimentando el odio –dijo Erica. Echó mano del bolso, sacó el documento manuscrito y se lo dio a Kjell.

–Ayer encontré esto en casa de John. No sé qué dice, pero puede que sea interesante.

Kjell se echó a reír.

–Define «encontrar».

–Vaya, pareces Patrik –dijo Erica sonriendo–. Estaba por allí. Seguro que no es más que un papel de notas sueltas que nadie echará de menos.

–A ver. –Kjell se puso las gafas, que tenía encajadas en la frente–. «Gimlé» –leyó en voz alta con una mueca de extrañeza.

—Ya. Pero ¿qué significa? No había oído nunca esa palabra. ¿Será una abreviatura?

Kjell negó con la cabeza.

—Gimlé es, en la mitología nórdica, lo que sucede al Ragnarök. Algo así como el cielo o el paraíso. Es un concepto conocido y muy utilizado en los círculos neonazis. También es el nombre de una asociación cultural. Sostienen que no están vinculados a ningún partido político, pero no estoy muy seguro. En todo caso, tienen mucha relación con Amigos de Suecia y el Partido Popular Danés.

—¿Y a qué se dedican?

—Trabajan, según dicen, por recuperar el sentimiento nacionalista y una identidad común. Les interesan las tradiciones suecas antiguas, las danzas populares, la antigua poesía sueca, los monumentos prehistóricos y cosas parecidas, todo lo cual está muy en consonancia con la idea que promueve Amigos de Suecia de preservar las tradiciones suecas.

—Entonces, ¿tú crees que se refiere a esa asociación? —preguntó Erica señalando el papel.

—Es imposible saberlo. Puede referirse a cualquier cosa. Tampoco es fácil adivinar qué son estas cifras: 1920211851612114. Y luego pone: «5 08 1400».

Erica se encogió de hombros.

—Pues sí, yo no tengo ni idea. También pueden ser notas emborronadas de números de teléfono. Parece que lo han escrito a toda prisa.

—Puede ser —dijo Kjell. Agitó el papel y añadió—: ¿Puedo quedarme con él?

—Claro. Espera, le voy a hacer una foto con el móvil. Nunca se sabe, igual tengo una inspiración divina y descifro el código.

—Buena idea. —Kjell le puso el papel delante para que lo fotografiara. Luego, Erica se agachó y empezó a recoger los juguetes.

—¿Tienes alguna idea de para qué puede servirte?

—No, todavía no. Pero sí sé de algunos archivos donde buscar más información.

—O sea que estás seguro de que no son meros garabatos, ¿verdad?

—No, no estoy seguro, pero vale la pena averiguarlo.

—Bueno, pues si encuentras algo, llámame; yo haré lo mismo en cuanto tenga alguna novedad —dijo, a la vez que llevaba a los niños hacia el pasillo.

—Por supuesto. Estamos en contacto —dijo, y alargó el brazo en busca del teléfono.

Claro, ¿cómo no? Si Gösta llegaba tarde, se montaba un expolio, pero Patrik sí que podía pasarse fuera media mañana sin que nadie enarcase una ceja siquiera. Erica lo había llamado el día anterior y le había contado su visita a Ove Linder y a John Holm, y Gösta no veía el momento de ir a ver a Leon con Patrik. Suspiró al pensar en las injusticias de la vida y volvió a concentrarse en la lista que tenía delante.

Un segundo después, sonó el teléfono, y Gösta respondió en el acto.

—¿Sí? ¿Hola? Aquí Flygare.

—Gösta —dijo Annika—. Tengo a Torbjörn al teléfono. Ya tienen el resultado del primer análisis de la sangre. Pregunta por Patrik, pero quizá puedas contestar tú, ¿no?

—Por supuesto.

Gösta escuchó con suma atención y lo anotó todo, a pesar de que sabía que Torbjörn enviaría por fax una copia de la información. Pero, por lo general, redactaban los informes en un lenguaje tan enrevesado que era más fácil cuando Torbjörn se explicaba de viva voz.

En el momento en que colgó, se oyeron unos golpecitos en la puerta, que estaba abierta.

—Dice Annika que Torbjörn acababa de llamar. ¿Qué ha dicho? —Patrik sonaba ansioso, pero tenía la mirada triste.

—¿Ha pasado algo? —dijo Gösta sin responder.

Patrik se desplomó en la silla.

—He ido a ver a Martin.

—¿Y cómo se encuentra?

—Estará de baja un tiempo. Para empezar, tres semanas. Luego ya veremos.

—Pero ¿por qué? —Gösta notaba crecer la preocupación. Claro que él se metía con el muchacho a veces, pero le tenía cariño a Martin Molin. No había quien no se lo tuviera.

Cuando Patrik le contó lo que sabía del estado de Pia, Gösta tragó saliva. Pobre chico. Y su hija, tan pequeña, que perdería a su madre mucho antes de tiempo. Tragó saliva otra vez, volvió la cara y se puso a parpadear febrilmente. No iba a empezar a lloriquear en la comisaría.

—Tendremos que seguir trabajando sin Martin —concluyó Patrik—. Así que, dime, ¿qué ha averiguado Torbjörn?

Gösta se limpió los ojos discretamente y se volvió de nuevo hacia él con las notas en la mano.

—El laboratorio confirma que se trata de sangre humana. Pero tiene tanto tiempo que no han logrado obtener ningún resultado de ADN que se pueda comparar con la sangre de Ebba y, además, no pueden afirmar que sea sangre de varias personas.

—Vale. Eso era más o menos lo que me temía. ¿Y el casquillo?

—Torbjörn se la envió ayer a un tipo del laboratorio al que él conoce bien y que es especialista en armas. Ha efectuado un análisis rápido, pero, por desgracia, no hay coincidencia con ninguna otra arma involucrada en casos sin resolver.

—Bueno, la esperanza es lo último que se pierde —dijo Patrik.

—Pues sí. En todo caso, el calibre es de nueve milímetros.

—¿Nueve milímetros? Pues eso no reduce las posibilidades que digamos. —Patrik se desplomó en la silla.

—No, ya, pero Torbjörn dijo que tenía unas acanaladuras muy marcadas, así que su amigo iba a examinarla más detenidamente para ver qué tipo de arma habían utilizado. Y si encontramos el arma, podemos comprobar el casquillo.

—Claro, solo nos falta el pequeño detalle de que habría que encontrar el arma primero. —Miró a Gösta pensativo—. ¿Examinasteis la casa y los alrededores lo bastante a fondo?

—¿En 1974, quieres decir?

Patrik asintió.

—Hicimos lo que pudimos —dijo Gösta—. Andábamos cortos de personal pero, desde luego, peinamos la isla. Si hubiera habido un arma por allí, la habríamos encontrado, creo yo.

—Lo más seguro es que esté en el fondo del mar —dijo Patrik.

—Sí, es lo más probable. Por cierto, he empezado a llamar a los alumnos del internado, pero todavía no he sacado nada en claro. Hay varios que no responden, aunque no es de extrañar, es verano y la gente está de vacaciones.

—Bueno, está bien que hayas empezado, de todos modos —dijo Patrik pasándose la mano por el pelo—. Anota ahí si hay alguien con quien creas que debamos hablar primero, a ver si podemos ir a verlo.

—Bueno, en principio están dispersos por toda Suecia —dijo Gösta—. Vamos a tener que viajar un montón si queremos verlos a todos en persona.

—Ya lo veremos cuando sepamos de cuántos se trata. —Patrik se levantó y se encaminó a la puerta—. Entonces,

¿vamos a casa de Leon Kreutz después del almuerzo? Por suerte, a él lo tenemos más cerca.

—Sí, me parece bien. A ver si sacamos más en claro que de los interrogatorios de ayer. Josef estuvo tan parco como yo lo recordaba.

—Y que lo digas, había que sacarle las palabras con sacacorchos. Y el tal Sebastian es un tipo escurridizo donde los haya —dijo Patrik antes de irse.

Gösta se puso manos a la obra y empezó a marcar otro número. No sabía por qué, pero no soportaba hablar por teléfono, y de no haber sido por Ebba, habría hecho lo posible por librarse. Se alegraba de que Erica se hiciera cargo de algunas de las llamadas.

—¡Gösta! ¡Ven un momento! —le gritó Patrik desde el pasillo.

Fuera estaba Mårten Stark. Estaba muy serio y llevaba en la mano una bolsa con lo que parecía una postal.

—Mårten quiere enseñarnos algo —dijo Patrik.

—La he metido en una bolsa enseguida —dijo Mårten—. Pero antes la tuve en las manos, así que alguna huella habré borrado.

—Bien pensado —lo tranquilizó Patrik.

Gösta examinó la postal a través del plástico. Era una tarjeta normal y corriente, con un cachorro de gato monísimo. Le dio la vuelta y leyó el breve mensaje.

—¡Pero qué coño! —exclamó.

—Pues sí, parece que G empieza a mostrarnos su verdadera cara —dijo Patrik—. Esto es, sin lugar a dudas, una amenaza de muerte.

Hospital de Långbro, 1925

Tenía que tratarse de un error, o si no, era todo culpa de aquella mujer horrible. Pero Dagmar podía ayudarle. No importaba lo que hubiera ocurrido, todo se arreglaría en cuanto volvieran a estar juntos.

Había dejado a la niña en una pastelería de la ciudad. Allí no le pasaría nada. Si alguien le preguntaba qué hacía allí sola, debía decir que su madre había ido a los servicios.

Dagmar contempló el edificio. No le había sido difícil dar con él. Después de varios intentos, preguntó por fin a una mujer que supo indicarle exactamente cómo llegar al hospital de Långbro. Su gran problema era ahora cómo entrar. Por la parte delantera, donde se encontraba la entrada principal, había muchos empleados y podían descubrirla fácilmente. Se había planteado presentarse como la señora Göring, pero si Carin ya había ido a verlo, se desvelaría el engaño enseguida y se acabarían sus oportunidades.

Con sumo cuidado, evitando que la vieran desde alguna ventana, bordeó el edificio hasta la parte trasera. Allí había una puerta que parecía una entrada para el personal sanitario. Se quedó un buen rato vigilando y vio que por ella entraban y salían mujeres de todas las edades vestidas con uniformes almidonados. Algunas llenaban un carrito de ropa sucia que había a la derecha de la puerta, y a Dagmar se le ocurrió una idea. Muy despacio y bien alerta, se acercó al carro sin apartar la vista de la puerta por ver si salía alguien. Pero la puerta permanecía cerrada, y Dagmar

226

rebuscó a toda prisa entre el contenido del carrito. La mayoría eran sábanas y toallas, pero tuvo suerte. En el fondo había un uniforme exactamente igual al que llevaban las enfermeras. Lo sacó de un tirón y dobló la esquina para cambiarse.

Cuando terminó, se estiró y se colocó el gorrito tapándose el pelo a conciencia. El bajo del vestido estaba un poco sucio, pero por lo demás, no parecía muy usado. Esperaba que no todas las enfermeras se conocieran, y se dieran cuenta de la llegada de una nueva.

Dagmar abrió la puerta y asomó la cabeza a lo que parecía el vestuario del personal. Estaba vacío, y siguió presurosa hacia el pasillo, sin dejar de mirar furtivamente a uno y otro lado. Continuó pasillo arriba, sin separarse mucho de la pared, y dejó atrás una larga hilera de puertas cerradas. No había placas con el nombre en ninguna, y pronto comprendió que no conseguiría dar con Hermann. Empezaba a desesperarse, y se tapó la boca con la mano para ahogar un lamento. No podía rendirse aún.

Dos enfermeras jóvenes aparecieron por el pasillo en dirección contraria. Iban hablando bajito, pero cuando se acercaron, Dagmar pudo oír la conversación. Aguzó el oído. ¿Verdad que habían dicho Göring? Aminoró el paso, tratando de captar sus palabras. Una de las enfermeras llevaba en la mano una bandeja, y parecía que se estuviera lamentando.

—La última vez que entré, me tiró encima toda la comida —dijo con un gesto de preocupación.

—Ya, por eso ha dicho la jefa que a partir de ahora tenemos que ser dos para entrar en la habitación de Göring —dijo la otra, a la que también le temblaba la voz.

Se detuvieron en medio del pasillo delante de una puerta, y allí se quedaron dudando un poco. Dagmar comprendió que era el momento. Tenía que actuar ya, así que se aclaró un poco la garganta y dijo con tono autoritario:

—Chicas, me han dicho que de Göring me encargo yo, así que por esta vez os vais a librar —dijo alargando el brazo en busca de la comida.

—¿De verdad? —dijo desconcertada la joven que llevaba la bandeja en la mano, aunque se le veía en la cara el alivio que era para ella.

—Yo sé cómo tratar a tipos como Göring. Anda, venga, ya podéis iros a hacer algo de provecho, yo me encargo de esto. Pero antes, ayudadme con la puerta.

—Gracias —dijeron las jóvenes con una reverencia. Una de ellas sacó del bolsillo un llavero enorme y metió en la cerradura una de las llaves sin vacilar. Sujetó la puerta y, en cuanto Dagmar entró en la habitación, se alejaron de allí las dos, contentas de haberse librado de tan desagradable tarea.

Dagmar notaba los latidos del corazón. Allí estaba su Hermann, tumbado en una simple camilla y de espaldas a ella.

—Todo se va a arreglar, Hermann —dijo, y dejó la bandeja en el suelo—. Ya estoy aquí.

Él no se movió. Dagmar se quedó mirando aquella espalda ancha y se estremeció de placer ante la sola idea de estar tan cerca de él, por fin.

—Hermann —repitió, y le puso la mano en el hombro.

Él se apartó y, con un movimiento rápido, se volvió y se sentó en la cama.

—¡¿Qué es lo que quiere?! —vociferó.

Dagmar se asustó. ¿De verdad que aquel era Hermann? ¿El guapo aviador que la hacía temblar entera? Aquel hombre altivo de espalda ancha cuyo cabello rubio brillaba al sol como el oro. No podía ser.

—Dame las pastillas, zorra asquerosa. ¡Te lo exijo! ¿Es que no sabes quién soy? Soy Hermann Göring, y tengo que tomarme las pastillas. —Hablaba con un acento alemán muy marcado, e iba haciendo pausas, como si estuviera buscando la palabra adecuada.

A Dagmar se le hizo un nudo en la garganta. El hombre que le gritaba de aquel modo estaba gordo y tenía la piel ajada con una palidez enfermiza. Había perdido mucho pelo, el que le quedaba, parecía pegado en la coronilla. El sudor le corría a chorros por la cara.

Dagmar respiró hondo. Tenía que asegurarse de que no se había equivocado.

—Hermann, soy yo, Dagmar. —Se mantenía a cierta distancia, preparada por si se abalanzaba sobre ella. Le palpitaban las venas de la frente y ya no estaba pálido, un color rojo empezaba a subirle por el cuello.

—¿Dagmar? ¡Y a mí qué más me da cómo os llaméis las putas! Quiero mis pastillas. Los que me han encerrado aquí son los judíos, y tengo que ponerme bien. Hitler me necesita. ¡Que me des las pastillas!

Siguió vociferando y salpicándole a Dagmar la cara de saliva. Ella estaba horrorizada, pero hizo un nuevo intento:

—¿No te acuerdas de mí? Nos conocimos en una fiesta en casa del doctor Sjölin. En Fjällbacka.

El ataque cesó de pronto, Hermann parecía extrañado y la miraba con el desconcierto en la cara.

—¿En Fjällbacka?

—Sí, en la fiesta del doctor Sjölin —repitió ella—. Pasamos aquella noche juntos.

A él se le iluminó la mirada y Dagmar se dio cuenta de que acababa de recordarlo. Por fin. Ahora se arreglarían las cosas. Ella se encargaría de organizarlo todo y Hermann volvería a ser su apuesto capitán.

—Eres la criada —dijo secándose el sudor de la frente.

—Me llamo Dagmar —repitió ella. Se le estaba haciendo un nudo en el estómago. ¿Por qué no corría a abrazarla, tal y como se había imaginado en sueños?

De repente, él se echó a reír; le temblaba la barriga a cada carcajada.

—Dagmar, sí. —Volvió a reírse, y Dagmar cerró los puños.

—Tenemos una hija. Laura.

—¿Una hija? —Él la escrutó con los ojos entornados—. Ya, no es la primera vez que me lo dicen. De esas cosas no puede uno estar seguro. Sobre todo, con una criada.

Pronunció las últimas palabras con un tono de desprecio, y Dagmar sintió que la rabia le crecía por dentro. En aquella sala blanca y esterilizada cuyas ventanas no dejaban entrar ni un rayo de sol, acababan de hacerse añicos sus esperanzas. Todo lo que había creído hasta entonces sobre su vida era una mentira, los años que había pasado añorando, deseando y aguantando el llanto de aquella cría, su hija, que no paraba de exigir, habían sido en vano. Se abalanzó sobre él con los dedos como garras, gruñendo sonidos guturales como una fiera con un único deseo: el de hacerle tanto daño como él le había causado a ella. Le clavó los dedos y empezó a arañarle la cara, mientras lo oía gritar en alemán como en la distancia. Se abrió la puerta y notó unos brazos que tiraban de ella apartándola de aquel hombre al que tanto tiempo había querido.

Luego, todo se desvaneció.

Fue su padre quien le enseñó cómo se hace un buen negocio. Lars–Åke «Barlovento» Månson había sido una leyenda y Sebastian lo admiró siempre de niño y de adolescente. Le habían puesto aquel apodo por lo bien que le iban los negocios, siempre salía airoso incluso de los peores aprietos. «Lars–Åke puede escupir a barlovento sin que le caiga una gota de saliva en la cara», decían.

Según él, era muy fácil convencer a la gente de que hiciera lo que uno quería. El principio básico era el mismo que en boxeo: había que identificar el punto débil del adversario y luego atacar ahí una y otra vez, hasta alzarse con la victoria. O, en su caso, sacar una buena tajada. Su forma de hacer negocios no le granjeaba ni la aceptación ni el respeto popular pero, tal y como él solía decir, «con el respeto no se come».

Y ese era también el lema de Sebastian. Sabía perfectamente que muchos lo odiaban y que muchos más lo temían; sin embargo, sentado al lado de la piscina con una cerveza fría en la mano pensaba que eso no le importaba lo más mínimo. Tener amigos era algo que no le interesaba. Tener amigos implicaba verse obligado a ceder y a renunciar a una parte del poder.

—¿Papá? Los chicos y yo estábamos pensando en irnos a Strömstad, pero no tengo dinero. —Jon se le acercó tranquilamente, llevaba puesto el bañador y lo miraba suplicante.

Sebastian se hizo sombra en la cara con la mano y observó a su hijo, aquel joven de veinte años. Elisabeth se quejaba a veces de que lo estaba malcriando, tanto a él como a Jossan, su hermana, dos años menor, pero él no le hacía ningún caso. Una educación estricta llena de normas y cosas así era apropiada para los suecos normales, no para ellos. Los chicos aprenderían lo que la vida tenía que ofrecerles y a tomar lo que les apeteciese. Llegado el momento, emplearía a Jon en la compañía y le enseñaría todo lo que él había aprendido de su padre; mientras tanto, el chico podía dedicarse a pasarlo bien, se decía.

—Llévate la tarjeta oro. Está en mi cartera, en la entrada.

—Guay, ¡gracias, tío! —Jon entró corriendo en la casa, como si temiera que Sebastian pudiera arrepentirse.

Cuando le prestó la tarjeta para la semana de tenis en Båstad, la cuenta ascendió a setenta mil coronas. No era más que calderilla, dadas las circunstancias; sobre todo, si con eso ayudaba a Jon a mantener su posición entre los amigos que había hecho en el internado de Lundsberg. El rumor de la fortuna de su padre se había extendido rápidamente por allí, y le había procurado enseguida un grupo de compañeros que se convertirían en hombres influyentes.

Naturalmente, fue su padre quien le enseñó la importancia de poseer los contactos adecuados. Los contactos eran algo mucho más valioso que los amigos, y su padre lo matriculó en el internado de Valö en cuanto supo el apellido de algunos de los muchachos que estudiarían allí. Lo único que lo irritaba era que «el espécimen judío», como él lo llamaba, también fuera al mismo colegio. Era un chico que no tenía ni dinero ni abolengo, y con su presencia reducía el estatus del centro. Al pensar en aquella época extraña y lejana, Sebastian recordó que Josef era su compañero preferido. Tenía una ambición, una fijación que reconocía como suya.

Ahora que volvían a verse gracias a aquella idea tan loca de Josef, no podía sino reconocer que admiraba la voluntad del viejo compañero de hacer cualquier cosa por alcanzar sus objetivos. El que sus objetivos fueran totalmente distintos no tenía la menor relevancia. Tenía muy claro que el despertar sería terrible, pero intuía que Josef, en el fondo, sabía que, por lo que a él se refería, aquello no podía acabar bien. En cualquier caso, la esperanza es lo último que se pierde, y Josef era consciente de que tendría que hacer lo que dijera Sebastian. Como todo el mundo.

Los sucesos de las últimas semanas eran, sin duda, muy interesantes. Los rumores acerca del hallazgo efectuado en la isla se habían difundido enseguida. La cosa empezó, naturalmente, en cuanto Ebba se mudó a Valö. La gente agradecía cualquier cosa que pudiera prender la llama de aquella vieja historia. Y ahora, hasta la Policía había empezado a hurgar en el asunto.

Sebastian giraba el vaso de cerveza entre los dedos con aire pensativo, y se lo llevó al pecho para refrescarse. Se preguntaba qué estarían pensando los demás de estos sucesos y si también a ellos les habían hecho una visita. Oyó en la entrada el ruido del motor del Porsche. Así que el mocoso de su hijo se había llevado las llaves del coche, que estaban al lado de la cartera. Sebastian sonrió. Iba por el buen camino. Si estuviera vivo, su abuelo se habría sentido orgulloso de él.

Desde que se fue de Valö, Anna no había parado de dar vueltas a varias ideas sobre la decoración, y aquella mañana casi saltó de la cama. Dan se rio al verla tan ansiosa, pero se le notaba en la cara cuánto se alegraba por ella.

Todavía faltaba mucho para que pudiera empezar en serio, pero Anna no podía esperar. Había algo en aquel lugar que la atraía, quizá el hecho de que Mårten hubiese aceptado sus propuestas con verdadero entusiasmo. La miró con algo que se parecía a la admiración y, por primera vez en mucho tiempo, se sintió como una persona interesante y capaz. Cuando llamó para preguntar si podía volver para tomar medidas y hacer fotos, le dijo que por supuesto que sí.

Anna no podía evitar echarlo de menos mientras medía la distancia entre las ventanas del dormitorio que compartía con Ebba, en el piso de arriba. El ambiente de la casa no era el mismo cuando él no estaba. Echó una ojeada a Ebba, que estaba pintando el marco de la puerta.

—¿No crees que estaréis muy aislados aquí?

—Bueno, no sé, a mí me gusta la tranquilidad.

Ebba respondió como sin querer. Reinaba un silencio tan opresivo que Anna se sintió obligada a decir algo más.

—¿Tienes contacto con alguien de tu familia? De tu familia biológica, quiero decir. —Tendría que haberse mordido la lengua. Aquella pregunta podía interpretarse como una insolencia, y hacer que Ebba se mostrara más reservada aún.

—No queda nadie.

—Pero ¿has investigado la historia de tu familia? Supongo que tendrás curiosidad por saber quiénes eran tus padres, ¿no?

—Pues, hasta ahora, no. —Ebba dejó de pintar y se quedó con el pincel en el aire—. Pero desde que llegué aquí, la verdad, he empezado a pensar...

—Erica tiene bastante material.

—Sí, eso me dijo. Estaba pensando ir a visitarla un día para que me lo enseñara, solo que todavía no me he decidido. Aquí me siento tan segura... Es como si estuviera anclada a la isla.

—Antes me he cruzado con Mårten. Iba al pueblo.

Ebba asintió.

—Sí, el pobre tiene que andar yendo y viniendo para hacer la compra, recoger el correo y hacer todo tipo de recados. Voy a ver si me espabilo un poco, pero...

Anna estuvo a punto de preguntarle por el niño que, según tenía entendido, habían perdido Mårten y Ebba. Pero no fue capaz. La muerte del suyo aún le dolía demasiado como para poder hablar con otra persona de una pérdida así. Al mismo tiempo, sentía curiosidad. A simple vista, no había en toda la casa ni rastro de ningún niño. Ni fotos ni ningún otro objeto que indicara que hubieran sido padres alguna vez. Tan solo una mirada que Anna reconocía. La misma mirada que ella veía en el espejo por las mañanas.

—Erica me dijo que quería ver si averiguaba dónde habían ido a parar las pertenencias de tu familia. Puede que haya algunos objetos personales —dijo, y empezó a medir el suelo.

—Pues sí, y estoy de acuerdo con ella en que es un tanto extraño que todo se esfumara. Si vivían aquí, debían de tener todo tipo de cosas. Y me gustaría encontrar objetos de cuando yo era pequeña, por ejemplo. Ropa, juguetes... Las cosas que coleccionaba... —Se calló y siguió pintando; el ruido regular de las pinceladas llenó la habitación. De vez en cuando, se agachaba a mojar el pincel en una lata en la que ya quedaba muy poca pintura blanca.

Al oír la voz de Mårten en el piso de abajo, se puso rígida.

—¿Ebba?

—¡Estoy arriba!

—¿Necesitas algo del sótano?

Ebba salió al rellano para responder.

—Sí, por favor, tráeme una lata de pintura blanca. ¡Ah, Anna está aquí!

—Ya, he visto el barco —gritó Mårten—. Voy por la pintura, mientras pon el café, ¿vale?

—Vale. —Ebba se volvió hacia Anna—. Te tomas un café con nosotros, ¿verdad?

—Pues sí, gracias —dijo Anna, y empezó a plegar el metro.

—No, sigue si quieres, te aviso en cuanto esté listo.

—Gracias, pues entonces me quedo un rato más. —Anna volvió a desplegar el metro y continuó con lo suyo. Fue anotando las medidas en un boceto; le facilitaría mucho la planificación.

Continuó trabajando muy concentrada mientras oía a Ebba trajinar abajo en la cocina. Desde luego, una taza de café le sentaría divinamente. A ser posible, en un lugar a la sombra. En el piso de arriba estaba empezando a hacer un calor insoportable, y ya hacía un buen rato que tenía la camiseta pegada a la espalda por el sudor.

De repente, se oyó un fuerte golpe seguido de un grito. Anna se sobresaltó y se le cayó el metro de las manos. Entonces se oyó otro golpe y, sin pensarlo, echó a correr escaleras abajo, tan rápido que estuvo a punto de resbalar y caer en los peldaños desgastados.

—¿Ebba? —gritó al entrar en la cocina.

Cuando llegó a la entrada, se paró en seco. El cristal de la ventana que daba a la parte trasera de la casa estaba hecho añicos, y debajo, en el suelo, había un montón de fragmentos. Los había por toda la habitación. En el suelo, delante de la encimera, vio a Ebba agachada, cubriéndose la cabeza con los brazos. Había dejado de gritar, pero respiraba entrecortadamente.

Anna entró en la cocina y notó los trozos de vidrio crujiendo al pulverizarse bajo sus pies. Abrazó a Ebba y trató de ver si estaba herida, pero no había sangre. Inspeccionó rápidamente la cocina en busca de la causa de la rotura del cristal. Cuando se fijó en la pared del fondo, se le cortó la respiración. Se veían claramente dos agujeros de bala.

—¿Ebba? ¿Qué coño ha pasado? —Mårten llegó corriendo desde la escalera del sótano y entró en la cocina—. ¿Qué es lo que ha pasado?

Miró a Ebba y el cristal y se acercó enseguida a su mujer.

—¿Está herida? No estarás herida, ¿verdad? —La abrazó y la meció en sus brazos.

—Creo que no, aunque parece que han intentado pegarle un tiro.

A Anna se le salía el corazón por la boca, de pronto cayó en la cuenta de que podían estar en peligro. ¿Y si el tirador seguía allí fuera?

—Tenemos que irnos de aquí —dijo señalando la ventana.

Mårten comprendió enseguida lo que quería decir.

—No te pongas de pie, Ebba. Tenemos que apartarnos de la ventana —le dijo como si le hablara a un niño.

Ebba asintió e hizo lo que le decía su marido. Los tres corrieron agachados hacia el recibidor. Anna miró aterrada a la puerta. ¿Y si el tirador entraba por allí, si cruzaba la puerta y les disparaba? Mårten comprendió lo que pensaba, se abalanzó sobre la puerta y cerró el pestillo.

—¿Hay otra forma de entrar? —preguntó, con el corazón aún martilleándole en el pecho.

—Está la puerta del sótano, pero está cerrada.

—Pero ¿y la ventana de la cocina? Como está rota...

—Está demasiado alta —dijo Mårten, que sonaba más tranquilo de lo que parecía.

—Voy a llamar a la Policía. —Anna echó mano del bolso, que estaba en el vestíbulo, en un estante. Sacó el móvil con las manos temblándole de miedo. Mientras oía los tonos de llamada, miró a Mårten y a Ebba. Estaban sentados en el último peldaño. Él, abrazando a su mujer; ella, con la cabeza apoyada en su pecho.

–¡Eh, hola! ¿Dónde os habéis metido?

Erica dio un salto, aterrada al oír la voz desde la calle.

–¿Kristina? –Se quedó mirando a su suegra, que salía de la cocina con un trapo en las manos.

–No había nadie y he entrado. Menos mal que todavía tenía la llave de cuando venía a regar las plantas aquella vez que estuvisteis en Mallorca, si no habría venido para nada de Tanumshede –dijo alegremente, y volvió a la cocina.

Sí, ya, o podrías haber llamado para preguntar si me venía bien que te pasaras, pensó Erica. Les quitó los zapatos a los niños, sacó fuerzas de flaqueza y se dirigió a la cocina.

–Se me ha ocurrido que podía haceros una visita y echaros una mano unas horas. Sé cómo lo tenéis todo y, la verdad, en mis tiempos yo no habría tenido la casa así en la vida. Nunca se sabe quién puede presentarse aquí de visita, y una no quiere que lo vean todo de esta manera –dijo Kristina mientras limpiaba frenéticamente la encimera.

–No, claro, quién sabe cuándo se dejará caer el rey para tomar un café, ¿no?

Kristina se volvió a mirarla con cara de perplejidad.

–¿El rey? ¿Por qué iba a venir el rey a vuestra casa?

A Erica casi se le quedan los dientes encajados de tanto apretarlos, y no dijo nada. La mayoría de las veces, era lo mejor.

–¿Dónde habéis estado? –preguntó Kristina otra vez, abalanzándose ahora con el trapo sobre la mesa de la cocina.

–En Uddevalla.

–¿Qué dices? ¿Se han tragado los niños un viaje de ida y vuelta a Uddevalla? Pobrecitos míos. ¿Por qué no me has llamado para que me quedara con ellos? Habría cancelado la cita que tenía con Görel para tomar café, una hace cualquier cosa por sus hijos y sus nietos. Para eso estamos. Ya lo comprenderás cuando seas un poco mayor y los niños crezcan.

Hizo una pausa para tomar impulso y restregar a fondo un pegote de mermelada reseca que había en el hule.

—Claro que llegará un día en que no pueda ayudar más, esas cosas van que vuelan. Ya tengo más de setenta años, quién sabe cuánto tiempo aguantaré.

Erica asintió y se esforzó por responder con una sonrisa de agradecimiento.

—¿Han comido los niños? —preguntó Kristina, y Erica se quedó de piedra. Se le había olvidado darles de comer. Debían de estar muertos de hambre, pero no pensaba decírselo a su suegra bajo ninguna circunstancia.

—Nos hemos tomado un perrito por el camino, pero seguro que ya quieren comer.

Y se fue con paso firme al frigorífico, para ver qué podía prepararles. Enseguida comprendió que lo más rápido sería un yogur con cereales, así que colocó el cartón en la mesa y sacó de la despensa un paquete de cereales.

Kristina dejó escapar un suspiro de horror.

—En mis tiempos no se nos habría pasado por la cabeza dar a los niños otra cosa que una comida casera. Patrik y Lotta nunca probaron un plato precocinado y mira qué sanos se criaron. La base de una buena salud es la alimentación, siempre lo he dicho, pero claro, ya nadie hace caso de la sabiduría de los mayores. Los jóvenes lo sabéis todo, y ahora todo tiene que ser rápido. —En este punto, Kristina tuvo que hacer una pausa para respirar, y Maja apareció en la cocina.

—Mamá, tengo muchísima hambre, y Noel y Anton también. Tengo el estómago vacío —dijo frotándose la barriguilla.

—Pero si os habéis comido un perrito por el camino, cariño —dijo Kristina, y le dio una palmadita en la mejilla.

Maja sacudió la cabeza y la melena rubia le revoloteó alrededor de la cara.

—Qué va, nada de perritos. Solo el desayuno. Y tengo muuucha hambre. ¡Muchísima hambre!

Erica fulminó con la mirada a aquella traidora, y notó en la nuca la mirada condenatoria de Kristina.

—Anda, voy a hacerles unas tortitas —dijo Kristina, y Maja se puso a saltar de alegría.

—¡Bien! ¡Las tortitas de la abuela! ¡Queremos tortitas!

—Gracias. —Erica metió el yogur en el frigorífico—. Entonces voy a cambiarme y miro una cosa de trabajo.

Kristina estaba de espaldas sacando los ingredientes para las tortitas. Ya tenía la sartén calentándose en el fuego.

—Claro, vete, yo me encargaré de que estos pobres niños coman algo.

Erica subió al piso de arriba contando hasta diez muy despacio. En realidad, no tenía nada de trabajo pendiente, pero necesitaba unos minutos para calmarse. La madre de Patrik actuaba con buena intención, pero sabía exactamente qué teclas tocar para sacarla de quicio. Curiosamente, a Patrik no le molestaba como a ella, con lo que Erica se irritaba más aún. Siempre que trataba de hablar con él de Kristina, de algo que hubiera hecho o que hubiera dicho, decía: «Bah, no le hagas caso. Mi madre exagera un poco a veces, pero tú déjala».

Quizá fuera cosa de la relación madre e hijo, y puede que ella misma llegara a ser una suegra igual de difícil para la mujer de Noel y Anton, pero en el fondo, no lo creía. Ella sería la mejor suegra del mundo, una suegra con la que sus nueras querrían relacionarse como con una amiga, y a la que no dudarían en confiarse. Querrían que Patrik y ella los acompañaran en todos los viajes que hicieran, y ella les ayudaría con los nietos, y si tenían mucho trabajo, ella iría a su casa y les echaría una mano con la limpieza y con la comida. Seguramente, tendría su propia llave y... Erica se quedó de una pieza. Igual no era tan fácil ser la suegra perfecta, después de todo.

Entró en el dormitorio a cambiarse de ropa y se puso unos vaqueros cortos y una camiseta. El blanco era su jersey favorito. Tenía la idea de que la hacía más delgada. Cierto que su peso había ido oscilando bastante a lo largo de los años, pero antes tenía siempre una treinta y ocho. Ahora, en cambio, llevaba varios años usando la cuarenta y dos; bueno, desde que nació Maja. ¿Cómo había llegado a esa situación? A Patrik no le había ido mejor. Decir que era musculoso cuando se conocieron sería una exageración, pero no tenía barriga. Ahora, en cambio, le colgaba bastante y, por desgracia, tenía que reconocer que un tío con barriga era lo menos atractivo que podía imaginar. Lo cual la llevaba a preguntarse si Patrik no pensaría lo mismo de ella, que tampoco tenía el mismo tipo que cuando se conocieron.

Echó una ojeada al espejo de cuerpo entero del dormitorio, se sobresaltó y se dio la vuelta. Allí había cambiado algo. Miró a su alrededor tratando de recordar cómo había dejado el dormitorio aquella mañana. Le costaba recrear la imagen exacta de ese día en concreto y, aun así, podría jurar que había algo distinto. ¿Habría estado Kristina husmeando en su dormitorio? No, porque habría subido a limpiar y a hacer la cama, que seguía igual. Edredón y almohadones estaban hechos un lío, y la colcha, como de costumbre, enrollada a los pies. Erica inspeccionó la habitación una vez más, pero al final se encogió de hombros. Serían figuraciones suyas.

Se fue al despacho y se sentó al ordenador, que le pidió la contraseña. Se quedó perpleja mirando la pantalla. Alguien había intentado entrar en su ordenador. Después de tres intentos, le pedía la respuesta a la pregunta de seguridad: «¿Cómo se llamaba tu primera mascota?».

Con una creciente sensación de malestar, recorrió el despacho con la mirada. No cabía duda, allí había entrado alguien. Podía parecer que en su caos no reinaba ningún orden, pero ella sabía exactamente dónde lo tenía todo, y ahora se daba cuenta de que alguien había trasteado en sus cosas. Pero ¿por qué? Estarían buscando algo, pero ¿qué? Dedicó un buen rato a comprobar que no faltara nada, y parecía que no.

—¿Erica?

Kristina la llamaba desde el piso de abajo y, con esa sensación tan desagradable, se levantó para ir a ver qué quería.

—¿Sí? —preguntó asomándose por la barandilla.

—Tienes que acordarte de cerrar bien la puerta de la terraza cuando salgas. La cosa podía haber terminado en tragedia. Menos mal que he visto a Noel por la ventana de la cocina. Ya estaba fuera y a punto de echar a correr hacia la calle. Por suerte he salido y he podido pararlo a tiempo, pero desde luego, no puede ser, dejar las puertas abiertas con unos niños tan pequeños... Cuando quieras darte cuenta, se te han perdido, deberías saberlo.

Erica se quedó helada. Estaba totalmente segura de que había cerrado la puerta de la terraza antes de irse. Tras unos segundos de duda, marcó el número de Patrik. No tardó en oírlo sonar en la cocina, donde se lo había dejado olvidado. Erica colgó el teléfono.

Paula se levantó del sofá con un lamento. Habían terminado de comer y, aunque solo de pensar en comida le daban náuseas, sabía que no le quedaba otro remedio. En condiciones normales, le encantaban los platos de su madre, pero el embarazo le había hecho perder el apetito y, de haber sido por ella, habría sobrevivido con helado y galletitas saladas.

242

—Hombre, aquí viene la foca —dijo Mellberg, y le ofreció una silla.

Paula no se molestó en comentar aquella broma, que ya había oído infinidad de veces.

—¿Qué hay de comer?

—Estofado de carne. En la olla de hierro. Es importante que tomes hierro —dijo Rita; metió bien hondo el cucharón y sirvió una ración enorme que le plantó delante a Paula.

—Gracias, es estupendo poder comer aquí. Últimamente no tengo ninguna gana de cocinar. Sobre todo, cuando Johanna está trabajando.

—Pero hija, por supuesto que puedes venir a comer —dijo Rita con una sonrisa.

Paula dio un hondo suspiro antes de meterse en la boca la primera cucharada. Se le hizo una bola, pero siguió masticando. Tenía que alimentar al niño.

—¿Cómo van las cosas en el trabajo? —preguntó—. ¿Habéis avanzado algo en el caso Valö?

Mellberg se llevó la cuchara a la boca antes de responder.

—Muy bien, vamos avanzando. Claro que tengo que estar encima como una lapa, pero así al menos obtenemos algún resultado.

—Ya, ¿y qué habéis averiguado hasta ahora? —preguntó Paula. Sabía perfectamente que, a pesar de ser el jefe de la comisaría, Bertil no sabría responder a esa pregunta.

—Pues... —respondió desconcertado—. Es que todavía no hemos ordenado ni puesto por escrito los resultados.

En ese momento le sonó el móvil y, aliviado por la interrupción, se levantó para responder.

—Aquí Mellberg... Hola, Annika... ¿Y dónde coño está Hedström, si puede saberse? ¿Y Gösta? ¿Cómo que no los localizas?... ¿Valö? Bueno, pero de eso puedo encargarme yo... ¡Te he dicho que yo me encargo! —Concluyó la conversación y, murmurando entre dientes, se dirigió al recibidor.

—¿Adónde vas? ¡Que no has terminado de quitar la mesa! —le gritó Rita desde la cocina.

—Un asunto policial importante. Un tiroteo en Valö. No tengo tiempo que perder en tareas domésticas.

Paula notó que volvía a la vida y se puso de pie tan rápido como le permitía su estado.

—¡Espera, Bertil! ¿Qué has dicho? ¿Han disparado a alguien en Valö?

—Todavía no conozco los detalles, pero ya le he dejado claro a Annika que iré y me encargaré del asunto personalmente.

—Voy contigo —dijo Paula, y se sentó jadeando en un taburete, para ponerse los zapatos.

—Ni hablar del caso —dijo Bertil—. Además, estás de vacaciones.

Rita, que acababa de salir de la cocina, le dio la razón inmediatamente.

—¿Estás loca? —le dijo a Paula dando tales gritos que fue un milagro que no despertara a Leo, que estaba durmiendo en la cama supletoria que Bertil y Rita tenían en su dormitorio—. No vas a ir a ninguna parte en tu estado.

—Eso, haz que tu hija entre en razón —dijo Mellberg al tiempo que ponía la mano en el picaporte, dispuesto a salir.

—No vas a ir a ninguna parte sin mí. Y si te largas, haré autoestop hasta Fjällbacka y llegaré a la isla yo sola.

Paula lo tenía más que decidido. Estaba harta de no hacer nada, cansada de la inactividad. Su madre siguió protestando, pero ella no le hizo el menor caso.

—Qué desgraciado soy, mira que estar rodeado de mujeres chifladas... —dijo Mellberg.

Vencido, se encaminó al coche, y para cuando Paula terminó de bajar la escalera, él ya había encendido el motor y puesto en marcha el aire acondicionado.

—Prométeme que no harás ninguna tontería y que te mantendrás apartada si hay jaleo.

—Te lo prometo —dijo Paula, y se acomodó en el asiento del copiloto. Por primera vez en varios meses, se sentía otra vez la Paula de siempre, en lugar de como una incubadora ambulante. Mientras Mellberg llamaba a Victor Bogesjö, de Salvamento Marítimo, para que los llevara a la isla, ella se preguntaba qué panorama se encontrarían allí.

Fjällbacka, 1929

Ir al colegio era una tortura. Por las mañanas Laura trataba por todos los medios de retrasar el momento. En los recreos le llovían los insultos y los motes y, naturalmente, todo era por culpa de su madre. Toda Fjällbacka sabía quién era Dagmar, que estaba loca y que era una borracha. A veces se fijaba en ella cuando la veía al volver del colegio vagando por la plaza, gritándole a la gente y delirando sobre Göring, pero nunca se paraba. Más bien fingía no haberla visto, y apremiaba el paso.

Su madre rara vez estaba en casa. Se quedaba en la calle hasta tarde y se acostaba cuando Laura se iba al colegio. Luego, cuando ella volvía a casa, ya se había marchado. Lo primero que hacía era limpiarlo todo. No se sentía tranquila hasta haber eliminado las huellas de su madre. Recogía la ropa esparcida por el suelo y, cuando juntaba un montón lo bastante grande, la lavaba. Limpiaba la cocina, colocaba en su sitio la mantequilla y comprobaba si el pan aún se podía comer, a pesar de que su madre no se había molestado en guardarlo en la panera. Luego limpiaba el polvo y lo ordenaba todo. Cuando todo estaba en su lugar y los muebles se veían relucientes, podía ponerse a jugar tranquilamente con la casa de muñecas. Era su bien más preciado. Se lo había regalado la vecina, una señora muy buena que fue a verla un día que su madre no estaba en casa.

A veces ocurría que la gente se portaba bien con ella y le llevaba cosas: comida, ropa y juguetes. Sin embargo, la mayoría se la quedaban

246

mirando y la señalaban, y desde aquella ocasión en que su madre la dejó sola en Estocolmo, había aprendido a no pedir ayuda. La Policía la recogió y la llevó con una familia donde tanto el padre como la madre la miraban con cariño. A pesar de que entonces solo tenía cinco años, recordaba perfectamente aquellos dos días. La madre preparó la pila más grande de tortitas que Laura había visto jamás, y la animó a seguir comiendo hasta que se sintió tan llena que pensó que no volvería a tener hambre en la vida. Sacaron de un cajón unos vestidos para ella, con estampados de flores y nuevos, ni rotos ni sucios, los vestidos más bonitos que uno pudiera imaginar. Laura se sentía como una princesa. Dos noches seguidas, se fue a la cama con un beso en la frente y se durmió en una buena cama con sábanas limpias. La madre de la mirada cariñosa olía tan bien... No a alcohol ni a mugre revenida como la suya. Y también la casa era bonita, con adornos de porcelana y tapices en las paredes. Desde el primer día, Laura rezó y rogó poder quedarse con ellos, pero la madre no dijo nada, simplemente la abrazó fuerte en sus brazos amorosos.

Dos días después estaban ella y su madre en casa otra vez, como si nada hubiera pasado. Y su madre estaba más furiosa que nunca. Le pegó tanto que apenas podía sentarse, y tomó una decisión: no se permitiría soñar más con aquella madre cariñosa. Nadie podía salvarla y no tenía sentido luchar por lo contrario. Pasara lo que pasara, al final siempre acabaría otra vez con su madre en aquel piso sin luz y sin espacio. Pero cuando fuera mayor, tendría una casa bonita, con gatitos de porcelana sobre tapetes de ganchillo, y tapices bordados en todas las habitaciones.

Se arrodilló delante de la casita de muñecas. La casa estaba limpia y ordenada, y Laura había doblado la ropa limpia. Luego se tomó un bocadillo que se había preparado ella misma, y ya podía permitirse, por unos minutos, entrar en otro mundo, un mundo mejor. Sopesó la muñeca mamá en las manos. Era tan ligera y tan bonita... Tenía un vestido blanco con encajes y el cuello alto, y llevaba el pelo recogido en un moño. A Laura le encantaba la muñeca mamá. Le acarició la cara con el dedo índice. Parecía buena, igual que aquella madre que olía tan bien.

Con mucho cuidado, colocó a la muñeca en el elegante sofá del salón. Era la habitación que más le gustaba. Todo era perfecto en ella. Incluso la araña de cristal diminuta que había en el techo. Laura podía pasarse las horas muertas contemplando los prismas minúsculos, y preguntándose cómo podían fabricar algo tan perfecto y tan pequeño. Entornó los ojos y observó la habitación con mirada crítica. ¿De verdad que era perfecta o cabía la posibilidad de mejorarla? Para probar, desplazó un poco la mesa hacia la izquierda. Luego fue trasladando una a una las sillas, y le llevó un buen rato colocarlas todas derechas alrededor de la mesa. Al final, quedó muy bien, pero tuvo que cambiar de sitio el sofá, porque de lo contrario quedaba un hueco raro en medio del salón, y eso no podía ser. Con la mamá en una mano, colocó en su sitio el sofá. Muy satisfecha, se puso a buscar a los dos niños. Si se portaban bien, podrían sentarse con la mamá. En el salón no se podía correr ni alborotar. Había que portarse bien y quedarse quietecito. Ella lo sabía de sobra.

Sentó a las dos muñequitas a ambos lados de la mamá. Si ladeaba la cabeza, le parecía que la mamá estuviera sonriendo. Era tan perfecta y tan bonita... Cuando Laura fuera mayor, sería exactamente igual que ella.

Patrik llegó a la puerta jadeando. La casa tenía una situación espléndida en una elevación junto al mar, y dejó el coche junto al parque de bomberos para poder subir caminando. Se irritó al comprobar que sonaba como un fuelle después de haber subido la pendiente, mientras que Gösta parecía tan tranquilo.

—¿Hola? —dijo asomando por la puerta abierta. No era nada inusual en verano. Todo el mundo dejaba abiertas puertas y ventanas, y en lugar de tocar el timbre o llamar a la puerta, la gente llamaba dando una voz.

Al cabo de unos instantes apareció una mujer con una pamela, gafas de sol y algo así como una túnica de colores alegres. A pesar del calor, le cubrían las manos unos guantes muy finos.

—¿Sí? —dijo con cara de tener ganas de darse media vuelta otra vez.

—Somos de la Policía de Tanum. Queríamos hablar con Leon Kreutz.

—Es mi marido. Soy Ia Kreutz. —Les dio la mano y los saludó sin quitarse los guantes—. Estamos almorzando.

Era obvio que consideraba que estaban molestando, y Patrik y Gösta intercambiaron una mirada elocuente. Si Leon era tan reservado como su mujer, sería un reto sonsacarle algo. La siguieron hasta la terraza, donde vieron a un hombre sentado a la mesa en una silla de ruedas.

—Tenemos visita: la Policía.

El hombre asintió y los miró sin el menor rastro de sorpresa.

—Sentaos, solo estábamos tomando una ensalada. Mi mujer prefiere ese tipo de comida —dijo Leon sonriendo a medias.

—Y mi marido habría preferido saltarse el almuerzo y fumarse un cigarro —dijo Ia. Se sentó en su sitio y se extendió una servilleta en el regazo—. ¿Os importa que siga comiendo?

Patrik le indicó con un gesto que podía seguir con la ensalada mientras ellos hablaban con Leon.

—Supongo que queréis hablar de Valö, ¿no? —Leon había dejado de comer y tenía las manos sobre las rodillas. Una avispa aterrizó en el plato encima de un trozo de pollo, y la dejaron en paz.

—Pues sí.

—¿Qué es lo que está pasando, en realidad? Corren unos rumores de lo más extraño.

—Hemos hecho ciertos hallazgos... —dijo Patrik con prudencia—. ¿Hace poco que habéis vuelto a Fjällbacka?

Observó la cara de Leon. Una mitad aparecía lisa, sin rastro de lesiones, en tanto que la otra estaba plagada de cicatrices, y la comisura de los labios se había paralizado formando una curva hacia arriba, que dejaba los dientes al descubierto.

—Compramos la casa hace unos días y nos mudamos ayer —dijo Leon.

—¿Y por qué has vuelto, después de tantos años? —preguntó Gösta.

—Puede que la nostalgia aumente con el tiempo. —Leon giró la cabeza y contempló el mar. Así, Patrik veía solo el lado sano de la cara, y constató de manera clara y dolorosa lo atractivo que debió de ser Leon antes del accidente.

—Yo habría preferido que nos quedáramos en nuestra casa de la Riviera —dijo Ia, que intercambió una mirada extraña con su marido.

—Bueno, por lo general, Ia siempre se sale con la suya. —Leon volvió a sonreír con aquella mueca tan sorprendente—. Pero en esta ocasión, no he cedido. Quería volver.

—Tu familia tenía aquí una casa de veraneo, ¿verdad? —preguntó Gösta.

—Sí, un remanso estival, como lo llamaban ellos. Una casa en la isla de Kalvö. Por desgracia, mi padre la vendió. No me preguntéis por qué. A veces le daban esos prontos y, con la edad, se volvió un tanto excéntrico, supongo.

—Dicen que sufriste un accidente de coche —intervino Patrik.

—Sí. De no ser por Ia, que me salvó, hoy no estaría aquí. ¿Verdad, querida?

Los cubiertos de Ia hicieron un ruido espantoso al caer en el plato, y Patrik se sobresaltó en la silla. Ella se quedó mirando a Leon sin responder. Luego se le aplacó el semblante.

—Cierto, cariño. De no ser por mí, hoy no estarías vivo.

—No, claro, y ya te encargas tú de que no se me olvide.

—¿Cuánto tiempo lleváis casados? —atajó Patrik.

—Cerca de treinta años, ¿no? —Leon se volvió hacia ellos—. Conocí a Ia en Mónaco, en una fiesta. Era la muchacha más bonita del lugar. Y además, difícil de conquistar. Tuve que esforzarme lo mío.

—Normal que me mostrara reacia, teniendo en cuenta la fama que te precedía...

Aquella riña parecía un baile cuyos pasos tuvieran bien aprendidos, se diría que les servía para relajarse, y Patrik creyó ver una sonrisa en los labios de Ia. Se preguntaba qué cara tendría debajo de aquellas gafas de sol enormes. Tenía la piel muy tirante en los pómulos, y los labios tan carnosos y poco naturales que sospechaba que los ojos completarían la imagen de quien ha pagado mucho dinero por mejorar su aspecto.

Se volvió otra vez hacia Leon.

—Queremos hablar contigo porque, como decíamos, hemos hecho ciertos hallazgos en Valö. Hallazgos que nos indican que a la familia Elvander la asesinaron.

—No me extraña —dijo Leon tras un instante de silencio—. Jamás me he explicado que una familia entera pudiera desaparecer así, sin más.

Ia soltó una tosecilla. Estaba pálida.

—Tendréis que perdonarme. Yo no tengo mucho que aportar en este asunto, creo que será mejor que me vaya a comer dentro, así podréis hablar tranquilamente.

—Claro. En realidad, veníamos a hablar con Leon, sobre todo. —Patrik encogió las piernas para dejarle paso. Ia pasó delante de él envuelta en la nube de un perfume caro.

Leon miró a Gösta entornando los ojos.

—Yo creo que te conozco. ¿No fuiste tú quien acudió a Valö en aquella ocasión? Tú nos llevaste a la comisaría, ¿no?

Gösta asintió.

—Así es.

—Recuerdo que tú fuiste amable con nosotros. Tu colega, en cambio, era más brusco. ¿Él también sigue en la comisaría?

—No, a Henry le dieron plaza en Gotemburgo a principios de los ochenta. Perdí el contacto con él, pero me enteré de que murió hace unos años —respondió Gösta, y se inclinó antes de añadir—: Yo a ti te recuerdo como el líder del grupo.

—Bueno, yo no puedo pronunciarme al respecto, pero en fin, es verdad que nunca me ha costado trabajo conseguir que la gente me haga caso.

—Los demás chicos parecían tenerte mucho respeto.

Leon asintió despacio.

—Sí, supongo que tienes razón. Menuda pandilla, ahora que lo pienso. —Soltó una carcajada—. Yo creo que una constelación así solo se encuentra en un internado para chicos.

—Bueno, en realidad, teníais bastantes cosas en común, ¿no? Todos procedíais de familias acomodadas —dijo Gösta.

—Menos Josef. Él estaba allí porque sus padres tenían grandes ambiciones. Se diría que le hubieran lavado el cerebro, la verdad. La herencia judía entrañaba una serie de obligaciones, y era como si esperasen que él llevara a cabo grandes hazañas para compensar todo lo que habían perdido durante la guerra.

—Pues no era una tarea simple para un muchacho —dijo Patrik.

—No, pero él se la tomó en serio. Y parece que sigue haciendo todo lo posible para cumplir las expectativas. Habréis oído hablar del museo judío, ¿no?

—Sí, algo he leído en el periódico —dijo Gösta.

—¿Por qué quiere construir un museo judío aquí? —preguntó Patrik.

—Bueno, esta zona tiene muchos vínculos con la Segunda Guerra Mundial. Y, además de la historia del pueblo judío, se supone que el museo mostrará el papel de Suecia durante la guerra.

Patrik recordó una investigación que habían llevado a cabo unos años atrás y comprendió que Leon tenía razón. La región de Bohuslän se encontraba cerca de Noruega, y los autobuses blancos habían transportado a antiguos prisioneros de guerra a los campos de concentración de

Uddevalla. Además, allí cada uno tenía sus simpatías. La neutralidad era una construcción posterior a los hechos.

—¿Y cómo es que estás al corriente de los planes de Josef? —preguntó Patrik.

—Nos lo encontramos el otro día en el Café Bryggan. —Leon alargó el brazo en busca del vaso de agua.

—Y vosotros cinco, los que os quedasteis en la isla, ¿habéis mantenido el contacto?

—Pues no, ¿por qué? Nos perdimos la pista cuando los Elvander desaparecieron. Mi padre me mandó a un colegio en Francia. Era un hombre bastante sobreprotector, y supongo que a los demás también los mandaron a algún sitio. En realidad, ya digo, no teníamos mucho en común, y no hemos estado en contacto desde entonces. Aunque, claro, yo puedo hablar por mí. Según Josef, Sebastian sí tiene negocios tanto con él como con Percy.

—¿Y contigo no?

—No, Dios me libre. Antes preferiría bucear entre tiburones. Cosa que, por cierto, he hecho.

—¿Y por qué no quieres hacer negocios con Sebastian? —preguntó Patrik, aunque creía conocer la respuesta. Sebastian Månsson era más que famoso en la zona, y la visita que le hicieron el día anterior, no cambió la idea que tenía de él.

—Pues porque, si sigue siendo el mismo de siempre, vendería a su propia madre si fuera necesario.

—Ya, ¿y los demás no lo saben? ¿Por qué hacen negocios con él?

—Ah, yo no tengo ni idea. Tendrás que preguntarles a ellos.

—¿Tienes alguna teoría de lo que le pudo ocurrir a la familia Elvander? —preguntó Gösta.

Patrik miró de reojo hacia el salón. Ia había terminado de comer y había dejado el plato en la mesa, pero no se la veía por allí.

—No —dijo Leon meneando la cabeza—. Lógicamente, he pensado en ello montones de veces, pero de verdad que no puedo imaginar quién habría querido matarlos. Debieron de ser ladrones, o unos pirados, como Charles Manson y sus secuaces.

—Pues, en ese caso, tuvieron una suerte loca cuando se les ocurrió aparecer precisamente en el momento en que vosotros estabais pescando —dijo Gösta con tono seco.

Patrik trató de captar su atención. Aquello era una conversación de tanteo, no un interrogatorio. Y no ganarían nada indisponiéndose con Leon.

—No se me ocurre otra explicación —dijo Leon con un gesto de impotencia—. ¿Quizá por algo que hubiera en el pasado de Rune? O puede que una o varias personas hubiesen estado vigilando la casa y aprovecharon al ver que nos íbamos... Fue en las vacaciones de Pascua, así que los únicos que sobrábamos éramos nosotros cinco. El resto del tiempo había muchos más alumnos, o sea, si querían hacerle daño a la familia, eligieron bien el momento.

—¿No había nadie en el internado que quisiera hacerles daño? ¿No notaste nada sospechoso antes de la desaparición? Ruidos extraños por la noche, por ejemplo —dijo Gösta, y Patrik lo miró extrañado.

—Pues no, no recuerdo nada de eso. —Leon frunció el entrecejo—. Todo estaba como siempre.

—¿Podrías hablarnos un poco de la familia? —Patrik espantó una avispa que zumbaba incansable delante de sus narices.

—Rune dirigía el internado con mano de hierro, o al menos, eso creía él. Al mismo tiempo, cerraba los ojos a los defectos de sus hijos. Sobre todo, de los dos mayores, Claes y Annelie.

—¿A qué defectos se supone que tenía que cerrar los ojos? Me ha parecido que te referías a algo en concreto.

Leon tenía la mirada perdida.

—No, eran insoportables, como todos los adolescentes. A Claes le gustaba ensañarse con los alumnos más débiles cuando Rune no lo veía. Y Annelie... —Hizo una pausa, como para reflexionar sobre cómo expresarse—. Si hubiera sido un poco mayor, habríamos podido decir que los hombres la volvían loca.

—Y qué me dices de Inez, la mujer de Rune, ¿qué vida llevaba allí?

—Pues no lo tenía muy fácil, diría yo. Se suponía que debía encargarse de la casa y cuidar de Ebba, pero Claes y Annelie siempre estaban haciéndole la vida imposible. Después de pasarse el día lavando como una esclava, se encontraba con que la ropa se había caído rodando por la cuesta, casualmente...; o alguien subía el fuego sin darse cuenta y quemaba la carne de la olla que ella llevaba varias horas preparando. Cosas así ocurrían continuamente, pero Inez nunca se quejaba. Sabía que no conseguiría nada yéndole con el cuento a Rune.

—¿Y no podríais haberle ayudado vosotros? —preguntó Gösta.

—Por desgracia, esas cosas ocurrían cuando nadie miraba. Que fuera fácil figurarse quién era el culpable no era lo mismo que ir a Rune sin pruebas. —Leon los miró extrañado—. Pero ¿de qué forma os ayudan estas preguntas a conocer sus relaciones familiares?

Patrik reflexionó un instante sobre cómo responder. La verdad era que no lo sabía a ciencia cierta, pero algo le decía que la clave de lo ocurrido se encontraba en las relaciones entre las personas que convivían en el internado. No se creía para nada la hipótesis de una pandilla de ladrones sedientos de sangre. ¿Qué iban a robar allí?

—¿Y cómo fue que, precisamente vosotros cinco, os quedasteis solos aquella Pascua? —dijo, sin responder a la pregunta de Leon.

—En el caso de Percy, de John y en el mío propio, porque nuestros padres estaban de viaje. En cuanto a Sebastian, fue más bien como castigo: lo habían vuelto a pillar haciendo algo. Y el pobre Josef, porque le daban clases extra. Sus padres no veían motivo para que se tomara unas vacaciones innecesarias, así que acordaron con Rune un precio por unas clases particulares.

—Pues no habría sido extraño que hubieran surgido conflictos también entre vosotros, ¿no?

—¿Por qué? —preguntó Leon mirando a Patrik.

Fue Gösta quien respondió:

—Cuatro de vosotros erais niños ricos, acostumbrados a conseguir todo lo que se os antojaba. Me figuro que habría mucha competitividad. Josef, por su parte, tenía una procedencia muy distinta y, además, era judío. —Gösta hizo una pausa—. Y todos sabemos en qué anda metido John hoy por hoy.

—En aquella época, John no era así —dijo Leon—. Sé que a su padre no le gustaba que su hijo fuera al mismo internado que un chico judío, pero, por irónico que pueda parecer, ellos dos estaban más unidos que nadie.

Patrik asintió. Se preguntó fugazmente qué habría movido a John a cambiar sus ideas. ¿Se contagiaría de las de su padre al hacerse mayor? ¿O existiría otra explicación?

—¿Y los demás? ¿Cómo los describirías?

Leon pensó unos segundos. Luego se irguió un poco y dijo en voz alta, mirando hacia el salón:

—¿Ia, estás ahí? ¿Nos preparas un café? —Volvió a hundirse en la silla de ruedas.

—Percy es de la nobleza sueca hasta la médula. Era un consentido y un arrogante, pero no era mala persona. Simplemente, le habían grabado a fuego que él era más que el resto, y le gustaba contar las batallas en las que habían luchado sus antepasados. Él, en cambio, le tenía miedo hasta a su sombra. En cuanto a Sebastian, ya digo,

257

siempre andaba a la caza de un buen negocio. Lo cierto es que llevaba uno muy lucrativo en la isla. Nadie sabía exactamente cómo se las arreglaba, pero yo creo que le pagaba a un pescador para que le trajera la mercancía, que luego vendía a precio de usura. Chocolate, tabaco, refrescos, pornografía y, en alguna que otra ocasión, alcohol, aunque lo dejó el día en que Rune estuvo a punto de pillarlo.

Ia apareció con una bandeja y puso las tazas en la mesa. No parecía sentirse a gusto en el papel de ama de casa solícita.

—Espero que el café esté bebible. No me aclaro con esos aparatos.

—Seguro que está bueno —dijo Leon—. Ia no está acostumbrada a vivir de un modo tan espartano. En Mónaco tenemos personal para preparar el café, así que esto supone un gran cambio para ella.

Patrik no sabía si era su imaginación, pero le pareció oír un tonillo de malevolencia en la voz de Leon. En cualquier caso, desapareció enseguida y volvió a ser el anfitrión impecable de antes.

—Yo aprendí a llevar una vida sencilla durante los veranos que pasábamos en Kalvö. En la ciudad teníamos todas las comodidades habidas y por haber, pero allí... —Miró hacia el mar—. Allí mi padre colgaba el traje y se pasaba la vida en camiseta y pantalones cortos, pescando y recogiendo fresas silvestres, bañándose... Un puro lujo.

Se interrumpió cuando Ia llegó con el café y empezó a servirlo.

—Ya, pero no puede decirse que hayas llevado una vida sencilla desde entonces —dijo Gösta, antes de tomar un sorbito de café.

—*Touché* —dijo Leon—. No, no mucho. Me atraían más las aventuras que la vida apacible.

—Por los subidones, ¿no? —preguntó Patrik.

—Esa es una manera muy sencilla de describirlo, pero bueno, sí, quizá se les pueda llamar «subidones». Me imagino que es, en cierto modo, como los estupefacientes, aunque jamás se me ha ocurrido intoxicarme con drogas; desde luego, eso también crea adicción. Una vez que empiezas, es imposible dejarlo. Te pasas las noches despierto preguntándote: ¿Podré escalar más alto todavía? ¿A cuánta profundidad seré capaz de descender buceando? ¿A qué velocidad llegaré conduciendo? Y son preguntas que, al final, hay que contestar.

—Pero todo eso ya se ha acabado —dijo Gösta.

Patrik se preguntó para sus adentros por qué no habría enviado a Gösta y a Mellberg a un curso de técnicas de interrogatorio hace ya mucho tiempo, pero Leon no pareció tomárselo a mal.

—Pues sí, todo eso se terminó.

—¿Cómo fue el accidente?

—Un accidente de tráfico normal y corriente. Iba conduciendo Ia; como seguramente sabréis, las carreteras en Mónaco son muy estrechas y sinuosas y, de vez en cuando, empinadas. Nos encontramos de frente con otro vehículo, Ia hizo un giro demasiado brusco y nos salimos de la carretera. El coche se incendió. —El tono no era ya tan relajado, y Leon se quedó mirando al vacío como si estuviera viendo la tragedia—. ¿Tenéis idea de lo raro que es que los coches empiecen a arder después de una colisión? No es como en las películas, donde los coches explotan en cuanto chocan con algo. Tuvimos mala suerte. Ia salió más o menos bien parada, pero a mí se me quedaron las piernas atrapadas y no podía salir. Notaba cómo me empezaban a arder las manos y los pies y la ropa... Luego, la cara. A partir de ahí, perdí el conocimiento. Ia me sacó del coche. Así fue como se quemó las manos. Por lo demás, solo se hizo unas cuantas heridas y se fracturó dos costillas, un milagro. Ella me salvó la vida.

—¿Cuánto hace de eso? —preguntó Patrik.

—Nueve años.

—¿Y no hay la menor posibilidad de que...? —comenzó Gösta, señalando la silla de ruedas.

—No. Estoy paralizado de cintura para abajo y tengo suerte de poder respirar por mí mismo. —Lanzó un suspiro—. Una de las secuelas es que me canso enseguida, y a esta hora normalmente me echo un rato. ¿Tenéis alguna otra pregunta? Si no es así y me permitís la impertinencia, ¿puedo pediros que os vayáis?

Patrik y Gösta se miraron. Luego, Patrik se levantó.

—Bueno, yo creo que hemos acabado por el momento, pero puede que tengamos que volver.

—Cuando queráis, por supuesto. —Leon fue tras ellos rodando en la silla hacia el interior de la casa.

Ia bajaba del piso de arriba y extendió el brazo con elegancia para despedirse.

Cuando estaban a punto de salir, Gösta se volvió hacia Ia, que parecía ansiosa por cerrar la puerta.

—Estaría bien que nos dierais la dirección de vuestra casa en la Riviera.

—¿Por si nos fugamos? —preguntó con un amago de sonrisa.

Gösta se encogió de hombros, Ia se volvió hacia la consola de la entrada y anotó una dirección en una libreta. Con un movimiento brusco, arrancó la hoja y se la dio a Gösta, que se la guardó en el bolsillo sin el menor comentario.

Ya en el coche, Gösta trató de hablar de la entrevista con Leon, pero Patrik apenas le prestaba atención. Estaba ocupadísimo buscando su móvil.

—He debido de dejarme el móvil en casa —dijo al fin—. ¿Me prestas el tuyo?

—Lo siento. Como tú siempre llevas el tuyo, no pensé en traer el mío.

Patrik sopesó si dedicar unos minutos a explicarle a Gösta por qué era fundamental para un policía llevar siempre el móvil encima, pero comprendió que no había elegido bien el momento. Giró la llave de encendido.

—Pasaremos por mi casa de camino a la comisaría. Tengo que recoger el teléfono.

Recorrieron en silencio los pocos minutos que tardaron en atravesar Salvik. Patrik no podía quitarse de encima la sensación de que se les había escapado algo durante la conversación con Leon. No sabía si era de lo dicho o de lo no dicho, pero allí había algo que no encajaba.

Kjell estaba deseando que llegara la hora de la comida. Carina tenía turno de noche y lo había llamado para preguntar si no podían comer juntos en casa. Resultaba difícil coincidir cuando uno hacía turnos y el otro tenía horario de oficina. Cuando ella tenía varias guardias nocturnas seguidas, podían pasar días sin verse. Pero Kjell estaba muy orgulloso de ella. Era una luchadora y trabajaba mucho, y los años que estuvieron separados había mantenido su casa y al hijo de ambos sin refunfuñar. Después, Kjell comprendió que tenía problemas con el alcohol, pero lo había dejado por sí sola. Curiosamente, fue su padre, Frans, quien la animó. Una de las pocas cosas buenas que había hecho, pensó Kjell con una mezcla de amargura y de cariño involuntario.

En cambio, Beata... Ella prefería no trabajar. Cuando vivían juntos no paraban de discutir por el dinero. Ella se quejaba de que él no ascendiera de puesto para así poder ganar tanto como los jefes, pero, al mismo tiempo, no hacía nada por contribuir a la economía común. «Es que yo me encargo de la casa», le decía.

Aparcó a la entrada de la casa y trató de respirar hondo. Aún lo invadía el sentimiento de aversión cada vez que pensaba en la mujer con la que estuvo casado, y en gran parte se debía a un profundo desprecio por sí mismo. ¿Cómo pudo malgastar en ella varios años de su vida? Naturalmente, no se arrepentía de tener los niños, pero sí de haberse dejado embaucar. Ella era joven y muy mona, y él era mayor y se sintió halagado.

Salió del coche y apartó los recuerdos de Beata. No podía permitir que estropeasen el almuerzo con Carina.

—Hola, cariño —dijo ella al verlo entrar—. Siéntate. La comida ya está lista. He preparado tortitas de patata.

Carina le puso un plato en la mesa, y Kjell aspiró el aroma: le encantaban las tortitas de patata.

—¿Qué tal en el trabajo? —preguntó ella, y se sentó enfrente.

Kjell la miró con ternura. Había envejecido bien. Las finas arrugas que tenía alrededor de los ojos le favorecían, y el bronceado que había adquirido después de pasarse horas trabajando en el jardín, su entretenimiento favorito, le otorgaba un aspecto saludable.

—Regular. Estoy investigando un asunto del que me he enterado, es sobre John Holm, pero no sé cómo seguir adelante.

Se llevó a la boca un trozo de tortita: estaba tan buena como prometía.

—¿No hay nadie que pueda echarte una mano?

Kjell estaba a punto de decir que no cuando cayó en la cuenta de que, en realidad, a Carina no le faltaba razón. Aquel tema era tan importante que bien podía tragarse el orgullo. Todo lo que había averiguado sobre John Holm indicaba que detrás había algo de tal envergadura que debía salir a la luz y, la verdad, le daba lo mismo no ser él quien sacara la noticia. Por primera vez en toda su carrera de periodista, se encontraba en una situación que, hasta entonces, solo conocía de oídas: le había echado el guante a una historia que estaba por encima de él.

Se levantó rápidamente de la mesa.

—Perdona, tengo que hacer una cosa.

—¿Ahora? —dijo Carina, mirando el plato a medio comer.

—Sí, lo siento. Ya sé que has estado cocinando y preparándolo todo, y yo también tenía muchas ganas de que pasáramos un rato juntos, pero...

Al ver la desilusión en los ojos de Carina, estuvo a punto de sentarse otra vez. Ya la había decepcionado bastante y prefería no repetir. Pero entonces a ella se le iluminó la cara con una sonrisa.

—Anda, ve y haz lo que tengas que hacer. Ya sé que no te dejarías a medias unas tortitas si no estuviera en juego la seguridad del reino.

Kjell se echó a reír.

—Sí, más o menos. —Se inclinó y le dio un beso en los labios.

De nuevo en la redacción, pensó en lo que iba a decir. Seguramente, necesitaría algo más que un mal presentimiento y unos números de teléfono garabateados para suscitar el interés de uno de los analistas políticos más destacados de la prensa nacional. Se estaba rascando la barbilla cuando, de repente, cayó en la cuenta. La sangre de la que le había hablado Erica. Ningún periódico había sacado aún la noticia del hallazgo en Valö. Él ya tenía el artículo casi listo y, naturalmente, había pensando que el *Bohusläningen* fuera el primero en sacarlo a la luz; pero, al mismo tiempo, el rumor habría llegado a todos los rincones de la comarca a aquellas alturas. Solo era cuestión de tiempo que los otros periódicos se enterasen. Por tanto, se dijo, no importaba si cedía la noticia. El *Bohusläningen,* que tan bien conocía la zona, podría hacer el seguimiento con artículos mucho más serios y detallados que los grandes dragones de la prensa, aunque perdiera la primicia.

Se quedó unos segundos delante del teléfono, ordenó sus pensamientos y anotó unas cuantas ideas en un bloc. Se trataba de estar bien preparado antes de llamar a Sven Niklasson, reportero político del *Expressen*, para que le ayudara a averiguar algo más sobre John Holm. Y sobre Gimlé.

Paula bajó del barco con cuidado. Mellberg había ido protestando todo el trayecto hasta Valö, primero en el coche, luego en el *MinLouis*, uno de los barcos de Salvamento Marítimo. Pero protestaba sin mucha convicción. A aquellas alturas, la conocía tan bien que sabía que jamás la convencería de que cambiara de opinión.

—Ten cuidado. Tu madre me mata si te caes al agua. —La sujetó de un brazo, mientras Victor hacía lo propio por el otro lado.

—Llamadme si necesitáis que os lleve de vuelta —dijo Victor, y Mellberg asintió.

—No me explico por qué te has empeñado en venir —dijo Mellberg mientras subían hacia la casa—. Quién sabe si el tirador no seguirá aquí. Puede que sea peligroso, y no estás arriesgando tu vida solamente.

—Ya ha pasado casi una hora desde que Annika llamó. El tirador se habrá ido hace rato. Y doy por hecho que estará intentando localizar a Patrik y a Gösta, así que ellos dos también se habrán puesto ya en camino.

—Sí, pero... —comenzó Mellberg, aunque cerró el pico enseguida. Ya habían llegado a la puerta y dijo en voz alta:

—¿Hola? Somos de la Policía.

En ese momento apareció un hombre rubio con la cara descompuesta. Paula supuso que sería Mårten Stark. Durante la travesía en barco había conseguido que Mellberg la pusiera un poco al corriente del caso.

—Nos hemos refugiado arriba, en el dormitorio. Creímos que sería lo más... Lo más seguro... —El hombre echó un vistazo hacia el final de la escalera que conducía a la planta de arriba, donde aparecieron dos personas.

Paula se sorprendió cuando reconoció a una de ellas.

—¡Anna! Pero ¿qué haces tú aquí?

—Había venido a tomar las medidas para un encargo de decoración que me han hecho. —Estaba un poco pálida, pero parecía serena.

—¿Estáis todos bien?

—Sí, menos mal —dijo Anna, y los otros dos asintieron.

—Y desde que llamasteis, ¿ha pasado algo? —preguntó Paula mirando a su alrededor. Aunque estaba convencida de que el tirador ya no estaba allí, no podía correr el riesgo de darlo por hecho y estaba atenta a cualquier ruido.

—No, no hemos oído nada más. ¿Queréis ver los agujeros de los disparos? —Anna parecía haber tomado el mando, mientras Mårten y Ebba se mantenían en segundo plano. Mårten estaba abrazado a Ebba, que tenía la mirada perdida y los brazos cruzados.

—Claro que sí —dijo Mellberg.

—Es aquí, en la cocina. —Anna se adelantó y, al llegar al umbral, se detuvo y señaló los agujeros de bala—. Como veis, los disparos atravesaron el cristal de la ventana.

Paula observó el desastre. El suelo entero estaba lleno de cristales, sobre todo debajo de la ventana.

—¿Había alguien aquí cuando se efectuaron los disparos? Por cierto, ¿estáis seguros de que no fue un solo disparo, sino varios?

—Ebba estaba en la cocina —dijo Anna, y le dio con el codo a Ebba, que levantó la vista despacio y miró a su alrededor como si fuera la primera vez que veía aquella cocina.

—De pronto, oí un estallido —dijo—. Sonó tan atronador... No sabía qué lo había provocado. Luego se oyó otro.

—O sea, dos disparos —dijo Mellberg, y entró en la cocina.

—Bertil, yo creo que no deberíamos andar pisando por aquí —dijo Paula. Cómo le habría gustado que Patrik hubiera llegado ya... No estaba segura de poder detener el avance de Mellberg ella sola.

—No pasa nada. Yo he estado en más escenarios de un delito de los que tú podrás acumular en toda tu carrera, y sé lo que se puede hacer y lo que no. —Y dicho esto, pisó un gran fragmento de vidrio que se rompió en pedazos bajo su peso.

Paula soltó un largo suspiro.

—Sí, pero de todos modos, yo creo que deberíamos procurar que Torbjörn y sus chicos se encuentren con un escenario intacto.

Mellberg no le hizo el menor caso y se encaminó a la pared del fondo, donde estaban los orificios de bala.

—¡Ajá! ¡Ahí tenemos a estos granujas! ¿Tenéis bolsas de plástico?

—En el tercer cajón —dijo Ebba ausente.

Mellberg abrió el cajón y sacó un rollo de bolsas para congelar. Arrancó una y se puso un par de guantes de fregar que había colgados en el grifo. Luego volvió a la pared.

—Vamos a ver. No son muy profundos, así que es fácil extraerlos. Esto será pan comido para Torbjörn —dijo, y metió el dedo para sacar una de las balas.

—Pero hay que hacer fotos y... —objetó Paula.

Obviamente, Mellberg no oyó una sola palabra de lo que le decía. Simplemente, les mostró la bolsa muy ufano y la guardó luego en el bolsillo del pantalón corto. Se quitó los guantes, que se desprendieron con un estallido, y los dejó en el fregadero.

—Hay que pensar en el tema de las huellas dactilares —continuó, con gesto de preocupación—. Es fundamental para la obtención de pruebas, y después de tantos años en la profesión, lo lleva uno grabado a fuego.

Paula se mordió la lengua tan fuerte que notó el sabor a sangre. «No tardes en venir, Hedström», se decía. Pero nadie atendió su súplica, y por allí siguió Mellberg campando a sus anchas, tan tranquilo, pisando los restos de la ventana hecha añicos.

Fjällbacka, 1931

Notaba los ojos clavados en la nuca. La gente creía que Dagmar no se enteraba de nada, pero a ella no la engañaban, y mucho menos la engañaba Laura. Su hija era muy buena actriz y se ganaba las simpatías de todos. Se lamentaban de que tuviera que hacer de ama de casa, siendo tan pequeña, y les daba mucha pena que tuviera una madre como Dagmar. Nadie veía cómo era Laura en realidad, pero Dagmar tenía más que calada su mojigatería. Sabía lo que ocultaba debajo de aquella apariencia tan perfecta. Laura vivía bajo la misma maldición que ella. Estaba marcada, aunque con una marca invisible que llevaba bajo la piel. Compartían el mismo destino, y no permitiría que su hija se hiciera ilusiones.

Dagmar se estremeció ligeramente en la silla, ante la mesa de la cocina. Con el trago de la mañana se había comido una galleta de pan sin fiambre, y la desmenuzó cuanto pudo con mala intención. Laura detestaba que hubiera migas en el suelo, y no se quedaría tranquila hasta haberlas barrido todas. Algunas habían caído en la mesa, y las echó al suelo con la mano. Así tendría la niña algo que hacer cuando llegara del colegio.

Tamborileaba nerviosa sobre el mantel de flores. Vivía presa de un desasosiego al que necesitaba dar salida como fuera, y hacía mucho que no era capaz de estar sentada tranquilamente. Doce años habían pasado desde que Hermann la abandonó. A pesar de todo, aún podía sentir sus manos en todo el cuerpo, un cuerpo que había cambiado tanto que ya no era el de la joven de entonces.

La ira que había sentido contra él en aquella habitación estrecha e impoluta del hospital se había esfumado. Lo quería, y él también la quería. Nada había resultado como ella lo imaginó, pero era un alivio saber quién era el culpable. Cada minuto de vigilia, y hasta en sueños, veía ante sí el semblante de Carin Göring, siempre con una expresión altiva, burlona. Había quedado más que claro que disfrutó viendo la humillación de ella y de Laura. Dagmar tamborileó con más ímpetu en la mesa. El recuerdo de Carin no le daba tregua y, gracias a él y al alcohol, se mantenía en pie día tras día.

Alargó el brazo en busca del periódico que tenía encima de la mesa. Dado que no podía permitirse comprar la prensa, robaba los ejemplares atrasados de los rollos de devolución que dejaban detrás de la tienda para que los recogieran. Examinaba siempre todas las páginas con atención, porque de vez en cuando encontraba algún artículo sobre Hermann. Había vuelto a Alemania, y el nombre de Hitler, que él había gritado en el hospital, aparecía en más de una ocasión. Al leer acerca de Hermann, notaba que la exaltación le crecía por dentro. Su Hermann era el hombre de los periódicos, no aquel gordo seboso que gritaba vestido con un pijama de hospital. Ahora llevaba de nuevo uniforme y, aunque ya no era tan esbelto y musculoso como antes, volvía a ser un hombre poderoso.

Aún le temblaban las manos cuando abrió el periódico. El trago de la mañana parecía tardar cada vez más en surtir efecto. Lo mejor sería tomarse otro sin más espera. Dagmar se levantó y se sirvió un buen vaso. Se lo tomó de un trago y notó que el calor le calmaba los temblores en el acto. Luego se sentó otra vez a la mesa y empezó a hojear el periódico.

Casi había llegado a la última página cuando vio el artículo. Las letras empezaban a bailarle y se esforzó en concentrarse en el titular: «Entierro de la esposa de Göring. Hitler envía una corona».

Dagmar examinó las dos fotografías. Luego se le extendió una sonrisa por el semblante. Carin Göring estaba muerta. Era verdad, y Dagmar estalló en una carcajada. Ahora Hermann no tenía ningún obstáculo. Ahora podría volver con ella por fin. Dagmar se puso a zapatear en el suelo.

En esta ocasión fue a la cantera de granito él solo. En honor a la verdad, a Josef no le gustaba demasiado estar en compañía de otras personas. Solo hallaría lo que buscaba mirando en su interior. Nadie más podía dárselo. A veces pensaba que le habría gustado ser de otra manera, o más bien, ser como todo el mundo. Poder sentir que era miembro de algo, que formaba parte de algo, pero ni siquiera a su familia le permitía ese grado de intimidad. Tenía en el pecho un nudo demasiado fuerte, y se sentía como un niño con la nariz pegada al escaparate de una tienda de juguetes, viendo todo lo que había dentro pero sin atreverse a abrir la puerta. Algo le impedía entrar, alargar la mano sin más.

Se sentó en un bloque de piedra y otra vez se le fue el pensamiento al recuerdo de sus padres. Habían transcurrido diez años de su muerte, pero aún se sentía perdido sin ellos. Y se avergonzaba por haberles ocultado aquel secreto. Su padre siempre había subrayado la importancia de la confianza, de ser honrado y decir la verdad, y le había dado a entender que sabía que Josef le ocultaba algo. Pero ¿cómo iba a contárselo? Había secretos demasiado grandes y sus padres habían sacrificado tanto por él...

En la guerra lo perdieron todo: familia, amigos, poscsiones, seguridad, su hogar... Todo salvo la fe y la esperanza de una vida mejor. Mientras ellos sufrían, Albert Speer se paseaba por la cantera mandando y disponiendo, y allí fue donde encargó la piedra con la que construirían la ciudad más importante de un reino conquistado con sangre. En realidad, Josef no sabía si Speer había estado allí en persona, pero seguro que alguno de sus secuaces había recorrido aquel lugar de las afueras de Fjällbacka.

La guerra no le parecía un suceso histórico lejano. Todos los días de su infancia oyó contar las historias de cómo perseguían a los judíos, cómo los traicionaban, cómo olía el humo que ascendía flotando de las chimeneas de los campos de concentración, cómo se reflejaba el desastre en la expresión aterrada de los soldados libertadores. Cómo Suecia los recibió con los brazos abiertos al tiempo que se negaba a reconocer su participación en la guerra. Su padre le hablaba de aquello todos los días, de que su nuevo país debía levantarse un día y reconocer los delitos cometidos. Josef lo tenía grabado en la memoria como los números que sus padres tenían tatuados en los brazos.

Con las manos entrelazadas, rogó mirando al cielo. Pidió fuerza para administrar bien su herencia, para ser capaz de enfrentarse a Sebastian y al pasado, que ahora amenazaba con destruir su proyecto. Los años habían pasado muy deprisa, y él había aprendido a olvidar. Uno podía crearse una historia. Él se había esforzado por borrar aquella parte de su vida y deseaba que Sebastian hubiera hecho lo mismo.

Josef se levantó y se sacudió el polvo del pantalón. Esperaba que Dios hubiese oído las plegarias que había elevado en aquel lugar, símbolo de cómo podían haber sido las cosas y de cómo iban a ser en lo sucesivo. Con aquella piedra, Josef crearía conocimiento, y del conocimiento nacerían la comprensión y la paz. Pagaría la deuda que había contraído con sus antepasados, los judíos torturados y oprimidos. Después, una vez cumplida su misión, también quedaría erradicada para siempre la vergüenza.

Sonó el móvil y Erica rechazó la llamada. Era la editorial y, fuera cual fuera el motivo, llevaría seguramente un tiempo que ella no tenía.

Por enésima vez, miró bien el despacho. Detestaba la sensación de que alguien hubiese estado allí husmeando entre cosas que consideraba absolutamente privadas. ¿Quién sería, y qué habría estado buscando? Estaba tan absorta en sus pensamientos que dio un respingo en la silla cuando oyó que la puerta de entrada se abría y se cerraba otra vez.

Bajó a toda prisa y allí estaban Patrik y Gösta, en el recibidor.

—Hola, ¿vosotros por aquí?

Gösta no sabía dónde poner la vista y parecía nervioso, cuando menos. El acuerdo al que habían llegado no era un secreto que llevara con serenidad, y Erica no pudo evitar torturarlo un poco.

—Vaya, Gösta, hacía siglos que no nos veíamos. ¿Cómo estás? —A Erica le costó un mundo contener la risa al ver que Gösta se ponía como un tomate hasta las orejas.

—Mmm... Desde luego... —musitó mirando al suelo.

—¿Qué tal por aquí? ¿Todo en orden? —preguntó Patrik.

Erica volvió a ponerse seria enseguida. Por un instante, había olvidado que alguien había entrado en su casa. Comprendió que debería contarle a Patrik sus sospechas pero, por el momento, no tenía ninguna prueba; en cierto modo, era una suerte que no hubiera respondido al móvil cuando lo llamó antes. Erica sabía muy bien lo mucho que se preocupaba cuando ocurría algo que afectara a la familia. No era impensable que la mandara con los niños a algún sitio, si creía que alguien había entrado en casa.

Bien mirado, era mejor esperar, aunque no pudiera aplacar su preocupación. La corroía por dentro y no apartaba la mirada de la puerta de la terraza, como si alguien pudiera entrar por ella en cualquier momento.

Iba a contestar cuando Kristina apareció del lavadero, con los niños pisándole los talones en fila india.

—Hombre, Patrik, ¿tú por aquí a estas horas? ¿Sabes lo que ha pasado hace un momento? Vamos, a punto ha estado de darme un infarto. Estaba en la cocina haciéndoles tortitas a los niños cuando veo a Noel que iba derecho hacia la calle, todo lo deprisa que le permitían esas piernecillas, y que sepas que he conseguido agarrarlo en el último instante. Quién sabe lo que podría haber ocurrido si no. Y es que no podéis olvidaros de cerrar bien la puerta de la terraza, porque estos pequeñuelos son como el rayo. La cosa puede acabar muy mal y luego lo estaremos lamentando el resto de nuestras vidas...

Erica miraba a su suegra fascinada, preguntándose si no pensaba hacer un alto para respirar.

—Se me ha olvidado cerrar la puerta de la terraza —le dijo a Patrik sin mirarlo a la cara.

—Bueno, pues muy bien, mamá. Tendremos que ser más cuidadosos ahora que empiezan a moverse tanto. —Cazó al vuelo a los gemelos, que llegaron corriendo, y se le arrojaron en los brazos.

—Hola, tío Gösta —dijo Maja.

Gösta se puso rojo otra vez y miró a Erica desesperado. Pero Patrik no notó nada, ocupado como estaba jugando con los pequeños.

Al cabo de un rato, le dijo a Erica:

—Bueno, solo veníamos a recoger mi móvil, ¿lo has visto?

Erica señaló la cocina.

—Te lo dejaste en la encimera esta mañana.

Patrik fue a buscarlo.

—Me has llamado hace un momento. ¿Qué querías?

—No, nada, solo quería decirte que te quiero —dijo, con la esperanza de que él no la descubriera.

—Yo también te quiero, cariño —dijo Patrik distraído, sin apartar la vista de la pantalla—. Vaya, además, tengo cinco llamadas perdidas de Annika. Será mejor que la llame enseguida a ver qué ha pasado.

Erica trató de pescar algo de la conversación, pero Kristina no paraba de parlotear con Gösta, así que solo captó alguna que otra palabra suelta. La expresión de Patrik al colgar le dijo mucho más.

—Un tiroteo en Valö. Alguien ha disparado desde fuera contra una ventana. Anna también está allí. Ha sido ella la que ha avisado, según Annika.

Erica ahogó un grito con la mano.

—¿Anna? ¿Está bien? ¿La han herido? ¿Quién...? —Era consciente de lo incoherente que sonaba, pero lo único en lo que podía pensar era si le habría pasado algo a su hermana.

—Creo que nadie está herido. Esa es la buena noticia. —Se volvió hacia Gösta—. La mala noticia es que, como le ha sido imposible localizarnos, Annika ha tenido que llamar a Mellberg.

—¿A Mellberg? —preguntó Gösta con el temor en la cara.

—Pues sí. Tenemos que llegar allí lo antes posible.

—¿Cómo vais a ir a un sitio donde hay gente disparando? —preguntó Kristina con los brazos en jarras.

—Tenemos que ir, es mi trabajo —dijo Patrik un tanto irritado.

Kristina lo miró ofendida, levantó la barbilla y se fue al salón.

—Voy con vosotros —dijo Erica.

—Ni lo sueñes.

—Por supuesto que voy. Anna está allí, así que pienso ir.

Patrik la miró fijamente.

—Allí hay un loco disparándole a la gente. No vienes y punto.

—Pero habrá varios policías, ¿qué puede pasar? Estaré más segura que nunca —dijo, atándose los cordones de las deportivas blancas.

—¿Y quién se queda con los niños?

—Seguro que Kristina se puede quedar cuidándolos un rato más. —Se incorporó y le dijo a Patrik con la mirada que no valía la pena seguir protestando.

Camino del embarcadero, Erica notó que la preocupación por su hermana crecía con cada latido. Patrik podía refunfuñar todo lo que quisiera. Anna era responsabilidad suya.

—¿Pyttan? ¿Estás ahí? —Presa del desconcierto, Percy daba vueltas por la casa. Su mujer no le había dicho que fuera a salir.

Habían ido a pasar unos días a Estocolmo para asistir a una fiesta de cumpleaños que no se podían perder, porque era de un amigo que cumplía sesenta años. Buena parte de lo más granado de la nobleza sueca aparecería por allí para brindar por el homenajeado, además de algunos peces gordos del mundo empresarial. Cierto que a ellos no los consideraban peces gordos. La jerarquía era muy clara, y tanto daba si eras director ejecutivo de alguna de las grandes compañías de Suecia, si no tenías el linaje adecuado y el apellido adecuado, y si no habías estudiado en los colegios adecuados.

Él cumplía todos los requisitos. Por lo general, ni siquiera se paraba a pensarlo. Así había sido toda su vida; para él era algo tan natural como respirar. El problema era que ahora corría el riesgo de convertirse en un conde sin palacio, lo que afectaría en grado sumo a su posición. No quedaría en un nivel tan bajo como los nuevos ricos, pero lo degradarían.

En el salón, se detuvo junto al carrito de las bebidas y se sirvió un whisky. Un Mackmyra Preludium, cerca de cinco mil coronas la botella. Jamás se le ocurriría tomar otro de menos calidad. El día que se viera obligado a beber Jim Beam, bien podría echar mano del viejo Luger de su padre y pegarse un tiro en la sien.

Lo que más lo atormentaba era la certeza de haber decepcionado a su padre. Él era el primogénito y siempre había recibido un trato especial, lo cual no había sido motivo de lamentaciones en la familia. Con serenidad y con una frialdad absoluta, el padre les explicó a los dos hijos menores que «Percy es especial, será él quien lo herede todo un día». En secreto, él se alegraba de los momentos en que su padre ponía a los hermanos en su sitio. En cambio, cerraba los ojos cuando veía la decepción en el semblante de su padre. Sabía que lo consideraba pusilánime, timorato y consentido, y seguramente era verdad que su madre había sido algo sobreprotectora con él, pero ella le había contado muchas veces lo cerca que había estado de morir. Nació casi dos meses antes de tiempo, menudo como un pajarillo. Los médicos les dijeron a sus padres que no contaran con que fuera a sobrevivir, pero él fue fuerte, por primera y última vez en su vida. Contra todo pronóstico, sobrevivió, aunque con una salud endeble.

Contempló la vista de Karlaplan. El piso tenía un hermoso mirador hacia la plaza despejada, con una fuente en el centro. Con el vaso de whisky en la mano, se quedó mirando el hormigueo de gente allá abajo. En invierno estaba totalmente desierta, pero ahora la gente llenaba los bancos, los niños jugaban y comían helados disfrutando del sol.

Se oyeron pasos en la escalera y aguzó el oído. ¿Sería Pyttan, que ya estaba de vuelta? Seguramente, habría salido para una ronda rápida de compras de última hora, y Percy esperaba que el banco no hubiese cancelado ya la tarjeta. Se le extendió el sentimiento de humillación por todo el cuerpo. No se explicaba cómo estaba construida aquella sociedad. ¡Mira que ir a pedirle a él una fortuna en impuestos! Panda de comunistas. Percy apretó el vaso. Mary y Charles se alegrarían si conocieran la magnitud de sus problemas económicos. Aún seguían difundiendo mentiras, diciendo que él los había echado de su casa y les había arrebatado lo que les pertenecía.

De repente, se le vino a la cabeza la isla de Valö. Si nunca hubiera ido allí... Entonces, nada de aquello habría sucedido, aquello en lo que él había decidido no pensar, pero que asomaba a veces a su conciencia.

Al principio pensó que cambiar de colegio era una idea excelente. El ambiente en Lundsberg se había vuelto insoportable desde que lo acusaron de ser uno de los que presenciaron, sin hacer nada, cómo algunos alumnos muy conocidos obligaron al chico que recibía todos los palos del colegio a tragarse un montón de laxante poco antes de la fiesta de fin de curso en el salón de actos. El blanco de la ropa de verano se tiñó de marrón hasta la espalda.

Después de aquel incidente, el director le pidió a su padre que fuera a Lundsberg para hablar con él. El director quiso evitar el escándalo, y por eso no llegó a expulsarlo, pero animó a su padre a buscar otro colegio al que llevar a Percy. Su padre se puso fuera de sí. Percy no había hecho nada, solo mirar, y eso no era delito, ¿no? Al final su padre se dio por vencido y, tras un discreto sondeo en los círculos idóneos, llegó a la conclusión de que la mejor alternativa era el internado de Rune Elvander, en Valö. Su padre habría preferido enviar a Percy a algún centro en el extranjero, pero entonces su madre se puso firme por una vez: iría al internado de Rune, y allí adquiriría una serie de oscuros recuerdos que arrinconar en la memoria.

Percy dio un buen trago de su copa. El sentimiento de vergüenza se atenuaba al mezclarlo con un buen whisky, la vida se lo había enseñado. Miró a su alrededor. Le había dado vía libre a Pyttan para decorar el piso. Tanta blancura y tanta sobriedad no era lo que más le agradaba, pero mientras no tocara las habitaciones del palacio, en el apartamento podía hacer lo que quisiera. El palacio debía seguir tal y como estaba en tiempos de su padre, de su abuelo y de su bisabuelo. Era una cuestión de honor.

Sintió una vaga sensación de desasosiego en la boca del estómago y fue al dormitorio. Pyttan debería haber llegado a aquellas horas. Esa noche iban a un cóctel en casa de unos amigos, y ella solía empezar a arreglarse a primera hora de la tarde.

Todo estaba en orden, pero no se le iba la sensación. Dejó el vaso en la mesilla de noche de Pyttan y se acercó a la parte del armario donde ella tenía su ropa. Abrió la puerta y unas perchas se balancearon con la corriente. El armario estaba vacío.

Nadie creería que, hacía tan solo unas horas, se hubiera producido allí un tiroteo, pensó Patrik cuando atracó en el embarcadero. Todo estaba envuelto en una calma irreal.

Antes de que él hubiera echado amarras siquiera, Erica ya había saltado a tierra, y echó a correr hacia la casa, con ellos dos pisándole los talones. Corría tan deprisa que Patrik no consiguió alcanzarla y, cuando él llegó a la casa, ella ya estaba abrazando a Anna. Mårten y Ebba estaban en el sofá con aire abatido y a su lado se encontraba no solo Mellberg, sino también Paula.

Patrik no tenía ni idea de qué hacía allí, pero se alegró al pensar que, de ese modo, alguien le daría un parte más o menos sensato de lo ocurrido.

—¿Estáis todos bien? —preguntó al tiempo que se acercaba a Paula.

—Sí, sí, pero están un poco conmocionados, sobre todo Ebba, que estaba sola en la cocina cuando alguien efectuó varios disparos contra la ventana. No hemos visto nada que indique que el tirador siga por aquí.

—¿Habéis llamado a Torbjörn?

—Sí, el equipo está en camino. Pero puede decirse que Mellberg ya ha dado comienzo a la investigación técnica...

—Pues sí, he encontrado las balas —dijo Mellberg, y les mostró la bolsa—. Estaban más o menos superficiales y no me ha sido difícil sacarlas de la pared. El que efectuó los disparos debía de estar bastante lejos, a juzgar por la velocidad que han debido de perder los proyectiles.

A Patrik empezó a entrarle una rabia ingobernable, pero montar una escena no arreglaría nada, así que apretó los puños dentro de los bolsillos y respiró hondo. Llegado el momento, ya mantendría una conversación con Mellberg sobre las reglas que había que seguir siempre en el examen de la escena de un delito.

Se dirigió a Anna, que trataba de deshacerse del abrazo de Erica.

—¿Dónde estabas tú cuando se produjo el tiroteo?

—En el piso de arriba —dijo señalando la escalera—. Ebba acababa de bajar para poner café.

—¿Y tú? —le preguntó a Mårten.

—Yo estaba en el sótano, había ido a buscar más pintura. Acababa de volver del pueblo y no había hecho más que bajar al sótano cuando oí los disparos. —Se lo veía pálido a pesar del bronceado.

—¿Y no había ningún bote desconocido en el embarcadero? —preguntó Gösta.

Mårten negó con la cabeza.

—No, solo el de Anna.

—¿Tampoco habéis visto a ningún extraño por aquí?

—No, a nadie. —Ebba tenía la mirada empañada y como perdida.

—¿Quién es capaz de hacer algo así? —Mårten miraba desesperado a Patrik—. ¿Quién querrá hacernos daño? ¿Tendrá algo que ver con la tarjeta que os di?

—Por desgracia, no lo sabemos.

—¿Qué tarjeta? —preguntó Erica.

Patrik hizo como que no oía la pregunta, aunque la mirada de Erica le decía que no le quedaría más remedio que responder después.

—A partir de este momento, nadie entrará en la cocina. Es zona acordonada. Como es lógico, tendremos que inspeccionar toda la isla. O sea, lo mejor, Mårten y Ebba, sería que os buscarais algún lugar en el que alojaros en tierra firme, hasta que hayamos terminado.

—Pero... —dijo Mårten—. No podemos hacer eso.

—Sí, sí, eso es lo que vamos a hacer —replicó Ebba, muy decidida de pronto.

—¿Y dónde vamos a encontrar habitación, en plena temporada alta?

—Podéis alojaros en nuestra casa —dijo Erica—. Tenemos una habitación de huéspedes.

Patrik se sobresaltó. ¿Estaba en su sano juicio? ¿Acababa de ofrecerles a Ebba y a Mårten que se alojaran en su casa, cuando se encontraban en plena investigación?

—¿No os importa? ¿Seguro? —dijo Ebba mirando a Erica.

—Por supuesto. Así podrás ver la información que he recabado sobre tu familia. Ayer mismo estuve echándole un vistazo y, la verdad, es muy interesante.

—Pues a mí no me parece... —comenzó Mårten. Luego se vino abajo—. Haremos una cosa, tú te vas con ellos y yo me quedo.

—Yo preferiría que no os quedarais ninguno de los dos —dijo Patrik.

—Nada, yo me quedo. —Mårten lanzó una mirada a Ebba, que no se opuso.

—De acuerdo, entonces creo que lo mejor será que Ebba, Erica y Anna se vayan ahora mismo, así podremos empezar a trabajar mientras esperamos a Torbjörn. Gösta, comprueba el sendero que baja a la playa, por si el tirador ha podido subir por ahí. Paula, ¿te puedes encargar de los alrededores de la casa? Todo será más fácil cuando nos traigan el detector de metales, pero mientras tanto haremos lo que podamos. Con un poco de suerte, el tirador habrá arrojado el arma entre algunos arbustos.

—Y con un poco de mala suerte, esta arma estará también en el fondo del mar —dijo Gösta, balanceándose adelante y hacia atrás.

—Sí, podría ser, pero vamos a intentarlo, a ver qué sacamos en claro. —Patrik se volvió hacia Mårten—. En cuanto a ti, procura mantenerte fuera de la zona en la medida de lo posible, como ya he dicho, no me parece buena idea que te quedes, sobre todo, no considero adecuado que te quedes aquí solo esta noche.

—Bueno, puedo trabajar en el piso de arriba, así no os molestaré —dijo con voz monocorde.

Patrik lo observó un instante, pero no dijo nada. No podía obligarlo a dejar la isla en contra de su voluntad. Se acercó a Erica, que estaba en el umbral de la puerta, lista para salir.

—Nos vemos en casa —le dijo, y le dio un beso en la mejilla.

—Sí, allí nos vemos. Anna, nos vamos en vuestro barco, ¿verdad? —dijo reuniendo al grupo al que iba a llevar a casa como si de un rebaño se tratara.

Patrik no pudo por menos de sonreír. Las despidió con la mano y miró luego al curioso equipo de policías que tenía delante. Sería un milagro que encontraran algo.

La puerta se abrió despacio y John se quitó las gafas y dejó el libro.

—¿Qué estás leyendo? —preguntó Liv, y se sentó en el borde de la cama.

John levantó el libro otra vez para que ella pudiera ver la portada. *Raza, evolución y comportamiento*, de Philippe Rushton.

—Es muy bueno. Lo leí hace unos años.

Él le apretó la mano y le sonrió.

—Es una pena que se nos estén acabando las vacaciones.

—Sí, en la medida en que podemos llamar vacaciones a esta semana. ¿Cuántas horas hemos trabajado al día?

—Es verdad. —John se mostró contrariado.

—¿Estás pensando otra vez en el artículo del *Bohusläningen?*

—No, creo que tienes razón, eso no tiene importancia. Dentro de unas semanas, todo el mundo lo habrá olvidado.

—Entonces, ¿es Gimlé?

John la miró muy serio. Ella sabía que no había que hablar de ello en voz alta. Tan solo los que pertenecían al círculo más íntimo estaban al tanto del proyecto, y lamentaba profundamente no haber quemado enseguida el papel en el que tomó las notas. Fue un error imperdonable, aunque no había forma de estar seguro de que se lo hubiera llevado la escritora. Podía haberse volado de la mesa de la terraza, o estar en cualquier rincón de la casa, pero en realidad, él sabía que la explicación no era tan sencilla. El papel estaba en el montón antes de que Erica Falck apareciera, y cuando fue a buscarlo poco después de que se hubiera marchado, ya no estaba.

—Saldrá bien. —Liv le acarició la mejilla—. Yo tengo fe en ello. Hemos llegado muy lejos, pero existe el riesgo de que no lleguemos más lejos aún si no tomamos alguna medida drástica. Tenemos que crear más margen de actuación. Por el bien de todos.

–Te quiero. –John podía decirlo con total sinceridad. Nadie lo entendía como Liv. Habían compartido ideas y vivencias, éxitos y fracasos, y ella era la única persona a la que se había confiado y la única que sabía lo que le había ocurrido a su familia. Claro que su historia la conocía mucha gente, llevaban años criticándola, pero solo a Liv le había contado lo que siempre pensó durante todo aquel tiempo.

–¿Puedo dormir aquí esta noche? –preguntó Liv de pronto.

Lo miró con inseguridad, y John experimentó una oleada de sentimientos encontrados. En el fondo, ese era su mayor deseo, sentir cerca el calor de su cuerpo, dormirse abrazado a ella y disfrutar del aroma de su pelo. Al mismo tiempo, sabía que no iba a funcionar. La proximidad física traía consigo tantas expectativas, y hacía patentes todas las promesas no cumplidas y todas las decepciones.

–Podríamos intentarlo de nuevo, ¿no? –dijo Liv, y le acarició la mano–. Ya hace bastante tiempo desde la última vez, y quizá la cosa haya... cambiado...

Él se apartó bruscamente y retiró la mano. El mero recuerdo de su incapacidad casi lo ahogaba. No soportaba la idea de pasar por ello otra vez. Visitas al médico, las pastillas azules, bombas raras, la expresión en los ojos de Liv cada vez que no lo conseguía... No, no podía ser.

–Anda, vete, por favor. –John volvió al libro y lo sostuvo ante sí como un escudo.

Se quedó mirando fijamente las páginas sin ver nada mientras oía cómo ella se alejaba con paso silencioso y cerraba despacio la puerta al salir. Las gafas de John seguían sobre la mesilla de noche.

Cuando Patrik llegó a casa era ya bastante tarde. Erica estaba sola en el sofá, delante del televisor. No había tenido fuerzas para ponerse a recoger cuando los niños se durmieron por fin, así que Patrik cruzó el salón esquivando los juguetes que había esparcidos por el suelo.

—¿Ebba está dormida? —dijo, y se sentó a su lado.

—Sí, se fue a la cama a las ocho. Creo que estaba exhausta.

—No es de extrañar. —Patrik apoyó los pies en la mesa—. ¿Qué estás viendo?

—*El Show de Letterman*.

—¿Quién es el invitado?

—Megan Fox.

—¡Anda...! —exclamó Patrik, y se acomodó entre los cojines del sofá.

—¿Estás pensando en ponerte cachondo y tener con Megan Fox fantasías que llevar a la práctica luego con la pobre de tu mujer?

—Has dado en el clavo —dijo acurrucando la cabeza en su cuello.

Erica lo apartó.

—¿Cómo han ido las cosas en Valö?

Patrik soltó un suspiro.

—Mal. Hemos inspeccionado la isla en la medida en que hemos podido hasta que se hizo demasiado oscuro; Torbjörn y sus chicos llegaron media hora después de que os fuerais vosotras. Pero no hemos encontrado nada.

—¿Nada? —Erica bajó el volumen del televisor.

—No, ni rastro del tirador. Y lo más probable es que quienquiera que sea haya arrojado el arma al mar. Pero puede que las balas nos den alguna información. Torbjörn las envió enseguida a balística.

—¿A qué tarjeta se refería Mårten?

Patrik no respondió en el acto. Tenía que guardar cierto equilibrio. No podía revelarle a su mujer más datos de la cuenta sobre una investigación en curso, pero, al mismo tiempo, la capacidad de Erica para conseguir información le había sido útil más de una vez. Al final, tomó una decisión.

—Ebba lleva toda la vida recibiendo por su cumpleaños unas tarjetas de felicitación siempre firmadas por un tal G. Nunca habían contenido amenazas..., hasta ahora. Mårten vino esta mañana a la comisaría y nos trajo la que les acababa de llegar por correo. El mensaje era muy distinto del de las anteriores.

—¿Y sospecháis que la persona que envía esas tarjetas también es responsable de lo sucedido en Valö?

—Por ahora no sospechamos nada, pero, desde luego, es un asunto que merece nuestra atención. Estaba pensando ir mañana con Paula a Gotemburgo para hablar con los padres adoptivos de Ebba. A Gösta no se le da demasiado bien hablar con la gente, ya sabes. Y Paula me ha suplicado que la deje trabajar un poco. Al parecer, se sube por las paredes en casa sin nada que hacer.

—Pues procura que no haga ningún esfuerzo. En su estado, es fácil creerse que una puede hacer más de lo que puede hacer.

—Pero qué madraza eres... —dijo Patrik sonriendo—. He vivido dos embarazos, así que no soy un completo ignorante en la materia.

—Deja que te explique una cosa: *tú* no has vivido dos embarazos. No recuerdo que a ti se te inflamaran las articulaciones de los pies, ni tuvieras hormigueos en las piernas ni ardores de estómago ni que hayas sufrido contracciones ni hayas pasado por un parto de veintidós horas ni por una cesárea.

—Vale, vale, ya lo pillo —dijo Patrik con las manos en alto, como protegiéndose—. Pero prometo que estaré pendiente de Paula. Si le pasara algo, Mellberg no me lo perdonaría nunca. Se dirá lo que se quiera, pero cruzaría un campo de fuego por su familia.

Ya empezaban a salir los créditos de Letterman y Erica fue pasando de un canal a otro.

—¿Y qué hace Mårten en la isla? ¿Por qué se empeñó en quedarse?

—No lo sé. Se me quedó muy mal cuerpo al dejarlo allí. Tengo la sensación de que está a punto de venirse abajo. Parece muy sereno y se lo está tomando todo con cierta ecuanimidad, pero me recuerda a la imagen de un pato que se desliza tan tranquilo por la superficie del agua, mientras agita desaforadamente las patas por debajo. ¿Me explico o estoy diciendo tonterías?

—No, no, te entiendo perfectamente.

Erica continuó repasando los canales. Al final, se detuvo en *Pesca radical,* de Discovery Channel, y se quedó mirando sin prestar atención las imágenes que se sucedían y en las que unos hombres con monos impermeables recogían, en pleno temporal, jaula tras jaula llena de cangrejos que parecían arañas gigantes.

—¿Ebba no irá con vosotros mañana?

—No, creo que será mejor que hablemos con sus padres sin que ella esté presente. Paula llegará aquí sobre las nueve y nos iremos a Gotemburgo en el Volvo.

—Vale, entonces le enseñaré a Ebba el material que tengo.

—Yo tampoco lo he visto. ¿Hay algo que pueda ser relevante para la investigación?

Erica reflexionó un instante, pero luego negó con un gesto.

—No, lo que habría podido ser importante ya te lo he contado. Lo que he averiguado sobre la familia de Ebba es muy antiguo y creo que solo tiene interés para ella.

—Bueno, de todos modos, me gustaría que me lo enseñaras. Pero no esta noche. Lo único que quiero hacer ahora es descansar aquí tan a gustito... —Se sentó más cerca de Erica, la rodeó con el brazo y apoyó la cabeza en su hombro—. Por Dios, qué trabajo el de esos chicos. Parece peligrosísimo. Menuda suerte, no ser pescador de cangrejos.

—Sí, cariño, es algo por lo que doy las gracias todos los días. Gracias a Dios que no eres pescador de cangrejos —dijo Erica riendo, y le dio un beso en la cabeza.

Desde que se produjo el accidente, Leon sentía a veces algo así como si le canturrearan las articulaciones. Notaba dolores y pinchazos, como un aviso de que estuviera a punto de ocurrir algo. Y ahora volvía a sentirlo, como el calor opresivo que anuncia una buena tormenta.

Ia estaba acostumbrada a identificar sus estados de ánimo. Por lo general, le reñía cuando se sumía en preocupaciones y cavilaciones, pero esta vez no. Ahora ponían el máximo cuidado en evitarse. Se movían por la casa sin cruzarse apenas.

En cierto modo, eso lo estimulaba. El tedio fue siempre su principal enemigo. Cuando era pequeño, su padre se reía de su incapacidad para estarse quieto, de que siempre anduviera detrás de nuevos retos y buscando dónde estaban sus límites. Su madre se lamentaba de todas las fracturas y los arañazos en que esa actitud terminaba siempre, pero su padre se enorgullecía de él.

No había vuelto a ver a su padre desde aquella Pascua. Se fue al extranjero y no tuvo tiempo de despedirse. Luego fueron pasando los años, y él siempre estaba ocupado disfrutando al máximo de la vida. Pese a todo, su padre había sido generoso con él y le llenaba la cuenta en cuanto se le quedaba vacía. Nunca le reprochó nada ni trató de cortarle las alas, sino que lo dejó que volara libremente.

Al final, Leon voló demasiado cerca del sol, tal y como siempre supo que haría. Sus padres ya habían muerto para entonces. Nunca llegaron a saber que el accidente sufrido en aquella carretera de montaña llena de curvas le arrebató el cuerpo y el deseo de aventura. Su padre nunca tuvo que verlo encadenado.

Ia y él habían recorrido juntos un largo camino, pero ahora, el instante decisivo estaba cerca. Solo faltaba la chispa que prendiera fuego a todo. Y jamás permitiría que ninguna otra persona la encendiera. Eso era tarea suya.

Leon prestó atención a los sonidos de la casa. Estaba totalmente en silencio. Ia ya se habría ido a dormir. Se puso en el regazo el móvil, que tenía en la mesa. Luego salió al porche y empezó a llamarlos sin vacilar, uno por uno.

Cuando hubo terminado de hablar con ellos, descansó las manos en las piernas y contempló la vista de Fjällbacka. A la luz del atardecer, el pueblo brillaba con cientos de luces, como una taberna gigantesca. Después dirigió la vista hacia el agua y la isla de Valö. En el viejo internado, todo estaba a oscuras.

Cementerio de Lovö, 1933

Dos años habían pasado desde la muerte de Carin, pero Hermann no había acudido aún en su busca. Fiel como un perro, Dagmar lo había esperado mientras los días se convertían en semanas, meses y años.

Había seguido leyendo los periódicos atentamente. Hermann había llegado a ministro en Alemania. En las fotos se lo veía tan guapo con el uniforme... Un hombre poderoso y muy importante para el tal Hitler. Dagmar comprendía que la dejara esperar mientras estaba en Alemania haciendo carrera, pero los periódicos decían que se encontraba de vuelta en Suecia, y ella había decidido facilitarle la vida. Era un hombre ocupado, y si él no podía ir a verla, ella iría a verlo a él. Como esposa de un político prominente, debería adaptarse y seguramente, también tendría que mudarse a Alemania. A aquellas alturas, había comprendido que no podía llevarse a la niña. No podía ser que un hombre en la posición de Hermann tuviera una hija fuera del matrimonio. Pero Laura ya había cumplido trece años y se las arreglaría sola.

Los periódicos no decían nada del domicilio de Hermann, así que Dagmar no sabía dónde buscarlo. Fue a la vieja dirección de la calle de Odengatan, pero allí le abrió un desconocido que le dijo que hacía muchos años que los Göring se habían ido. Sin saber qué hacer, se quedó un buen rato pensando delante del portal, hasta que se le ocurrió ir al cementerio donde Carin estaba enterrada. Quizá Hermann estuviera ahí, con su esposa muerta. En el cementerio de Lovö, allí había leído que estaba. En algún lugar a las afueras de Estocolmo. Y tras preguntar un par de veces, dio con un autobús que la llevaba casi hasta el cementerio mismo.

Y allí se encontraba ahora, en cuclillas y mirando el nombre de Carin y la cruz gamada que habían grabado debajo. Las hojas doradas de otoño revoloteaban a su alrededor al ritmo helado del viento de octubre, pero ella apenas lo notaba. Creía que podría atemperar su odio cuando Carin estuviera muerta, pero mientras contemplaba la tumba, aterida con el viejo abrigo desgastado, acudía a su mente el recuerdo de todos los años de privaciones, y notó reavivarse la rabia de antaño.

Se incorporó rápidamente y retrocedió alejándose unos pasos de la lápida. Luego tomó impulso y se arrojó contra ella con todas sus fuerzas. Un dolor agudo se le extendió desde el hombro hasta las yemas de los dedos, pero la piedra no se movió. Presa de la frustración, se empleó contra las flores que adornaban la tumba y arrancó las plantas con raíz y todo. Luego volvió a retroceder, en un intento de arrancar la cruz gamada de hierro pintado de verde que había junto a la lápida, que cedió y quedó aplastada contra la hierba. Dagmar la arrastró todo lo lejos que pudo de la tumba. Estaba observando el destrozo satisfecha cuando notó una mano en el brazo.

—Pero en nombre de Dios, ¿qué está haciendo? —le dijo aquel hombre alto y corpulento.

Ella sonrió feliz.

—Soy la futura señora Göring. Sé que Hermann no cree que Carin merezca una tumba tan bonita, así que he venido a arreglarlo, y ahora tengo que ir con él.

Dagmar no dejaba de sonreír, pero el hombre la miraba con amargura. Murmurando algo para sus adentros y meneando la cabeza, la arrastró tirándole del brazo hasta la iglesia.

Una hora después, cuando llegó la Policía, Dagmar seguía sonriendo.

La casa adosada de Falkeliden resultaba a veces demasiado pequeña. Dan iba a pasar el fin de semana con los niños en Gotemburgo, en casa de su hermana, y durante el desconcierto que originó aquella mañana la operación maletas, Anna sintió que estorbaba en todas partes. Además, había tenido que ir varias veces a la gasolinera para comprar caramelos, refrescos, fruta y tebeos para el viaje.

—¿Lo tenéis todo? —Anna observaba la montaña de maletas y de trastos que se alzaba en la entrada.

Dan no paraba de ir y venir del coche para colocarlo todo. Ella ya sabía que no habría sitio, pero ese no era su problema. Fue Dan el que les dijo a los niños que hicieran el equipaje ellos mismos y que podían llevar lo que quisieran.

—¿De verdad que no quieres venir? No me quedo tranquilo dejándote aquí sola después de lo que pasó ayer.

—Gracias, pero estoy bien. La verdad, no me sentará mal estar sola unos días. —Miró a Dan como suplicándole que la comprendiera y no se sintiera herido.

Él asintió y la abrazó.

—Lo entiendo perfectamente, cariño. No tienes que explicarme nada. Pasarás un par de días tranquilamente, pensando solo en ti. Come bien, ve a la piscina a hacerte esos largos que tan bien te sientan y tanto te gustan, sal de compras... Bueno, haz lo que quieras, con tal de que la casa siga en pie cuando yo vuelva. —Le dio otro abrazo y reanudó la tarea de acarrear el equipaje.

Anna notó un nudo en la garganta. Estuvo a punto de decir que acababa de arrepentirse, pero se mordió la lengua. En aquellos momentos necesitaba tiempo para pensar, y no era solo por el miedo que había pasado el día anterior. Tenía la vida por delante y, aun así, no podía dejar de mirar en el retrovisor del tiempo. Había llegado el momento de decidirse. ¿Cómo iba a conseguir librarse del pasado y encarar el futuro?

—¿Por qué no vienes con nosotros, mamá? —le preguntó Emma tirándole de la manga.

Anna se agachó y se dio cuenta de lo mucho que había crecido su hija. Empezó el estirón en primavera, siguió en verano, y ahora era una niña mayor.

—Ya te lo he dicho, tengo muchas cosas que hacer.

—Ya, ¡pero es que vamos a Liseberg! —Emma la miraba como si no estuviera en su sano juicio. Para una niña de ocho años, perderse voluntariamente una visita al parque de atracciones era, seguramente, tanto como haber perdido el juicio.

—La próxima vez iré con vosotros. Además, ya sabes lo cobarde que soy. De todos modos, no me atrevería a subirme en ninguna atracción. Tú eres mucho más valiente que yo.

—Sí, eso es verdad. —Emma levantó la barbilla llena de orgullo—. Me voy a subir en la montaña rusa, donde ni papá se atreve a subirse.

No importaba cuántas veces oyera a Emma y a Adrian llamar papá a Dan, siempre la conmovía. Y esa era otra de las razones por las que necesitaba aquellos dos días de soledad. Tenía que encontrar un modo de curarse del todo. Por el bien de la familia.

Le dio a su hija un beso en la mejilla.

—Nos vemos el domingo por la noche.

Emma salió corriendo en dirección al coche y Anna se apoyó en el quicio de la puerta, con los brazos cruzados, dispuesta a disfrutar del espectáculo de la partida. Dan estaba ya un poco sudoroso, y había empezado a comprender lo imposible de la empresa.

—Por Dios bendito, ¡cuántas cosas llevan! —dijo secándose la frente.

El maletero estaba ya a rebosar y aún quedaban montones de cosas en la entrada.

—¡No digas nada! —le dijo a Anna, señalándola con el dedo.

Ella respondió sin alterarse:

—No diré nada, descuida. Ni una palabra.

—¡Adrian! ¿De verdad tienes que llevarte a Dino? —preguntó Dan, que tenía en la mano el peluche favorito de Adrian, un dinosaurio gigante que Erica y Patrik le habían regalado al pequeño por Navidad.

—¡Si no viene Dino, yo tampoco voy! —gritó Adrian tirando de dinosaurio.

—¿Lisen? —dijo Dan—. ¿Tienes que llevarte todas las Barbies? ¿No basta con las dos que más te gusten?

Lisen empezó a llorar sin mediar palabra, y Anna meneó la cabeza, antes de mandarle un beso a Dan.

—Esta es una batalla en la que no pienso intervenir. No podemos permitir que nos ganen a los dos. Que lo pases bien.

Entró en la casa y subió al dormitorio. Se tumbó en la colcha y encendió con el mando el televisor. Después de meditarlo bien un rato, se decidió por Oprah, en la tres.

Sebastian arrojó el bolígrafo sobre el cuaderno con un gesto de irritación. A pesar de que todo había ido según sus planes, no conseguía estar de buen humor.

Le encantaba la sensación de controlar a Percy y a Josef, y los negocios que tenían juntos estaban a punto de convertirse en una buena fuente de ingresos para él. A veces no entendía a la gente. Nunca se le habría ocurrido plantearse siquiera hacer negocios con alguien como él, pero ellos estaban desesperados, cada uno a su modo: Percy, por miedo a que le arrebataran la herencia paterna; Josef, por la búsqueda desesperada del desagravio y por afirmar la memoria de sus padres. Comprendía mejor los motivos de Percy que los de Josef. Aquel estaba a punto de perder algo muy importante: dinero y estatus. Las razones de Josef, en cambio, constituían un misterio para él. ¿Qué podía importar lo que hiciera a aquellas alturas? Además, la idea de construir un museo sobre el Holocausto era un despropósito. Jamás sería rentable y, si Josef no fuera un completo idiota, lo habría comprendido perfectamente.

Se levantó y se acercó a la ventana. El puerto estaba lleno de barcos con bandera noruega, y en la calle se oía hablar noruego por todas partes. Por él, estupendo: había cerrado varios negocios inmobiliarios suculentos con los noruegos. Las fortunas procedentes del petróleo los animaban a gastar dinero, y habían pagado unos precios astronómicos por casas con vistas al mar en la costa oeste sueca.

Al cabo de unos instantes, terminó por dirigir la vista hacia Valö. ¿Por qué tenía que venir Leon a removerlo todo? Pensó en Leon y John. En realidad, también tenía poder sobre ellos dos, pero siempre había sido lo bastante sensato como para no utilizarlo. Como el depredador que era, había preferido identificar a los individuos más débiles de la manada y a separarlos de los demás. Ahora, Leon quería reunirlos otra vez, y Sebastian tenía la sensación de que él no ganaría nada con ello. Sin embargo, las cosas habían empezado a moverse y estaban como estaban. Y él no era de los que se preocupaban por aquello que no podía controlar.

Erica se quedó mirando por la ventana hasta que vio el coche de Patrik alejándose por la carretera. Luego se puso en marcha. Vistió a los niños a toda prisa y los sentó en el coche. Le dejó una nota a Ebba, que seguía durmiendo, diciéndole que había salido a hacer un recado y que abriera el frigorífico y se sirviera lo que quisiera para desayunar. Le había enviado un mensaje a Gösta en cuanto se despertó, así que sabía que los estaba esperando.

—¿Adónde vamos? —preguntó Maja desde el asiento de atrás, con la muñeca bien agarrada en el regazo.

—A ver al tío Gösta —dijo Erica, que comprendió en el acto que, inevitablemente, Maja se chivaría a Patrik. En fin, tarde o temprano, él se enteraría de su acuerdo con Gösta. Y le preocupaba más el hecho de haberse callado sus sospechas de que alguien hubiera entrado en casa.

Tomó el desvío hacia Anrås y trató de no pensar en quién habría estado hurgando en su despacho. En realidad, ya conocía la respuesta. O mejor dicho: solo existían dos posibilidades. O bien era alguien que pensaba que ella había conseguido información delicada sobre los sucesos en el internado, o bien guardaba relación con su visita a John Holm y con el papel que se llevó cuando fue a visitarla. Y teniendo en cuenta cuándo habían irrumpido en su casa, se inclinaba más por la segunda opción.

—¿Has traído a toda la pandilla? —dijo Gösta cuando abrió la puerta. Pero el brillo que se le veía en los ojos anulaba el tono de decepción.

—Si tienes algún objeto valioso heredado de tus mayores, te aconsejo que lo quites de en medio ahora mismo —dijo Erica mientras les quitaba los zapatos a los niños.

A los gemelos les dio un ataque de timidez y se agarraron a las piernas de su madre, pero Maja extendió los brazos y le dijo con entusiasmo:

—¡Tío Gösta!

Él se quedó helado unos segundos, sin saber exactamente cómo recibir semejante manifestación de cariño. Luego se le dulcificó el semblante y, con ella en brazos, le dijo:

—¡Pero qué niña más bonita! —Luego la llevó dentro y añadió sin volverse atrás—: He puesto la mesa en el jardín.

Erica los siguió con un gemelo en cada brazo. Inspeccionó con curiosidad la casa de Gösta, que, casualmente, estaba muy cerca del campo de golf. No sabía con exactitud qué se había esperado, pero no era la triste morada de un soltero, sino un hogar agradable y ordenado, con plantas frondosas en las ventanas. El jardín de la parte trasera también estaba mejor cuidado de lo normal, aunque era tan pequeño que no exigiría mucho trabajo.

—¿Pueden beber zumo y comer bollos o sois de los padres que piensan que todo tiene que ser saludable y ecológico? —Gösta sentó a Maja en una silla.

Erica no pudo por menos de sonreír para sus adentros y de preguntarse si no se pasaría el tiempo libre leyendo la revista *Mama*.

—Zumo y bollos suena perfecto, gracias —dijo, al tiempo que sentaba a los gemelos.

Maja vio unos arbustos de frambuesa y, con un grito de entusiasmo, saltó de la silla y echó a correr hacia ellos.

—¿Puede recoger frambuesas? —Erica conocía a su hija lo suficiente como para saber que, al cabo de un rato, no quedarían ni los frutos verdes.

—Déjala que coma —dijo Gösta, y sirvió el café en las tazas—. De todos modos, los únicos que las disfrutan son los pájaros. Maj-Britt hacía mermelada y zumo con ellas, pero a mí no se me dan bien esas cosas. Ebba... —Gösta se interrumpió y apretó los labios mientras removía el azucarillo en la taza.

—¿Sí? ¿Qué pasa con Ebba? —preguntó Erica pensando en la expresión de la joven durante la travesía desde Valö.

La mezcla de alivio y preocupación, y cómo parecía debatirse entre las ganas de quedarse y las de irse.

—Ebba también se ponía a comer y no paraba hasta no dejar una —dijo Gösta, aunque a regañadientes—. En fin, el verano que estuvo con nosotros no hubo ni zumo ni mermelada. Pero Maj-Britt estaba la mar de contenta. Era una maravilla ver a la pequeña delante del arbusto, con el pañal mondo y lirondo y el zumo de frambuesa chorreándole por la barriga.

—¿Es que Ebba estuvo viviendo con vosotros?

—Sí, pero solo aquel verano, antes de mudarse con la familia de Gotemburgo.

Erica se quedó en silencio un buen rato, tratando de digerir lo que Gösta acababa de decirle. Qué curioso. Cuando estuvo investigando sobre la familia y la desaparición, no encontró nada de que Ebba hubiese estado viviendo con Gösta y Maj-Britt. Ahora se explicaba el interés de Gösta en el caso.

—¿No os planteasteis quedaros con ella?

Gösta permaneció con la vista clavada en la taza, sin dejar de remover con la cucharilla. Por un instante, Erica lamentó haber preguntado. A pesar de que no la estaba mirando, creyó ver que se le empañaba la vista. Luego carraspeó un poco y tragó saliva.

—Que si nos lo planteamos... Lo pensamos y lo hablamos muchas veces. Pero Maj-Britt decía que no podríamos darle todo lo que necesitaba. Y yo me dejé convencer. Supongo que creíamos que no teníamos mucho que ofrecerle.

—¿Mantuvisteis algún contacto con ella después de que la llevaran a Gotemburgo?

Gösta pareció dudar. Luego respondió.

—No, pensamos que sería más fácil para todos interrumpir el contacto por completo. El día que se fue... —se le quebró la voz y no pudo terminar la frase, pero Erica comprendió sin necesidad de más explicaciones.

—¿Y cómo te has sentido al verla ahora?

—Es un tanto extraño, claro. Es una mujer adulta y no la conozco. Al mismo tiempo, reconozco en ella a la niña de antaño, la misma que se comía las frambuesas del arbusto y que te respondía con una sonrisa en cuanto la mirabas.

—Pues ahora no sonríe mucho que digamos.

—No, ya no. —Gösta frunció el ceño—. ¿Sabes lo que le pasó a su hijo?

—No, y no he querido preguntar. Pero Patrik y Paula van ahora camino de Gotemburgo para hablar con los padres adoptivos de Ebba. Seguro que ellos les dan más información.

—No me gusta su marido —añadió Gösta alargando el brazo en busca de un bollo.

—¿Mårten? Yo no le veo nada de malo. Lo que ocurre es que parece que tienen problemas en su relación. Deben superar la pérdida de un hijo, y yo sé por mi hermana lo mucho que eso puede afectar a las relaciones de pareja. Un dolor compartido no tiene por qué unir a dos personas.

—Sí, en eso tienes razón. —Gösta asintió y Erica cayó en la cuenta de que él sabía muy bien a qué se refería. Él y Maj-Britt habían perdido a su primer y único hijo unos días después de que naciera. Y después, perdieron a Ebba.

—¡Mira, tío Gösta! ¡Hay montones de frambuesas! —gritó Maja desde los arbustos.

—Pues tú come y no te preocupes —le respondió con el mismo brillo de antes en los ojos.

—Oye, ¿no querrías hacer de canguro alguna vez? —dijo Erica, medio en broma y medio en serio.

—Con los tres no creo que pueda, pero a la niña puedes dejármela si necesitas ayuda alguna vez.

—Tomo nota. —En ese momento, Erica decidió que ya procuraría ella que Gösta tuviera que quedarse con Maja. Aunque su hija no era tímida precisamente, la niña y el colega gruñón de Patrik habían congeniado muy bien, y estaba claro que en el corazón de Gösta había un vacío que Maja podía contribuir a colmar.

—¿Qué opinas tú de lo que pasó ayer?

Gösta meneó la cabeza.

—No tengo ni idea. La familia desapareció en 1974; seguramente, los asesinaron. Luego, en todos estos años, no pasa nada hasta ahora, coincidiendo con el regreso de Ebba a la isla. Entonces se arma la gorda. ¿Por qué?

—No puede ser porque ella fuera testigo de nada. Ebba era muy pequeña y es imposible que conserve ningún recuerdo de lo que sucedió.

—No, en todo caso, lo que yo creo es que alguien quería evitar que ella y Mårten encontraran la sangre. Pero eso no explica los disparos de ayer, porque ya la habían descubierto.

—Ya, pero las tarjetas de las que nos habló Mårten indican que hay alguien que quiere hacerle daño a Ebba. Y dado que las lleva recibiendo desde 1974, podemos concluir que todo lo que le ha ocurrido a Ebba la última semana está relacionado con la desaparición. Por más que hasta ahora el mensaje no fuera amenazador.

—Ya, yo...

—¡¡Maja!! ¡No empujes a Noel! —Erica se levantó de un salto y se acercó corriendo a los niños, que estaban enredando de lo lindo junto a los arbustos.

—Es que Noel se ha llevado una frambuesa que era mía. Es que... ¡se la ha comido! —lloriqueó Maja, dando una patada en el aire en dirección a Noel.

Erica agarró a la niña del brazo y la miró muy seria.

—¡Ya vale! Ni una patada más a tu hermano. Y además, quedan montones de frambuesas —dijo señalando el arbusto, curvado bajo el peso de toda la fruta roja y madura.

—¡Ya, pero yo quería esa! —La cara de Maja daba a entender hasta qué punto se consideraba maltratada, y cuando Erica la soltó para consolar a Noel, ella aprovechó para salir corriendo.

—¡Tío Gösta! Noel me ha quitado la frambuesa —sollozó.

Él se quedó mirando aquella figura toda llena de churretes y se sentó a la niña en las rodillas, donde Maja se acurrucó hasta hacerse una bola digna de compasión.

—Ya está, ya está, bonita —dijo Gösta acariciándole el pelo, como si no hubiera hecho otra cosa en su vida que consolar a niños de tres años—. Verás, es que esa frambuesa no era la mejor de todas.

—Ah, ¿no? —Maja dejó de llorar en el acto y levantó la vista hacia Gösta.

—No, yo sé exactamente dónde están las mejores. Pero será nuestro secreto. No puedes decírselo a tus hermanos. Ni siquiera a tu madre.

—Te lo prometo.

—Bueno, entonces, te creo —dijo Gösta, que se inclinó y le susurró algo al oído.

Maja lo escuchó con atención, luego se deslizó hasta el suelo y puso rumbo al arbusto otra vez. Noel ya estaba tranquilo y Erica volvió y se sentó a la mesa.

—¿Qué le has dicho? ¿Dónde están las mejores frambuesas?

—Podría revelártelo, pero luego tendría que matarte —dijo Gösta con una sonrisa.

Erica miró hacia el arbusto. Allí estaba Maja, de puntillas, alargando el brazo en busca de las frambuesas que estaban demasiado alto como para que los gemelos las alcanzaran.

—Vaya, sí que eres listo —dijo riendo—. ¿Por dónde íbamos? Ah, sí, el intento de asesinato de ayer. Tenemos que encontrar un modo de seguir adelante. ¿Has podido averiguar dónde fueron a parar los enseres de la familia? Sería de muchísima utilidad tenerlos y echarles un vistazo. ¿Tú crees que alguien los tiró? ¿No irían allí después a hacer

301

limpieza? ¿Lo hacían todo ellos, incluida la limpieza y el cuidado del jardín?

Gösta se levantó de la silla de repente.

—Pero ¡por Dios bendito! ¡Mira que soy tonto! A veces creo que me estoy volviendo senil de verdad.

—¿Qué pasa?

—Debería haberlo pensado antes... Pero claro, es que él era casi parte del inventario. Lo que, por otro lado, debería haberme llamado la atención.

Erica lo miraba atónita.

—Pero ¿de quién hablas?

—De Olle el Chatarrero.

—¿Olle el Chatarrero? ¿Te refieres al señor que tiene el depósito en Bräcke? ¿Y qué tiene que ver él con Valö?

—Él iba y venía como se le antojaba, y nos ayudaba cuando lo necesitábamos.

—¿Y tú crees que Olle el Chatarrero se llevó las cosas?

Gösta se encogió de hombros.

—Sería una explicación. Ese hombre recoge todo tipo de cosas, y si nadie reclamó los enseres, no me sorprendería que se lo llevara todo.

—La cuestión es si aún los conserva.

—Quieres decir si Olle el Chatarrero no habrá hecho limpieza y habrá tirado algo, ¿no?

Erica se echó a reír.

—No, claro. Si se llevó los muebles y demás, seguro que todavía los tiene. Pues quizá deberíamos ir a hablar con él.

Ya había empezado a levantarse de la silla, pero Gösta le indicó que se sentara.

—Tranquila, tranquila, si están en la chatarra, llevan allí más de treinta años. No creo que vayan a desaparecer hoy mismo. Y no es sitio al que llevar a los niños. Lo llamaré luego y, si todavía lo tiene todo, vamos cuando tengas canguro.

Erica sabía que Gösta tenía razón, pero no conseguía deshacerse del nerviosismo.

—¿Cómo está ella? —preguntó Gösta, y a Erica le llevó un instante caer en la cuenta de quién hablaba.

—¿Ebba? Pues sí, estaba hecha polvo. Era como si, a pesar de todo, le sentara bien alejarse de la isla un tiempo.

—Y del tal Mårten.

—Bueno, yo creo que te equivocas con él, pero también que tienes razón en eso. Están siempre juntos, las veinticuatro horas, agobiándose el uno al otro. Ella ha empezado a sentir curiosidad por su familia, y he pensado enseñarle lo que he conseguido recabar en cuanto llegue a casa y se hayan dormido los gemelos.

—Seguro que te lo agradece. Es una historia enrevesada, cuando menos.

—Sí, desde luego. —Erica apuró el café con un gesto de disgusto al notar que se había enfriado—. Por cierto, he estado hablando con Kjell, del *Bohusläningen*. Me ha facilitado algunos datos del pasado de John.

Acto seguido, le refirió a Gösta la tragedia familiar que explicaba el sendero de odio emprendido por John. Y le habló del papel que había encontrado y que, hasta el momento, no se había atrevido a mencionarle.

—¿Gimlé? No tengo ni idea de lo que significa. Pero eso no tiene por qué guardar relación con Valö.

—No, pero puede haberlo puesto lo bastante nervioso como para enviar a alguien a buscarlo a mi casa —dijo antes de pensarlo.

—¿Os han entrado a robar? ¿Y qué ha dicho Patrik?

Erica guardó silencio y Gösta se la quedó mirando atónito.

—¿Es que no le has dicho nada? —preguntó con voz chillona—. ¿Hasta qué punto estás segura de que los culpables han sido John y sus secuaces?

—Bueno, no lo sé a ciencia cierta, es una suposición, y además, no tiene mayor importancia. Entraron por la puerta de la terraza, estuvieron husmeando en mi despacho

303

y trataron de entrar en el ordenador, pero no lo consiguieron. Doy gracias de que no se llevaran el disco duro.

—Patrik se pondrá hecho una fiera cuando se entere. Y si además, se entera de que yo lo sabía y no le había dicho nada, se pondrá como una fiera conmigo también.

Erica lanzó un suspiro.

—Vale, se lo cuento. Pero lo interesante de todo esto es que hay algo en mi despacho por lo que alguien se ha arriesgado a entrar indebidamente en mi casa. Y estoy por creer que es ese documento.

—¿Y John Holm iba a hacer algo así? Los Amigos de Suecia se juegan mucho si sale a la luz que ha entrado indebidamente en casa de un policía.

—Puede, si es lo bastante importante. Pero se lo he dejado a Kjell, él se encargará de averiguar qué importancia tiene ese papel.

—Me parece bien —dijo Gösta—. Y se lo cuentas a Patrik esta misma noche, cuando llegue a casa. De lo contrario, la cosa se pondrá fea para mí también.

—Que sí, tranquilo —dijo Erica con tono cansino. La verdad, no le apetecía lo más mínimo, pero tenía que hacerlo.

Gösta meneó la cabeza.

—Me pregunto si Patrik y Paula conseguirán algo más de información en Gotemburgo. Empiezo a creer que más bien no...

—Ya, bueno, pero también nos queda la esperanza de Olle el Chatarrero —dijo Erica, encantada de cambiar de tema.

—Sí, siempre nos queda la esperanza —dijo Gösta.

Hospital de Sankt Jörgen, 1936

–No creemos que tu madre pueda salir de aquí en un futuro inmediato –dijo el doctor Jansson, un hombre canoso que había sobrepasado la mediana edad y cuya abundante barba lo asemejaba a un duende navideño.

Laura exhaló un suspiro de alivio. Tenía la vida más o menos organizada: un buen trabajo y un nuevo lugar donde vivir. En Galärbacken, como realquilada en casa de la señora Bergström, solo contaba con una habitación muy reducida, pero era suya, y muy bonita, como la casa de muñecas, que había colocado en un lugar de honor en la alta cajonera que había al lado de la cama. La vida era muchísimo mejor sin Dagmar. Tres años llevaba su madre ingresada en el hospital de Sankt Jörgen, en Gotemburgo, y para ella había sido una liberación no tener que preocuparse de lo que pudiera ocurrírsele hacer.

–¿Cuál es su dolencia exactamente? –preguntó, tratando de que sonara como si de verdad le preocupase.

Se había vestido con elegancia, como siempre, y se había sentado con las piernas ligeramente giradas hacia un lado y el bolso en el regazo. Aunque solo tenía dieciséis años, se sentía mucho mayor.

–No hemos podido establecer el diagnóstico, pero seguramente sufre lo que llamamos una enfermedad nerviosa. Por desgracia, el tratamiento no ha dado resultado. Sigue insistiendo en sus ilusiones sobre Hermann Göring. No es del todo infrecuente que las personas que sufren ese tipo de patologías se aferren a fantasías sobre personas acerca de las cuales han leído en el periódico.

—Sí, mi madre lleva hablando de ello desde que tengo memoria —dijo Laura.

El médico la miró compasivo.

—Comprendo que no habrá tenido usted una vida fácil. Pero parece que se las ha arreglado muy bien, y no es solo una jovencita guapa, sino también inteligente.

—He hecho lo que he podido —dijo con timidez, pero le venían arcadas de agria bilis ante el solo recuerdo de su infancia.

Detestaba no poder inhibir esos recuerdos. Por lo general, conseguía enterrarlos en lo más recóndito de la cabeza, y rara vez pensaba en su madre ni en aquel cuchitril que apestaba a vino y cuyo hedor nunca logró eliminar, por mucho que fregara y limpiara. También había enterrado las injurias. Nadie le recordaba ya la existencia de su madre y ahora la respetaban por cómo era: cuidadosa, pulcra y meticulosa con todo lo que emprendía. Ya no le lanzaban insultos al verla.

Pero el miedo seguía vivo. El miedo a que su madre saliera un día y lo estropeara todo.

—¿Quiere verla? Le recomiendo que no lo haga, pero... —dijo el doctor Jansson.

—No, no, creo que lo mejor será que no vaya a verla. Siempre se pone tan... Se altera tanto... —Laura recordaba los sapos y culebras que soltó en la visita anterior. La había llamado cosas tan horribles que Laura no se atrevía a repetirlas. También el doctor Jansson parecía acordarse.

—Me parece una sabia decisión. Intentaremos mantener a Dagmar tranquila.

—Supongo que no le permitirán leer el periódico, ¿no?

—No, claro, después de lo que ocurrió, no ha tenido acceso a ningún diario —dijo moviendo la cabeza con vehemencia.

Laura asintió. Dos años atrás, la llamaron del hospital. Dagmar había leído que Göring no solo se había llevado los restos mortales de Carin a su villa de Karinhall, en Alemania, sino que, además, *iba a construir un mausoleo en su honor. Su madre había destrozado la habitación y, por si fuera poco, había agredido con tal violencia a uno de los cuidadores que tuvieron que darle puntos.*

—Si ocurre algo más me llamarán, ¿verdad? —dijo, y se levantó. Con los guantes en la mano izquierda, se despidió del médico estrechándole la derecha.

Cuando le dio la espalda al doctor Jansson y salió de la consulta, le afloró a los labios una sonrisa. Aún seguiría siendo libre por un tiempo.

Ya estaban cerca de Torp, al norte de Uddevalla, cuando se encontraron con una caravana. Patrik redujo la velocidad y Paula se retorció en el asiento del copiloto con la idea de encontrar una postura más cómoda.

Patrik la miró un tanto nervioso.

—¿De verdad vas a aguantar el viaje de ida y vuelta a Gotemburgo?

—Pues claro. No te preocupes. Ya tengo bastante gente a mi alrededor que no para de preocuparse por mí.

—Bueno, esperemos que al menos valga la pena. Encima, con este dichoso tráfico.

—No importa el tiempo que tardemos —dijo Paula—. Por cierto, ¿cómo se encuentra Ebba?

—La verdad, no lo sé. Cuando llegué a casa ayer, estaba durmiendo, y durmiendo la dejé esta mañana cuando me fui. Sin embargo, según Erica, estaba exhausta.

—No es de extrañar. Todo esto debe de parecerle una pesadilla.

—Pero hombre, ¡acelera de una vez! —Patrik pegó el dedo en el claxon al ver que el conductor que tenían delante no se daba cuenta de que los coches habían avanzado un poco.

Paula meneó la cabeza, pero se abstuvo de hacer ningún comentario. Había ido en coche con Patrik bastantes veces como para saber que, en cuanto se sentaba al volante, le cambiaba el humor por completo.

Con el tráfico del verano tardaron una hora de más en llegar a Gotemburgo, y Patrik estaba a punto de explotar cuando por fin se bajaron del coche en la tranquilidad de la calle de chalés de Partille. Se sacó la camisa para refrescarse un poco.

—Pero por Dios, ¡qué calor hace hoy! ¿No es para morirse?

Paula le miró con indulgencia la frente empapada de sudor.

—Yo soy estranera y no sudar —dijo levantando los brazos para demostrarle que estaba totalmente seca.

—Pues será que yo sudo por los dos. Debería haberme traído una camisa para cambiarme. No puede uno presentarse así... Yo estoy empapado y tú pareces una ballena que ha arribado a la orilla. No sé qué idea se harán de la Policía de Tanum... —dijo Patrik antes de tocar el timbre.

—Oye, una ballena serás tú. Yo estoy embarazada. ¿Cuál es tu excusa? —Paula le clavó el dedo en la cintura.

—Eso no es ni más ni menos que carisma. Y desaparecerá en un periquete en cuanto vuelva a hacer ejercicio.

—Ya, me han dicho que el gimnasio ha enviado una orden de búsqueda.

En ese momento se abrió la puerta, y Patrik no tuvo oportunidad de replicar.

—¡Hola, buenos días! Ustedes deben de ser los policías de Tanumshede, ¿verdad? —preguntó un hombre de unos setenta años que les sonreía con amabilidad.

—Sí —dijo Patrik, e hizo las presentaciones.

Una mujer de la misma edad que el hombre apareció y fue a saludarlos.

—Pero pasen. Yo soy Berit. Sture y yo hemos pensado que podíamos sentarnos a hablar en la incubadora de jubilados.

—¿La incubadora de jubilados? —le susurró Paula a Patrik.

—La terraza acristalada —le susurró él a su vez, y la vio sonreír.

Era una terraza soleada. Berit acercó un sillón de mimbre a la mesa y le dijo a Paula:

—Siéntese aquí, es el más cómodo.

—¡Gracias! Luego tendrán que traer una grúa para levantarme —respondió ella, y se sentó encantada en el cojín grueso y mullido.

—Eso es, y en este taburete puede poner los pies. No debe de ser fácil llevar el embarazo tan avanzado con esta ola de calor.

—No, la verdad, ya empieza a pesarme —reconoció Paula. Después de un viaje en coche tan largo, tenía los tobillos como balones de fútbol.

—Recuerdo muy bien el verano en que Ebba estaba embarazada de Vincent. También hacía muchísimo calor y... —Berit se interrumpió en mitad de la frase, y se le apagó la sonrisa. Sture le dio una palmadita cariñosa a su mujer en el hombro.

—Vamos, vamos, lo mejor será que nos sentemos para que puedan tomarse un café y un trozo de tarta. Es la tarta del tigre casera de Berit. Una receta guardada con tanto celo que ni siquiera yo sé cómo la hace. —Hablaba con tono despreocupado, en un intento de animar el ambiente otra vez, aunque tenía en la mirada la misma tristeza que su mujer.

Patrik siguió su consejo y se sentó, pero consciente de que, tarde o temprano, debía sacar a relucir un tema muy doloroso para los padres de Ebba.

—Sírvanse ustedes mismos —dijo Berit, empujando la bandeja—. ¿Su marido y usted saben ya si será niño o niña?

Paula iba camino de dar un mordisco a la tarta, pero se detuvo. Luego miró a la mujer a los ojos y le dijo con amabilidad:

—No, Johanna, que es mi pareja, y yo hemos decidido que no queremos saberlo con antelación. Pero como tenemos un hijo, nos gustaría que esta vez fuera niña, claro. De todos modos, es verdad lo que dice todo el mundo, con tal de que nazca sano..., eso es lo más importante —dijo acariciándose la barriga, preparándose para la reacción de la pareja.

A Berit se le iluminó la cara.

—¡Qué bien, le encantará ser el hermano mayor! Debe de estar muy orgulloso.

—Con una madre tan guapa, no importa lo que sea, seguro que nace bien —añadió Sture con tono cariñoso.

Ninguno de los dos pareció reaccionar ante el hecho de que el niño fuera a tener dos madres, y Paula les sonrió encantada.

—En fin, cuéntennos, ¿qué es lo que está pasando? —dijo Sture, y se inclinó sobre la mesa—. Ebba y Mårten apenas nos cuentan nada cuando llamamos, y tampoco quieren que vayamos a verlos.

—Desde luego, es mejor que no —dijo Patrik, y se dijo que lo último que necesitaban era más gente corriendo peligro en Valö.

—¿Y eso por qué? —La mirada de Berit vaciló inquieta entre Patrik y Paula—. Ebba nos contó que habían encontrado sangre cuando levantaron los suelos... ¿Es sangre de...?

—Sí, es lo más probable —atajó Patrik—. Pero es de hace tantos años que no se puede establecer con seguridad si procede de la familia de Ebba, ni a cuántas personas pertenece.

—Es terrible, de verdad —dijo Berit—. Nosotros nunca hablamos mucho con Ebba de lo que sucedió. Tampoco sabíamos mucho más de lo que nos dijeron en asuntos sociales o de lo que leímos en los periódicos. Así que nos sorprendió un poco que Mårten y ella quisieran encargarse de la casa.

—Yo no creo que quisieran irse allí —dijo Sture—. Creo que querían irse de aquí.

—¿Sería mucho pedir que nos contaran lo que le ocurrió a su hijo? —dijo Paula con prudencia.

Berit y Sture se miraron un instante, hasta que él tomó la palabra. Muy despacio, les habló del día en que murió Vincent, y Patrik notó cómo le crecía el nudo en la garganta mientras escuchaba. ¿Cómo podía ser la vida tan cruel y tan absurda?

—¿Cuánto tardaron en mudarse Ebba y Mårten después de eso? —preguntó cuando Sture hubo terminado.

—Unos seis meses, más o menos —dijo Berit.

Sture lo confirmó.

—Sí, más o menos ese tiempo. Vendieron la casa, en fin, vivían muy cerca de nosotros —dijo señalando hacia la calle—. Y Mårten dejó los encargos que tenía en la ebanistería. Ebba llevaba de baja desde que ocurrió. Era economista de la Agencia Tributaria, pero nunca volvió al trabajo. Nos preocupa un poco cómo se las van a arreglar económicamente, aunque tienen un colchón, porque vendieron la casa en la que vivían aquí.

—Les ayudamos todo lo que podemos —dijo Berit—. Tenemos otros dos hijos, o sea, hijos biológicos, aunque contamos a Ebba como una hija más, claro. Ebba siempre ha sido la niña de los ojos de sus hermanos, que le ayudarán siempre que puedan, así que yo creo que la cosa irá bien.

Patrik asintió.

—Cuando terminen las reformas, la casa quedará preciosa. Mårten parece bueno trabajando la madera.

—Sí, es increíble —dijo Sture—. Cuando vivían aquí, tenía trabajo prácticamente siempre. Es verdad que a veces aceptaba demasiados encargos, pero mejor eso que no un vago que no quiera dar golpe.

—¿Más café? —preguntó Berit, y se levantó para ir en busca de la cafetera sin esperar respuesta.

Sture se la quedó mirando.

—Esto la destroza, es solo que no quiere demostrarlo. Ebba vino a esta casa como un ángel. Nuestros hijos mayores tenían ya seis y ocho años, y habíamos hablado de tener otro. La idea de ver si no habría algún pequeño al que pudiéramos ayudar fue de Berit.

—¿Han tenido otros hijos adoptivos, aparte de Ebba? —preguntó Paula.

—No, ella fue la primera y la única. Se quedó con nosotros y luego decidimos adoptarla. Berit apenas podía conciliar el sueño por las noches, hasta que lo conseguimos. Tenía muchísimo miedo de que alguien nos la quitara.

—¿Cómo era de niña? —preguntó Patrik por curiosidad, más que nada. Algo le decía que la Ebba que él había visto no era más que una copia desvaída de la auténtica.

—Madre mía, era un torbellino, puede estar seguro.

—¿Ebba? ¡Vaya si lo era! —Berit salió a la terraza con la cafetera—. Las cosas que se le ocurrían... Pero siempre estaba contenta y era imposible enfadarse con ella de verdad.

—Y eso hace que todo sea más difícil de soportar —dijo Sture—. No solo perdimos a Vincent, también perdimos a Ebba. Fue como si, con Vincent, hubiese muerto también una gran parte de Ebba. Y lo mismo puede decirse de Mårten. Claro que él ha tenido siempre un humor más inestable, y de vez en cuando estaba deprimido, pero antes de la muerte de Vincent, estaban bien juntos. Ahora..., ahora ya no sé. Al principio no podían ni estar juntos en la misma habitación, y ahora se pasan los días en una isla del archipiélago. En fin, que no podemos dejar de preocuparnos.

—¿Tienen alguna teoría sobre quién querría incendiarles la casa o dispararle a Ebba? —preguntó Patrik.

Berit y Sture se lo quedaron mirando perplejos.

—¿Es que Ebba no se lo ha contado? —Patrick miró a Paula. Ni siquiera se le había pasado por la cabeza que los padres de Ebba no supieran lo que le había ocurrido a su hija. De haberlo sabido, habría tratado de formular la pregunta con algo más de tacto.

—No, lo único que nos ha dicho es que han encontrado sangre —dijo Sture.

Patrik seguía buscando las palabras adecuadas para describir los sucesos acontecidos en Valö cuando Paula se le adelantó y, tranquilamente y muy seria, los informó del incendio y del tiroteo.

Berit se agarró al borde de la mesa con fuerza.

—No comprendo por qué no nos ha contado nada.

—Seguramente, no querría que nos preocupáramos —dijo Sture, que parecía tan alterado como su mujer.

—Pero ¿cómo es que se han quedado allí? ¡Es una locura! Tienen que irse de inmediato. Deberíamos ir a hablar con ellos, Sture.

—Los dos parecen resueltos a quedarse —dijo Patrik—. Pero por el momento, Ebba se ha venido a casa con nosotros. Llegó anoche con mi mujer y ha dormido en el cuarto de invitados. Mårten, en cambio, se ha negado a abandonar la isla, así que él sigue allí.

—¿Es que no está en su sano juicio? —dijo Berit—. Nos vamos. Vamos allí ahora mismo. —Se puso de pie, pero Sture la sentó con amabilidad, aunque con decisión.

—No hay que precipitarse. Vamos a llamar a Ebba, a ver qué nos dice. Ya sabes lo tozudos que son. No tiene ningún sentido que nos pongamos a discutir.

Berit meneó la cabeza, pero no hizo más amago de levantarse.

—¿Se les ocurre alguna razón por la que pudieran querer hacerles daño? —Paula se retorcía en la silla. Incluso en aquel sillón estupendo, al cabo de un rato, empezaban a dolerle las articulaciones.

—No, ninguna —dijo Berit con énfasis—. Llevaban una vida totalmente normal. ¿Y por qué iba nadie a querer hacerles más daño aún? Ya han tenido bastantes penas y desgracias.

—En cualquier caso, seguramente todo esto guardará relación con lo que le ocurrió a la familia de Ebba, ¿no? —dijo Sture—. Puede que quienquiera que sea esté preocupado por que algo salga a la luz.

—Sí, esa es nuestra hipótesis, pero por ahora no sabemos mucho, por eso procuramos expresarnos con prudencia —dijo Patrik—. Una cosa que nos extraña es lo de las tarjetas que alguien que firma como «G» le ha estado enviando a Ebba.

—Sí, es muy extraño —dijo Sture—. Las ha recibido todos los años, por su cumpleaños. Suponíamos que serían de algún pariente lejano. Nos parecía tan inofensivo que no indagamos más.

—Pues Ebba recibió ayer una tarjeta que no era tan inofensiva.

Los padres de Ebba lo miraron sorprendidos.

—¿Qué decía? —Sture se había levantado para correr un poco las cortinas. La luz del sol había empezado a entrar por la ventana y daba de pleno en la mesa.

—Puede decirse que contenía un mensaje amenazador.

—En ese caso, sería la primera vez. ¿Creen que el remitente es la misma persona que ha atacado a Ebba y a Mårten?

—No lo sabemos. Pero nos sería muy útil ver alguna de las otras tarjetas.

Sture se disculpó.

—Lo siento, no las hemos conservado. Se las enseñábamos a Ebba y luego las tirábamos. No decían nada personal, solo «Feliz cumpleaños», y luego la firma, «G». Nada más. No nos pareció que valiera la pena conservarlas.

—Ya, claro —dijo Patrik—. ¿Y no había nada en las tarjetas que indicara quién las enviaba? Por ejemplo, ¿no se veía de dónde era el matasellos?

—De Gotemburgo, así que no nos daba ninguna pista. —Sture guardó silencio; de pronto se acordó de algo y miró a su mujer—. El dinero —dijo.

Berit abrió los ojos de par en par.

—¿Cómo no se nos ocurrió antes? —Se volvió hacia Patrik y Paula—: Desde que Ebba vino a nuestra casa hasta el día en que cumplió los dieciocho, alguien estuvo ingresando dinero todos los meses. Recibimos una carta en la que decía que habían abierto una cuenta a su nombre. No tocamos ese dinero, y se lo dimos cuando Mårten y ella iban a comprar la casa.

—Ya. ¿Y no tienen ni idea de quién hacía esos ingresos? ¿No han intentado averiguarlo?

—Sí, claro, algún intento hicimos —respondió Sture—. Como es lógico, teníamos curiosidad. Pero en el banco nos dijeron que el ordenante quería permanecer anónimo, así que no pudimos hacer nada. Al final, pensamos que sería la misma persona que enviaba las felicitaciones de cumpleaños, un pariente lejano cuyas intenciones eran buenas.

—¿A través de qué banco le hacían las transferencias?

—El Handelsbanken. De la oficina de la plaza de Norrmalmstorg, en Estocolmo.

—De acuerdo, pues indagaremos por ahí. Estupendo que nos lo hayan dicho.

Paula asintió a una mirada inquisitiva de Patrik. Este se levantó.

—Pues muchas gracias por recibirnos. Si se acuerdan de algo más, llámennos, por favor.

—Cuente con ello. Lógicamente, estamos dispuestos a colaborar en todo lo que podamos. —Sture sonrió débilmente, y Patrik comprendió que estaba deseando llamar por teléfono a su hija en cuanto él y Paula se hubieran ido.

316

El viaje a Gotemburgo había resultado más fructífero de lo que Patrik esperaba. «Sigue el dinero», como solían decir en las películas americanas. Si pudieran averiguar la procedencia del dinero, quizá encontraran la pista que necesitaban para seguir avanzando.

Cuando se sentaron en el coche, encendió el teléfono. Veinticinco llamadas perdidas. Patrik soltó un suspiro y se volvió hacia Paula.

—Algo me dice que la prensa se ha enterado de todo. —Arrancó el coche y puso rumbo a Tanumshede. Tenían por delante un día espantoso.

El *Expressen* había sacado la noticia sobre los sucesos de Valö, y podía decirse que el jefe de Kjell se enfadó cuando supo por los rumores que ellos habrían podido lanzar la primicia. Tras haberse despachado a gusto vociferando, mandó a la calle a Kjell para que superase al gran diario nacional y consiguiera que los artículos del *Bohusläningen* afinaran más y mejor. «Que seamos más pequeños, que seamos un diario local no significa que seamos peores», decía siempre.

Kjell hojeó sus notas. Por supuesto que ceder una noticia así iba en contra de sus principios periodísticos, pero su implicación en la lucha contra las organizaciones xenófobas era más importante. Si tenía que dejar escapar una primicia a cambio de que le ayudaran a sacar a la luz la verdad acerca de Amigos de Suecia y de John Holm, estaba dispuesto a ello.

Tuvo que contenerse para no llamar a Sven Niklasson y preguntarle cómo iban las cosas. Seguramente, no averiguaría mucho antes de leerlo en el periódico, pero no podía dejar de pensar en lo que significaría Gimlé. Estaba seguro de que el tono de voz de Sven Niklasson cambió cuando empezó a hablarle del papel que Erica había encontrado en casa de John. Le dio la impresión de que Niklasson había oído hablar de Gimlé con anterioridad, y de que ya sabía algo al respecto.

Abrió el *Expressen* y leyó lo que decía sobre el hallazgo de Valö. Cuatro páginas enteras dedicaban a la noticia, y lo más probable es que se convirtiera en un culebrón en los próximos días. La Policía de Tanum había convocado una rueda de prensa para primera hora de la tarde, y confiaba en que les dirían algo sobre lo que seguir avanzando. Pero aún faltaban unas horas, y el reto no consistía en obtener la misma información que los demás, sino en encontrar algo que nadie tuviera. Kjell se retrepó en la silla y se puso a cavilar. Sabía que la gente de la comarca siempre había sentido fascinación por el tema de los muchachos que se quedaron en la isla durante aquellas vacaciones de Pascua. A lo largo de los años se había especulado sin medida sobre lo que sabían o lo que dejaban de saber, y sobre si estaban o no implicados en la desaparición de la familia. Si recababa material suficiente sobre esos cinco chicos, podría escribir un artículo que ninguno de los demás periódicos estaría en condiciones de superar.

Se incorporó y empezó a buscar en el ordenador. Enseguida encontró en registros públicos una serie de datos sobre los hombres en que aquellos muchachos se habían convertido; siempre podía empezar por ahí. Además, tenía sus propias notas de la entrevista con John. A los otros cuatro tendría que verlos a lo largo del día. Sería mucho trabajo en muy pocas horas, pero si lo conseguía, el resultado merecería la pena.

Y se le ocurrió otra idea. Debería tratar de hablar con Gösta Flygare, que participó en la antigua investigación. Con un poco de suerte, Gösta podría hablarle de sus impresiones de los interrogatorios a los muchachos, lo cual daría más peso al artículo.

El asunto de Gimlé se le venía continuamente a la cabeza, pero procuró olvidarlo. Ya no era asunto suyo, y tal vez no significara nada. Móvil en mano, empezó a hacer sus llamadas. No tenía tiempo que perder cavilando.

Percy fue haciendo la maleta muy despacio. No asistiría a la fiesta de cumpleaños. Unas cuantas llamadas habían bastado para enterarse de que Pyttan no solo lo había abandonado, sino que, además, se había instalado en casa del homenajeado.

Al día siguiente por la mañana volvería a Fjällbacka en el Jaguar. No estaba seguro de que fuese una buena idea, pero la llamada de Leon no había hecho sino confirmarle que su vida estaba a punto de derrumbarse; bien mirado, ¿qué tenía que perder?

Como siempre, cuando Leon hablaba, todos obedecían. Ya entonces era el líder, y resultaba extraño y un tanto aterrador pensar que tenía la misma autoridad ahora que a los dieciséis. Tal vez la vida habría sido diferente si no hubiera cumplido las órdenes de Leon, pero no quería pensar en eso ahora. Con tantos años como llevaba reprimiendo todo lo que ocurrió en Valö, sin volver nunca a la isla... Cuando el barco se alejaba, ni siquiera miró atrás.

Ahora se veía obligado a recordarlo todo otra vez. Sabía que debería quedarse en Estocolmo, emborracharse a base de bien y ver pasar la vida por la calle de Karlavägen, a la espera de que los acreedores llamaran a la puerta. Pero la voz de Leon al teléfono lo había dejado tan abúlico como antaño.

Se llevó un sobresalto al oír el timbre. No esperaba visita, y Pyttan ya se había llevado todo lo que era de valor. Y no se hacía ilusiones con que se hubiera arrepentido y quisiera volver. No era tonta. Sabía que él iba a perderlo todo y había emprendido la huida mientras aún estaba a tiempo. En cierto modo, la comprendía. Él se había educado en un mundo donde uno se casaba con quien tenía algo que ofrecerle, como una especie de intercambio comercial aristocrático.

Abrió la puerta. Y allí estaba el abogado Buhrman.

—¿Habíamos quedado en vernos? —preguntó Percy, tratando de hacer memoria.

—No, en absoluto. —El abogado dio un paso al frente y Percy tuvo que retroceder para dejarlo entrar—. Tenía varios asuntos que resolver en la capital y, en realidad, debería haber vuelto a casa a primera hora de la tarde, pero esto es urgente.

Buhrman evitaba mirarlo a la cara, y Percy notó que empezaban a temblarle las piernas. Aquello no presagiaba nada bueno.

—Entra —le dijo al letrado, luchando por que no le temblara la voz.

Oía resonar en la cabeza la voz de su padre: «Pase lo que pase, nunca te muestres débil». De repente, acudieron a la memoria los recuerdos de todas las ocasiones en las que no había seguido aquel consejo, sino que, hecho un mar de lágrimas, se había arrodillado rogando y suplicando. Tragó saliva y cerró los ojos. Aquel no era el momento idóneo para dejar que el pasado cobrara protagonismo. Ya tendría bastante dosis de pasado al día siguiente. Ahora debía averiguar lo que quería Buhrman.

—¿Te apetece un whisky? —preguntó ya camino del carrito de las bebidas, donde se sirvió uno.

El abogado se sentó trabajosamente en el sofá.

—No, gracias.

—¿Café?

—No, Percy, gracias. Siéntate, anda. —Buhrman acompañó sus palabras de un golpe de bastón y Percy obedeció enseguida. Guardó silencio mientras el abogado hablaba, asintiendo de vez en cuando para que supiera que lo estaba entendiendo. No mostró lo que pensaba con el menor gesto. La voz de su padre le resonaba cada vez más alto en las sienes: «Nunca te muestres débil».

Cuando Buhrman se marchó, él siguió haciendo el equipaje. Solo podía hacer una cosa. Había sido débil en aquella ocasión, hacía ya tantos años. Se había dejado vencer por el mal. Percy cerró la cremallera de la maleta y se sentó en la cama. Se quedó mirando al vacío. Le habían destrozado la vida. Ya nada tenía ninguna importancia. Pero él jamás volvería a mostrar debilidad.

Fjällbacka, 1939

*L*aura observaba a su marido al otro lado de la mesa de la cocina. Llevaban casados un año. El mismo día que Laura cumplió los dieciocho, le dio el sí a Sigvard y, al cabo de unos pocos meses, contrajeron matrimonio en una sencilla ceremonia celebrada en el jardín. Sigvard tenía entonces cincuenta y tres años, y habría podido ser su padre. Pero era rico, y Laura sabía que ya no tendría que preocuparse por su futuro nunca más. Fríamente, fue anotando en una lista los argumentos a favor y en contra, y los primeros eran más. El amor era cosa de locos y un lujo que una mujer en su situación no podía permitirse.

—Los alemanes han entrado en Polonia —dijo Sigvard alteradísimo—. Este es solo el principio, si no, al tiempo.

—Me aburre la política.

Laura se preparó media rebanada de pan. No se atrevía a comer. Un hambre perpetua era el precio que tenía que pagar para ser perfecta, y a veces caía en la cuenta de lo absurdo que era. Se había casado con Sigvard por la seguridad, por la certeza de que siempre tendría qué comer. Aun así, pasaba tanta hambre como cuando era pequeña y Dagmar se gastaba el dinero en vino, en lugar de en comida.

Sigvard se rio.

—Aquí hablan también de tu padre.

Ella le dedicó una mirada fría. Podía aguantar muchas cosas, pero le había dicho infinidad de veces que no quería oír una palabra

322

de nada que tuviera que ver con la loca de su madre. No le hacían falta recordatorios del pasado. Dagmar estaba a buen recaudo en el hospital de Sankt Jörgen, y con un poco de suerte, allí pasaría el resto de su triste vida.

—*Ese comentario estaba de más* —*dijo.*

Lo siento, querida. Pero no hay nada de lo que avergonzarse. Al contrario. El tal Göring es el favorito de Hitler, y jefe de la Lufwaffe. No está nada mal —*asintió pensativo, y volvió a concentrarse en el periódico.*

Laura exhaló un suspiro. No le interesaba y no quería oír hablar más de Göring en su vida. Se había pasado años aguantando los desvaríos de su madre, y ahora la obligaban a oír y a leer sobre él a todas horas, solo porque era uno de los hombres de confianza de Hitler. Por Dios bendito, ¿qué les importaba a los suecos que los alemanes invadieran Polonia?

—*Me gustaría redecorar un poco el salón, ¿te parece bien?* —*preguntó con el tono de voz más dulce de que era capaz. No hacía tanto que Sigvard le había permitido cambiarlo entero. Había quedado muy bonito, pero todavía no era perfecto. No era como el salón de la casa de muñecas. El sofá que había comprado no encajaba del todo y los cristales de la araña no eran tan brillantes y relucientes como esperaba antes de que estuviera colgada.*

—*Me dejarás en la ruina* —*dijo Sigvard, pero mirándola con devoción*—. *Haz lo que quieras, querida. Con tal de que estés feliz...*

Anna también estará, si no te importa. —Erica miró temerosa a Ebba. En el mismo momento en que le dijo a su hermana que viniera, se dio cuenta de que quizá no fuera muy buena idea, pero tenía la sensación de que Anna necesitaba compañía.

—Sí, no pasa nada. —Ebba sonreía, pero aún parecía agotada.

—¿Qué han dicho tus padres? A Patrik le pareció un poco injusto que tuvieran que enterarse así del incendio y los disparos, pero creía que tú se lo habrías dicho.

—Sí, debería haberlo hecho, pero lo iba dejando... Sé lo mucho que se preocupan. Y me habrían pedido que lo dejáramos todo y volviéramos a Gotemburgo.

—¿Y no os lo habéis planteado? —dijo Erica, mientras ponía un DVD de *Lotta la traviesa*. Los gemelos estaban durmiendo, exhaustos como habían quedado después de la excursión a casa de Gösta, y Maja estaba en el sofá esperando a que empezara la película.

Ebba reflexionó un instante, pero luego respondió:

—No, no podemos volver. Si esto no funciona, no sé qué vamos a hacer. Sé que es una locura quedarse, y tengo miedo, desde luego, pero al mismo tiempo... Lo peor que podía ocurrir ya ha ocurrido.

–¿Qué...? –comenzó Erica. Por fin se había armado de valor para preguntar qué le había sucedido a su hijo, pero en ese momento se abrió la puerta y apareció Anna.

–¡Hola!

–Pasa, estoy poniendo el DVD de *Lotta,* por enésima vez.

–Hola –dijo Anna mirando a Ebba. Sonrió débilmente, como si no supiera muy bien cómo tratarla después de la experiencia que habían compartido el día anterior.

–Hola, Anna –dijo Ebba con la misma cautela. La cautela era algo así como parte de su personalidad, y Erica se preguntaba si antes de la muerte de su hijo era una persona más abierta.

Por fin empezó la película, y Erica se levantó.

–Nos vamos a la cocina.

Anna y Ebba se adelantaron y se sentaron a la mesa.

–¿Has podido dormir? –dijo Anna.

–Sí, doce horas, pero me siento capaz de dormir otras doce.

–Seguro que es la conmoción.

Erica entró en la cocina con una montaña de papeles en los brazos.

–Lo que tengo no es exhaustivo ni mucho menos, y seguro que ya conoces buena parte –dijo, y dejó el montón encima de la mesa.

–No he visto nada de nada –dijo Ebba–. Puede que suene extraño, pero no había pensando en mis antecedentes familiares hasta que nos hicimos cargo de la casa y nos mudamos aquí. Supongo que mi vida era buena, y además, todo me parecía un poco..., absurdo. –Se quedó mirando la pila de documentos como si solo con verlos pudiera enterarse de su contenido.

–Pues estupendo. –Erica abrió un cuaderno y carraspeó un poco–. Tu madre, Inez, nació en 1951, y solo tenía veintitrés años cuando desapareció. En realidad, no he buscado mucho sobre su vida antes de que se casara con Rune. Nació y se crio en Fjällbacka, sacaba unas notas normales en el colegio y, bueno, a decir verdad, eso es todo lo que hay en los archivos. Se casó con tu padre, Rune Elvander, en 1970, y tú naciste en enero de 1973.

—El tres de enero —le confirmó Ebba.

—Rune era bastante mayor que Inez, como ya sabrás. Él había nacido en 1919 y tenía tres hijos de un matrimonio anterior: Johan, Annelie y Claes, que tenían nueve, dieciséis y diecinueve años respectivamente cuando desaparecieron. Su madre, Carla, la primera mujer de Rune, murió pocos años antes de que Rune e Inez se casaran y, según las personas con las que he hablado, a tu madre no le resultó del todo fácil que la familia la aceptara.

—Me pregunto por qué se casaría con alguien tan mayor —dijo Ebba—. Mi padre debía de tener... —comenzó calculando mentalmente—. Debía de tener cincuenta y uno cuando se casaron.

—Parece que tu abuela materna tuvo algo que ver. Al parecer era..., en fin, no sé cómo decirlo...

—No tengo ninguna relación con mi abuela materna, así que por mí no te cortes. Mi familia está en Gotemburgo. Esta parte de mi vida es más bien una curiosidad.

—Bueno, entonces, espero que no te lo tomes a mal si digo que a tu abuela la conocía todo el mundo por lo bicho que era.

—¡Pero Erica, mujer! —exclamó Anna, reprobando a su hermana con la mirada.

Por primera vez desde que la conocieron, vieron reír a Ebba con todas sus ganas.

—No pasa nada. —Se volvió a Anna—. No me molesta. Quiero oír la verdad, o por lo menos, toda la verdad que se pueda conocer.

—Ya, pero en fin... —dijo Anna, algo descontenta.

Erica continuó:

—Tu abuela se llamaba Laura y nació en 1920.

—Es decir, que mi abuela tenía la misma edad que mi padre —concluyó Ebba—. Pues me parece más extraño todavía.

—Ya te digo que fue cosa de Laura. Ella fue quien obligó a tu madre a casarse con Rune, pero no tengo pruebas fehacientes de ello, así que no te lo tomes al pie de la letra.

Erica empezó a bucear en el montón de documentos y le mostró a Ebba una copia de una foto.

—Aquí tienes una foto de tus abuelos maternos, Laura y Sigvard.

Ebba se inclinó.

—Desde luego, no parece una persona muy jovial —dijo observando la expresión severa de la dama de la foto. El hombre que había a su lado no parecía mucho más alegre.

—Sigvard murió en 1954, poco después de que hicieran la fotografía.

—Parecen adinerados —dijo Anna inclinándose también para ver mejor.

—Lo eran —asintió Erica—. Al menos, lo fueron hasta la muerte de Sigvard. Entonces se supo que había hecho una serie de negocios ruinosos. Perdió casi todo el dinero y, dado que Laura no trabajaba, el capital fue menguando poco a poco hasta agotarse. Laura se habría quedado desahuciada si Inez no se hubiera casado con Rune.

—Entonces, ¿mi padre era rico? —preguntó Ebba, inspeccionando la foto de cerca para no perderse ningún detalle.

—Bueno, yo no diría tanto, pero sí era un hombre acomodado. Lo bastante como para que Laura, una vez viuda, pudiera costearse en la península una vivienda más que digna.

—Pero ella ya no vivía cuando mis padres desaparecieron, ¿verdad?

Erica hojeó un cuaderno que tenía delante.

—No, exacto. Laura murió de un infarto en 1973. Y de hecho, murió en Valö. Claes, el hijo mayor de Rune, la encontró en la parte posterior de la casa. Y ya estaba muerta.

Erica se humedeció el pulgar, empezó a revisar las pilas de papeles y pronto encontró la fotocopia que buscaba, de un artículo del periódico.

—Aquí lo dice, en este número del *Bohusläningen*.

Ebba leyó la fotocopia.

—Vaya, parece que mi abuela era una mujer conocida en la zona.

—Sí, todo el mundo sabía quién era Laura Blitz. Sigvard había conseguido su fortuna con el tráfico naviero, y se rumoreaba que había hecho negocios con los alemanes durante la Segunda Guerra Mundial.

—¿Eran nazis? —preguntó Ebba mirando a Erica horrorizada.

—Bueno, no sé lo implicados que estaban... —dijo con prudencia—. Pero todo el mundo sabía que tus abuelos simpatizaban con ellos en cierto modo.

—¿Y mi madre? —preguntó Ebba con los ojos como platos, y Anna lanzó a Erica una mirada de advertencia.

—Pues yo no he oído nada en ese sentido —dijo negando con un gesto vehemente—. Era amable y un tanto ingenua. Así describe a Inez la mayoría de las personas. Y sometida a la voluntad de tu abuela.

—Ya... Eso puede explicar el matrimonio con mi padre. —Ebba se mordía el labio pensativa—. ¿No era él también un hombre muy autoritario? ¿O es un prejuicio mío, solo porque era director de un internado?

—No, todo indica que era autoritario. Dicen que era muy severo, un hombre muy estricto.

—¿Sabes si mi abuela había nacido en Fjällbacka? —Ebba se puso a mirar de nuevo la foto de aquella mujer tan seria.

—Sí, tu familia por parte de madre llevaba aquí varias generaciones. Tu bisabuela se llamaba Dagmar, nació en Fjällbacka en 1900.

—O sea que tuvo a mi abuela a la edad de... Veinte años, ¿no? Pero claro, en aquel entonces no era nada extraordinario tener hijos tan joven. ¿Quién era el padre de mi abuela?

—En el registro dice «padre desconocido». Y parece que Dagmar era de armas tomar. —Erica volvió a humedecerse el dedo y siguió hojeando hasta que encontró un papel de los últimos del montón—. Esto es una copia del archivo de sentencias.

—¿Condenada por vagabunda? ¿La abuela de mi madre era prostituta? —Ebba la miraba atónita.

—Era madre soltera con una hija ilegítima, y hacía lo que podía para sobrevivir. Seguro que no tuvo una vida fácil. También tiene varias condenas por hurto. A Dagmar la consideraban un poco loca, y se daba a la bebida. Existen documentos que demuestran que pasó largos periodos ingresada en un manicomio.

—¡Qué vida más horrible la de mi abuela! —dijo Ebba—. Así se explica que se volviera una mala persona.

—Sí, la infancia con Dagmar no debió de ser fácil. Hoy en día se consideraría un escándalo que le permitieran vivir con alguien como ella. Pero entonces no se había avanzado tanto, y existía un desprecio generalizado por las madres solteras. —Erica se imaginaba perfectamente a la madre y a la hija. Había dedicado tantas horas a investigar la historia de esas dos mujeres que se le antojaban completamente reales. En realidad, no sabía por qué se había retrotraído tanto en el tiempo mientras trataba de desentrañar el misterio de la desaparición de la familia Elvander. Pero el destino de aquellas dos mujeres la fascinó desde el principio, y continuó investigando.

—¿Qué fue de Dagmar? —preguntó Ebba.

Erica le mostró otro documento: una copia de una foto en blanco y negro que parecían haber hecho durante un juicio.

—¡Madre mía! ¿Es ella?

—A ver —dijo Anna, y Ebba se la enseñó.

—¿Cuándo hicieron esta foto? Se la ve vieja y ajada.

Erica miró sus notas.

—Es una foto de 1945. Ahí tenía cuarenta y cinco años. Se la hicieron en Gotemburgo, cuando estaba ingresada en el psiquiátrico de Sankt Jörgen.

Erica hizo una pausa de efecto.

—Por cierto, eso fue cuatro años antes de que Dagmar desapareciera.

—¿Que desapareció? —dijo Ebba.

—Sí, parece que es de familia... Las últimas referencias de Dagmar son de 1949. A partir de ahí, es como si se hubiera esfumado.

—¿Y Laura no sabía nada?

—Por lo que yo sé, Laura interrumpió el contacto con su madre mucho antes. A aquellas alturas, ella estaba casada con Sigvard y llevaba una vida totalmente distinta de la que tuvo que vivir con Dagmar.

—¿Y no hay ninguna teoría acerca de lo que le pasó? —preguntó Anna.

—Pues claro, la principal es, según parece, que se mató a borracheras y que se ahogó en el mar. Pero nunca encontraron el cadáver.

—¡Socorro! —dijo Ebba, mirando otra vez la foto de Dagmar—. Una abuela ladrona y prostituta que, además, luego desaparece sin dejar rastro. No sé cómo voy a digerir esto.

—Pues lo que viene es peor. —Erica echó una ojeada a los papeles de la mesa, disfrutando de la atención curiosa que le dispensaba el auditorio—. La madre de Dagmar...

—¿Qué? —dijo Anna impaciente.

—Espera, yo creo que será mejor que comamos primero, luego veremos el resto —dijo Erica, sin la menor intención de esperar tanto para revelar el secreto.

—¡Venga ya! —protestaron a coro Anna y Ebba, casi gritando.

—¿A alguna de vosotras le suena familiar el nombre de Helga Svensson?

Ebba se paró a pensar un momento, pero acabó reconociendo que no. Anna hacía memoria con el ceño fruncido. Luego miró a Erica con un destello de triunfo en los ojos.

—La partera de ángeles —dijo al final.

—¿Cómo? —preguntó Ebba.

—Fjällbacka no solo es conocida por la quebrada de Kungsklyftan y por Ingrid Bergman —intervino Anna—. También tenemos el dudoso honor de ser el pueblo natal de la partera de ángeles, Helga Svensson, decapitada en 1909, si no me equivoco.

—En 1908 —dijo Erica.

—¿Que la decapitaron? ¿Por qué? —Ebba las miraba desconcertada.

—Mataba a los niños que le dejaban en acogida. Los ahogaba en un barreño. No se descubrió hasta el día en que una de las madres se arrepintió de haber dejado a su hijo y volvió para recuperarlo. Al ver que no estaba, a pesar de que Helga se había pasado un año hablándole de él en sus cartas, la madre empezó a sospechar y fue a la Policía. Los agentes la creyeron, y un día, muy de mañana, irrumpieron en casa de Helga, que vivía con su marido y con los niños, tanto la hija de Helga como aquellos niños que estaban allí en acogida y que, por suerte, aún seguían con vida.

—Y cuando excavaron el suelo de tierra del sótano, encontraron ocho cadáveres, todos ellos de niños —remató Anna.

—Madre mía, ¡es horrible! —dijo Ebba con cara de querer vomitar—. Pero no entiendo qué tiene eso que ver con mi familia —añadió señalando el montón de documentos que había en la mesa.

—Helga era la madre de Dagmar —dijo Erica—. La partera de ángeles, Helga Svensson, era la madre de Dagmar y tu tatarabuela.

—¿Te estás quedando conmigo? —Ebba la miraba incrédula.

—No, es la pura verdad. Comprenderás que, cuando Anna me contó que hacías colgantes de plata en forma de ángel, me llamó la atención.

—Vaya, tengo la sensación de que no debería haber removido este tema —dijo Ebba, aunque no parecía muy convencida.

—¡Qué va! ¡Con lo emocionante que es! —exclamó Anna, y enseguida se arrepintió de haberse expresado de ese modo. Se volvió a Ebba y se disculpó:— Lo siento, no quería decir...

—No, si a mí también me parece muy emocionante —confesó Ebba—. Y también me parece que es una ironía el que mis colgantes sean ángeles. Muy extraño. Se plantea uno si existe el destino.

Se le ensombreció la mirada, y Erica se imaginó que estaría pensando en su hijo.

—Ocho niños —dijo luego muy despacio—. Ocho niños pequeños enterrados en un sótano...

—Figúrate, ¿de qué pasta hay que ser para hacer algo así? —dijo Anna.

—¿Qué fue de Dagmar después de la ejecución de Helga? —Ebba cruzó los brazos; parecía más frágil que nunca.

—El marido de Helga, el padre de Dagmar, también murió decapitado —continuó Erica—. Él era el que enterraba los cadáveres y lo consideraron cómplice, aunque la

332

que ahogaba a los niños era Helga. Así que Dagmar se quedó huérfana y fue a parar a casa de un granjero, y allí vivió unos años, a las afueras de Fjällbacka. No sé cómo lo pasó con esa familia, pero puedo imaginar que muy mal, puesto que era la hija de una asesina de niños. No creo que la gente de la comarca se lo perdonara así como así.

Ebba asintió. Parecía extenuada, y Erica pensó que sería mejor dejarlo por el momento. Era la hora del almuerzo y, además, quería ver si Gösta la había llamado. Cruzó los dedos con la esperanza de que la visita a Olle el Chatarrero hubiese dado resultado. Ya era hora de que la suerte les sonriera.

Una mosca zumbaba volando contra la ventana. Una y otra vez se abalanzaba sobre el cristal, en una lucha inútil. Seguramente, estaría extrañada. No había ningún obstáculo visible y, aun así, algo se interponía en su camino. Mårten comprendía perfectamente cómo debía de sentirse. Estuvo observándola un rato, hasta que alargó la mano despacio hacia la ventana, formó una pinza con el índice y el pulgar y la atrapó. La examinó fascinado mientras apretaba los dedos. La aplastó todo lo que pudo y se luego se limpió en el marco de la ventana.

Una vez que cesó el zumbido, la habitación quedó en silencio absoluto. Se había sentado en la mesa de trabajo de Ebba y tenía delante las herramientas con las que trabajaba. Había allí un ángel de plata a medio terminar y se preguntó qué dolor podría curar aquella joya. Claro que no tenía por qué ser así, no todos los colgantes eran encargo en recuerdo de alguien que hubiese fallecido, muchas personas los compraban simplemente porque eran bonitos. Pero aquel, precisamente, intuía que sí era para alguien que estaba de luto. Desde que murió Vincent, era capaz de sentir el dolor de los demás aunque no estuvieran presentes. Con el ángel a medio hacer entre las manos, sintió que era para una persona que experimentaba el mismo vacío, la misma sensación de absurdo que ellos dos.

Apretó el colgante fuertemente en la mano. Ebba no comprendía que ellos dos juntos podrían llenar parte de ese vacío. Lo único que tenía que hacer era dejar que se le acercara otra vez. Y tenía que reconocer su culpa. Él se había pasado mucho tiempo cegado por sus propios remordimientos, pero estaba empezando a comprender que era culpa de Ebba. Si ella lo reconociera, él la perdonaría y le daría otra oportunidad. Pero Ebba no decía nada, sino que lo miraba con expresión acusadora, buscando la culpa en su mirada.

Lo rechazaba, y él no se explicaba por qué. Después de todo lo ocurrido, debería dejar que él la cuidara, apoyarse en él. Antes era ella la que lo decidía todo. Dónde iban a vivir, adónde irían de vacaciones, cuándo iban a tener hijos, en fin, hasta aquella misma mañana, fue ella quien dispuso lo que había que hacer. La gente se dejaba engañar por los ojos azules de Ebba, por su fragilidad. La veían como a una persona tímida y complaciente, pero eso no era verdad. Ella fue quien decidió lo que había que hacer aquella mañana, pero desde ahora, le tocaba a él decidir.

Se levantó y arrojó el ángel sobre la mesa. Cubierto de algo rojo y pringoso, cayó encima del desorden. Mårten se miró la palma de la mano, asombrado al ver los cortes. Se limpió despacio en el pantalón. Ebba tenía que volver a casa. Había unas cuantas cosas que debía explicarle.

Liv limpiaba los muebles del jardín con movimientos bruscos. Había que hacerlo a diario para que las sillas se mantuvieran limpias, y continuó frotando hasta que el plástico estuvo reluciente. Tenía la espalda empapada de sudor bajo el ardiente sol de mediodía. Después de tantas horas tomando el sol en la cabaña, tenía un moreno precioso, pero se le notaban las ojeras.

—Pues yo creo que no deberías ir —dijo—. ¿Por qué vas a ir a esa especie de reencuentro? Ya sabes lo delicada que es la situación del partido ahora. Tenemos que hacer poco ruido hasta que... —guardó silencio de pronto.

—Ya lo sé, ya lo sé, pero hay cosas que uno no puede controlar —dijo John, y se encajó las gafas en la frente.

Estaba sentado a la mesa, revisando los periódicos. Leía a diario los periódicos nacionales, y una selección de la prensa local. Hasta ahora no había conseguido leer el montón de periódicos sin que lo invadiera la repulsión por la simpleza que impregnaba las páginas. Todos esos periodistas liberales, cronistas y sabiondos que creían que comprendían cómo funcionaba el mundo. Juntos contribuían, lento pero seguro, a conducir al pueblo sueco a la perdición. Era responsabilidad suya conseguir que todos abrieran los ojos. El precio era muy alto, pero no había guerra sin pérdidas. Y aquello era una guerra.

—¿Estará también el judío ese? —Liv empezó a limpiar la mesa, una vez que comprobó que las sillas ya estaban bastante limpias.

John asintió.

—Sí, seguramente, Josef también estará.

—Imagínate que te ven y os fotografían juntos. ¿Qué crees que pasará si sale en los periódicos? Ya te puedes figurar lo que dirían tus seguidores. Pondrían en duda tu lealtad y tendrías que dimitir. Y no podemos arriesgarnos a que eso suceda, ahora que estamos tan cerca.

John tenía la mirada perdida en el puerto, y evitaba la de Liv. Ella no sabía nada. ¿Cómo iba a hablarle de la oscuridad, el frío y el terror que, momentáneamente, borraba todas las fronteras raciales? En aquel entonces era una cuestión de supervivencia, y para bien o para mal, él y Josef estaban vinculados para siempre. Pero a Liv no podría contárselo nunca.

—Tengo que ir —dijo con un tono terminante que daba a entender que no cabía más discusión. Liv sabía que no debía insistir, pero continuó murmurando entre dientes. John se la quedó mirando con una sonrisa, contemplando la cara tan bonita que tenía, cuya expresión revelaba una voluntad de hierro. La quería, y habían compartido muchas cosas, pero aquel suceso espantoso solo podía compartirlo con quienes habían participado en él.

Por primera vez en todos aquellos años, volverían a reunirse. Sería la última. La tarea que tenía ante sí era demasiado importante y no le quedaría otro remedio que detener el pasado. Lo que ocurrió en 1974 había vuelto a suceder, pero bien podía volver a desaparecer, siempre y cuando ellos se pusieran de acuerdo. Lo mejor que podían hacer los secretos antiguos era permanecer en las tinieblas en las que se habían engendrado.

El único que lo preocupaba era Sebastian. Ya en el pasado disfrutaba al verse en una posición de superioridad, y podía causar problemas. En cualquier caso, si no quería entrar en razón, había otras salidas.

Patrik respiró hondo. Annika hacía lo que podía por organizar los últimos detalles antes de la rueda de prensa, y los periodistas, venidos incluso desde Gotemburgo, ya estaban reunidos en la sala. Varios de ellos informarían también a los diarios nacionales así que, al día siguiente, la noticia aparecería en las páginas de los grandes dragones. A partir de aquel momento, la investigación sería un circo, Patrik lo sabía por experiencia, y en mitad del jaleo, Mellberg se dedicaría a jugar a ser el jefe. Eso también lo sabía por experiencia. Mellberg no cabía en sí de felicidad cuando supo que tendrían que convocar una rueda de prensa de urgencia. Seguramente, en aquellos momentos estaría en los servicios peinándose la calva.

Patrik, por su parte, estaba tan nervioso como siempre que reunía a la prensa. Sabía que, además de informar sobre la investigación sin desvelar demasiado, tendría que paliar los daños causados por Mellberg. Al mismo tiempo, tenía que dar las gracias porque aquello no hubiera estallado en la prensa dos días atrás. Todo lo que ocurría en la zona se difundía, por lo general, a la velocidad del viento, y los sucesos de Valö habrían llegado ya a oídos de todos los habitantes de Fjällbacka. El hecho de que nadie lo hubiera filtrado a los medios hasta el momento era puro azar. Pero el azar había cambiado y no existía la menor posibilidad de parar a la prensa.

Unos golpecitos discretos lo sacaron de tan oscuros razonamientos. La puerta se abrió y allí estaba Gösta. Sin preguntar siquiera, se sentó enfrente de Patrik.

—Bueno, pues ya están las hienas reunidas —dijo Gösta mirándose los pulgares, que no paraba de girar en el regazo.

—Ya, en fin, solo están haciendo su trabajo —dijo Patrik, a pesar de que él estaba pensando lo mismo hacía tan solo unos minutos. No tenía ningún sentido ver a los periodistas como adversarios. Había ocasiones en que la prensa podía incluso ser de ayuda.

—¿Cómo os ha ido en Gotemburgo? —preguntó Gösta, aún sin levantar la vista.

—Bueno... Resultó que Ebba no les había dicho a sus padres ni una palabra del incendio ni de los disparos.

Gösta levantó la vista.

—¿Y por qué no?

—Porque no querría preocuparlos, supongo. Y me imagino que se abalanzaron sobre el teléfono en cuanto nos fuimos de su casa, sobre todo la madre, que quería ir a Valö a todo correr.

—Quizá no sea mala idea. Y mejor aún sería que Ebba y Mårten se fueran de la isla hasta que hayamos resuelto el caso.

—Pues sí, yo no me habría quedado ni un minuto más de lo necesario en un lugar donde hubieran intentado acabar conmigo no una, sino hasta dos veces.

—La gente es muy rara.

—Desde luego, pero bueno, los padres de Ebba son muy agradables.

—Y te han parecido buenas personas, ¿no?

—Sí, yo creo que con ellos tuvo una buena vida. Y parece que tiene muy buena relación con sus hermanos. Además, la zona es muy bonita. Casas antiguas rodeadas de montones de rosales.

—Vaya, pues sí parece un buen sitio para vivir.

—De todos modos, no nos proporcionaron ninguna pista sobre quién le ha estado enviando las felicitaciones.

—¿No me digas? ¿No habían guardado ninguna?

—No, las habían tirado todas. Claro que no eran más que felicitaciones de cumpleaños, ninguna amenaza, como esta última. Y todas tenían matasellos de Gotemburgo.

—Qué raro. —Gösta volvió a centrar su atención en los pulgares.

—Y más raro todavía es el hecho de que a Ebba le estuvieran ingresando dinero en una cuenta hasta que cumplió los dieciocho.

—¿Cómo? ¿Un ordenante anónimo?

—Exacto. Así que, si podemos averiguar de dónde venía el dinero, quizá saquemos algo en claro. O al menos, eso espero. No sería muy rebuscado pensar que se trata de la misma persona que le enviaba las tarjetas. En fin, tengo que irme —dijo Patrik poniéndose de pie—. ¿Querías algo más?

—No, qué va. Nada de nada.

338

—Pues entonces... —Patrik abrió la puerta, y no acababa de salir al pasillo cuando Gösta lo llamó.

—¿Patrik?

—Sí, ¿qué pasa? La rueda de prensa empieza dentro de nada.

Hubo unos minutos de silencio.

—No, nada, olvídalo —dijo Gösta.

—Vale.

Patrik se encaminó a la sala de reuniones, al fondo del pasillo, con la desazón carcomiéndolo por dentro: debería haberse quedado un momento y haberle sonsacado a Gösta lo que quería decirle.

Enseguida entró en la sala, se olvidó del asunto y se concentró en lo que tenía que hacer. Todas las miradas se clavaron en él. Mellberg ya estaba sentado en primera fila, sonriendo satisfecho. Al menos había una persona en la comisaría que estaba preparada para enfrentarse a la prensa.

Josef concluyó la conversación. Le flaqueaban las piernas, y se fue sentando despacio en el suelo, con la espalda apoyada en la pared. Se quedó mirando el estampado del papel, el mismo desde que compraron la casa. Rebecka llevaba tiempo queriendo cambiarlo, pero Josef nunca se explicó por qué gastar dinero en algo así, cuando el papel seguía en buen estado. Cuando las cosas funcionaban, no había por qué sustituirlas por otras nuevas. Había que dar las gracias por tener techo y comida, y en la vida había cosas mucho más importantes que el papel pintado de la pared.

Ahora acababa de perder lo más importante de todo, y Josef se dio cuenta con sorpresa de que no podía apartar la vista del papel. Era espantoso, la verdad, y se preguntó si no debería haberle hecho más caso a Rebecka y haber dejado que lo cambiara. ¿No debería haberle hecho más caso en general?

Era como si, de repente, se viera a sí mismo desde fuera. Un hombre insignificante y presuntuoso. Un hombre que se había creído que los sueños podían cumplirse, y que estaba destinado a llevar a cabo grandes hazañas. Y sin embargo, allí estaba ahora, un loco ingenuo declarado, y él era el único culpable. Desde el día en que se vio rodeado por la oscuridad, desde el día en que la humillación le endureció las entrañas, había conseguido engañarse a sí mismo con la idea de lograr el desagravio en el futuro. Naturalmente, no había sido así. El mal era más poderoso. Había existido en vida de sus padres y, a pesar de que nunca habían hablado de ello, él sabía que los había obligado a cometer acciones impías. Y él también estaba contaminado del mal, pero en su soberbia, había creído que Dios le daría una oportunidad de quedar limpio.

Josef apoyó la cabeza en la pared con un golpe. Primero, débil; luego cada vez más fuerte. Era agradable, y de pronto recordó cómo encontraba en aquel entonces algún modo de sortear el dolor. Para sus padres no fue ningún consuelo compartir el sufrimiento con otras personas, y para él tampoco. Más bien, esa circunstancia había incrementado la vergüenza. También había sido lo bastante necio como para creer que podría librarse de ella si la penitencia era lo bastante grande.

Se preguntaba qué dirían Rebecka y los niños si lo supieran, si se descubriera todo. Leon quería que se vieran, quería devolver a la vida el sufrimiento que debería quedar en el olvido. Cuando llamó el día anterior, Josef quedó casi paralizado de miedo. Porque la amenaza se haría realidad, y nada podría hacer para evitarlo. Hoy ya no tenía la menor importancia. Era demasiado tarde. Se sentía ahora tan impotente como entonces, y no le quedaban fuerzas para pelear. Tampoco serviría de nada. Aquel sueño solo había existido en su cabeza desde el primer momento, y lo que más se reprochaba era no haber tomado conciencia de ello mucho antes.

Karinhall, 1949

Dagmar lloraba con una mezcla de dolor y felicidad. Por fin había llegado al lugar donde se encontraba Hermann. Estuvo dudando un tiempo. El dinero que Laura le había enviado solo dio para un trecho del viaje. Gastaba más de la cuenta cuando la sed se apoderaba de ella y había días de los que no tenía el menor recuerdo, pero siempre se levantaba y seguía adelante. ¡Su Hermann la estaba esperando!

Ya sabía ella que no estaba enterrado en Karinhall, como alguna persona cruel, con ánimo de herirla, le había dicho en uno de los muchos viajes en tren, cuando ella contaba adónde se dirigía. Pero poco importaba dónde estuviera enterrado su cadáver. Ella había leído los artículos y había visto las fotos. Aquel era su hogar. Allí estaba su alma.

También Carin Göring estaba enterrada en aquel lugar. Incluso después de su muerte, aquella descarada seguía ejerciendo su poder sobre Hermann. Dagmar apretó los puños en los bolsillos del abrigo y respiró jadeando mientras contemplaba los prados. Aquel había sido el reino de Hermann, pero ahora todo estaba destruido. Notó que, una vez más, se le llenaban los ojos de lágrimas. ¿Cómo había podido suceder? La propiedad estaba en ruinas y el jardín, que seguramente era precioso, estaba asilvestrado y devastado. El bosque frondoso que antaño rodeaba la hacienda amenazaba con apoderarse de todo.

Tardó varias horas en llegar allí a pie. Desde Berlín fue parando coches, y luego caminando hasta la zona boscosa al norte de la ciudad donde sabía por los periódicos que se encontraba Karinhall y, finalmente, un señor mayor la llevó a regañadientes en su coche. Allí donde el camino se bifurcaba, le indicó que él iba por el otro lado y ella tuvo que bajarse. Recorrió el último tramo con los pies doloridos, pero sin parar. Lo único que quería era estar cerca de Hermann.

Fue buscando entre las ruinas. Las dos garitas de la entrada eran testimonio de lo suntuoso que debió de ser el conjunto de edificios en su día, y aquí y allá se veían aún restos de muros y piedras decorativas que le permitían reconstruir mentalmente la magnificencia de la hacienda. De no haber sido por Carin, habría llevado su nombre.

Se adueñaron de ella el odio y el dolor, y cayó de rodillas entre sollozos. Le vino a la memoria la maravillosa noche estival en que sintió en la piel el aliento de Hermann, que la cubrió con sus besos. La vida de Hermann habría sido mucho mejor si la hubiera elegido a ella. Dagmar se habría ocupado de él, no como Carin, que permitió que se convirtiera en el despojo humano que ella vio en el hospital. Ella habría tenido fuerza de sobra por los dos.

Dagmar fue dejando caer un puñado de tierra entre las manos. La luz del sol le calentaba la nuca y, en la distancia, se oían los aullidos de los perros salvajes. A unos metros había una estatua volcada en el suelo. Le faltaban la nariz y un brazo, y sus ojos de piedra miraban invidentes al cielo. De repente, notó lo cansada que estaba. El sol le calentaba la piel, y decidió ir a descansar a la sombra. Había sido un viaje tan largo y tenía tantas ganas de llegar que necesitaba tumbarse un rato y cerrar los ojos. Miró a su alrededor en busca de un lugar adecuado. Al lado de una escalinata que ya no conducía a ninguna parte había una gruesa columna volcada, apoyada en el último peldaño, y allí encontró la sombra que buscaba.

Estaba demasiado agotada para levantarse, de modo que se arrastró por la tierra hasta la escalera, se encogió todo lo que pudo, *se tumbó con un suspiro de alivio en la estrechura del hueco que quedaba y cerró los ojos. Llevaba en camino desde aquella noche lejana de junio. En camino adonde se encontraba Hermann. Y ahora necesitaba descansar.*

Hacía unas horas que había terminado la rueda de prensa y se habían reunido en la cocina. Habían dejado salir a *Ernst,* al que, entre tanto, habían dejado en el despacho de Mellberg; el animal estaba ahora, como siempre, aparcado a los pies de su dueño.

—Bueno, pues ha ido muy bien, ¿verdad? —dijo Mellberg con una amplia sonrisa—. ¿No sería mejor que te fueras a casa a descansar, Paula? —vociferó de tal modo que Patrik saltó de la silla.

Paula lo miró furiosa.

—Muchas gracias, pero yo decido cuándo tengo que descansar.

—Mira que andar por aquí cuando estás de baja... ¡Y meterte en el coche y hacer un viaje hasta Gotemburgo! Si las cosas se tuercen, recuerda que yo...

—Pues sí —lo interrumpió Patrik para apagar el fuego de la discusión que estaba a punto de comenzar—, yo diría que lo teníamos todo bajo control—. A los chicos se les va a caer el pelo.

En realidad, era absurdo llamar «chicos» a unos hombres que debían de tener ya más de cincuenta años; pero cuando pensaba en ellos, los veía como a los cinco muchachos de la foto, ataviados con aquella ropa de los setenta y con un destello de alerta en la mirada.

—Bien merecido lo tienen. Sobre todo, el tal John —dijo Mellberg, rascando a *Ernst* detrás de las orejas.

—¿Patrik? —Annika asomó la cabeza y le hizo una seña para que se acercara. Él se levantó y la siguió por el pasillo, donde Annika le dio el teléfono inalámbrico—. Es Torbjörn. Parece que han encontrado algo.

Patrik notó que se le aceleraba el pulso. Con el teléfono en la mano, fue a su despacho y cerró la puerta. Estuvo escuchando a Torbjörn durante más de un cuarto de hora, y le hizo unas cuantas preguntas. Cuando terminó la conversación, volvió enseguida a la cocina, donde Paula, Mellberg y Gösta, a los que se había unido Annika, lo estaban esperando.

—¿Qué ha dicho? —dijo Annika.

—Tranquilidad. Primero voy a ponerme un poco de café. —Con una lentitud exagerada, Patrik se alejó y alargó el brazo en busca de la cafetera, pero Annika se le adelantó, prácticamente le quitó la cafetera de las manos, le sirvió el café, que salpicó, y plantó la taza en la mesa, delante del sitio vacío de Patrik.

—Ahí lo tienes. Y ahora, siéntate y cuéntanos qué te ha dicho Torbjörn.

Patrik sonrió, pero le hizo caso. Carraspeó un poco.

—Torbjörn ha conseguido aislar una huella muy clara en el reverso del sello que llevaba la tarjeta de G. Con lo que tenemos la posibilidad de compararla con los posibles sospechosos.

—Estupendo —dijo Paula, y subió las piernas hinchadas para descansarlas en una silla—. Pero tú has puesto la misma cara que un gato que se hubiera tragado un canario, así que tiene que haber algo más.

—Has dado en el clavo. —Patrik tomó un trago del café, que estaba ardiendo—. Es la bala.

—¿Cuál de ellas? Preguntó Gösta inclinándose hacia delante.

—Ese es el caso. La bala que encontraron incrustada bajo los listones de madera del suelo y las que, en contra del reglamento, se sacaron de la pared de la cocina después del intento de asesinato de Ebba...

—Ya, ya... —Mellberg hizo un gesto de cansancio con la mano—. Lo he pillado.

—Lo más probable es que se hayan disparado con la misma arma.

Cuatro pares de ojos se lo quedaron mirando atónitos. Patrik asintió.

—Sé que suena increíble, pero es verdad. En 1974, cuando mataron a un número desconocido de miembros de la familia Elvander, usaron, seguramente, la misma pistola que ayer, cuando dispararon contra Ebba Stark.

—Pero ¿de verdad puede tratarse del mismo agresor, después de tantos años? —Paula no daba crédito—. A mí me parece increíble.

—Yo he tenido todo el tiempo la corazonada de que los intentos de asesinato contra Ebba y su marido guardan relación con la desaparición de la familia. Y esto lo demuestra.

Patrik subrayó sus palabras con un gesto de la mano. Le resonaban en la cabeza algunas de las preguntas formuladas en la rueda de prensa. Solo pudo responder que se trataba de una teoría. Hasta ahora no habían contado con pruebas que dieran peso a la investigación y que apoyaran las sospechas que él había tenido desde el principio.

—Además, el técnico del laboratorio ha podido establecer de qué arma se trata, a partir de los orificios de bala —añadió—. Es decir, tenemos que comprobar si alguien de la zona tiene o ha tenido un revólver Smith & Wesson del calibre 38.

—Si miramos el lado positivo, eso implica que el arma con que asesinaron a la familia Elvander no se encuentra en el fondo del mar —dijo Mellberg.

—Bueno, eso vale para ayer, cuando le dispararon a Ebba, pero de ayer a hoy puede haber ido a parar allí —observó Patrik.

—No lo creo —dijo Paula—. No creo que quien quiera que sea se deshaga del arma ahora, después de haberla guardado tantos años.

—Sí, en eso puede que tengas razón. Incluso puede que la vea como un trofeo y la conserve como una especie de recuerdo de lo sucedido. En cualquier caso, los nuevos datos indican que debemos concentrarnos más aún en averiguar lo que sucedió en 1974. Habrá que interrogar a los cuatro hombres con los que ya hemos hablado e insistir en los acontecimientos del día en cuestión. Y tenemos que ver cuanto antes a Percy von Bahrn. Desde luego que deberíamos haberlo hecho ya, pero ha sido culpa mía. Lo mismo puede decirse del profesor que sigue con vida, ¿cómo se llamaba? El que se fue de vacaciones aquella Pascua... —Patrik chasqueaba los dedos, tratando de recordarlo.

—Ove Linder —dijo Gösta, con un desánimo repentino.

—Eso es, Ove Linder. Ahora vive en Hamburgsund, ¿no? Hablaremos con él mañana a primera hora. Puede que tenga información valiosa sobre lo que pasaba en el internado. Iremos a verlo tú y yo —dijo mirando a Gösta. Alargó la mano en busca de papel y lápiz, que siempre tenían en la mesa, y empezó a organizar las tareas por las que debían empezar cuanto antes.

—Pues... —dijo Gösta rascándose la barbilla.

Patrik continuó escribiendo.

—A lo largo de mañana debemos interrogar a los cinco muchachos. Tendremos que repartírnoslos. Paula, tú podrías seguir indagando en el asunto de las transferencias que han estado haciendo a favor de Ebba.

A Paula se le iluminó la cara.

—Cuenta con ello, de hecho, ya me he puesto en contacto con el banco para pedirles información.

—Pues, oye, Patrik —dijo Gösta, pero Patrik continuó dando órdenes sin prestarle atención—. ¡Patrik!

Todas las miradas se volvieron hacia él. Gösta no era de los que levantaban la voz así, sin más.

—Sí, dime, ¿qué pasa? ¿Qué es lo que quieres decirme? —Patrik escrutó a su compañero y, de pronto, tuvo la certeza de que no le agradaría nada lo que su colega quería contarle aunque, obviamente, no se atrevía.

—Pues sí, verás, es que resulta que el profesor ese, Ove Linder...

—¿Sí?

—Pues es que ya han ido a hablar con él.

—¿Que han ido? —dijo Patrik, esperando a que continuara.

—Sí, pensé que no era mala idea que fuéramos más los que participáramos en el caso. No se puede negar que a ella se le da muy bien conseguir información, y no tenemos muchos recursos que digamos. Así que pensé que no estaría mal que nos echaran una mano. Como tú mismo acabas de decir, hay cosas que ya deberíamos haber hecho a estas alturas, y así hemos adelantado en algo. O sea que, en realidad, es algo positivo. —Gösta se paró para tomar aire.

Patrik lo observó con atención. ¿Es que se había vuelto loco? ¿Estaba tratando de buscar una excusa al hecho de haber trabajado a espaldas de sus colegas? ¿Quería convertir esa actitud en algo positivo? Y empezó a abrigar una sospecha que esperaba no ver cumplida.

—«Ella», ¿es mi mujer? ¿Quieres decir que ella ha estado hablando con el profesor?

—Pues..., sí —dijo Gösta mirando al suelo.

—Pero, Gösta, hombre... —dijo Paula, como si le hablara a un niño pequeño que hubiera metido la mano sin permiso en la bandeja de las galletas.

—¿Alguna otra cosa que deba saber? —preguntó Patrik—. Será mejor que me lo cuentes todo. ¿Qué ha estado haciendo Erica? Y tú también, por cierto.

Gösta soltó un suspiro y empezó a contarle lo que Erica le había dicho sobre su visita a casa de Liza y de John, lo que había averiguado a través de Kjell acerca del pasado de John y lo del papel que había encontrado. Tras dudar unos instantes, le habló también del intento de robo en su casa.

Patrik se quedó de piedra.

—¿Qué coño estás diciendo?

Gösta estaba avergonzado y clavó la vista en el suelo.

—Pues esto se tiene que terminar. —Patrik se levantó bruscamente, salió a toda prisa de la comisaría y entró en el coche. Notó cómo le hervía la sangre. Cuando giró la llave y encendió el motor, se obligó a respirar hondo unas cuantas veces. Luego, pisó a fondo el acelerador.

Ebba no podía apartar la vista de las fotos. Le había pedido a Erica unos minutos a solas, se llevó todo el material sobre su familia y subió al despacho. Tras una ojeada a la mesa, que estaba atestada, optó por sentarse en el suelo y esparció las fotos como un abanico. Aquella era su familia, aquellos eran sus orígenes. Aunque había llevado una buena vida con sus padres adoptivos, a veces sentía envidia al pensar que ellos tenían una familia de la que formaban parte. Ella, en cambio, formaba parte de un misterio. Recordaba todas las veces en que se quedaba mirando las fotos enmarcadas que había en el gran aparador del salón: abuelos maternos y paternos, tías, primos, en fin, personas gracias a las cuales uno se sentía como un eslabón de una larga cadena. Ahora, al contemplar las imágenes de sus parientes, experimentaba un sentimiento maravilloso y extraño a la vez.

Entresacó la foto de la partera de ángeles. Qué nombre tan bonito para una actividad tan espantosa. Se acercó la fotografía y trató de ver si había algo en la mirada de Helga que desvelase el mal que había hecho. No sabía si la instantánea era anterior o de la misma época en que mató a los niños, pero la niña que había a su lado debía de ser Dagmar y era tan pequeña que la foto sería de 1902, más o menos. Dagmar llevaba un vestido de volantes en color claro, una niña inconsciente del destino que el futuro le depararía. ¿Dónde acabaría? ¿Se habría ahogado en el mar, como creían todos? ¿No sería su desaparición el final lógico de una vida arruinada en el mismo momento en que se descubrió el crimen de sus padres? ¿Llegó a arrepentirse Helga? ¿Llegó a pensar en las consecuencias que tendría para su hija que se descubriera lo que hacía, o estaba convencida de que nadie echaría de menos a los pequeños asesinados? Las preguntas iban agolpándose y Ebba sabía que jamás encontraría las respuestas. Aun así, se sentía claramente emparentada con aquellas mujeres.

Examinó la foto de Dagmar. Tenía el semblante marcado por los reveses de la vida que había llevado, pero también se veía que había sido guapa. ¿Qué pasaba con su abuela, Laura, cuando la Policía se llevaba a Dagmar, o cuando la ingresaron en el psiquiátrico? Laura no tenía más parientes, según aquella información. ¿Tendrían algunos amigos que se ocuparan de ella o acabó en un orfanato o en una casa de acogida?

De repente, Ebba recordó que, cuando estaba embarazada de Vincent, se le despertó un vivo interés por su pasado. Lo cual era lógico, dado que también sería el pasado de su hijo. Curiosamente, abandonó todos aquellos pensamientos en cuanto nació Vincent. Por un lado, no tenía tiempo de pensar en nada, por otro, el recién nacido ocupaba sus días y ella se dedicaba en exclusiva a su aroma, a la pelusilla de la cabeza y los hoyuelos de las manitas... Todo lo demás se le antojaba carente de interés. Mårten y ella habían quedado reducidos, o quizá elevados, a la categoría de extras en la película de Vincent. A ella le encantaba el nuevo papel, aunque acentuó el vacío que dejó la muerte del pequeño. Ahora era una madre sin hijo, una actriz de reparto insignificante en una película sin protagonista. Pero las fotos que tenía delante volvían a proporcionarle un contexto en el que vivir.

Abajo, en la cocina, se oían el trajinar de Erica y los gritos y las risas de los niños. Y allí estaba ella, rodeada de sus parientes. Todos estaban muertos, pero le infundía un consuelo indecible saber que habían existido.

Ebba se abrazó las piernas flexionadas, como queriendo protegerse. Se preguntaba cómo estaría Mårten. Apenas había pensado en él desde que llegó a casa de Erica y, en honor a la verdad, no se había preocupado por él desde la muerte de Vincent. ¿Cómo podría, si ya tenía bastante con su propio dolor? Sin embargo, toda aquella información y el nuevo contexto que le ofrecía habían contribuido a que, por primera vez en mucho tiempo, se diera cuenta de que Mårten también era una parte de ella. Gracias a Vincent, siempre habría un vínculo entre los dos. ¿Con quién, si no con Mårten, podría compartir los recuerdos? Él había estado siempre a su lado, le había acariciado la barriga mientras crecía, vio el corazón de Vincent latiendo en el monitor de las ecografías... Él le había limpiado el sudor de la frente, le había dado masajes en la espalda y le había dado de beber durante el parto: aquellas veinticuatro horas terribles y, al mismo tiempo, maravillosas, durante las que luchó para que Vincent viniera al mundo. Se había resistido, pero cuando por fin abrió los ojos a la luz y los enfocó bizqueando a medias, Mårten le apretó la mano y se la sujetó fuerte un buen rato. No trató de ocultar las lágrimas, que se secó en la manga de la camisa. A partir de ahí, compartieron noches de llanto, la primera sonrisa, los dientes que empezaban a apuntar... Los dos animaron a Vincent cuando vacilaba tratando de aprender a gatear, y Mårten filmó la torpeza de sus primeros pasos. Las primeras palabras, la primera frase y el primer día de guardería;

risas y llantos; días buenos y días malos. Mårten era el único que la comprendería de verdad cuando hablara de todo eso. No había nadie más.

Y allí, sentada en el suelo, sintió que se le caldeaba el corazón. Aquel fragmento que, hasta ahora, había permanecido helado y duro empezaba a derretirse despacio. Se quedaría en casa de Erica esa noche, pero luego volvería a casa. Con Mårten. Era hora de ir dejando atrás el sentimiento de culpa y empezar a vivir.

Anna salió del puerto con el bote y miró al sol. Estar sola, sin marido y sin niños le infundía una inesperada sensación de libertad. Erica y Patrik le habían prestado su barco, porque el suyo, el *Bustern,* estaba sin combustible, y disfrutaba gobernando el bote que tan bien conocía. La luz del atardecer arrancaba destellos de oro a las rocas que rodeaban el puerto de Fjällbacka. Oyó las risas del Café Bryggan y, a juzgar por la música, pensó que tendrían baile aquella noche. Nadie parecía haberse atrevido a salir a la pista aún, pero después de un par de cervezas, se llenaría, seguro.

Echó una ojeada al bolso donde llevaba las muestras de tapicería. Lo había dejado en medio de la cubierta y comprobó que la cremallera estuviera bien cerrada.

Ebba ya las había visto y enseguida se decantó por sus favoritas, pero quería que Mårten las viera también, así que a Anna se le ocurrió ir a Valö esa misma tarde. Al principio dudó un poco. La isla no era un lugar seguro, de eso ya se había dado cuenta el día anterior, y seguir el impulso de ir allí parecía más propio de su vida anterior, en la que rara vez pensaba en las consecuencias de sus actos. Pero por una vez, decidió dejarse llevar por la inspiración del momento. En realidad, ¿qué podía pasar? Era solo ir, enseñarle a Mårten las muestras y volver a casa. Una forma de pasar el tiempo, simplemente, se decía. Y quizá Mårten agradeciera un rato de compañía. Ebba había decidido quedarse en casa de Erica una noche más para revisar a fondo los documentos sobre su familia. Anna sospechaba que no era más que una excusa. Ebba parecía resistirse a volver a la isla, lo cual era lógico.

Cuando se acercaba, vio que Mårten estaba esperándola en el embarcadero. Lo había llamado para avisar de su visita, y estaría allí oteando el horizonte mientras aguardaba.

—O sea que te atreves a volver al salvaje Oeste —dijo entre risas mientras sujetaba la proa.

—Pues sí, siempre me ha gustado retar al destino. —Anna le echó el cabo y Mårten lo amarró sin problemas—. Te veo ya hecho un auténtico lobo de mar —dijo señalando el nudo que había hecho alrededor de uno de los mástiles del embarcadero.

—Bueno, si te vienes a vivir al archipiélago, no queda otra. —Alargó la mano para ayudarle a bajar a tierra. En la otra mano, llevaba una venda.

—Gracias. ¡Oye! ¿Qué te ha pasado?

Mårten se miró el vendaje como si no hubiera reparado en él hasta ese momento.

—Bah, cosas que pasan cuando estás de reformas. Las lesiones son parte del trabajo.

—Vaya, qué machote —dijo Anna, que se sorprendió respondiendo con una sonrisa bobalicona. Sintió un punto de remordimientos al verse más o menos ligando con el marido de Ebba, pero era de broma, totalmente inofensivo, aunque no podía negar que era guapísimo.

—Dame, te ayudo con eso. —Mårten se encargó de la pesada bolsa que contenía las muestras de tapicería que Anna llevaba al hombro, y los dos se encaminaron a la casa.

—En condiciones normales te habría propuesto que nos sentáramos en la cocina, pero ahora hay mucha corriente —dijo Mårten una vez dentro.

Anna se echó a reír. Se sentía feliz. Hablar con una persona que no tenía en mente sus desdichas todo el tiempo era una liberación.

—El comedor también es complicado, porque no hay suelo —continuó Mårten con un guiño.

Aquel Mårten sombrío al que había conocido el principio se había esfumado, pero quizá no fuese tan extraño. También Ebba parecía más tratable cuando Anna la vio en casa de Erica.

—Si no tienes nada en contra de que nos sentemos en el suelo, creo que lo mejor será que vayamos al dormitorio, en el piso de arriba —dijo Mårten subiendo las escaleras sin aguardar respuesta.

—La verdad es que me resulta un tanto extraño ponerse a mirar telas ahora, teniendo en cuenta lo que pasó ayer —dijo Anna con tono de disculpa.

—No pasa nada. La vida sigue. En ese sentido, Ebba y yo somos iguales, los dos somos personas prácticas.

—Pero ¿cómo os atrevéis a seguir aquí?

Mårten se encogió de hombros.

—A veces uno no tiene más remedio —dijo, y plantó la bolsa en medio de la habitación.

Anna se puso de rodillas y empezó a sacar las muestras y a extenderlas a su alrededor en el suelo. Con mucho entusiasmo, le fue explicando cuáles podrían utilizarse para cada cosa, muebles, cortinas y cojines, y qué iba con qué. Al cabo de un rato, guardó silencio y miró a Mårten. No estaba mirando las telas, sino a ella, y con insistencia.

—Ya veo lo mucho que te interesa el tema —dijo Anna con ironía, aunque sonrojándose. Un tanto nerviosa, se pasó el pelo por detrás de la oreja. Mårten no apartaba la vista de ella.

—¿Tienes hambre? —preguntó.

Ella asintió despacio.

—Bastante.

–Vale. –Mårten se levantó rápidamente–. Quédate aquí y aparta las telas, vengo enseguida.

Bajó a la cocina y Anna se quedó allí, entre las telas esparcidas por el suelo, que estaba precioso, recién acuchillado. Los rayos del sol entraban oblicuos por las ventanas y se dio cuenta de que era más tarde de lo que creía. Ya estaba pensando que tenía que irse a casa con los niños, cuando cayó en la cuenta de que no había nadie. La casa estaba desierta. Allí solo la aguardaba una cena en solitario ante el televisor, así que no pasaba nada si se quedaba. Mårten también estaba solo y era mucho más agradable comer acompañado. Además, ya estaba preparando algo, y sería de mala educación irse después de haber aceptado.

Anna empezó a doblar las telas algo nerviosa. Cuando terminó y las dejó apiladas en una cómoda, oyó los pasos de Mårten en la escalera y el tintineo de las copas. Y enseguida lo vio entrar con la bandeja en la mano.

–Exquisiteces de Cajsa Warg. Algo de *carpaccio,* unos quesos y pan tostado. Pero con un buen tinto, puede que funcione.

–Desde luego. Aunque yo me contentaré con una copa. Sería un escándalo en el pueblo si me detuvieran por llevar el bote borracha de camino a casa.

–Pues yo no quiero contribuir a ningún escándalo, ¿eh? –Mårten dejó la bandeja en el suelo.

Anna notó que se le aceleraba el corazón. En realidad, no debería quedarse a comer queso y beber vino con un hombre que hacía que le sudaran las palmas de las manos. Por otro lado, eso era precisamente lo que quería hacer. Alargó el brazo en busca de un trozo de pan.

Dos horas después, Anna sabía que se quedaría bastante más. No fue una decisión consciente, ni nada de lo que hubieran hablado, pero tampoco hizo falta. Cuando cayó la noche, Mårten encendió unas velas y, al resplandor palpitante de las llamas, Anna decidió vivir el momento. Por un instante, quería dejar de preocuparse por lo pasado. Mårten la hacía sentirse viva de nuevo.

Le encantaba la luz del atardecer. Era mucho más halagadora y condescendiente que la implacable luz del día. Ia se examinaba la cara en el espejo y se pasó la mano despacio por la lisura de las facciones. ¿Cuándo había empezado a preocuparse tanto por su aspecto? Recordaba sus años de juventud, en que había otras cosas mucho más importantes. Después ocupó ese lugar el amor, y Leon estaba acostumbrado a que todo lo que lo rodeaba fuese bello. Desde que sus destinos se unieron, Leon siempre anduvo buscando retos más difíciles y peligrosos. Ella, a su vez, lo iba queriendo con más fuerza y entrega. Permitió que los deseos de Leon gobernaran su vida, y a partir de ahí, no hubo vuelta atrás.

Ia se acercó más al espejo, pero no atisbó ni rastro de arrepentimiento en la mirada. Mientras Leon estuvo tan unido a ella como ella a él, Ia lo sacrificó todo, pero luego, él empezó a mostrarse retraído y a olvidar qué los unía. El accidente lo hizo comprender y ya solo la muerte podría separarlos. El dolor que sintió al sacarlo del coche no era nada comparado con el que habría sentido si él la hubiera abandonado. A ese dolor no habría sobrevivido, en particular, teniendo en cuenta todo lo que había sacrificado por él.

Pero ahora no podía seguir allí. No comprendía por qué Leon había querido volver, y ella no debería habérselo permitido. ¿Por qué volver al pasado, cuando entrañaba tanto dolor? A pesar de todo, ella cumplió su deseo una vez más, pero ya estaba bien. No podía quedarse allí mirando mientras él se destruía. Lo único que podía hacer era irse a casa y esperar a que él fuera tras ella, y así poder seguir viviendo la vida que los dos se habían labrado. Él no podía arreglárselas solo, y ahora no le quedaría más remedio que asumirlo.

Ia se estiró y echó un vistazo a la terraza, donde estaba Leon de espaldas a ella. Luego, fue a hacer las maletas.

Erica estaba en la cocina cuando oyó que abrían la puerta. Un segundo después, entró Patrik como una tromba.

—¿Qué coño has estado haciendo? —le gritó—. ¿Cómo puedes dejar de contarme que nos han entrado en casa?

—Bueno, es que no estoy segura del todo... —trató de explicar Erica, aunque sabía que sería inútil. Patrik estaba tan enfadado como había predicho Gösta.

—Gösta dijo que sospechabas que John Holm estaba detrás, y aún así, no me has dicho nada. ¡Son gente peligrosa!

—Baja un poco la voz. Los niños acaban de dormirse. —En realidad, se lo pedía también por sí misma. Erica odiaba los conflictos y, cuando alguien le gritaba, se le bloqueaba todo el cuerpo. Sobre todo si era Patrik, quizá porque casi nunca le levantaba la voz. Y en esta ocasión, se sentía peor aún porque, hasta cierto punto, él tenía razón.

—Siéntate, vamos a hablar. Ebba está en mi despacho viendo todos los documentos.

Vio que Patrik luchaba por controlar la rabia. Respiró hondo por la nariz un par de veces. Pareció conseguirlo más o menos pero, cuando asintió y se sentó a la mesa, aún seguía un poco pálido.

—Espero que tengas una explicación magnífica, para esto y para el que Gösta y tú hayáis estado haciendo preguntas a mis espaldas.

Erica se sentó enfrente de Patrik y se quedó un rato con la vista clavada en la mesa. Pensaba en cómo formular la respuesta para ser totalmente sincera y, al mismo tiempo, quedar lo mejor posible. Así que tomó aire y empezó a contarle que quedó con Gösta, puesto que él le había comentado lo implicado que lo veía en el caso de la desaparición de la familia Elvander. Reconoció que no quiso decírselo porque sabía que no le gustaría y que, en cambio, convenció a Gösta para que colaborara con ella un tiempo. Patrik no estaba entusiasmado, pero al menos parecía escucharla con atención. Cuando le habló de su visita a John Holm, y de cómo había descubierto que alguien había tratado de entrar en su ordenador, Patrik se quedó blanco otra vez.

—Puedes dar gracias por que no se llevaran el ordenador. Supongo que será tarde para traer a alguien que saque huellas dactilares, ¿no?

—Me temo que sí, no creo que consiguieran nada. Desde entonces, lo he usado bastante y los niños andan por todas partes con los dedos pegajosos...

Patrik parecía resignado.

—Tampoco sé con certeza si es John quien está detrás de todo —dijo Erica—. Solo lo supuse, puesto que sucedió después de que me llevara aquel papel por casualidad.

—¿Por casualidad? —resopló Patrik.

—Bueno, pero se lo he dejado a Kjell, así que ya no hay peligro.

—Ya, pero ellos no lo saben. —Patrik la miró como se mira a una idiota.

—No, ya, claro. Pero exceptuando esa vez, no ha vuelto a pasar nada.

—¿Y Kjell ha sacado algo en claro? La verdad, deberías habérmelo contado, puede que tenga que ver con el caso.

—No lo sé, tendrás que hablar con él —dijo Erica con tono evasivo.

—Bueno, pero habría estado bien saber todo esto un poco antes. Gösta me ha contado parte de lo que habéis averiguado mientras veníamos.

—Ya... Mañana vamos a ver a Olle el Chatarrero para recoger las pertenencias de la familia Elvander.

—¿Olle el Chatarrero?

—¿No te lo ha dicho Gösta? Ya sabemos adónde fueron a parar las cosas de los Elvander. Al parecer, Olle el Chatarrero era una especie de chico para todo en el internado, y cuando Gösta lo llamó y le preguntó, le dijo: «Desde luego, sí que habéis tardado en llamar a preguntar por esos trastos». Erica soltó una risotada.

—¿Así que Olle el Chatarrero ha tenido allí las cosas todos estos años?

—Sí, y Gösta y yo vamos a ir a verlas mañana a las nueve.

—De eso nada —dijo Patrik—. Iremos Gösta y yo.

—Pero... —comenzó Erica, aunque comprendió enseguida que más le valía rendirse—. Vale.

—Quiero que te mantengas apartada de este caso —dijo con tono de advertencia, aunque Erica vio con alivio que ya no estaba enfadado.

Se oyeron pasos en la escalera. Era Ebba, y Erica se levantó para seguir fregando los platos.

—¿Amigos? —preguntó.

—Amigos —dijo Patrik.

La contemplaba sentado en la oscuridad. Era culpa suya. Anna se había aprovechado de su debilidad y lo había engañado para que rompiera las promesas que le hizo a Ebba. Había prometido quererla en lo bueno y en lo malo, hasta que la muerte los separase. El hecho de que él hubiera comprendido que lo que ocurrió era culpa de ella no cambiaba las cosas. Él la quería y deseaba perdonarla. Con aquel traje tan elegante y mirándola a la cara le dijo que le sería fiel. Ella estaba tan guapa con el traje blanco... Lo miró a los ojos, oyó sus palabras y las guardó en su corazón. Ahora Anna lo había estropeado todo.

Anna lanzó un gemido y hundió la cabeza en el almohadón. El almohadón de Ebba. Mårten sentía deseos de arrancárselo para que su olor no lo mancillara. Ebba siempre había usado el mismo champú y el almohadón olía como su pelo. Sentado en el borde de la cama, apretó los puños. Tendría que haber sido Ebba la que estuviera allí, su cara, tan bonita, con la luz de la luna iluminándola por la noche, creando sombras alrededor de los ojos y la nariz. Tendría que haber sido el pecho de Ebba el que se moviera desnudo por fuera del edredón. Examinó el pecho de Anna. Era muy distinto del de Ebba, que apenas tenía dos botones, y debajo, el recorrido de las cicatrices hasta la barriga. Horas antes las había notado ásperas al tacto, y ahora le repugnaba contemplarlas. Muy despacio, extendió la mano y subió el edredón para cubrirla. Para cubrir aquel cuerpo que se había pegado al suyo, borrando así el recuerdo de la piel de Ebba.

La sola idea le produjo náuseas. Tenía que deshacer lo hecho para que Ebba pudiera volver. Se quedó totalmente inmóvil un momento. Luego, con su almohadón entre las manos, se inclinó despacio hacia la cara de Anna.

Fjällbacka, 1951

Ocurrió de la forma más inesperada. Ella no era contraria a tener hijos, pero a medida que pasaban los años, al ver que no venían, dio por hecho sin más que no los tendría. Sigvard ya tenía un par de hijos varones, así que a él tampoco le preocupaba que ella fuera estéril.

Hasta que, un año atrás, empezó a sentirse terriblemente cansada, sin saber por qué. Sigvard se temía lo peor y la envió al médico de la familia para que le hiciera un reconocimiento a fondo. También a ella se le pasó por la cabeza la idea de que fuese cáncer o alguna otra enfermedad mortal, pero resultó que, a la edad de treinta años, de repente, se había quedado embarazada. El médico no se lo explicaba, y a Laura le llevó varias semanas digerir la noticia. No ocurría nada en su vida, y a ella le parecía perfecto. Lo que más le gustaba era estar en casa, en aquel hogar donde ella era soberana y todo estaba bien pensado y seleccionado. Ahora se alteraría el orden perfecto que ella había conseguido crear con tanto mimo.

El embarazo trajo consigo dolencias extrañas y cambios físicos desagradables, además, la certeza de que llevaba en su seno algo que no podía controlar le causaba pavor. El parto fue horrible y decidió que jamás se expondría a nada parecido. No quería volver a sentir ese dolor, esa impotencia, ni el acto animal de parir un hijo, así que Sigvard tuvo que trasladarse para siempre a la habitación de invitados. A él no pareció importarle mucho, estaba satisfecho con su vida.

Los primeros meses con Inez fueron una locura. Luego conoció a Nanna, bendita, maravillosa Nanna, que aligeró sus hombros de la responsabilidad de la niña y le permitió continuar con la vida de siempre. Nanna se mudó enseguida a vivir con ellos, a la habitación contigua a la de la Inez, de modo que podía atenderla por las noches o cuando hiciera falta. Ella se encargaba de todas las tareas y Laura era libre de entrar y salir como se le antojara. Por lo general, se asomaba al dormitorio de la niña unos instantes, de vez en cuando, y en esos momentos se alegraba de haberla tenido. Inez no tardaría en cumplir seis meses y era tan adorable y tan bonita cuando no lloraba de hambre o porque tenía el pañal sucio... Pero eso era problema de Nanna. Laura pensaba que todo se había arreglado de la mejor manera, a pesar del giro inesperado que había tomado su vida. No era ella persona que apreciara los cambios, y cuanto menos cambios trajera la niña a su vida, menos le costaría quererla.

Laura colocó bien los portarretratos en el aparador. Eran fotos de ella con Sigvard y de los dos hijos de Sigvard con la familia. Todavía no había encontrado el momento de poner una foto de Inez, de su madre no pensaba poner nunca ninguna. Por lo que a ella se refería, era mucho mejor que todos olvidaran quiénes habían sido su madre y su abuela.

Para alivio suyo, su madre parecía haber desaparecido de su vida definitivamente. Hacía dos años que no sabía nada de ella y nadie la había visto por allí. Laura aún recordaba perfectamente su último encuentro. Le habían dado el alta del psiquiátrico un año antes, pero no se había atrevido a presentarse en casa de ella y Sigvard. Decían que andaba deambulando por el pueblo, exactamente igual que cuando Laura era pequeña. El día que, por fin, se presentó en el rellano —desdentada, sucia y cubierta de harapos—, comprobó que estaba tan loca como siempre, y Laura no se explicaba cómo la habían soltado los médicos. En el hospital al menos le administraban medicación y le impedían tocar el alcohol. Aunque lo que habría querido hacer en realidad era pedirle que se fuera, la hizo entrar enseguida, para que no la vieran los vecinos.

–¡Sí que te has vuelto una mujer elegante! Eso sí que es prosperar en la vida.

Laura cerró los puños a la espalda. Todo aquello que había erradicado de la memoria y que solo se le aparecía en sueños, se había presentado de golpe.

–¿Qué quieres?

–Necesito que me ayudes –le dijo Dagmar con sentimentalismo. Se movía de un modo extraño, con rigidez, y tenía un tic en la cara.

–¿Necesitas dinero? –Laura alargó el brazo en busca del bolso.

–No es para mí –dijo Dagmar sin apartar la vista del bolso–. Quiero dinero para ir a Alemania.

Laura se la quedó mirando atónita.

–¿A Alemania? ¿Y qué se te ha perdido allí?

–Nunca tuve oportunidad de despedirme de tu padre. Nunca pude despedirme de mi Hermann.

Dagmar se echó a llorar y Laura miró a su alrededor claramente nerviosa. No quería que Sigvard las oyera y apareciera en el recibidor para ver qué pasaba. No podía permitir que viera a su madre allí.

–¡Chist! Te daré el dinero. Pero baja la voz, por Dios bendito. –Le dio un fajo de billetes–. ¡Toma! Esto debería bastar para un billete a Alemania.

–Vaya, ¡gracias! –Dagmar se abalanzó y agarró al mismo tiempo la mano de Laura y el dinero. Le besó las manos a su hija, que las apartó asqueada y se las limpió en la falda.

–Ya puedes irte –dijo. Lo único que quería era sacar a su madre de su casa y de su vida, para que fuera perfecta otra vez. Cuando Dagmar se fue con el dinero, se desplomó aliviada en una silla de la entrada.

Ya habían pasado unos años y, seguramente, su madre no seguiría con vida. Dudaba de que hubiera llegado muy lejos con aquel dinero, sobre todo en el caos que reinaba después de la guerra. Además, si había ido delirando con aquella historia de que iba a despedirse de Hermann Göring, la habrían tomado por la loca que

364

era y la habrían detenido en algún punto del trayecto. Uno no podía decir en voz alta que había conocido personalmente a Göring. Sus crímenes no eran menos solo porque se hubiera suicidado en la cárcel un año después de terminada la guerra. A Laura le entraban escalofríos al pensar que su madre había seguido contando en el pueblo que Göring era el padre de su hija. Ya no era nada de lo que presumir. Solo recordaba vagamente la visita a su mujer en Estocolmo, pero tenía muy presente la vergüenza, la mirada de Carin Göring. Llena de compasión y calidez, y seguramente fue por Laura por lo que no llamó pidiendo ayuda, a pesar de que estaría aterrada.

En cualquier caso, todo aquello había quedado atrás. Su madre había desaparecido del mapa y ya nadie hablaba de sus locas fantasías. Y gracias a Nanna, ella podía seguir con la vida a la que estaba acostumbrada. El orden se había restablecido y todo era perfecto. Ni más ni menos, como tenía que ser.

Gösta miraba de reojo a Patrik, que iba tamborileando con las manos en el volante y, muy serio, mantenía la vista clavada en el coche de delante. El tráfico era muy denso en verano, las estrechas carreteras comarcales no estaban hechas para adelantamientos y tenía que ir muy pegado al arcén.

—No habrás sido muy duro con ella, ¿verdad? —Gösta volvió la cabeza para mirar por su ventanilla.

—Opino que os habéis comportado como dos idiotas, y así lo mantendré donde haga falta —dijo Patrik, aunque parecía mucho más tranquilo que el día anterior.

Gösta no dijo nada. Estaba demasiado cansado para seguir discutiendo. Se había pasado despierto casi toda la noche repasando el material. Pero no quería decírselo a Patrik que, seguramente, no apreciaría más iniciativas individuales en aquellos momentos. Disimuló un bostezo con la mano. La decepción provocada por el trabajo infructuoso de aquella noche no terminaba de desaparecer. No había encontrado nada nuevo, nada que despertase su interés, sino la misma información de siempre, que lo tenía frustrado desde hacía tanto tiempo. Por otro lado, no se libraba de la sensación de que la respuesta estaba allí, delante de sus narices, oculta en alguno de los montones de papeles. Antes lo irritaba no encontrarla, y quería dar con ella por curiosidad o quizá por orgullo profesional. Ahora, en cambio, lo movía la preocupación. Ebba ya no estaba segura y su vida dependía de que ellos lograran atrapar al responsable de lo que le había ocurrido.

—Gira a la izquierda. —Señaló un desvío que había unos metros más allá.

—Ya sé dónde está —dijo Patrik, que tomó la curva con una brusquedad temeraria.

—Ya veo que todavía no te has sacado el carné de conducir —protestó Gösta, agarrándose al asa que había encima de la puerta.

—Conduzco perfectamente.

Gösta soltó un resoplido. Ya se acercaban a la granja de Olle el Chatarrero, y Gösta señaló el lugar.

—No creo que a sus hijos les haga ninguna gracia el día que tengan que despejar todo esto.

Aquello parecía más un vertedero que una casa. En la zona todo el mundo sabía que, si quería deshacerse de algún trasto, no tenía más que llamar a Olle. Él lo hacía de mil amores, e iba a recoger cualquier cosa, de modo que había allí coches, frigoríficos, remolques, lavadoras y cualquier cosa que uno pudiera imaginar, todo apilado alrededor de unos cobertizos y almacenes. Incluso un secador de cabeza de una peluquería, observó Gösta cuando Patrik aparcó entre un congelador y una vieja lancha.

Un hombre menudo y enjuto con un peto vaquero salió a recibirlos.

—Habría sido mejor que hubierais venido un poco antes, ya hemos perdido medio día.

Gösta miró el reloj. Eran las diez y cinco.

—Hola, Olle. Parece que tenías algo que enseñarnos.

—Desde luego, os lo habéis tomado con mucha calma. No me explico a qué os dedicáis en la Policía. Nadie ha preguntado siquiera por los trastos, así que aquí han estado, muertos de risa, junto con los del conde chiflado.

Los dos policías siguieron a Olle al interior de un cobertizo a oscuras.

—¿El conde chiflado?

—Sí, bueno, en realidad no sé si era conde, pero tenía un nombre como de aristócrata.

—¿Te refieres a Von Schlesinger?

—Eso es. En la comarca lo conocía todo el mundo por ser partidario de Hitler, y su hijo fue a luchar en el frente del lado de los alemanes. El pobre desgraciado... Apenas había llegado al sitio cuando le habían metido una bala en la cabeza. —Olle empezó a rebuscar entre las pilas de chismes—. Y si el viejo no estaba loco antes, se volvió loco al saberlo. Creía que los Aliados invadirían la isla y le atacarían, y si os contara todas las cosas raras que se le ocurrió hacer allí, no os lo creeríais. Al final, murió de una apoplejía. —Olle paró de buscar y empezó a rascarse la cabeza mirándolos en la penumbra—. Fue en 1953, si no recuerdo mal. Luego, la casa tuvo una serie de propietarios hasta que los Elvander la compraron. Y por todos los santos, qué ocurrencia. Mira que abrir allí un internado para un montón de niños ricos... Cualquiera se habría dado cuenta de que eso no podía terminar bien.

Siguió rebuscando sin dejar de hablar como para sus adentros. Se levantó una nube de polvo, y Gösta y Patrik empezaron a estornudar.

—Aquí lo tenemos. Cuatro cajas. Los muebles se quedaron en la casa, hacían falta para alquilarla, aunque conseguí salvar alguno que otro. No se pueden tirar las cosas de cualquier manera, y además, no sabíamos si iban a volver. Aunque la mayoría pensaba como yo, que estaban muertos no se sabía dónde.

—¿Y no se te ocurrió ponerte en contacto con la Policía y avisar de que tenías las cosas? —preguntó Patrik.

Olle el Chatarrero alzó la barbilla y cruzó los brazos.

—¡Se lo dije a Henry!

—¿Cómo? ¿Estás diciendo que Henry sabía que las pertenencias de los Elvander estaban aquí? —preguntó Gösta. Desde luego, no era el único detalle que se le había pasado por alto a Henry, pero no tenía sentido enfadarse con una persona que había muerto y no podía defenderse.

Patrik le echó una ojeada a las cajas.

—Yo creo que caben en el coche, ¿no te parece?

Gösta asintió.

—Sí, y si plegamos los asientos traseros, deberían caber de sobra.

—En fin, desde luego —dijo Olle riéndose—. Y pensar que habéis tardado más de treinta años en venir a por ellas.

Gösta y Patrik lo miraron furiosos, pero se guardaron de decir nada. Había comentarios a los que más valía responder con el silencio.

—¿Qué vas a hacer con todo lo que tienes aquí, Olle? —Gösta no pudo contenerse. A él casi le daba un ataque solo con ver aquella cantidad abrumadora de trastos. Su casa no sería muy grande ni muy moderna, pero estaba orgulloso de haberla podido mantener limpia y ordenada, y de no haberse convertido en uno de esos viejos que lo tenían todo manga por hombro.

—Uno nunca sabe cuándo puede necesitarlas. Si la gente fuera tan ahorrativa y cuidadosa como yo, no estaría el mundo como está, os lo aseguro.

Patrik se agachó para levantar una de las cajas, pero se rindió enseguida soltando un lamento.

—Esta tendremos que llevarla entre los dos, Gösta, pesa demasiado.

Gösta lo miró espantado. Un tirón a aquellas alturas le arruinaría la temporada de golf.

—Yo no puedo levantar mucho peso, debo tener cuidado con la espalda.

—Venga, échame una mano ahora mismo.

Gösta comprendió que lo habían pillado y, muy a disgusto, se agachó para levantar un lado de la caja. Sintió el cosquilleo del polvo en la nariz y estornudó varias veces seguidas.

—Salud —dijo Olle el Chatarrero con una amplia sonrisa que dejó visible el hueco de tres dientes de la fila superior.

—Gracias —dijo Gösta. Quejándose un poco, ayudó a Patrik a colocar las cajas en el maletero. Al mismo tiempo, sentía muchísima expectación. Quizá hubiera algo en aquellas cajas que les proporcionase la pista que tanto necesitaban pero, sobre todo, se alegraba de poder decirle a Ebba que habían encontrado las pertenencias de su familia. Si se fastidiaba la espalda, habría valido la pena.

Aquel día, para variar, Carina y él no iban a madrugar. Él se había quedado trabajando hasta tarde la noche anterior y pensaba que se lo había ganado.

—Por Dios —dijo Carina poniéndole una mano en el hombro—. Si todavía tengo sueño...

—Ya, yo también, pero ¿quién ha dicho que tengamos que levantarnos ya? —Kjell se acurrucó y se abrazó más a ella.

—Mmm... Tengo demasiado sueño.

—Si solo quiero estar así abrazados un ratito...

—Ya, y quieres que me lo crea —dijo Carina con una expresión placentera.

En ese momento, el timbre estridente del móvil de Kjell empezó a sonar en el bolsillo del pantalón, que estaba a los pies de la cama.

—No contestes —dijo Carina apretándose contra él.

Pero el móvil sonaba con insistencia y al final Kjell no pudo aguantar más. Se levantó y sacó el móvil del bolsillo. Sven Niklasson, se leía en la pantalla; trasteó un poco con los botones para responder.

—Hola, ¿Sven? Sí, no, qué va, no estaba durmiendo.
—Kjell miró el reloj. Eran más de las diez. Se aclaró la
garganta con un carraspeo—. ¿Has encontrado algo?

Sven Niklasson estuvo hablando un buen rato mientras
Kjell escuchaba con asombro creciente. Las únicas respuestas que daba eran monosílabos y murmullos, y vio
que Carina lo escrutaba desde la cama, tumbada de lado y
con la cabeza apoyada en el brazo.

—Podemos vernos en Malöga —dijo al fin—. Te agradezco que me permitas participar aunque sea de lejos.
No todos los colegas harían lo mismo. ¿Está al tanto la
Policía de Tanum? ... ¿La de Gotemburgo? Sí, bueno,
quizá sea mejor, dadas las circunstancias. Sí, sí, ayer dieron una rueda de prensa y ya tienen de sobra con lo que
tienen. Seguro que vuestro reportero os habrá puesto al
día. En fin, ya seguiremos hablando cuando te recoja.
Hasta luego.

—Me da la impresión de que se trata de algo gordo,
puesto que Sven Niklasson viene de camino...

—Si tú supieras... —Kjell se levantó de la cama y empezó
a vestirse. Se le había esfumado el cansancio—. Si tú supieras...
—repitió, esta vez más bien para sus adentros.

Quitó rápidamente las sábanas de la habitación de invitados. Ebba se había ido. Le habría gustado llevarse todo
el material que Erica tenía sobre su familia, pero ella le
dijo que prefería sacarle copias, algo en lo que, naturalmente, debería haber pensado desde el principio.

—¡Noel! ¡No le pegues a Anton! —gritó en dirección a
la sala de estar, sin que le hiciera falta ver siquiera quién
había organizado el tumulto. Al parecer, nadie le hizo el
menor caso y el llanto iba en aumento.

—¡Mamá! ¡Mamáaaaaa! Noel le está pegando a Anton
—gritó Maja.

Erica soltó un suspiro y dejó las sábanas. Sentía una necesidad casi física de poder terminar una tarea sin que un niño llorase o reclamase su atención. Necesitaba un espacio y un tiempo propios. Necesitaba poder comportarse como una adulta. Sus hijos eran lo más importante en la vida, pero a veces tenía la sensación de que la obligaban a sacrificar todo lo que quería hacer. Aunque Patrik había estado de baja paternal varios meses, ella fue siempre la jefa de aquel proyecto y la que se preocupaba de que todo funcionase. Patrik le ayudaba mucho, pero no era más que eso: una ayuda. Y cuando alguno de los niños estaba enfermo, siempre era ella la que tenía que retrasar una fecha de entrega o cancelar una entrevista, para que Patrik pudiera ir al trabajo. Por más que procuraba evitarlo, empezaba a sentir cierta amargura al ver que sus necesidades y su trabajo siempre estaban en último lugar.

—¡Déjalo ya, Noel! —dijo apartándolo del otro gemelo, que estaba llorando en el suelo. Entonces Noel también empezó a llorar, y a Erica le dio cargo de conciencia por haberle tirado del brazo demasiado fuerte.

—¡Mamá lo ha hecho mal! —dijo Maja mirando a Erica con cara enfadada.

—Sí, mamá lo ha hecho mal. —Erica se sentó en el suelo, con los gemelos sollozando en brazos.

—¿Hola? —Se oyó una voz desde la entrada.

Erica se sobresaltó, pero enseguida cayó en la cuenta de quién era. Solo había una persona capaz de entrar en su casa sin llamar.

—Hola, Kristina —dijo, mientras se levantaba como podía. Los gemelos dejaron de llorar en el acto y fueron corriendo a recibir a la abuela.

—Órdenes del jefe. Ahora me encargo yo —dijo Kristina, secándoles a Noel y a Anton las lágrimas de las mejillas.

—¿Que te encargas tú?

—Sí, para que tú puedas ir a la comisaría. —Kristina dijo aquellas palabras como si fuera lo más natural del mundo—. En fin, es lo que sé. Yo solo soy la jubilada que se supone que está disponible con un margen de pocos minutos. Patrik me ha llamado y me ha preguntado si podía venir inmediatamente, y me ha encontrado en casa de chiripa, porque igual podría haber tenido algo importante entre manos, quién sabe, puede que hasta una cita o como lo llamen hoy, pero le he dicho a Patrik que bueno, que por esta vez, para la próxima espero algo más de planificación. Pensad que yo tengo mi vida, aunque seguramente vosotros creéis que soy demasiado mayor para esas cosas. —Paró un momento para respirar y miró a Erica—. ¿A qué esperas? Patrik dice que tienes que ir a la comisaría.

Erica seguía sin comprender nada, pero decidió no quedarse a hacer preguntas. Fuera lo que fuera, acababa de brindarle un respiro, y eso era lo único que pedía en aquellos momentos.

—Ya le he dicho a Patrik que solo puedo quedarme durante el día, porque esta noche ponen *Sommarkrysset* en la tele, y por nada del mundo me lo quiero perder. Y antes tiene que darme tiempo de hacer la compra y poner la lavadora, así que más tarde de las cinco no puedo quedarme, porque entonces no me da tiempo de nada, y antes del programa tengo que hacer cosas en mi casa también. No puedo estar siempre a vuestro servicio, aunque Dios sabe que aquí hay mucho trabajo.

Erica cerró la puerta y sonrió feliz. Libertad.

Cuando se sentó en el coche, empezó a cavilar. ¿Qué correría tanta prisa? Lo único que se le ocurría era que el asunto tuviera que ver con la visita que Patrik y Gösta habían hecho a Olle el Chatarrero. Habrían encontrado las pertenencias de la familia. Silbando distraídamente, puso rumbo a Tanumshede. De pronto, se arrepintió de lo que había estado pensando de Patrik; al menos, en parte.

Si la dejaba participar e inspeccionar el hallazgo, se encargaría sola de la casa durante un mes entero.

Giró para entrar en el aparcamiento de la comisaría y entró con paso ligero en aquel edificio bajo tan feo. La recepción estaba desierta.

—¿Patrik? —gritó en dirección al pasillo.

—¡Estamos aquí, en la sala de reuniones!

Erica se guio por su voz, pero se paró en seco al llegar a la puerta. La mesa entera y el suelo estaban cubiertos de objetos.

—No ha sido idea mía —dijo Patrik sin volverse hacia ella—. Ha sido Gösta, que piensa que te mereces estar aquí.

Erica le mandó un beso a Gösta, que se puso como un tomate.

—¿Habéis encontrado ya algo de interés? —preguntó mirando a su alrededor.

—No, estamos sacándolo todo y no hemos hecho mucho más. —Patrik sopló para retirar el polvo de unos álbumes de fotos que puso en la mesa.

—¿Quieres que te ayude con eso o prefieres que vaya repasando lo que hay?

—Ya casi hemos vaciado las cajas, así que puedes echar un vistazo. —Se dio media vuelta y la miró—. ¿Ha ido mi madre a casa?

—No, los niños son ya tan mayores que he pensado que podían arreglárselas solos un rato —dijo riendo—. Pues claro, si no, ni siquiera habría sabido que tenía que venir.

—La verdad, primero intenté localizar a Anna, pero no respondía ni en casa ni en el móvil.

—¿No? Pues qué raro —Erica frunció el entrecejo. Anna nunca se alejaba más de un metro del teléfono móvil.

—Dan y los niños están fuera, seguro que está dormitando al sol tan ricamente.

—Sí, tienes razón, será eso. —Se olvidó del asunto y se puso manos a la obra con todos los objetos que tenía delante.

Estuvieron trabajando en silencio un buen rato. La mayoría de lo que había en las cajas eran las cosas corrientes que todo el mundo tiene en casa: libros, bolígrafos, cepillos del pelo, zapatos y ropa que olían a antipolillas y a moho.

—¿Qué fue de los muebles y los objetos de decoración? —preguntó Erica.

—Se quedaron en la casa. Sospecho que la mayor parte desapareció con los inquilinos que fueron pasando por ella. Le preguntaremos a Ebba y a Mårten. Algo debieron de encontrarse cuando se mudaron en primavera.

—Por cierto, Anna iba a ir a Valö ayer. Se llevó nuestro bote. Me pregunto si llegaría bien anoche.

—Seguro que sí, pero si estás preocupada puedes llamar a Mårten y preguntarle a qué hora se fue.

—Pues mira, creo que lo voy a llamar.

Sacó el móvil del bolso y buscó el número de Mårten. Fue una conversación breve y cuando terminó, le dijo a Patrik:

—Anna se quedó allí una hora más o menos, y cuando se fue, la mar estaba totalmente en calma.

Patrik se limpió el polvo de las manos en el pantalón.

—¿Lo ves?

—Sí, me he quedado más tranquila —dijo Erica, pero se sentía inquieta por dentro. Algo iba mal. Por otro lado, sabía que siempre había sido sobreprotectora con su hermana y que siempre reaccionaba exageradamente, así que se esforzó por olvidarlo y continuó a lo suyo.

—Uf, qué curioso me parece esto —dijo, y les mostró una lista de la compra—. Tiene que haberlo escrito Inez. Me resulta irreal pensar que tuviera una vida corriente y que escribiera la lista de la compra: leche, huevos, azúcar, mermelada, café... —Erica le dio la lista a Patrik.

Él la leyó, lanzó un suspiro y se la devolvió a Erica.

—No tenemos tiempo que perder en esas cosas. Tenemos que concentrarnos en lo que pueda ser interesante para el caso.

—De acuerdo —dijo Erica, y dejó el papel en la mesa.

Continuaron los tres revisándolo todo sistemáticamente.

—Un hombre ordenado el tal Rune. —Gösta les mostró un cuaderno que, por lo visto, contenía una relación de todos los gastos. Tenía una letra tan pulcra que casi parecía escrito a máquina.

—Se ve que ningún gasto le parecía insignificante y los registraba todos —dijo Gösta, hojeando las páginas.

—No me sorprende, después de lo que he oído contar de él —aseguró Erica.

—Pues mira esto. Se ve que había alguien que bebía los vientos por Leon. —Patrik les mostró una hoja de una libreta repleta de inscripciones.

—«A, corazón, L» —leyó Erica en voz alta—. Y estuvo practicando su firma. Annelie Kreutz. O sea que a Annelie le gustaba Leon. Eso también encaja con lo que me han contado.

—Me pregunto qué le parecería a su padre —dijo Gösta.

—Teniendo en cuenta lo controlador que era, la relación entre ellos dos habría podido desencadenar una catástrofe —dijo Patrik.

—La cuestión es si era mutuo... —Erica se sentó en el borde de la mesa—. Annelie estaba enamorada de Leon, pero ¿estaría Leon enamorado de ella? Según John, para nada, pero claro, puede que Leon lo mantuviera en secreto.

—Los ruidos nocturnos —dijo Gösta—. ¿No me dijiste que Ove Linder te había contado que se oían ruidos por las noches? Puede que fueran Leon y Annelie.

—O puede que fueran fantasmas —dijo Patrik.

—Anda ya —respondió Gösta, y echó mano de un fajo de facturas y se puso a revisarlas—. ¿Ha vuelto Ebba a la isla?

—Sí, aprovechó el viaje del barco correo —dijo Erica ausente. Tenía en la mano uno de los álbumes que había en la mesa y estaba examinando las fotografías con atención. En una de ellas se veía a una mujer joven con el pelo liso y una niña pequeña en brazos—. No se la ve muy feliz que digamos.

Patrik miró por encima de su hombro.

—Inez y Ebba.

—Sí, y estos deben de ser los otros hijos de Rune. —Señaló a los tres niños de edad y estatura diversas que, claramente a disgusto, se habían alineado ante una pared.

—Ebba se va a poner contentísima —dijo Erica pasando la hoja—. Para ella tiene que ser importantísimo. Mira, esta debe de ser Laura, su abuela.

—Uf, tiene pinta de ser un peligro —dijo Gösta, que se había puesto al lado de Erica para ver las fotos él también.

—¿Qué edad tenía cuando murió? —preguntó Patrik.

Erica pensó un segundo.

—Debía de tener cincuenta y tres. La encontraron muerta junto a la casa una mañana.

—¿No hubo nada raro en esa muerte? —preguntó Patrik.

—Que yo sepa, no. ¿Tú sabes algo, Gösta?

El policía negó con la cabeza.

—El médico se personó allí y constató que, por algún motivo, la mujer había salido de la casa en plena noche, y allí falleció de un infarto. No hubo la menor sospecha de que no se tratara de una muerte natural.

—¿Y la que desapareció fue su madre? —preguntó Patrik.

—Sí, Dagmar, en 1949.

—Una borracha empedernida —dijo Gösta—. O al menos, eso dicen.

—Pues es un milagro que Ebba sea una persona tan normal, con esa familia.

—Será porque se crio en la casa de Rosenstigen, y no en Valö —dijo Gösta.

—Seguro que sí —dijo Patrik, y siguió sacando cosas.

Dos horas más tarde lo habían revisado todo y se miraban decepcionados. Aunque a Ebba le agradaría mucho tener todas aquellas fotografías y los objetos personales de su familia, ellos no habían encontrado nada que pudiera serles de ayuda en la investigación. Erica estaba a punto de echarse a llorar. ¡Se había hecho tantas ilusiones...! Y allí estaban ahora, en aquella sala de reuniones atestada de bártulos que no les servían para nada.

Observó a su marido. Algo lo tenía preocupado, pero no sabía decir qué. Erica conocía bien aquella expresión.

—¿En qué estás pensando?

—No lo sé. Pero hay algo que... Bah, no importa, ya caeré en la cuenta —dijo irritado.

—Bueno, pues entonces ya podemos guardarlo todo —dijo Gösta, y empezó a llenar la caja que tenía más cerca.

—Pues sí, no hay mucho más que hacer.

También Patrik se puso a embalarlo todo, y Erica se quedó unos instantes sin hacer amago de ir a ayudar. Paseó la mirada por la sala en un último intento de descubrir algo interesante, y ya estaba a punto de rendirse cuando vio unos cuadernos pequeños de color negro que reconoció enseguida. Eran los pasaportes de la familia, que Gösta había puesto juntos en la mesa, en un montoncito aparte. Guiñó un ojo y se acercó para verlos mejor, y los contó para sus adentros. Luego, los colocó en fila, uno al lado del otro.

Patrik dejó de embalar y levantó la vista.

—¿Qué pasa?

—¿No lo ves? —dijo Erica señalando los pasaportes.

—Pues no, ¿qué es?

—Cuéntalos.

Patrik los contó en silencio y abrió los ojos de par en par.

—Hay cuatro pasaportes —dijo Erica—. ¿No deberían ser cinco?

—Pues sí, si suponemos que Ebba era aún demasiado pequeña para que se lo hubieran sacado.

Patrik se acercó y fue abriendo los pasaportes uno tras otro, comprobando los nombres y las fotos. Luego se volvió a su mujer.

—Bueno, ¿quién falta?

—Annelie. Falta el pasaporte de Annelie.

Fjällbacka, 1961

Su madre sabía muy bien lo que se hacía. Era una verdad con la que Inez había crecido y que daba por supuesta. A su padre ni lo recordaba. Solo tenía tres años cuando murió de una apoplejía tras unas semanas en el hospital. A partir de aquel momento, se quedaron solas ella, su madre y Nanna.

A veces se preguntaba si quería a su madre. No estaba del todo segura. Quería a Nanna, y al oso de peluche que siempre había tenido en la cama, pero ¿a su madre? Sabía que debería quererla como otros niños del colegio querían a sus madres. Las pocas veces que le habían permitido ir a jugar a casa de alguna niña había observado cómo madre e hija se reencontraban con la alegría en la mirada, y la niña se arrojaba en brazos de su madre. A Inez se le hacía un nudo en el estómago al ver a las demás niñas de la clase con sus madres. Empezó a hacer lo mismo al llegar a casa. Se arrojaba en el cálido regazo de Nanna, que siempre tenía los brazos abiertos para ella.

Su madre no era mala y, que ella recordara, nunca le había levantado la voz. Era Nanna la que se enfadaba con ella cuando desobedecía. Pero su madre tenía una idea muy clara de cómo había que hacer las cosas, e Inez no podía contradecirla.

Lo más importante era hacer las cosas bien. Su madre se lo decía siempre: «Todo lo que vale la pena hacer, vale la pena hacerlo correctamente». Inez no podía hacer nada a la ligera. La caligrafía de la copia del colegio tenía que ser perfecta, sin salirse del renglón, y tenía que rellenar correctamente las cifras en el libro de matemáticas. Las marcas que dejaban los fallos después de borrados, por débiles que fueran, estaban prohibidas. Si no estaba segura, tenía que escribir primero en un papel de sucio, antes de anotar en el libro las cifras correctas.

También era importante no desordenar la casa, porque si estaba desordenada podían ocurrir cosas terribles. No sabía exactamente qué, pero su habitación tenía que estar en perfecto orden. Era imposible saber cuándo se asomaría Laura a mirar, y si no estaba todo en su sitio, la miraba con aquella cara de decepción y le decía que quería hablar con ella. Inez odiaba aquellas conversaciones. Ella no quería poner triste a su madre, y sus conversaciones siempre trataban de eso: de que Inez la había decepcionado.

Tampoco podía andar revolviendo en la habitación de Nanna, ni en la cocina. En el resto de las habitaciones de la casa —el dormitorio de su madre, la sala de estar, la habitación de invitados y el salón— no le estaba permitido entrar. Podía romper algo, decía su madre. Los niños no podían entrar ahí. Y ella obedecía, porque así la vida era más sencilla. No le gustaban las discusiones ni le gustaban las conversaciones de mamá. Si hacía lo que ella le decía, se libraba de las dos cosas.

En el colegio iba a lo suyo y se esforzaba por hacer bien todo lo que le mandaban. Era obvio que a la maestra le gustaba. Al parecer, a los adultos les gustaba que los niños obedecieran.

Las demás niñas no le hacían mucho caso, como si ni siquiera mereciera la pena pelearse con ella. Alguna vez se metían con ella y le decían cosas de su abuela, lo cual le resultaba de lo más extraño, dado que no tenía abuelas. Inez le había preguntado por ella a su madre, pero en lugar de responder, le dijo que iban a mantener una de aquellas conversaciones... Incluso le había preguntado a Nanna, que, curiosamente, se enfurruñó y le dijo que ella no era quién para hablar de eso. De modo que Inez dejó de preguntar. No era tan importante como para arriesgarse a mantener otra de aquellas conversaciones y, al fin y al cabo, su madre sabía muy bien lo que se hacía.

Ebba bajó a tierra en el muelle de Valö después de dar las gracias por el viaje. Por primera vez desde que llegaron, sentía esperanza y alegría mientras seguía el sendero en dirección a la casa. Había tantas cosas que quería contarle a Mårten...

Al acercarse se sorprendió de lo bonita que era la casa. Claro que faltaba mucho para que la tuvieran lista —a pesar de todo lo que llevaban trabajado, no habían hecho más que empezar—, pero tenía muchas posibilidades. Allí estaba, como una joya blanca en medio de toda aquella fronda, y aunque no se viera el mar, se notaba que estaba cerca.

A Mårten y a ella les llevaría tiempo retomar la relación, y sus vidas no serían como antes, pero eso no tenía por qué significar que fuera una vida peor. Quién sabe si su matrimonio no saldría fortalecido. Hasta ahora apenas se había atrevido a considerarlo siquiera, pero quizá hubiera lugar en sus vidas para otro hijo. No mientras todo fuera nuevo y delicado y mientras les quedara tanto trabajo por delante, tanto con la casa como con su relación de pareja, pero más adelante tal vez pudieran darle a Vincent un hermano. Así era como lo veía ella: un hermano para su ángel muerto.

Había conseguido tranquilizar a sus padres. Les había pedido perdón por haberles ocultado lo sucedido sobre la cama y los convenció de que no salieran corriendo rumbo a Fjällbacka. Además, los llamó otra vez aquella noche para contarles lo que había averiguado acerca de su familia, y sabía que se alegraban y que comprendían lo mucho que significaba para ella. A pesar de todo, no querían que regresara a la isla hasta que se esclarecieran los hechos. Así que les dijo una mentira piadosa, que se quedaría una noche más en casa de Erica y Patrik; y con eso se dieron por satisfechos.

La idea de que alguien quisiera hacerles daño le causaba pavor, pero Mårten había optado por quedarse, y ella optaba por estar a su lado. Por segunda vez en la vida, optaba por Mårten. El miedo a perderlo superaba al miedo a la amenaza desconocida. Uno no podía controlarlo todo en la vida. La muerte de Vincent le había enseñado esa verdad, y su destino era quedarse con Mårten, pasara lo que pasara.

—¿Hola? —Ebba dejó el bolso en el recibidor—. Mårten, ¿dónde estás?

En la casa reinaba un silencio absoluto, y Ebba aguzó el oído mientras subía despacio las escaleras. ¿Habría ido a Fjällbacka a hacer algún recado? No, porque al llegar había visto el bote en el embarcadero... Y junto al suyo había otro barco. ¿Tendrían visita?

—¿Hola? —repitió en voz alta, pero solo le respondió el eco de su voz al retumbar entre las paredes vacías. El sol se filtraba esplendoroso por las ventanas, iluminando el polvo que revoloteaba en el aire a su paso. Entró en el dormitorio.

—¿Mårten? —Se quedó perpleja mirando a su marido, que estaba sentado en el suelo, con la espalda apoyada en la pared y la vista al frente, fija en un punto. Mårten no reaccionó.

La preocupación se apoderó de ella, se sentó en cuclillas a su lado y le acarició el pelo. Parecía cansado y maltrecho.

—¿Cómo estás? —preguntó Ebba.

Mårten volvió la vista hacia ella.

—¿Has llegado ya? —preguntó con voz monótona, y ella asintió con vehemencia.

—Sí, tengo tantas cosas que contarte, ni te imaginas. Y en casa de Erica he tenido tiempo de reflexionar. He llegado a la conclusión de algo que me parece que tú ya sabes: ahora solo nos tenemos el uno al otro, tenemos que intentarlo. Yo te quiero, Mårten. A Vincent siempre lo llevaremos aquí —dijo con la mano en el corazón—, pero no podemos vivir como si nosotros también hubiéramos muerto.

Guardó silencio a la espera de alguna reacción por su parte, pero Mårten no dijo una palabra.

—No sabes la de cosas que he comprendido cuando Erica me contó lo que sabía de mi familia. —Se sentó a su lado y comenzó a referirle entusiasmada la historia de Laura, Dagmar y la partera de ángeles.

Cuando hubo terminado, Mårten asintió y le dijo:

—La culpa viene de herencia.

—¿A qué te refieres?

—La culpa viene de herencia —repitió con voz chillona.

Con gesto convulso, se pasó la mano por el pelo y se le quedó alborotado. Ella se adelantó para alisárselo, pero él le apartó la mano.

—Nunca has querido reconocer tu culpa.

—¿Qué culpa? —Una sensación de malestar creciente se le extendía por dentro, pero trató de desembarazarse de ella: aquel era Mårten, su marido.

—De que Vincent muriera. ¿Cómo vamos a seguir adelante si no lo reconoces? Pero ahora comprendo por qué. Lo llevas dentro. La abuela de tu abuela era una asesina de niños, y tú mataste al nuestro.

Ebba retrocedió como si la hubiera golpeado. Y de hecho, así se sentía al oír aquellas palabras terribles. ¿Que ella había matado a Vincent? La desesperación le crecía en el pecho y habría querido gritarle, pero se dio cuenta de que no estaba bien. Mårten no sabía lo que decía, no cabía otra explicación. De lo contrario, no la habría acusado de algo tan terrible.

—Mårten —le dijo tan serena como pudo, pero él la señaló con el dedo y continuó:

—Tú lo mataste. Tú tienes la culpa. Siempre la has tenido.

—Por favor, pero ¿qué dices? Tú sabes cómo fue. Yo no maté a Vincent. Nadie tiene la culpa de que muriera y lo sabes. —Lo agarró por los hombros y trató de zarandearlo para que la cordura volviera a aquella mirada.

Ebba miró a su alrededor y descubrió de pronto que la cama estaba deshecha y revuelta, y que en la bandeja que había en el suelo aún quedaban platos con restos de comida, y dos copas con un cerco reseco de vino tinto.

—¿Quién ha estado aquí? —preguntó. Pero Mårten no respondió, siguió mirándola con frialdad.

Muy despacio, Ebba empezó a arrastrarse hacia atrás. Supo instintivamente que debía alejarse de allí. Aquel no era Mårten, era otra persona, y por un momento se preguntó cuánto tiempo llevaba siendo la persona que ahora tenía delante. ¿Cuánto tiempo hacía desde que la frialdad se había instalado en su mirada, sin que ella se hubiera dado cuenta?

Continuó retrocediendo y él se levantó con rigidez y sin apartar la vista de ella. Aterrorizada, Ebba siguió alejándose más rápido y trató de ponerse de pie, pero él alargó el brazo y la tiró otra vez al suelo.

—¿Mårten? —le dijo.

Jamás le había puesto la mano encima, en la vida. Él era quien protestaba cuando ella quería matar una araña, por ejemplo, e insistía en dejarla libre y viva. Muy despacio, Ebba fue cayendo en la cuenta de que Mårten ya no existía. Tal vez se hubiese malogrado el día en que murió Vincent, solo que ella había estado demasiado ocupada con su dolor como para notarlo, y ahora ya era demasiado tarde.

Mårten ladeó la cabeza y la examinó como si fuera una mosca que hubiera quedado atrapada en su red. El corazón le martilleaba en el pecho, pero no era capaz de resistirse. ¿Adónde podría escapar? Lo más sencillo era rendirse. Así iría con Vincent, no le tenía ningún miedo a la muerte. Lo único que sentía era una pena inmensa. Pena de lo que se le había roto por dentro a Mårten, de que se hubiera esfumado tan pronto la esperanza de futuro.

Cuando él se inclinó y le rodeó el cuello con las manos, lo miró serena. Las tenía calientes, y Ebba recordó la sensación del tacto: aquellas manos la habían acariciado tantas veces... Él iba apretando cada vez más, y Ebba notó que se le desbocaba el corazón. Empezó a ver chispas y todo su cuerpo se resistía, luchaba por aspirar oxígeno, pero se armó de voluntad para lograr relajarse. Mientras la oscuridad la cubría, aceptó su destino. Vincent la estaba esperando.

Gösta se había quedado en la sala de reuniones. Había empezado a pasársele el subidón de saber que faltaba uno de los pasaportes. Seguramente él era un viejo escéptico, pero se resistía a creer que no pudiera haber más de una explicación para la pérdida de un pasaporte. Quién sabe si el pasaporte de Annelie no se había estropeado, o si no lo habían perdido, o quizá lo habían guardado en otro lugar y luego desapareció cuando vaciaron la casa. Por otro lado, no era inverosímil que fuera un detalle importante, pero de desentrañar ese misterio tendría que encargarse Patrik. Gösta sentía la necesidad imperiosa de repasarlo todo minuciosamente una vez más. Se lo debía a Ebba, tenía que ser exhaustivo. Pudiera ser que hubiera algo cuya importancia no hubieran comprendido a pesar de haberlo tenido delante, algo que no hubiesen examinado lo bastante a fondo.

Si no hiciera todo lo posible por ayudar a la muchacha, Maj-Britt no se lo perdonaría nunca. Ebba había vuelto a Valö. Algo oscuro y amenazante la aguardaba allí, y él tenía que hacer cuanto estuviera en su mano por evitar que sufriera el menor daño.

Ebba ocupaba un lugar destacado en su corazón desde el día en que se agarró a él cuando iban a llevársela. Fue uno de los peores días de su vida. La mañana en que la asistente de asuntos sociales llegó para llevar a Ebba con su nueva familia se le había quedado grabada en la memoria. Maj-Britt la bañó y la preparó cuidadosamente. La peinó con esmero, le recogió el pelo con un lazo y le puso el vestido blanco con una lazada en la cintura que se había pasado varias noches cosiendo. Él apenas tuvo valor para mirar a Ebba aquella mañana, estaba tan bonita que daban ganas de llorar.

Por miedo a que le partiera el corazón, había pensado en no despedirse siquiera, pero Maj-Britt le recordó que tenían que decirle adiós como era debido. Así que Gösta se acuclilló y abrió los brazos, y ella se le acercó corriendo, con el lazo aleteando al viento y la falda como la vela blanca de un barco. La pequeña le rodeó fuertemente el cuello con los brazos, como presintiendo que aquella era la última vez que se verían.

Gösta tragó saliva mientras iba sacando la ropita de Ebba de la caja que Patrik acababa de llenar.

—Gösta. —Patrik asomó la cabeza por la puerta abierta.

Él se volvió con un sobresalto. Aún tenía en las manos una camisita.

—¿Cómo es que tú sabías la dirección de los padres de Ebba en Gotemburgo? —preguntó Patrik.

Gösta guardó silencio. Mil pensamientos le rondaban por la cabeza mientras trataba de encontrar una explicación, que había visto la dirección en algún sitio y que se le había quedado grabada en la memoria o algo así. Seguro que conseguiría que Patrik lo creyera, pero dejó escapar un suspiro y confesó:

—Era yo quien enviaba las tarjetas.

—Ya, «G» —dijo Patrik—. Debo de ser de lo más torpe cuando ni siquiera se me ha pasado por la cabeza que podías ser tú.

—Debería habértelo dicho, y he estado a punto varias veces. —Bajó la vista avergonzado—. Pero yo solo le he enviado felicitaciones de cumpleaños. La última tarjeta que nos enseñó Mårten no es mía.

—No, eso ya me lo imaginaba. Sinceramente, llevo todo este tiempo preguntándome por esa última tarjeta. Es tan radicalmente distinta de las demás...

—Y la imitación de mi letra tampoco es muy buena que digamos. —Gösta dejó la camisita y se cruzó de brazos.

—No, no es fácil copiar esos garabatos que tú haces.

Gösta sonrió, aliviado al ver que Patrik optaba por mostrarse tan comprensivo. No sabía si él habría reaccionado con tanta generosidad.

—Sé que este caso es especial para ti —dijo Patrik, como si le hubiera leído el pensamiento.

—No podemos permitir que le ocurra nada. —Gösta se dio la vuelta y se concentró otra vez en la caja.

Patrik se quedó allí y Gösta se volvió hacia él otra vez.

—Si Annelie está viva, eso lo cambia todo. ¿Le has dicho a Leon que queremos hablar con él otra vez?

—Prefiero darle una sorpresa. Si lo desequilibramos, tendremos más posibilidades de que hable. —Patrik guardó silencio, como si no estuviera seguro de si debía continuar. Luego dijo—: Creo que sé quién envió esa última tarjeta.

—¿Quién?

Patrik meneó la cabeza.

—Fue una idea que se me ocurrió... Le pedí a Torbjörn que comprobara una cosa. Sabré más cuando me responda. Hasta entonces, prefiero no decir nada, pero te prometo que serás el primero en saberlo.

—Eso espero. —Gösta se volvió de nuevo hacia la caja. Aún le faltaba mucho por revisar. Había visto algo que lo tenía inquieto, y no descansaría hasta averiguar qué era.

Seguramente, Rebecka no lo comprendería, pero, de todos modos, Josef le había dejado una carta para que al menos supiera que le agradecía la vida que habían vivido juntos, que la quería. En aras de su sueño, había renunciado a ella y a los niños, ahora se daba cuenta. La vergüenza y el dolor le habían impedido ver cuánto significaban los tres para él. A pesar de todo, siempre habían estado a su lado.

También echó al correo una carta para cada uno de sus hijos. Tampoco en ellas explicaba nada, solo contenían unas palabras de despedida e instrucciones de lo que esperaba de ellos. Era importante que no olvidaran que tenían una responsabilidad y una tarea que cumplir, aunque él no estuviera allí para recordárselo.

Muy despacio, se fue comiendo el huevo del almuerzo, cocido durante ocho minutos exactamente. Al principio de casados, Rebecka no prestaba mucha atención a aquello. Unas veces lo dejaba cociendo siete minutos, otras veces nueve. Ahora ya hacía muchos años que no le salían mal los huevos. Había sido una esposa fiel y cumplidora, y sus padres la querían.

En cambio, con los niños había sido demasiado blanda, y eso lo preocupaba. Eran adultos, sí, pero aún necesitaban que los guiaran con mano dura, y no estaba seguro de que

Rebecka pudiera hacerlo. Además, dudaba de que los obligara a mantener viva la herencia judía. Pero ¿qué otra opción le quedaba? Su vergüenza los cubriría como una película pegajosa y estropearía sus posibilidades de ir por la vida con la cabeza alta. Tenía que sacrificarse por su futuro.

En un instante de debilidad, se le pasó por la cabeza la idea de la venganza, pero la desechó enseguida. Sabía por experiencia que la venganza no traía nada bueno; en todo caso, más oscuridad.

Se terminó el huevo y se limpió cuidadosamente la boca antes de levantarse de la mesa. Luego dejó su hogar para siempre sin volverse atrás.

La despertó el ruido de una puerta muy pesada al abrirse. Anna entreabrió los ojos desconcertada al hilo de luz que se había formado. ¿Dónde se encontraba? Le latían las sienes por el dolor de cabeza, y se incorporó con mucho esfuerzo. Hacía frío y solo llevaba una sábana alrededor del cuerpo. Se rodeó las piernas con los brazos temblando mientras notaba cómo el pánico se apoderaba de ella.

Mårten. Era lo último que recordaba. Se habían acostado en su cama, en la cama de Ebba. Bebieron vino, y ella sintió un deseo enorme. Ahora lo recordaba perfectamente. Trató de no pensar en ello, pero no dejaba de ver pasar rápidamente las imágenes de sus cuerpos desnudos. Se estaban moviendo abrazados en la cama, iluminados por la luz de la luna. Luego, todo se volvió negro y ya no recordaba nada más.

—¿Hola? —dijo en voz alta hacia la puerta, pero nadie respondió. Aquello se le antojaba irreal, como si hubiera caído en otro mundo, como Alicia en el País de las Maravillas, que cayó en la madriguera del conejo—. ¿Hola? —Volvió a llamar. Trataba de ponerse de pie, pero le fallaban las piernas y otra vez se desplomó en el suelo.

Un objeto grande entró volando por la puerta, que se cerró de golpe. Anna estaba totalmente inmóvil. Otra vez se veía sumida en la más negra oscuridad. No entraba ni un rayo de luz, pero se dijo que tenía que averiguar qué era aquello, así que se arrastró despacio hacia delante y lo tanteó con las manos. El suelo estaba tan frío que empezaban a dormírsele los dedos y la superficie rugosa le arañaba las rodillas. Al final, rozó algo que le pareció un tejido. Continuó a tientas con las manos y dio un respingo al notar la piel de alguien en los dedos. El fardo era una persona. Tenía los ojos cerrados y no se notaba la respiración, aunque el cuerpo estaba caliente. Siguió tanteando a ciegas en busca del cuello, donde latía el pulso débilmente, y sin pensárselo dos veces, le pellizcó la nariz a la mujer al tiempo que le subió la cabeza y, echándola hacia atrás, empezó a hacerle el boca a boca. Porque se trataba de una mujer. Se dio cuenta por el olor del pelo, y mientras iba insuflando aire en su pecho, pensó que reconocía vagamente aquel aroma.

Anna no sabía cuánto tiempo estuvo intentando reanimarla. De vez en cuando, ejercía una presión breve y contundente con las dos manos sobre el pecho de la mujer. No tenía la certeza de estar haciéndolo correctamente. La única vez que había visto cómo se hacía fue en una serie de hospitales que ponían en televisión, y esperaba haber conseguido reproducir la realidad, y no una versión inventada de reanimación cardiopulmonar.

Al cabo de lo que a ella se le antojó una eternidad, la mujer empezó a toser. Se oyó una especie de arcada y Anna le puso el cuerpo de costado y le acarició la espalda. Finalmente, se le calmó la tos y la mujer empezó a respirar hondo a suspiros largos, con pitidos.

—¿Dónde estoy? —dijo con voz ronca.

Anna le acarició el pelo para tranquilizarla. Tenía la voz tan distorsionada que resultaba difícil saber quién era, pero se lo imaginaba.

—Ebba, ¿eres tú? Está tan oscuro que no se ve nada.

—¿Anna? Yo creía que me había quedado ciega.

—No, no estás ciega. Esto está muy oscuro, y no sé dónde estamos.

Ebba iba a decir algo, pero se lo impidió un ataque de tos que le sacudió todo el cuerpo. Anna siguió dándole masajes en la espalda hasta que Ebba hizo amago de querer incorporarse. Anna la agarró del brazo para ayudarle, y Ebba dejó de toser unos segundos después.

—Yo tampoco sé dónde estamos —dijo.

—¿Y cómo hemos venido a parar aquí?

Ebba no dijo nada al principio. Luego, declaró en voz baja:

—Mårten.

—¿Mårten? —Anna volvió a recrear las imágenes de sus cuerpos desnudos. Los remordimientos le provocaron náuseas y trató de reprimir las arcadas.

—Él... —Ebba sufrió otro ataque de tos—. Quería estrangularme.

—¿Que quería estrangularte? —repitió Anna; no podía dar crédito a lo que oía, pero al mismo tiempo, le trajo a la cabeza una idea que había tenido latente. Vagamente, había intuido que Mårten no era de fiar, igual que los animales huelen cuando un miembro de la manada está enfermo. Pero eso no hizo sino acentuar la atracción que sintió por él. El peligro era algo a lo que estaba acostumbrada y que reconocía muy bien, y el día anterior había reconocido a Lucas en Mårten.

Las náuseas volvieron como una oleada y el frío que emanaba del suelo se le extendió por todo el cuerpo. Las arcadas se iban volviendo cada vez más incontenibles.

—Madre mía, qué frío hace aquí. ¿Dónde nos habrá encerrado? —dijo Ebba.

—Supongo que nos dejará salir en algún momento, ¿no? —dijo Anna, aunque con la duda resonándole en la voz.

—No lo reconocía. Como si fuera otra persona. Se lo vi en los ojos... Dice... —Guardó silencio y, de repente, se echó a llorar—. Dice que yo maté a Vincent. A nuestro hijo.

Sin pronunciar una sola palabra, Anna abrazó a Ebba, que apoyó la cabeza en su hombro.

—¿Cómo ocurrió? —preguntó al cabo de unos instantes.

Ebba lloraba de tal manera que al principio no pudo responder. Luego, empezó a respirar más pausadamente y, entre sollozos, comenzó:

—Fue a primeros de diciembre. Estábamos sobrecargados de trabajo. Mårten tenía entre manos tres proyectos simultáneamente, y yo también trabajaba jornadas muy largas. Yo creo que a Vincent le afectaba, porque se comportaba de un modo muy caprichoso, como poniéndonos a prueba todo el tiempo. Estábamos agotados. —Se sorbió la nariz y Anna oyó que se la limpiaba en la manga—. La mañana en que todo sucedió íbamos a salir los dos para el trabajo. La idea era que Mårten dejara a Vincent en la guardería, pero llamaron de una de las obras y le dijeron que tenía que presentarse allí enseguida. Una situación de crisis, como siempre. Mårten me pidió que llevara yo a Vincent para poder salir corriendo, pero aquella mañana precisamente tenía yo una reunión importante, y me indignó que quisiera anteponer su trabajo al mío. Empezamos a discutir y al final, Mårten se fue y me dejó allí con Vincent. Tomé conciencia de que otra vez llegaría tarde a una reunión, y cuando Vincent estalló en uno de sus ataques, no pude más. Así que me encerré en el baño y me senté a llorar. Vincent también estaba llorando, y empezó a aporrear la puerta, pero al cabo de unos minutos, se calló, y supuse que se había rendido y se habría ido a su habitación. Así que me tomé unos minutos más para lavarme la cara y tranquilizarme un poco.

Ebba hablaba tan rápido que se le atropellaban las palabras en los labios. A Anna le entraron ganas de taparse los oídos para no tener que oír el resto. Al mismo tiempo, le debía su atención a Ebba.

—Acababa de salir del baño cuando oí un golpe en la calle. Luego, al cabo de pocos segundos, oí gritar a Mårten. Nunca había oído un grito así. No sonaba humano. Más bien como el de un animal herido. —A Ebba se le quebró la voz, pero continuó—: Enseguida comprendí lo que había ocurrido. Sabía que Vincent estaba muerto, lo sentía en todo el cuerpo. Aun así, salí corriendo y allí estaba, tendido detrás de nuestro coche. No llevaba puesto nada de abrigo y, aunque sabía que estaba muerto, no podía dejar de pensar en que había salido a la calle nevada sin el mono. Y que iba a resfriarse. En eso pensé cuando lo vi allí tumbado, en que iba a resfriarse.

—Fue un accidente —dijo Anna en voz baja—. No fue culpa tuya.

—Sí, Mårten tiene razón. Yo maté a Vincent. Si no me hubiera encerrado en el baño, si no me hubiera importado tanto llegar tarde a aquella reunión, si no... —El llanto se transformó en un aullido, y Anna la abrazó más fuerte aún, la dejó llorar mientras le acariciaba el pelo y la consolaba entre susurros. Sentía el dolor de Ebba en cada centímetro de su cuerpo y, por un instante, olvidó el miedo de lo que pudiera ocurrirles a las dos. Por un instante, fueron simplemente dos madres que habían perdido a sus hijos.

Cuando cesó el llanto, Anna intentó ponerse de pie otra vez. Sentía las piernas algo más firmes. Se levantó despacio, por si se daba con el techo en la cabeza, pero pudo erguirse del todo. Dio un paso al frente con mucho cuidado. Algo le rozó la cara, y soltó un grito.

—¿Qué pasa? —dijo Ebba, bien agarrada a las piernas de Anna.

—He notado algo en la cara, pero será una tela de araña. —Extendió la mano en el aire, temblando de miedo. Allí había algo colgado del techo, y tuvo que hacer varios intentos hasta que consiguió agarrarlo. Una cuerda. Tiró un poco. Se encendió una luz y la cegó, así que tuvo que cerrar los ojos.

Fue abriéndolos poco a poco y miró atónita a su alrededor. Ebba seguía en el suelo, y la oyó contener la respiración.

Llevaba tantos años disfrutando del poder..., incluso en las ocasiones en que decidía no usarlo. Exigirle algo a John sería demasiado peligroso. Ya no era la persona a la que Sebastian conoció en Valö. Ahora, a pesar de lo bien que lo disimulaba, parecía tan lleno de odio que habría sido una temeridad aprovechar la oportunidad que le ofrecía la suerte.

Tampoco le había pedido nada a Leon, sencillamente porque, aparte de Lovart, Leon era la única persona en el mundo que había conseguido inspirarle respeto. Después de lo sucedido, desapareció del mapa, pero Sebastian había seguido sus pasos en la prensa, y a través de las habladurías que llegaban hasta Fjällbacka. Ahora, Leon se había mezclado en el juego que él había dirigido hasta el momento, pero él había conseguido sacar lo que pudo. El proyecto disparatado de Josef no era más que un recuerdo. El solar y el granito eran lo único de valor, y él los había convertido en una bonita suma, según los acuerdos que Josef había firmado sin ojearlos siquiera.

Y Percy. Sebastian se carcajeaba para sus adentros mientras conducía el Porsche rojo por las callejas de Fjällbacka, saludando a unos y a otros. Percy llevaba tanto tiempo viviendo con el mito de sí mismo que no creía que pudiera perderlo todo. Claro que pasó momentos de angustia antes de que llegara Sebastian como el ángel salvador, pero nunca temió en serio que pudiera perder lo que le correspondía por nacimiento. Ahora, el castillo era propiedad de los hermanos menores de Percy, lo cual era culpa suya y de nadie más. No había administrado bien su herencia, y Sebastian simplemente contribuyó a que la catástrofe se produjera un poco antes de lo esperable.

También con ese negocio había ganado mucho dinero, pero era más bien un extra. Lo que más satisfacción le procuraba era el poder. Lo curioso era que ni Josef ni Percy se dieron cuenta hasta que no fue demasiado tarde. Los dos confiaban, pese a todo, en su buena voluntad, y creyeron que quería ayudarles de verdad. Menudos imbéciles. En fin, ahora Leon cerraría el juego. Seguramente esa era la razón por la que quería que se reunieran. La cuestión era hasta dónde pensaba llegar. En realidad, Sebastian no estaba preocupado. A aquellas alturas, su fama era tal que nadie se sorprendería. En cambio, sí tenía curiosidad por ver cómo iban a reaccionar los demás. Sobre todo John, que era el que más tenía que perder.

Sebastian aparcó y se quedó un instante sentado. Luego, salió del coche, se palpó el bolsillo del pantalón para comprobar que llevaba las llaves, fue hasta la puerta y llamó al timbre. El *show* estaba a punto de empezar.

Erica tomaba sorbitos de café mientras leía. Sabía mal, recalentado, pero no le apetecía hacer otra cafetera.

—¿Sigues ahí? —Gösta entró en la cocina y se sirvió un café.

Ella cerró el archivador que estaba hojeando.

—Sí, me han hecho el grandísimo favor de dejar que me quede un rato más a leer los documentos de la antigua investigación. Y aquí estoy, pensando en qué querrá decir el hecho de que estén todos los pasaportes menos el de Annelie.

—¿Qué edad tenía? ¿Dieciséis? —dijo Gösta, y se sentó a su lado a la mesa.

Erica asintió.

—Sí, dieciséis, y al parecer, estaba enamorada de Leon hasta los huesos. Puede que surgiera alguna disputa y tuviera que irse. No sería la primera vez que un amor adolescente ocasiona una tragedia, desde luego. Por otro lado, me cuesta creer que una joven de esa edad matara a su familia ella sola.

—No, no me parece creíble. En todo caso, le ayudaría alguien. Quizá Leon, si estaban juntos... El padre se opuso, ellos se enfadaron...

—Pues sí, pudo haber pasado eso, pero aquí dice que Leon estaba pescando con los demás muchachos. ¿Por qué iban a proporcionarle una coartada? ¿Qué iban a ganar con eso?

—Ya, porque no creo que Annelie estuviera con todos —dijo Gösta pensativo.

—No, seguramente, no andarían con unos jueguecitos tan sofisticados.

—Aunque supusiéramos que la cosa está entre Annelie y, digamos que Leon, tampoco hay ningún móvil lógico para matar a toda la familia, ¿no? Debería haberles bastado con cargarse a Rune.

—Sí, yo he pensado exactamente lo mismo. —Erica soltó un suspiro—. Por eso estoy leyendo los interrogatorios. Tiene que haber alguna brecha en las declaraciones de los chicos, pero todos dijeron lo mismo. Estaban fuera pescando caballa y, cuando volvieron, la familia había desaparecido.

Gösta se quedó con la taza en el aire, a medio camino de la boca.

—¿Caballa?

—Sí, eso dice en las declaraciones.

—¿Y cómo demonios se me ha podido pasar algo así?

—¿El qué?

Gösta dejó la taza en la mesa y se pasó la mano por la cara.

—Está claro que uno puede leerse un informe policial un millón de veces sin ver lo evidente.

Guardó silencio un instante, pero luego le sonrió a Erica con gesto triunfal.

—Sabes qué, yo creo que acabamos de desmontar la coartada de los chicos.

Fjällbacka, 1970

Inez quería complacer a su madre. Sabía que quería lo mejor para ella y que solo pretendía asegurarse de que su hija tuviera el futuro resuelto. Aun así, no podía negar que la embargaba un profundo malestar mientras hablaban allí sentados en el sofá elegante del salón. Era tan viejo...

—Llegaréis a conoceros con el tiempo. —Laura miraba resuelta a su hija—. Rune es un hombre bueno y formal, y te cuidará bien. Ya sabes que estoy delicada de salud, y cuando yo deje esta vida, no tienes a nadie. No quiero que tengas que verte tan sola como yo.

Laura la tocó con su mano reseca. El gesto le resultó extraño. Que Inez recordara, solo en contadas ocasiones la había tocado así.

—Comprendo que es un poco precipitado —dijo el hombre que tenía enfrente, y que la miraba como si ella fuera un caballo ganador.

Quizá fuera injusta, pero así era como se sentía Inez. Y sí, todo había sido muy precipitado. Su madre había estado tres días ingresada en el hospital, por el corazón, y cuando volvió a casa, le presentó la propuesta: que debía casarse con Rune Elvander, que había enviudado el año anterior. Ahora que Nanna había fallecido, solo quedaban su madre y ella.

—Mi querida esposa me dijo que debía encontrar a alguien que me ayudara a criar a los niños. Y tu madre dice que tú eres muy hacendosa —continuó el hombre.

Inez tenía una vaga idea de que esas cosas no iban así. Acababa de empezar la década de los setenta, y las mujeres tenían posibilidad de elegir qué hacer en la vida. Pero ella nunca había sido parte del mundo de verdad, solo del mundo perfecto que había creado su madre, donde su palabra era la ley. Y si ahora le decía que lo mejor para ella era casarse con un viudo de más de cincuenta años y con tres hijos, no había nada que pudiera cuestionar.

—Tengo planes de comprar la vieja colonia infantil de Valö y fundar un internado para niños. Necesito a alguien a mi lado para que me ayude con eso también. Creo que se te da bien cocinar, ¿no?

Inez asintió. Había pasado muchas horas en la cocina con Nanna, que le había enseñado todo lo que sabía.

—Bueno, pues entonces, está decidido —dijo Laura—. Como es natural, debemos iniciar un largo noviazgo como es debido. ¿Qué os parece una boda sencilla para el solsticio de verano?

—A mí me parece perfecto —dijo Rune.

Inez guardó silencio. Examinó a su futuro esposo y se fijó en las arrugas que habían empezado a formarse alrededor de los ojos, y en la boca pequeña de expresión firme. Afloraban aquí y allá cabellos grises entre el pelo negro, que empezaba a clarearle por la coronilla. Y aquel era el hombre con el que iba a casarse. A los hijos no los conocía, solo sabía que tenían quince, doce y cinco años. No había tenido contacto con muchos niños en su vida, pero seguro que iría bien la cosa. Eso decía su madre.

Percy seguía sentado en el coche, mirando hacia la bocana del puerto de Fjällbacka, pero en realidad no veía ni las olas ni las embarcaciones. Lo único que veía era su destino, cómo el pasado se entrelazaba con el presente. Sus hermanos habían mostrado una actitud cortés pero fría cuando lo llamaron. Tener clase exigía ser educado incluso con aquel a quien habían vencido. Percy sabía perfectamente lo que ocultaban sus frases de condolencia. La satisfacción de ver el sufrimiento ajeno era siempre igual, con independencia de que uno fuera pobre o rico.

Le dijeron que habían comprado el castillo, pero eso no era para él ninguna novedad. Buhrman, el abogado, ya le había dicho que Sebastian había negociado con ellos a sus espaldas. Con las mismas palabras y argumentos que había utilizado Sebastian, le hicieron saber que el castillo se convertiría en un centro de congresos de lujo. Era lamentable que las cosas hubieran acabado así, pero querían que Percy abandonara el castillo a primeros de mes, a más tardar. Lógicamente, debería hacerlo bajo la inspección de su abogado, para evitar que Percy se llevara sin querer alguno de los objetos incluidos en la compra de la propiedad.

Le sorprendía que Sebastian se hubiese presentado. Percy lo había visto subir en el coche hacia la casa de Leon.

Moreno, con unos botones de la camisa desabrochados, unas gafas de sol caras y el pelo peinado hacia atrás. Con el mismo aspecto de siempre. Y seguramente, para él todo estaba como siempre. Eran negocios, nada más, como diría él.

Percy echó un último vistazo al espejo del quitasol del coche. Estaba horrible. Tenía los ojos enrojecidos por la falta de sueño y el exceso de whisky. La piel mate, sin lustre. El nudo de la corbata, en cambio, era perfecto. Era una cuestión de principios. Subió el quitasol de golpe y salió del coche. No había razón para retrasar lo inevitable.

Ia apoyó la cabeza en el cristal frío de la ventanilla. El viaje en taxi hasta el aeropuerto de Landvetter duraría cerca de dos horas, quizá algo más, dependiendo del tráfico, y quería aprovechar para dormir un rato.

Le dio un beso antes de irse. Para él sería un infierno tener que arreglárselas solo, pero ella no pensaba seguir allí cuando todo explotara. Leon le había asegurado que las cosas irían bien. Le dijo que tenía que hacer lo que iba a hacer. De lo contrario, jamás encontraría la paz.

Una vez más, Ia pensó en aquel trayecto en coche, mientras recorrían las empinadas carreteras de Mónaco. Él estaba pensando en dejarla. Esas fueron las palabras que salieron entonces de su boca. Un montón de inanidades, que las cosas habían cambiado y que sus exigencias ya no eran las mismas, que habían pasado juntos un montón de años maravillosos, pero que había conocido a una persona de la que, sin saber cómo, se había enamorado, que ella también encontraría a alguien con quien ser feliz. Ella apartó la vista de las curvas de la carretera para mirarlo a los ojos, y mientras Leon seguía soltando simplezas, ella pensó en todo lo que había sacrificado por su amor por él.

Cuando el coche se tambaleó, vio que se le salían los ojos de las órbitas. Aquel torrente de sinsentidos cesó de pronto.

—Tienes que mirar a la carretera —le dijo Leon, con el miedo reflejado en aquella cara tan atractiva; y ella no daba crédito. Por primera vez desde que se conocieron, Leon tenía miedo. La embriagó la sensación de poder, pisó el acelerador y notó cómo el cuerpo se pegaba al respaldo por la velocidad.

—Reduce un poco —le suplicó Leon—. ¡Vas demasiado deprisa!

Ella no respondió, sino que pisó más a fondo. El deportivo apenas se mantenía sobre el asfalto. Era como si flotaran y, en aquel instante, Ia se sintió totalmente libre.

Leon trató de controlar el volante, pero el coche se desestabilizó más aún, y lo soltó. Una y otra vez le suplicó que soltara el acelerador; el pánico que le resonaba en la voz la hizo tan feliz como no recordaba haberse sentido en mucho tiempo. El coche iba volando, casi volando.

Algo más adelante vio el árbol y fue como si una fuerza externa se hubiera apoderado de ella. Con toda tranquilidad, giró el volante un poco a la derecha y lo enfiló. Oía en la distancia la voz de Leon, pero el zumbido que le resonaba por dentro amortiguaba todos los sonidos. Luego se hizo el silencio a su alrededor. La paz. Ya no iban a separarse. Estarían juntos para siempre.

Cuando se dio cuenta de que seguía viva se llevó una sorpresa. A su lado estaba Leon, con los ojos cerrados y la cara cubierta de sangre. El fuego avanzaba veloz. Las llamas ya empezaban a lamer los asientos y a extenderse hacia ellos. Le escocían los pulmones al respirar aquel olor. Tuvo que tomar una decisión en el acto: si dejar que el fuego los devorase o tratar de salvarse junto con Leon. Observó a Leon, lo guapo que era. El fuego había alcanzado la mejilla, e Ia observó fascinada cómo le prendía la piel. Entonces se decidió. Ahora era suyo. Y así siguieron las cosas desde el día en que lo sacó del coche en llamas.

Ia cerró los ojos y notó en la frente el frío de la ventanilla. No quería formar parte de lo que Leon estaba a punto de hacer, pero deseaba que llegara el momento en que volvieran a estar unidos.

Anna inspeccionó la habitación vacía que ahora iluminaba una simple bombilla. Olía a tierra y a algo más, difícil de identificar. Tanto ella como Ebba habían intentado abrir la puerta a tirones. Estaba cerrada con llave y era imposible de forzar.

A lo largo de una de las paredes había cuatro cofres con herrajes metálicos y, encima de ellos, la bandera, lo primero que habían visto cuando encendieron la luz. Se había oscurecido por la humedad y el moho, pero la esvástica se recortaba aún visible sobre el fondo rojo y blanco.

—Puede que ahí haya algo de ropa que te sirva —dijo Ebba—. Estás temblando.

—Sí, lo que sea. Me estoy congelando. —Anna estaba avergonzada, pues se intuía que, debajo de la sábana, estaba desnuda. Ella era de las personas a las que disgustaba mostrarse desnuda incluso en los vestuarios, y más aún después del accidente, con todas aquellas cicatrices que le recorrían el cuerpo entero. Y aunque el pudor era, en aquellos momentos, el menor de sus problemas, lo sentía tan intenso que atravesaba el miedo y el frío.

—Estos tres están cerrados con llave, pero este no. —Ebba señaló el cofre más próximo a la puerta. Levantó la tapa y vio que el contenido estaba cubierto con una gruesa manta de lana gris—. ¡Toma! —dijo, arrojándole la manta a Anna, que se la enrolló encima de la sábana. Tenía un olor asqueroso, pero agradeció el calor y la protección que le proporcionaba.

—También hay latas de conserva —dijo Ebba, y empezó a sacar algunas—. En el peor de los casos, nos las arreglaremos un tiempo.

Anna la observó extrañada. El tono casi alegre de Ebba casaba mal con la situación y con su estado de hacía unos minutos, y comprendió que, seguramente, sería una especie de recurso defensivo.

—No tenemos agua —dijo sin añadir nada más. Sin agua no podrían vivir mucho tiempo, pero Ebba continuó removiendo el contenido del cofre como si no la hubiera oído.

—¡Mira! —dijo mostrándole una prenda de ropa.

—¿Un uniforme nazi? ¿De dónde habrá salido todo esto?

—Según tengo entendido, esta casa perteneció durante la guerra a un tipo que estaba chiflado. Será suyo.

—Qué barbaridad —dijo Anna, que seguía temblando. El calor de la manta había empezado a caldearle el cuerpo, pero estaba helada hasta los huesos y todavía tardaría un rato en recobrar la temperatura normal.

—Oye, ¿cómo has venido tú a parar aquí? —dijo Ebba de repente volviéndose hacia Anna. Como si no se hubiera dado cuenta hasta ese momento de lo extraño que era que estuvieran allí juntas.

—Mårten debió de atacarme a mí también —dijo Anna, y se ciñó la manta un poco más.

Ebba frunció el ceño.

—¿Y por qué lo hizo? ¿Fue así, sin más, o pasó algo que...? —De pronto, se tapó la boca con la mano y se le endureció la mirada—. He visto la bandeja en el dormitorio. Dime, ¿para qué viniste ayer? ¿Te quedaste a cenar? ¿Qué pasó?

Sus palabras surgían como proyectiles que se estampaban en las duras paredes, y Anna se sobresaltaba con cada pregunta como si le hubieran dado una bofetada. No tenía que decir nada. Sabía que llevaba la respuesta escrita en la frente.

A Ebba se le llenaron los ojos de lágrimas.

—¿Cómo has podido? Sabiendo como sabes lo que hemos pasado y lo mal que estábamos...

Anna tragaba saliva, pero tenía la boca reseca como la yesca y no sabía ni cómo explicar su conducta ni cómo pedir perdón. Ebba siguió mirándola un buen rato con los ojos llorosos. Luego, respiró hondo y soltó el aire despacio. Y con serenidad y moderación, le dijo:

—No vamos a hablar de eso ahora. Tenemos que estar unidas para salir de aquí. Puede que en los cofres encontremos algo con lo que forzar la puerta. —Le dio la espalda, con el cuerpo tenso por la ira contenida.

Anna aceptó agradecida la oferta de una paz provisional. Si no salían de allí, no tendría sentido que hablaran de nada. La gente tardaría unas horas en echarlas de menos. Dan y los niños estaban de viaje, y pasarían varios días antes de que los padres de Ebba empezaran a preocuparse. Les quedaba Erica, que siempre se ponía nerviosa cuando no localizaba a su hermana. En condiciones normales, eso la sacaba de quicio, pero ahora deseaba de verdad que Erica se preocupara, hiciera preguntas y se pusiera tan pelma como se ponía siempre que no le respondían lo que ella esperaba. Por favor, Erica querida, ojalá seas tan pesada y tan curiosa como siempre, rogó Anna para sus adentros a la luz de la bombilla.

Ebba estaba intentando reventar a patadas la cerradura del cofre que había al lado del que estaba abierto. El candado no parecía moverse ni un milímetro, pero ella siguió pateándolo y al final, la placa donde estaba anclado empezó a ceder.

—Ven, ayúdame con esto —dijo, y con la ayuda de Anna, lograron arrancar toda la cerradura. Se inclinaron y tiraron cada una de una esquina de la tapa, y la levantaron entre las dos. A juzgar por el polvo y la suciedad que tenía, llevaba cerrada muchos años, y tuvieron que tirar con todas sus fuerzas. Al final, se abrió de golpe.

Miraron en el fondo del cofre y se quedaron atónitas. Anna veía su pavor reflejado en la cara de Ebba. Un grito resonó entre las paredes desnudas de la habitación. No sabía a quién de las dos se le había escapado.

—Hola, ¿tú eres Kjell? —Sven Niklasson se le acercaba para estrecharle la mano y presentarse.

—¿No hay fotógrafo? —Kjell miró a su alrededor en el recinto de la recogida de equipaje.

—Sí, viene un chico de Gotemburgo. Vendrá en coche y nos veremos con él allí directamente.

Sven iba tirando de una maleta pequeña mientras se dirigían al aparcamiento. Kjell sospechaba que estaba acostumbrado a hacer la maleta a toda prisa y a viajar ligero de equipaje.

—¿Crees que deberíamos informar a la Policía de Tanum? —dijo Sven cuando se sentó en el asiento del copiloto del amplio coche familiar.

Kjell se quedó pensando un instante, mientras salían del aparcamiento y giraba a la derecha después del tramo en línea recta.

—Pues sí, yo creo que sí. Pero, en ese caso, deberías hablar con Patrik Hedström. Y con nadie más. —Miró a Sven de reojo—. A vosotros os da igual qué distrito policial esté al corriente, ¿no?

Sven sonrió y contempló el paisaje al otro lado de la ventanilla. Tenía suerte. El puente de Trollhättan se veía fantástico al sol del verano.

—Nunca se sabe cuándo puedes necesitar un favor de alguien de dentro. Yo ya tengo un acuerdo con los de Gotemburgo y podemos estar presentes cuando vayan a detener al culpable, puesto que les hemos proporcionado información. Así que es una cuestión de cortesía que la Policía de Tanum también esté informada de lo que se cuece.

—Seguro que la Policía de Gotemburgo no se plantea mostrar la misma cortesía, así que en algún momento tendré que decirle a Hedström lo generoso que has sido. —Kjell soltó una risita. En realidad, tenía serias dudas de que Sven Niklasson le permitiera participar en nada. Aquello no era solo una primicia, sino una noticia que conmovería a la clase política sueca y a todo el país—. Gracias por dejarme participar —dijo en voz baja, presa de un pudor repentino.

Sven se encogió de hombros.

—Bueno, si tú no me hubieras facilitado esos datos, no habríamos podido cerrar esto.

—Así que habéis conseguido interpretar esas cifras, ¿no? —Kjell estallaba de curiosidad. Sven no había llegado a revelarle todos los detalles cuando hablaron por teléfono.

—Era una clave de lo más tonta. —Sven soltó una risotada—. Mis hijos habrían podido descifrarla en un periquete.

—¿Cuál es?

—Uno equivale a A, dos equivale a B. Y así sucesivamente.

—Estás de broma. —Kjell miró a Sven y estuvo a punto de salirse de la carretera.

—No, aunque me gustaría decir lo contrario, porque eso dice mucho de lo tontos que nos creen.

—¿Y qué daba la clave? —Kjell trataba de recordar la combinación numérica, pero ya en el colegio tenía una memoria pésima para las cifras y ahora apenas era capaz de recordar su número de teléfono.

—Stureplan. Significaba Stureplan, la plaza de Estocolmo. Seguida de una fecha y una hora.

—Joder —dijo Kjell, y tomó la curva en la rotonda de Torp—. Pues podría haber sido catastrófico.

—Desde luego, pero la Policía acudió esta mañana muy temprano y detuvo a los que iban a perpetrar el atentado. Ahora no tienen la menor posibilidad de comunicarse con nadie y desvelar que tanto la Policía como nosotros, la prensa, lo sabemos todo. De ahí las prisas. Los responsables del partido no tardarán en darse cuenta de que ni ellos dan señales de vida ni tienen forma de localizarlos. Estos tíos tienen contactos en todo el mundo y no tendrían el menor problema en desaparecer del mapa. Y entonces sí que perderíamos todas las oportunidades.

—A decir verdad, era un plan excelente —dijo Kjell. No podía dejar de pensar en lo que habría sucedido si lo hubieran ejecutado. Se lo imaginaba perfectamente. Habría sido una tragedia.

—Pues sí. Y, con todo y con eso, debemos estar agradecidos de que hayan mostrado su verdadero yo. Esto supondrá un despertar espantoso para muchos de los que creían en John Holm. Por suerte. Y espero que tardemos mucho en ver estas cosas otra vez. Aunque, desgraciadamente, yo creo que los seres humanos tenemos muy mala memoria. —Dejó escapar un suspiro y miró a Kjell—. Oye, ¿querías llamar al tal Hedman?

—Hedström. Patrik Hedström. Pues sí, lo voy a llamar ahora mismo. —Sin quitar el ojo de la carretera, marcó el número de la comisaría de Tanum.

—¡Menuda tenéis aquí liada! —dijo Patrik con una sonrisa cuando entró en la cocina, después de que Erica le dijera a gritos que estaban allí.

—Siéntate —dijo Gösta—. Ya sabes cuántas veces me he peinado el material de esta investigación. La versión de los chicos era unánime, ¿recuerdas?, pero siempre tuve la sensación de que había algo raro en sus declaraciones.

—Y ahora sabemos lo que es —dijo Erica cruzándose de brazos con cara de satisfacción.

—¿Y qué es?

—Lo de la caballa.

—La caballa —repitió con extrañeza—. Perdona, pero ¿podríais explicaros un poco mejor?

—Yo no llegué a ver el pescado que traían los chicos en el bote. Y por alguna razón misteriosa, no pensé en ello durante las declaraciones.

—A ver, que no pensaste en qué —dijo Patrik impaciente.

—Pues que hasta después del solsticio no se puede pescar caballa —dijo Erica exagerando el tono, como si le hablara a un niño.

Patrik empezó a comprender lo que eso significaba.

—Y en las declaraciones de los interrogatorios, todos los chicos dicen que han estado pescando caballa.

—Exacto. Uno de ellos podría haberse equivocado, pero que todos cometan el mismo error indica que lo tenían preparado. Y dado que no eran duchos en cuestiones de pesca, eligieron el pescado equivocado.

—Me he dado cuenta gracias a Erica —dijo Gösta, un tanto avergonzado.

Patrik le lanzó un beso a su mujer.

—¡Eres la mejor! —dijo muy sinceramente.

En ese momento sonó el móvil y vio en la pantalla que era Torbjörn.

—Tengo que responder, ¡pero bien por los dos! —Con el pulgar hacia arriba, cerró la puerta al salir de la cocina.

Escuchó con suma atención lo que Torbjörn tenía que decirle, y tomó unas notas a vuelapluma en el primer papel que encontró en la mesa. Por rara que fuera su sospecha, el técnico acababa de confirmarla. Mientras escuchaba a

Torbjörn, pensaba en las consecuencias. Cuando terminaron la conversación, sabía bastante más, pero al mismo tiempo, su desconcierto era mayor.

Un ruido de pasos contundentes traspasó la puerta y se asomó al pasillo. Era Paula, que se acercaba a su despacho con la barriga por delante.

—No soporto seguir esperando en casa. La chica del banco con la que hablé me prometió que llamaría hoy, pero todavía no ha dado noticias... —Tuvo que interrumpirse para tomar aliento.

Patrik le puso una mano en el hombro para tranquilizarla.

—Pero criatura, respira un poco —dijo, y esperó a que la respiración de su colega recuperase el ritmo normal—. ¿Tú crees que aguantas un repaso a la investigación?

—Por supuesto que sí.

—¿Dónde demonios te has metido? —Mellberg apareció de pronto a su espalda—. Rita estaba tan preocupada al ver que te ibas sin decir una palabra que me ha obligado a seguirte —dijo secándose el sudor de la frente.

Paula hizo un gesto de desesperación.

—No me pasa absolutamente nada.

—Bueno, tu presencia tampoco está de más. Tenemos mucho que repasar.

Patrik se dirigió a la sala de reuniones y, de camino hacia allí, le pidió a Gösta que se sumara. Al cabo de unos segundos de duda, volvió a la cocina.

—Tú también puedes venir —le dijo a Erica. Como era de esperar, ella se levantó de un salto.

Estaban muy estrechos en la sala, pero Patrik tenía interés en que hablaran allí, con las pertenencias de la familia Elvander a su alrededor. Aquellos objetos eran una especie de recordatorio de por qué era tan importante que lograran atar todos los cabos.

Brevemente, informó a Paula y a Mellberg de que habían recogido las cosas en el almacén de Olle el Chatarrero y que ya habían dedicado un buen rato a revisarlo todo.

—Algunas piezas han encajado en su sitio, y tenemos que colaborar todos para seguir avanzando. En primer lugar, os diré que el misterioso «G», que enviaba las felicitaciones de cumpleaños a Ebba era ni más ni menos que nuestro querido Gösta Flygare —dijo señalando a Gösta, que se sonrojó hasta las cejas.

—Pero, Gösta, hombre... —dijo Paula.

Mellberg se puso tan rojo que parecía que iba a explotar.

—Sí, ya lo sé, debería haberlo dicho, pero eso ya lo he hablado con Hedström. —Gösta miró a Mellberg indignado.

—De la última tarjeta, en cambio, no sabe nada, y no cabe duda de que es muy distinta de las demás —dijo Patrik apoyándose en el borde de la mesa—. Se me ocurrió una idea sobre esa última postal, y acabo de hablar con Torbjörn, que ha confirmado mis sospechas. La huella que obtuvieron del reverso del sello, la cual, lógicamente, debería pertenecer a la persona que lo pegó y envió la carta, coincidía con una de las huellas que había en la bolsa en la que la guardaban y que nos entregó Mårten.

—Pero esa bolsa no la ha tocado nadie más que Mårten y vosotros, ¿no? Entonces eso quiere decir que... —Erica se quedó blanca, y Patrik vio cómo le daba vueltas a la cabeza.

Empezó a buscar febrilmente en el bolso, sacó el móvil y, bajo la mirada expectante de todos, pulsó una tecla de marcación rápida. Todos guardaban silencio mientras el teléfono daba la señal; luego, se oyó claramente la voz de un contestador.

—¡Joder! —exclamó Erica, y marcó otro número—. Voy a llamar a Ebba.

Fue oyendo un tono tras otro, pero nadie respondió.

—Pero esto qué mierda es —soltó, y marcó otro número.

Patrik no hizo amago de continuar mientras ella no hubiera terminado. Él también empezaba a estar preocupado por Anna, que no había respondido al teléfono en todo el día.

—¿Cuándo se fue? —preguntó Paula.

Erica seguía con el teléfono pegado a la oreja.

—Ayer por la tarde, y no he conseguido hablar con ella desde entonces. Pero estoy llamando al barco correo. Ebba se fue con ellos esta mañana y puede que sepan algo... ¿Hola? Sí, soy Erica Falck. ... Exacto. Sí, Ebba iba con vosotros... Y la dejasteis en Valö, ya. ¿Había algún otro barco en el muelle? ¿Un bote de madera? ... Ya, y estaba amarrado al embarcadero del internado, ya... Vale, gracias.

Erica colgó el teléfono y Patrik vio que le temblaba un poco la mano.

—Anna se fue ayer con nuestro barco, que sigue amarrado allí. Así que tanto ella como Ebba están en Valö con Mårten, y ninguna de las dos responde al teléfono.

—Seguro que no es nada. Y Anna puede haberse ido desde que vieron el barco —dijo Patrik, tratando de sonar más tranquilo de lo que estaba.

—Sí, pero Mårten me dijo que solo se había quedado una hora, ¿por qué iba a mentir?

—Seguro que existe una explicación. Iremos allí en cuanto terminemos con esto.

—Pero ¿por qué iba Mårten a enviar una carta de amenaza a su mujer? —dijo Paula—. ¿Estará también detrás de los intentos de asesinato?

—En estos momentos, no sabemos nada sobre ese punto —respondió Patrik meneando la cabeza—. Por eso tenemos que repasar todo lo que hemos averiguado y ver si hay alguna laguna que podamos completar. Gösta, cuéntanos tus conclusiones sobre las declaraciones de los chicos, ¿quieres?

—Claro —dijo Gösta. Y les habló de la caballa y de por qué la versión de los chicos no encajaba.

—Lo que demuestra que mentían —dijo Patrik—. Y si mintieron sobre eso, seguro que han mentido sobre todo lo demás. ¿Por qué si no iban a ponerse de acuerdo y a inventar esa historia? Creo que podemos partir de la base de que estaban involucrados en la desaparición de la familia, y ahora tenemos más datos con los que presionarlos.

—Pero ¿qué tiene eso que ver con Mårten? —dijo Mellberg—. Él no estaba entonces, pero según Torbjörn, en 1974 se utilizó la misma arma que el otro día.

—No lo sé, Bertil —dijo Patrik—. Iremos paso a paso.

—Luego tenemos el pasaporte que falta —dijo Gösta, y se irguió un poco más en la silla—. O sea, falta el pasaporte de Annelie. Lo que seguramente significa que ella estaba implicada y que luego huyó al extranjero.

Patrik echó una ojeada a Erica, que estaba pálida como la cera. Sabía que no podía dejar de pensar en Anna.

—¿Annelie? ¿La hija de Rune que tenía dieciséis años? —dijo Paula, al tiempo que empezó a sonarle el móvil. Respondió y escuchó con una expresión de asombro y de resolución a un tiempo. Al final, colgó y miró a los demás.

—Los padres adoptivos de Ebba nos dijeron a Patrik y a mí que una persona desconocida le había estado enviando dinero a Ebba hasta que cumplió dieciocho años. Nunca lograron averiguar de dónde provenía el dinero, pero naturalmente, pensamos que podía guardar relación con lo que sucedió en Valö. Así que he estado indagando un poco más... —Tomó aire y Patrik recordó que Erica también había sufrido apneas durante el embarazo.

414

—¡Ve al grano! —Gösta estaba cada vez más derecho en la silla—. Ebba no tenía ningún familiar que quisiera hacerse cargo de ella, y seguramente, tampoco querrían enviarle dinero. Así que solo se me ocurre que sea alguien que tiene remordimientos, y que por eso le enviaba dinero a la muchacha.

—Yo no tengo ni idea del motivo —dijo Paula, con cara de estar disfrutando de ser la única que poseía la información—. Pero el dinero se lo enviaba Aron Kreutz.

Se hizo un silencio tal que se oía hasta el ruido de los coches que circulaban por la carretera. Gösta fue el primero en romperlo.

—¿El padre de Leon le enviaba dinero a Ebba? Pero ¿por qué?

—Tenemos que averiguarlo —dijo Patrik. De repente, se le antojó que aquella cuestión era más importante que ninguna otra para resolver el misterio de la desaparición de la familia Elvander.

Notó el zumbido en el bolsillo y miró la pantalla para ver quién era. Kjell Ringholm, del *Bohusläningen*. Seguramente, querría hacer algunas preguntas más después de la rueda de prensa. Eso podía esperar. Rechazó la llamada y volvió a prestar atención a sus colegas.

—Gösta, tú y yo nos vamos a Valö. Antes de empezar los interrogatorios con los muchachos, tenemos que comprobar si Anna y Ebba están bien, y hacerle algunas preguntas a Mårten. Paula, tú puedes seguir con lo del banco y ver si encuentras algo más sobre el padre de Leon. —Guardó silencio cuando le tocó el turno a Mellberg. ¿Dónde haría menos daño? En realidad, Mellberg hacía siempre lo menos posible, pero al mismo tiempo, era importante que no se sintiera ninguneado—. Bertil, como siempre, tú eres el más adecuado para contener la presión de los medios. ¿Tienes algo en contra de quedarte en la comisaría y estar disponible por si llaman?

A Mellberg se le iluminó la cara.

—Por supuesto que no. Tengo muchos años de experiencia con la prensa, para mí es pan comido.

Patrik suspiró para sus adentros aliviado. Desde luego, tenía que pagar un alto precio por conseguir que las cosas rodaran sin fricciones.

—¿No puedo acompañaros a Valö? —dijo Erica, aún apretando el móvil con todas sus fuerzas.

—Jamás en la vida —respondió Patrik con vehemencia.

—Pero es que yo creo que debería ir. ¿Y si ha pasado algo...?

—De ninguna manera —insistió él, y se dio cuenta de que había estado más brusco de lo necesario—. Perdona, pero creo que es mejor que nos encarguemos nosotros —añadió, y le dio un abrazo.

Erica aceptó a su pesar y se sentó en el coche para volver a casa. Él la siguió con la mirada, sacó el teléfono y llamó a Victor. Después de ocho tonos de llamada, saltó el contestador.

—De Salvamento Marítimo no contestan. Típico, ahora que parece que nuestro barco sigue amarrado en Valö.

Se oyó un carraspeo en la puerta.

—Pues sintiéndolo mucho, yo no puedo ir a ninguna parte, el coche no arranca.

Patrik miró incrédulo a su mujer.

—Pues qué raro. Pero tú podrías llevarla, ¿no, Gösta? Yo aprovecharé para terminar unas cosas mientras tanto. De todos modos, tenemos que esperar que haya algún barco.

—Sí, claro —dijo Gösta sin mirar a Erica.

—Estupendo, pues nos vemos luego en el puerto. ¿Quieres seguir intentando localizar a Victor?

416

—Claro que sí —dijo Gösta.

Volvió a notar el zumbido en el bolsillo y Patrik miró la pantalla instintivamente. Kjell Ringholm. Más valía responder esta vez.

—Muy bien, entonces, cada uno a lo suyo —dijo, y pulsó el botón de «responder» con un suspiro. Le caía bien Kjell, pero en aquellos momentos no tenía tiempo para atender a los periodistas.

Valö, 1972

Annelie la odió desde el primer momento. Igual que Claes. A sus ojos no valía para nada, no podía compararse con su madre, que parecía haber sido una santa. O al menos, esa era la impresión que daba al oír lo que Rune y sus hijos decían de ella.

Inez había aprendido mucho de la vida. La lección más importante fue que su madre no siempre tenía razón. Casarse con Rune fue el mayor error que había podido cometer, pero ella no veía salida alguna. Menos ahora, que estaba embarazada y esperaba un hijo suyo.

Se limpió el sudor de la frente y continuó fregando el suelo de la cocina. Rune era muy exigente y todo debía brillar de limpio cuando abriera el internado. Nada podía dejarse al azar. «Se trata de mi buen nombre», decía, y seguía dándole órdenes. Ella se pasaba los días enteros trabajando, mientras le crecía la barriga, y estaba tan cansada que apenas se tenía en pie.

De repente, apareció a su lado. Su sombra se extendió sobre ella, e Inez se estremeció.

—Vaya, perdón, ¿te he asustado? —dijo con ese tono suyo que le provocaba escalofríos en la médula.

Notaba el odio que irradiaba y, como de costumbre, se puso tan tensa que le costaba respirar. Nunca tenía pruebas, nada que pudiera contarle a Rune, y de todos modos, él jamás la creería. Sería la palabra de uno contra la del otro, y ella no se hacía ilusiones de que él fuera a ponerse de su parte.

–Te has dejado una mancha –dijo Claes, y señaló un punto a su espalda. Inez apretó los dientes, pero se dio la vuelta para limpiar donde le había indicado. Oyó un estruendo y sintió que se le mojaban los pies.

–Vaya, perdón, no sé cómo he volcado el cubo –dijo Claes con un tono de disculpa que no casaba con el brillo de sus ojos.

Inez se lo quedó mirando sin decir nada. La rabia le crecía por dentro por días, con cada desplante y con cada mala pasada.

–Yo te ayudo.

Johan, el hijo menor de Rune. Tan solo tenía siete años, pero unos ojos inteligentes y amables. Él la aceptó desde el primer momento. El mismo día que la conoció, le dio la mano discretamente.

Mirando con ansiedad a su hermano mayor, se puso de rodillas al lado de Inez. Le quitó el trapo de las manos y empezó a recoger el agua que se había extendido por todo el suelo.

–Pero te vas a mojar tú también –dijo conmovida al ver que el pequeño agachaba la cabeza, y el flequillo, que le tapaba los ojos.

–No pasa nada –dijo, y continuó secando el agua.

Claes seguía detrás de ellos, de brazos cruzados. Echaba chispas por los ojos, pero no se atrevía a tomarla con su hermano pequeño.

–Blandengue –dijo antes de irse.

Inez respiró tranquila. En realidad, era ridículo. Claes solo tenía diecisiete años. Aunque ella no tenía muchos más, era su madrastra. Y estaba esperando un hijo que sería su hermano o su hermana. No debería tenerle miedo a un jovenzuelo pero, sin saber por qué, se le erizaba el vello cuando Claes se le acercaba. Sabía por instinto que debía mantenerse lejos de él y que debía evitar provocarlo.

Se preguntaba cómo serían las cosas cuando llegaran los alumnos. ¿Sería el ambiente menos opresivo con la casa llena de chicos, cuyas voces colmarían el vacío? Eso esperaba. De lo contrario, terminaría asfixiándose.

–Qué bueno eres, Johan –le dijo, y le acarició el pelo rubio. Él no respondió, pero Inez lo vio sonreír.

Llevaba mucho rato sentado junto a la ventana cuando llegaron. Mirando el mar y Valö; contemplando los barcos que pasaban y a los veraneantes, que disfrutaban de unas semanas de ocio. A pesar de que nunca habría podido vivir así, los envidiaba. En toda su simpleza, era una existencia maravillosa, aunque seguramente ellos no serían conscientes. Cuando llamaron a la puerta, se apartó rodando la silla, no sin antes demorarse unos instantes con la mirada en la isla. Fue allí donde empezó todo.

—Ya es hora de que acabemos con esto. —Leon los miró a todos. Reinaba un ambiente opresivo desde que empezaron a llegar, uno tras otro. Se dio cuenta de que ni Percy ni Josef miraban a Sebastian, que parecía tomarse todo aquello con calma.

—Qué destino, acabar en silla de ruedas. Y la cara, la tienes destrozada. Con lo guapo que tú eras —dijo Sebastian, y se retrepó en el sofá.

Leon no se lo tomó a mal. Sabía que Sebastian no tenía intención de herirlo. Él siempre había sido directo, salvo cuando quería timar a alguien. Entonces mentía sin mesura. Había que ver lo poco que cambiaba la gente. Y los demás también seguían siendo los mismos. Percy, con su aspecto endeble; y en los ojos de Josef había la misma sombra de entonces. Y John, que seguía irradiando el mismo encanto.

Había indagado sobre ellos antes de que Ia y él volvieran a Fjällbacka. Un detective privado le cobró una fortuna por un trabajo excelente, y Leon lo sabía todo acerca del rumbo que habían tomado sus vidas. Pero era como si nada de lo que ocurrió después de Valö tuviera la menor importancia ahora que todos estaban reunidos otra vez.

No respondió a las palabras de Sebastian, sino que insistió:

—Ya es hora de que lo contemos todo.

—¿Y de qué iba a servir? —dijo John—. Pertenece al pasado.

—Ya sé que fue idea mía, pero a medida que me he ido haciendo mayor, he comprendido que no estuvo bien —continuó Leon con la vista clavada en John. Se había imaginado que él sería difícil de convencer, aun así no pensaba permitir que lo detuvieran. Con independencia de que todos estuvieran de acuerdo o no, había decidido desvelarles sus planes, pero quería jugar limpio y contárselo antes de hacer algo que iba a afectarles a todos.

—Yo estoy de acuerdo con John —dijo Josef con voz monótona—. No hay razón para remover algo que está muerto y enterrado.

—Tú, que siempre hablabas de la importancia del pasado. Y de asumir la responsabilidad. ¿No te acuerdas? —dijo Leon.

Josef se puso pálido y miró para otro lado.

—No es lo mismo.

—Por supuesto que sí. Lo que ocurrió sigue vivo. Yo lo he llevado dentro todos estos años, y sé que vosotros también.

—No es lo mismo —insistió Josef.

—Tú siempre decías que los culpables del sufrimiento de tus antepasados debían rendir cuentas. ¿No deberíamos rendir cuentas nosotros también? —Leon hablaba con calma, aunque se dio cuenta de lo mal que Josef se había tomado sus palabras.

—Pues yo no pienso permitirlo. —John, que estaba al lado de Sebastian en el sofá, cruzó las manos en las rodillas.

—Eso no lo puedes decidir tú —respondió Leon, consciente de que así revelaba que él ya había tomado la decisión.

—Haz lo que quieras, Leon, qué coño —dijo Sebastian de pronto. Rebuscó en el bolsillo y, unos instantes después, sacó una llave. Se levantó y se la dio a Leon. Habían pasado tantos años desde la última vez que la tuvo en sus manos..., desde que aquella llave selló sus destinos...

En la habitación no se oía una mosca, todos recreaban mentalmente unas imágenes que llevaban grabadas en la memoria.

—Tenemos que abrir la puerta. —Leon cerró el puño donde tenía la llave—. Yo prefiero que lo hagamos juntos, aunque si no queréis, lo haré solo.

—¿Pero Ia...? —comenzó John, pero Leon lo interrumpió.

—Ia va camino de Mónaco. No conseguí convencerla de que se quedara.

—Claro, vosotros podéis huir —dijo Josef—. Podéis marcharos al extranjero, mientras los demás nos quedamos aquí con el escándalo.

—No pienso irme hasta que se haya aclarado todo —dijo Leon—. Y nosotros pensamos volver.

—Nadie se va a ir a ninguna parte —dijo Percy. Hasta ese momento, no había dicho una palabra, sino que se había quedado en la silla un tanto apartado de los demás.

—¿Pero qué dices? —Sebastian se recostó otra vez en el sofá como con desgana.

—Aquí no se va nadie —repitió Percy. Muy despacio, se agachó y metió la mano en el maletín, que tenía apoyado en la pata de la silla.

—Estarás de broma, ¿no? —dijo Sebastian, mirando incrédulo la pistola que Percy había dejado descansando en las rodillas.

Luego la levantó y la dirigió hacia él.

—No, ¿qué motivos tengo yo para estar de broma? Me lo has arrebatado todo.

—Pero hombre, eso eran negocios. Y además, no me eches la culpa a mí. Eres tú el que ha despilfarrado tu herencia.

Estalló un disparo y todos lanzaron un grito. Sebastian estaba perplejo, se llevó la mano a la cara y notó un poco de sangre correr por entre los dedos. La bala le había rozado la mejilla izquierda y había seguido su trayectoria por la habitación hasta salir por el gran ventanal que daba al mar. A todos les zumbaban los oídos después del disparo, y Leon cayó en la cuenta de que casi se le había agarrotado la mano de tan fuerte como se estaba agarrando al brazo de la silla de ruedas.

—¿Qué demonios estás haciendo, Percy? —gritó John—. ¿Es que has perdido la cordura? Deja la pistola antes de que alguien más salga herido.

—Es demasiado tarde. Todo es demasiado tarde. —Percy volvió a dejar la pistola en las rodillas—. Pero antes de que os mate a todos, quiero que asumáis la responsabilidad de lo que habéis hecho. En ese punto, Leon y yo estamos de acuerdo.

—¿Qué quieres decir? Salvo Sebastian, nosotros somos víctimas, igual que tú, ¿no? —John miraba a Percy irritado, pero el miedo le resonaba claramente en la voz.

—Todos somos culpables. Por lo que a mí respecta, me ha destrozado la vida. Pero como tú eres el principal responsable, vas a morir el primero. —Y volvió a dirigir la pistola contra Sebastian.

Todo estaba en calma. Lo único que oían era su respiración.

−Tienen que ser ellos. −Ebba miraba el fondo del cofre. Luego, se volvió para vomitar. También Anna tenía náuseas, pero hizo un esfuerzo por seguir mirando.

El cofre contenía un esqueleto. Un cráneo con todos los dientes la miraba con las cuencas vacías. Unos mechones cortos de pelo asomaban en la coronilla, y supuso que era el esqueleto de un hombre.

−Sí, yo creo que tienes razón −dijo, pasándole a Ebba la mano por la espalda.

Ebba seguía teniendo arcadas, pero al final se sentó en cuclillas con la cabeza entre las manos, como si estuviera a punto de desmayarse.

−O sea, que aquí es donde han estado todos estos años.

−Pues sí, supongo que los demás están ahí. −Anna señaló los dos cofres que aún seguían cerrados.

−Tenemos que abrirlos −dijo Ebba, y se puso de pie.

Anna la miró dudosa.

−¿No será mejor que lo dejemos hasta que salgamos de aquí?

−Es que tengo que saberlo. −A Ebba le brillaban los ojos.

−Pero Mårten... −dijo Anna.

Ebba la interrumpió.

−No nos soltará. Se lo vi en la cara. Además, debe de creer que ya estoy muerta.

Aquellas palabras horrorizaron a Anna. Sabía que Ebba tenía razón. Mårten no abriría aquella puerta. Tenían que salir por sus propios medios o morirían allí las dos. Aunque Erica se preocupara y empezara a hacer preguntas, no serviría de nada si no las encontraban. Aquella habitación podía estar en cualquier lugar de la isla, ¿por qué iban a encontrarla ahora, si no habían dado con ella cuando buscaron a los Elvander?

—Vale, pues vamos a intentarlo. Puede que dentro encontremos algo con lo que podamos forzar la puerta.

Ebba no respondió y empezó a dar patadas a la cerradura del cofre que estaba a la derecha del que ya habían abierto, pero aquel cerrojo se resistía más.

—Espera un poco —dijo Anna—. ¿Me prestas el ángel que llevas en la gargantilla? A ver si puedo utilizarlo para quitar los tornillos.

Ebba se quitó la cadena y, un tanto dudosa, le dio el colgante. Anna empezó a soltar los tornillos de la cerradura. Cuando había logrado quitarlos de los dos cofres que faltaban, miró a Ebba y, a una señal, levantaron una tapa cada una.

—Están aquí. Están todos —dijo Ebba. En esta ocasión, no apartó la vista de los restos de su familia, que habían arrojado allí como si fueran basura.

Entre tanto, Anna contó los cráneos que había en los tres cofres. Luego, volvió a contarlos, para estar segura.

—Falta alguien —dijo en voz baja.

Ebba se sobresaltó.

—¿Qué dices?

A Anna se le estaba resbalando la manta, y se la ciñó un poco más fuerte.

—Fueron cinco los desaparecidos, ¿no?

—Sí...

—Pues aquí solo hay cuatro cráneos. Es decir, cuatro cadáveres, a menos que a alguno le falte la cabeza —dijo Anna.

Ebba hizo una mueca. Se inclinó para contarlos ella misma y se quedó sin aliento—. Es verdad, falta alguien.

—La cuestión es quién.

Anna miraba los esqueletos. Así acabarían Ebba y ella si no lograban salir de allí. Cerró los ojos y recordó a los niños y a Dan. Luego volvió a abrirlos. No podía ser.

Tenían que encontrar el modo de salir de allí. A su lado, Ebba lloraba desconsoladamente.

—¡Paula! —Patrik le hizo una señal para que lo siguiera a su despacho. Gösta y Erica iban camino de Fjällbacka y Mellberg se había encerrado para, según dijo, hacerse cargo de los medios.

—¿Qué pasa? —Se sentó con torpeza en la silla de Patrik, que era de lo más incómoda.

—No creo que podamos hablar con John hoy —dijo, y se pasó la mano por el pelo—. La Policía de Gotemburgo va a por él en estos momentos. El que llamaba era Kjell Ringholm. Él y Sven Niklasson, del *Expressen,* ya están allí.

—¿Cómo que va a por él? ¿Por qué? ¿Y por qué no nos han informado? —dijo disgustada.

—Kjell no me ha dado los pormenores. Me ha hablado sobre todo de seguridad nacional y de que esto iba a ser algo grande..., bueno, ya sabes cómo es Kjell.

—¿Y nosotros vamos a ir? —preguntó Paula.

—No, y menos tú, en tu estado. Si ha entrado la Policía de Gotemburgo, será mejor que nos mantengamos al margen hasta nueva orden, pero pienso llamarlos para ver si consigo algo de información sobre lo que está pasando. En cualquier caso, parece que no podremos disponer de John por un tiempo.

—Me pregunto qué habrá pasado —dijo Paula, tratando de encontrar la postura idónea en la silla.

—Ya lo sabremos en su momento. Si tanto Kjell como Sven Niklasson están allí, pronto podrás leerlo en el periódico.

—Tendremos que empezar por los demás, ¿no?

—Sintiéndolo mucho, habrá que esperar —dijo Patrik poniéndose de pie—. He quedado con Gösta para ir a Valö, a ver si averiguamos qué está pasando allí.

—El padre de Leon... —dijo Paula pensativa—. Qué cosas, ¿no?, que fuera él quien enviara el dinero.

—Sí, hablaremos con Leon en cuanto Gösta y yo hayamos vuelto de la isla —dijo Patrik. No paraba de darle vueltas a la cabeza—. Leon y Annelie... Quién sabe, puede que todo csto tenga que ver con ellos dos, a pesar de todo.

Alargó el brazo para ayudar a Paula a levantarse.

—Bueno, pues yo voy a buscar información sobre Aron Kreutz —dijo, y se alejó bamboleándose por el pasillo.

Patrik salió con una chaqueta fina en la mano. Esperaba que Gösta hubiera conseguido dejar a Erica en casa. Se imaginaba que ella habría ido insistiendo todo el trayecto hasta Fjällbacka, rogándole que la llevaran a Valö, pero él no pensaba ceder. Aunque no estaba tan preocupado como Erica, tenía el presentimiento de que allí pasaba algo raro. Y no quería que su mujer estuviera presente por si la cosa se complicaba.

Había llegado al aparcamiento cuando Paula lo llamó desde la puerta, y Patrik se volvió.

—¿Qué pasa?

Ella le hizo señas de que acudiera y, al ver lo seria que estaba, se apresuró a volver.

—Un tiroteo. En casa de Leon Kreutz —dijo jadeando.

Patrik hizo un gesto de desesperación. ¿Por qué tenía que ocurrir todo al mismo tiempo?

—Voy a llamar a Gösta. Le diré que me espere allí. ¿Puedes ir a despertar a Mellberg? En estos momentos, necesitamos toda la ayuda disponible.

Sälvik se extendía ante ellos y las casas relucían a la luz del sol. Desde la playa, que estaba a tan solo unos cientos de metros, se oían los gritos y las risas de los niños. Era un lugar al que gustaban de acudir las familias con hijos, y

Erica había ido a bañarse allí con los pequeños casi a diario aquel verano, mientras Patrik estaba trabajando.

—Me pregunto qué estará haciendo Victor —dijo Erica.

—Pues sí —respondió Gösta. No había conseguido contactar con Salvamento Marítimo, y Erica lo había convencido de que esperase en casa y se tomara un café con ella y con Kristina mientras tanto.

—Voy a probar —dijo, y marcó el número por cuarta vez desde que salieron.

Erica lo observó con atención. Tenía que convencerlo de que la dejara ir con ellos a Valö. De lo contrario, se volvería loca esperando.

—Nada, no hay nadie. Bueno, voy a aprovechar para ir al baño un momento —dijo Gösta, se levantó y se fue.

Se había dejado el teléfono en la mesa. Gösta no llevaba en el baño ni un minuto cuando empezó a sonar, y Erica se inclinó para ver la pantalla. «Hedström», se leía en mayúsculas. Erica no sabía qué hacer. Kristina estaba en el salón con los niños poniendo orden y Gösta, en el baño. Dudó un segundo y al final respondió.

—Aquí Erica, al teléfono de Gösta... Él está en el baño. ¿Quieres que le diga algo? ¿Un tiroteo? Vale, se lo diré... Sí, sí, cuelga ya que voy a decírselo. Cuenta con que estará de camino dentro de cinco minutos.

Colgó el teléfono y pasó revista mentalmente a las diversas posibilidades. Por un lado, Patrik necesitaba apoyo; por otro, deberían llegar a Valö cuanto antes. Oyó los pasos de Gösta que se acercaba. No tardaría en aparecer y, para entonces, ella debería haber tomado una decisión. Echó mano de su móvil y, tras un instante de duda, llamó a Martin, que respondió al segundo tono. En voz baja, le explicó la situación y lo que había que hacer, y él se hizo cargo enseguida. Bien, eso ya estaba resuelto. Ahora se trataba de hacer un papel digno de un Oscar a la mejor actriz.

–¿Quién ha llamado? –dijo Gösta.

–Era Patrik. Ha localizado a Ebba, todo está en orden en Valö. Le ha dicho que Anna iba a darse una vuelta por las subastas de la comarca, por eso no habrá tenido tiempo de responder al teléfono, seguramente. Pero Patrik dice que deberíamos ir a hablar con Ebba y Mårten.

–¿Nosotros?

–Sí, según él, la situación allí ya no es grave.

–¿Estás completamente segura...? –El móvil de Gösta empezó a sonar y lo interrumpió–. Hola, Victor... Sí, te he llamado. Es que necesitaríamos que nos llevaras a Valö. Ahora mismo, si puede ser... De acuerdo, estaremos ahí dentro de cinco minutos.

Concluyó la conversación y miró a Erica suspicaz.

–Si no me crees, llama a Patrik y le preguntas –dijo ella con una sonrisa.

–Bueno, no hace falta. En fin, más vale que salgamos cuanto antes.

–¿Te vas otra vez? –Kristina se asomó a la terraza con Noel bien agarrado del brazo. El pequeño trataba de liberarse, y desde el salón llegaban los aullidos de Anton, mezclados con los gritos de Maja: «¡Abuela! ¡Abuelaaaaa!».

–No estaré fuera mucho tiempo, luego vengo a relevarte –dijo Erica, y se prometió a sí misma que, si su suegra se quedaba con los niños para que ella pudiera ir a Valö, empezaría a tener mejor concepto de ella desde ya.

–Desde luego, es la última vez que os echo una mano en estas condiciones. No es de recibo que deis por hecho que puedo invertir un día entero así, por las buenas, y ten en cuenta que yo no aguanto este ritmo y este nivel de ruido como antes, y aunque los niños son muy buenos, debo decir que no estaría de más que los tuvierais mejor educados. Esa responsabilidad no puede recaer sobre mí, las costumbres se adquieren en la vida diaria y...

Erica no hizo caso de lo que decía, le dio las gracias mil veces y se escabulló hacia la entrada.

Diez minutos después iban en el *MinLouis*, rumbo a Valö. Trataba de serenarse y de convencerse de que, tal y como le había dicho a Gösta, no pasaba nada. Pero ni ella se creía aquella mentira. Tenía el presentimiento de que Anna estaba en peligro, se lo decía su instinto.

—¿Os espero? —preguntó Victor mientras atracaba en el embarcadero con la elegancia de un experto.

Gösta respondió:

—No, no hace falta, pero puede que luego tengas que venir a buscarnos. ¿Podemos llamarte para que nos recojas?

—Pues claro, dame un toque. Voy a hacer una ronda a ver cómo está la cosa.

Erica lo vio alejarse, preguntándose si había sido una decisión acertada, pero ya era demasiado tarde para cambiar de idea.

—Oye, ¿este no es vuestro barco? —preguntó Gösta.

—Pues sí, qué raro —dijo Erica fingiendo asombro—. Puede que Anna haya vuelto. ¿Vamos a la casa? —le propuso, y echó a andar.

Gösta iba detrás al trote, y Erica lo oía renegar a su espalda.

Allá arriba se veía el hermoso edificio. Una calma ominosa reinaba en el lugar, y Erica tenía activados los cinco sentidos.

—¿Hola? —gritó al llegar a la ancha escalinata. La puerta estaba abierta, pero nadie respondió.

Gösta se detuvo.

—¡Qué raro! No parece que haya nadie en casa. ¿No te había dicho Patrik que Ebba estaba aquí?

—Sí, eso fue lo que entendí.

—¿Habrán bajado a la playa a bañarse? —Gösta avanzó unos pasos y se asomó por la esquina de la casa.

—Puede ser —dijo Erica, y entró en la casa.

—Pero Erica, no podemos entrar así, sin más.

—Pues claro que sí, vamos. ¡Hola! —dijo otra vez, ya dentro de la casa—. ¿Mårten? ¿Hay alguien en casa?

Gösta la siguió vacilante. También allí dentro reinaba un silencio absoluto pero, de repente, apareció Mårten en la puerta de la cocina.

Había retirado la cinta policial, que había quedado colgando hasta el suelo delante del marco.

—Hola —dijo con voz sorda.

Erica dio un respingo al verlo. Tenía el pelo enmarañado y apelmazado, como si hubiera estado sudando mucho, y las ojeras muy marcadas. Los miraba con ojos huecos.

—¿Está Ebba en casa? —preguntó Gösta con el ceño fruncido.

—No, ha ido a ver a sus padres.

Gösta miró a Erica sorprendido.

—Pero si Patrik ha hablado con ella, y se suponía que estaba aquí, ¿no?

Erica hizo un gesto de disculpa y, al cabo de unos segundos, a Gösta se le ensombreció la mirada, pero no dijo una sola palabra.

—Ni siquiera pasó por aquí al volver de casa de Erica. Me llamó diciendo que se iba directamente en el coche a Gotemburgo.

Erica asintió, pero sabía que tenía que ser mentira. Maria, que llevaba el barco correo, les dijo que había dejado a Ebba en la isla. Miró a su alrededor con toda la discreción de que fue capaz y atisbó algo que había entre la pared y la puerta de entrada. La bolsa de viaje de Ebba. La que llevaba cuando se fue a dormir a su casa. Era imposible que se hubiera ido directamente a Gotemburgo.

—¿Y dónde está Anna?

Mårten seguía con la mirada perdida. Se encogió de hombros.

Y no fue necesario preguntar más. Sin pensárselo dos veces, Erica soltó el bolso en el suelo y se lanzó escaleras arriba gritando:

—¡Anna! ¡Ebba!

Ninguna respondía. Oyó que alguien corría a su espalda y comprendió que Mårten le seguía los pasos. Continuó hacia el piso de arriba, entró como un rayo en el dormitorio y se paró en seco. Junto a la bandeja con restos de comida y las copas de vino vacías vio el bolso de Anna.

Primero el barco y ahora el bolso. Muy a su pesar, sacó la conclusión inevitable: Anna seguía en la isla, al igual que Ebba.

Se volvió con un movimiento brusco para enfrentarse a Mårten, pero se le ahogó un grito en la garganta. Allí estaba, detrás de ella, apuntándole con un revólver. Con el rabillo del ojo, vio que Gösta se quedaba helado.

—No te muevas —dijo Mårten con voz ronca, y dio un paso al frente. La boca del cañón había quedado a un centímetro de la cabeza de Erica, y tenía la mano firme—. Apártate a un lado —le dijo a Gösta, señalando a la derecha de Erica.

Gösta obedeció en el acto. Con las manos vacías y la mirada fija en Mårten, entró en el dormitorio y se colocó al lado de Erica.

—¡Sentaos! —gritó Mårten.

Ambos obedecieron y se sentaron en el parqué recién acuchillado. Erica no le quitaba la vista al revólver. ¿De dónde lo habría sacado Mårten?

—Deja eso en el suelo para que podamos resolver esto con calma —dijo tratando de convencerlo.

Mårten le respondió con una mirada cargada de odio.

—¿Ah, sí? ¿Y por qué? Mi hijo está muerto por culpa de esa zorra. ¿Cómo habías pensado resolver eso?

Por primera vez desde que llegaron, la mirada huera de Mårten cobró vida, y Erica se encogió ante la locura que

432

reflejaban aquellos ojos. ¿Habría existido desde el primer momento, latente tras la apariencia comedida de Mårten? ¿Se la habría suscitado aquel lugar?

—Mi hermana... —Estaba tan preocupada que le costaba respirar. Si le confirmara al menos que su hermana estaba viva...

—Jamás las encontraréis. Como tampoco han encontrado a los demás.

—¿Los demás? ¿Te refieres a la familia de Ebba? —dijo Gösta.

Mårten guardó silencio. Se había puesto en cuclillas, sin dejar de apuntarles con el revólver.

—Dime, ¿Anna sigue viva? —dijo Erica, aunque en realidad no esperaba respuesta.

Mårten sonrió y la miró a los ojos, y Erica comprendió que la decisión de mentirle a Gösta había sido mucho más temeraria de lo que hubiera podido imaginar.

—¿Qué piensas hacer? —preguntó Gösta, como si le hubiese leído el pensamiento.

Mårten volvió a encogerse de hombros. No dijo nada. Simplemente, se sentó en el suelo, cruzó las piernas y siguió observándolos con atención. Era como si estuviera esperando algo pero no supiera qué. Tenía una expresión de paz muy extraña. Tan solo el revólver y el ardor frío de la mirada desentonaban. Y en algún lugar de la isla, se encontraban Anna y Ebba. Vivas o muertas.

Valö, 1973

Laura se retorcía en aquel colchón tan incómodo. Inez y Rune deberían haberle preparado mejor cama, teniendo en cuenta lo mucho que los visitaba. Desde luego, deberían pensar que ya no era tan joven. Para colmo, tenía ganas de hacer pis.

Plantó los pies en el suelo y se le erizó la piel. El frío de noviembre había arraigado de lo lindo y era imposible caldear aquel viejo caserón. Sospechaba que Rune andaba escatimando en calefacción para reducir gastos. Su yerno nunca había sido especialmente generoso. Como quiera que fuese, Ebba, la pequeña, era un primor, no le quedaba más remedio que reconocerlo, pero a ella le gustaba tenerla en brazos solamente un ratito de vez en cuando. Nunca le habían gustado los niños pequeños y era tremendo pensar en la poca energía que le quedaba para dedicarse a su nieta.

Con suma cautela fue caminando por el suelo de madera cuyos listones rechinaban bajo sus pies. Los kilos se le habían ido acumulando sin sentir con una rapidez preocupante en los últimos años, y de aquella esbeltez de la que tan orgullosa se sentía no quedaba ya más que el recuerdo. Pero ¿para qué iba a esforzarse? Por lo general se pasaba los días sola en el apartamento, presa de una amargura que crecía a diario.

Rune no había cumplido sus expectativas. Cierto que le había pagado el apartamento, pero se arrepentía profundamente de no haber esperado mejor partido para Inez. Con lo guapa que era, podría haberse casado con quien quisiera. A Rune Elvander le costaba mucho abrir la cartera, y obligaba a su hija a trabajar demasiado. Así se había quedado, flaca como un arrendajo, y no paraba nunca. Cuando no estaba limpiando, preparando la comida o ayudando a Rune a mantener a raya a los alumnos, él le exigía que cuidara de los insoportables de sus hijos. El pequeño era un buen niño, pero los dos mayores eran de lo más desagradable.

La escalera crujió bajo su peso. Era una maldición que la vejiga no aguantase ya una noche entera. Y sobre todo con ese frío, era un tormento tener que salir a la letrina. Se paró un instante. Había alguien más despierto en el piso de abajo. Aguzó el oído. Oyó que se abría la puerta. Le entró curiosidad, naturalmente. ¿Quién andaría levantado por la casa a aquellas horas? No había razón para ello, a menos que quien fuera estuviese tramando alguna fechoría. Seguramente, sería cualquiera de esos niños consentidos, que estaría preparando alguna de las suyas, pero allí estaba ella para impedírselo, faltaría más.

Cuando oyó que cerraban la puerta de la entrada, se apresuró a bajar los últimos peldaños y se puso las botas. Se abrigó con una toquilla, abrió la puerta y asomó la cabeza. Era difícil distinguir nada en la oscuridad, pero cuando salió al porche vio una sombra que doblaba la esquina y se esfumaba hacia la izquierda. Ahora se trataba de ser astuta. Bajó la escalinata muy despacio, por si se resbalaba con la escarcha. Una vez abajo, torció a la derecha en lugar de a la izquierda. Sorprendería a la persona en cuestión por el lado contrario, para pillarla en acción, quienquiera que fuera.

Fue doblando la esquina y avanzó luego sin despegarse de la fachada lateral de la casa. Cuando llegó a la esquina, se detuvo y se asomó para ver qué pasaba en la parte trasera. No se veía a nadie. Laura frunció el entrecejo y miró decepcionada a su alrededor. ¿Dónde se habría metido? Dio unos pasos vacilantes mientras oteaba la parcela. ¿Habría bajado a la playa? Allí no se atrevía a ir, corría el riesgo de resbalar y de quedarse ahí tirada sin poder levantarse. El médico le había dicho que evitara el esfuerzo físico. Tenía el corazón débil y no debía forzarlo. Estaba tiritando y se abrigó

bien con la toquilla. El frío empezaba a calarle la ropa y le castañeteaban los dientes.

De repente, vio una sombra que se le plantaba delante y se llevó
un sobresalto. Hasta que vio quién era.

—Ah, eres tú. ¿Qué haces fuera a estas horas?

Esa mirada fría la hacía tiritar más aún. Tenía los ojos más
negros que la noche que los rodeaba. Empezó a retroceder despacio.
Sin necesidad de ninguna explicación, comprendió que había
cometido un error. Unos pasos más. Tan solo unos pasos más y
habría dado la vuelta a la esquina, podría llegar a la fachada principal y a la puerta de entrada. No se encontraba lejos, pero se sentía
como si hubiera estado a varios kilómetros. Miró aterrada aquellos
ojos negros como la pez y supo que nunca volvería a entrar en la
casa. De pronto, pensó en Dagmar. Era la misma sensación. Se
sentía impotente y cautiva, sin escapatoria. Y notó que algo se le
rompía en el pecho.

Patrik miró el reloj.

—¿Dónde demonios se ha metido Gösta? Debería haber llegado antes que nosotros. —Él y Mellberg estaban en el coche y esperaban sin apartar la vista de la casa de Leon.

En ese momento, apareció un coche conocido que se detuvo junto a ellos, y Patrik vio con asombro que era Martin.

—Pero ¿qué haces tú aquí? —dijo, y salió del coche.

—Tu mujer me llamó y me dijo que estabais en un apuro y que necesitabais ayuda.

—¿Qué...? —comenzó Patrik, pero se interrumpió y apretó los labios. Joder con Erica. Naturalmente, había engañado a Gösta y lo había convencido de que fuera con ella a Valö. Sintió que la rabia se le mezclaba con la preocupación. Aquello era el colmo en esas circunstancias. No tenía la menor idea de lo que estaba pasando en la casa de Leon, y tenía que concentrarse en esa misión. Pero desde luego, se alegraba de que Martin hubiera aparecido por allí. Se lo veía cansado y maltrecho, pero en una situación de emergencia, incluso un Martin cansado era mejor que un Gösta Flygare.

—¿Qué ha pasado? —Martin se hacía sombra con la mano para poder ver la casa.

—Un tiroteo. Es cuanto sabemos.

−¿Quiénes hay dentro?

−Tampoco lo sabemos. −Patrik notó que se le aceleraba el pulso. Aquel era el tipo de situación policial que menos le gustaba. Les faltaban datos para poder evaluar la situación, que, en esos casos, podía resultar muy peligrosa.

−¿No quieres que pidamos refuerzos? −dijo Mellberg desde el interior del coche.

−No, para eso siempre hay tiempo. Tendremos que ir y llamar a la puerta.

Mellberg hizo amago de protestar, pero Patrik se le adelantó.

−Tú puedes quedarte, Bertil, a controlar la situación, Martin y yo nos encargamos de esto. −Miró a Martin, que asintió en silencio y sacó el arma de la funda.

−He pasado por la comisaría a recogerla. He pensado que podría ser útil.

−Bien. −Patrik hizo lo mismo y, muy despacio, empezaron a andar hacia la puerta. Llamó al timbre, que sonó estridente en el interior, y pronto se oyó una voz que decía:

−Adelante, está abierto.

Patrik y Martin se miraron asombrados. Luego entraron. Cuando vieron quiénes había reunidos en el salón, se asombraron más aún. Allí estaban Leon, Sebastian, Josef y John. Y un hombre gris que Patrik supuso que era Percy von Bahrn. Tenía una pistola en la mano y la mirada perdida.

−¿Qué está pasando aquí? −preguntó Patrik, con el arma reglamentaria pegada a la pierna. Con el rabillo del ojo comprobó que Martin estaba en la misma posición.

−Pregúntale a Percy −dijo Sebastian.

−Leon nos ha convocado para poner fin a todo. Y yo he pensado tomarle la palabra. −A Percy le temblaba la voz. Sebastian se movió un poco en el sofá y Percy dio un respingo y dirigió el arma contra él.

—Tranquilo, coño —dijo Sebastian levantando las manos.

—¿Poner fin a qué? —preguntó Patrik.

—A todo. A lo que pasó. A lo que no debía haber ocurrido. A lo que hicimos —dijo Percy. Y bajó la pistola.

—¿Qué hicisteis?

Nadie respondió, y Patrik decidió echarles un cable.

—En los interrogatorios de aquel entonces dijisteis que ese día habíais salido a pescar. Pero en Pascua es imposible pescar caballa.

Se hizo el silencio. Hasta que Sebastian respondió con un resoplido:

—Típico, ¿cómo no iban a meter la pata en eso una pandilla de niños de ciudad?

—Pues entonces no pusiste ninguna objeción —dijo Leon con un tono casi jovial.

Sebastian se encogió de hombros.

—Dime, ¿sabes por qué tu padre le ingresaba dinero a Ebba? —preguntó Patrik mirando a Leon—. ¿Lo llamasteis aquel día? Un hombre acaudalado e influyente, con una gran red de contactos... ¿Os ayudó después de que matarais a la familia? ¿Qué fue lo que pasó? ¿Que Rune fue demasiado lejos? ¿Tuvisteis que matar a los demás porque fueron testigos? —Era consciente de lo acuciante que sonaban sus palabras, pero quería apremiarlos y hacerles hablar.

—Estarás contento, ¿no, Leon? —dijo Percy con sorna—. Ahora tienes la oportunidad de poner todas las cartas sobre la mesa.

John se levantó de pronto.

—Esto es un disparate. Yo no pienso verme involucrado en este asunto. Me voy ahora mismo. —Dio un paso al frente, pero Percy giró enseguida la pistola hacia su derecha y disparó.

—¡Pero qué haces! —gritó John, y volvió a sentarse. Patrik y Martin apuntaron a Percy, pero bajaron el arma cuando vieron que seguía apuntando a John. Era demasiado arriesgado.

—La próxima vez no apuntaré a otro lado. Esa es una herencia paterna que sí he conservado. Por fin voy a poder sacarle partido a todas las horas de tiro a las que me obligó. Podría volarte ese flequillo tan moderno que llevas si se me antojara. —Percy ladeó la cabeza y miró a John, que estaba pálido como la cera.

En ese momento, Patrik cayó en la cuenta de que la Policía de Gotemburgo habría ido a casa de John y que, seguramente, ni siquiera sabrían que estaba allí.

—Tranquilo, Percy —dijo Martin—. Que nadie salga herido. Nadie se irá de aquí hasta que hayamos resuelto este asunto.

—¿Fue por Annelie? —preguntó Patrik volviéndose otra vez a Leon. ¿Por qué lo veía dudar, si de verdad quería aclarar lo que ocurrió aquella Pascua de 1974? ¿Se habría echado atrás?—. Creemos que huyó al extranjero con su pasaporte después de los asesinatos. Porque fue eso, ¿verdad?, un asesinato múltiple.

Sebastian se echó a reír.

—¿Qué te hace tanta gracia? —preguntó Martin.

—Nada, nada en absoluto.

—¿Fue tu padre el que le ayudó a huir? ¿Fue eso, que Annelie y tú estabais juntos y que la cosa se fue al garete cuando Rune os descubrió? ¿Cómo conseguiste que los demás te ayudaran y que estuvieran callados todos estos años? —Patrik señaló con la mano al resto del grupo de aquellos hombres ya en edad madura. Recordaba las fotografías que les hicieron después de la desaparición. Su expresión de rebeldía. La autoridad que irradiaba Leon. A pesar de las canas y de las huellas que la edad había dejado en sus rostros, seguían igual. Y seguían unidos.

—Sí, eso, háblale de Annelie —dijo Sebastian socarrón—. Cuéntaselo tú, que tanta pasión tienes por la verdad. Háblale de Annelie.

De repente, a Patrik se le encendió la bombilla.

—Yo conozco a Annelie, ¿verdad? Es Ia.

Nadie se inmutó. Todos miraban a Leon con una mezcla extraña de miedo y de alivio.

Leon se irguió despacio en la silla de ruedas. Luego, se volvió hacia Patrik de modo que el sol le dio en la parte de la cara donde tenía las cicatrices, y dijo:

—Te hablaré de Annelie. Y de Rune, Inez, Claes y Johan.

—Piensa en lo que vas a hacer, Leon.

—Ya lo tengo más que pensado. Ha llegado la hora.

Se llenó de aire los pulmones, pero no había pasado de ahí cuando se abrió la puerta. Allí estaba Ia. Paseó la mirada por los presentes y se quedó atónita al ver la pistola que Percy tenía en la mano. Por un instante, pareció dudar. Luego entró y se acercó a su marido, le puso la mano en el hombro y dijo con voz dulce:

—Tenías razón. Ya no es posible seguir huyendo.

Leon asintió. Y empezó a hablar.

Anna sentía más preocupación por Ebba que por sí misma. Estaba pálida y tenía unas manchas rojas en el cuello y otras que parecían huellas de unas manos. Las manos de Mårten. Ella no notaba nada en el cuello. ¿La habría drogado? No lo sabía, y eso era lo más aterrador. Se había dormido en sus brazos, ebria del sentimiento de conquista y del calor de la compañía, para luego despertarse allí, en aquel suelo de piedra tan frío.

—Aquí está mi madre —dijo Ebba mirando en uno de los cofres.

—Eso no puedes saberlo.

—Solo hay un cráneo con el pelo largo, tiene que ser ella.

—Ya, pero podría ser tu hermana también —dijo Anna. Se preguntó si debería bajar las tapas, pero Ebba llevaba tanto tiempo queriendo saber de su familia... Y lo que tenían delante era una especie de respuesta a sus inquietudes.

—¿Qué sitio es este? —preguntó Ebba sin apartar la vista de los esqueletos.

—Una especie de búnker, supongo. Teniendo en cuenta la bandera y los uniformes, lo construirían allá por la Segunda Guerra Mundial.

—Y pensar que estaban aquí... ¿Cómo es que no los han encontrado?

Ebba empezaba a estar cada vez más ausente y Anna tomó conciencia de que, si conseguían salir de allí, ella tendría que tomar el mando.

—Tenemos que ver si encontramos algo con lo que forzar las bisagras de la puerta —dijo Anna, y le dio un codazo a Ebba—. Mientras tú inspeccionas en el montón de chismes que hay en la esquina, yo echaré un vistazo en... —dudó un poco—. Yo echaré un vistazo en los cofres.

Ebba la miró horrorizada.

—Pero... ¿y si se rompen?

—Si no conseguimos forzar esa cerradura, vamos a morir aquí dentro —dijo Anna sin alterarse—. Puede que ahí dentro haya alguna herramienta, así que o buscas tú, o busco yo.

Ebba se quedó unos instantes en silencio, como pensando en lo que Anna acababa de decir. Luego se dio media vuelta y empezó a rebuscar en el montón de trastos. En realidad, Anna no creía que fuera a encontrar nada, pero quería tener ocupada a Ebba.

Respiró hondo y metió la mano en uno de los cofres. Las náuseas que experimentó al rozar una de las vértebras casi la ahogan. Sintió en la piel el cosquilleo de un mechón de pelo reseco y quebradizo y no pudo contener un grito.

—¿Qué pasa? —preguntó Ebba dándose la vuelta.

—Nada —dijo Anna. Sacó fuerzas de flaqueza y continuó metiendo la mano hacia abajo. Tocó el fondo de madera del cofre y se inclinó para ver si había algo. Notó un objeto duro y lo pescó entre el pulgar y el índice. Era demasiado pequeño para que les resultara útil, pero lo sacó de todos modos para comprobar qué era. Un diente. Asqueada, lo soltó otra vez en el cofre y se limpió los dedos en la manta.

—¿Has encontrado algo? —preguntó Ebba.

—No, todavía no.

Anna siguió buscando como pudo en el otro cofre y, cuando hubo terminado, se derrumbó de rodillas en el suelo. No había nada. Nunca saldrían de allí. Morirían las dos en aquel agujero.

Luego se obligó a ponerse de pie. Todavía quedaba un cofre, y no podía rendirse, aunque la sola idea de intentarlo de nuevo le producía náuseas. Se acercó resuelta al último cofre. Ebba había abandonado la búsqueda y estaba llorando acurrucada junto a la pared, y Anna le lanzó una mirada antes de meter la mano en el cofre. Tragó saliva y continuó hacia el fondo. Cuando volvió a notar la madera en las yemas de los dedos, los pasó despacio de un lado a otro. Allí había algo, un fajo de papeles, aunque más liso por la parte superior. Sacó la mano y sostuvo el fajo bajo la luz de la lámpara.

—Ebba —dijo.

Como no respondía, fue a sentarse a su lado en el suelo. Le dio lo que estaba claro que eran fotografías.

—Mira. —Tenía tantas ganas de verlas que apenas podía contenerse, pero sospechaba que eran parte del pasado de Ebba, y que suyo era el derecho de verlas e interpretar su significado por primera vez.

Ebba empezó a pasarlas con las manos temblorosas.

—¿Qué es esto? —dijo negando espantada con la cabeza.

Tanto ella como Anna se quedaron perplejas mirando las fotos, aunque habría preferido apartar la vista. Porque en aquellas instantáneas tenían la explicación de lo que ocurrió aquella Pascua de 1974.

Mårten estaba cada vez más ausente. Se le cerraban los párpados, no podía sostener la cabeza, y Erica se dio cuenta de que se estaba durmiendo. No se atrevía ni a mirar a Gösta. Mårten aún tenía el revólver bien sujeto en la mano y cualquier movimiento brusco podía resultar peligrosísimo.

Al final se le cerraron los ojos del todo. Muy despacio, Erica giró la cabeza hacia Gösta y se llevó el dedo a los labios. Él asintió. Erica lanzó una mirada inquisitiva a la puerta, pero Gösta le respondió que no con un gesto. No, claro, ella tampoco creía que funcionara... Si Mårten se despabilaba de pronto mientras ellos trataban de salir sigilosamente, corrían el riesgo de que se pusiera a disparar sin ton ni son.

Pensó unos instantes. Tenían que pedir ayuda. Una vez más miró a Gösta e hizo el gesto de hablar por teléfono. Él comprendió enseguida y empezó a rebuscar en los bolsillos, pero no tardó en rendirse. No se había llevado el móvil. Erica echó un vistazo a la habitación. Algo más allá estaba el bolso de Anna, y empezó a acercarse arrastrándose despacio. Mårten dio un respingo en sueños, y ella se paró en seco, pero él continuó durmiendo con la cabeza apoyada en el pecho. Erica alcanzó por fin el bolso con las yemas de los dedos y se arrastró unos centímetros más hacia un lado hasta que llegó al asa. Contuvo la respiración y, con el bolso en el aire, lo atrajo hacia sí sin hacer ruido. Luego empezó a rebuscar dentro, bajo la mirada atenta de Gösta. El policía ahogó un golpe de tos y Erica frunció el ceño disgustada. No podían despertar a Mårten.

Por fin notó en la mano el móvil de Anna. Se aseguró de que lo tenía puesto en silencio cuando, de pronto, cayó en la cuenta de que no tenía el código PIN. Su única oportunidad era hacer varios intentos. Marcó la fecha de nacimiento de Anna. «Incorrecto», se leía en la pantalla iluminada, y Erica soltó un taco para sus adentros. Pudiera ser que Anna ni siquiera hubiera cambiado el PIN original y, en ese caso, sería imposible adivinarlo; pero no podía rendirse. Le quedaban dos intentos. Reflexionó un instante y probó con la fecha de nacimiento de Adrian. «Incorrecto», volvió a leer en la pantalla. Pero entonces se le ocurrió una idea. Había otra fecha importante en la vida de Anna: el día funesto en que murió Lucas. Erica marcó las cuatro cifras, y la luz verde le dio la bienvenida al maravilloso mundo de aquel teléfono.

Lanzó una mirada a Gösta, que respiró aliviado. Ahora se trataba de actuar con rapidez. Mårten podía despertarse en cualquier momento. Por suerte, Anna y ella tenían el mismo modelo de móvil, y no le costó ningún trabajo orientarse con el menú. Empezó a escribir un mensaje, breve pero con la información suficiente para que Patrik comprendiera la gravedad de la situación. Mårten ya empezaba a moverse inquieto y, cuando ya iba a darle a enviar, se detuvo y se apresuró a añadir varios destinatarios. Si Patrik no lo veía inmediatamente, alguno de ellos lo vería y podría actuar. Pulsó «enviar» y volvió a empujar el bolso a su lugar. Escondió el teléfono debajo del muslo derecho, así lo tendría a mano si lo necesitaba, pero si Mårten se despertaba, no lo vería. Ya solo quedaba esperar.

Kjell estaba apoyado en el coche, mirando hacia el lugar por donde acababa de irse uno de los coches policiales. El golpe había fracasado y solo habían podido llevarse a la mujer de John Holm.

—¿Dónde coño está John?

Dentro y alrededor de la casa se apreciaba aún una actividad febril. Tenían que inspeccionar cada milímetro, y el fotógrafo del *Expressen* estaba acelerado fotografiando todos los detalles. No podía acercarse demasiado a la casa, pero con los objetivos de que disponía, eso no era ningún problema.

—¿Se habrá ido al extranjero? —preguntó Sven Niklasson, que, sentado en el coche de Kjell, ya había escrito y enviado a la redacción un primer borrador del artículo.

Kjell sabía que él debería mostrarse igual de ansioso y que debería haber salido ya para la redacción del *Bohusläningen,* donde, con total certeza, iban a recibirlo como al héroe del día. Cuando llamó para informar de la intervención policial en casa de John, su redactor jefe soltó un grito de alegría que casi le rompe el tímpano. Pero no quería irse de allí sin saber dónde se había metido John Holm.

—No, no creo que se fuera sin Liv. Ella no se esperaba la intervención de la Policía, y si ella no lo sabía, John tampoco. Dicen que son un equipo muy compenetrado.

—Ya, pero en lugares tan pequeños como este las noticias vuelan más rápido que el viento, ¿no? Si no se ha largado ya, existe el riesgo inminente de que termine haciéndolo. —Sven Niklasson vigilaba la casa con gesto preocupado.

—Bueno... —dijo Kjell distraído. Estaba repasando mentalmente todo lo que sabía de John, y preguntándose dónde estaría. En la cabaña ya había estado la Policía, sin resultado.

—¿Te han dicho algo más de cómo han ido las cosas en Estocolmo? —preguntó.

—Parece que los servicios secretos y la Policía han conseguido colaborar, por una vez, y la intervención ha sido perfecta. Han detenido a todos los responsables del partido sin enfrentamientos de ningún tipo. A la hora de la verdad, esos tíos no son tan valientes.

—No, ya me imagino. —Kjell estaba pensando en los titulares de guerra que llenarían las páginas de los diarios los próximos días. No sería solo un asunto de ámbito nacional, el mundo entero se sorprendería al ver que pudieran pasar cosas así en la tranquila Suecia, un país que muchas personas de todo el mundo consideraban organizado con una perfección casi absurda.

En ese momento, le sonó el móvil.

—Hombre, Rolf... Sí, tenemos un poco de lío. Es que no saben dónde está John... ¿Qué coño estás diciendo? Ya, un tiroteo... Bueno, pues salimos ahora mismo. —Se despidió y le hizo una seña a Sven—. Vamos. Acaban de informarme de que se ha producido un tiroteo en casa de Leon Kreutz. Vamos para allá ahora mismo.

—¿Leon Kreutz?

—Uno de los compañeros de John Holm en el internado de Valö. Con eso también hay algún chanchullo, o eso pensamos más de uno.

—Pues no sé... John puede presentarse en cualquier momento.

Kjell puso la mano en el techo del coche y miró a Sven.

—No me preguntes por qué, pero tengo el presentimiento de que John está allí. Venga, ¿qué decides? ¿Vienes o no? La Policía de Tanum ya está en la casa.

Sven abrió la puerta del copiloto y se sentó en el coche. Kjell se sentó al volante, cerró la puerta y salió a toda prisa. Sabía que siempre había estado en lo cierto. Los chicos de Valö ocultaron algo en su día, y ahora iba a descubrirse todo. Y él no pensaba perderse la noticia, eso podía jurarlo.

Valö, 1974

Era como si la estuvieran vigilando permanentemente. Inez no sabía describirlo mejor. Había tenido la misma sensación todo el tiempo, desde la mañana que encontraron muerta a su madre. Nadie se explicaba por qué habría salido sola de noche en pleno invierno. El médico que fue a examinarla confirmó que le había fallado el corazón, sencillamente. Y dijo que ya se lo había advertido.

Inez dudaba, a pesar de todo. Cuando Laura murió, algo cambió en la casa. Se notaba en todos los rincones. Rune se había vuelto más taciturno y más serio, y Annelie y Claes la provocaban cada vez con más descaro. Era como si Rune no los viera, y eso los alentaba a ser más audaces.

Por las noches, Inez oía llorar a alguien en el dormitorio de los chicos. No muy alto, apenas audible. Era el llanto de alguien que trataba de ahogar el ruido por todos los medios.

Tenía miedo. Le había llevado varios meses comprender que ese era el nombre de aquella sensación que no lograba identificar. Allí pasaba algo extraño. Todo giraba en torno a eso y ella sabía que si sacaba el tema con Rune, él se reiría de ella y le restaría importancia al asunto. Sin embargo, Inez le veía en la cara que él también era consciente de que algo pasaba.

El cansancio también contribuía. El trabajo del internado y la responsabilidad de cuidar de Ebba la consumían, al igual que el esfuerzo que suponía callar aquello que debía seguir siendo un secreto.

448

–Mamámamámamáaaaa –protestaba Ebba en el corralito. Estaba de pie, agarrada al borde de un lateral, con los ojos fijos en Inez.

Ella la ignoraba. No le quedaban fuerzas. La niña exigía mucho más de lo que podía dar y, por si fuera poco, era hija de Rune. La nariz y la boca eran suyas, y por eso se le hacía más difícil aún. Inez se ocupaba de ella, la cambiaba, le daba el pecho, la consolaba en brazos cuando se hacía daño, pero más no le podía dar. El miedo le robaba demasiado espacio.

Por suerte, estaba lo otro. Lo que le permitía aguantar un poco más y le impedía huir, sencillamente, subirse en el barco e ir a tierra firme y dejarlo todo atrás. En los instantes de abatimiento en que acariciaba aquella idea, no se atrevía a hacer la pregunta de si, en ese caso, se llevaría a Ebba. No estaba segura de querer conocer la respuesta.

–¿Puedo sacarla del corralito? –La voz de Johan la sobresaltó. No lo había oído entrar en el lavadero, donde estaba doblando sábanas.

–Claro, por qué no –respondió Inez. Johan era otra de las razones por las que se quedaba. Él la quería, y quería a su hermana pequeña. Y era un amor correspondido. A Ebba se le iluminaba la cara al verlo, y allí estaba ahora, echándole los brazos desde el corralito.

–Ven conmigo, Ebba –dijo Johan. La pequeña se le aferró al cuello y, cuando él la levantó, pegó la carita a la suya.

Inez dejó las sábanas para observarlos. Una punzada de celos la sorprendió. Ebba nunca la miraba a ella con aquel amor incondicional, sino con una mezcla de pena y de añoranza.

–¿Quieres que vayamos a ver los pájaros? –dijo Johan haciéndole cosquillas con la nariz de modo que la niña no pudo contener la risa–. ¿Puedo llevarla fuera?

Inez asintió. Confiaba en Johan y sabía que nunca permitiría que le pasara nada a Ebba.

–Claro que sí, salid –dijo, y se inclinó para seguir con la colada. Ebba se reía sin cesar y daba gritos de alegría mientras se alejaba con Johan.

Al cabo de un rato, dejó de oírlos. El silencio retumbaba entre las paredes. Inez se acuclilló y apoyó la cabeza entre las rodillas. La casa la tenía tan oprimida que apenas podía respirar, y la sensación de estar cautiva se acentuaba a medida que pasaban los días. Iban camino de caer en el abismo, pero no había nada, absolutamente nada, que ella pudiera hacer por evitarlo.

En un principio, Patrik había pensado hacer caso omiso del pitido del teléfono. Percy parecía a punto de estallar en cualquier momento y, teniendo en cuenta el arma que llevaba en la mano, la cosa podía acabar en tragedia. Por otro lado, estaban todos como hipnotizados por la voz de Leon. Hablaba de Valö, de cómo se hicieron amigos, de la familia Elvander y de Rune, y de cómo se fueron torciendo las cosas poco a poco. Ia le acariciaba la mano y lo apoyaba todo el tiempo. Después de la introducción, pareció dudar, y Patrik comprendió que empezaba a acercarse a lo que selló la amistad de todos ellos.

Pronto conocerían la verdad, pero la preocupación por Erica lo movió a sacar el teléfono. Un mensaje de Anna. Lo abrió, lo leyó y la mano empezó a temblarle sin control.

—¡Tenemos que ir a Valö ahora mismo! —dijo a todos y a ninguno, interrumpiendo a Leon en mitad de una frase.

—Pero ¿qué ha pasado? —preguntó Ia.

Martin asintió.

—Sí, tranquilízate y cuéntanos qué ha pasado.

—Creo que fue Mårten quien prendió fuego a la casa y quien disparó a Ebba hace unos días. Y ahora tiene a Gösta y a Erica. De Anna y Ebba no hay ni rastro, nadie sabe nada de ellas desde ayer y...

Patrik se dio cuenta de que estaba casi balbuciendo y se obligó a calmarse. Para poder ayudar a Erica, nada mejor que mantener la cabeza fría.

—Mårten tiene un arma que, según creemos, se utilizó aquella Pascua de 1974, ¿alguna idea?

Los cinco hombres se miraron. Y Leon le dio a Patrik una llave.

—Habrá encontrado el búnker. El revólver estaba allí. ¿Verdad, Sebastian?

—Pues sí, yo no he tocado nada desde que echamos la llave la última vez. No me explico cómo habrá entrado. Que yo sepa, esa es la única llave que existe.

—Bueno, que vosotros solo encontraríais una no significa que no hubiera más. —Patrik se adelantó y se hizo con la llave—. ¿Dónde está el búnker?

—En el sótano, detrás de una puerta secreta. Es imposible de encontrar, a menos que sepas que existe —dijo Leon.

—¿Estará Ebba...? —Ia estaba pálida como la cera.

—Es más que probable —dijo Patrik, y se dirigió a la puerta.

Martin señaló a Percy.

—¿Y qué hacemos con él?

Patrik se dio media vuelta, se fue derecho a Percy y le quitó la pistola antes de que este pudiera reaccionar.

—Se acabaron las tonterías. Ya lo aclararemos todo después. Martin, pide refuerzos mientras nosotros vamos a la isla, yo llamaré a Salvamento Marítimo para que nos lleven. ¿Quién viene con nosotros para indicarnos dónde está el búnker?

—Yo —dijo Josef, y se puso de pie enseguida.

—Yo también voy —dijo Ia.

—Con Josef es suficiente.

Ia se negó.

—Voy a ir con vosotros, y no podrás convencerme de lo contrario.

—De acuerdo, ven tú también. —Patrik les hizo una seña para que lo siguieran.

De camino al coche, estuvo a punto de chocar con Mellberg.

—¿Está John Holm ahí dentro?

Patrik asintió.

—Sí, pero tenemos que ir a Valö ahora mismo. Erica y Gösta están en un aprieto.

—¿Ah, sí? —Mellberg no sabía qué decir—. Pero es que acabo de hablar con Kjell y con Sven, y parece que la Policía de Gotemburgo está buscando a John. Todavía no se han enterado de que está aquí, así que había pensado que...

—Encárgate tú, Bertil —dijo Patrik.

—¿Y vosotros adónde vais? —Kjell Ringholm se les acercaba en compañía de un hombre rubio que les resultó vagamente familiar.

—A otro asunto policial. Si estáis buscando a John Holm, ahí lo tenéis. Mellberg está a vuestra disposición.

Patrik continuó medio corriendo hacia el coche. Martin le seguía el paso, pero Josef e Ia iban un poco retrasados, y Patrik los esperó sujetando la puerta trasera con cierta impaciencia. Llevar a civiles a un lugar potencialmente peligroso contravenía todas las reglas, pero necesitaban su ayuda.

Se pasó la travesía a Valö dando paladitas nerviosas en la cubierta, como animando al barco a aumentar la velocidad. A su espalda, Martin hablaba en voz baja con Josef e Ia, y Patrik oyó cómo les daba instrucciones de que se mantuvieran apartados en la medida de lo posible, y de que obedecieran sus indicaciones en todo momento. No pudo evitar una sonrisa. Martin había evolucionado con los años y había dejado de ser el policía nervioso e inquieto de antes para convertirse en un colega muy estable en el que se podía confiar.

Cuando se acercaban a Valö, se agarró fuerte a la borda. Había ido mirando el teléfono cada minuto, por lo menos, pero no había recibido más mensajes. Sopesó la posibilidad de responder para avisar de que iban de camino, pero no se atrevió, por si así se descubría que Erica tenía un teléfono.

Vio que Ia lo estaba observando. Habría querido hacerle tantas preguntas... Por qué huyó y no había vuelto hasta ahora; cuál había sido su papel en la muerte de su padre y del resto de su familia... Todo eso tendría que esperar. Ya llegarían al fondo en su momento. Ahora solo era capaz de concentrarse en el hecho de que Erica estuviera en peligro. Nada más le importaba. Había estado a punto de perderla en el accidente de tráfico, un año y medio atrás, y entonces tomó conciencia de lo mucho que dependía de ella, del lugar que ocupaba en su vida y en su futuro.

Cuando bajaron a tierra, tanto él como Martin sacaron el arma al mismo tiempo, como si les hubieran dado una señal. Les recomendaron a Ia y a Josef que se mantuvieran detrás de ellos. Y acto seguido, empezaron a acercarse a la casa despacio.

Percy miraba distraído un punto de la pared.

—Pues muy bien —dijo.

—¿Y a ti qué te pasa? —John se pasó la mano por el flequillo rubio—. ¿Habías pensado dispararnos a todos o qué?

—Bueno. En realidad solo había pensado pegarme un tiro yo, la verdad. Pero antes quería divertirme un rato. Asustaros un poco...

—¿Y por qué ibas a quitarte la vida? —Leon miraba a su viejo amigo con cariño. Era tan frágil a pesar de su superioridad..., ya en Valö, Leon se había dado cuenta de que podía hacerse añicos en cualquier momento. Era un milagro que no hubiera sucedido antes. Era fácil prever que a Percy le costaría convivir con aquellos recuerdos, pero quizá hubiese heredado también la capacidad de negar la realidad.

—Sebastian me lo ha quitado todo. Y Pyttan me ha dejado. Seré el hazmerreír.

Sebastian lo miró condescendiente.

—Pero hombre por Dios, si eso ya no lo dice nadie.

Eran como niños. Leon lo veía con toda claridad. Todos se habían detenido en el desarrollo, sin saber cómo. Seguían estancados en los recuerdos. En comparación con ellos, él se sabía afortunado. Observando a los hombres que tenía a su alrededor, los vio como los adolescentes que fueron en su día. Y por raro que pudiera parecer, le inspiraban un gran cariño. Habían compartido una experiencia que los cambió radicalmente y que conformó sus vidas, y el vínculo que los unía era tan fuerte que jamás podría cortarse. Él siempre supo que volvería, que este día iba a llegar, solo que nunca pensó que la seguiría a su lado. Lo sorprendió su valentía. Tal vez él había preferido menospreciarla para no sentirse culpable por el sacrificio que ella hizo, un sacrificio mayor que el de ninguno de ellos.

¿Y por qué fue Josef el que se levantó y se atrevió a acompañar a la Policía? Leon creía conocer la respuesta. Desde que lo vio entrar por la puerta, le leyó en los ojos que estaba listo para morir. Era una mirada que Leon reconocía a la perfección. La vio en el Everest, cuando los sorprendió la tormenta, y en el bote salvavidas, cuando el barco se fue a pique en el océano Índico. La mirada de quien se ha rendido a la idea de perder la vida.

—Yo no pienso contribuir a esto. —John se levantó y tiró un poco de los pantalones para colocarse bien la raya—. Esta farsa ya ha durado demasiado. Lo negaré todo, no hay pruebas y tú serás responsable de todo lo que digas.

—¿John Holm? —dijo una voz desde la puerta.

John giró la cabeza.

—Bertil Mellberg. Lo que nos faltaba. ¿Qué quieres, si puede saberse? Si piensas hablarme en los mismos términos que la última vez, te sugiero que hables con mi abogado.

—No tengo nada que decirte.

—Estupendo. Pues entonces yo me voy a casa. Un placer. —John se encaminó hacia la puerta, pero Mellberg le impidió el paso. Detrás de él aparecieron tres hombres, uno de los cuales sostenía entre las manos una cámara enorme, con la que hacía una foto tras otra.

—Tú te vienes conmigo —dijo Mellberg.

John dejó escapar un suspiro.

—¿Pero qué tonterías son estas? Esto es acoso, acoso y nada más, y os aseguro que os acarreará consecuencias.

—Estás detenido por conspiración e intento de asesinato y te vienes conmigo ahora mismo —repitió Mellberg con una amplia sonrisa.

Leon seguía el espectáculo desde la silla de ruedas, y también Percy y Sebastian observaban en tensión lo que ocurría. John se había puesto rojo e hizo amago de pasar apartando a Mellberg, pero este lo acorraló contra la pared y, con movimientos ampulosos, le puso las esposas. El fotógrafo no paraba de hacer su trabajo, y los dos hombres que había detrás de él se acercaron también.

—¿Qué tienes que decir del hecho de que la Policía haya descubierto lo que los integrantes de Amigos de Suecia llamáis el Proyecto Gimlé? —preguntó uno.

A John le temblaban las piernas y Leon observaba toda la escena con sumo interés. Tarde o temprano, todos debían rendir cuentas de sus acciones. De repente, empezó a preocuparse por Ia, pero trató de no pensar en ello. Pasara lo que pasara, estaba predeterminado. Ella tenía que hacer lo que iba a hacer y satisfacer la deuda y la añoranza que la habían llevado a vivir solo para él. Su amor por él rayaba la obsesión, pero sabía que la movía el mismo fuego que lo había impulsado a él a aceptar todos los retos.

Al final, ardieron los dos juntos, en el coche, en aquella pendiente abrupta de Mónaco. No tenían más opción que terminar aquello juntos. Estaba orgulloso de ella, él la quería, y ella volvería por fin a casa. Ese día, todo tendría un final, y Leon esperaba que fuera un final feliz.

Mårten abrió los ojos poco a poco y se los quedó mirando.

—Me ha entrado un cansancio enorme.

Ni Erica ni Gösta dijeron nada. De repente, ella también se sentía agotada. No le quedaba ni rastro de adrenalina en el cuerpo y la idea de que su hermana quizá estuviera muerta la paralizaba. Lo único que quería era tumbarse en el suelo y encogerse hasta hacerse una bola. Cerrar los ojos, dormirse y despertarse cuando todo hubiera pasado. De una forma u otra.

Había visto el parpadeo de la pantalla. Dan. Santo cielo, debía de estar preocupadísimo después de leer el mensaje que había enviado. Pero no había recibido respuesta de Patrik. ¿Estaría ocupado y no lo había visto?

Mårten seguía escrutándolos. Tenía el cuerpo relajado y la expresión indiferente. Erica lamentaba no haberle preguntado más a Ebba acerca de la muerte de su hijo. Ese hecho debió de activar algo que terminó por conducir a Mårten a la locura. Si hubiera sabido cómo ocurrió, quizá habría podido hablar con él. No podían quedarse allí sentados esperando a que los matara. Porque no le cabía la menor duda de que esa era su intención. Lo tuvo claro desde el momento en que advirtió aquella llama fría en su mirada. Con voz dulce, le dijo:

—Háblanos de Vincent.

Él no respondió enseguida. Lo único que se oía era la respiración de Gösta y el ruido del motor de los barcos a lo lejos. Aguardó hasta que Mårten respondió con tono apagado:

—Está muerto.

—¿Qué pasó?

—Fue culpa de Ebba.

—¿Cómo?

—No lo había comprendido hasta ahora.

Erica notó que la embargaba la impaciencia.

—¿Lo mató ella? —preguntó conteniendo la respiración. Con el rabillo del ojo, vio que Gösta seguía atentamente la conversación—. ¿Por eso trataste de matarla?

Mårten jugaba con el revólver, sopesándolo en la mano.

—No era mi intención que el fuego se extendiera tanto —dijo, y dejó de nuevo el arma en las rodillas—. Solo quería que comprendiera que me necesitaba. Que yo era el único que podía protegerla.

—¿Y por eso le disparaste luego?

—Es que tenía que comprender que debíamos estar unidos. Pero no tenía ningún sentido. Ahora lo comprendo. Me manipuló para que no viera lo evidente. Que lo había matado ella. —Asintió, como para subrayar lo que acababa de decir, y Erica se asustó tanto al ver la expresión de su cara que tuvo que hacer un esfuerzo para mantener la calma.

—¿Ella mató a Vincent?

—Sí, exacto. Y yo lo comprendí más tarde, después de los días que pasó en tu casa. Ella había heredado la culpa. Tanta maldad no puede desaparecer sin más.

—¿Te refieres a su tatarabuela? ¿A la partera de ángeles? —preguntó Erica asombrada.

—Sí. Ebba me contó que ahogaba a los niños en un barreño y los enterraba en el sótano porque creía que no los quería nadie, que nadie iría a buscarlos. En cambio yo sí quería a Vincent. Y lo estuve buscando, pero ya no estaba. Ella lo había ahogado. Lo había enterrado con los otros niños muertos y no podía salir. —Mårten iba escupiendo las palabras y de la comisura del labio le colgaba un hilillo de saliva.

Erica comprendió que sería imposible razonar con él, que las diversas realidades se habían fundido formando una extraña tierra de sombras donde no podrían alcanzarlo. La dominó el pánico y lanzó una mirada a Gösta, cuya expresión resignada le dijo que él había llegado a la misma conclusión. No podían hacer otra cosa que rezar y confiar en que, de alguna manera, sobrevivirían a aquello.

—Chist —dijo Mårten de pronto, y se puso muy derecho.

Tanto Erica como Gösta se llevaron un sobresalto ante tan inesperado movimiento.

—Viene alguien. —Mårten se aferró al revólver y se levantó de un salto—. Chist —repitió, y se llevó el índice a los labios.

Se acercó corriendo a la ventana para asomarse a mirar. Se quedó allí plantado un instante, considerando las opciones que tenía. Luego, señaló a Gösta y a Erica.

—Vosotros dos os quedáis ahí. Voy a salir. Tengo que vigilarlos. Debo impedir que las encuentren.

—¿Qué piensas hacer? —Erica no pudo contenerse. La esperanza de que alguien viniera en su ayuda se mezclaba con el horror de que eso pusiera en peligro la vida de Anna, si es que no era ya demasiado tarde—. ¿Dónde está mi hermana? Tienes que decirme dónde está Anna —dijo con voz chillona.

Gösta le puso la mano en el brazo para tranquilizarla.

—Esperamos aquí, Mårten. No vamos a ir a ninguna parte. Nos quedaremos aquí hasta que vuelvas —aseguró, mirando a Mårten con firmeza.

Mårten se quedó convencido, se dio media vuelta y salió corriendo escaleras abajo. Erica quiso levantarse enseguida e ir detrás, pero Gösta le agarró el brazo para retenerla y le dijo en voz baja:

—Tranquila, vamos a mirar por la ventana, para ver adónde se dirige.

—Pero es que Anna... —dijo Erica desesperada, tratando de liberarse.

Gösta no se rindió.

—Párate a pensar antes de actuar precipitadamente. Miramos por la ventana, luego bajamos y recibimos a los que vengan. Seguro que son Patrik y los demás, y ellos nos ayudarán.

—De acuerdo —dijo Erica, y se puso de pie, aunque le fallaban las piernas.

Con suma cautela, se pusieron a esperar a que apareciera Mårten.

—¿Tú ves algo?

—No —dijo Gösta—. ¿Tú tampoco?

—No, no creo que haya bajado al embarcadero, porque se encontraría cara a cara con quien quiera que esté en camino.

—Habrá ido hacia la parte trasera de la casa. ¿Adónde, si no?

—Bueno, el caso es que yo no lo veo, así que voy a bajar.

Erica se dirigió con sigilo a la escalera y bajó a la entrada. Reinaba el silencio, no se oían voces, pero sabía que se acercarían tan discretamente como pudieran. Miró por la puerta abierta de la casa y le entraron ganas de llorar. Allí fuera no había nadie.

En ese mismo instante, advirtió un movimiento entre los árboles. Entornó los ojos para ver mejor y sintió un alivio inmenso. Era Patrik y, detrás de él, venía Martin, seguido de otras dos personas. Le llevó unos segundos reconocer a Josef Meyer. A su lado había una mujer elegantemente vestida. ¿Sería Ia Kreutz? Erica hizo una seña para que Patrik la viera y volvió dentro.

—Vamos a esperar aquí —le dijo a Gösta.

Se colocaron los dos pegados a la pared, para que no los vieran por la puerta. Mårten podía encontrarse en

460

cualquier sitio, y no quería convertirse en una diana viviente.

—¿Dónde se habrá metido? —Gösta se volvió hacia ella—. ¿Seguirá dentro de la casa?

Erica comprendió que tenía razón, y echó una ojeada presa del pánico, como si Mårten pudiera aparecer en cualquier momento y pegarles un tiro. Pero no se lo veía por ninguna parte.

Cuando Patrik y Martin llegaron por fin, miró a su marido a los ojos, que reflejaban tanto alivio como preocupación.

—¿Y Mårten? —preguntó Patrik en voz baja, y Erica lo puso al corriente de lo sucedido desde que se dieron cuenta de que venía alguien.

Patrik asintió. Martin y él recorrieron aprisa la planta baja pistola en mano. De nuevo en el vestíbulo, les dijeron con un gesto que no había nadie. Ia y Josef estaban como petrificados. Erica se preguntaba qué estarían haciendo allí.

—No sé dónde estarán Anna y Ebba. Mårten deliraba sobre no sé qué de que tenía que vigilarlas. ¿Las habrá encerrado en algún sitio? —preguntó sin poder contener un sollozo.

—Ahí está la puerta del sótano —dijo Josef, señalando una puerta que había en la entrada.

—¿Qué hay ahí? —preguntó Gösta.

—Ya os lo contaremos luego, ahora no hay tiempo —dijo Patrik.

—Quédate detrás de nosotros. Y vosotras dos, quedaos aquí —les dijo a Erica y a Ia.

Erica empezó a protestar, hasta que vio la cara de Patrik. De nada le serviría poner objeciones.

—Vamos a bajar —dijo Patrik, mirando una vez más a Erica, que vio que estaba tan asustado como ella ante la idea de lo que pudieran encontrarse allí abajo.

Valö, sábado de Pascua de 1974

Todo iba a ser como siempre. Eso esperaba Rune. La mayoría de los alumnos estaban de vacaciones y ella había preguntado tímidamente si los chicos que se habían quedado en el internado no podían comer con ellos, pero Rune no se dignó responder a su pregunta. Lógicamente, la cena del sábado de Pascua debía celebrarse en familia, exclusivamente.

Ella llevaba dos días cocinando: asado de cordero, huevos rellenos, salmón cocido con verduras... Los deseos de Rune eran interminables. Aunque deseos no era la palabra correcta, eran más bien exigencias.

—Carla preparaba siempre este menú. Todos los años —le dijo cuando le dio la lista antes de su primera Pascua juntos.

Inez sabía que no valía la pena protestar. Si Carla lo hacía así, así tendría que ser. Y sería un contradiós que ella alterase en algo aquella costumbre.

—¿Puedes sentar a Ebba en la trona, Johan? —le preguntó al pequeño antes de colocar en la mesa el asado de cordero, rogándole a Dios que estuviera perfecto.

—¿Tiene que estar con nosotros la niña? Si lo único que hace es molestar... —Annelie apareció en el comedor y se sentó a la mesa.

—¿A ti qué te parece que puedo hacer con ella? —dijo Inez, que no estaba de humor para los sarcasmos de su hijastra después de tanto trabajar en la cocina.

–Y yo qué sé, pero es que es asqueroso tenerla sentada a la mesa. Me dan ganas de vomitar.

Inez sintió que debía replicar.

–Si tan molesto te resulta, tal vez seas tú la que no deba comer con nosotros –le soltó.

–¡Inez!

La pobre se llevó un susto. Rune acababa de llegar al comedor y venía rojo de ira.

–¿Qué es lo que estás diciendo? ¿Que mi hija no va a poder sentarse a la mesa? –Hablaba con total frialdad y sin apartar la vista de Inez–. En esta familia todo el mundo puede sentarse a la mesa.

Annelie no dijo nada, pero Inez vio que estaba a punto de estallar de satisfacción al ver que su padre la reconvenía.

–Perdón, no pensaba lo que decía –Inez se volvió y cambió de sitio la cazuela de las patatas. Le hervía la sangre por dentro. Sentía deseos de gritar a voz en cuello, seguir los dictados de su corazón y salir huyendo de allí. No quería vivir atrapada en aquel infierno.

–Ebba ha vomitado un poco –dijo Johan preocupado, y le limpió la boca a su hermanita con una servilleta–. No estará enferma, ¿verdad?

–No, es que habrá comido demasiada papilla –respondió Inez.

–Menos mal –respondió el niño, aunque no parecía convencido. Johan se iba volviendo más protector a medida que pasaba el tiempo, se dijo Inez, preguntándose una vez más cómo había podido salir tan distinto de sus hermanos.

–Asado de cordero. Seguro que no está tan rico como el de mamá. –Claes entró en el comedor y se sentó al lado de Annelie. Ella soltó una risita y le hizo un guiño, pero Claes la ignoró por completo. En realidad, deberían ser buenos amigos, pero a Claes no le importaba nadie salvo su madre, de la que no paraba de hablar a todas horas.

–He hecho lo que he podido –dijo Inez. Claes resopló displicente.

—¿Dónde te habías metido? —preguntó Rune, y alargó el brazo en busca de las patatas—. Te he estado buscando. Olle ha traído los listones que le encargué y los ha descargado junto al embarcadero. Necesito que me ayudes a moverlos.

Claes se encogió de hombros.

—He estado dando una vuelta por la isla. Ya los subiré luego.

—Pues que sea inmediatamente después de comer —ordenó Rune, aunque se contentó con la respuesta.

—Tiene que estar más rosado —dijo Annelie con una mueca mientras observaba la loncha de carne de cordero que acababa de servirse en el plato.

Inez apretó los dientes.

—El horno de esta casa no es ninguna maravilla. No alcanza una temperatura homogénea, así que, como ya te he dicho, lo he hecho lo mejor que he podido.

—Qué porquería —dijo Annelie, y apartó la carne a un lado—. ¿Me pasas la salsa? —dijo mirando a Claes, que tenía la salsera a su lado.

—Claro —respondió el hermano, y extendió el brazo.

—Vaya... —Miró a Inez con indiferencia. La salsera se había estrellado contra el suelo y la salsa oscura se derramó por todo el suelo de madera y empezó a colarse por las rendijas. Inez lo miró a la cara. Sabía que lo había hecho a propósito. Y él sabía que ella lo sabía.

—Qué torpeza —dijo Rune mirando al suelo—. Tendrás que recogerlo, Inez.

—Por supuesto —dijo ella con una sonrisa forzada. Naturalmente, no se le pasó por la cabeza la idea de que lo limpiara Claes.

—Y nos traes más salsa, ¿eh? —dijo Rune cuando la vio alejarse hacia la cocina.

Ella se dio la vuelta.

—Ya no queda más salsa.

—Carla siempre preparaba más, por si se terminaba.

—Pues sí, pero yo no, yo he servido toda la que había.

464

Cuando hubo terminado de recoger toda la salsa, de rodillas, al lado de la silla de Claes, se sentó en su sitio. Se le había enfriado la comida pero, de todos modos, ella ya no tenía ganas de comer.

—Estaba muy rico, Inez —dijo Johan, y le dio el plato para que le sirviera un poco más—. Eres muy buena cocinera.

Tenía los ojos tan azules, tan llenos de inocencia que estuvo a punto de echarse a llorar. Mientras ella le ponía un poco más en el plato, que había dejado limpio, Johan le daba de comer a Ebba con la cuchara de plata.

—Mira, más patata, qué rica. Ñam, qué rica estaba, ¿verdad? —dijo, y se le iluminaba la cara cada vez que la niña abría la boca y tragaba.

Claes se rio socarrón.

—Menudo blandengue de mierda estás hecho.

—Así no le hables a tu hermano —le soltó Rune—. Tiene la mejor nota en todas las asignaturas y es más inteligente que vosotros dos juntos. No puede decirse que tú te lucieras en el colegio, así que deberías hablarle con más respeto a Johan, hasta que hayas demostrado que vales para algo. Tu madre se habría muerto de vergüenza si hubiera visto tus notas finales y el inútil en el que te has convertido.

Claes se puso nervioso e Inez vio que la cara se le contraía sin control. Tenía una negrura infinita en los ojos.

Por un instante, en la mesa se hizo un silencio absoluto. Ni siquiera Ebba hacía el menor ruido. Claes miró fijamente a Rune, mientras Inez cruzaba las manos bajo el mantel. Estaba presenciando una lucha de poder, y no estaba segura de querer ver cómo terminaba.

Se quedaron mirándose varios minutos. Hasta que Claes apartó la mirada.

—Perdona, Johan —dijo.

Inez se estremeció. Tal era la carga de odio que le resonó en la voz. Y pensó que aún tenía una posibilidad de levantarse y huir. Debería aprovecharla, cualesquiera que fueran las consecuencias.

—Perdón por molestar en plena comida. Es que necesitaría hablar contigo, Rune. Es urgente. —Leon se disculpó educadamente desde la puerta, con la cabeza inclinada.

—¿Y no puede esperar? Que estamos comiendo, hombre —dijo Rune con el ceño fruncido. Ni en condiciones normales aguantaba que lo interrumpieran mientras comía.

—Lo comprendo perfectamente, y no habría venido si no fuera importante.

—¿Qué es lo que pasa? —dijo Rune, y se limpió la boca con una servilleta.

Leon vaciló un instante. Inez miró a Annelie, que no apartaba la vista de él.

—Tenemos una situación de emergencia en casa. Mi padre me ha pedido que hable contigo.

—Ah, tu padre... ¿Y por qué no me lo has dicho enseguida, hombre?

Rune se levantó de la mesa. Siempre tenía tiempo para los padres ricos de los alumnos.

—Seguid comiendo, no creo que tarde mucho —dijo, y se encaminó a la puerta, donde lo esperaba Leon.

Inez siguió a Rune con la mirada. Se le hizo un nudo en el estómago. Todo lo que había venido sintiendo los últimos meses se le concentró en aquel nudo. Allí iba a suceder algo.

El paisaje desfilaba al otro lado de la ventanilla y el insoportable de Mellberg hablaba alterado por teléfono. Al parecer, se negaba a entregar a John a los policías allí, en Fjällbacka, e insistía en ir con ellos hasta Gotemburgo. En fin, a John le daba igual.

Se preguntaba cómo lo superaría Liv. Ella también lo había apostado todo a una carta. Quizá deberían haberse contentado con lo conseguido, pero les pudo la tentación de cambiarlo todo de una sola jugada y de lograr lo que ningún otro partido nacionalista de Suecia había logrado con anterioridad: ocupar una posición política dominante. En Dinamarca, el Partido Popular Danés había llevado a cabo gran parte de aquello con lo que soñaba Amigos de Suecia. ¿Acaso era un error acelerar el proceso en Suecia?

El Proyecto Gimlé habría unido a los suecos, que habrían podido por fin restablecer el país todos juntos. Era un plan sencillo y, aunque él se había preocupado un poco, estaba convencido de que iba a ser un éxito. Ahora, todo se había ido a pique. Todo lo que habían construido quedaría derribado y olvidado a raíz de las consecuencias de Gimlé. Nadie comprendería que su pretensión era crear un futuro nuevo para los suecos.

Todo comenzó con una propuesta lanzada como una broma en el núcleo duro del grupo. Liv advirtió enseguida las posibilidades. Les explicó a él y a los demás cómo ese cambio que, en condiciones normales, les exigiría más de una generación, podría conseguirse mucho más rápido. Harían la revolución de la noche a la mañana, movilizarían a los suecos en una lucha contra los enemigos que se habían introducido allí poco a poco y que ya estaban destruyendo la sociedad. Era un razonamiento lógico y el precio que había que pagar les pareció razonable.

Una sola bomba. Colocada en pleno centro comercial de Sturegallerian, en hora punta. En la investigación policial, todas las pistas apuntarían a terroristas musulmanes. Llevaban planeándolo más de un año, repasando todos los detalles y procurando que no fuera posible llegar a otra conclusión: los islamistas habían perpetrado un atentado en el corazón de Estocolmo, en el corazón de Suecia. La gente se asustaría. Y después de asustarse, se enfadaría. Entonces, los Amigos de Suecia darían un paso al frente, les tenderían la mano con cuidado, confirmarían sus miedos y les dirían cómo hacer las cosas para volver a vivir seguros. Cómo hacer las cosas para vivir como suecos.

Nada de eso se haría realidad. La preocupación por lo que Leon quería desvelar se le antojaba ridícula y absurda en comparación con el escándalo inminente. Él estaría en el centro, pero no por los motivos que había imaginado. El Proyecto Gimlé había supuesto su caída, no su triunfo.

Ebba observaba las fotografías que había extendido en el suelo. Los niños desnudos miraban a la cámara sin ver.

—Se los ve tan indefensos... —dijo, y apartó la vista.

—Pero eso no tiene nada que ver contigo —dijo Anna, dándole una palmadita en el brazo.

—Habría sido mejor no averiguar nada sobre mi familia. La única imagen que se me quedará de ellos si conseguimos...

No terminó la frase, y Anna sabía que no quería expresar aquella idea en voz alta: si conseguimos salir de aquí.

Ebba volvió a mirar las fotos.

—Deben de ser algunos de los alumnos de mi padre. Si los sometía a estas prácticas, comprendo que lo mataran.

Anna asintió. Se veía que los chicos querían cubrirse con las manos, pero que el fotógrafo no se lo permitía. Se les notaba la angustia en la cara y se imaginaba perfectamente la rabia que nacía de aquella humillación.

—Lo que no me explico es por qué tenían que morir todos —dijo Ebba.

De repente, oyeron unos pasos al otro lado de la puerta. Se pusieron de pie, observándola con expectación. Alguien estaba trasteando la cerradura.

—Tiene que ser Mårten —dijo Ebba horrorizada.

Buscaron instintivamente una salida, pero eran como ratas atrapadas en aquel lugar. La puerta se fue abriendo muy despacio, hasta que entró Mårten con el revólver en la mano.

—Ah, estás viva —le dijo a Ebba, y a Anna le causó pavor la indiferencia manifiesta ante el hecho de que su mujer estuviera o no con vida.

—¿Por qué haces esto? —Ebba empezó a caminar hacia él llorando amargamente.

—No te muevas —dijo Mårten con el revólver en alto, apuntándole, y ella se detuvo a medio camino.

—Déjanos salir de aquí. —Anna trataba de captar su atención—. No vamos a decir nada, te lo prometo.

—¿De verdad quieres que me lo crea? De todos modos, no importa. No tengo ningún deseo de... —Se interrumpió y miró los cofres, por cuya abertura asomaban los huesos—. ¿Qué es eso?

—Los familiares de Ebba —dijo Anna.

Mårten era incapaz de apartar la vista de los esqueletos.

—¿Ahí estaban? ¿Todo este tiempo?

—Sí, no hay otra explicación.

Abrigó la esperanza de que Mårten se conmoviera, así quizá podría convencerlo, y se agachó un poco. Él dio un respingo y le apuntó con el arma.

—Solo quería enseñarte una cosa. —Anna recogió las fotografías y se las dio a Mårten, que las aceptó con cara de escepticismo.

—¿Quiénes son? —dijo con voz casi normal por primera vez.

Anna notaba el corazón martilleándole en el pecho. En algún lugar recóndito existía aún el Mårten sensato y estable. Se acercó las fotos un poco más y las examinó.

—Seguramente era mi padre el que les hacía eso —dijo Ebba. Tenía el pelo en la cara y su lenguaje gestual decía claramente que ya se había rendido.

—¿Quién, Rune? —dijo Mårten, pero se sobresaltó al oír un ruido en el exterior y se apresuró a cerrar la puerta.

—¿Quién era? —dijo Anna.

—Quieren estropearlo todo —respondió Mårten. La lucidez de la mirada se había esfumado y Anna comprendió que no había esperanza—. Pero aquí no van a entrar. Tengo la llave. Estaba sobre el marco de la puerta, olvidada y cubierta de óxido. La probé en todas las cerraduras, pero no encajaba en ninguna. Y hará una semana, por casualidad, di con esta entrada. Tiene un diseño tan genial que es casi imposible descubrirla.

—¿Por qué no me lo habías contado? —dijo Ebba.

—Porque, a aquellas alturas, ya había empezado a comprenderlo todo. Que tú eras la culpable de la muerte de Vincent, pero no querías reconocerlo. Que habías intentado culparme a mí. Y en el cofre que estaba abierto, encontré esto —dijo, agitando el revólver—. Sabía que llegaría a serme útil.

—Van a entrar, lo sabes —dijo Anna—. Es mejor que abras la puerta.

—Ya no puedo abrir. Parece que aquí dentro había una manivela, pero la habrá quitado alguien. La puerta se cierra sola, y ellos no tienen llave, así que aunque encuentren la puerta, cosa que dudo, no podrán entrar. Esta puerta la construyó un paranoico y resiste casi cualquier cosa. —Mårten sonrió—. Para cuando hayan conseguido el equipamiento necesario para forzarla, será demasiado tarde.

—Mårten, por favor —dijo Ebba, pero Anna sabía que no serviría de nada tratar de razonar con él. Mårten también moriría allí, a menos que ella actuara.

En ese preciso momento, alguien metió una llave en la cerradura, y Mårten se volvió sorprendido. Y aquella era la oportunidad que Anna estaba esperando. Con un movimiento amplio del brazo, echó mano del ángel de plata que estaba en el suelo y se abalanzó hacia él. Le hizo un buen arañazo en la mejilla y tanteó con la mano buscando el arma. No acababa de notar en la mano el frío acero cuando resonó un disparo.

En realidad, él tenía decidido morir ese día. Le parecía una consecuencia lógica de su fracaso, y la decisión le infundió un gran alivio, nada más. Sin embargo, cuando salió de casa, aún no había decidido cómo. Cuando Percy empezó a juguetear con la pistola, se le pasó por la cabeza la posibilidad de morir como un héroe.

Ahora se le antojaba una idea rara por lo precipitada. Mientras bajaba a oscuras la escalera, Josef sintió que quería vivir con más ansias que nunca. No quería morir y, menos aún, en el mismo lugar que durante tantos años había sido el escenario de sus pesadillas. Tenía delante a los dos policías y se sentía incómodo y desnudo sin arma. No tuvieron que discutir si los acompañaría o no al sótano.

Él era el único que podía indicarles el camino. Solo él sabía dónde estaba el infierno.

Los policías lo aguardaban al pie de la escalera. Patrik Hedström lo miró con expresión interrogante y él señaló la pared del fondo. Parecía una pared normal, cubierta de estantes torcidos atestados de latas de pintura pegajosa. Vio el gesto de incredulidad de Patrik y se adelantó para mostrárselo. Lo recordaba perfectamente: los olores, la sensación del cemento bajo los pies, el aire viciado entrándole en los pulmones.

Josef le lanzó una mirada a Patrik y presionó la parte derecha del estante central. La pared cedió, giró hacia dentro y dejó al descubierto un pasillo que desembocaba en una puerta maciza. Se apartó a un lado. Los policías lo miraron perplejos, volvieron a centrarse y entraron en el pasadizo. Una vez ante la puerta, se detuvieron a ver si oían algo. Les llegaba un ruido como un murmullo sordo. Josef sabía exactamente cómo era la habitación que había al otro lado. No tenía más que cerrar los ojos para recrear la imagen con tanta claridad como si la hubiera visto el día anterior. Las paredes desnudas, la bombilla sin lámpara que colgaba del techo. Y los cuatro cofres. Habían dejado el revólver en el interior de uno de ellos. Y allí debió de encontrarlo el marido de Ebba. Josef se preguntaba si habría abierto también los cofres que dejaron cerrados, si sabía lo que contenían. En cualquier caso, ahora se enteraría todo el mundo. Ya no había vuelta atrás.

Patrik sacó la llave del bolsillo, la metió en la cerradura y la giró. Lanzó una mirada a Josef y a su colega. Una mirada que reflejaba hasta qué punto temía una catástrofe.

Con sumo cuidado, abrió la puerta. Se oyó el estallido de un disparo y Josef vio a los policías precipitarse al interior pistola en mano. Él se quedó en el pasadizo. El tumulto le impedía saber qué estaba ocurriendo con exactitud, pero oyó a Patrik gritar: «¡Deja el arma!». Vio un fogonazo y el disparo restalló tan fuerte que le dolió por dentro. Luego, se oyó el sonido de un cuerpo humano al caer al suelo.

En el silencio que siguió, les pitaban los oídos, y Josef oía su respiración, entrecortada y superficial. Estaba vivo, sentía que estaba vivo y daba gracias por ello. Rebecka se preocuparía cuando encontrara la carta, pero ya se lo explicaría todo. Porque no pensaba morir todavía.

Alguien bajó corriendo la escalera del sótano y al darse la vuelta vio que era Ia, que se le acercaba con el terror pintado en la cara.

—¿Y Ebba? ¿Dónde está Ebba?

La sangre había salpicado los ataúdes y parte de la pared. Anna oía a su espalda los gritos de Ebba, pero resonaban lejanos.

—Anna. —Patrik la zarandeó, y ella se señaló la oreja.

—Creo que se me ha roto el tímpano. No oigo bien.

La voz sonaba apagada y extraña. Todo había sucedido muy rápido. Se miró las manos. Las tenía manchadas de sangre, y comprobó el resto del cuerpo para ver si sangraba, pero no era así, al parecer. Seguía apretando el ángel de Ebba en el puño y cayó en la cuenta de que la sangre debía de ser de la herida que le había hecho en la cara a Mårten, que estaba tendido en el suelo con los ojos abiertos. Una bala le había abierto un agujero enorme en la cabeza.

Anna apartó la vista. Ebba seguía gritando y, de repente, entró corriendo una mujer que la abrazó sin decir nada. La calmó meciéndola despacio hasta que poco a poco, los gritos de Ebba se convirtieron en un débil lamento. Anna señaló los ataúdes y Patrik, Martin y Gösta se quedaron mirando los esqueletos, que tenían manchas de la sangre de Mårten aquí y allá.

—Tenemos que sacaros de aquí. —Patrik condujo a Anna y a Ebba hasta la puerta. Ia los seguía de cerca.

Llegaron al sótano y, de pronto, vio a Erica que bajaba volando la empinada escalera. Iba bajando los peldaños de dos en dos y Anna apretó el paso para alcanzarla. Y cuando por fin pudo abrazar a su hermana, notó cómo brotaba el llanto.

Una vez en el vestíbulo, entornó los ojos para protegerse de la luz. Anna seguía temblando y, como si le hubiera leído el pensamiento, Erica subió al primer piso a buscar su ropa. No hizo ningún comentario acerca del hecho de que la hubiera dejado en el dormitorio de Mårten y Ebba, pero Anna sabía que tendría que explicarle más de una cosa, y a Dan también. Sintió una punzada en el corazón ante la sola idea del daño que le haría, pero no tenía fuerzas para pensar en ello en esos momentos. Ya lo resolvería más tarde.

—He llamado pidiendo ayuda, ya hay gente en camino —dijo Patrik, ayudando a Anna y a Ebba a sentarse en la escalinata.

Ia se sentó junto a Ebba, abrazándola fuerte. Gösta se sentó al otro lado y las observaba con atención. Patrik se inclinó y le susurró:

—Es Annelie, ya te lo contaré después.

Gösta le respondió con una mirada de extrañeza. Luego, se le hizo la luz como un relámpago.

—La letra. Naturalmente, esa era la explicación.

Sabía que algo se le había escapado cuando revisaron las cajas. Algo que vio y que debería haber interpretado correctamente. Se volvió hacia Ia.

—Podría haber acabado viviendo con nosotros, pero vivió feliz con la otra familia. —Gösta se dio cuenta de que los demás no sabían a qué se refería.

—Yo... No tenía fuerzas para pensar en quién se haría cargo de ella. No tenía fuerzas para pensar en ella para nada. Era lo más fácil —dijo Ia.

—Era una niña preciosa. Mi mujer y yo nos encaprichamos de ella aquel verano, y claro que nos habría gustado que se quedara, pero habíamos perdido un hijo y nos habíamos hecho a la idea de no tener ninguno... —dijo mirando a lo lejos.

—Sí, era un encanto de niña. Un verdadero ángel —dijo Ia sonriendo con tristeza. Ebba los miraba desconcertada—. ¿Cómo te diste cuenta? —preguntó Ia.

—Por la lista de la compra. Había una lista manuscrita entre vuestras cosas. Y luego, tú me diste un papel con la dirección. Y era la misma letra.

—¿Alguno de vosotros tendría la bondad de explicarme de qué va esto? —dijo Patrik—. Por ejemplo, tú, Gösta.

—La idea de que usara el pasaporte de Annelie en lugar del mío fue de Leon —dijo Ia—. Cierto que nos llevábamos unos años, pero nos parecíamos lo suficiente como para que funcionara.

—No comprendo —dijo Ebba.

Gösta la miró a los ojos y recordó a la niña que tan alegremente correteaba por su jardín cuando Maj-Britt vivía y que tan profunda huella dejó en sus corazones. Ya era hora de que conociera las respuestas que tanto tiempo llevaba esperando.

—Ebba, esta es tu madre. Es Inez.

Se hizo un silencio sepulcral. Solo se oían los robles y el viento entre las hojas.

—Pero... Pero... —balbució Ebba. Señaló al sótano—. ¿Quién es la del pelo largo?

—Annelie —dijo Ia—. Las dos teníamos el pelo largo y castaño —dijo acariciándole la mejilla con ternura.

¿Por qué no has intentado nunca...? —Era tal la marea de sentimientos encontrados que a Ebba le temblaba la voz.

—No tengo una respuesta sencilla que ofrecerte. Hay muchas cosas que no sé explicarte, porque yo misma no las comprendo. Tenía que evitar pensar en ti. De lo contrario, no habría podido abandonarte.

—Bueno, Leon no ha tenido tiempo de contarnos lo que pasó —dijo Patrik—. Creo que es el momento.

—Sí, yo también lo creo —dijo Inez.

En alta mar se divisaban los barcos rumbo a Valö. Gösta se alegraba de que otros vinieran a hacerse cargo de todo, pero antes se enteraría por fin de lo que ocurrió aquel sábado de Pascua de 1974. Ebba le dio una mano a Gösta. La otra se la dio a Inez.

Valö, sábado de Pascua de 1974

—¿Qué es esto? —Rune apareció pálido en el umbral de la puerta del comedor. A su espalda se atisbaba a Leon y a los otros chicos: John, Percy, Sebastian y Josef.

Inez los miró extrañada. Nunca antes había visto a Rune perder la compostura, pero ahora estaba tan enfadado que le temblaba todo el cuerpo. Fue y se plantó delante de Claes, con un montón de fotografías y un revólver en la mano.

—¿Qué es esto? —repitió.

Claes callaba impasible. Los chicos entraron en la habitación con paso tímido e Inez buscó la mirada de Leon, pero él la evitó y se dedicó a observar a Claes y a Rune. Estuvieron en silencio un buen rato. El aire se había vuelto denso y difícil de respirar, e Inez se agarró fuerte al borde de la mesa. Algo terrible estaba a punto de ocurrir ante su vista, y fuera lo que fuera, terminaría mal.

A los labios de Claes fue aflorando lentamente una sonrisa. Antes de que su padre pudiera reaccionar, le quitó el revólver y le disparó en la cabeza. Rune cayó inerte al suelo. La sangre manaba sin cesar del agujero con restos negros de pólvora que tenía en plena frente, e Inez dejó escapar un grito. Le sonó como si fuera de otra persona, pero sabía que era el eco de su voz el que resonaba entre las paredes, mezclado con el de Annelie como en un dúo macabro.

—¡Cierra el pico! —gritó Claes, apuntando todavía con el revólver a Rune—. ¡Que cierres el pico!

Pero Inez no podía contener los gritos provocados por el pánico, mientras miraba un tanto indiferente el cadáver de su marido. Ebba lloraba desconsolada.

—Te digo que cierres el pico. —Claes efectuó otro disparo contra su padre, cuyo cadáver se estremeció tendido en el suelo. La camisa blanca fue cubriéndose de rojo.

El shock la hizo enmudecer. También Annelie calló de repente, pero Ebba seguía llorando.

Claes se pasó una mano por la cara, mientras sujetaba en alto el revólver con la otra.

Parecía un niño jugando a indios y vaqueros, pensó Inez, pero desechó enseguida aquella idea tan absurda. No había nada infantil en la expresión de Claes. Ni siquiera había nada humano. Tenía la mirada muerta y seguía exhibiendo aquella sonrisa suya tan desagradable, como si se le hubiera paralizado la cara. Respiraba a suspiros rápidos y entrecortados.

Con un movimiento brusco, se volvió hacia Ebba y le apuntó. La pequeña seguía llorando a lágrima viva y con la cara roja, e Inez vio, como petrificada, que Claes cerraba el dedo alrededor del gatillo, y Johan se abalanzó hacia él, pero se detuvo de repente. Bajó la vista sorprendido y vio que una mancha roja empezaba a extendérsele por la camisa. Luego se desplomó en el suelo.

De nuevo se hizo el silencio en la habitación. Una calma antinatural. Incluso Ebba enmudeció repentinamente y se metió el dedo en la boca. El cuerpo sin vida de Johan yacía boca arriba a los pies de la trona. El flequillo le caía en los ojos azules, que miraban ciegos al techo. Inez ahogó un sollozo.

Claes retrocedió y se puso de espaldas a la pared.

—Haced lo que os digo. Y no digáis ni una palabra. Eso, sobre todo. —Hablaba con una serenidad aterradora, como si disfrutara de la situación.

Con el rabillo del ojo, Inez creyó advertir un movimiento junto a la puerta, y al parecer, Claes también. Como un rayo, apuntó a los chicos con el revólver.

—De aquí no se va nadie. Que nadie salga.

—¿Qué vas a hacer con nosotros? —preguntó Leon.

—No lo sé, todavía no lo he decidido.

—Mi padre tiene mucho dinero —dijo Percy—. Y puede pagarte si nos dejas ir.

Claes soltó una risotada hueca.

—No es el dinero lo que me interesa, deberías saberlo ya.

—Prometemos no decir nada —aseguró John con voz suplicante, pero era como hablarle a la pared.

Inez sabía que no tenía sentido. Ella estaba en lo cierto en lo que a Claes se refería. Algo le pasaba. Fuera lo que fuera lo que les hubiera hecho a los chicos, quería ocultarlo a cualquier precio. Ya había matado a su padre y a su hermano, y no dejaría que nadie saliera vivo de allí. Todos iban a morir.

Leon la buscó con la mirada e Inez comprendió que él había pensado lo mismo. Jamás podrían pasar juntos más que los ratos perdidos que les habían robado a sus días. Habían hecho planes y habían hablado tanto de cómo sería su vida juntos... Si esperaban, si tenían paciencia, disfrutarían de un futuro común. Ahora jamás lo conseguirían.

—Ya sabía yo que la puta esta se traía algo entre manos —dijo Claes de repente—. Esa mirada solo puede significar una cosa. ¿Cuánto hace que te follas a mi madrastra, Leon?

Inez guardó silencio. Annelie la miró a ella y luego a Leon.

—¿Es verdad eso? —Por un instante, pareció olvidar el miedo—. ¡Cerda asquerosa! ¿No había nadie de tu ed...?

La palabra murió inacabada. Claes levantó el revólver tranquilamente y le pegó un tiro en la sien.

—Ya os he dicho que cerréis la boca, ¿no? —dijo con voz monótona.

Inez notaba el ardor de las lágrimas en los párpados. ¿Cuánto les quedaba de vida? Se veían impotentes y lo único que podían hacer era esperar a que los sacrificaran uno a uno.

Ebba empezó a llorar otra vez y Claes se sobresaltó. La niña chillaba cada vez más e Inez sintió que se le tensaba todo el cuerpo. Debería levantarse, pero era incapaz de moverse.

—Haz que se calle. —Claes la miraba—. ¡Te digo que calles a esa bastarda!

Inez abrió la boca para decir algo, pero le fue imposible, y Claes se encogió de hombros.

—Bueno, pues en ese caso, la callaré yo —dijo apuntando a Ebba con el arma.

En el momento en que iba a disparar, Inez se abalanzó para proteger a Ebba con su cuerpo.

Pero no sucedió nada. Claes apretó el gatillo otra vez. No se producía ningún disparo y miró el revólver con asombro. En ese instante, Leon se precipitó sobre él.

Inez sacó a Ebba de la trona y la abrazó contra el pecho, con el corazón latiéndole desaforadamente. Claes estaba en el suelo, atrapado bajo el peso de Leon, pero se retorcía luchando por liberarse.

—¡Ayudadme! —gritó Leon, y lanzó un aullido al notar un puñetazo en el estómago.

Parecía que iba a perder la ventaja sobre Claes, que se debatía moviéndose de un lado a otro. Pero John le dio una patada certera en la cabeza, seguida de un crujido muy desagradable. Claes se quedó sin fuerzas y cesó la lucha.

Leon rodó para apartarse de él rápidamente y se quedó a cuatro patas en el suelo. Percy atinó a darle a Claes una patada en el estómago al tiempo que John seguía atizándole en la cabeza. Al principio, Josef se quedó mirando, pero luego se acercó a la mesa resuelto, pasó por encima del cadáver de Rune y echó mano del cuchillo con el que habían cortado el cordero. Se arrodilló junto a Claes y miró a John y a Percy que, jadeantes por el esfuerzo, dejaron de darle patadas. Claes emitió un gorgoteo y se le pusieron los ojos en blanco. Muy despacio, casi con fruición, Josef levantó el cuchillo y aplicó el filo en la garganta de Claes. Luego, practicó un corte limpio, y la sangre empezó a salir a borbotones.

Ebba seguía llorando e Inez la abrazó con más fuerza. El instinto de protegerla era más fuerte que nada de lo que había sentido hasta entonces. Le temblaba todo el cuerpo, pero Ebba se acurrucó en su regazo como un animalillo. Se le agarraba al cuello con tal fuerza que a Inez le costaba respirar. En el suelo, delante de ellas, estaban Percy, Josef y John, el primero sentado, los otros dos en cuclillas junto al cadáver destrozado de Claes, como una manada de leones alrededor de su presa.

Leon se acercó a ellas. Respiró hondo un par de veces.

—Tenemos que limpiar esto —dijo en voz baja—. No te preocupes, yo me encargo de todo. —Y le dio un beso en la mejilla.

Como a lo lejos, lo oyó dar órdenes a los otros chicos. Le llegaban palabras sueltas: de lo que había hecho Claes, de las pruebas que tenían que eliminar, de la vergüenza..., pero sonaban como si vinieran de un lugar remoto. Con los ojos cerrados, Inez siguió meciendo a Ebba. Pronto habría pasado todo. Leon se encargaría.

Sentían un vacío extraño. Era lunes por la tarde y todo lo ocurrido empezaba a sedimentar despacio. Erica había estado dándole vueltas y más vueltas a lo que le había sucedido a Anna, y a lo que podía haberle sucedido. Patrik se había pasado todo el día anterior cuidándola como si fuera una niña pequeña. Al principio le pareció cariñoso, pero ya empezaba a estar un poco harta.

—¿Quieres una manta? —preguntó Patrik, y le dio un beso en la frente.

—Estamos a unos treinta grados aquí dentro, así que no, gracias, no quiero manta. Y te lo juro: si vuelves a darme un beso en la frente, declararé un mes de huelga de sexo.

—Perdón, no puede uno ni cuidar de su mujer. —Patrik se fue a la cocina.

—¿Has visto el periódico de hoy? —le preguntó Erica en voz alta, pero solo recibió un murmullo por respuesta. Se levantó del sofá y fue tras él. Aunque ya eran más de las ocho de la tarde, el calor no parecía remitir y le apetecía un helado.

—Sí, por desgracia. Lo que más me gustó fue la primera página, con Mellberg posando al lado de John junto al coche de policía, bajo el titular «El héroe de Fjällbacka».

Erica soltó una risita. Abrió el congelador y sacó un paquete de helado de chocolate.

—¿Quieres un poco?

—Sí, gracias. —Patrik se sentó a la mesa de la cocina. Los niños se habían dormido y reinaba la calma en toda la casa. Más valía disfrutar la situación mientras durase.

—Estará contento, supongo.

—Contento de más, te lo aseguro. Y la Policía de Gotemburgo está molesta porque les ha hurtado la gloria. Pero lo principal es que se descubrió el plan y que pudieron detener el atentado. Amigos de Suecia tardará un tiempo en reponerse de esto.

Erica no terminaba de creérselo. Miró a Patrik muy seria.

—Cuéntame, ¿qué pasó en casa de Leon e Inez?

Patrik dejó escapar un suspiro.

—No sé qué decirte. Desde luego, respondieron a mis preguntas, pero no sé si los entiendo.

—¿A qué te refieres?

—Leon me contó cómo pasó todo, pero no sé si entendí su modo de razonar. Empezó sospechando que en el internado pasaban cosas raras. Y al final, Josef se vino abajo y reveló lo que Claes les había hecho a él, a John y a Percy.

—¿Fue idea de Leon contárselo todo a Rune?

Patrik asintió.

—Los demás se mostraban reacios, pero él los convenció. Me dio la impresión de que más de una vez se había planteado lo que habría ocurrido y cómo habría sido la vida si no los hubiera animado a hablar.

—Era lo único que podía hacer. ¿Cómo iba a saber él lo loco que estaba Claes? Era imposible prever lo que iba a ocurrir. —Erica rebañó el último resto de helado del cuenco sin apartar la vista de Patrik. A ella le habría gustado acompañarlo cuando fue a casa de Leon e Inez, pero él dijo que por ahí no pasaba, así que tenía que contentarse con su relato.

—Eso fue lo que yo le dije.

—¿Y luego? ¿Cómo es que no llamaron a la Policía inmediatamente?

—Tenían miedo de que no los creyeran. Y, en mi opinión, la conmoción que sufrieron también tuvo algo que ver, no estaban en condiciones de pensar con claridad. La idea de que lo que les había ocurrido se descubriera fue más que suficiente para que aceptaran el plan de Leon.

—Ya, pero Leon no tenía nada que perder dejando que la Policía se encargara de todo, ¿no? Él no había sido víctima de Claes, y tampoco participó a la hora de matarlo.

—Se arriesgaba a perder a Inez —dijo Patrik. Dejó la cuchara sin apenas haber probado el helado—. Si se hubiera descubierto todo, el escándalo habría sido tal que, seguramente, no habrían podido estar juntos.

—¿Y Ebba, qué? ¿Cómo pudieron dejarla allí?

—Pues parece que eso es lo que más le ha remordido la conciencia a lo largo de los años. No lo dijo claramente, pero yo creo que nunca dejó de reprocharse el haber convencido a Inez para que dejara a Ebba sola en la casa. Y, la verdad, me abstuve de preguntarle. Creo que los dos han sufrido ya más que de sobra las consecuencias de aquella decisión.

—Lo que yo no me explico es cómo pudo convencerla.

—Estaban locamente enamorados. Mantenían una relación apasionada y vivían aterrados por la sola idea de que Rune los descubriera. Las historias de amores prohibidos son muy fuertes. Y lo más seguro es que Aron, el padre de Leon, tuviera parte de culpa. Leon lo llamó para pedirle ayuda y Aron le dejó muy claro que Inez sola podría salir del país, pero con una niña tan pequeña, no lo conseguiría nunca.

—Sí, claro, comprendo que Leon lo aceptara. ¿Pero Inez? Por archienamorada que estuviera, ¿cómo pudo abandonar a su hija? —A Erica casi se le quebraba la voz de

484

pensar en marcharse y dejar a alguno de sus hijos sin la menor esperanza de volver a verlo en la vida.

—Supongo que ella tampoco estaba en condiciones de pensar con claridad. Seguramente, Leon la convencería de que era lo mejor para Ebba. Me imagino que la asustaría diciéndole que irían a parar a la cárcel si se quedaban, y entonces perdería a Ebba de todos modos...

Erica negaba en silencio con la cabeza. Nada de eso importaba. Ella jamás comprendería cómo un padre o una madre podía abandonar a su hijo voluntariamente.

—En fin, el caso es que escondieron los cadáveres y acordaron contar todos la misma historia de la pesca, ¿no?

—Según Leon, su padre propuso que arrojaran los cadáveres al mar, pero a él le preocupaba que emergieran a la superficie y se le ocurrió esconderlos en el búnker. Así que cargaron con ellos entre todos y los metieron en los cofres, junto con las fotografías. Y pensaron que lo mejor que podían hacer con el revólver era dejarlo donde creían que lo había encontrado Claes. Luego cerraron y contaron con que el lugar estaba lo bastante escondido como para que la Policía lo encontrara.

—Como así fue —dijo Erica.

—Sí, esa parte del plan funcionó de maravilla, solo que Sebastian se las arregló para quedarse con la llave. Y al parecer, la ha usado como un hacha sobre sus cabezas desde entonces.

—Pero ¿por qué no encontró la Policía ningún rastro de lo ocurrido cuando examinaron la casa?

—Los chicos fregaron el suelo a fondo y supongo que lograron eliminar toda la sangre que se pudiera detectar a simple vista. Y piensa que corría el año 1974 y que quien se encargó de la investigación pericial fue la Policía provincial. No eran el CSI, precisamente. Luego se cambiaron de ropa y salieron en el pesquero tras efectuar una llamada anónima a la Policía.

—¿Y dónde se metió Inez?

—Se escondió. Eso también fue idea de Aron, según Leon. La ocultaron en una casa de veraneo vacía de alguna isla cercana, donde podría quedarse hasta que se calmaran las cosas y Leon y ella pudieran dejar el país.

—O sea que mientras la Policía buscaba a la familia, ella estaba escondida en una casa de por aquí —dijo Erica incrédula.

—Pues sí, seguramente, cuando llegó el verano, los dueños presentarían en comisaría una denuncia de robo, pero nadie lo relacionó con la desaparición de Valö.

Erica asintió, con la satisfacción de ver que las piezas iban encajando en el rompecabezas. Después de todas las horas que había dedicado a investigar lo que le había ocurrido a la familia Elvander, por fin lo sabía casi todo.

—Me pregunto cómo les irá a Inez y a Ebba —dijo, y alargó el brazo en busca del cuenco de Patrik para comerse su helado, que se estaba derritiendo rápidamente—. No he querido molestar a Ebba, pero supongo que se habrá ido con sus padres a Gotemburgo.

—Ah, ¿pero no te has enterado? —dijo y, por primera vez desde que empezó a hablar del caso, se le iluminó la cara.

—No, ¿el qué? —Erica lo miró llena de curiosidad.

—Se ha ido a casa de Gösta unos días, para descansar. Inez iba a cenar con ellos esta noche, según Gösta, así que doy por hecho que quieren conocerse y estrechar lazos.

—Me parece muy bien. Creo que Ebba lo necesita. Todo lo de Mårten debe de tenerla conmocionada. La sola idea de haber vivido con una persona a la que quieres y en la que confías, y que luego resulte ser capaz de algo así... —dijo meneando la cabeza—. Pero Gösta estará contento de tenerla allí, me figuro. Imagínate cómo...

—Sí, lo sé. Y Gösta también lo habrá pensado más veces de lo que podamos calcular. Pero Ebba tuvo una buena vida de todos modos, y de alguna forma, creo que eso es lo más importante para él. —Patrik cambió de tema bruscamente, como si le resultara doloroso pensar en lo que Gösta se había perdido—. ¿Cómo se encuentra Anna?

Erica frunció el ceño con preocupación.

—Todavía no he hablado con ella. Dan volvió derecho a casa en cuanto recibió mi mensaje, y sé que ella pensaba contárselo todo.

—¿Todo?

Erica asintió.

—¿Y cómo crees que reaccionará Dan?

—No lo sé. —Erica tomó un par de cucharadas de helado y removió lo que quedaba hasta convertirlo en un líquido pastoso. Era una costumbre que tenía desde niña. Y Anna hacía lo mismo—. Espero que sepan solucionarlo.

—Ya... —dijo Patrik, pero Erica se dio cuenta de que no las tenía todas consigo, así que ahora le tocó a ella cambiar de tema.

Se resistía a reconocerlo, ni ante sí misma ni ante Patrik, pero llevaba unos días tan preocupada por Anna que apenas había podido pensar en otra cosa. En cualquier caso, había resistido la tentación de llamarla por teléfono. Dan y ella necesitaban paz y tranquilidad si querían aclarar las cosas. Ya la llamaría Anna llegado el momento.

—¿No habrá consecuencias legales para Leon y los demás?

—No, el delito ya ha prescrito. Ya veremos lo que pasa con Percy.

—Espero que Martin no sufra secuelas psíquicas por haber disparado a Mårten. Sería el colmo, con todo lo que ya tiene —dijo Erica—. Y me siento culpable, porque en realidad fui yo quien lo metió en todo el lío.

—No debes pensar así. Está tan bien como le permiten sus circunstancias, y parece que quiere volver al trabajo tan pronto como sea posible. El tratamiento de Pia es largo, y tanto sus padres como los de Martin les echan una mano, así que ha hablado con ella y volverá con media jornada, para empezar.

—Me parece sensato —dijo Erica, aunque seguía sintiéndose culpable.

Patrik la miró con curiosidad. Se inclinó, le acarició la mejilla, y ella le devolvió la mirada. Como por un acuerdo tácito, no habían mencionado que había estado a punto de perderla otra vez. La tenía allí delante. Y se querían. Eso era lo único que importaba.

Estocolmo, 1991

¿Dos Carin Göring?

Hoy se han analizado en la Dirección General de Medicina Legal de Linköping los restos mortales hallados hace un tiempo en un cofre de cinc en las proximidades de Karinhall, la hacienda que fue en su día propiedad de Hermann Göring. Se suponía que eran los restos mortales de Carin Göring, cuyo apellido de soltera era Fock, fallecida en 1931. Lo extraño del caso es que un guarda forestal encontró ya en 1951 los restos dispersos de un esqueleto que se supone que pertenecía a Carin Göring. Dichos restos se incineraron en el más absoluto secreto, y un pastor sueco los trasladó a Suecia para conservarlos en una urna.

Era la tercera vez que Carin Göring recibía sepultura. La primera fue en el mausoleo familiar de los Fock, en el cementerio de Lovö; la segunda, en Karinhall; y finalmente, otra vez en Suecia.

Ahora se escribe otro capítulo de esta historia extraordinaria, porque los análisis de ADN revelan que el último hallazgo corresponde a Carin Göring. La incógnita que queda por despejar es: ¿De quién son los restos mortales que hay sepultados en el cementerio de Lovö, a las afueras de Estocolmo?

Epílogo

Me pongo a escribir estas líneas una semana después del atentado de Oslo y los tiroteos en la isla de Utøya. Como todo el mundo, he visto las noticias con un nudo en el estómago, tratando de comprender en vano cómo puede nadie ser capaz de tamaña maldad. Las imágenes de la desolación en Oslo me hicieron comprender que los sucesos narrados en este libro rozan esa maldad. Sin embargo, y por desgracia, es cierto que la realidad supera la ficción. Es pura casualidad que mi relato sobre las personas que se escudan en la política para justificar sus malas acciones surgió antes de los sucesos acontecidos en Noruega, pero quizá sean un indicador del tipo de sociedad en la que vivimos.

No obstante, existen en *La mirada de los ángeles* otros aspectos que, de forma consciente, se basan en sucesos reales. Quisiera darle las gracias a Lasse Lundberg, que durante su visita guiada a Fjällbacka me activó la imaginación con los relatos sobre el granito de Bohuslän, que Albert Speer habría elegido para Germania, y la visita que Hermann Göring habría hecho a una de las islas del archipiélago. Me he tomado la libertad de tejer una historia partiendo de ellos.

Para escribir esta historia tuve que investigar mucho sobre Hermann Göring. El libro de Björn Fontander *Carin*

Göring escribe a casa ha constituido una fuente formidable, sobre todo en lo relativo al periodo que Hermann Göring pasó en Suecia. En ese libro encontré, además, un auténtico misterio, que pude intercalar en el argumento de esa forma mágica que a veces nos es dada a los escritores. Y siempre es igual de emocionante. Gracias, Björn, por tanta inspiración como encontré en tu libro.

No existe ninguna partera de ángeles célebre en Fjällbacka, pero naturalmente, existen similitudes entre la Helga Svensson de la novela y Hilda Nilsson, de Helsingborg, que se colgó en su celda en 1917, antes de que se ejecutara la sentencia de muerte que pesaba sobre ella.

La colonia infantil de Valö existe en la realidad y ocupa el lugar que le corresponde en la historia de Fjällbacka. Yo misma pasé allí durante los veranos muchas semanas de campamento, y no creo que exista un solo habitante de Fjällbacka que no haya tenido algún tipo de relación con el gran edificio de color blanco. En la actualidad es un albergue con restaurante, y merece una visita. Me he tomado la libertad de cambiar fechas y propietarios, para adaptarlos a mi relato. Para los demás detalles sobre Fjällbacka he contado, como siempre, con la ayuda impagable de Anders Torevi.

El periodista Niklas Svensson ha contribuido con sus conocimientos y su generosidad a las partes del libro que tratan de política. Muchísimas gracias por tu ayuda.

En resumen, tal y como hago siempre, he mezclado detalles de la historia real con los que son fruto de mi imaginación. Y todos los fallos que puedan detectarse son solo míos. Por último, he situado el tiempo del relato en una época en que el periodo de prescripción para el delito de asesinato era de veinticinco años. Dicha ley se modificó después.

Hay otras muchas personas a las que quiero dar las gracias. A mis editoras, Karin Linge Nordh y Matilda Lund, que han realizado con el manuscrito un trabajo colosal.

Mi marido, Martin Melin, ha sido un apoyo fundamental en mi trabajo, como siempre. Dado que, en esta ocasión, él trabajaba en un libro propio, hemos podido animarnos mutuamente durante las muchas horas que hemos pasado escribiendo. Naturalmente, es una ventaja increíble contar con un policía en casa al que preguntarle sobre todos los aspectos policiales habidos y por haber.

Mis hijos, Wille, Meja y Charlie, que proporcionan energía para derrochar en los libros. Y toda la red humana que los rodea: la abuela Gunnel Läckberg y Rolf «Sassar» Svensson, Sandra Wirström, el padre de mis dos hijos mayores, Mikael Eriksson, así como Christina Melin, cuya ayuda ha sido extraordinaria cuando se complicaban las cosas. Gracias a todos.

Nordin Agency —Joakim Hansson y todo el equipo—, ya sabéis lo mucho que agradezco el trabajo que hacéis por mí en Suecia y en el mundo entero. Christina Saliba y Anna Österholm, de Weber Shandwick, han realizado un trabajo ímprobo con todo lo relativo al éxito de la obra de un escritor. Hacéis una tarea increíble.

Los colegas de profesión. A ninguno nombro, así no olvido a ninguno. No tengo tiempo de veros tanto como quisiera, pero cuando nos vemos, acabo con el tanque lleno de energía positiva y de ganas de escribir. Y sé que estáis ahí. En mi corazón ocupa un lugar destacado Denise Rudberg, amiga, colega y seguidora desde hace muchos años. ¿Qué haría yo sin ti?

Tampoco podría escribir estos libros si los habitantes de Fjällbacka, tan de buen grado y con tanta alegría, no me hubieran permitido usar su pequeño pueblo como escenario de todos los horrores que se me ocurren. A veces me preocupa pensar en los líos que puedo acarrear, pero parece que aceptáis incluso que os invadan los equipos de televisión. Este otoño, volverá a ocurrir, y espero que os sintáis orgullosos del resultado cuando Fjällbacka tenga de nuevo la oportunidad de lucir ese entorno natural único también fuera de las fronteras de Suecia.

Y finalmente, quiero dar las gracias a mis lectores. Siempre esperáis con paciencia el próximo libro. Me apoyáis en las malas rachas. Me dais una palmadita en la espalda cuando lo necesito y, a estas alturas, lleváis ya muchos años a mi lado. Sabed que os aprecio. Una barbaridad. Gracias.

Camilla Läckberg

Camilla Läckberg

El domador de leones

En ocasiones, el mal puede ser aún más
poderoso que el amor.

Una tragedia familiar no resuelta reabre
varios casos en el presente.

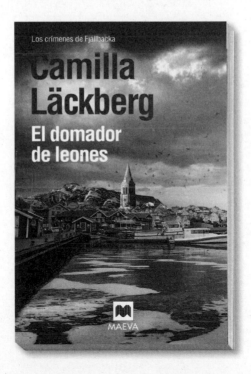

El domador de leones

El caballo sintió el olor a miedo incluso antes de que la niña saliera del bosque. El jinete lo jaleaba, clavándole las espuelas en los costados, pero no habría sido necesario. Iban tan compenetrados que el animal notaba su voluntad de avanzar.

El repiqueteo sordo y rítmico de las pezuñas rompía el silencio. Durante la noche había caído una fina capa de nieve, así que el caballo iba dejando pisadas nuevas y el polvo de nieve le revoloteaba alrededor de las patas.

La niña no iba corriendo. Caminaba trastabillando, siguiendo una línea irregular, con los brazos muy pegados al cuerpo.

El jinete lanzó un grito. Un grito estruendoso que lo hizo comprender que algo fallaba. La niña no respondió, sino que siguió avanzando a trompicones.

Se estaban acercando a ella y el caballo aceleró más aún. Aquel olor ácido e intenso a miedo se mezclaba con otra cosa, con algo indefinible y tan aterrador que agachó las orejas. Quería detenerse, dar la vuelta y volver al galope a la seguridad del establo. Aquel no era un lugar seguro.

El camino se interponía entre ellos. Estaba desierto, y la nieve recién caída se arremolinaba sobre el asfalto como una bruma en suspenso.

La niña continuaba avanzando hacia ellos. Iba descalza y tenía los brazos desnudos, como las piernas, en marcado contraste con la blancura que los rodeaba; los abetos cubiertos de nieve eran como un decorado blando a sus espaldas. Ahora estaban cerca el uno del otro, cada uno a un lado del camino, y él oyó otra vez el grito del jinete. El sonido de su voz le era muy familiar y, al mismo tiempo y en cierto modo, le resultaba extraño.

De repente, la niña se detuvo. Se quedó en medio del camino, con la nieve revoloteándole alrededor de los pies. Tenía algo raro en los ojos. Parecían dos agujeros negros en la cara.

El coche apareció como de la nada. El ruido de los frenos cortó el silencio, y luego resonó el golpe de un cuerpo que aterrizaba en el suelo. El jinete tiró de las riendas con tal vigor que el freno se le clavó en la boca. Él obedeció y se paró en seco. Ella era él y él, ella. Así lo había aprendido.

En el suelo, la niña yacía inmóvil. Con aquellos ojos tan extraños mirando al cielo.

Erica Falck se paró delante de la institución penitenciaria y por primera vez la inspeccionó con más detenimiento. En sus anteriores visitas estaba tan obsesionada pensando en quien la esperaba que no se había fijado en el edificio ni en el entorno. Pero necesitaba nutrirse de todas las impresiones para poder escribir el libro sobre Laila Kowalska, la mujer que, muchos años atrás, mató brutalmente a su marido Vladek.

Se preguntaba cómo daría cuenta de la atmósfera que reinaba en aquel edificio que recordaba a un búnker, cómo conseguiría que los lectores sintieran el hermetismo y la desesperanza. El centro penitenciario estaba a media hora en coche de Fjällbacka, apartado y solitario, rodeado de una cerca con alambre de espino, pero sin esas torres de vigilancia con agentes armados que siempre aparecían en las películas norteamericanas. Estaba construido atendiendo exclusivamente a la funcionalidad, y el objetivo era mantener a la gente encerrada en su interior.

Desde fuera, parecía totalmente vacío, pero Erica sabía que era más bien al contrario. El afán de recortes y unos presupuestos mermados hacían que se hacinaran tantos internos como fuera posible en el mismo espacio. Ningún político municipal tenía especial interés en invertir dinero en un nuevo centro y arriesgarse a perder votos. Así que todos se conformaban con lo que había.

El frío empezó a calarle la ropa y se encaminó a la puerta de acceso. Cuando entró en la recepción, el vigilante echó una ojeada apática al carné que le enseñaba, y asintió sin levantar la vista. Luego se puso de pie y Erica lo siguió por el pasillo sin dejar de pensar en la mañana de perros que había tenido. Igual que todas las mañanas últimamente, la verdad. Decir que los gemelos estaban en la edad rebelde era quedarse corto. Por más que quisiera, no era capaz de recordar que Maja hubiera sido así de díscola cuando tenía dos años, ni a ninguna otra edad, por cierto. Noel era el peor. Siempre había sido el más inquieto de los dos, y Anton se le sumaba de mil amores. Si Noel lloraba, él lloraba también. Era un milagro que Patrik y ella conservaran los tímpanos intactos, teniendo en cuenta el nivel de decibelios que imperaba en casa.

Por no hablar del tormento que era vestirlos con la ropa de invierno. Se olisqueó discretamente debajo del brazo. Ya empezaba a oler a sudor. Cuando por fin terminó la lucha de ponerles todas las prendas de abrigo para que se fueran con Maja a la guardería, no le quedó tiempo para cambiarse. En fin, tampoco es que fuera a una fiesta, precisamente.

Se oyó un tintineo de llaves cuando el vigilante abrió la puerta y la invitó a pasar a la sala de visitas. En cierto modo, le resultaba un tanto anticuado que aún tuvieran cerraduras con llaves. Claro que, lógicamente, era más fácil averiguar el código de una puerta electrónica que robar una llave, así que quizá no fuera tan extraño que las costumbres de antaño se impusieran allí a las modernidades.

Laila estaba sentada ante la única mesa de la habitación, con la cara vuelta hacia la ventana, a través de la cual entraba el sol invernal que le encendía una aureola alrededor de la cabeza rubia. Las rejas que protegían las ventanas proyectaban cuadraditos de luz en el suelo, donde las motas de polvo se arremolinaban desvelando que no habían limpiado tan a fondo como deberían.

—Hola —dijo Erica antes de sentarse.

En realidad, se preguntaba por qué habría consentido Laila en volver a verla. Era la tercera vez que quedaban, y Erica no había avanzado nada. Al principio, Laila se negaba en redondo a recibirla. Daba igual cuántas cartas de súplica le enviara o cuántas veces la llamara. Pero, unos meses atrás, había aceptado de pronto. Seguramente agradecía que interrumpiera la monotonía de la vida en el psiquiátrico con sus visitas; y mientras Laila accediera, ella pensaba seguir acudiendo. Hacía mucho que deseaba contar una buena historia, y no podría hacerlo sin la ayuda de Laila.

—Hola, Erica. —Laila le clavó aquella mirada suya tan clara y tan extraña. La primera vez que Erica la vio pensó en los perros de tiro. Después de aquella visita, fue a mirar el nombre de la raza. Husky. Laila tenía los ojos de un husky siberiano.

—¿Por qué accedes a verme si no quieres hablar del caso? —preguntó Erica, directa al grano. Y enseguida lamentó haber usado un término tan formal. Para Laila, lo sucedido no era un caso. Era una tragedia, algo que aún la atormentaba.

La mujer se encogió de hombros.

—Las tuyas son las únicas visitas que recibo —respondió, confirmando así las suposiciones de Erica.

Sacó del bolso la carpeta con los artículos, las fotos y las notas que había tomado.

—Todavía no me he dado por vencida —dijo, y dio unos toquecitos en el archivador con los nudillos.

—Bueno, supongo que es el precio que tengo que pagar por un rato de compañía —dijo Laila, con un atisbo de sentido del humor; el mismo que Erica había advertido en alguna otra ocasión. Aquel amago de sonrisa le cambiaba la cara por completo. Erica había visto fotos suyas de la época anterior al suceso. No era guapa, aunque sí mona, de un modo diferente, interesante. Entonces tenía el pelo rubio y largo y, en la mayoría de las fotos lo llevaba suelto y liso. Ahora lo tenía muy corto, sin ningún peinado digno de tal nombre, simplemente rapado, señal de que hacía mucho que no se preocupaba por su aspecto. Claro que, ¿por qué iba a hacerlo? Llevaba años alejada del mundo real. ¿Para quién iba a ponerse guapa allí dentro? ¿Para esas visitas que nunca recibía? ¿Para los demás internos? ¿Para los vigilantes?

—Hoy pareces cansada. —Laila examinaba a Erica a conciencia—. ¿Ha sido una mañana dura?

—La mañana y la noche, igual que anoche y, seguramente, igual que esta tarde. Pero supongo que así son las cosas cuando hay niños pequeños... —Erica dejó escapar un largo suspiro y trató de relajarse. Ella misma notaba la tensión después del estrés de aquella mañana.

—Peter se portaba siempre tan bien... —dijo Laila, y se le empañaron los ojos—. No se puso caprichoso ni un solo día.

—Era muy callado, según me dijiste la última vez.

—Sí, al principio creíamos que le pasaba algo malo. Hasta que cumplió los tres años no dijo ni mu. Yo quería llevarlo a un especialista, pero Vladek se negaba. —Resopló, y cruzó sin darse cuenta las manos, que antes tenía relajadas encima de la mesa.

—¿Qué pasó cuando cumplió los tres años?

—Pues, un día, empezó a hablar sin más. Frases enteras. Con mucho vocabulario. Ceceaba un poco, eso sí, pero, por lo demás, era como si hubiera hablado desde siempre. Como si los años de silencio no hubieran existido.

—¿Y nunca supisteis por qué?

—No. ¿Quién iba a explicarnos el porqué? Vladek no quiso llevarlo a ningún especialista. Siempre decía que no debíamos mezclar a ningún desconocido en los problemas de la familia.

—¿Y tú? ¿Por qué crees que Peter estuvo tanto tiempo sin hablar?

Laila giró la cara hacia la ventana y la luz volvió a dibujarle un aura alrededor del pelo rubio. Como un mapa de todo el sufrimiento que había tenido que padecer.

—Supongo que se dio cuenta de que lo mejor era pasar tan inadvertido como fuera posible. No hacerse notar en absoluto. Peter era un niño muy listo.

—¿Y Louise? ¿Ella sí empezó a hablar pronto? —Erica contenía la respiración. Hasta aquel momento, Laila se había hecho la sorda ante las preguntas sobre su hija.

Y así fue también en esta ocasión.

—A Peter le encantaba ordenar cosas. Le gustaba que hubiera orden y concierto. Cuando, de muy niño, jugaba con los juegos de construcción, levantaba torres perfectas, y se ponía tan triste cuando... —Laila calló de repente.

Erica la vio apretar los dientes y trató de animarla con la fuerza del pensamiento a que siguiera hablando, a que liberase lo que con tanto celo guardaba dentro. Pero pasó la oportunidad. Exactamente igual que en las visitas anteriores. A veces le daba la impresión de que Laila se encontraba al borde de un precipicio y, en realidad, deseaba arrojarse al fondo. Como si quisiera dejarse caer pero se lo impidiera alguna fuerza superior que la obligara a retirarse otra vez a la seguridad de las sombras.

No era casualidad que Erica pensara en sombras, precisamente. Desde la primera vez que se vieron, tuvo la sensación de que Laila habitaba un mundo de sombras. Una vida que discurría paralela a la que había tenido, a la vida que se esfumó en una oscuridad infinita aquel día, hacía ya tantos años.

—¿No tienes a veces la sensación de que estás perdiendo la paciencia con los niños? ¿De que estás a punto de rebasar ese límite invisible? —El interés de Laila parecía sincero de verdad, pero, además, le resonaba en la voz un tono suplicante.

No era una pregunta fácil de responder. Todos los padres han sentido alguna vez que rozaban la frontera entre lo permitido y lo prohibido, y han contado hasta diez mientras las ideas de lo que podrían hacer para acabar con las peleas y los gritos les estallaban en la cabeza. Pero había una diferencia abismal entre pensarlo y hacerlo. Así que Erica negó con la cabeza.

—Yo jamás podría hacerles daño.

Laila no respondió enseguida. Se quedó mirando a Erica con aquellos ojos de un azul intenso. Pero cuando el vigilante llamó a la puerta para anunciarles que había terminado la visita, le dijo en voz baja, sin apartar la vista de ella:

—Eso es lo que tú te crees.

Erica pensó en las fotos que llevaba en la carpeta y se estremeció de espanto.

Tyra estaba cepillando a *Fanta* con pasadas rítmicas. Como siempre, se sentía mejor cuando tenía a los caballos cerca. En realidad, habría preferido encargarse de *Scirocco,* pero Molly no permitía que nadie la sustituyera. Le parecía tan injusto... Como sus padres eran los dueños de las caballerizas, siempre se salía con la suya.

Tyra adoraba a *Scirocco* desde la primera vez que lo vio. La miraba como si la comprendiera. Era una comunicación sin palabras que nunca había experimentado con nadie, ni ser humano ni animal. Claro que, ¿con quién iba a comunicarse? ¿Con su madre? ¿O con Lasse? Fue pensar en Lasse y empezar a cepillar a *Fanta* con más energía, pero la gran yegua blanca no parecía tener nada en contra. Al contrario, daba la impresión de estar disfrutando con cada pasada, resoplaba y movía la cabeza de arriba abajo, como si estuviera haciendo reverencias. Por un momento, le pareció que la estuviera invitando a bailar; Tyra sonrió y le acarició el hocico grisáceo.

—Tú también eres muy bonita —dijo, como si el animal hubiera podido leerle los pensamientos sobre *Scirocco*.

Luego notó una punzada de remordimientos. Se miró la mano, que aún tenía en el morro de *Fanta,* y comprendió lo mezquina que era su envidia.

—Echas de menos a Victoria, ¿verdad? —le susurró, y apoyó la cabeza en el cuello del caballo.

Victoria, que era la que se encargaba de los cuidados de *Fanta*. Victoria, que llevaba varios meses desaparecida. Victoria, que siempre había sido —que seguía siendo— su mejor amiga.

—Yo también la echo en falta. —Tyra sintió en la mejilla la suave crin de la yegua, pero no le reportó el consuelo que esperaba.

En realidad, debería estar en clase de matemáticas, pero hoy no se veía capaz de poner buena cara y controlar la añoranza. Por la mañana fingió que se dirigía al autobús escolar cuando, en realidad, se había ido en busca de consuelo a las caballerizas, el único lugar donde podía encontrarlo. Los mayores no entendían nada. Solo estaban pendientes de su propia preocupación, de su dolor.

Victoria era más que su mejor amiga. Era como una hermana. Congeniaron desde el primer día de guardería y, a partir de entonces, fueron inseparables. No había nada que no hubieran compartido. ¿O tal vez sí? Tyra ya no estaba segura. Los meses previos a su desaparición algo cambió. Era como si entre ellas se hubiera elevado un muro. Tyra no quería ponerse pesada. Se dijo que, en su momento, Victoria le contaría de qué iba todo aquello. Pero pasó el tiempo; y Victoria no estaba.

—Seguro que vuelve, ya verás —le dijo a *Fanta,* aunque

en su fuero interno no las tenía todas consigo. Nadie lo decía, pero todos sabían que tenía que haber ocurrido algo grave. Victoria no era la clase de chica que desaparece por gusto, si es que existía esa clase de chica. Estaba demasiado satisfecha con la vida y era demasiado poco aventurera. Lo que más le gustaba era estar en casa, o en las caballerizas, y ni siquiera le apetecía salir con las amigas por Strömstad los fines de semana. Y su familia no era ni de lejos como la de Tyra. Eran todos muy buenos, incluso el hermano mayor. No le molestaba llevar a su hermana a las caballerizas, aunque fuera muy temprano. Tyra siempre se había encontrado a gusto en su casa. Se sentía como un miembro más de la familia. En ocasiones, hasta deseaba que fuera su familia. Una familia normal y corriente.

Fanta resopló un poco y Tyra notó el aliento del animal. Unas lágrimas humedecieron el morro de la yegua, y Tyra se secó rápidamente los ojos con el dorso de la mano.

De repente, oyó un ruido fuera de las caballerizas. También *Fanta* lo oyó, puso las orejas tiesas y levantó la cabeza tan de improviso que le dio un golpe a Tyra en la barbilla. El sabor agrio de la sangre le llenó la boca enseguida. Soltó un taco y, apretándose bien los labios con la mano, fue a ver qué pasaba.

El sol la cegó al abrir la puerta, pero los ojos no tardaron en acostumbrarse a la luz y vio que Marta venía galopando a toda velocidad a lomos de *Valiant*. Frenó con tal violencia que el caballo casi se encabrita. Iba gritando algo. Al principio, Tyra no la oía bien, pero Marta siguió a voz en cuello. Y al final, Tyra recibió el mensaje:

—¡Es Victoria! ¡La hemos encontrado!

Patrik Hedström disfrutaba de la tranquilidad delante del escritorio de su despacho en la comisaría de Policía de

Tanumshede. Había empezado temprano, así que se había ahorrado el episodio de vestir a los niños y llevarlos a la guardería, una tarea que se había convertido en una verdadera tortura, dada la transformación que habían sufrido los gemelos, que habían pasado de ser dos primores a parecerse a Damien, el niño de *La profecía*. No se explicaba cómo era posible que dos personitas tan pequeñas pudieran robarle a uno tanta energía. El momento que más le gustaba pasar con ellos a estas alturas era el de la noche, cuando se sentaba un rato en su cuarto mientras dormían. Entonces era capaz de disfrutar del amor puro y profundo que le inspiraban, sin rastro de la frustración absoluta que sentía a veces cuando los oía gritar: «¡QUE NOOOOO, QUE NO QUIERO!».

Con Maja las cosas siempre eran mucho más fáciles. Tanto que, en ocasiones, le entraban remordimientos, porque Erica y él les dedicaban a los gemelos casi toda su atención. Maja quedaba a veces en un segundo plano. Era tan buena y se le daba tan bien entretenerse sola que, simplemente, daban por hecho que no necesitaba nada. Además, con lo pequeña que era, tenía una habilidad mágica para calmar a sus hermanos incluso en los peores momentos. Pero eso no era justo, y Patrik decidió que, aquella noche, Maja y él pasarían un buen rato leyendo un cuento.

En ese momento sonó el teléfono. Respondió distraído, aún pensando en Maja, pero no tardó en reaccionar y ponerse derecho en la silla.

—¿Cómo? —Siguió escuchando—. De acuerdo, vamos para allá ahora mismo.

Se puso el anorak mientras salía y, ya en el pasillo, gritó:

—¡Gösta! ¡Mellberg! ¡Martin!

—Pero ¿qué pasa? ¿Es que vamos a apagar un incendio? —gruñó Bertil Mellberg, que, curiosamente, fue el primero en salir de su despacho. Pronto se le unieron Martin Molin y Gösta Flygare, y también la secretaria de la comisaría,

Annika, que estaba en su puesto de recepción, el más alejado del despacho de Patrik.

—Han encontrado a Victoria Hallberg. La ha atropellado un coche en el acceso este de Fjällbacka y ya va en ambulancia camino del hospital de Uddevalla. Gösta, tú y yo vamos para allá ahora mismo.

—Madre mía —dijo Gösta, que volvió corriendo a su despacho para ponerse también el anorak. Este invierno nadie se atrevía a salir sin una prenda de abrigo, por urgente que fuera la situación.

—Martin, Bertil y tú podéis ir al lugar del accidente a hablar con el conductor del vehículo —continuó Patrik—. Llama también a los técnicos y diles que se reúnan allí con vosotros.

—Oye, sí que estás mandón hoy —masculló Mellberg—. Pero sí, claro, dado que el jefe de la comisaría soy yo, es lógico que sea yo quien acuda al lugar del accidente. Es lo que corresponde.

Patrik soltó un suspiro para sus adentros, pero no dijo nada. Con Gösta pisándole los talones, se apresuró hacia uno de los dos coches policiales, se sentó al volante y puso el motor en marcha.

Vaya asco de tiempo, pensó cuando se le fue el coche en la primera curva. No se atrevía a ir tan rápido como le habría gustado. Había empezado a nevar otra vez y no quería correr el riesgo de salirse de la carretera. Dio en el volante un puñetazo de impaciencia. Estaban en enero y, teniendo en cuenta lo largo que era el invierno sueco, cabía esperar que aquel infierno se prolongase otros dos meses por lo menos.

—Tranquilo —dijo Gösta, y se agarró al asidero del techo—. ¿Qué te han dicho por teléfono? —El coche patinó; Gösta contuvo la respiración.

—No mucho. Solo que se había producido un accidente y que la chica atropellada era Victoria. Parece que un testigo la ha reconocido. Por lo visto, la pobre no ha salido muy bien parada, y creo que, antes de que la atropellara el coche, ya tenía algunas lesiones.

—¿De qué tipo?

—No lo sé, ya lo veremos cuando lleguemos.

Menos de una hora después aparcaban delante del hospital de Uddevalla. Entraron medio a la carrera en urgencias y enseguida pudieron hablar con un médico que, según la identificación que llevaba en la bata, se llamaba Strandberg.

—Qué bien que ya estéis aquí. La chica está a punto de entrar en quirófano, pero no sé si saldrá de la operación. Nos enteramos de que se había denunciado su desaparición y, en circunstancias tan extraordinarias, hemos pensado que lo mejor sería que vosotros hablarais con la familia. Supongo que ya habréis estado en contacto con ellos, ¿verdad?

Gösta asintió.

—Los llamo ahora mismo.

—¿Tienes alguna información de lo ocurrido? —preguntó Patrik.

—Que la han atropellado, poco más. Sufre hemorragias internas graves y un trauma craneal cuyo alcance aún no hemos calibrado. La mantendremos sedada un tiempo después de la operación, para minimizar el daño cerebral. Si es que sobrevive, claro está.

—Tengo entendido que ya presentaba lesiones antes de que la atropellaran.

—Sí, bueno... —Strandberg no se decidía a continuar—. El caso es que no sabemos con exactitud cuáles eran las lesiones antiguas. Pero... —Se armó de valor, parecía estar buscando las palabras adecuadas—. Le faltan los dos ojos. Y la lengua.

—¿Que le faltan? —Patrik lo miraba incrédulo, y con el rabillo del ojo vio que Gösta también estaba atónito.

—Sí, le han cortado la lengua y los ojos... Bueno, no sé cómo, pero se los han sacado.

Gösta se llevó la mano a la boca. Tenía tan mala cara que parecía que se hubiera puesto verde.

Patrik tragó saliva. Por un momento, se preguntó si aquello no sería una pesadilla de la que iba a despertar de un momento a otro. Que pronto comprobaría que no era más que un sueño, y luego se daría media vuelta y seguiría durmiendo. Pero no, era la realidad. Una realidad espantosa.

—¿Cuánto calculáis que durará la operación?

Strandberg meneó la cabeza.

—Es difícil saberlo. Como decía, sufre graves hemorragias internas. Dos o tres horas. Como mínimo. Podéis esperar aquí —dijo señalando una amplia sala de espera.

—Bueno, pues voy a llamar a la familia —dijo Gösta, y se alejó un poco por el pasillo.

Patrik no le envidiaba aquella tarea. La alegría primera de saber que Victoria había aparecido no tardaría en convertirse en la misma desesperación y la misma angustia que la familia Hallberg había tenido que soportar los últimos cuatro meses.

Se sentó en una de las sillas de duro asiento, imaginándose las lesiones de Victoria. Pero vino a interrumpir sus pensamientos una enfermera estresada que se asomó buscando a Strandberg. Patrik apenas tuvo tiempo de reaccionar a lo que dijo cuando el médico salió de la sala a toda prisa. En el pasillo se oía la voz de Gösta, que hablaba por teléfono con los familiares de Victoria. La cuestión era qué noticias les darían.

Continúa en tu librería

Los crímenes de Fjällbacka

La serie que ha conquistado a lectores de todo el mundo

¿Los has leído todos?

La princesa de hielo

Misterios y secretos familiares en una emocionante novela de suspense.

Los gritos del pasado

Fanatismo religioso y complejas relaciones humanas en una escalofriante novela.

Las hijas del frío

Venganzas que resurgen del pasado en un terrible suceso que siembra el pánico en Fjällbacka.

Crimen en directo

Conseguir audiencia a cualquier precio se puede convertir en una trágica pesadilla.

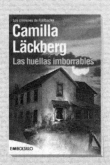

Las huellas imborrables

Un nuevo caso trepidante de Erica Falck y Patrik Hedström sobre el peso de la culpa y los errores cometidos.

La sombra de la sirena

Un ramo de lirios blancos, unas cartas amenazadoras, un siniestro mensaje de color rojo sangre.

Los vigilantes del faro

Un misterio sin resolver ronda la isla de Gråskär desde hace generaciones, y el viejo faro oculta la clave.

La mirada de los ángeles

Cuando ya lo has perdido todo, puede que alguien quiera destruirte también a ti.

El domador de leones

En ocasiones, el mal puede ser aún más poderoso que el amor.

NOVELAS GRÁFICAS BASADAS
EN LOS TÍTULOS DE LA SERIE

La princesa de hielo

Los gritos del pasado

ÁLBUMES INFANTILES ILUSTRADOS

Descubre las historias protagonizadas por
el detective más joven del mundo